ULLSTEIN

Das Buch

Eve Duncan rekonstruiert anhand von Schädeln Gesichter. So hilft sie, Kinder zu identifizieren, die Verbrechen zum Opfer gefallen sind. Ihre eigene Tochter Bonnie ist vor Jahren ermordet worden, die Leiche blieb verschwunden. Seitdem ist Eve zur absoluten Expertin geworden. Eines Tages wird sie von Multimillionär John Logan kontaktiert. Sie soll für ihn mit einer Schädelanalyse eine Leiche identifizieren. Eve nimmt den Job nur zögernd an. Und schon bald kommt ihr alles immer seltsamer vor, insbesondere Logans Verhalten, das zwischen skrupellos, charmant und verzweifelt abwechselt. Doch bevor Eve aussteigen kann, offenbart der Schädel immer mehr von seiner schrecklichen Identität ...

Die Autorin

Iris Johansen schafft mit ihren Psychothrillern immer wieder den Sprung auf die obersten Plätze der Bestsellerlisten in den USA und wurde für ihre Bücher mit zahllosen Preisen ausgezeichnet. Sie lebt in der Nähe von Atlanta, Georgia.

Von Iris Johansen ist in unserem Hause bereits erschienen:

Das Auge des Tänzers
Im Profil des Todes
Knochenfunde
Komm, dunkle Nacht
Und dann der Tod

Iris Johansen

Das verlorene Gesicht

Roman

Aus dem Englischen
von Norbert Möllemann

Ullstein

Besuchen Sie uns im Internet:
www.ullstein-taschenbuch.de

Umwelthinweis:
Dieses Buch wurde auf chlor- und säure-
freiem Papier gedruckt.

Ullstein Verlag
Ullstein ist ein Verlag der
Ullstein Buchverlage GmbH, Berlin.
Deutsche Erstausgabe
5. Auflage 2004
© 2004 für die deutsche Ausgabe by
Ullstein Buchverlage GmbH, Berlin
© 2001 für die deutsche Ausgabe by
Econ Ullstein List Verlag GmbH & Co. KG, München
© 1998 by I. J. Enterprises
Titel der amerikanischen Originalausgabe: *The Face of Deception*
(Bantam Books, New York)
Übersetzung: Norbert Möllemann
Redaktion: Martina Sahler
Umschlagkonzept: Lohmüller Werbeagentur GmbH & Co. KG, Berlin
Umschlaggestaltung: DYADEsign, Düsseldorf
Titelabbildung: Tony Stone, München
Gesetzt aus der Sabon, Linotype
Satz: hanseatenSatz-bremen, Bremen
Druck und Bindearbeiten: GGP Media GmbH, Pößneck
Printed in Germany
ISBN 3-548-25137-4

Danksagung

Mein aufrichtiger Dank gilt N. Eileen Barrow, Forschungsassisstentin und forensische Präparatorin im FACES Laboratory an der Louisiana State University. Ihre großzügige Hilfe und zeitaufwendige Beratung waren beim Schreiben dieses Buches von unschätzbarem Wert.

Meinen Dank möchte ich auch Mark Stolorow aussprechen, der mir in seiner Eigenschaft als Geschäftsführer der Cellmark Diagnostics Inc. mit Geduld geholfen hat, die technischen Aspekte von DNA-Analysen und die Feinheiten der Chemilumineszenz zu verstehen.

Prolog

Diagnosezentrum
Jackson, Georgia
27. Januar
23:55 Uhr

Es würde geschehen.

O Gott, lass es nicht geschehen.

Verloren. Sie war verloren.

Sie waren alle verloren.

»Komm, wir gehen, Eve. Was willst du hier?« Joe Quinn stand neben ihr. Sein breites, jungenhaftes Gesicht wirkte bleich und angespannt im Schatten des aufgespannten schwarzen Regenschirms. »Du kannst nichts ausrichten. Seine Hinrichtung ist schon zweimal verschoben worden. Noch mal wird der Gouverneur es nicht machen. Es hat schon beim letzten Mal reichlich Empörung in der Öffentlichkeit gegeben.«

»Er muss es tun.« Ihr Herz pochte so heftig, dass es schmerzte. Im Moment tat ihr überhaupt alles weh, was um sie herum passierte. »Ich möchte mit dem Gefängnisdirektor sprechen.«

Quinn schüttelte den Kopf. »Er wird dich nicht empfangen.«

»Aber wir haben schon miteinander gesprochen und daraufhin hat er den Gouverneur angerufen. Ich muss ihn sprechen. Er hat genau verstanden –«

»Ich bringe dich zum Wagen. Es ist kalt hier draußen und du wirst noch ganz nass.«

Sie schüttelte den Kopf und starrte verzweifelt auf das Gefängnistor. »Sprich du mit ihm. Du bist beim FBI. Vielleicht hört er dich ja an.«

»Zu spät, Eve.« Er versuchte, sie unter den Schirm zu ziehen, aber sie machte einen Schritt zur Seite. »Mein Gott, warum musstest du herkommen?«

»Du bist doch auch hier.« Sie wies auf die Ansammlung von Journalisten vor dem Tor. »Die sind auch hier. Und ich habe ja wohl am ehesten ein Recht, hier zu sein.« Sie wurde von heftigem Schluchzen geschüttelt. »Ich muss es verhindern. Ich muss ihnen klar machen, dass sie nicht einfach –«

»Sie durchgeknallte Schlampe.«

Sie wurde von einem Mann Anfang vierzig herumgerissen. Tränen liefen ihm über das schmerzverzerrte Gesicht. Sie brauchte einen Moment, um ihn zu erkennen. Bill Verner. Sein Sohn war einer der Verschollenen.

»Halten Sie sich gefälligst raus.« Verner grub die Hände in ihre Schultern und schüttelte sie. »Die sollen ihn endlich töten. Sie haben uns genug Kummer bereitet und jetzt wollen Sie schon wieder, dass er davonkommt. Verdammt noch mal, sollen sie den Hurensohn doch *verbrennen*.«

»Ich kann nicht – verstehen Sie das denn nicht? Sie sind verloren. Ich muss –«

»Sie halten sich da jetzt raus, sonst werden Sie es noch bereuen, dass Sie –«

»Lassen Sie sie in Ruhe.« Quinn trat vor und schlug Verners Hände von Eves Schultern. »Sie sehen doch, dass sie mehr als Sie leidet.«

8

»Den Teufel tut sie. Er hat meinen Jungen getötet. Ich werde es nicht zulassen, dass er mit ihrer Hilfe schon wieder davonkommt.«

»Sie glauben doch nicht im Ernst, dass ich seinen Tod nicht auch will«, gab sie wütend zurück. »Er ist ein Ungeheuer. Am liebsten würde ich ihn eigenhändig umbringen, aber ich kann nicht zulassen, dass er –« Es war der falsche Zeitpunkt für diese Streiterei, dachte sie panisch. Der Zeitpunkt war für alles falsch. Es war fast Mitternacht.

Sie würden ihn töten.

Und Bonnie würde für immer verloren sein.

Mit einer raschen Drehung wandte sie sich von Verner ab und rannte zum Tor.

»Eve!«

Sie hämmerte mit den Fäusten gegen das Tor. »Lasst mich rein. Ihr müsst mich reinlassen. Bitte, tut das nicht.«

Blitzlichter.

Die Gefängniswärter kamen auf sie zu.

Quinn versuchte, sie vom Tor wegzuziehen.

Das Tor wurde geöffnet.

Vielleicht war ja noch was zu machen.

Herr, gib mir noch eine Chance.

Der Gefängnisdirektor kam heraus.

»Halten Sie es auf«, schrie sie. »Sie müssen es aufhalten –«

»Gehen Sie nach Hause, Ms Duncan. Es ist vorbei.« Er ging auf die Fernsehkameras zu.

Vorbei. Es konnte nicht vorbei sein.

Der Direktor blickte mit ernster Miene in die Kameras und gab eine knappe Erklärung zur Sache ab. »Die Hinrichtung wurde nicht aufgeschoben. Ralph Andrew Fraser wurde vor vier Minuten hingerichtet. Sein Tod wurde um 00.07 Uhr festgestellt.«

»*Nein.*«

Der Schrei war voller Qualen und Verzweiflung, wie das unsägliche Klagen eines verlorenen Kindes.

Eve bemerkte gar nicht, dass sie es war, die diesen Schrei ausgestoßen hatte.

Quinn fing sie auf, als ihre Knie nachgaben und sie ohnmächtig zusammensackte.

Kapitel 1

Atlanta, Georgia
3. Juni
Acht Jahre später

»Du siehst total fertig aus. Es ist fast Mitternacht. Schläfst du nie?«

Eve sah von ihrem Computer auf. Joe Quinn stand gegen den Türrahmen gelehnt. »Doch.« Sie nahm die Brille ab und rieb sich die Augen. »Eine durchgearbeitete Nacht macht noch keinen Workaholic. Oder so ähnlich. Ich musste nur noch diese Messungen überprüfen, bevor –«

»Ich weiß, ich weiß.« Joe betrat das Labor und ließ sich auf den Stuhl neben dem Schreibtisch fallen. »Diane hat mir gesagt, dass du die Verabredung zum Mittagessen hast platzen lassen?«

Sie nickte schuldbewusst. Es war jetzt schon das dritte Mal in diesem Monat, dass sie Joes Frau absagte. »Ich habe ihr erklärt, dass die Kripo in Chicago die Ergebnisse braucht. Die Eltern von Bobby Starnes warten darauf.«

»Stimmen sie überein?«

»Weitgehend. Ich war mir schon fast sicher, bevor ich mit der Bildmischung begonnen habe. Im Schädel fehlen ein paar Zähne, aber die Zahnüberprüfung war ziemlich eindeutig.«

»Und warum haben sie dich geholt?«

»Seine Eltern wollten es nicht glauben. Ich war ihre letzte Hoffnung.«

»Pech.«

»Stimmt. Aber ich kenne diese Hoffnung selbst. Wenn sie erst die Übereinstimmung von Bobbys Gesichtszügen mit dem Schädel sehen, werden sie begreifen, dass es vorbei ist. Sie werden akzeptieren müssen, dass ihr Kind tot ist, und das war's dann.« Sie betrachtete noch einmal das Bild auf ihrem Computer-Bildschirm. Die Kripo Chicago hatte ihr einen Schädel und ein Foto des siebenjährigen Bobby überlassen. Mit Video und Computer hatte sie nach dem Foto von Bobbys Gesicht und dem Abbild des Schädels ein Mischbild erstellt. Es hatte sich eine deutliche Übereinstimmung gezeigt. Bobby sah auf dem Foto so lebhaft und lieb aus, dass es einem das Herz brechen konnte.

Aber Herzensbrecher sind sie alle, dachte Eve müde. »Bist du auf dem Weg nach Hause?«

»Ja.«

»Und bist nur hereingekommen, um mit mir zu schimpfen?«

»Das sehe ich als eine meiner Hauptpflichten an.«

»Lügner.« Sie warf einen Blick auf den schwarzen Lederkoffer in seiner Hand. »Ist der für mich?«

»Wir haben in den Wäldern von North Gwinnett ein Skelett gefunden. Der Regen hat es zutage gefördert und die Tiere haben das ihre dazu beigetragen, dass nicht mehr viel davon übrig ist. Der Schädel ist aber unversehrt.« Er öffnete den Koffer. »Er ist von einem kleinen Mädchen, Eve.«

Er sagte es ihr immer sofort, wenn es sich wieder um ein Mädchen handelte. Sie nahm an, dass er sie damit schützen wollte.

Vorsichtig nahm sie den Schädel und betrachtete ihn. »So

klein war sie nun auch wieder nicht. Sie war vielleicht elf oder zwölf.« Sie wies auf einen feinen Riss im Oberkiefer. »Sie war zumindest einen Winter lang der Kälte ausgesetzt.« Sanft berührte sie die breite Nasenhöhle. »Und sie hatte wahrscheinlich schwarze Hautfarbe.«

»Das hilft uns vielleicht weiter.« Er verzog das Gesicht. »Sehr viel allerdings nicht. Du wirst sie nachbilden müssen. Wir haben keine Ahnung, wer sie sein könnte. Keine Fotos, die man darüber legen könnte. Weißt du, wie viele Mädchen in dieser Stadt von zu Hause weglaufen? Wenn sie aus den Slums kam, ist sie vermutlich nicht mal als vermisst gemeldet. Die Eltern sind meistens mehr damit beschäftigt, ihr Crack aufzutreiben, als ihre Kinder im Auge zu behalten.« Er schüttelte den Kopf. »Tut mir Leid. Ich vergaß. Bin mal wieder ins Fettnäpfchen getreten.«

»Passiert dir öfter, Joe.«

»Nur in deiner Gegenwart. Dir gegenüber bin ich nicht so auf der Hut.«

»Soll ich mich dadurch geehrt fühlen?« Konzentriert kniff sie die Augenbrauen zusammen, während sie den Schädel untersuchte. »Meine Mutter ist doch schon seit Jahren nicht mehr auf Crack. Außerdem, es gibt zwar vieles in meinem Leben, weswegen ich mich schäme, aber dass ich in den Slums aufgewachsen bin, gehört nicht dazu. Ich hätte womöglich gar nicht überlebt, wenn ich nicht durch eine so harte Schule gegangen wäre.«

»Du hättest überlebt.«

Da war sie sich nicht so sicher. Sie war schon zu nah am Abgrund gewesen, als dass ihr Gesundheit oder Überleben als selbstverständlich erschienen. »Tasse Kaffee gefällig? Wir Slum-Kids machen hervorragenden Java.«

Er zuckte zusammen. »Autsch. Ich hab doch gesagt, dass es mir Leid tut.«

Sie lächelte. »Ich wollte dich nur ein bisschen pieksen. Für deine Verallgemeinerungen hast du's verdient. Kaffee?«

»Nein, danke. Ich muss nach Hause zu Diane.« Er erhob sich. »Es besteht keine Eile, wenn sie schon so lange vergraben war. Ich sagte ja, wir wissen nicht einmal, nach wem wir suchen.«

»Ich werde mich nicht hetzen. Ich werde mich nachts mit ihr beschäftigen.«

»Tja, du hast ja Zeit genug.« Er betrachtete den Stapel Lehrbücher auf dem Tisch. »Deine Mutter meinte, dass du dich zurzeit mit physischer Anthropologie beschäftigst.«

»Nur ein Fernkurs. Ich habe noch keine Zeit, Kurse zu besuchen.«

»Warum in aller Welt Anthropologie? Hast du nicht schon genug um die Ohren?«

»Es könnte ganz hilfreich sein. Ich habe versucht, so viel wie möglich von den Anthropologen mitzukriegen, mit denen ich zusammengearbeitet habe, aber es reicht noch nicht.«

»Wie es aussieht, arbeitest du zu viel. Dein Terminkalender ist für die nächsten Monate ausgebucht.«

»Ich kann nichts dafür.« Sie verdrehte die Augen. »Schuld ist dein Chef, der mich bei *60 Minutes* unbedingt erwähnen musste. Warum konnte er seine Klappe nicht halten? Ich hatte schon genug zu tun, auch ohne diese Jobs außerhalb der Stadt.«

»Na gut, denk einfach daran, wer deine Freunde sind.« Er ging zur Tür. »Und nicht, dass du mir auf irgend so eine elitäre Uni abhaust.«

»Erzähl du mir nichts von elitär. Du warst schließlich in Harvard.«

»Das ist schon lange her. Mittlerweile bin ich ein guter alter Junge aus dem Süden. Nimm dir ein Beispiel an mir und bleib, wo du hingehörst.«

»Ich gehe nicht weg.« Sie stand auf und legte den Schädel auf das Regal über ihrem Arbeitstisch. »Außer kommenden Dienstag mit Diane zum Mittagessen. Wenn sie noch will. Fragst du sie bitte?«

»Frag du sie. Ich mische mich nicht noch mal ein. Ich habe selbst genug Probleme. Es ist wirklich nicht einfach für sie, mit einem Bullen verheiratet zu sein.« Er verharrte an der Tür. »Geh schlafen, Eve. Sie sind tot. Sie sind alle tot. Es tut ihnen nicht weh, wenn du ein bisschen schläfst.«

»Red kein dummes Zeug. Das weiß ich selbst. Du tust gerade so, als wäre ich neurotisch oder so. Es ist einfach nicht professionell, einen Auftrag abzulehnen.«

»Ja, klar.« Er zögerte. »Hat John Logan dich schon mal kontaktiert?«

»Wer?«

»Logan. Logan Computers. Er ist Milliardär und ein harter Konkurrent von Bill Gates. Er ist neuerdings ständig in den Nachrichten wegen der Fundraising-Partys für die Republikaner, die er in Hollywood veranstaltet.«

Sie zuckte die Achseln. »Ach weißt du, ich bin eigentlich nicht auf dem Laufenden.« Aber ihr fiel ein, dass sie ein Foto von Logan gesehen hatte, vielleicht in der Sonntagszeitung letzte Woche. Er war Ende dreißig oder Anfang vierzig, braungebrannt mit kurzen dunklen Haaren und leicht angegrauten Schläfen. Auf dem Foto hatte er irgendeinen blonden Filmstar angelächelt. Sharon Stone? Sie erinnerte sich nicht mehr. »Bisher hat er mich nicht wegen Geld angesprochen. Ich würde ihm auch keins geben. Ich bin politisch unabhängig.« Sie sah auf ihren Computer. »Das ist ein Logan. Er baut hervorragende Computer, aber näher bin ich diesem berühmten Mann noch nicht gekommen. Warum fragst du?«

»Er zieht Erkundigungen über dich ein.«

»Was?«

»Nicht persönlich. Er überlässt das einem Star-Anwalt von der Westküste, Ken Novak. Auf meiner Dienststelle hat man mir davon berichtet. Ich bin mir ziemlich sicher, dass Logan dahinter steckt.«

»Das glaube ich nicht.« Sie lächelte vielsagend und witzelte: »Vielleicht will er mir einen Computer verkaufen.«

»Du hast doch schon öfter private Untersuchungsaufträge angenommen.« Er grinste. »Ein Mann in seiner Position hat auf seinem Weg nach oben bestimmt eine Menge Leichen hinter sich gelassen. Vielleicht hat er vergessen, wo er eine von ihnen vergraben hat.«

»Sehr witzig.« Müde rieb sie sich den Nacken. »Hat sein Anwalt die gewünschten Informationen bekommen?«

»Wofür zum Teufel hältst du uns? Wir sind immer noch in der Lage, unsere Leute zu schützen. Lass es mich wissen, falls er deine Privatnummer rauskriegt und dich belästigt. Bis bald.« Die Tür schloss sich hinter ihm.

Ja, Joe würde sie beschützen, genau so, wie er es immer getan hatte, und keiner konnte das besser als er. Seit sie sich vor Jahren kennen gelernt hatten, hatte er sich sehr verändert. Seine ganze Jungenhaftigkeit war mit der Zeit verschwunden. Kurz nach Frasers Hinrichtung hatte er beim FBI den Dienst quittiert und war zur Kripo nach Chicago gegangen. Dort bekleidete er den Rang eines Polizeioberkommissars. Er hatte ihr nie seine wahren Beweggründe für diesen Wechsel mitgeteilt. Zwar hatte sie ihn gefragt, aber seine Antwort – dass er den Stress beim FBI leid war – hatte sie als wenig zufriedenstellend empfunden. Joe konnte ein sehr zurückhaltender Mensch sein und sie hatte nie nachgebohrt. Sie wusste nur, dass er immer für sie da war.

Selbst in jener Nacht am Gefängnis, als sie sich so verlassen wie nie zuvor gefühlt hatte.

Sie wollte aber nicht mehr daran denken. Die Verzweiflung und der Schmerz waren immer noch so lebendig wie –

Also doch daran denken. Sie hatte begriffen, dass sie nur überleben konnte, wenn sie sich dem Schmerz stellte.

Fraser war tot.

Bonnie war tot.

Sie schloss die Augen und ließ sich von den Qualen überfluten. Als es besser wurde, öffnete sie die Augen wieder und ging an ihren Computer. Arbeit half immer. Bonnie mochte vielleicht verloren sein und nie gefunden werden, aber es gab andere –

»Hast du schon wieder einen?« Sandra Duncan stand in der Tür, sie trug einen Pyjama und ihren Lieblingsmorgenmantel aus rosa Chenille. Ihr Blick war auf den Schädel gerichtet. »Ich dachte, ich hätte jemand in der Einfahrt gehört. Man sollte meinen, Joe würde dich endlich in Ruhe lassen.«

»Ich will gar nicht in Ruhe gelassen werden.« Eve setzte sich an den Schreibtisch. »Kein Problem. Es ist nicht so dringend. Geh wieder ins Bett, Mom.«

»Du gehst ins Bett.« Sandra Duncan ging hinüber zu dem Schädel. »Ist er von einem Mädchen?«

»Ja. So zehn oder elf Jahre.«

Einen Moment herrschte Schweigen. »Du wirst sie nicht mehr finden, das weißt du doch. Bonnie ist weg. Find dich damit ab, Eve.«

»Ich habe mich längst damit abgefunden. Ich mache einfach meine Arbeit.«

»Blödsinn.«

Eve musste lächeln. »Leg dich wieder hin.«

»Kann ich etwas für dich tun? Soll ich dir eine Kleinigkeit zu essen machen?«

»Ich lasse mir doch von dir nicht meinen Verdauungsapparat sabotieren.«

»Ich tue mein Bestes.« Sandra machte ein gequältes Gesicht. »Manche Menschen sind einfach nicht zum Kochen bestimmt.«

»Du hast andere Vorzüge.«

Ihre Mutter nickte. »Ich bin eine gute Gerichtsreporterin und ich kann verdammt gut herumnörgeln. Gehst du jetzt ins Bett oder willst du eine Kostprobe?«

»Noch eine Viertelstunde.«

»Ich denke mal, die kann ich dir noch zugestehen.« Sie ging zur Tür. »Aber ich passe auf, ob ich die Schlafzimmertür höre.« Sie zögerte einen Moment. »Morgen Abend komme ich übrigens nicht direkt von der Arbeit nach Hause. Ich bin zum Abendessen verabredet.«

Überrascht sah Eve auf. »Mit wem?«

»Mit Ron Fitzgerald. Ich habe dir schon von ihm erzählt. Er ist Anwalt bei der Bezirksstaatsanwaltschaft. Ich mag ihn.« Ihr Tonfall klang fast trotzig. »Er bringt mich zum Lachen.«

»Also gut. Ich würde ihn gerne kennen lernen.«

»Ich bin nicht wie du. Es ist ziemlich lange her, dass ich mal mit einem Mann ausgegangen bin, und ich muss unter Leute. Ich bin doch keine Nonne. Herrgott noch mal, ich bin noch nicht mal fünfzig. Mein Leben kann nicht vorbei sein, bloß weil –«

»Warum tust du so schuldbewusst? Habe ich irgendwann gesagt, du sollst zu Hause bleiben? Du kannst doch tun und lassen, was du für richtig hältst.«

»Ich gebe mich schuldbewusst, weil ich Schuldgefühle habe.« Sandra verzog das Gesicht. »Du würdest es mir leichter machen, wenn du nicht so hart gegen dich selbst wärst. Du bist diejenige, die sich wie eine Nonne aufführt.«

Herrgott, musste ihre Mutter heute Abend schon wieder damit anfangen? Sie war zu müde, sich darauf einzulassen. »Ein paar Beziehungen hatte ich.«

»Bis sie deiner Arbeit in die Quere gekommen sind. Länger als zwei Wochen hielten sie nicht.«

»Mom.«

»Okay, okay. Ich finde einfach, es wird höchste Zeit für dich, mal wieder ein normales Leben zu führen.«

»Was für den einen normal ist, muss für den anderen noch längst nicht gelten.« Sie widmete ihre Aufmerksamkeit wieder dem Computer-Bildschirm. »Und jetzt verschwinde. Ich will das hier noch zu Ende bringen, bevor ich schlafen gehe. Komm auf jeden Fall morgen Abend rein und erzähl mir, wie dein Abendessen war.«

»Damit du dich daran hochziehen kannst?«, gab Sandra spitz zurück. »Vielleicht erzähl ich's dir, vielleicht aber auch nicht.«

»Du wirst es mir schon erzählen.«

»Wenn du meinst.« Ihre Mutter seufzte. »Gute Nacht, Eve.«

»Gute Nacht, Mom.«

Eve lehnte sich in ihrem Stuhl zurück. Sie hätte es eigentlich merken sollen, dass ihre Mutter immer rastloser und unglücklicher wurde. Nach dem Entzug war emotionale Labilität immer gefährlich für eine Süchtige. Aber verdammt noch mal, Mom war seit Bonnies zweitem Geburtstag clean. Noch ein Geschenk, das mit Bonnies Geburt verbunden war.

Wahrscheinlich übertrieb sie bei der Einschätzung des Problems. Mit einer Süchtigen aufzuwachsen hatte einen zutiefst misstrauischen Menschen aus ihr gemacht. Wahrscheinlich war die Rastlosigkeit ihrer Mutter typisch für sie und gesund dazu.

Eine stabile und liebevolle Beziehung war das Beste, was ihr passieren konnte.

Also lass Sandra nur machen, aber behalt sie im Auge.

Sie starrte durch den Bildschirm hindurch. Für heute hatte sie genug gearbeitet. Es konnten kaum Zweifel daran bestehen, dass der Schädel dem kleinen Bobby Starnes gehörte.

Ihr fiel der Logan-Schriftzug wieder auf, als sie das Programm beendete und den Computer abschaltete. Merkwürdig, dass man solchen Dingen nie Aufmerksamkeit schenkte. Wieso um alles in der Welt interessierte Logan sich für sie? Wahrscheinlich stimmte es gar nicht. Ziemlich sicher handelte es sich um einen Irrtum. Ihr Leben hatte mit dem von Logan absolut nichts zu tun.

Sie stand auf und bewegte ihre Schultern, um die Verspannung abzuschütteln. Morgen früh würde sie ihre Untersuchung abschließen, den Bericht schreiben und zusammen mit dem Schädel abschicken. Sie mochte nicht mehr als einen Schädel im Labor haben. Joe lachte sie deswegen aus, aber sie konnte sich nicht mehr voll auf ihre Arbeit konzentrieren, wenn schon der nächste Schädel wartete. Also würde sie Bobby Starnes und den Bericht für Chicago noch einmal überschlafen und übermorgen hätten Bobbys Eltern Gewissheit, dass ihr Sohn nach Hause gekommen war und nicht länger zu den Verlorenen gehörte.

»Find dich damit ab, Eve.«

Ihre Mutter verstand nicht, dass die Suche nach Bonnie mit ihrem Leben verwoben war und sie gar nicht mehr auseinander halten konnte, welcher Faden Bonnie war und welcher die anderen Verlorenen. Wahrscheinlich war sie selbst viel labiler als ihre Mutter, dachte sie reumütig.

Sie trat an das Regal, auf dem der neue Schädel lag.

»Und was ist mit dir passiert?«, murmelte sie, während sie das Registrierschild entfernte und den Schädel auf ihren Arbeitstisch legte. »Ein Unfall? Mord?« Sie hoffte, dass es sich nicht um Mord handelte, aber erfahrungsgemäß ging es in diesen Fällen darum. Die Vorstellung des Schreckens, den das Kind vor seinem Tod erlitten hatte, drehte ihr den Magen um.

Der Tod eines Kindes.

Irgendjemand hatte das Kind als Baby in den Armen gehalten und seine ersten Schritte machen sehen. Eve hoffte, dass es Liebe und Freude erlebt hatte, bevor es in einem Erdloch im Wald verschwunden war.

Sanft berührte sie die Wangenknochen des Mädchens. »Ich weiß nicht, wer du bist. Stört es dich, wenn ich dich Mandy nenne? Diesen Namen mochte ich immer gerne.« Gott, sie sprach mit einem Skelett, aber machte sich Sorgen, ihre Mutter könnte anfangen zu spinnen. Es war vielleicht verrückt, aber sie hatte es immer für respektlos gehalten, die Schädel so zu behandeln, als hätten sie keine Identität. Dieses Mädchen hatte gelebt, gelacht und geliebt. Sie hatte ein Recht darauf, als Persönlichkeit betrachtet zu werden.

»Nur Geduld, Mandy«, flüsterte Eve. »Morgen werde ich dich vermessen und dann fange ich an, dein Gesicht nachzubilden. Ich finde heraus, wer du bist, und bringe dich nach Hause.«

Monterey, Kalifornien

»Sind Sie sicher, dass sie die Beste ist?« John Logan hielt den Blick auf den Fernsehschirm gerichtet, auf dem ein Video mit den Geschehnissen am Gefängnis abgespielt wurde. »Sie wirkt nicht besonders stabil. Ich habe schon genug Probleme und keinen Nerv, mich mit einer Frau herumzuschlagen, die nicht ganz dicht ist.«

»Mein Gott, was sind Sie doch für ein freundlicher, einfühlsamer Mensch«, murmelte Ken Novak. »Ich denke, die Frau hatte einigen Grund, ein bisschen verwirrt zu sein. Das war in der Nacht, als der Mörder ihrer kleinen Tochter hingerichtet wurde.«

»Da hätte sie ja eigentlich einen Freudentanz vollführen können und anbieten müssen, den Hebel eigenhändig zu betätigen. Ich hätte es so gemacht. Stattdessen hat sie beim Gouverneur einen Aufschub beantragt.«

»Fraser wurde für schuldig befunden, Teddy Simes getötet zu haben. Er wurde unmittelbar nach der Tat geschnappt und hatte keine Gelegenheit mehr, sich der Leiche des Jungen zu entledigen. Aber er gestand, noch elf weitere Kinder ermordet zu haben, darunter auch Bonnie Duncan. Er gab Einzelheiten an, die keinen Zweifel an seiner Schuld ließen, aber er wollte nicht sagen, wo er die Leichen vergraben hatte.«

»Und warum nicht?«

»Keine Ahnung. Das war ein Wahnsinniger. Vielleicht ein letzter Akt von Niedertracht? Der Scheißkerl hat sich sogar geweigert, Berufung gegen das Todesurteil einzulegen. Es hat Eve Duncan fast wahnsinnig gemacht. Sie wollte, dass das Urteil so lange nicht vollstreckt wird, bis er damit rausrückt, wo ihre Tochter ist. Sie hatte Angst, dass sie sie nie mehr finden würde.«

»Und hat sie sie gefunden?«

»Nein.« Novak nahm die Fernbedienung und hielt das Bild an. »Das hier ist Joe Quinn. Reiche Eltern, Studium in Harvard. Alle dachten, er würde Jurist, aber stattdessen ging er zum FBI. Den Fall Bonnie Duncan bearbeitete er zusammen mit der Kripo Atlanta, aber mittlerweile ist er dort Kommissar. Er hat sich mit Eve Duncan angefreundet.«

Quinn musste damals etwa sechsundzwanzig Jahre alt gewesen sein. Breites Gesicht, großer Mund und intelligente, weit auseinander liegende braune Augen. »Lediglich angefreundet?«

Er nickte. »Sollte sie mit ihm ins Bett gegangen sein, haben wir es zumindest nicht herausgefunden. Sie war Trauzeugin bei seiner Hochzeit vor drei Jahren. In den vergangenen acht Jahren hatte sie ein oder zwei Beziehungen, aber nichts Ernsthaftes. Sie ist ein Workaholic und das ist nicht gerade förderlich für persönliche Beziehungen.« Er warf Logan einen demonstrativen Blick zu. »Hab ich Recht?«

Logan überging die Bemerkung und betrachtete den Bericht auf seinem Schreibtisch. »Die Mutter ist eine Süchtige?«

»Nicht mehr. Sie ist schon vor Jahren von dem Zeug losgekommen.«

»Und Eve Duncan?«

»Sie war nie auf Drogen. Was an ein Wunder grenzt. Praktisch alle in ihrer Umgebung haben harte Drogen geschnieft oder gespritzt, einschließlich ihrer Mutter. Die war ein uneheliches Kind und bekam Eve, als sie fünfzehn war. Sie wohnten in einem der übelsten Bezirke der Stadt und lebten von Sozialhilfe. Als Eve Bonnie zur Welt brachte, war sie sechzehn.«

»Wer ist der Vater?«

»Sie hat ihn auf der Geburtsurkunde nicht angegeben. Offensichtlich hat er die Vaterschaft nicht anerkannt.« Er ließ das Video weiterlaufen. »Gleich kommt ein Foto von dem Kind. CNN hat alles aus der Story herausgequetscht, was möglich war.«

Bonnie Duncan. Das kleine Mädchen trug ein Bugs-Bunny-T-Shirt, Blue Jeans und Tennisschuhe. Ihr rotes Haar war kraus und auf ihrer Nase hatte sie jede Menge Sommersprossen. Sie lächelte in die Kamera und ihr Gesicht leuchtete fröhlich und schalkhaft.

Logan wurde übel. Was war das für eine Welt, in der ein Ungeheuer ein solches Kind töten konnte?

Novak betrachtete ihn aufmerksam. »Niedlich, nicht wahr?«

»Schnell-Vorlauf.«

Novak betätigte die Fernbedienung. Es kam wieder die Szenerie vor dem Gefängnis ins Bild.

»Wie alt war Duncan, als das Kind getötet wurde?«

»Dreiundzwanzig. Das Mädchen war sieben. Fraser wurde nach zwei Jahren hingerichtet.«

»Und die Frau drehte durch und ist seitdem besessen von Knochen.«

»Um Gottes willen, nein«, sagte Novak schroff. »Warum reden Sie so grob über sie?«

Logan warf ihm einen Blick zu. »Und warum wollen Sie sie verteidigen?«

»Weil sie nicht – sie hat verdammt noch mal Mumm.«

»Sie bewundern sie?«

»Durchweg«, erwiderte Novak. »Sie hätte abtreiben können oder das Kind zur Adoption freigeben. Aber sie behielt es. Sie hätte es wie ihre Mutter machen und von der Sozialhilfe leben können. Stattdessen brachte sie das Kind in einem United-Fund-Kindergarten unter, damit sie tagsüber arbeiten konnte, und abends machte sie Fernkurse. Sie stand kurz vor dem Diplom, als Bonnie verschwand.« Auf dem Bildschirm war Eve Duncan zu sehen. »Das hätte sie eigentlich umbringen oder dorthin zurückkatapultieren können, wo sie her kam, aber weit gefehlt. Sie nahm ihr Studium wieder auf und machte etwas aus ihrem Leben. Sie erwarb ein Diplom in Kunst und ist geprüfte Spezialistin für computersimulierte Alterungsprozesse beim NCMEC, dem Nationalen Zentrum für verschwundene und missbrauchte Kinder, in Arlington, Virginia. Außerdem legte sie eine Spezialprüfung im Bereich der plastischen Gesichtsrekonstruktion ab, nachdem sie sich von zwei der landesweit führenden Rekonstrukteure hatte ausbilden lassen.«

»Eine Frau mit Biss«, murmelte Logan.

»Und intelligent. Sie beherrscht Gesichtsrekonstruktionen und Altersbestimmung ebenso wie die Erstellung von Computer- und Video-Mischbildern. Nicht viele Leute ihres Fachs sind Experten auf all diesen Gebieten. Sie haben doch in dem Filmausschnitt bei *60 Minutes* gesehen, wie sie das Gesicht eines Kindes, das in den Sümpfen von Florida gefunden wurde, rekonstruiert hat.«

Er nickte. »Es war unglaublich.« Noch einmal betrachtete er das Videobild. Eve Duncan war groß und schmal, und in ihren Jeans und dem Regenmantel wirkte sie erschreckend zerbrechlich. Ihre schulterlangen rotblonden Haare waren pitschnass und klebten an ihrem bleichen Gesicht, das von Qualen gezeichnet war. Auch in ihren braunen Augen hinter der Brille standen Schmerz und Verzweiflung. Logan wandte den Blick vom Bildschirm ab. »Können wir nicht jemand anders finden, der genauso gut ist?«

Novak schüttelte den Kopf. »Sie wollten den Besten. Sie ist die Beste. Aber es kann schwierig werden, an sie heranzukommen. Sie ist sehr beschäftigt und sie arbeitet eigentlich nur an Fällen, bei denen es um verschollene Kinder geht. Ihre Sache hat vermutlich nichts mit Kindern zu tun?«

Logan gab keine Antwort. »Geld ist in der Regel ziemlich überzeugend.«

»Aber es bedeutet ihr vielleicht nicht so viel. Sie würde wahrscheinlich erheblich mehr verdienen, wenn sie einen Job an der Uni annähme, anstatt freiberuflich zu arbeiten. Sie wohnt in einem gemieteten Haus in Morningside, einem Viertel in der Nähe der Innenstadt von Atlanta, und ihr Labor befindet sich in einer ausgebauten Garage hinter dem Haus.«

»Vielleicht hat ihr keine Universität ein gutes Angebot gemacht.«

»Vielleicht. Die spielen nicht in Ihrer Liga.« Er hob die

Augenbrauen. »Liege ich richtig damit, dass Sie mir nicht erzählen wollen, was sie für Sie tun soll?«

»Exakt.« Novak hatte den Ruf, integer zu sein, und war bestimmt vertrauenswürdig, aber Logan konnte unter keinen Umständen riskieren, sich ihm anzuvertrauen. »Sind Sie sicher, dass sie die Einzige ist?«

»Sie ist die Beste. Ich habe Ihnen doch gesagt, dass sie ... Ist irgendetwas?«

»Nichts.« Doch ihn beunruhigte die verdammte Aussicht, keine andere Wahl zu haben. Sie war schon ein Opfer. Es war ihr nicht zuzumuten, schon wieder einer Gefahr ausgesetzt zu werden.

Warum zögerte er? Aber egal, wer dabei zu Schaden kam, er musste das durchziehen. Die Entscheidung war längst gefallen. Zum Teufel, die Frau selbst hatte sie dadurch getroffen, dass sie auf ihrem Gebiet Spitze war. Er musste die Beste haben.

Selbst wenn es sie umbringen würde.

Ken Novak warf den Aktenkoffer auf den Beifahrersitz seines Kabrios und ließ den Motor an. Er wartete, bis er das Tor der langgezogenen Einfahrt hinter sich hatte, nahm das Autotelefon und wählte die private Nummer beim Finanzministerium.

Während er zu Timwick durchgestellt wurde, ließ er seinen Blick über den Pazifik schweifen. Irgendwann würde auch er so ein Haus wie das von Logan am Seventeen Mile Drive haben. Sein jetziges Haus in Carmel war modern und gepflegt, aber kein Vergleich mit den Anwesen, die hier standen. Die Eigentümer gehörten der Elite an, sie waren die Könige der Geschäfts- und Finanzwelt, die die Dinge steuerten und in Bewegung brachten. Eine solche Zukunft lag nicht außerhalb von Novaks Reichweite. Logan hatte mit einer kleinen Firma angefangen und sich ein Imperium aufgebaut – nur mit harter Arbeit und dem rücksichtslosen Willen, nach oben zu kommen. Jetzt war er ein gemachter Mann. Novak arbeitete seit drei Jahren für Logan und bewunderte ihn grenzenlos. Manchmal mochte er ihn sogar. Logan konnte durchaus seinen Charme spielen lassen, wenn er –

»Novak?« Timwick war am Apparat.

»Ich komme soeben von Logan. Ich glaube, er setzt auf Eve Duncan.«

»Sie glauben es? Wissen Sie es nicht genau?«

»Ich habe ihn gefragt, ob ich den Kontakt zu ihr herstellen soll. Er meinte, er wollte es selbst machen. Wenn er seine Meinung nicht noch ändert, ist sie mit von der Partie.«

»Hat er erwähnt, wofür er sie braucht?«

»Mit keiner Silbe.«

»Nicht mal, ob es sich um eine persönliche Angelegenheit handelt?«

Novaks Interesse war geweckt. »Es kann ja wohl nur um etwas Persönliches gehen, oder?«

»Wir wissen es nicht. Nach den uns vorliegenden Berichten gehen seine Erkundigungen in verschiedene Richtungen. Einige könnten Ablenkungsmanöver sein, um Sie in die Irre zu führen.«

»Kann sein. Aber sie scheinen Ihnen so wichtig zu sein, dass Sie bereit sind, mir eine fürstliche Summe zu bezahlen, wenn ich mehr herausfinde.«

»Und Sie werden noch großzügiger entlohnt, wenn Sie uns irgendetwas liefern, das wir gegen ihn verwenden können. Er hat im letzten halben Jahr zu viel Geld für die Republikaner aufgetrieben und in fünf Monaten finden die Wahlen statt.«

»Zumindest ist Ihr Präsident Demokrat. Ben Chadbournes Beliebtheit ist diesen Monat wieder gestiegen. Glauben Sie,

Logan will sicherstellen, dass die Republikaner den Kongress übernehmen? Das werden sie doch ohnehin.«

»Das ist nicht gesagt. Wir müssen Logan aufhalten.«

»Dann schicken Sie ihm die Steuerfahndung auf den Hals. Damit lässt sich Glaubwürdigkeit immer gut ankratzen.«

»Nichts zu machen.«

Das hatte Novak sich schon gedacht. Logan war zu intelligent, um in eine so billige Falle zu laufen. »Dann werden Sie sich wohl auf mich verlassen müssen, stimmt's?«

»Nicht unbedingt. Wir haben noch andere Quellen.«

»Aber niemand ist so nahe an ihm dran wie ich.«

»Ich habe gesagt, dass Sie gut bezahlt werden.«

»Ich habe mir noch mal über das Geld Gedanken gemacht. Lieber wäre mir ein Posten. Ich spiele mit dem Gedanken, mich für das Amt des Vizegouverneurs zu bewerben.«

»Sie wissen doch, dass wir Danford unterstützen.«

»Aber er kann Ihnen nicht so viel nützen wie ich.«

Es herrschte kurzes Schweigen. »Liefern Sie mir die Information, die ich brauche, und ich werde darüber nachdenken.«

»Ich kümmere mich darum.« Novak legte den Hörer auf. Timwick anzuschubsen war einfacher gewesen, als er befürchtet hatte. Er schien wirklich wegen der bevorstehenden Präsidentenwahl in Sorge zu sein. Demokraten oder Republikaner – diese politischen Insider waren doch alle gleich. Hatten sie erst an der Macht gerochen, wurden sie süchtig, und diese Sucht musste ein cleverer Kopf ausnutzen, um seinem Platz am Seventeen Mile Drive näher zu kommen.

Hinter einer Kurve kam Logans spanischer Palast auf dem Hügel erneut in Sicht. Logan war kein Insider; er war ein echter Patriot, eine mittlerweile seltene Spezies. Er war zwar Republikaner, aber Novak hatte auch gehört, wie er den demokratischen Präsidenten wegen seiner geschickten Verhandlungen mit Jordanien vor drei Jahren gelobt hatte.

Andererseits waren Patrioten oft unberechenbar und konnten gefährlich sein.

Timwick wollte Logan zu Fall bringen, und wenn Novak es richtig einfädelte, konnte er aus diesem Bedürfnis Gewinn schlagen und der Gouverneursvilla einen Schritt näher kommen. Er zweifelte kaum daran, dass Logan für den Auftrag, den Eve ausführen sollte, persönliche Gründe hatte. Er versuchte, etwas zu verheimlichen, und war gereizt. Geheimnisse in Bezug auf Skelettüberreste waren gewöhnlich ein ziemlich deutliches Anzeichen von Schuld. Mord? Vielleicht. Logan musste irgendwann in seiner bewegten Vergangenheit ziemlich heftig angeeckt sein.

Als er seine Bewunderung für Eve Duncan zum Ausdruck gebracht hatte, war das nicht gelogen. Er hatte immer etwas für starke Frauen übrig gehabt, die Verantwortung übernahmen. Er hoffte, dass er sie nicht zusammen mit Logan zu Fall bringen musste. Zum Teufel, vielleicht würde er der Frau sogar einen Gefallen tun, wenn er Logan zu Fall brächte. Logan war drauf und dran, sich mit der für ihn typischen Rücksichtslosigkeit an sie heranzumachen, und sie konnte dabei zertrampelt werden.

Er musste grinsen bei dem Gedanken, dass er gerade versucht hatte, Verrat in Galanterie umzumünzen. Er war doch ein verdammt guter Anwalt.

Aber Anwälte hatten den Herrschaften, die an dieser Straße wohnten, zu dienen. Sie selbst waren keine Herrschaften. Er musste zusehen, dass er sich vom Beraterposten auf den Thron hocharbeitete.

Es musste ein gutes Gefühl sein zu herrschen.

Kapitel 2

»Du siehst fantastisch aus«, sagte Eve bewundernd. »Wohin gehst du heute Abend?«

»Ich bin mit Ron im Anthony's verabredet. Er mag das Essen dort.« Sandra beugte sich vor und überprüfte ihre Wimperntusche im Flurspiegel, dann zupfte sie die Schultern ihres Kleides zurecht. »Diese verdammten Schulterpolster. Dauernd verrutschen sie.«

»Nimm sie doch raus.«

»Nicht jede Frau hat so breite Schultern wie du. Ich brauche sie.«

»Magst du eigentlich das Essen dort?«

»Nein, es ist mir ein bisschen zu ausgefallen. Ich würde lieber in die Cheesecake Factory gehen.«

»Dann sag's ihm.«

»Beim nächsten Mal. Vielleicht sollte ich es mögen. Vielleicht kann ich es ja lernen.« Sie grinste Eve im Spiegel an. »Du bist doch groß darin, neue Sachen zu lernen.«

»Mir gefällt das Anthony's, aber manchmal versacke ich auch bei McDonald's, wenn mir der Sinn danach steht.« Sie half Sandra in die Jacke. »Und ich würde mich mit jedem anlegen, der versuchen würde, es mir abzugewöhnen.«

»Ron versucht nicht, mir –« Sie zuckte die Achseln. »Ich mag ihn eben. Er kommt aus einer guten Familie in Charlotte. Ich weiß nicht, ob er verstehen würde, wie wir früher gelebt haben – ich weiß es einfach nicht.«

»Ich würde ihn gerne kennen lernen.«

»Beim nächsten Mal. Du würdest ihn nur abschätzig taxieren und ich käme mir vor wie eine Schülerin, die ihre erste Verabredung mit nach Hause bringt.«

Eve kicherte und nahm sie in den Arm. »Du spinnst. Ich will doch nur sicher sein, dass er gut genug für dich ist.«

»Siehst du?« Sandra ging zur Tür. »Eindeutiges First-Date-Syndrom. Ich bin spät dran. Wir sehen uns.«

Eve trat ans Fenster und sah zu, wie ihre Mutter den Wagen aus der Einfahrt setzte. Sie hatte sie seit Jahren nicht mehr so aufgeregt und glücklich erlebt.

Nicht seit Bonnie noch am Leben war.

Es war nutzlos, wehmütig aus dem Fenster zu starren. Sie war froh, dass ihre Mutter eine neue Liebesbeziehung hatte, aber sie würde nicht mit ihr tauschen wollen. Sie würde gar nicht wissen, was sie in ihrem Leben mit einem Mann anfangen sollte. Affären für eine Nacht lagen ihr nicht und für alles andere hätte sie mehr Zeit investieren müssen, als sie sich leisten konnte.

Sie verließ das Haus durch die Hintertür und ging die Treppe hinter der Küche hinunter. Der Geißblattstrauch stand in voller Blüte und der berauschende Duft umfing sie auf dem Weg ins Labor. Das Aroma schien im Zwielicht und frühmorgens immer etwas intensiver zu sein. Bonnie hatte den Strauch geliebt und die Blüten immer vom Zaun abgepflückt, wo ständig Bienen summten. Eve hatte keinen Rat mehr gewusst, wie sie Bonnie davon abhalten konnte, damit sie nicht gestochen würde.

Sie musste bei der Erinnerung lächeln. Es hatte lange Zeit in Anspruch genommen, die guten von den schlechten Erinnerungen zu trennen. Anfangs hatte sie versucht, sich vor dem

Schmerz zu schützen, indem sie sich gegen alle Gedanken an Bonnie abschottete. Sie begriff aber nach und nach, dass ihr so die Erinnerung an ihre Tochter verloren gehen würde und auch all die Freude, die Bonnie in ihr und Sandras Leben gebracht hatte. Bonnie hatte etwas Besseres verdient –

»Ms Duncan.«

Sie erstarrte, dann fuhr sie herum.

»Es tut mir Leid, ich wollte Ihnen keine Angst einjagen. Ich heiße John Logan. Dürfte ich Sie mal sprechen?«

John Logan. Hätte er sich nicht vorgestellt, dann hätte sie ihn auch von dem Foto her erkannt. Die kalifornische Bräune war nicht zu übersehen, dachte sie hämisch. Und in seinem grauen Armani-Anzug und seinen Schuhen von Gucci wirkte er in ihrem kleinen Garten deplatziert wie ein Pfau. »Sie haben mir keine Angst eingejagt, Sie haben mich erschreckt.«

»Ich habe an der Tür geklingelt.« Er lächelte und ging auf sie zu. Er strahlte Selbstsicherheit und Charme aus. Sie hatte charmante Männer nie gemocht; hinter Charme ließ sich zu viel verstecken. »Ich nehme an, Sie haben mich nicht gehört.«

»Nein.« Sie hatte auf Anhieb Lust, sein Selbstbewusstsein zu erschüttern. »Dringen Sie immer einfach so ein, Mr Logan?«

Er ließ sich von ihrem Sarkasmus nicht beirren. »Nur wenn ich jemanden wirklich sehen möchte. Können wir irgendwo hingehen und miteinander reden?« Sein Blick wanderte zur Tür ihres Labors. »Dort arbeiten Sie, nicht wahr? Ich würde es mir gerne ansehen.«

»Woher wissen Sie, dass ich dort arbeite?«

»Nicht von Ihren Freunden bei der Kripo Atlanta. Ich kann gut verstehen, dass man sich sehr bemühte, Ihre Privatsphäre zu schützen.« Er spazierte langsam Richtung Tür. Er lächelte. »Bitte.«

Offensichtlich war er gewöhnt, dass man ihm augenblicklich nachgab, und wieder empfand sie Ärger. »Nein.«

Sein Lächeln wurde schwächer. »Ich möchte Ihnen etwas vorschlagen.«

»Ich weiß. Warum wären sie sonst hier? Aber ich bin zu beschäftigt, um weitere Aufträge annehmen zu können. Sie hätten zuerst anrufen sollen.«

»Ich möchte etwas über Sie erfahren.« Er schaute zum Labor. »Wir sollten hineingehen und miteinander sprechen.«

»Warum?«

»Es würde mir einiges sagen, was ich über Sie wissen muss.«

Sie starrte ihn ungläubig an. »Ich habe mich bei keiner Ihrer Firmen um einen Job beworben, Mr Logan. Ich habe keine persönliche Durchleuchtung nötig. Ich glaube, es wird Zeit, dass Sie gehen.«

»Geben Sie mir zehn Minuten.«

»Nein, ich habe zu arbeiten. Auf Wiedersehen, Mr Logan.«

»John.«

»Auf Wiedersehen, Mr Logan.«

Er schüttelte den Kopf. »Ich bleibe.«

Sie erstarrte. »Den Teufel werden Sie tun.«

Er lehnte sich an die Mauer. »Nur zu, gehen Sie an Ihre Arbeit. Ich werde hier draußen warten, bis Sie bereit sind, mit mir zu reden.«

»Machen Sie sich nicht lächerlich. Ich arbeite wahrscheinlich bis nach Mitternacht.«

»Dann sehen wir uns nach Mitternacht.« Er hatte seinen Charme abgelegt wie einen Mantel. Nun war er eiskalt, knallhart und absolut entschlossen.

Sie öffnete die Tür zu ihrem Labor. »Gehen Sie.«

»Erst wenn Sie mit mir gesprochen haben. Sie würden es

sich leichter machen, wenn Sie meinen Vorschlag anhören würden.«

»Ich will es mir nicht leicht machen.« Sie schloss die Tür hinter sich und schaltete das Licht an. Sie mochte es nicht, wenn die Dinge einfach waren, und sie mochte es auch nicht, von Männern, die glaubten, ihnen gehörte die Welt, zu etwas gezwungen zu werden. Nun gut, sie reagierte vielleicht zu heftig. Normalerweise ließ sie sich nicht so einfach aus der Fassung bringen, aber er war immerhin in ihre Sphäre eingedrungen.

Und ihre Sphäre war ihr verdammt wichtig. Sollte der Scheißkerl doch die ganze Nacht draußen warten.

Um fünf nach halb zwölf riss sie die Tür auf.

»Kommen Sie rein«, sagte sie knapp. »Ich möchte nicht, dass Sie da draußen sind, wenn meine Mutter nach Hause kommt. Sie könnten ihr Angst einjagen. Zehn Minuten.«

»Danke«, sagte er ruhig. »Ich weiß Ihr Entgegenkommen zu schätzen.«

Weder Sarkasmus noch Ironie lagen in seiner Stimme, aber das bedeutete noch gar nichts. »Es ist lediglich Notwendigkeit. Ich hatte gehofft, Sie hätten längst aufgegeben.«

»Ich gebe nicht auf, wenn ich etwas brauche. Aber es wundert mich, dass Sie nicht Ihre Freunde bei der Polizei angerufen haben, damit sie mich rausschmeißen.«

»Sie sind ein mächtiger Mann und haben vermutlich Ihre Kontakte. Ich wollte sie nicht in Verlegenheit bringen.«

»Denen könnte ich keinen Vorwurf machen.« Er ließ seinen Blick durch das Labor schweifen. »Sie haben ja reichlich Platz hier drin. Von außen wirkt es kleiner.«

»Bevor es zur Garage umgebaut wurde, war es ein Kutscherhaus. Dieser Stadtteil ist ziemlich alt.«

»Ich habe es mir gar nicht so vorgestellt.« Er betrachtete

die rostrot-beige gestreifte Couch, die Grünpflanzen auf der Fensterbank und die gerahmten Fotos von ihrer Mutter und von Bonnie auf dem Bücherregal. »Es wirkt ... behaglich.«

»Ich hasse kalte, sterile Labors. Es spricht nichts dagegen, Bequemlichkeit mit Effizienz zu verbinden.« Sie setzte sich an ihren Schreibtisch. »Schießen Sie los.«

»Was ist das? Zwei Videokameras?«

»Die brauche ich für die Mischbilder.«

»Und was ist – interessant.« Mandys Schädel hatte seine Aufmerksamkeit erregt. »Das sieht aus wie etwas aus einem Voodoo-Film, mit all diesen kleinen Speeren, die darin stecken.«

»Ich erstelle ein Diagramm, in dem die verschiedenen Weichteildicken dargestellt werden.«

»Müssen Sie das machen, bevor Sie –«

»Reden Sie.«

Er setzte sich neben ihren Schreibtisch. »Ich möchte Sie anheuern, damit Sie einen Schädel für mich identifizieren.«

Sie schüttelte den Kopf. »Ich bin zwar gut, aber die einzig zuverlässigen Methoden der Identifikation sind Zahnbefunde und DNA-Analysen.«

»In beiden Fällen muss man wissen, nach wem man sucht. Diesen Weg kann ich nicht einschlagen, bevor ich mir nicht ganz sicher bin.«

»Warum nicht?«

»Es würde Probleme verursachen.«

»Geht es um ein Kind?«

»Um einen Mann.«

»Und Sie haben keine Ahnung, wer es ist?«

»Doch, ich habe einen Verdacht.«

»Aber das wollen Sie mir nicht erzählen?«

Er schüttelte den Kopf.

»Gibt es Fotos von ihm?«

»Ja, aber ich werde sie Ihnen nicht zeigen. Ich möchte, dass Sie unvoreingenommen anfangen und nicht ein Gesicht rekonstruieren, das Sie für das richtige halten.«

»Wo sind die Knochen gefunden worden?«

»Sie liegen in Maryland ... glaube ich. Man weiß noch nicht genau wo.«

Sie bekam große Augen vor Überraschung. »Was wollen Sie dann überhaupt hier?«

»Ich brauche Sie am Ort des Geschehens. Ich möchte Sie dabeihaben. Ich werde mich ranhalten müssen, wenn das Skelett erst einmal ausfindig gemacht ist.«

»Und ich soll meine Arbeit unterbrechen und auf gut Glück nach Maryland fahren, wo Sie vielleicht das Skelett finden?«

»Genau«, erwiderte er ruhig.

»Blödsinn.«

»Fünfhunderttausend Dollar für zwei Wochen Arbeit.«

»Wie bitte?«

»Sie haben mir doch klar gemacht, dass Ihre Zeit wertvoll ist. Soweit ich weiß, ist dieses Haus gemietet. Sie könnten es kaufen und hätten noch eine Menge übrig. Sie müssen mir dafür nur zwei Wochen Ihrer Zeit zur Verfügung stellen.«

»Woher wissen Sie, dass das Haus gemietet ist?«

»Andere Leute waren weniger loyal als Ihre Freunde bei der Polizei.« Er musterte ihren Gesichtsausdruck. »Sie mögen es nicht, wenn über Sie Nachforschungen angestellt werden.«

»Da haben Sie verdammt Recht.«

»Ich kann es Ihnen nicht verübeln. Mir würde es genauso gehen.«

»Aber Sie haben es dennoch gemacht.«

Er wiederholte das Wort, das sie ihm gegenüber benutzt

hatte. »Notwendigkeit. Ich musste wissen, mit wem ich es zu tun habe.«

»Dann haben Sie sich vergeblich bemüht. Sie haben nichts mit mir zu tun.«

»Das Geld reizt Sie nicht?«

»Halten Sie mich für verrückt? Natürlich reizt es mich. Ich bin arm wie eine Kirchenmaus aufgewachsen. Aber mein Leben dreht sich nicht um Geld. Ich kann mir meine Aufträge aussuchen und Ihren will ich nicht.«

»Warum nicht?«

»Er interessiert mich nicht.«

»Weil es nicht ein Kind betrifft?«

»Teilweise.«

»Es gibt noch andere Opfer als Kinder.«

»Aber nicht so hilflose.« Sie überlegte. »Ist Ihr Mann ein Opfer?«

»Möglich.«

»Mord?«

Er schwieg einen Moment. »Wahrscheinlich.«

»Und Sie sitzen hier und bitten mich, Sie an den Schauplatz eines Mordes zu begleiten? Was soll mich davon abhalten, die Polizei anzurufen und denen zu erzählen, dass John Logan in einen Mord verwickelt ist?«

Er lächelte schwach. »Ich würde es leugnen. Ich würde ihnen erzählen, dass ich davon ausging, die Knochen von dem Naziverbrecher, dessen Grab in Bolivien gefunden wurde, von Ihnen untersuchen zu lassen.« Er ließ einige Augenblicke verstreichen. »Und dann würde ich alle Hebel in Bewegung setzen, Ihre Freunde bei der Kripo Atlanta als Trottel dastehen zu lassen oder sogar als Kriminelle.«

»Sie sagten doch, denen könnte man keinen Vorwurf machen.«

»Aber das war, bevor ich gemerkt habe, wie sehr Sie die

Sache beunruhigt. Sie sehen, die Loyalität kann verschiedene Wege gehen. Jeder benutzt die Waffen, die ihm zur Verfügung stehen.«

Ja, das würde er tun, dachte sie. Selbst während er sich mit ihr unterhielt, hatte er sie beobachtet und jede ihrer Fragen und Antworten abgewägt.

»Aber ich habe kein Bedürfnis, das zu tun«, fuhr er fort. »Ich bemühe mich, Ihnen gegenüber so ehrlich zu sein, wie ich kann. Ich hätte Sie belügen können.«

»Man kann auch lügen durch Weglassen und im Grunde erzählen Sie mir gar nichts.« Sie starrte ihm direkt in die Augen. »Ich traue Ihnen nicht, Mr Logan. Glauben Sie etwa, Sie sind der Erste, der zu mir kommt, um ein Skelett identifizieren zu lassen? Vergangenes Jahr besuchte mich ein Mr Damaro. Er bot mir einen Haufen Geld dafür, nach Florida zu fahren und ein Gesicht an einem Schädel zu rekonstruieren, der sich angeblich zufällig in seinem Besitz befand. Er behauptete, ein Freund habe ihm den Schädel aus Neuguinea geschickt. Als ich die Kripo in Atlanta anrief, stellte sich heraus, dass Mr Damaro in Wirklichkeit Juan Camez hieß und ein Drogendealer aus Miami war. Sein Bruder war zwei Jahre vorher verschwunden und es wurde vermutet, dass er von einer rivalisierenden Organisation getötet wurde. Der Schädel war Camez als Warnung geschickt worden.«

»Ergreifend. Vermutlich haben auch Drogendealer Gefühle für ihre Familienangehörigen.«

»Ich finde das überhaupt nicht lustig. Erzählen Sie das mal den Jugendlichen, die sie süchtig machen.«

»Ich will mich nicht mit Ihnen streiten. Aber ich versichere Ihnen, dass ich keinerlei Verbindungen zum organisierten Verbrechen habe.« Er verzog das Gesicht. »Na ja, hin und wieder habe ich auch schon einen Buchmacher aufgesucht.«

»Soll mich das entwaffnen?«

»Um Sie zu entwaffnen, bedürfte es wahrscheinlich eines weltweiten Abkommens.« Er erhob sich. »Meine zehn Minuten sind vorüber und ich möchte nicht aufdringlich sein. Sie können sich mein Angebot durch den Kopf gehen lassen, ich werde Sie demnächst anrufen.«

»Ich habe schon darüber nachgedacht. Die Antwort lautet nein.«

»Wir haben ja erst mit den Verhandlungen begonnen. Wenn Sie nicht darüber nachdenken wollen, ich werde es tun. Es muss etwas geben, das ich Ihnen anbieten kann und das Ihnen den Job schmackhaft macht.« Er sah sie mit zusammengekniffenen Augen an. »Irgendwas an mir geht Ihnen gegen den Strich. Was ist es?«

»Nichts. Außer der Tatsache, dass Sie eine Leiche haben, von der kein anderer etwas wissen soll.«

»Keiner außer Ihnen. Sie sollen sehr wohl davon etwas wissen.« Er schüttelte den Kopf. »Nein, es ist noch was anderes. Sagen Sie mir, was es ist, damit ich es aufklären kann.«

»Gute Nacht, Mr Logan.«

»Also gut, wenn Sie schon nicht John zu mir sagen können, dann lassen Sie wenigstens das Mr weg. Sie wollen doch niemandem weismachen, dass Sie Respekt vor mir hätten.«

»Gute Nacht, Logan.«

»Gute Nacht, Eve.« Bei dem Sockel blieb er stehen und betrachtete den Schädel. »Wissen Sie, ich finde langsam Gefallen an ihm.«

»Sie ist ein Mädchen.«

Sein Lächeln verschwand. »Tut mir Leid. Das war nicht sehr lustig. Ich gehe davon aus, dass wir uns alle auf unsere eigene Art damit beschäftigen, was nach dem Tod aus uns wird.«

»Das stimmt. Aber manchmal müssen wir uns damit beschäftigen, bevor es hätte so weit sein sollen. Mandy wurde nicht einmal zwölf Jahre alt.«

»Mandy? Sie wissen, wer sie war?«

Das hätte ihr eigentlich nicht herausrutschen dürfen. Ach, zum Teufel, es spielte keine Rolle. »Nein. Aber ich gebe ihnen immer Namen. Und sind Sie jetzt nicht froh, dass ich Ihr Angebot abgelehnt habe? Sie können sich nicht ernsthaft wünschen, dass eine Exzentrikerin wie ich an Ihrem Schädel arbeitet.«

»Doch, doch. Ich habe etwas für Exzentriker übrig. Die Hälfte der Leute in meinen Denkfabriken in San Jose sind ein bisschen überspannt.« Er wandte sich zur Tür. »Ach übrigens, Ihr Computer ist schon drei Jahre alt. Wir haben ein neues Modell, das doppelt so schnell ist. Ich werde Ihnen einen schicken.«

»Nein, danke. Dieser hier funktioniert gut.«

»Man soll nie ein Bestechungsgeschenk zurückweisen, wenn man nicht unterschreiben muss, dass man sich erkenntlich zeigen wird.« Er öffnete die Tür. »Und lassen Sie nie Ihre Tür unverschlossen wie heute Abend. Sie glauben gar nicht, wer alles da drin hätte auf Sie warten können.«

»Nachts schließe ich das Labor ab, aber es wäre unpraktisch, es die ganze Zeit über verschlossen zu halten. Alles hier drin ist versichert und ich weiß, wie ich mich selbst schützen kann.«

Er lächelte. »Darauf könnte ich wetten. Ich werde Sie anrufen.«

»Ich habe Ihnen doch gesagt, dass –«

Ihre Worte verpufften, er hatte die Tür schon hinter sich geschlossen.

Sie stieß einen Seufzer der Erleichterung aus. Sie hatte nicht den leisesten Zweifel, dass sie wieder von ihm hören würde. Sie hatte noch nie einen Mann kennen gelernt, der

40

derart entschlossen war, sein Ziel zu erreichen. Selbst wenn sein erstes Auftreten samtig weich gewesen war, der Stahl hatte durch geschimmert. Nun gut, sie hatte sich schon früher mit Machttypen herumgeschlagen. Sie musste einfach auf ihrem Standpunkt beharren, dann würde John Logan irgendwann aufgeben und sie in Ruhe lassen.

Sie stand auf und trat an den Sockel. »So intelligent kann er gar nicht sein, Mandy. Er wusste nicht einmal, dass du ein Mädchen bist.« Nicht dass viele Leute es gewusst hätten.

Das Telefon auf ihrem Schreibtisch klingelte.

Mom? Ihr Wagen hatte neulich Probleme mit der Zündung gehabt.

Es war nicht ihre Mutter.

»Mir ist da noch was eingefallen, als ich beim Wagen ankam«, sagte Logan. »Ich dachte, ich lege noch was auf das ursprüngliche Angebot drauf, um Ihnen die Entscheidung zu erleichtern.«

»Da gibt's nichts zu entscheiden.«

»Fünfhunderttausend für Sie. Fünfhunderttausend für den Adam Fund, die Stiftung für verschwundene und weggelaufene Kinder. Soweit ich weiß, spenden Sie einen Teil Ihrer Honorare an diese Stiftung.« Er senkte vertraulich die Stimme. »Ist Ihnen klar, wie viele Kinder mit diesem Geld wieder nach Hause gebracht werden könnten?«

Das wusste sie besser als er. Einen verlockenderen Köder konnte er ihr nicht hinwerfen. Mein Gott, Machiavelli hätte von ihm lernen können.

»All diese Kinder. Sind sie nicht zwei Wochen Ihrer Zeit wert?«

Sie wären ihr zehn Jahre ihres Lebens wert. »Nicht, wenn ich dafür etwas Kriminelles tun soll.«

»Ob etwas kriminell ist oder nicht, ist eine Frage des Standpunkts.«

»Schwachsinn.«

»Ich nehme an, ich soll Ihnen versichern, dass ich nicht in ein Verbrechen verwickelt bin, das mit dem Schädel zu tun hat.«

»Warum sollte ich Ihrem Wort Glauben schenken?«

»Überprüfen Sie mich. Ich stehe nicht im Ruf eines Lügners.«

»Der Ruf bedeutet gar nichts. Die Menschen lügen, sobald es ihnen nötig erscheint. Ich habe hart arbeiten müssen, um meine Karriere aufzubauen. Ich habe keine Lust, sie aufs Spiel zu setzen.«

Es herrschte Schweigen. »Ich kann Ihnen nicht versprechen, dass Sie bei der ganzen Sache nicht ein paar Kratzer abbekommen, aber ich werde versuchen, Sie zu schützen, so gut ich kann.«

»Ich kann mich selbst schützen. Ich brauche Ihnen nur nein zu sagen.«

»Aber Sie sind in Versuchung, stimmt's?«

Herrgott noch mal, und wie.

»Siebenhunderttausend für die Stiftung.«

»Nein.«

»Ich melde mich morgen wieder.« Er legte auf.

Verdammt.

Der Scheißkerl wusste genau, auf welchen Knopf er zu drücken hatte. All das Geld, das man für die Suche nach den anderen Verschollenen verwenden konnte, die vielleicht noch lebten ...

Würde es sich nicht doch lohnen, ein Risiko einzugehen, um wenigstens einige von ihnen wieder nach Hause zu holen? Ihr Blick wanderte zu dem Sockel hinüber. Mandy war vielleicht eine, die von zu Hause fortgelaufen war. Wenn sie eine Möglichkeit gehabt hätte, wieder nach Hause zu kommen, wäre sie nicht ...

»Ich darf es eigentlich nicht machen, Mandy«, flüsterte sie. »Vielleicht ist es eine ganz üble Geschichte. Keiner macht mal eben für so eine Sache über eine Million Dollar locker, wenn es auch nur halbwegs mit rechten Dingen zugeht. Ich muss es ablehnen.«

Aber Mandy konnte ihr keine Antwort geben. Keiner der Toten hatte eine Antwort.

Aber die Lebenden hatten eine und Logan hatte sich darauf verlassen, dass sie ihm zuhören würde.

Mistkerl.

Logan lehnte sich auf dem Fahrersitz zurück. Er hatte den Blick auf Eve Duncans kleines, mit Schindeln gedecktes Haus gerichtet.

Hatte er ihr genug geboten?

Vielleicht. Sie war eindeutig in Versuchung. Sie fühlte sich mit Herz und Seele der Aufgabe verpflichtet, verschwundene Kinder aufzuspüren, und er hatte diesen Punkt ziemlich geschickt getroffen.

Was für einen Mann machte das aus ihm, dachte er müde.

Einen Mann, der etwas erledigen musste. Wenn sie auf sein Angebot nicht einging, würde er es am nächsten Tag noch erhöhen müssen.

Sie war härter, als er angenommen hatte. Knallhart, intelligent und scharfsinnig. Aber sie hatte einen wunden Punkt.

Und es gab keinen Zweifel, dass er sich diesen zunutze machen würde.

»Er ist gerade weggefahren«, sagte Fiske in sein Handy. »Soll ich ihm folgen?«

»Nein, wir wissen, wo er steckt. Hat er Eve Duncan getroffen?«

»Sie war den ganzen Abend zu Hause und er blieb über vier Stunden.«

Timwick stieß einen Fluch aus. »Sie wird mitmachen.«

»Ich könnte sie aufhalten«, erwiderte Fiske.

»Noch nicht. Sie hat Freunde bei der Kripo. Wir dürfen kein Aufsehen erregen.«

»Die Mutter?«

»Vielleicht. Das könnte zumindest für eine Verzögerung sorgen. Ich werd's mir durch den Kopf gehen lassen. Bleiben Sie auf dem Posten. Ich melde mich.«

Feiger Hund, dachte Fiske verächtlich. Die Nervosität in Timwicks Stimme war deutlich zu hören gewesen. Timwick war immer nachdenklich und zögerlich, anstatt den sauberen, einfachen Weg zu nehmen. Man musste sich überlegen, welches Ziel man verfolgte, und dann musste man die nötigen Schritte ergreifen. Wenn er Timwicks Macht und Mittel hätte, gäbe es für sein Handeln keine Einschränkungen. Nicht dass er Lust auf Timwicks Job hätte. Ihm gefiel seine Arbeit. Nicht viele Leute hatten wie er ihre Nische gefunden.

Er lehnte den Kopf gegen die Rücklehne und starrte auf das Haus.

Es war nach Mitternacht. Die Mutter müsste bald nach Hause kommen. Er hatte die Verandalampe schon herausgeschraubt. Wenn Timwick ihn jetzt gleich anriefe, müsste er nicht ins Haus gehen.

Wenn sich der Wichser nur zu der einzig intelligenten und einfachen Lösung durchringen könnte und Fiske beauftragen würde, sie zu töten.

Kapitel 3

»Du weißt doch genau, dass du es tun wirst, Mama«, sagte Bonnie. »Ich verstehe nicht, warum du dir so viele Sorgen machst.«

Eve setzte sich in ihrem Bett auf und blickte zum Fenstersitz. Wenn Bonnie auftauchte, saß sie jedesmal auf dem Fenstersitz, in Jeans und die Beine übereinander geschlagen. »Ich weiß überhaupt nichts davon.«

»Du wirst dir nicht selbst helfen können. Vertraue auf mich.«

»Da ich dich nur träume, kannst du nicht mehr wissen als ich.«

Bonnie seufzte. »Ich bin nicht dein Traum. Ich bin ein Geist, Mama. Wie kann ich dich nur davon überzeugen? Ein Geist zu sein sollte eigentlich nicht so anstrengend sein.«

»Du kannst mir erzählen, wo du bist.«

»Ich weiß nicht, wo er mich verscharrt hat. Ich war nicht mehr dabei.«

»Hört sich logisch an.«

»Mandy weiß es auch nicht. Aber sie mag dich.«

»Wenn sie bei dir ist, wie heißt sie dann wirklich?«

»Namen bedeuten uns nichts mehr, Mama.«

»Aber mir bedeuten sie etwas.«

Bonnie lächelte. »Wahrscheinlich musst du ihr einen Namen geben, um sie lieben zu können. Das ist wirklich nicht notwendig.«

»Ganz schön tiefsinnig für eine Siebenjährige.«

»Um Himmels willen, das ist jetzt zehn Jahre her. Versuch nicht, mich hereinzulegen. Wer hat denn gesagt, dass ein Geist nicht erwachsen werden kann? Ich kann doch nicht immer sieben Jahre alt bleiben.«

»Du siehst aber noch genauso aus.«

»Weil du nur siehst, was du sehen willst.« Sie lehnte sich in die Fensternische. »Du arbeitest zu viel, Mama. Ich mache mir Sorgen um dich. Vielleicht täte dir dieser Auftrag von Logan ja gut.«

»Ich werde ihn nicht annehmen.«

Bonnie lächelte.

»Wirklich nicht«, bekräftigte Eve.

»Wie auch immer.« Bonnie starrte zum Fenster hinaus. »Heute Abend hast du an mich und an die Geißblattblüten gedacht. Es gefällt mir, wenn du schöne Erinnerungen an mich hast.«

»Das hast du mir schon gesagt.«

»Dann wiederhole ich mich eben. Anfangs warst du zu sehr von Kummer erfüllt. Ich konnte dir gar nicht nah sein ...«

»Du bist mir jetzt auch nicht nah. Ich träume dich nur.«

»Tatsächlich?« Bonnie betrachtete sie, ein liebevolles Lächeln erhellte ihr Gesicht. »Dann hast du ja bestimmt nichts dagegen, wenn dein Traum noch eine Weile dauert, oder? Manchmal habe ich solche Sehnsucht nach dir, Mama.«

Bonnie. Liebe. Hier.

O Gott, sie war hier.

Es spielte keine Rolle, dass es ein Traum war.

»Ja, bleib«, flüsterte sie heiser. »Bitte bleib noch, Kleines.«

Die Sonne schien herein, als Eve am Morgen darauf die Augen öffnete. Sie warf einen Blick auf die Uhr und schoss in die Höhe. Es war fast halb neun, normalerweise stand sie um sieben auf. Sie wunderte sich, dass ihre Mutter nicht nach ihr gesehen hatte.

Sie schwang sich aus dem Bett und ging den Flur entlang zur Dusche. Sie fühlte sich ausgeruht und optimistisch, wie immer, wenn sie von Bonnie geträumt hatte. Für einen Psychiater wären diese Träume ein gutes Übungsfeld, aber sie scherte sich nicht darum. Drei Jahre nach Bonnies Tod hatte sie angefangen, von ihr zu träumen. Die Träume kamen oft, aber sie hätte nicht sagen können, wann sie sie hatte und wodurch sie ausgelöst wurden. Vielleicht wenn sie ein Problem hatte und es durcharbeiten musste. Jedenfalls war die Wirkung immer positiv. Wenn sie aufwachte, fühlte sie sich gefasst und stark, genau wie heute, und voller Selbstvertrauen, dass sie sich der Welt stellen konnte.

Und auch John Logan.

Sie zog sich schnell Jeans und ein weites, weißes Hemd an, ihre Arbeitskluft, und lief die Stufen zur Küche hinunter.

»Mom, ich hab verschlafen. Warum hast du mich nicht –«

Es war niemand in der Küche. Kein Duft von Schinken, keine Bratpfanne auf dem Herd ... Der Raum sah genauso aus wie um Mitternacht, als sie hereingekommen war.

Und Sandra war noch nicht zu Hause gewesen, als Eve ins Bett gegangen war. Sie blickte aus dem Fenster und atmete erleichtert auf. Der Wagen ihrer Mutter stand auf seinem Parkplatz.

Sie war wahrscheinlich erst spät heimgekommen und hatte auch verschlafen. Da Samstag war, brauchte sie nicht zu arbeiten.

Sie durfte nichts davon erwähnen, dass sie sich Sorgen gemacht hatte, dachte Eve schuldbewusst. Sie neigte dazu, sich zu viele Sorgen zu machen, und Sandra nahm ihr das zu Recht übel.

Sie nahm Orangensaft aus dem Kühlschrank und goss sich ein Glas ein, langte nach dem Mobiltelefon an der Wand und rief Joe auf seiner Dienststelle an.

»Diane hat sich beschwert, dass du dich nicht gemeldet hast. Du solltest sie anrufen, nicht mich.«

»Heute Nachmittag, ich versprech's.« Sie nahm am Küchentisch Platz. »Erzähl mir von John Logan.«

Es herrschte Schweigen am anderen Ende der Leitung. »Hat er sich mit dir in Verbindung gesetzt?«

»Gestern Abend.«

»Ein Auftrag?«

»Ja.«

»Welcher Art?«

»Ich weiß nicht. Er erzählt mir nicht viel.«

»Du scheinst es dir zu überlegen, sonst hättest du mich nicht angerufen. Welchen Köder hat er benutzt?«

»Die Adam-Stiftung.«

»Gott, der weiß genau, wo er dich packen kann.«

»Er ist intelligent. Und ich möchte wissen, wie intelligent.« Sie nippte an ihrem Saft. »Und wie ehrlich.«

»Tja, er spielt jedenfalls nicht in derselben Liga wie dein Drogenhändler aus Miami.«

»Das ist nicht besonders tröstlich. Hat er irgendwelche Verbrechen begangen?«

»Soweit ich weiß, nicht. Nicht in diesem Land.«

»Ist er kein Bürger der USA?«

»Doch, er verbrachte mehrere Jahre in Singapur und Tokyo, um seine Produkte zu verbessern und Marktstrategien zu erforschen.«

»Scheint ja genützt zu haben. War das ein Scherz, als du

meintest, er hätte wahrscheinlich einige Leichen hinter sich gelassen?«

»Ja. Wir wissen nicht viel über die Jahre, die er im Ausland verbracht hat. Die Leute, die mit ihm zu tun hatten, alles knallharte Burschen, haben Respekt vor ihm. Gibt dir das irgendwie zu denken?«

»Dass ich vorsichtig sein sollte.«

»Genau. Er hat den Ruf, immer direkt sein Ziel anzusteuern, und er inspiriert seine Mitarbeiter zur Loyalität. Aber du solltest bedenken, dass all das nur die Oberfläche ist.«

»Kannst du noch mehr für mich herausfinden?«

»Zum Beispiel?«

»Alles. Hat er in letzter Zeit irgendetwas Untypisches gemacht? Kannst du ein bisschen tiefer nachforschen?«

»Na gut. Ich werde sofort anfangen.« Er hielt inne. »Aber das kostet dich einiges. Du rufst Diane heute Nachmittag an und sagst ihr, dass du nächstes Wochenende mit uns in unser Haus am See kommst.«

»Dafür habe ich keine Zeit –« Sie seufzte. »Also gut. Ich komme mit.«

»Und bitte ohne klappernde Knochen in deinem Koffer.«

»Abgemacht.«

»Und du wirst dich gefälligst amüsieren.«

»Ich finde es immer schön mit dir und Diane. Aber ich verstehe gar nicht, warum du dich mit mir abgibst.«

»Nenn es Freundschaft. Kommt dir das bekannt vor?«

»Ja doch, danke, Joe.«

»Dafür, dass ich Logans Leichen ausgrabe?«

»Nein.« Dafür, dass er der Einzige gewesen war, der den Wahnsinn, der sie in jenen Nächten des Schreckens in den Klauen gehalten hatte, von ihr abgewendet hatte, und dass er all die Jahre danach mit ihr in Freundschaft zusammen gearbeitet hatte. Sie räusperte sich. »Nein, danke, dass du mein Freund bist.«

»Nun gut, als dein Freund kann ich dir nur raten, bei Mr Logan äußerste Vorsicht walten zu lassen.«

»Es geht um viel Geld für die Kinder, Joe.«

»Und er wusste, wie er dich einwickeln kann.«

»Er hat mich nicht eingewickelt. Ich habe noch keinen Entschluss gefasst.« Sie trank den Saft aus. »Ich muss an die Arbeit. Du hältst mich auf dem Laufenden?«

»Darauf kannst du dich verlassen.«

Sie hängte den Hörer ein und spülte das Glas aus.

Kaffee?

Nein, sie würde sich einen im Labor machen. An den Wochenenden kam Mom gewöhnlich im Laufe des Vormittags herunter und trank einen Kaffee bei ihr. Es war für beide immer eine willkommene Pause.

Sie nahm ihren Schlüssel aus der blauen Schale auf der Anrichte, lief die Verandastufen hinunter und machte sich auf den Weg zum Labor.

Hör auf, über Logan nachzudenken. Sie hatte genug Arbeit. Sie musste Mandys Kopf fertig stellen und sich mit dem Paket beschäftigen, das ihr die Kripo Los Angeles letzte Woche geschickt hatte.

Logan würde sie heute anrufen oder vorbeikommen. Daran hatte sie nicht den geringsten Zweifel. Nun, er konnte ihr viel erzählen. Er würde keine Antwort von ihr bekommen. Sie musste erst mehr herausfinden über –

Die Tür ihres Labors stand einen Spaltbreit offen.

Sie blieb wie angewurzelt stehen.

Sie wusste, dass sie letzte Nacht wie immer abgeschlossen hatte. Der Schlüssel hatte in der blauen Schale gelegen, wo sie ihn immer hineinwarf.

Mom?

Nein, der Türrahmen war gesplittert, als wäre das Schloss aufgebrochen worden. Es musste ein Dieb gewesen sein.

Langsam schob sie die Tür auf.

Blut.

Mein Gott, überall Blut ...

Blut an den Wänden.

Auf den Regalen.

Auf dem Schreibtisch.

Die Bücherschränke waren umgestoßen und völlig zertrümmert. Die Couch war umgeworfen, das Glas der Bilderrahmen war zersplittert.

Und das Blut ...

Ihr schlug das Herz bis zum Hals.

Mom? War sie ins Labor gekommen und hatte den Dieb überrascht?

Sie eilte weiter, die Panik verursachte ihr Herzrasen.

»Mein Gott, es ist Tom-Tom.«

Eve fuhr herum und sah ihre Mutter im Türrahmen stehen. Vor Erleichterung bekam sie weiche Knie.

Ihre Mutter starrte in eine Ecke des Raums. »Wer kann einer kleinen Katze so etwas antun?«

Eves Blick folgte dem ihren und ihr drehte sich der Magen um. Die Perserkatze war blutüberströmt und kaum noch zu erkennen. Tom-Tom gehörte ihrer Nachbarin, verbrachte aber viel Zeit in ihrem Garten, um die Vögel zu jagen, die vom Geißblatt angelockt wurden.

»Das wird Mrs Dobbins das Herz brechen.« Ihre Mutter betrat den Raum. »Diese alte Katze war das Einzige, was sie noch auf der Welt hatte. Warum sollte –« Ihr Blick war auf den Fußboden neben dem Schreibtisch gerichtet. »O Eve, es tut mir so Leid, deine ganze Arbeit ...«

Ihr Computer war zerstört und daneben lag Mandys Schädel, grausam und zielstrebig zertrümmert.

Eve ließ sich neben den Teilen des Schädels auf die Knie fallen. Es müsste schon ein Wunder geschehen, damit sie ihn wieder zusammensetzen konnte.

Mandy ... verloren. Vielleicht für immer.

»Ist denn was weg?«, wollte ihre Mutter wissen.

»Sieht nicht so aus.« Sie schloss die Augen. Mandy ... »Sie haben einfach alles zerstört.«

»Rowdys? Aber es sind doch alles nette Jugendliche in unserem Viertel. Sie würden nie –«

»Nein.« Sie öffnete ihre Augen wieder. »Würdest du bitte Joe anrufen, Mom? Sag ihm, er soll sofort herkommen.« Sie schaute auf die Katze und Tränen traten ihr in die Augen. Sie war fast neunzehn Jahre alt und hätte einen sanfteren Tod verdient. »Und bring einen kleinen Karton und eine Plane mit. Während wir warten, bringen wir Tom-Tom zu Mrs Dobbins und helfen ihr, ihn zu beerdigen. Wir sagen ihr einfach, er wurde von einem Auto überfahren. Das ist schonender, als ihr klar zu machen, dass irgendwelche hirnlosen Barbaren dafür verantwortlich sind.«

»Richtig.« Sandra eilte hinaus.

Hirnlose Barbaren.

Die Zerstörung war zwar barbarisch, aber weder hirnlos noch zufällig. Sie war vielmehr gründlich und systematisch. Wer immer das gewesen war, er hatte beabsichtigt, sie zu schockieren und zu treffen.

Sanft streichelte sie ein Stück von Mandys Schädel. Das Mädchen war noch nach seinem Tod das Opfer von Gewalt geworden. Diese Gewalt war ebenso sinnlos wie die Brutalität, mit der dem Leben dieser armen kleinen Katze ein Ende bereitet worden war. Beides war unrecht. So unrecht.

Vorsichtig sammelte sie die Schädelsplitter ein, aber es gab keinen Platz, sie abzulegen. Der Sockel war ebenso zerstört wie alles andere. Sie legte die Splitter auf den blutverschmierten Schreibtisch.

Aber warum lag der Schädel auf dieser Seite des Raums?, fragte sie sich plötzlich. Das Scheusal hatte ihn absichtlich herübergetragen und erst dann zertrümmert. Warum?

Sie ließ den Gedanken fallen, als sie das Blut bemerkte, das aus der obersten Schreibtischschublade tropfte.

O Gott, noch mehr?

Sie wollte die Schublade nicht öffnen. Sie würde sie nicht öffnen.

Sie tat es doch.

Sie schrie auf und machte einen Satz zurück.

Eine Blutlache und mitten in der klebrigen Masse lag eine tote Ratte.

Sie schlug die Schublade zu.

»Ich habe den Karton und die Plane.« Ihre Mutter war wieder zurück. »Soll ich es machen?«

Eve schüttelte den Kopf. Ihre Mutter wirkte genauso angewidert, wie Eve sich fühlte.

»Ich mach's schon. Kommt Joe?«

»Ist schon unterwegs.«

Eve nahm die Plane, gab sich einen Ruck und ging zur Katze hinüber.

Alles in Ordnung, Tom-Tom. Wir bringen dich nach Hause.

Zwei Stunden später traf Joe sie auf der Türschwelle des Labors an. Er musterte sie und reichte ihr sein Taschentuch. »Deine Wange ist verschmiert.«

»Wir haben soeben Tom-Tom begraben.« Sie wischte sich die Tränen von der Wange. »Mom ist noch drüben bei Mrs Dobbins. Sie hat diese Katze geliebt. Sie war wie ihr Kind.«

»Wenn jemand das mit meinem Retriever machen würde, würde ich ihm den Schädel einschlagen.« Er schüttelte den Kopf. »Wir haben versucht, Fingerabdrücke zu finden, aber ohne Erfolg. Wahrscheinlich trug er Handschuhe. Im Blut fanden wir Ansätze von Fußspuren. Ziemlich große, wahrscheinlich von einem Mann, und nur eine Sorte. Ich würde also sagen, dass wir es mit einem Einzeltäter zu tun haben. Fehlt irgendetwas?«

»Nicht dass ich wüsste. Alles ist einfach ... zerstört.«

»Es gefällt mir nicht.« Joe warf einen Blick über die Schulter und betrachtete die Verwüstung. »Da hat sich jemand ziemlich viel Zeit gelassen, um so gründlich vorzugehen. Das war skrupellos und sieht nicht nach Zufall aus.«

»Das habe ich auch nicht angenommen. Irgendjemand wollte mich treffen.«

»Irgendwelche Jugendlichen aus dem Viertel?«

»Keiner, dem ich das zutrauen würde. Das war zu brutal.«

»Hast du schon die Versicherung angerufen?«

»Noch nicht.«

»Solltest du aber.«

Sie nickte. Noch am Tag zuvor hatte sie Logan erklärt, sie sähe kein Problem darin, die Tür zum Labor unverschlossen zu lassen. Sie hatte sich nicht vorstellen können, dass so etwas passieren konnte. »Ich fühle mich elend, Joe.«

»Kann ich verstehen.« Er nahm ihre Hand und drückte sie tröstend. »Ich werde einen Streifenwagen schicken, der das Haus bewacht. Oder wie wär's, wenn deine Mutter und du ein paar Tage zu mir kämt?«

Sie schüttelte den Kopf.

»Na gut.« Er zögerte. »Ich werde jetzt lieber aufs Revier fahren und einige Akten überprüfen. Vielleicht hat es ja kürzlich hier in der Gegend vergleichbare Fälle gegeben. Meinst du, du kommst klar?«

»Wird schon gehen. Danke, dass du gekommen bist, Joe.«

»Ich wünschte, ich könnte mehr für dich tun. Wir werden die Nachbarn befragen; mal sehen, ob dabei was herauskommt.«

Sie nickte. »Außer Mrs Dobbins. Schickt niemanden zu ihr.«

»In Ordnung. Ruf mich an, wenn du mich brauchst.«

Sie sah ihm nach, als er wegging, und kehrte zu ihrem Labor zurück. Sie hatte keine Lust, es zu betreten. Sie hatte keine Lust, sich noch einmal diese Gewalttätigkeit und Abscheulichkeit anzusehen.

Doch es blieb ihr nichts anderes übrig. Sie musste sich vergewissern, dass nichts fehlte, und ihre Versicherung benachrichtigen. Sie gab sich einen Ruck und ging hinein. Wieder raubte ihr der Anblick des Bluts den Atem. Gott, wie hatte sie der Gedanke erschreckt, es könnte das Blut ihrer Mutter sein.

Tote Katzen und abgeschlachtete Ratten und Blut. So viel Blut.

Nein.

Sie rannte zur Tür hinaus und sackte auf der Schwelle zusammen. Kalt. Ihr wurde so kalt. Sie schlang die Arme um ihren Körper, ein vergeblicher Versuch, die Kälte zu bannen.

»Draußen steht ein Streifenwagen. Ist alles in Ordnung?«

Als sie aufsah, stand Logan vor ihr. Der hatte ihr gerade noch gefehlt. »Gehen Sie.«

»Was ist los?«

»Gehen Sie.«

Er blickte über sie hinweg durch die Tür. »Ist irgendetwas vorgefallen?«

»Ja.«

»Ich komme sofort wieder.« Er ging an ihr vorbei ins Labor. Nach ein paar Minuten war er wieder da. »Scheußlich.«

»Man hat die Katze meiner Nachbarin getötet. Sie haben Mandy zertrümmert.«

»Ich habe die Überreste auf dem Schreibtisch gesehen.« Er dachte nach. »Haben Sie sie dort gefunden?«

Sie schüttelte den Kopf. »Nein, auf dem Fußboden gleich daneben.«

»Aber weder Sie noch Ihre Mutter sind verletzt?«

Sie wünschte, sie würde aufhören zu zittern. »Gehen Sie, ich will nicht mit Ihnen sprechen.«

»Wo ist Ihre Mutter?«

»Bei Mrs Dobbins. Ihre Katze ... Gehen Sie endlich.«

»Nicht, solange niemand hier ist, der sich um Sie kümmert.« Er zog sie hoch. »Kommen Sie, wir gehen ins Haus.«

»Ich brauche niemand, der sich um mich kümmert –« Er zerrte sie fast schon den Weg entlang. »Lassen Sie mich in Ruhe. Fassen Sie mich nicht an.«

»Sobald ich Sie ins Haus gebracht habe und Sie etwas Warmes zu sich genommen haben.«

Sie zog ihren Arm weg. »Ich habe keine Zeit, herumzusitzen und Kaffee zu trinken. Ich muss die Versicherung anrufen.«

»Das mache ich.« Er schob sie sanft die Stufen hinauf in die Küche hinein. »Ich werde mich um alles kümmern.«

»Ich lege keinen Wert darauf, dass Sie sich um alles kümmern. Ich will, dass Sie gehen.«

»Dann seien Sie still und lassen mich Ihnen etwas zu trinken bringen.« Er schob sie auf einen Stuhl am Küchentisch. »So werden Sie mich am schnellsten wieder los.«

»Ich habe keine Lust, hier zu sitzen –« Sie gab auf. Sie war im Moment nicht in der Verfassung für eine Auseinandersetzung. »Beeilen Sie sich.«

»Jawohl, Ma'am.« Er wandte sich zum Küchenschrank um. »Wo finde ich Kaffee?«

»In der blauen Büchse auf der Anrichte.«

Er füllte Wasser in die Karaffe. »Wann ist es passiert?«

»Vergangene Nacht. Irgendwann nach Mitternacht.«

»Hatten Sie abgeschlossen?«

»Natürlich.«

»Immer mit der Ruhe.« Er löffelte Kaffeepulver in die Kaffeemaschine. »Haben Sie irgendwas gehört?«

»Nein.«

»In Anbetracht des Schadens wundert mich das.«

»Joe meinte, dass der Täter genau wusste, was er tat.«

Er schaltete die Kaffeemaschine ein. »Haben Sie eine Vorstellung, wer es gewesen sein könnte?«

Sie schüttelte den Kopf. »Keine Fingerabdrücke. Vielleicht benutzte er Handschuhe.«

Er nahm einen Strickpullover vom Haken der Wäschekammertür. »Handschuhe. Dann waren es keine Amateure.«

»Das sagte ich Ihnen doch.«

Er legte ihr den Pullover über die Schulter. »Stimmt.«

»Und das ist der Pullover meiner Mutter.«

»Sie brauchen ihn. Ich nehme nicht an, dass sie etwas dagegen hat.«

Sie brauchte den Pullover tatsächlich. Sie zitterte immer noch.

Er nahm den Telefonhörer ab.

»Was machen Sie?«

»Ich rufe meine Sekretärin an, Margaret Wilson. Wie lautet der Name Ihrer Versicherung?«

»Security America, aber Sie sollen –«

»Hallo, Margaret, hier ist John«, sagte er in den Hörer. »Ich möchte, dass Sie – ja, ich weiß, dass heute Samstag ist.« Er hörte geduldig zu. »Ja, Margaret. Ich weiß, dass ich Ihnen große Umstände mache, und ich bin Ihnen zu tausend Dank verpflichtet. Aber jetzt schweigen Sie bitte und lassen mich Ihnen sagen, was ich möchte.«

Eve starrte ihn überrascht an. Sie hatte ja alles Mögliche erwartet, aber keinen Logan, der sich von einer Angestellten einschüchtern ließ.

Er blickte zu Eve und zog eine Grimasse, während er zuhörte. »Sind Sie jetzt so weit?«, fragte er in den Hörer.

Offensichtlich fiel die Antwort dieses Mal positiv aus. »Schreiben Sie einen Bericht an Security America für Eve Duncan.« Er buchstabierte ihren Familiennamen. »Einbruch, Vandalismus und eventuell Diebstahl. Wenn Sie Einzelheiten oder eine Bestätigung benötigen, rufen Sie Joe Quinn bei der Kripo Atlanta an. Sie sollen sofort einen Schadengutachter herschicken. Und beauftragen Sie eine Reinigungsfirma. Ich möchte, dass das Labor um Mitternacht tipptopp sauber und aufgeräumt ist.« Er seufzte. »Nein, Margaret, Sie brauchen nicht hier einzufliegen und es selbst zu machen. Ihr Sarkasmus ist unangebracht. Kümmern Sie sich einfach nur darum. Ich möchte nicht, dass Eve Duncan mit mehr als ihrer Unterschrift unter den Bericht belästigt wird. Ich will hier auch einen Sicherheitsdienst haben, der das Grundstück und Eve und Sandra Duncan bewacht. Rufen Sie mich an, wenn irgendein Problem auftaucht. Nein, ich habe keinen Zweifel an Ihrer Effizienz, ich wollte nur –« Er lauschte noch einen Moment und sagte dann freundlich, aber bestimmt: »Auf Wiederhören, Margaret.« Er legte auf und nahm eine Tasse aus dem Küchenschrank. »Margaret wird sich darum kümmern.«

»Sie will es aber nicht.«

»Sie möchte einfach nur sicherstellen, dass ich ihre Arbeit nicht für selbstverständlich halte. Wenn ich es selber erledigt hätte, würde sie mir vorwerfen, ich traute ihr nicht zu, sich richtig darum zu kümmern.« Er goss heißen Kaffee in ihre Tasse. »Sahne oder Zucker?«

»Schwarz. Arbeitet sie schon lange für Sie?«

»Seit neun Jahren.« Er stellte ihr den Kaffee hin. »Wir müssen wieder hinausgehen und alles einsammeln, was der Gutachter nicht in die Finger bekommen soll.«

»Ich glaube nicht, dass ein Grund zur Eile besteht.« Sie nippte an ihrem Kaffee. »Ich habe noch nie erlebt, dass eine Versicherungsgesellschaft so schnell arbeitet.«

»Vertrauen Sie auf Margaret. Es wird bald einer hier sein.« Er goss sich auch Kaffee ein und setzte sich ihr gegenüber. »Sie wird es als Herausforderung betrachten.«

»Ich kenne Margaret nicht, deshalb kann ich ihr nicht vertrauen. Genauso wenig wie ich Ihnen vertrauen kann.« Sie erwiderte seinen Blick. »Und ich brauche keinen privaten Sicherheitsdienst hier bei mir. Joe sorgt dafür, dass wir bewacht werden.«

»Gut. Aber ein paar zusätzliche Vorsichtsmaßnahmen können nicht schaden. Die werden Sie nicht behelligen.« Er sah sie prüfend an, während er einen Schluck Kaffee trank. »Ihre Gesichtsfarbe ist schon wieder besser. Ich fürchtete schon, Sie würden durchdrehen.«

Es ging ihr wirklich schon besser. Das Zittern hatte ein wenig nachgelassen. »Reden Sie keinen Unsinn. Ich hatte nicht vor, in Ohnmacht zu fallen. Ich beschäftige mich jeden Tag mit Horrorgeschichten. Ich war einfach stinksauer.«

»Völlig verständlich, aber diese spezielle Horrorgeschichte hat Sie persönlich getroffen. Das ist ein gewaltiger Unterschied.«

Ja, ihr Privatleben war seit jener Nacht vor dem Gefängnis ruhig und frei von Gewalttätigkeit gewesen. Auf diese Scheußlichkeit war sie nicht vorbereitet. »Es ist noch etwas anderes. Ich komme mir vor wie ein Opfer. Ich hatte mir geschworen, niemals – ich hasse diesen Zustand.«

»Das ist offenkundig.«

Sie trank ihren Kaffee aus und erhob sich. »Wenn Sie tatsächlich annehmen, dass bald jemand von der Versicherung hier draußen auftaucht, dann gehe ich jetzt besser ins Labor und überprüfe noch einmal alles.«

»Lassen Sie sich Zeit dabei. Wie Sie schon sagten, es besteht kein Grund zur Eile.«

»Ich möchte es hinter mich bringen.« Sie ging zur Tür. »Meine Mutter wird bald nach Hause kommen und ich möchte ihr nicht das Gefühl geben, sie müsste mir dabei helfen.«

»Sie sind sehr fürsorglich Ihrer Mutter gegenüber.« Er folgte ihr die Stufen hinunter. »Haben Sie ein gutes Verhältnis zueinander?«

»Ja. Das war nicht immer so. Aber mittlerweile sind wir gute Freundinnen.«

»Freundinnen?«

»Nun, sie ist lediglich fünfzehn Jahre älter als ich. Wir sind beinahe miteinander aufgewachsen.« Sie warf einen Blick über die Schulter. »Sie müssen da jetzt nicht mit reinkommen.«

»Ich weiß.« Er öffnete ihr die Labortür. »Aber Margaret wäre ziemlich sauer, wenn ich sie arbeiten ließe und selbst keinen Finger krumm machen würde.«

Kapitel 4

»Jede Menge Blut«, stellte Logan trocken fest. »Aber die Reinigungskräfte werden sich darum kümmern.« Er deutete mit dem Kopf auf einen Stapel von Zeitungsartikeln, der auf dem Boden neben dem zertrümmerten Bücherschrank lag. »Sehen Sie doch mal nach, ob davon noch was zu retten ist.«

Sie nickte und kniete neben dem Bücherschrank nieder. Überrascht stellte sie fest, dass Logans Anwesenheit es ihr leichter machte, hier zu sein. Seine Nüchternheit half. Es gab Blut; es musste abgewaschen werden. Es gab Zerstörung; man musste nachsehen, was noch brauchbar war.

Und sie stellte erleichtert fest, dass die Fotos von Bonnie und ihrer Mutter noch zu retten waren. Bei allen war nur jeweils eine Ecke eingerissen. »Die sind noch in Ordnung.«

»Gut. Also, wer immer das hier verbrochen hat, er ist nicht so intelligent, wie ich dachte. Ihm war nicht klar, wie sehr er Sie hätte verletzen können, wenn er die Fotos zerrissen hätte.« Er stand am Schreibtisch. »Ich werde die Schubladen untersuchen und nachsehen, ob –«

»Warten Sie. Da –« Zu spät. Logan hatte bereits die Schublade geöffnet, in der sich die Ratte befand.

Die Ratte war weg. Die Polizei musste sie mitgenommen haben, aber die Schublade war immer noch voll mit Blut.

Er verzog kurz das Gesicht. »Ich bin froh, dass ich sie geöffnet habe, bevor die Reinigungsmannschaft dazukommt. Wir hätten sie vielleicht nicht hier halten können.« Er zog die Schublade heraus und trug sie zur Tür. »Ich mache das für Sie.«

»Sie scheinen ja gut damit fertig zu werden.«

»Erinnern Sie mich daran, Ihnen zu erzählen, was nach meiner ersten größeren Firmenübernahme mit meinem Büro passiert ist. Zumindest hat hier niemand Exkremente hinterlassen. Suchen Sie weiter. Ich bin gleich wieder da.«

Es gab nicht mehr viel, was sie hätte untersuchen müssen. Die Bücher waren zerfetzt, die Sanduhr, die ihre Mutter ihr im Freizeitpark »Six Flags« gekauft hatte, war zerbrochen, der Fuß des Sockels war in zwei Teile gehackt und –

Der Sockel. Mandy.

Warum war Mandy erst zum anderen Ende des Zimmers getragen und dann zertrümmert worden? Das war ihr schon anfangs sonderbar vorgekommen, aber sie war zu benommen gewesen, um es in ihr Bewusstsein dringen zu lassen. Alles andere bei dieser Zerstörungstat erschien ihr kalt kalkuliert. Was konnte der Grund sein, den Schädel ...

Sie stand auf und ging schnell auf die andere Seite des Schreibtischs. Der einzige Gegenstand, der auch an dieser Stelle zerstört worden war, war ihr Computer. Und der Schädel war hierhin getragen und zusammen mit dem Computer zerstört worden.

Sie starrte auf den Computer und plötzlich sah sie die Verbindung. »Mein Gott.«

»Ich hatte angenommen, Sie würden die Botschaft sofort verstehen.« Logan stand im Türrahmen und beobachtete sie.

»Sie haben es gewusst.«

Er nickte. »Nachdem Sie mir erzählt hatten, wo Sie den Schädel fanden. Er hat versucht, sich deutlich auszudrücken, oder? Der Logan-Computer. Der Schädel. Eine Warnung.«

»Wer?«

»Ich weiß es nicht. Offensichtlich will irgendjemand verhindern, dass ich Ihre Dienste in Anspruch nehme.«

Ihr Blick wanderte durch den Raum. »Und darum geht es hier?«

»Ja.«

Sie sah ihn wieder an. »Und Sie hätten es mir nicht gesagt?«

»Nicht, wenn Sie es nicht selbst herausgefunden hätten«, erwiderte er unverblümt. »Ich hatte die Befürchtung, dass das Pendel zu meinen Ungunsten ausschlagen könnte. Dieser Anschlag sollte Ihnen Angst einjagen und das hat geklappt.«

Ja, sie bekam es mit der Angst zu tun. Sie war verängstigt, angewidert und tieftraurig. Außer dass ihr Eigentum zerstört worden war, war Tom-Toms Leben ein Ende gesetzt und Mandy für immer ihrer Identität beraubt worden.

Und all das sollte dazu dienen, sie von einem bestimmten Weg abzubringen. Zorn überkam sie, als sie sich an das Gesicht von Mrs Dobbins am Morgen erinnerte.

»Scheißkerl.« Ihre Stimme zitterte vor Wut. »Verfluchter Scheißkerl.«

»Da stimme ich Ihnen zu.« Logan betrachtete konzentriert ihren Gesichtsausdruck. »Ich hoffe, es hat eine Bedeutung, dass Sie ihn und nicht mich verfluchen.«

»Verdammter Scheißkerl.« Sie verließ das Labor mit entschlossenen Schritten. Sie konnte sich nicht daran erinnern, jemals so wütend gewesen zu sein, außer an dem Tag, als Fraser geschnappt worden war. Sie hätte jemanden umbringen können. »Es war ihm scheißegal. Wie kann ein Mensch so rücksichtslos sein –« Sie wusste, dass es möglich war. Wahrscheinlich war das auch so ein perverser Irrer wie Fraser. Grausam, eiskalt und gnadenlos. »Er wird dafür bezahlen.«

»Dann werde ich für Sie herausfinden, wer es ist«, sagte Logan.

Sie fuhr zu ihm herum. »Wie soll das möglich sein? Haben Sie mich belogen, als Sie sagten, Sie wüssten nicht, wer er ist?«

»Ich kenne ihn auch nicht, aber ich weiß ziemlich sicher, wer ihn beauftragt hat.«

»Wer?«

Er schüttelte den Kopf. »Das kann ich Ihnen nicht sagen, aber ich werde herausfinden, wer's war.« Und nach einer Weile: »Wenn Sie mein Angebot annehmen.«

»Sagen Sie mir, wer sein Auftraggeber ist.«

»Sie werden es selbst herausfinden, wenn Sie es sich überlegen und den Job annehmen. Was spricht dagegen? Es wird eine Weile dauern, das Labor neu einzurichten. Sie haben hier im Moment ohnehin nur Leerlauf. Ich erhöhe das Geld für die Adam-Stiftung um weitere zweihunderttausend und liefere Ihnen als Zugabe den Kerl, der Ihnen das angetan hat.«

Plötzlich schoss ihr ein Gedanke durch den Kopf. »Vielleicht stecken ja *Sie* dahinter, um mich dazu zu veranlassen, bei Ihnen mitzumachen.«

»Das wäre zu riskant gewesen. Das hätte ebenso nach hinten losgehen können. Und außerdem töte ich keine hilflosen Tiere.«

»Aber Sie sind durchaus gewillt, Ihren Vorteil aus dem zu ziehen, was passiert ist.«

»Worauf Sie sich verlassen können. Also sind wir uns einig?«

Sie ließ den Blick durch den blutverschmierten Raum wandern und wieder stieg Wut in ihr hoch. »Ich lasse es mir durch den Kopf gehen.«

»Und wenn ich noch weiter erhöhe?«

»Hören Sie endlich auf, mich zu drängen. Ich habe gesagt, ich lasse es mir durch den Kopf gehen.« Sie nahm einen Karton vom Boden, der einmal Druckerpapier enthalten hatte, und legte die Fragmente von Mandys Schädel hinein. Ihre Hände zitterten immer noch vor Zorn. Sie musste sich beruhigen. »Gehen Sie. Ich rufe Sie an, sobald ich zu einem Entschluss gekommen bin.«

»Ich kann keine Zeit verlieren –«

»Ich rufe Sie an.«

Sie spürte seinen Blick und erwartete schon, dass er fortfahren würde, auf sie einzureden.

»Ich wohne im Ritz-Carlton in Buckhead.« Er zögerte. »Ich dürfte Ihnen das eigentlich gar nicht erzählen. Es schwächt meine Verhandlungsposition. Aber ich bin verzweifelt, Eve. Ich brauche Ihre Hilfe. Rufen Sie mich an und nennen Sie mir Ihren Preis. Ich werde ihn bezahlen.«

Als sie wieder aufsah, war er weg.

Was konnte einen Mann wie Logan derart zur Verzweiflung treiben? Wenn er schon vorher verzweifelt war, hatte er sich gut verstellt. Vielleicht war das Eingeständnis der Verletzbarkeit nur ein Trick?

Nun gut, sie würde sich später damit befassen. Sie musste ins Haus gehen, damit ihre Mutter nicht hierher kam, um nach ihr zu sehen. Sie nahm die Fotos und den Karton mit Mandys Überresten und ging zur Tür. Sie könnte versuchen, den Schädel wieder zusammenzufügen. Selbst wenn es ihr nicht vollständig gelänge, wäre es vielleicht möglich, anhand der verbliebenen Reste mit Hilfe des Computers wieder ein vollständiges Bild herzustellen.

Wieder überkam sie hilflose Wut, als ihr klar wurde, dass es nicht gehen würde. Es gab keine Hinweise darauf, wer Mandy war. Woher sollten sie dann ein Foto nehmen? Ihre einzige Hoffnung hatte darin bestanden, Mandys Gesicht zu rekonstruieren und dann irgendjemanden zu finden, der sie identifizieren konnte. Diese Hoffnung war jetzt von dem Scheißkerl zunichte gemacht worden, der den Schädel absichtlich zerschmettert hatte, um ihr eine Warnung zukommen zu lassen.

»Eve?« Ihre Mutter steuerte das Labor an. »Die Versicherungsgesellschaft hat eben angerufen. Sie schicken sofort einen Gutachter los.«

»Tatsächlich?« Also hatte sich Logans Margaret wohl durchgesetzt. »Wie geht's Mrs Dobbins?«

»Besser. Meinst du, wir sollten ihr ein Kätzchen besorgen?«

»Erst in einigen Monaten. Lass sie den ersten Schmerz verarbeiten.«

Sandras Blick wanderte zum Labor. »Es tut mir so Leid, Eve. All deine Akten und die ganze Ausrüstung.«

»Die kann man ersetzen.«

»Das ist hier so ein nettes, ruhiges Viertel. Solche Dinge passieren hier sonst nie. Das beunruhigt einen irgendwie.« Sie runzelte die Stirn. »Vielleicht sollten wir uns eine Alarmanlage anschaffen?«

»Darüber können wir noch reden.« Sie öffnete die Küchentür. »Es gibt Kaffee, willst du welchen?«

»Danke, ich habe schon eine Tasse bei Mrs Dobbins getrunken.« Sie überlegte. »Ich habe Ron angerufen. Er hat mir vorgeschlagen, mit ihm Mittag essen zu gehen, damit ich auf andere Gedanken komme. Ich habe natürlich abgelehnt.«

Aber es war offensichtlich, dass sie gerne gehen würde, dachte Eve. Warum auch nicht? Sie hatte einen fürchterlichen Vormittag hinter sich und konnte Trost gebrauchen. »Es gibt keinen Grund, warum du nicht gehen solltest. Du kannst hier sowieso nichts tun.«

»Sicher?«

»Ganz sicher. Ruf ihn zurück.«

Sandra zögerte noch. »Er meinte, du solltest auch mitkommen. Du wolltest ihn doch sowieso gerne kennen lernen.«

»Nicht jetzt. Du hast doch gesagt, dass jemand von der Versicherung unterwegs ist.«

»Ich bin bald wieder zurück.«

Eve stellte den Karton mit Mandys Bruchstücken auf die Küchenanrichte. »Bleib so lange aus, wie du Lust hast.«

Sandra schüttelte den Kopf und sagte bestimmt: »Zwei Stunden. Nicht länger.«

Eve wartete, bis sich die Tür hinter ihrer Mutter geschlossen hatte, und konnte endlich ihr eingefrorenes Lächeln aufgeben. Es war töricht und selbstsüchtig, sich so verlassen zu fühlen. Sandra hatte ihr so gut es ging geholfen. Sie verstand aber einfach nicht, wie allein sich Eve fühlte.

Hör auf zu jammern. Du bist allein. Du hast gelernt, damit fertig zu werden. Selbst Sandra war ihr manchmal eher eine Belastung und nicht so sehr eine Vertraute, aber das war in Ordnung. Sie war nicht bereit, sich selbst zu bedauern, nur weil irgend so ein Widerling versucht hatte, sie einzuschüchtern.

Fraser.

Warum kam ihr der immer wieder in den Sinn?

Weil sie sich genauso hilflos und panisch fühlte wie in jenen Tagen, als er in ihr Leben eingedrungen war. Er hatte ihre Tochter getötet und sie war gezwungen gewesen, die Behörden anzuflehen, ihn nicht hinzurichten. Sie hatte ihn sogar im Gefängnis aufgesucht und ihn angebettelt, ihr von Bonnie zu erzählen.

Er hatte sein charmantes Lächeln aufgesetzt, das zwölf Kinder in den Tod gelockt hatte, seinen Kopf geschüttelt und nein gesagt. Der Scheißkerl hatte sich sogar geweigert, Berufung einzulegen; damit war das Kapitel abgeschlossen und die Kinder würden nie mehr gefunden werden. Sie hätte ihn am liebsten in der Luft zerrissen, stattdessen hatte sie in der Falle gesessen, gefangen von den Worten, die er nicht bereit war zu sagen.

Aber jetzt war sie nicht hilflos und auch nicht machtlos. Sie brauchte kein Opfer zu sein. Sie konnte ihr Schicksal in die Hand nehmen. Diese Erkenntnis verschaffte ihr grimmige Genugtuung. Logan konnte für sie herausfinden, wer das Labor zerstört hatte.

Wenn sie seinen Preis zahlte.

War sie bereit, ihn zu zahlen? Bisher war sie sich nicht sicher. Sie wollte erst rational und sachlich über sein Angebot nachdenken, bevor sie ihm eine Antwort gab.

Logan setzte wahrscheinlich darauf, dass sie jetzt nicht in der Lage war, rational und sachlich zu empfinden. Er würde sicherlich aus jeder Schwäche, die sie zeigte, seinen Vorteil ziehen.

Also darfst du ihm keine Schwäche zeigen. Nimm, was du brauchst, und geh den Fallen aus dem Weg. Sie konnte es schaffen. Sie war genauso intelligent wie Logan und sie wusste, wie sie sich zu schützen hatte.

Sie war kein Opfer.

»Ich mach's«, sagte Eve, als Logan den Hörer abnahm. »Aber zu meinen Bedingungen. Die Hälfte meines Lohns vorab und der gesamte Betrag für die Adam-Stiftung auf deren Konto, bevor ich einen Fuß vor die Tür setze.«

»Wird gemacht. Ich werde das Geld sofort elektronisch überweisen.«

»Ich will einen Beweis. Ich werde die Stiftung in vier Stunden anrufen, um zu überprüfen, ob sie das Geld erhalten haben.«

»In Ordnung.«

»Und ich wünsche, dass meine Mutter und mein Haus beschützt werden, solange ich weg bin.«

»Ich habe Ihnen gesagt, dass Sie den Schutz bekommen.«

»Außerdem haben Sie versprochen, dass Sie herausfinden werden, wer mein Labor verwüstet hat.«

»Ich habe bereits jemanden beauftragt.«

»Sollte ich herausfinden, dass ich durch meine Arbeit an einem Verbrechen mitwirke, werde ich aussteigen.«

»Okay.«

»Sie lassen sich auf alles ein?«

»Ich hatte Sie gebeten, Ihren Preis zu nennen.« Sie war wirklich bereit, es zu tun. Verdammt, er hätte ihr alles auf der Welt versprochen. »Packen Sie einen Koffer. Ich komme heute Abend vorbei, um Sie abzuholen.«

»Sobald ich die Bestätigung der Adam-Stiftung habe.«

»In Ordnung.«

»Und ich muss meiner Mutter sagen, wohin wir fahren.«

»Sagen Sie ihr, dass Sie ständig unterwegs sein und Sie sie jeden zweiten Abend anrufen werden.«

»Werde ich ständig unterwegs sein?«

»Wahrscheinlich. Ich bin heute Abend gegen zehn bei Ihnen.«

Er legte den Hörer auf. Ja. Jetzt hatte er sie so weit. Nachdem er Eve kennen gelernt und ihre Zähigkeit erlebt hatte, war er davon ausgegangen, dass es viel länger dauern würde. Er würde sie wahrscheinlich immer noch bearbeiten müssen, wenn der Einbruch sie nicht so wütend gemacht hätte. Vielleicht müsste er diesem verdammten Timwick noch dankbar sein. Diesen Blödsinn in Auftrag zu geben war das Falscheste, was er hatte tun können. Die Gewalttätigkeit hatte zwar ausgereicht, Eve wütend zu machen, aber nicht, sie völlig einzuschüchtern.

Und der Vorfall hatte Logan klar gemacht, dass Timwick einen Verdacht hatte und möglicherweise sogar über seine Handlungen informiert war. Interessant.

Timwick war intelligent und machte nicht häufig Fehler. Sobald er begriff, dass Eve sich nicht einschüchtern ließ, würde er seinen Irrtum korrigieren und den Einsatz erhöhen.

Und beim nächsten Mal würde Timwick dafür sorgen, dass nicht nur eine Katze sterben würde.

Einen Häuserblock von Eves Haus entfernt lächelte Fiske, als er das elektronische Abhörgerät aus seinem Ohr nahm und es auf den Beifahrersitz legte. Er hatte schon immer etwas für gute Geräte übrig gehabt und er bewunderte besonders diesen leistungsfähigen X436-Verstärker. Die Vorstellung, durch Wände hindurch abzuhören, war wirklich verlockend. In diesem Fall ging es zwar nur durch Glasscheiben, aber das Gefühl von Macht und Kontrolle war das gleiche.

Dass Eve Duncan seinen Kopf als Teil ihres Lohns für ihre Mitarbeit von Logan forderte, empfand er als sehr schmeichelhaft. Es bewies ihm, wie gut er seinen Auftrag erledigt hatte. Die tote Katze war eine Meisterleistung. Der Tod von Haustieren traf immer einen ganz empfindlichen Nerv. Das hatte er begriffen, als er in der fünften Klasse den Hund seiner Lehrerin getötet hatte. Das Miststück hatte eine Woche lang verheulte Augen gehabt.

Er hatte seinen Auftrag erledigt; es war nicht sein Fehler, dass Timwicks Anordnungen nach hinten losgegangen waren. Fiske hatte ihm von vorneherein härtere Maßnahmen empfohlen, aber Timwick meinte, das sei noch zu früh und vielleicht nicht einmal notwendig.

Jämmerlicher Waschlappen.

»Ihre Verandabeleuchtung tut's nicht«, sagte Logan, als Eve die Tür öffnete. »Haben Sie eine Glühbirne? Ich werde sie auswechseln.«

»Ich glaube, es liegt eine im Küchenschrank.« Sie wandte sich um und ging in die Diele. »Komisch, ich habe erst letzte Woche eine neue reingedreht.«

Als sie kurz darauf mit einer Birne zurückkam, brannte die Lampe wieder. »Sie haben sie wieder in Gang gebracht.«

»Sie war nur ein bisschen locker. Ist Ihre Mutter auch da?«

»In der Küche.« Sie rümpfte die Nase. »Sie hat es gut aufgenommen, dass ich wegfahre. Sie plant schon, das Labor neu anzustreichen.«

»Würden Sie mich ihr vorstellen?«

»Natürlich. Ich will nur noch –«

»Mr Logan?« Sandra kam auf sie zu. »Ich bin Sandra Duncan. Ich bin so froh, dass Sie Eve in dieser Stresszeit hier herausholen. Sie kann ein bisschen Urlaub gebrauchen.«

»Ich fürchte, dass es kein Urlaub sein wird, aber in jedem Fall ist es ein Tapetenwechsel. Ich werde mich bemühen, sie nicht zu viel arbeiten zu lassen.« Logan lächelte. »Sie kann von Glück reden, dass sie jemanden wie Sie hat, der sich um sie kümmert.«

Eve bemerkte, wie Logan seinen Charme spielen ließ und ihre Mutter dahinschmolz.

»Wir kümmern uns beide umeinander«, erwiderte Sandra.

»Eve sagte, Sie wollten das Labor neu streichen. Dieser Einbruch war ja eine schreckliche Geschichte.«

Sandra nickte. »Aber die Reinigungsmannschaft hat es gründlich geschrubbt. Wenn Eve zurückkommt, wird sie nichts mehr an die schlimmen Dinge erinnern, die hier passiert sind.«

»Ich habe ein bisschen Schuldgefühle, sie hier wegzuholen, bevor der Täter gefunden wurde. Hat Eve Ihnen gesagt, dass ich für Ihre Bewachung gesorgt habe?«

»Ja, schon, aber Joe wird auch –«

»Ich fühle mich wohler, wenn ich auch mein Teil dazu beitragen kann. Wenn Sie nichts dagegen haben, werde ich jemanden beauftragen, der anruft und jeden Abend vorbeischaut.«

»Ich habe nichts dagegen, aber es ist nicht nötig.« Sie umarmte Eve. »Arbeite nicht zu viel. Erhol dich ein bisschen.«

»Und bei dir ist alles in Ordnung?«

»Bestens. Ich bin froh, dass ich dich los bin. Jetzt kann ich endlich einmal Ron zu mir nach Hause zum Abendessen einladen, ohne befürchten zu müssen, dass du ihn ins Verhör nimmst.«

»Ich würde ihn nicht –« Sie grinste. »Also gut, ich hätte ihm vielleicht ein *paar* Fragen gestellt.«

»Ich sag's doch.«

Eve nahm ihren Aktenkoffer. »Pass auf dich auf. Ich ruf dich so oft an, wie ich kann.«

»Es war mir ein Vergnügen, Sie kennen zu lernen, Ms Duncan.« Logan schüttelte ihre Hand und ergriff Eves Koffer. »Ich werde mich gut um sie kümmern und sie so bald wie möglich zurückbringen.«

Wieder verströmte er dieses Charisma und wickelte Sandra damit ein.

»Da bin ich mir ganz sicher. Auf Wiedersehen, Mr Logan.«

Er lächelte. »John.«

Sie erwiderte sein Lächeln. »John.«

Sie stand an der Haustür und sah ihnen nach, wie sie die Stufen hinunter und zur Straße gingen. Sie winkte noch ein letztes Mal und schloss die Tür.

»Was wollten Sie denn mit dieser Vorstellung bezwecken?«, fragte Eve.

»Vorstellung?«

»Sie haben Mom dermaßen in Honig gebadet, dass sie sich nicht mehr rühren konnte.«

»Ich wollte einfach nur höflich sein.«

»Sie haben sie mit Ihrem Charme eingewickelt.«

»Ich habe herausgefunden, dass man sich damit das Leben erleichtern kann. Haben Sie was dagegen?«

»Das sind doch alles Lügen. Ich hasse das.«

»Warum sind Sie so –« Er zögerte. »Fraser. Man hat mir gesagt, dass er so ein Typ wie Ted Bundy war. Verdammt, ich bin nicht Fraser, Eve.«

Das wusste sie selbst. Niemand war wie Fraser außer Luzifer selbst. »Ich kann mir nicht helfen – es erinnert mich an ... Es nervt mich.«

»Da wir zusammenarbeiten werden, ist das das Letzte, was wir gebrauchen können. Ich verspreche Ihnen, dass ich so direkt und grob sein werde, wie ich nur sein kann.«

»Gut.«

»Ich finde es nicht so gut. Ich bin dafür bekannt, dass ich gelegentlich ziemlich ekelhaft bin.« Er ließ den Wagen an. »Fragen Sie Margaret.«

»So wie Sie sie beschreiben, habe ich meine Zweifel, dass sie sich damit abfinden würde.«

»Richtig. Sie kann noch viel ekliger sein als ich. Aber ich gebe mir Mühe, es ihr gleichzutun.«

»Wo fahren wir eigentlich hin?«

»Was haben Sie denn Ihrer Mutter erzählt, wo es hingeht?«

»Ich sagte ihr nur, dass Sie von der Westküste kommen, und sie nimmt an, dass wir dorthin fahren. Sie und Joe Quinn haben meine Handynummer für den Fall, dass es etwas Wichtiges gibt.« Sie wiederholte: »Wo fahren wir hin?«

»Jetzt? Zum Flughafen. Wir nehmen mein Flugzeug und fliegen nach Virginia, zu mir nach Hause.«

»Ich werde eine Ausrüstung brauchen. Die meisten meiner Sachen sind zerstört.«

»Kein Problem. Ich habe bereits ein Labor für Sie eingerichtet.«

»Wie bitte?«

»Mir war klar, dass Sie einen Arbeitsplatz brauchen würden.«

»Und was wäre gewesen, wenn ich abgelehnt hätte?«

»Dann hätte ich mich nach dem Zweitbesten umgesehen.« Er lächelte und fügte mit gespieltem Knurren hinzu: »Oder ich hätte Sie entführt und Sie im Labor eingesperrt, bis Sie meinen Befehlen gehorcht hätten.«

Er scherzte. Oder etwa nicht?, schoss es ihr durch den Kopf.

»Tut mir Leid. Zu schwach? Ich wollte nur mal Ihren Sinn für Humor testen. Übrigens, Sie haben miserabel abgeschnitten. Ist Ihnen der Ton jetzt rau genug?«

»Ich habe durchaus Sinn für Humor.«

»Ist mir noch nicht aufgefallen.« Er nahm die Auffahrt zur Autobahn. »Aber keine Sorge. Das wird bei Ihrem Job auch nicht verlangt.«

»Ich sorge mich nicht. Es ist mir egal, wofür Sie mich halten. Ich möchte einfach nur den Auftrag hinter mich bringen. Und es ermüdet mich, im Unklaren gelassen zu werden. Wann werden wir –«

»Wir werden darüber reden, wenn wir in Virginia sind.«

»Ich möchte aber jetzt darüber sprechen.«

»Später.« Er warf einen Blick in den Rückspiegel. »Dies ist ein Mietwagen und er ist nicht sicher.«

Zuerst verstand sie nicht, was er meinte. »Sie meinen, er wird abgehört?«

»Ich weiß nicht. Ich will es einfach nicht darauf ankommen lassen.«

Sie schwieg einen Moment. »Sind Ihre Autos gewöhnlich ... sicher?«

»Ja, ich habe manchmal Geschäftliches zu erledigen, wenn ich unterwegs bin. Lecks können sehr kostspielig sein.«

»Das kann ich mir vorstellen. Vor allem wenn Sie mit einem begrabenen Skelett herumspielen.«

»Ich spiele nicht.« Er sah wieder in den Rückspiegel. »Glauben Sie mir, Eve.«

Es war jetzt schon innerhalb kurzer Zeit der zweite Blick in den Rückspiegel, obwohl relativ wenig Verkehr herrschte. Sie wandte sich um. »Folgt uns jemand?«

»Vielleicht. So weit ich sehen kann, nicht.«

»Würden Sie es mir sagen?«

»Es hängt davon ab, ob es Ihnen Angst einjagen würde.« Er sah sie an. »Würde es das?«

»Nein. Ich habe Ihnen meine Bedingungen genannt und ich bin engagiert. Ich würde mich nur dann wieder zurückziehen, wenn ich den Eindruck hätte, Sie würden mich belügen. Das würde ich nicht mitmachen, Logan.«

»Akzeptiert.«

»Ich meine, was ich sage. Sie verkehren mit all den Politikern, die heute so und morgen so reden. Ich bin da anders.«

»Gott, das klingt ja ziemlich scheinheilig.«

»Denken Sie, was Sie wollen. Ich bin Ihnen gegenüber ganz offen. Ich möchte einfach nicht, dass Sie falsche Schlüsse in Bezug auf mich ziehen.«

»Auch akzeptiert. Ich kann Ihnen versichern, dass niemand auf die Idee käme, Sie für eine Politikerin oder Diplomatin zu halten«, bemerkte er trocken.

»Das fasse ich als Kompliment auf.«

»Und verstehe ich Sie richtig, dass Sie Politiker nicht mögen?«

»Gibt es jemanden, der sie mag? Heutzutage scheinen wir uns alle mit dem kleineren Übel zufrieden geben zu müssen.«

»Aber auch unter denen gibt es einige, die gute Arbeit leisten wollen.«

»Wollen Sie mich bekehren? Vergessen Sie's. Ich mag die Republikaner kein bisschen mehr als die Demokraten.«

»Wen haben Sie bei der letzten Wahl gewählt?«

»Chadbourne. Aber nicht, weil er Demokrat ist. Ich war überzeugt, dass er ein anständiger Präsident sein würde.«

»Und ist er einer?«

Sie zuckte die Achseln. »Er brachte das Kinderschutzgesetz durch, obwohl der Kongress auf Blockade gesetzt hatte.«

»Eine Blockade ist wie ein Stau von Flößholz. Manchmal muss man etwas Explosives hineinwerfen, um ihn aufzulösen.«

»Diese Spendenpartys, die Sie veranstalten, sind nicht gerade explosiv.«

»Das hängt von Ihrem Standpunkt ab. Ich tue, was ich kann. Ich habe immer geglaubt, dass ein Mensch klar Stellung beziehen muss. Wenn Sie Dinge ändern wollen, müssen Sie mit dem System zusammenarbeiten.«

»Ich muss nicht mit ihm zusammenarbeiten. Ich muss mit ihm überhaupt nichts zu tun haben, außer am Wahltag.«

»Nein, Sie vergraben sich lieber mit Ihren Knochen in Ihrem Labor.«

»Warum nicht?« Sie warf ihm einen vielsagenden Blick zu. »Die sind bessere Gefährten als die meisten Politiker.«

Zu ihrer Verwunderung biss er nicht an. »Mein Gott, sollten Sie etwa doch Sinn für Humor haben?« Er lachte leise. »Ich nehme mal an, dass wir uns darüber einig sind, dass wir uns nicht einig sind. Mein Vater hat mich immer davor gewarnt, mich mit einer Frau über Politik oder Religion zu streiten.«

»Ganz schön sexistisch.«

»Er war ein großartiger Bursche, aber er lebte in einer anderen Welt. Er hätte nicht gewusst, wie er mit Frauen wie Ihnen oder Margaret umgehen sollte.«

»Lebt er noch?«

»Nein, er starb, als ich auf dem College war.«

»Werde ich Margaret kennen lernen?«

Er nickte. »Ich habe sie heute Nachmittag angerufen und sie gebeten, zu mir zu kommen.«

»War das nicht ein bisschen rücksichtslos? Sie musste von Kalifornien aus fliegen, oder?«

»Ich brauchte sie.«

Die knappe Antwort sagte alles, dachte Eve. Er konnte lange behaupten, dass Margaret ihn einschüchterte, gleichwohl erwartete er, dass sie sprang, wenn er rief.

»Ich habe sie ganz freundlich gebeten. Keine Peitsche weit und breit.«

»Die muss ja nicht unbedingt in Sichtweite sein, um ihren Effekt zu erzielen.«

»Also gut, ich verspreche Ihnen, keinen Zwang anzuwenden, weder sichtbar noch sonst wie.«

Sie erwiderte kühl seinen Blick. »Versuchen Sie's erst gar nicht, Logan.«

»Sie gehen jetzt an Bord«, sagte Fiske. »Was soll ich machen? Sein Flugziel herausfinden und ihm folgen?«

»Nein, seine Sekretärin hat ihrem Vater erzählt, sie würde nach Virginia fliegen, zu ihm nach Hause. Der Ort ist besser gesichert als Fort Knox. Wir haben ein Überwachungsteam draußen, aber es besteht keine Chance, ihm irgendetwas anzuhaben, wenn er erst drinnen ist.«

»Dann sollte ich hinfahren, bevor er dort ankommt.«

»Ich sagte doch bereits, dass er zu sehr im Licht der Öffentlichkeit steht. Wir wollen ihm nichts antun, solange es nicht unumgänglich ist.«

»Dann fahre ich wieder zu ihrem Haus. Ihre Mutter ist immer noch –«

»Nein, sie wird nirgendwo hingehen. Diesen Faden können Sie später aufnehmen, falls wir uns zu einem Ablenkungsmanöver entschließen. Wir haben etwas Dringenderes für Sie. Kommen Sie wieder her.«

Kapitel 5

Der Jet landete auf einem kleinen privaten Flugplatz in der Nähe von Arlington, Virginia. Ihr Gepäck wurde sofort in eine Limousine gebracht, die neben dem Hangar parkte.

All die Bequemlichkeiten, die durch Geld möglich wurden, dachte Eve ironisch. Zweifellos würde der Chauffeur die unterwürfige Förmlichkeit einer Figur aus einem Roman von Wodehouse an den Tag legen.

Der rothaarige Fahrer stieg aus. »Hallo, John. Hattet ihr einen guten Flug?« Er war sommersprossig, gut aussehend, nicht älter als dreißig, trug Jeans und ein kariertes Hemd, das seine blauen Augen betonte.

»Ganz passabel. Gil Price, Eve Duncan.«

Gil schüttelte ihre Hand. »Die Knochen-Lady. Ich habe Ihr Foto in *60 Minutes* gesehen. In natura sehen Sie besser aus. Die hätten sich mehr auf Sie konzentrieren sollen anstatt auf den Schädel.«

»Danke, aber ich hatte nicht das Bedürfnis, im landesweiten Fernsehprogramm zu erscheinen. Ich hatte in meinem Leben schon genug mit Kameras zu tun.«

»John hat auch nichts für Kameras übrig. Letztes Jahr in Paris musste ich eine zerstören.« Er verzog das Gesicht. »Und dann musste John sich außergerichtlich mit dem Typen einigen, weil der behauptete, ich hätte seinen Schädel anstatt seiner Kamera zertrümmert. Ich kann Paparazzi nicht ausstehen.«

»Also, die Paparazzi sind mir in der Regel nicht auf den Fersen, daher werden Sie das Problem nicht haben.«

»Ich schätze doch, solange Sie in Johns Nähe sind.« Er öffnete die hintere Tür. »Springen Sie rein und ich werde Sie ruck, zuck zum Barrett House bringen.«

»Barrett House? Klingt sehr nach Dickens.«

»Nee, es war während des Bürgerkriegs ein Wirtshaus. John hat es letztes Jahr gekauft und vollständig restaurieren lassen.«

»Ist Margaret angekommen?«, fragte Logan, während er Eve in den Wagen folgte.

»Vor zwei Stunden. Verdammt schlecht gelaunt. Ich stelle dir Gefahrenzulage in Rechnung dafür, dass ich sie abholen musste.« Gil sprang auf den Fahrersitz. »Ich kapier das nicht. Wie kann sie mich nicht lieben? Jeder liebt mich.«

»Das muss ein Makel in ihrer Persönlichkeit sein«, bemerkte Logan. »Es liegt ganz sicher nicht daran, dass mit dir was nicht stimmt.«

»Ganz meine Meinung.« Gil ließ den Wagen an und schaltete den CD-Spieler ein. Die traurige Melodie von »Feed Jake« breitete sich in der Limousine aus.

»Die Trennscheibe, Gil«, sagte Logan.

»Oh, selbstverständlich.« Er grinste Eve über die Schulter hinweg an. »John hatte früher einen Jeep, trotzdem kann er Country-Musik nicht ausstehen, und deshalb hat er sich diesen Leichenwagen angeschafft, damit er sich hinter eine Trennscheibe zurückziehen kann.«

»Ich mag Country-Musik«, gab Logan zurück. »Ich kann nur diese Klagelieder nicht leiden, auf die du so stehst. Blutige Hochzeitskleider, Hunde an Gräbern ...«

»Das ist nur, weil du selbst voller Schmalz bist und es nicht zugeben willst. Glaubst du, ich habe nicht gesehen, wie dir die Tränen in den Augen standen? Also, jetzt hörst du dir ›Feed Jake‹ an. Da geht's um –«

»Du hörst es dir an. Die Trennscheibe.«

»Okay.« Die Trennscheibe glitt lautlos hinauf und die Musik wurde ausgeblendet.

»Ich hoffe, Sie haben nichts dagegen.«

»Nein, ich habe Probleme mit traurigen Liedern. Aber ich kann mir nicht vorstellen, dass Sie wegen eines Songs Tränen in Ihr Bierglas vergießen«, sagte Eve.

Er zuckte die Achseln. »Ich bin auch nur ein Mensch. Die Schreiber von Country-Songs wissen genau, wo sie einen packen können.«

Ihr Blick wanderte zu Gils Hinterkopf. »Er ist sympathisch. So einen hätte ich unter Ihren Angestellten nicht unbedingt erwartet.«

»Gil ist nichts von dem, was irgendwer erwartet, aber er ist ein guter Fahrer.«

»Und Leibwächter?«

»Das auch. Er war früher bei der Militärpolizei der Air Force, aber Disziplin gehörte nicht gerade zu seinen Stärken.«

»Und zu Ihren?«

»Auch nicht, aber ich versuche gewöhnlich nicht, mich mit Gewalt durchzusetzen.« Er wies mit der Hand nach draußen. »In einigen Minuten werden wir mein Grundstück erreichen. Es ist ein schönes Stück Land mit viel Wald und Wiesen.«

»Das kann ich mir vorstellen.« Es war mittlerweile zu dunkel, um mehr als die Schatten der Bäume sehen zu können. Sie war immer noch mit dem Vergleich beschäftigt, den Logan zwischen sich selbst und Price gezogen hatte. »Und was machen Sie, wenn Sie sich nicht gegen jemand durchsetzen können, der versucht, Sie zu disziplinieren?«

»Nun, dann ist Gewalt vonnöten.« Er lächelte. »Deshalb kommen Gil und ich so gut miteinander aus. Wir sind seelenverwandt.« Die Straße machte eine Biegung und dahinter ragte ein vier Meter hoher, kunstvoll gearbeiteter schmiedeeiserner Zaun vor ihnen auf.

Sie sah, wie Gil einen Knopf am Armaturenbrett betätigte und die Tore sich langsam öffneten.

»Steht der Zaun auch unter Strom?«, fragte sie.

Er nickte. »Außerdem sitzt ein Wachmann im Kutscherhaus und überwacht das Grundstück mit Videokameras.«

Es lief ihr plötzlich kalt über den Rücken. »Jede Menge Hightech. Ich möchte meine eigene Fernbedienung, um die Tore zu öffnen.«

Er warf ihr einen Blick zu.

»Tore, die Leute draußen halten, können sie genauso drinnen festhalten. Mir gefällt die Vorstellung nicht, in einem Käfig zu sitzen.«

»Ich versuche nicht, Sie gefangen zu halten, Eve.«

»Nein, nicht wenn Sie das, was Sie haben wollen, auch anders kriegen können. Aber wenn Sie es nicht kriegen?«

»Ich kann Sie nicht zur Arbeit zwingen.«

»Tatsächlich? Sie sind ein gewiefter Mann, Logan. Ich will meine eigene Fernbedienung für die Tore.«

»Morgen. Die muss erst programmiert werden.« Er lächelte sarkastisch. »Sie können davon ausgehen, dass ich innerhalb der nächsten vierundzwanzig Stunden nicht versuchen werde, sie zu irgendetwas zu zwingen.«

»Morgen.« Sie beugte sich vor, als das Haus in Sichtweite kam. Der Mond trat hinter den Wolken hervor und erleuchtete die Szenerie. Barrett House war ein lang gestrecktes zweistöckiges Gebäude, das wie ein Wirtshaus aus dem neunzehnten Jahrhundert wirkte, so wie Gil es beschrieben hatte. Es hatte nichts Protziges und der Efeu, der die Wände bedeckte, ließ das Gemäuer freundlicher erscheinen. Als Gil den Wagen vor dem Hauseingang zum Stehen brachte, fragte sie: »Warum haben Sie ein Wirtshaus gekauft, das erst noch restauriert werden musste? Warum haben Sie nicht einfach ein neues Haus gebaut?«

Logan stieg aus und hielt ihr seine Hand hin, um ihr aus dem Wagen zu helfen. »Es hatte ein paar einzigartige Charakteristika, die mich sehr ansprachen.«

»Was Sie nicht sagen. Es hat bestimmt einen eigenen Friedhof.«

Er grinste. »Der Friedhof der Familie Barrett ist auf der anderen Seite des Hügels. Aber ich habe das Wirtshaus nicht deshalb gekauft.« Er öffnete die hohe Eingangstür aus Mahagoni. »Das Dienstpersonal wohnt nicht hier. Zweimal die Woche kommt jemand zum Putzen aus der Stadt. Wir müssen uns in der Küche selbst versorgen.«

»Kein Problem. Ich bin nicht an Hausangestellte gewöhnt und Essen zählt nicht zu meinen Prioritäten.«

Er musterte sie von oben bis unten. »Das sieht man. Sie sind mager wie ein Windhund.«

»Ich mag Windhunde«, bemerkte Gil, während er das Gepäck in die Diele trug. »Geschmeidig, und dann diese wunderschönen großen melancholischen Augen. Ich hatte mal einen. Es hat mich fast umgebracht, als er starb. Wo soll ich ihre Taschen hinbringen?«

»Das erste Zimmer oben gleich hinter der Treppe«, antwortete Logan.

»In Ordnung.« Gil ging die Stufen hinauf. »Ganz schön langweilig. Ich bin im alten Kutscherhaus einquartiert, Eve. Sie sollten ihn bitten, Sie auch dorthin zu verlegen. Da ist es abgeschiedener.«

»Von hier aus ist es bequemer zum Labor«, gab Logan zurück.

Und bequemer für Logan, mich zu beobachten, dachte Eve.

»Margaret muss schon ins Bett gegangen sein. Sie werden sie morgen früh kennen lernen. Ich denke, dass Sie in Ihrem Zimmer alles finden, was Sie brauchen.«

»Ich möchte mein Labor sehen.«

»Jetzt noch?«

»Ja. Vielleicht haben Sie es nicht ausreichend eingerichtet. Kann sein, dass noch was fehlt.«

»Dann kommen Sie in Gottes Namen mit. Es befindet sich hinten im Anbau. Ich habe es selbst noch nicht gesehen. Margaret sollte alles besorgen, was sie für nötig hielt.«

»Schon wieder die effiziente Margaret.«

»Nicht nur effizient. Außergewöhnlich.«

Sie folgte Logan durch ein riesiges Wohnzimmer mit einem Kamin, der so groß war, dass man darin stehen konnte, und Holzdielen, die mit gewebten Hanfteppichen bedeckt waren. Die Ledermöbel waren überdimensioniert. Eve fand, dass der Raum wie ein Hotelfoyer wirkte.

Er führte sie einen kleinen Flur entlang und öffnete die Tür. »Hier ist es.«

Kälte. Sterilität. Glänzender Edelstahl und Glas.

»Oje.« Logan verzog das Gesicht. »Das muss Margarets Vorstellung des wissenschaftlichen Himmels entsprechen. Ich werde versuchen, es Ihnen ein bisschen gemütlicher einzurichten.«

»Es spielt keine Rolle. Ich werde ja nicht so lange hier sein.« Sie ging auf den Sockel zu. Er war stabil und verstellbar. Die drei daneben auf Stativen angebrachten Videokameras waren phantastisch, genau wie der Computer, das Mischpult und der Videorekorder. Sie wandte sich dem Arbeitstisch zu. Die Messinstrumente waren hochwertig, aber sie bevorzugte ihre eigenen, die sie mitgebracht hatte. Sie nahm die Holzkiste aus dem Regal und sechzehn Augenpaare starrten sie an. Alle Varianten von Haselnussbraun, Grau, Grün, Blau und Dunkelbraun. »Blau und Braun hätten gereicht«, meinte sie. »Braun ist die vorherrschende Augenfarbe.«

»Ich hatte sie gebeten, Ihnen alles zu besorgen, was Sie vielleicht brauchen würden.«

»Nun, das hat sie gemacht.« Sie wandte sich zu ihm. »Wann kann ich anfangen zu arbeiten?«

»In ein oder zwei Tagen. Ich warte auf eine Nachricht.«

»Und soll ich solange hier herumsitzen und Däumchen drehen?«

»Ich kann Ihnen auch einen von den Barretts ausgraben, damit Sie in Übung bleiben.«

»Danke, ich möchte den Job hinter mich bringen und wieder nach Hause fahren.«

»Sie haben mir zwei Wochen gegeben.« Er drehte sich weg. »Kommen Sie. Sie sind müde. Ich werde Ihnen Ihr Zimmer zeigen.«

Sie war wirklich hundemüde. Sie hatte das Gefühl, als wäre eine Ewigkeit vergangen, seit sie an jenem Morgen ihr Labor betreten hatte. Ganz plötzlich bekam sie Heimweh. Was machte sie eigentlich hier? Sie hatte nichts verloren in diesem eigenartigen Haus bei einem Mann, dem sie nicht über den Weg traute.

Die Adam-Stiftung. Es spielte keine Rolle, ob sie hier hingehörte oder nicht. Sie hatte einen Auftrag und eine Aufgabe. Sie trat auf ihn zu. »Ich habe gemeint, was ich sagte. Ich werde nichts Kriminelles tun.«

»Ich weiß.«

Was nicht bedeuten musste, dass er es auch akzeptierte. Sie schaltete das Deckenlicht aus und folgte ihm in den Flur. »Werden Sie mir sagen, warum Sie mich mit hierher genommen haben und warum ich das machen soll, was Sie von mir möchten?«

Er lächelte. »Na, es ist Ihre patriotische Pflicht.«

»Blödsinn.« Sie fixierte ihn scharf. »Politik?«

»Wie kommen Sie darauf?«

»Sie sind bekannt für Ihre Aktivitäten in der Öffentlichkeit und hinter den Kulissen.«

»Vermutlich sollte ich erleichtert sein, dass Sie mich nicht länger für einen Massenmörder halten.«

»Das habe ich nie gesagt. Ich spiele nur alle Möglichkeiten durch. Politik?«

»Möglich.«

Ihr schoss ein Gedanke durch den Kopf. »Mein Gott, wollen Sie irgendwen in den Schmutz ziehen?«

»Ich halte nichts von Schmutzkampagnen. Sagen wir einfach, die Dinge sind nicht immer, was sie scheinen, und ich halte viel davon, die Wahrheit ans Licht zu bringen.«

»Wenn es zu Ihrem Vorteil ist.«

Er nickte spöttisch. »Selbstverständlich.«

»Damit will ich nichts zu tun haben.«

»Sie haben nichts damit zu tun ... es sei denn, ich liege richtig. Wenn ich falsch liege, fahren Sie nach Hause, und wir beide vergessen, dass Sie jemals hier waren.« Er ging vor ihr die Treppe hinauf. »Sie müssen zugeben, dass das fair ist.«

Vielleicht hatte die Sache ja nichts mit Politik zu tun. Vielleicht ging es ja um etwas ganz Persönliches. »Abwarten.«

»Ja, das werden wir.« Er öffnete die Tür ihres Zimmers und trat zur Seite. »Gute Nacht, Eve.«

»Gute Nacht.« Sie ging hinein und schloss die Tür. Das Zimmer war rustikal und bequem eingerichtet. Das Bett hatte einen Baldachin, die Bettdecke war dunkelblau und cremefarben, das Mobiliar aus einfacher Kiefer. Aber das Einzige, was sie hier interessierte, war das Telefon auf dem Couchtisch. Sie setzte sich auf das Bett und wählte Joe Quinns Nummer.

»Hallo«, antwortete er verschlafen.

»Joe, ich bin's, Eve.«

Die Schläfrigkeit wich augenblicklich aus seiner Stimme. »Ist alles in Ordnung?«

»Bestens. Es tut mir Leid, dass ich dich geweckt habe, aber ich wollte dir nur erzählen, wo ich bin, und dir meine Telefonnummer durchgeben.« Sie las die Nummer ab, die auf dem Apparat aufgedruckt war. »Hast du sie?«

»Ja. Wo zum Teufel steckst du?«

»Barrett House. Logans Wohnort in Virginia.«

»Und das konnte nicht bis morgen warten?«

»Sieht so aus. Aber ich wollte, dass du Bescheid weißt. Ich fühle mich so ... abgeschnitten.«

»Du hörst dich an, als wäre dir verdammt unbehaglich. Hast du den Job angenommen?«

»Warum wäre ich sonst hier?«

»Und wovor hast du Angst?«

»Ich habe keine Angst.«

»Erzähl mir doch nichts. Du hast mich nicht mehr mitten in der Nacht angerufen, seit Bonnie –«

»Ich habe keine Angst. Ich wollte einfach, dass du Bescheid weißt.« Ihr kam ein Gedanke. »Logan hat einen Fahrer, Gil Price. Er war mal bei der Militärpolizei der Luftwaffe.«

»Soll ich ihn überprüfen?«

»Hm, ich denke schon.«

»Kein Problem.«

»Und du siehst mal nach meiner Mutter, solange ich weg bin?«

»Klar, verlass dich drauf. Ich werde Diane bitten, morgen Nachmittag auf einen Kaffee bei ihr vorbeizuschauen.«

»Danke, Joe. Jetzt kannst du weiterschlafen.«

Er ließ einen Moment verstreichen. »Mir gefällt das nicht. Sei vorsichtig, Eve.«

»Es gibt nichts, wovor ich mich vorsehen müsste. Gute Nacht.«

Sie legte den Hörer auf und verweilte noch einen Moment. Sie würde duschen, die Haare waschen und dann ins Bett gehen. Sie hätte Joe wirklich nicht wecken sollen, aber es ging ihr besser, seit sie eine vertraute Stimme gehört hatte. Alles an diesem Ort wirkte ganz normal und nicht bedrohlich, der sympathische Gil eingeschlossen, aber sie war immer noch nervös. Sie war sich nicht sicher, was authentisch war und was lediglich Fassade, um sie zu entwaffnen. Und es gefiel ihr gar nicht, so isoliert zu sein.

Aber jetzt hatte sie eine Verbindung zur Außenwelt.

Joe war ihr Sicherheitsnetz, während sie auf dem Drahtseil balancierte.

»War das Eve?« Diane Quinn rollte sich im Bett herum und verdeckte die Augen mit der Hand. »Ist alles in Ordnung?«

Joe nickte. »Ich glaube schon. Ich weiß nicht genau. Sie hat einen Auftrag angenommen, der vielleicht nicht ... Vergiss es. Wahrscheinlich nichts Besorgniserregendes.«

Aber Joe war besorgt, dachte Diane. Er machte sich immer Sorgen um Eve.

Er legte sich wieder hin und zog sich die Bettdecke über. »Kannst du morgen mal ihre Mutter besuchen gehen?«

»Klar.« Sie schaltete das Licht aus und kuschelte sich an ihn. »Was auch immer du willst. Jetzt schlaf wieder.«

»Mach ich.«

Er würde nicht mehr schlafen. Er würde in der Dunkelheit wach liegen, sich Gedanken und Sorgen um Eve machen. Sie musste versuchen, ihren Groll zu unterdrücken. Sie führten eine gute Ehe. Joe hatte genug Geld von seinen Eltern geerbt, um ihnen beiden ein angenehmes Leben auch ohne sein Gehalt finanzieren zu können. Er war aufmerksam, großzügig und großartig im Bett. Sie hatte gewusst, als sie heirateten, dass sie es auch mit Eve zu tun haben würde. Sie hatte nicht lange gebraucht, um zu verstehen, dass das Band zwischen Joe und Eve sich nicht zerreißen ließ. Die beiden standen sich so nah, dass manchmal sogar einer den Satz des anderen weiterführte.

Aber dieses Band war nicht sexueller Art. Noch nicht. Vielleicht würde es das auch nie sein. Diese Seite von ihm gehörte immer noch ihr.

Deshalb unterdrück den Neid und den Groll. Sei Eves Freundin, sei Joes Frau.

Es war die bittere Wahrheit, dass sie das eine nicht ohne das andere sein konnte.

»Sie hat Joe Quinn vor einer halben Stunde angerufen.« Gil legte ein Blatt Papier auf Logans Schreibtisch. »Hier ist die Mitschrift, die Mark von dem Gespräch angefertigt hat.«

Logan lächelte schwach, als er den Text überflog. »Ich glaube nicht, dass sie uns traut, Gil.«

»Intelligente Frau.« Gil ließ sich in einen Sessel fallen und legte ein Bein über die Lehne. »Nun, es überrascht mich nicht, dass sie dir nicht traut. Du bist ziemlich leicht zu durchschauen, aber man muss schon unglaubliche Antennen haben, um mich zu beargwöhnen.«

»Das liegt weniger an deinen schauspielerischen Fähigkeiten als vielmehr an deinen verdammten Sommersprossen.« Logan runzelte die Stirn. »Ich habe versucht, Scott Maren in Jordanien zu erreichen. Irgendwelche Anrufe?«

»Keine Anrufe.« Dann schnippte er mit den Fingern. »Außer von Novak, deinem Anwalt.«

»Er kann warten.«

»Soll Mark die Verbindung blockieren, falls sie wieder telefonieren will?«

Er schüttelte den Kopf. »Dann benutzt sie einfach ihr Handy. Das wird sie sowieso tun, wenn sie erst merkt, dass das Telefon in ihrem Zimmer abgehört wird.«

»Wie du meinst.« Er ließ einen Augenblick verstreichen. »Wann geht's los?«

»Bald.«

Gil hob die Augenbrauen. »Du würdest mir doch nichts verschweigen, oder?«

»Ich muss sicher sein, dass alles richtig läuft. Timwick war mir zu dicht auf den Fersen.«

»Du kannst mir vertrauen, John.«

»Ich habe doch gesagt, dass ich noch warte.«

»Also gut, du Stockfisch.« Gil stand auf und ging zur Tür. »Aber ich kann es nicht leiden, im Dunkeln zu tappen.«

»Das wirst du auch nicht.«

»Ich nehme dich beim Wort. Versuch zu schlafen.«

»Mach ich.«

Als sich die Tür hinter Gil schloss, betrachtete Logan noch einmal die Mitschrift und schob sie dann zur Seite. Joe Quinn. Er konnte es sich nicht leisten, den Mann zu unterschätzen. Eve hatte Quinns uneingeschränkte Loyalität. Loyalität und Freundschaft und darüber hinaus? Quinn war verheiratet, aber das hatte nichts zu bedeuten.

Zum Teufel, es ging ihn überhaupt nichts an, solange es ihm bei dem, was Eve für ihn tun sollte, nicht in die Quere kam. Außerdem hatte er genug andere Probleme.

Scott Maren war irgendwo in Jordanien unterwegs und konnte jederzeit umgelegt werden.

Timwick hatte Logan möglicherweise durchschaut und seine Schlüsse gezogen. Diese Schlüsse würden ihm genügend Angst einjagen, um den Befehl zu geben, seine Position abzusichern.

Logan konnte nicht abwarten, bis er Maren erreichte.

Er nahm sein privates Telefonbuch heraus und schlug die letzte Seite auf. Auf dieser Seite standen lediglich drei Namen und drei Telefonnummern.

Dora Bentz.

James Cadro.

Scott Maren.

Die Telefone von Bentz und Cadro wurden vielleicht abgehört, aber er sollte sie dennoch anrufen und sich vergewissern, dass sie wohlauf waren. Dann würde er jemanden schicken, der sie abholte.

Er langte nach dem Hörer und wählte die erste Nummer.

Dora Bentz.

Das Telefon klingelte.

Fiske hatte gerade die Beine der Frau an den Bettpfosten angebunden und schob ihr Nachthemd hoch bis über ihre Taille.

Sie war schon in den Fünfzigern, aber dafür hatte sie verdammt wohlgeformte Beine. Der dicke Bauch war ein Jammer. Sie hätte was dagegen tun sollen, dachte er. Rumpfbeugen hätten diesen Bauch verhindert. Er machte zweihundert jeden Tag und sein Bauch war eisenhart.

Er holte einen Besen aus dem Küchenschrank und ging zurück zum Bett.

Das Telefon klingelte immer noch. Hartnäckig.

Er stieß den Besenstiel in die Frau hinein. Der Mord sollte aussehen wie ein Sexualverbrechen, aber er wollte nicht riskieren, in ihr zu ejakulieren. Samen war ein Beweismittel. Viele Serienmörder hatten sowieso Probleme, überhaupt zu ejakulieren, und der Besen gab dem Ganzen eine hübsche

Note. Das verwies deutlich auf Frauenhass und Familien-
schändung.

Hatte er noch was vergessen?

Sechs tiefe, fürchterliche Wunden an ihren Brüsten, Klebe-
band über dem Mund und ein offenes Fenster ...

Nein, es war ein sauberer Auftrag.

Er wäre gerne noch ein bisschen geblieben und hätte seine
Arbeit bewundert, aber das Telefon wollte nicht aufhören zu
klingeln. Wer auch immer am anderen Ende war, er konnte
sich Sorgen machen und die Polizei verständigen.

Nochmalige Überprüfung. Er ging zum Kopfende und
blickte auf sie hinab. Sie starrte ihn mit vor Panik weit geöff-
neten Augen an, wie in dem Moment, als er ihr das Messer
tief ins Herz gestoßen hatte.

Er nahm den Umschlag mit den Fotos und der maschinen-
geschriebenen Liste, die Timwick ihm am Flughafen gegeben hatte. Er mochte Listen; sie hielten die Welt in Ordnung.

Drei Fotos. Drei Namen. Drei Adressen.

Er strich Dora Bentz aus der Liste.

Das Telefon klingelte immer noch, als er ihre Wohnung
verließ.

Es hob keiner ab.

Es war halb vier Uhr morgens. Es hätte jemand abheben
müssen.

Logan legte den Hörer langsam zurück.

Es musste nicht unbedingt etwas bedeuten. Dora Bentz
hatte verheiratete Kinder in Buffalo, New York. Vielleicht
stattete sie ihnen einen Besuch ab. Sie konnte auch irgendwo
Urlaub machen.

Sie konnte aber auch tot sein.

Möglich, dass Timwick sich beeilte, mit allem aufzuräumen.

Mist, Logan hatte geglaubt, er hätte Zeit.

Vielleicht zog er aber auch voreilige Schlüsse.

Verdammt, was nun? Er hatte sich immer auf seine Instinkte verlassen und jetzt schrien sie lauter denn je.

Aber Gil zu Dora Bentz zu schicken, um nachzusehen, wäre zu auffällig. Timwick würde wissen, was er bisher nur vermutete. Logan konnte entweder versuchen, Dora Bentz zu retten, oder er konnte noch ein paar Tage in Sicherheit verbringen.

Verdammt.

Er nahm den Hörer ab und wählte Gils Nummer im Kutscherhaus.

Scheinwerfer. Scheinwerfer in Bewegung.

Eve hörte auf, ihre Haare zu trocknen, stand langsam auf und trat ans Fenster.

Die schwarze Limousine, die sie am Flugplatz abgeholt hatte, glitt die Auffahrt hinunter auf die Tore zu.

Logan?

Gil Price?

Es war fast vier Uhr. Wohin konnte jemand zu dieser Uhrzeit fahren?

Sie bezweifelte, dass man es ihr sagen würde, wenn sie am nächsten Morgen fragte.

Aber sie musste es auf jeden Fall versuchen.

Kapitel 6

Eve fiel erst um fünf Uhr in einen unruhigen Schlaf. Sie erwachte um neun Uhr, zwang sich aber, bis kurz vor zehn im Bett zu bleiben, als schließlich laut an die Tür geklopft wurde.

Die Tür wurde geöffnet, bevor sie reagieren konnte, und eine kleine, stämmige Frau kam hereinspaziert. »Hallo, ich bin Margaret Wilson. Hier ist Ihre gewünschte Fernbedienung für die Tore.« Sie legte sie auf den Nachttisch. »Tut mir Leid, dass ich Sie geweckt habe, aber John sagt, ich hätte das mit dem Labor vermasselt. Wie zum Teufel hätte ich wissen sollen, dass Sie es gemütlich haben wollen? Was soll ich besorgen? Kissen? Teppiche?«

»Nichts.« Eve setzte sich im Bett auf und betrachtete Margaret Wilson neugierig. Die Frau war vermutlich Anfang vierzig. Der graue Hosenanzug aus Gabardine ließ ihren stämmigen Körper schlanker erscheinen und passte gut zu ihren dunklen glatten Haaren und den haselnussbraunen Augen. »Ich habe ihm gesagt, dass ich nicht lange genug hier sein werde, als dass es von Bedeutung wäre.«

»Es ist von Bedeutung. John will, dass die Dinge stimmen. Ich auch. Was sind ihre Lieblingsfarben?«

»Grün, glaube ich.«

»Das hätte ich wissen sollen. Rotschöpfe sind gut berechenbar.«

»Ich bin kein Rotschopf.«

»Na gut, aber fast.« Sie sah sich im Zimmer um. »Ist die Einrichtung hier in Ordnung?«

Eve nickte. Sie warf die Bettdecke zurück und stand auf.

»Gut, dann werde ich mich ans Telefon hängen und ein paar Sachen bestellen. Es müsste – o mein Gott, Sie sind ja eine Riesin.«

»Was?«

Margaret starrte sie finster an. »Wie groß sind Sie eigentlich?«

»Eins siebenundsiebzig.«

»Eine Riesin. Sie geben mir das Gefühl, dass ich ein Zwerg bin. Ich kann große, magere Frauen nicht ausstehen. Sie bekommen meinem Selbstwertgefühl nicht und machen mich aggressiv.«

»Sie sind doch gar nicht so klein.«

»Behandeln Sie mich nicht so herablassend.« Sie verzog das Gesicht. »Jetzt muss ich mich auch noch verteidigen. Na gut, ich muss damit klarkommen. Ich werde mir einfach sagen, dass ich intelligenter bin als Sie. Ziehen Sie sich an und kommen Sie in die Küche. Wir essen schnell ein paar Cornflakes und dann zeig ich Ihnen das Grundstück.«

»Das ist nicht nötig.«

»Klar ist es das. John möchte Sie bei Laune halten und er meint, Sie hätten im Moment sowieso nichts Vernünftiges zu tun. Wenn Sie nur halbwegs so sind wie ich, wird es Sie bestimmt verrückt machen.« Sie ging zur Tür. »Aber wir werden uns darum kümmern. Eine Viertelstunde?«

»In Ordnung.« Sie fragte sich, wie die Reaktion wäre, wenn sie etwas anderes gesagt hätte. Verglichen mit Margaret kam ihr eine Dampfwalze feinfühlig vor.

Aber es war schwer, sie nicht zu mögen. Sie hatte nicht einmal gelächelt, dennoch strahlte sie eine sprühende Energie und Fröhlichkeit aus. Sie war offen und kühn, anders als die Menschen, die Eve kannte. Margaret war wie ein frischer Luftzug nach der düsteren Anspannung, die Eve bei Logan empfunden hatte.

»Der Friedhof der Barrett-Familie.« Margaret deutete mit der Hand auf einen kleinen, umzäunten Friedhof. »Das jüngste Grab ist von 1922. Wollen Sie ihn sich ansehen?«

Eve schüttelte den Kopf.

»Gott sei Dank. Friedhöfe deprimieren mich, aber ich dachte, er würde Sie vielleicht interessieren.«

»Warum?«

»Ich weiß nicht. All die Knochen und das Zeugs, mit dem Sie arbeiten.«

»Ich bin nicht so makaber, mich auf Friedhöfen herumzutreiben, sie stören mich aber auch nicht.« Vor allem nicht die Familienfriedhöfe. Hier gab es keine Verschollenen und er war extrem gut erhalten. Alle Gräber waren mit roten Nelken bedeckt. »Wo kommen all die Blumen her? Leben von den Barretts welche in der Gegend?«

»Nein, die direkte Linie ist vor ungefähr zwanzig Jahren ausgestorben.« Sie zeigte auf einen Grabstein. »Randolph Barrett. Die Familie zerfiel mit den Jahren und Randoph Barrett war der Letzte, der hier begraben wurde. Das war 1922. Als John das Grundstück erwarb, war der Friedhof in einem ziemlich traurigen Zustand. Er sorgte dafür, dass er gesäubert wurde und jede Woche frische Blumen hierher gebracht werden.«

»Erstaunlich. Ich hätte nicht gedacht, dass Logan so sentimental ist.«

»Nun, bei John weiß man nie, was er als Nächstes tut. Aber ich bin froh, dass er einen Gärtner mit dieser Arbeit betraut hat. Wie ich schon sagte, Friedhöfe deprimieren mich.«

Eve wandte sich ab und ging den Hügel hinunter. »Mich deprimieren sie nicht. Sie machen mich vielleicht traurig. Vor allem die Gräber von Kleinkindern. Bevor es die moderne Medizin gab, hatten viele erst gar nicht die Möglichkeit aufzuwachsen. Haben Sie Kinder?«

Margaret schüttelte den Kopf. »Ich war einmal verheiratet, aber wir machten beide Karriere und waren zu beschäftigt, um über Kinder nachzudenken.«

»Ihr Job muss ganz schön anspruchsvoll sein.«

»Nun ja.«

»Und vielseitig. Wie dieser hier. Sie können nicht behaupten, dass die Jagd nach Skeletten zu den üblichen Anforderungen an Jobs gehört.«

»Ich jage nicht, ich mache nur meine Arbeit.«

»Das könnte gefährlich werden.«

»John wird mir schon die Schwierigkeiten vom Hals halten. Das hat er bisher immer gemacht.«

»Hat er so etwas wie hier schon mal gemacht?«

»Nein, aber er ist bekannt dafür, kein Risiko zu scheuen.«

»Und Sie vertrauen ihm?«

»Aber sicher doch.«

»Selbst wenn Sie nicht wissen, wonach er sucht? Oder wissen Sie's?«

Margaret grinste. »Hören Sie auf, mich auszufragen. Ich weiß von gar nichts und ich würd's Ihnen auch nicht verraten, wenn ich's wüsste.«

»Sie werden mir nicht einmal sagen, ob es Logan war, der mitten in der Nacht weggefahren ist?«

»John ist noch hier. Ich hab ihn gesehen, bevor er heute Morgen in sein Arbeitszimmer verschwunden ist. Gil ist weggefahren.«

»Warum?«

Margaret zuckte mit den Schultern. »Fragen Sie John.«

Und sie fügte offen hinzu: »Sie sind hierher gekommen, weil John Ihnen ein lohnendes Angebot gemacht hat. Ich habe den Transfer zur Adam-Stiftung vorgenommen. Er wird Ihnen alles erzählen, wenn er den Zeitpunkt für richtig hält. Vertrauen Sie ihm.«

»Ihren Glauben an ihn teile ich nicht.« Sie warf einen Blick auf das Kutscherhaus. »Werden dort die Eingangstore überwacht?«

Margaret nickte. »Es gibt ein ausgeklügeltes System von Videokameras auf dem ganzen Gelände. Mark Slater ist für die ganze Überwachung verantwortlich.«

»Ich habe ihn noch nicht kennen gelernt.«

»Er kommt nicht oft ins Haus.«

»Ist Logans Haus an der Westküste auch so abgesichert?«

»Klar. Es gibt eine Menge Verrückter hier draußen. Männer in Logans Stellung sind ständig gefährdet.« Sie beschleunigte ihren Schritt. »Ich muss einiges erledigen. Sind Sie einverstanden, wenn ich Sie heute Nachmittag allein lasse?«

»Ja. Ich brauche keinen Babysitter, Margaret.«

»Es hat mir wirklich Spaß gemacht. Ich hatte mir eine Knochen-Lady anders vorgestellt.«

Knochen-Lady. So hatte Gil sie auch schon genannt. »Der korrekte Begriff ist forensische Präparatorin.«

»Wie auch immer. Wie gesagt, ich hatte mit jemandem gerechnet, der sehr cool und professionell ist. Deshalb ist mir auch der Fehler mit dem Labor unterlaufen. Nicht dass ich John gegenüber einen Fehler zugeben würde. Ich habe ihm gesagt, dass alles sein Fehler war, weil er mich im Unklaren gelassen hat, was da auf mich zukommt. Er braucht nicht zu merken, dass ich nicht perfekt bin. Es würde ihn verunsichern.«

Eve lächelte. »Das kann ich mir nicht vorstellen.«

»Jeder hat unsichere Momente, selbst ich. Aber nur«, fügte sie finster hinzu, »wenn ich neben so riesigen Menschen wie Ihnen stehe. Das kommt daher, wenn man als Knirps mit vier Brüdern aufwächst, die alle eins achtzig sind. Ist Ihre Mutter groß?«

»Nein, mittelgroß.«

»Na gut, dann sind Sie eine Missgeburt und ich werde Ihnen großmütig vergeben. Ich werde nicht mehr darauf zurückkommen.«

»Danke. Ich weiß es zu schätzen, dass –«

»Ich habe mich schon gefragt, wo Sie stecken.« Logan war aus dem Haus getreten und kam direkt auf sie zu. »Haben Sie gut geschlafen?«, wandte er sich an Eve.

»Nein.«

»Ich muss noch die Berichte fertig stellen«, sagte Margaret schnell. »Wir sehen uns später, Eve.«

Eve nickte und hielt den Blick auf Logan gerichtet. In schwarzen Jeans und einem Sweatshirt wirkte er völlig anders als der Mann, den sie beim ersten Mal kennen gelernt hatte. Nicht nur aufgrund der Kleidung, sondern weil er seine glatte Fassade völlig abgelegt hatte.

»Das ungewohnte Bett?«

»Zum Teil. Warum ist Gil Price direkt nach unserer Ankunft letzte Nacht wieder weggefahren?«

»Er musste mir etwas besorgen.«

»Um vier in der Früh?«

Er nickte. »Es war ziemlich dringend. Er müsste heute Abend zurück sein.« Er ließ einen Moment verstreichen, bevor er weitersprach. »Ich hatte gehofft, dass Sie ein oder zwei Tage Zeit hätten, sich zu akklimatisieren, aber wir müssen uns wahrscheinlich beeilen.«

»Gut, ich muss mich nicht akklimatisieren. Bringen Sie mir die Knochen und lassen Sie mich mit der Arbeit beginnen.«

»Wir werden vielleicht den Fundort aufsuchen müssen.«
Sie erstarrte. »Was?«

»Sie werden möglicherweise eine flüchtige Überprüfung nach der Ausgrabung vor Ort machen müssen und entscheiden, ob es sich lohnt, das Skelett hierher zu bringen. Mein Informant könnte gelogen haben und der Schädel ist eventuell zu sehr beschädigt, um an ihm noch eine Gesichtsrekonstruktion vornehmen zu können.«

»Sie wollen, dass ich dabei bin, wenn Sie ihn ausbuddeln?«

»Vielleicht.«

»Vergessen Sie es. Ich bin keine Grabschänderin.«

»Möglicherweise ist es für Sie notwendig, dort zu sein. Das könnte der einzige –«

»Vergessen Sie's.«

»Wir werden später noch darüber sprechen. Vielleicht ist es auch unerheblich. Hat Ihnen der Friedhof gefallen?«

»Warum nimmt jeder an, mir gefielen Fried...« Sie fixierte sein Gesicht scharf. »Woher wissen Sie überhaupt, dass ich auf dem Friedhof war?«

Sie blickte zum Kutscherhaus hinüber. »Natürlich, Ihre Videokameras. Ich mag es nicht, wenn man hinter mir her spioniert, Logan.«

»Die Kameras sind ständig auf das Grundstück gerichtet. Sie haben Margaret und Sie zufällig auf dem Friedhof eingefangen.«

Das konnte ja stimmen, aber sie hatte ihre Zweifel, dass in Logans Leben irgendetwas zufällig geschah. »Mir haben die frischen Blumen gefallen.«

»Nun, ich wohne im Haus der Barretts. Mich um die Gräber zu kümmern war das Mindeste, was ich tun konnte.«

»Aber es ist jetzt Ihr Haus.«

»Tatsächlich? Die Barretts haben das Wirtshaus aufgebaut, sie lebten und arbeiteten hier mehr als hundertsechzig Jahre lang und sahen eine Menge Geschichte vorbeimarschieren. Wussten Sie, dass Abraham Lincoln sich hier kurz vor Ende des Bürgerkriegs aufgehalten hat?«

»Noch ein Republikaner. Kein Wunder, dass Sie das Grundstück gekauft haben.«

»Einige Orte, an denen sich Lincoln aufgehalten hat, hätte ich nicht mal nach einer verlorenen Wette betreten. Ich schätze meine Bequemlichkeit zu sehr.« Er hielt ihr die Haustür auf. »Haben Sie Ihre Mutter schon angerufen?«

»Nein, das mache ich heute Abend, wenn sie von der Arbeit nach Hause kommt.« Sie lächelte. »Vorausgesetzt, dass sie nicht ausgegangen ist. Sie verkehrt mit einem Anwalt aus dem Büro der Bezirksanwaltschaft.«

»Der Glückliche. Sie schien mir sehr sympathisch.«

»Ja, und intelligent dazu. Nach Bonnies Geburt hat sie die Highschool abgeschlossen und eine Ausbildung als Gerichtsreporterin gemacht.«

»Sie hat die Schule abgeschlossen, nachdem Ihre Tochter –« Er unterbrach sich. »Tut mir Leid, ich bin sicher, dass Sie nicht über Ihre Tochter sprechen wollen.«

»Ich habe nichts dagegen, über Bonnie zu sprechen. Warum auch? Ich bin sehr stolz auf sie. Sie hat unser ganzes Leben verändert.« Und sie fügte einfach hinzu: »Liebe kann das bewirken, wissen Sie?«

»Ich habe davon gehört.«

»Es ist wahr. Ich habe versucht, meine Mutter von Crack abzubringen, aber es ist mir nicht gelungen. Vielleicht war ich zu verbittert und nachtragend. Und ich dachte weiß Gott manchmal, dass ich sie hasste. Aber dann kam Bonnie und ich änderte mich. Die ganze Bitterkeit war verflogen. Und meine Mutter änderte sich auch. Ich weiß nicht, ob es genau der richtige Zeitpunkt in ihrem Leben war oder ob sie wusste, dass sie vom Crack runter musste, um mir dabei helfen zu können, Bonnie aufzuziehen. Mein Gott, wie sehr sie Bonnie geliebt hat. Man konnte gar nicht anders, als sie zu lieben.«

»Das kann ich gut verstehen. Ich habe ihr Foto gesehen.«

»War sie nicht wunderschön?« Sie lächelte strahlend. »So glücklich. Sie war immer so glücklich. Sie liebte jede Stunde, die sie wach war und –« Sie musste schlucken, um den Knoten in ihrem Hals zu lösen, dann sagte sie schroff: »Tut mir Leid, aber ich kann jetzt nicht mehr darüber reden. Bis dahin kann ich gehen und dann fängt es an wehzutun. Aber es gelingt mir jedes Mal besser.«

»Herrgott, hören Sie auf, sich zu entschuldigen«, sagte er rau. »Es tut mir Leid, dass ich Sie veranlasst habe, über sie zu sprechen.«

»Sie haben mich zu überhaupt nichts veranlasst. Es ist mir wichtig, sie in Erinnerung zu behalten und sie nie zu vergessen. Sie hat existiert. Sie war ein Teil von mir, vielleicht sogar der beste.« Sie wandte sich von ihm ab. »Und jetzt möchte ich ins Labor gehen und ein bisschen an Mandy arbeiten.«

Er sah sie überrascht an. »Sie haben die Fragmente mitgebracht?«

»Natürlich. Wahrscheinlich lässt sich nicht mehr viel damit anfangen, aber ich könnte nicht aufgeben, ohne es wenigstens versucht zu haben.«

Er lächelte. »Nein, das könnten Sie wohl nicht.«

Sie spürte seinen Blick, als sie ging. Sie hätte ihm besser nicht gezeigt, wie verletzlich sie war, aber die Unterhaltung war einfach von einem Thema zum nächsten geflossen. Logan hatte konzentriert und verständnisvoll zugehört und er hatte ihr das Gefühl vermittelt, dass es ihn wirklich interessierte. Vielleicht war er gar nicht so gleichgültig.

Vielleicht war er gar nicht der Manipulator, für den sie ihn hielt.

Vielleicht aber doch. Ach zum Teufel, welchen Unterschied machte es schon? Sie schämte sich nicht ihrer Gefühle für Bonnie und nichts von dem, was sie gesagt hatte, ließ sich verdrehen oder gegen sie verwenden. Der einzige Vorteil, den er daraus ziehen konnte, war, dass sie sich ihm jetzt etwas vertrauter fühlte; die einfache Tatsache, dass sie mit ihm über Bonnie geredet hatte, hatte höchstens eine vorläufige Bindung bewirkt. Aber das würde sie in keiner Weise beeinflussen.

Sie öffnete die Tür des Labors und ging direkt zu ihrem Aktenkoffer, den sie auf dem Schreibtisch abgestellt hatte. Sie öffnete ihn und nahm die Schädelfragmente heraus. Sie zusammenzusetzen würde wie die Arbeit an einem Puzzle sein, bei dem einige Teile die Größe von winzigen Splittern hatten. Was glaubte sie eigentlich? Es war verrückt, wahrscheinlich unmöglich, dachte sie verzweifelt.

Doch die Aufgabe war unmöglich mit dieser Einstellung zu lösen. Mandy zu rekonstruieren war ihre Arbeit und sie würde einen Weg finden, diese Arbeit zu erledigen. Die Verbindung zu Mandy war eine, der sie trauen konnte, ein Band, an dem festzuhalten sie sich leisten konnte.

»Hallo, Mandy.« Sie setzte sich an den Schreibtisch und nahm einen Nasenknochen, den größten, der erhalten war. »Ich fange am besten damit an. Mach dir keine Sorgen. Es wird vielleicht lange dauern, aber wir werden es schaffen.«

»Dora Bentz ist tot«, sagte Gil knapp, als Logan das Telefon abnahm.

»Mist.« Seine Hand umklammerte den Hörer.

»Erstochen und offensichtlich vergewaltigt. Sie wurde von ihrer Schwester gegen zehn Uhr heute Vormittag in ihrer

Wohnung gefunden. Sie wollten zusammen einen Aerobic-Kurs besuchen. Die Schwester hatte einen Schlüssel und schloss auf, nachdem auf ihr Klopfen hin keine Reaktion kam. Das Fenster war offen und die Polizei geht von einem einfachen Sexualmord aus.«

»Einfach, verdammt noch mal.«

»Wenn es das nicht war, dann war es gut gemacht«, fügte Gil hinzu. »Außerordentlich gut.«

Genau wie der Vandalismus in Eves Labor in Atlanta. »Ist dir jemand gefolgt?«

»Zweifellos. Das war abzusehen.«

»Kannst du über einen deiner früheren Kumpel herausfinden, wen Timwick vielleicht benutzt?«

»Vielleicht. Ich werde mal meine Fühler ausstrecken. Soll ich zurückkommen?«

»Nein. Ich habe den ganzen Vormittag versucht, James Cadro zu erreichen. Nach Auskunft seines Büros macht er mit seiner Frau in den Adirondacks Campingurlaub.« Und nach einer Weile: »Beeil dich, ich war nicht der Erste, der sich nach ihm erkundigt hat.«

»Wissen wir, wo in den Adirondacks?«

»Irgendwo in der Nähe von Jonesburg.«

»Großartig. Das liebe ich. Präzise Angaben. Ich bin schon unterwegs.«

Logan legte den Hörer zurück. Dora Bentz tot. Er hätte sie retten können, wenn er gestern gehandelt hätte. Aber verdammt, er hatte geglaubt, dass sie alle sicherer wären, wenn er kein Interesse an ihnen zeigte, wenn er ihre Existenz einfach ignorierte.

Er hatte sich geirrt. Dora Bentz war tot.

Für sie war es zu spät, aber vielleicht für die anderen noch nicht. Eine Ablenkung konnte womöglich Leben retten und ihm die Zeugen erhalten, die er so verzweifelt brauchte.

Aber er konnte nichts machen ohne Eve Duncan. Sie war der Schlüssel. Er musste geduldig sein und ihr Vertrauen gewinnen.

Vertrauen aufbauen war ein langsamer Prozess bei jemandem, der so misstrauisch war wie Eve. Sie war intelligent und irgendwann würde sie herausfinden, dass ihr und ihrer Familie größere Gefahr drohte als Vandalismus.

Er musste Vertrauen schaffen.

Und dann einen Weg finden, ihren Widerstand zu überwinden und sie auf seine Seite zu ziehen.

Er lehnte sich in seinem Sessel zurück und fing an, die Möglichkeiten durchzuspielen.

»Hallo.« Margaret steckte ihren Kopf durch die Tür des Labors. »Die Leute, die das Labor einrichten sollen, sind da. Können Sie Ihren Platz eine Stunde lang räumen und sie ihre Arbeit machen lassen?«

Eve runzelte die Stirn. »Ich sagte doch, dass es nicht nötig ist.«

»Das Labor ist nicht perfekt. Deshalb ist es nötig. Ich mache keine halben Sachen.«

»Aber nur eine Stunde.«

»Ich habe ihnen gesagt, dass Sie nicht behelligt werden wollen und dass sie ihr Geld nicht kriegen, wenn sie länger brauchen. Und außerdem müssen Sie was essen.« Sie sah auf die Uhr. »Es ist fast sieben. Wollen Sie mit mir eine Suppe und ein Sandwich essen, solange wir warten?«

»Ich komme gleich.« Sie legte das Brett mit Mandys Knochen vorsichtig in die oberste Schreibtischschublade. »Sagen Sie ihnen, sie sollen den Schreibtisch nicht anrühren.«

»Natürlich.« Margaret wandte sich ab und verschwand.

Eve nahm ihre Brille ab und rieb sich die Augen. Eine Pause würde ihr wahrscheinlich gut tun. Sie hatte in mehreren Stunden nur bescheidene Fortschritte gemacht und ihre Frustration wuchs. Aber ein kleiner Fortschritt war besser als gar keiner. Nach dem Essen würde sie die Arbeit wieder aufnehmen.

Sie traf im Flur auf sechs Männer und zwei Frauen, die bunte Kissen, Sessel und Teppiche trugen, und sie musste sich an die Wand drücken, um nicht überrollt zu werden.

»Hier lang.« Margaret nahm sie beim Arm, manövrierte sie um zwei Männer herum, die einen zusammengerollten Teppichboden schleppten, und geleitete sie in die Küche. »Das Unternehmen ist nicht so gewaltig, wie es aussieht. Eine Stunde, ich versprech's.«

»Ich hab ja keine Stoppuhr. Ein paar Minuten mehr oder weniger spielen keine Rolle.«

»Geht's Ihnen nicht gut?«, fragte Margaret mitfühlend. »Zu schade.« Sie betraten die Küche und Margaret wies auf die zwei gedeckten Plätze am Küchentisch. »Ich habe Tomatensuppe und Käsesandwiches gemacht. Ist das okay?«

»Prima.« Eve nahm Platz und breitete ihre Serviette auf dem Schoß aus. »Ich bin nicht besonders hungrig.«

»Ich verhungere fast, aber ich bin auf Diät und bemühe mich, brav zu sein.« Sie setzte sich Eve gegenüber und betrachtete sie vorwurfsvoll. »Sie haben offensichtlich noch nie in Ihrem Leben eine Diät gemacht.«

Eve lächelte. »Tut mir Leid.«

»Das soll es auch.« Sie langte nach der Fernbedienung für das Fernsehgerät, die auf der Anrichte lag. »Stört es Sie, wenn ich den Fernseher anschalte? Der Präsident gibt eine Pressekonferenz. John hat mich gebeten, sie aufzunehmen, mir alles anzuhören und ihm zu berichten, wenn es etwas Interessantes gibt.«

»Ich hab nichts dagegen.« Eve fing an zu essen. »Wenn es Sie nicht stört, dass ich mich nicht darum kümmere. Politik interessiert mich nicht.«

»Mich auch nicht. Aber John ist ziemlich besessen davon.«

»Ich habe nur von den Spendengeschichten gehört. Glauben Sie, er will selbst in die Politik?«

Margaret schüttelte den Kopf. »Er würde den Schwachsinn nicht ertragen.« Sie blickte einen Moment zum Fernseher. »Chadbourne ist verdammt gut. Er strömt buchstäblich Wärme aus. Wussten Sie, dass man ihn den charismatischsten Präsidenten seit Reagan nennt?«

»Nein. Er hat eine große Aufgabe und Charisma erledigt die Arbeit nicht.«

»Aber es kann einem helfen, gewählt zu werden.« Sie wies mit dem Kopf zum Fernseher. »Sehen Sie sich ihn an. Alle meinen, er könnte dieses Mal den Kongress für sich gewinnen.«

Eve sah hin. Ben Chadbourne war ein großer Mann Ende vierzig mit einem ansehnlichen Gesicht und grauen Augen, die vor Lebenslust und Humor sprühten. Er beantwortete die Frage eines Reporters mit einer freundlichen Frotzelei. Der Saal brach in Gelächter aus.

»Beeindruckend«, bemerkte Margaret. »Und Lisa Chadbourne ist auch nicht gerade ein armes Würstchen. Haben Sie ihr Kostüm gesehen? Valentino, wette ich.«

»Keine Ahnung.«

»Eher kein Interesse.« Margaret verzog das Gesicht. »Also, mich interessiert's. Sie nimmt an jeder Pressekonferenz teil und das Einzige, was mich dabei anmacht, ist zu sehen, was sie anhat. Irgendwann werde auch ich so dünn sein, dass ich solche Kostüme tragen kann.«

»Sie ist sehr attraktiv«, stimmte Eve zu. »Und sie leistet wunderbare Arbeit, indem sie Geld für missbrauchte Kinder sammelt.«

»Wirklich?« Margaret wirkte abwesend. »Dieses Kostüm muss von Valentino sein.«

Eve lächelte amüsiert. Sie hätte nicht im Traum daran gedacht, dass ein Energiebündel wie Margaret so auf Kleider abfuhr.

Das fragliche Kostüm betonte Lisa Chadbournes schlanke, sportliche Figur ausgesprochen gut. Und das sanfte Beige des Stoffs ließ ihren dunklen Teint und ihr glattes tiefbraunes Haar kontrastvoll leuchten. Die Frau des Präsidenten lächelte ihrem Mann vom Bühnenrand aus zu und sie wirkte sowohl stolz als auch liebevoll. »Sehr nett.«

»Glauben Sie, sie hat ihr Gesicht liften lassen? Sie ist angeblich fünfundvierzig, aber wirkt kein bisschen älter als dreißig.«

»Kann sein.« Eve löffelte den Rest ihrer Suppe. »Vielleicht hat sie sich auch einfach nur gut gehalten.«

»So ein Glück hätte ich auch gerne. Diese Woche habe ich zwei neue Falten auf meiner Stirn entdeckt. Ich vermeide die Sonne. Ich benutze Feuchtigkeitscremes. Ich mache alles richtig, aber es nützt gar nichts.« Margaret schaltete den Fernseher ab. »Es deprimiert mich, sie anzusehen. Und Chadbourne sagt auch immer nur dieselben alten Sachen. Niedrigere Steuern. Mehr Arbeitsplätze. Hilfen für die Kinder.«

»Dagegen ist doch nichts einzuwenden.«

»Sagen Sie das John. Zum Teufel, Chadbourne sagt und macht immer das Richtige und seine Frau lächelt herzerweichend, engagiert sich in genauso viel Wohltätigkeitsorganisationen wie Evita Peron und backt selbst Plätzchen. Es wird für Johns Partei nicht einfach sein, eine Regierung zu verdrängen, die von allen für das zweite Camelot gehalten wird.«

Es sei denn, er fand einen Weg, die andere Partei in den Schmutz zu ziehen. Je mehr Eve darüber nachdachte, desto wahrscheinlicher kam ihr das vor, und es gefiel ihr kein bisschen. »Wo ist Logan?«

»Er ist schon den ganzen Nachmittag in seinem Arbeitszimmer und telefoniert.« Margaret stand auf. »Kaffee?«

»Danke, ich habe erst vor einer Stunde im Labor einen getrunken.«

»Na, dann war wenigstens das richtig, Ihnen eine Kaffeemaschine hinzustellen.«

»Sie haben Ihre Sache großartig gemacht. Ich habe alles, was ich brauche.«

»Glückspilz.« Sie goss sich selbst Kaffee ein. »Das können nicht viele Leute von sich sagen. Die meisten von uns haben nicht so viel Glück. Wir müssen Kompromisse eingehen und –« Erschrocken sah sie auf. »O Gott, es tut mir Leid. Ich wollte damit nicht sagen, dass –«

»Vergessen Sie's.« Eve erhob sich. »Ich glaube, ich habe noch zwanzig Minuten, bis Ihre Inneneinrichter fertig sind. Ich werde mal in mein Zimmer gehen und auch ein paar Telefonate führen.«

»Habe ich Sie jetzt verjagt?«

»Unsinn. Ich bin nicht so empfindlich.«

Margaret musterte eindringlich ihren Gesichtsausdruck. »Das glaube ich doch. Aber Sie haben sich verdammt gut im Griff.« Sie ließ einen Moment verstreichen und fügte dann verlegen hinzu: »Ich bewundere Sie. An Ihrer Stelle könnte ich vermutlich nicht –« Sie zuckte die Achseln. »Jedenfalls wollte ich Sie nicht verletzen.«

»Sie haben mich nicht verletzt«, sagte Eve freundlich. »Wirklich. Ich muss einige Telefonate führen.«

»Dann gehen Sie schon. Ich trinke meinen Kaffee aus und nerve dann die Einrichter, damit sie sich bald verziehen.«

»Danke.« Eve verließ die Küche und eilte in ihr Zimmer. Was sie Margaret erzählt hatte, stimmte teilweise. Die Zeit hatte so manche Wunden geheilt und in vielerlei Hinsicht hatte sie Glück. Sie hatte einen befriedigenden Beruf, eine Mutter, die sie liebte, und gute Freunde.

Und sie sollte sich jetzt mit einem dieser Freunde in Verbindung setzen und sehen, ob Joe noch mehr über Logan herausgefunden hatte. Es gefiel ihr nicht, wie die Situation sich entwickelte.

Nein, zuerst würde sie ihre Mutter anrufen.

Erst nach sechsmaligem Läuten nahm Sandra ab, und als sie es tat, lachte sie. »Hallo.«

»Ich glaube, ich muss nicht erst fragen, ob es dir gut geht«, sagte Eve. »Was gibt's so Lustiges?«

»Ron hat gerade Farbe verschüttet auf seinem –« Sie unterbrach sich kichernd. »Du müsstest jetzt hier sein.«

»Du streichst an?«

»Ich habe dir doch gesagt, dass ich dein Labor streichen wollte. Ron hat mir angeboten, mir dabei zu helfen.«

»Welche Farbe?«, fragte Eve misstrauisch.

»Blau und weiß. Es wird nach Himmel und Wolken aussehen. Wir probieren einen dieser Anstriche, die man mit Mülltüten macht.«

»Mülltüten?«

»Ich hab's im Fernsehen gesehen.« Der Hörer wurde plötzlich abgedeckt. »Lass das, Ron. Du versaust die Wolken. Die Ecken müssen anders behandelt werden.« Sie war wieder am Apparat. »Wie geht's dir?«

»Prima. Ich war beschäftigt mit –«

»Das ist ja schön.« Sie musste wieder lachen. »Keine Engelchen, Ron. Eve kriegt Zustände.«

»Engelchen?«

»Ich versprech's dir, nur Wolken.«

Herr im Himmel, Engelchen, Wolken. »Du bist ziemlich beschäftigt. Ich ruf dich in ein paar Tagen wieder an.«

»Ich bin froh, dass es dir gut geht. Es bekommt dir wohl, mal rauszukommen.«

Und ihrer Mutter bereitete das offensichtlich nicht das geringste Problem. »Kein neuer Ärger?«

»Ärger? Ach du meinst den Einbruch. Kein bisschen. Joe kam nach der Arbeit mit chinesischem Essen vorbei, aber ist gleich gegangen, nachdem Ron herkam. Es hat sich herausgestellt, dass sie sich kennen. Ist eigentlich auch nicht weiter verwunderlich, schließlich arbeitet Ron im Büro des Bezirksstaatsanwalts und Joe – Ron, du brauchst mehr Weiß in der blauen Farbe. Eve, ich muss jetzt aufhören. Er ruiniert mir noch meine Wolken.«

»Das wollen wir doch nicht. Auf Wiederhören, Mom. Pass auf dich auf.«

»Du auch.«

Eve lächelte, als sie auflegte. Sandra klang so jung, wie sie sie noch nie erlebt hatte, und alles drehte sich um Ron, und alles und jedes hatte mit Ron zu tun. Es war nichts dagegen einzuwenden, jung zu sein. Die Kinder in den Slums wurden schnell erwachsen und vielleicht konnte Sandra ja jetzt noch etwas von diesem Kindheitszauber einfangen.

Warum nur kam sie sich bei diesem Gedanken tausend Jahre alt vor?

Weil sie töricht war und eigennützig und vielleicht auch ein bisschen neidisch.

Joe.

Sie langte nach dem Telefonhörer und hielt plötzlich in der Bewegung inne.

Logan hatte gewusst, dass sie zum Friedhof gegangen war.

Ihr gefiel die Vorstellung von dem elektronischen Bienenstock im Kutscherhaus überhaupt nicht.

Sie litt schon unter Verfolgungswahn. Videokameras waren nicht notwendigerweise mit abgehörten Telefonen gleichzusetzen.

Aber es könnte ja doch dasselbe sein. Seit sie angekommen war, hatte sie ständig das undeutliche Gefühl, in einem Netz gefangen zu sein.

Dann war es eben Verfolgungswahn.

Sie stand auf, holte ihr Handy aus der Umhängetasche und wählte Joes Nummer.

»Ich wollte dich auch gerade anrufen. Wie entwickeln sich die Dinge?«

»Nichts entwickelt sich. Ich trete auf der Stelle. Logan möchte mich mehr einspannen, als mir angenehm ist. Ich will wissen, womit ich es zu tun habe. Hast du irgendetwas herausgefunden?«

»Vielleicht. Aber es ist ziemlich bizarr.«

»Ist an der Sache denn irgendwas nicht bizarr?«

»Es scheint, dass er in jüngster Zeit von John F. Kennedy besessen ist.«

»Kennedy«, wiederholte sie erschrocken.

»Ja. Und Logan ist Republikaner, so dass es schon daher bizarr ist. Er hat der Kennedy Library einen Besuch abgestattet und Kopien des Berichts der Warren-Kommission über die Ermordung Kennedys angefordert. Er war im Archiv in Denver und dann in Bethesda. Er sprach sogar mit Oliver Stone über die Nachforschungen zu dessen Film *JFK*. All das unternahm er ganz beiläufig und unauffällig. Ohne jede Eile. Man käme gar nicht auf die Idee, einen Zusammenhang zwischen seinen Handlungen zu sehen, wenn man nicht ein logisches Muster dahinter vermuten würde, wie ich es tue.«

»Kennedy.« Das war wirklich merkwürdig. »Das kann nichts mit dem zu tun haben, warum ich hier bin. Sonst noch irgendetwas?«

»Bis jetzt nicht. Du wolltest Besonderheiten.«

»Nun, die hast du mir ja auch besorgt.«

»Ich werde mich weiter umsehen.« Er wechselte das Thema. »Heute Abend bin ich dem neuen Lover deiner Mutter über den Weg gelaufen. Ron ist ein prima Kerl.«

»Das glaubt sie auch. Danke, dass du ein bisschen auf sie aufpasst.«

»Ich glaube nicht, dass ich in dieser Hinsicht noch mehr unternehmen muss. Ron scheint selbst ziemlich fürsorglich zu sein.«

»Ich habe ihn noch nicht kennen gelernt, Mom befürchtet, ich könnte ihn verscheuchen.«

»Kann schon sein.«

»Was meinst du damit? Du weißt genau, dass ich immer das Beste für Mom will.«

»Klar, und du schreckst vor nichts zurück, um es für sie zu erreichen.«

»Bin ich so schlimm?«

»Nein«, erwiderte Joe mit sanfter Stimme, »so gut. Also, ich muss jetzt gehen. Diane will um neun ins Kino. Ich ruf dich wieder an, wenn ich mehr weiß.«

»Danke, Joe.«

»Lass gut sein. Wahrscheinlich habe ich dir nicht besonders geholfen.«

Es stimmte wahrscheinlich, dachte Eve, als sie auflegte. Logans Interesse an John F. Kennedy konnte einfach Zufall sein. Was für ein Zusammenhang sollte auch bestehen zwischen dem Expräsidenten und ihrer gegenwärtigen Situation?

Zufall? Sie bezweifelte, dass Logan irgendetwas dem Zufall überließ. Er war zu scharfsinnig und hatte zu viel Überblick. Seine Suche nach Informationen über Kennedy war zu zeitnah, um unverdächtig zu sein, und wenn er versucht hatte, sein Interesse an Kennedy geheim zu halten, dann gab es dafür einen Grund.

Aber welchen? Es konnte ja nicht sein –

Sie erstarrte vor Schreck.

»O mein Gott.«

Kapitel 7

Die Bibliothek war leer, als Eve sie ein paar Minuten später betrat.

Sie schlug die Tür zu, schaltete das Licht an und marschierte auf den Schreibtisch zu. Sie öffnete die Schublade auf der rechten Seite. Nur Papiere und ein paar Telefonbücher. Sie rammte die Schublade zu und öffnete die auf der linken Seite.

Bücher. Sie nahm sie heraus und legte sie auf den Schreibtisch.

Der Bericht der Warren-Kommission lag obenauf. Darunter das Buch von Crenshaw über die Autopsie Kennedys und ein ziemlich zerlesenes Buch mit dem Titel *Die Kennedy-Verschwörung: Fragen und Antworten.*

»Kann ich Ihnen behilflich sein?« Logan stand in der Tür.

»Sind Sie verrückt, Logan?« Sie funkelte ihn wütend an. »Kennedy? Sie müssen den Verstand verloren haben.«

Er durchquerte den Raum und setzte sich an den Schreibtisch. »Sie wirken ein wenig aufgebracht.«

»Warum sollte ich aufgebracht sein? Bloß weil Sie mich hierher gebracht haben, um an der idiotischsten Schnitzeljagd der Geschichte teilzunehmen? Kennedy? Was für ein verdammter Irrer sind Sie eigentlich?«

»Setzen Sie sich doch erst mal hin und holen Sie tief Luft.«

Er lächelte. »Sie flößen mir Angst ein, wenn Sie mich so überragen.«

»Blödsinn. Das ist nicht lustig, Logan.«

Sein Lächeln verschwand. »Nein, es ist nicht lustig. Ich hatte gehofft, dass es nicht dazu kommen würde. Ich habe mir alle Mühe gegeben, vorsichtig zu sein. Ich nehme an, Sie haben meinen Schreibtisch nicht aus reiner Neugier durchsucht. Joe Quinn?«

»Ja.«

»Er soll ein schlauer Bursche sein.« Er schüttelte den Kopf. »Aber Sie sind diejenige, die ihn auf mich angesetzt hat. Warum haben Sie nicht einfach die Finger davongelassen?«

»Haben Sie etwa erwartet, es würde mir gefallen, hier im Dunkeln zu tappen?«

Er schwieg einen Moment. »Nein, das habe ich wohl nicht erwartet. Aber ich habe es gehofft. Ich wollte, dass Sie unvoreingenommen an diese Sache herangehen.«

»Ich bin in jedem Fall unvoreingenommen, egal, was ich vermute. Das ist eine Grundvoraussetzung in meinem Beruf. Aber ich kann es nicht fassen, dass ich Ihnen dabei helfen soll, Kennedy auszugraben.«

»Sie brauchen keine Schaufel in die Hand zu nehmen. Sie sollen nur feststellen –«

»Und mich dabei erschießen lassen. Herrgott noch mal, Kennedy ist auf dem Arlington Cemetery begraben.«

»Wirklich?«

Sie verstummte. »Wovon zum Teufel reden Sie?«

»Setzen Sie sich.«

»Ich will mich nicht setzen. Ich will, dass Sie mit mir reden.«

»Okay.« Er überlegte. »Was ist, wenn es gar nicht Kennedy ist, der auf dem Arlington Cemetery liegt?«

»Himmel hilf! Doch nicht schon wieder eine neue Verschwörungstheorie?«

»Verschwörung? Ja, ich schätze, das trifft die Sache. Aber unter einem etwas anderen Gesichtspunkt. Was ist, wenn es einer von Kennedys Doubles war, der in Dallas erschossen wurde? Was ist, wenn Kennedy schon vor Dallas tot war?«

Sie starrte ihn ungläubig an. »Einer von Kennedys Doubles?«

»Die meisten Personen des öffentlichen Lebens haben Doubles. Um ihr Leben und auch ihre Privatsphäre zu schützen. Man schätzt, dass Saddam Hussein mindestens sechs hat.«

»Er ist der Diktator eines Dritte-Welt-Staates. Bei uns würde keiner damit durchkommen.«

»Nicht ohne Hilfe.«

»Mit wessen Hilfe?«, fragte sie sarkastisch. »Mit der des kleinen John-John? Oder vielleicht von Bruder Bobby?« Ihre Hände ballten sich zu Fäusten. »Sie sind nicht ganz dicht. Das ist das Verrückteste, was ich je gehört habe. Wen zum Teufel wollen Sie beschuldigen?«

»Ich beschuldige niemanden. Ich ziehe nur Möglichkeiten in Betracht. Ich habe keine Ahnung, wie der Mann ums Leben gekommen ist. Er hatte alle möglichen gesundheitlichen Probleme, die der Öffentlichkeit bekannt waren. Gut möglich, dass er eines natürlichen Todes gestorben ist.«

»Gut möglich? Wollen Sie damit andeuten, dass es keine natürliche Ursache war?«

»Sie hören mir nicht zu. Verdammt, ich *weiß* es nicht. Ich weiß nur, dass an einem Vertuschungsmanöver dieses Ausmaßes mehr als eine Person beteiligt gewesen sein müsste.«

»Eine Verschwörung im Weißen Haus. Ein Vertuschungsmanöver.« Sie lächelte spöttisch. »Wie günstig für Sie, dass Kennedy Demokrat war. Sie können die Opposition als eine

Bande skrupelloser Konspirateure darstellen, die es nicht wert sind, gewählt zu werden. Was für ein glücklicher Zufall, dass ein solcher Riesenskandal sich in einen Sieg für Ihre Partei bei den Wahlen in diesem Jahr ummünzen lassen könnte.«

»Gut möglich.«

»Sie Mistkerl. Ich habe was gegen Schmähkampagnen. Und ich kann es nicht ausstehen, wenn man mich benutzt, Logan.«

»Das ist verständlich. Also, nachdem Sie Ihrem Ärger Luft gemacht haben, würden Sie die Güte haben, mir einen Augenblick zuzuhören?« Er beugte sich in seinem Stuhl vor.

»Vor acht Monaten erhielt ich einen Anruf von einem Mann namens Bernard Donnelli, der in der Nähe von Baltimore ein kleines Bestattungsunternehmen führt. Er bat mich um ein Treffen. Er erzählte mir gerade genug, um mich neugierig zu machen, also flog ich am nächsten Tag nach Baltimore. Er hatte Angst und traf sich mit mir um fünf Uhr früh in einem Parkhaus.« Logan zuckte die Achseln. »Keine Phantasie. Er muss sich für Deep Throat gehalten haben oder was weiß ich. Jedenfalls war seine Gier weit größer als seine Angst. Er bot mir an, mir Informationen zu verkaufen. Und einen Gegenstand, von dem er glaubte, dass er mir einiges wert sein würde. Einen Schädel.«

»Nur einen Schädel?«

»Der Rest der Leiche wurde von Donnellis Vater verbrannt. Anscheinend wird das Bestattungsunternehmen Donnelli seit Jahrzehnten von der Mafia und der Cosa Nostra benutzt, um sich aller möglichen Leichen zu entledigen. Die Donnellis galten bei der Mafia als äußerst diskret und vertrauenswürdig. Die Entsorgung einer bestimmten Leiche allerdings machte den alten Donnelli ziemlich nervös. Eines Abends erschienen zwei Männer mit einer männlichen Leiche bei Donnelli senior, und obwohl sie ihn außergewöhnlich gut bezahlten, machte ihn die Sache misstrauisch. Die beiden Männer gehörten nicht zu seinen üblichen Kunden und er konnte sich nicht darauf verlassen, dass sie sich an die Regeln halten würden. Sie gaben sich alle Mühe zu verhindern, dass Donnelli das Gesicht der Leiche zu sehen bekam. Trotzdem erhaschte er einen kurzen Blick, und was er sah, jagte ihm eine Heidenangst ein. Er fürchtete, sie könnten zurückkommen und ihm die Kehle aufschlitzen, um ihn als Zeugen aus dem Weg zu räumen. Also rettete er den Schädel und versteckte ihn. Er war für ihn eine Art Lebensversicherung.«

»Er hat ihn gerettet?«

»Nicht viele wissen, dass es einer Temperatur von 1400 Grad und einer Verbrennungszeit von mindestens achtzehn Stunden bedarf, um ein Skelett vollständig zu verbrennen. Es gelang Donnelli, die Leiche so zu positionieren, dass der Schädel nicht gänzlich von den Flammen zerstört wurde. Als die beiden Männer nach einer Dreiviertelstunde gingen, nahm Donnelli den Schädel aus dem Ofen und verbrannte den Rest. Donnelli benutzte den Schädel als Mittel für Erpressungsversuche, und kurz bevor er starb, sagte er seinem Sohn Bernard, wo er den Schädel vergraben hatte. Ein ziemlich makabres Erbe, aber einträglich, sehr einträglich.«

»Donnelli ist gestorben?«

»Oh, er wurde nicht ermordet. Er war ein alter Mann und er hatte Herzprobleme.«

»Und wen hat er erpresst?«

Logan zuckte die Achseln. »Keine Ahnung. Donnelli junior wollte es mir nicht sagen. Er bot mir lediglich den Schädel zum Kauf an.«

»Und Sie wollen mir erzählen, Sie hätten nicht versucht, Druck auf ihn auszuüben?«

»Natürlich habe ich das versucht. Aber er hat mir nicht mehr gesagt, als ich Ihnen jetzt erzählt habe. Er ist nicht so kaltblütig wie sein Vater und hat keine Lust, mit dieser dauernden Bedrohung zu leben. Sein Angebot lautete: das Versteck des Schädels und die Geschichte gegen genug Geld, um in Italien mit einem neuen Gesicht und falschen Papieren ein neues Leben anzufangen.«

»Und Sie haben sich darauf eingelassen?«

»Ja. Ich habe schon größere Summen für Schürfstellen gezahlt, in denen weniger Potential steckte.«

»Und jetzt soll ich dafür sorgen, dass das Potential sich gewinnbringend entfaltet.«

»Falls Donnelli die Wahrheit gesagt hat.«

»Garantiert nicht. Die ganze Geschichte ist irrwitzig.«

»Warum sträuben Sie sich dann mit Händen und Füßen? Was kann Ihnen schon passieren? Wenn an der Geschichte nichts dran ist, dann werden Sie am Ende die Taschen voll Geld haben und ich werde wie ein Trottel dastehen.« Er lächelte. »Die Aussicht auf beide Ergebnisse dürfte Ihnen doch großes Vergnügen bereiten.«

»Ich würde meine Zeit verschwenden.«

»Die Verschwendung wird fürstlich entlohnt.«

»Und wenn an der Geschichte etwas dran ist, wäre es nicht besonders klug von mir, mich an der Ausgrabung von –«

»Sie haben doch eben behauptet, es sei nichts dran an der Geschichte.«

»Anzunehmen, dass es sich um Kennedy handelt, ist wirklich absurd, aber es könnte Jimmy Hoffa sein oder irgendein Mafioso.«

»Wenn ich nicht eine Unsumme für ein Märchen hingeblättert habe.«

»Was Sie wahrscheinlich getan haben.«

»Dann kommen Sie mit mir und lassen Sie es uns gemeinsam rausfinden.« Er sah sie einen Moment lang schweigend an. »Es sei denn, Sie glauben, nicht unvoreingenommen arbeiten zu können. Ich will auf keinen Fall riskieren, dass sie mir Jimmy Hoffas Gesicht auf den Schädel modellieren.«

»Sie wissen verdammt genau, dass ich zu professionell arbeite, um mich zu so etwas hinreißen zu lassen. Versuchen Sie nicht, mich zu manipulieren, Logan.«

»Warum nicht? Darin bin ich gut. Wir tun alle, was wir am besten können. Sind Sie denn kein bisschen neugierig zu erfahren, ob Donnelli die Wahrheit gesagt hat?«

»Nein, das ist nichts als ein nutzloses Unterfangen.«

»Immerhin hat es jemanden so nervös gemacht, dass er versucht hat, Sie einzuschüchtern. Oder würden Sie lieber vergeben und vergessen, was mit Ihrem Labor passiert ist?«

Schon wieder versuchte er, sie zu manipulieren. Sie an den Stellen zu treffen, wo es wehtat. Sie wandte sich ab. »Ich vergesse überhaupt nichts. Aber ich weiß nicht, ob ich –«

»Ich verdopple die Spende an den Adam Fund.«

Sie drehte sich langsam zu ihm um. »Verdammt, Sie bezahlen zu viel für zu wenig. Selbst wenn die Geschichte stimmt, das ist alles viel zu lange her. Was ist, wenn es die Leute nicht die Bohne interessiert, dass die Demokraten ein Riesenvertuschungsmanöver abgezogen haben?«

»Und wenn doch? Das Klima ist günstig. Die Leute haben es gründlich satt, sich von Politikern manipulieren zu lassen.«

»Was genau haben Sie vor, Logan?«

»Ich dachte, Sie hätten mich längst durchschaut. Für Sie bin ich doch ein ganz gewöhnlicher mieser Tycoon, der vor nichts zurückschreckt, wenn es darum geht, seinen Vorteil zu sichern.«

Sie hatte ihn alles andere als durchschaut und sie kaufte ihm nichts von dem ab, was er sagte.

»Werden Sie es sich überlegen?«

»Nein.«

»Doch, das werden Sie. Sie können nicht anders. Lassen Sie mich morgen früh wissen, wie Sie sich entschieden haben.«

»Und was ist, wenn ich nein sage?«

»Was glauben Sie, warum ich mir ein Grundstück gekauft habe, auf dem es einen Friedhof gibt?«

Sie erstarrte.

»War nur ein Scherz.« Er lächelte. »Ich werde Sie natürlich nach Hause schicken.«

Sie wollte zur Tür gehen.

»Und ich werde das Geld, das ich dem Adam Fund gespendet habe, nicht zurückverlangen. Selbst wenn Sie Ihren Teil der Abmachung nicht einhalten. Damit würde ich doch wesentlich ehrenhafter dastehen als Sie, stimmt's?«

»Ich habe Ihnen gesagt, ich würde mich auf nichts Illegales einlassen.«

»Ich versuche nicht, Sie in irgendetwas hineinzuziehen, was wirklich illegal wäre. Kein Überfall auf den Arlington Cemetery und kein Ausbuddeln von Leichen. Nur ein kurzer Ausflug auf ein Maisfeld in Maryland.«

»Der wahrscheinlich immer noch illegal ist.«

»Aber wenn ich richtig liege, wird unsere winzige Gesetzesübertretung am Ende wie die sprichwörtliche Rose duften.« Er hob die Schultern. »Lassen Sie es sich durch den Kopf gehen. Schlafen Sie drüber. Sie sind eine vernünftige Frau und ich denke, Sie werden mir zustimmen, dass ich nicht versuche, Sie zu etwas zu bewegen, das gegen Ihre ethischen Grundsätze verstößt.«

»Falls Sie mir die Wahrheit sagen.«

Er nickte. »Falls ich Ihnen die Wahrheit sage. Ich werde nicht versuchen, Sie davon zu überzeugen. Es hätte sowieso keinen Zweck. Das müssen Sie mit sich selbst ausmachen.« Er öffnete die oberste Schreibtischschublade und nahm ein in Leder gebundenes Adressbuch heraus. »Gute Nacht. Teilen Sie mir Ihre Entscheidung mit, sobald Sie sie getroffen haben.«

Die Audienz war offenbar beendet. Kein Überredungsversuch. Keine Rechtfertigungen. Jetzt war sie am Zug.

Oder nicht?

»Gute Nacht.« Sie verließ die Bibliothek und eilte die Treppe hinauf zu ihrem Zimmer.

Kennedy.

Unmöglich. Kennedy lag auf dem Arlington Cemetery und nicht in irgendeinem Loch auf einem Maisfeld in Maryland. Logan hatte sein Geld zum Fenster hinausgeworfen.

Aber Logan war alles andere als ein Trottel. Wenn er glaubte, dass an Donnellis Geschichte etwas dran war, dürfte das Grund genug für sie sein, sich näher damit zu befassen.

Und es ernst zu nehmen, wenn Logan von Plänen für eine Schmähkampagne sprach. Es konnte sein, dass er log, dass er verzweifelt nach einer Möglichkeit suchte zu bekommen, was er wollte.

Sie hatte sich auf einen Handel mit ihm eingelassen und er hatte seinen Teil eingehalten.

Ach, zum Teufel damit. Sie war viel zu müde, um jetzt eine Entscheidung zu treffen. Sie würde sich schlafen legen und hoffen, dass sie am Morgen alles klarer sehen würde. Es wäre das Vernünftigste –

Das Fenster.

Sie zuckte zusammen und holte tief Luft. Phantasie. Sie

würde sich nicht von ihrer eigenen Vorstellungskraft aus-
tricksen lassen. Sie war müde und entmutigt und in Gefahr,
ihrer eigenen Phantasie auf den Leim zu gehen. Sie würde
sich nicht –

Das Fenster.

Langsam bewegte sie sich zum Fenster hin und schaute in
die Dunkelheit hinaus.

Dunkelheit. Mücken. Insekten. Schlangen.

Auf dem feuchten, von verfaulendem Laub übersäten Boden ruinierte er sich seine italienischen Designerschuhe,
dachte Fiske entnervt.

Er war noch nie gern in den Wald gegangen. Einmal, als
kleiner Junge, hatte man ihn in ein verdammtes Ferienlager
in Maine geschickt, wo er zwei Wochen lang bleiben musste.
Seine Eltern hatten ihn dauernd irgendwohin geschickt, um
ihn loszuwerden.

Diese Bastarde.

Aber er hatte es ihnen heimgezahlt. Er hatte dafür gesorgt,
dass man ihn nie wieder in dem Ferienlager aufnehmen würde. Niemand konnte etwas beweisen, aber der Betreuer hatte es genau gewusst. O ja, er hatte Bescheid gewusst. Der
Arsch war so verängstigt gewesen, dass er ihm nicht mehr in
die Augen sehen konnte.

In jenem Sommer hatte er eine Menge gelernt, was ihm in
seinem späteren Beruf nützlich war. Diese Camper brauchten immer eine Reservierung für einen Zeltplatz in einem
Nationalpark und jede Reservierung wurde von den Forest
Rangers säuberlich eingetragen.

In einiger Entfernung war das Glimmen eines Feuers zu
sehen.

Treffer.

Sollte er sofort zuschlagen oder warten, bis sie schliefen?

Adrenalin begann, durch seinen Körper zu schießen.

Direkter Angriff. Sie sollten ihn sehen, sollten ahnen, was sie erwartete.

Er zerzauste seine Haare und beschmierte sich die Wangen mit Dreck.

Der grauhaarige alte Mann saß am Feuer und schaute in die Flammen. Seine Frau trat lachend aus dem Zelt und sagte etwas zu ihm. Zwischen den beiden herrschte eine liebevolle, vertraute Atmosphäre, die Fiske auf die Nerven ging. Andererseits ging ihm alles an diesem Mordauftrag auf die Nerven. Es ärgerte ihn, dass er gezwungen war, seine Fähigkeiten mitten in der Wildnis zu beweisen, und das würde er den Alten und seine Frau gehörig spüren lassen.

Er holte tief Luft und stolperte auf die Lichtung. »Gott sei Dank. Können Sie mir helfen? Meine Frau ist verletzt. Wir wollten unser Zelt aufbauen, dabei ist sie gestürzt und hat sich das Bein –«

»Ich weiß, wo sie zelten«, sagte Gil. »Ich bin schon unterwegs zu ihnen. Aber ich bin zwei Stunden im Rückstand. Der Ranger sagte, es hätte sich heute Abend schon jemand nach ihnen erkundigt.«

Logans Finger verkrampften sich um den Hörer. »Sei vorsichtig.«

»Hältst du mich für blöd? Natürlich bin ich vorsichtig. Vor allem, falls ich es mit Fiske zu tun habe.«

»Fiske?«

»Ich habe meinen Kontaktmann im Finanzministerium angerufen. Es heißt, Timwick würde hin und wieder die Dienste von Albert Fiske in Anspruch nehmen. Fiske hat als Killer für die CIA gearbeitet und er ist verdammt gut. Er hat sich immer um die schwierigsten Jobs und die prestigeträchtigsten Zielscheiben gerissen. Er ist unglaublich stolz auf seine Effizienz und darauf, dass er Aufträge ausführt, an die sich sonst niemand ranwagt. Vor fünf Jahren hat er seinen Draht zur CIA gekappt und operiert seitdem auf eigene Kappe, und zwar ziemlich erfolgreich. Er arbeitet schnell und er kennt das System gut genug, um es für seine Zwecke auszunutzen.« Er holte tief Luft. »Und er genießt seinen Job, Logan. Er genießt ihn wirklich.«

»Scheiße.«

»Ich rufe dich an, sobald ich die beiden gefunden habe.«

Logan legte langsam den Hörer auf.

Er arbeitet schnell.

Wie schnell?

Und in welche Richtung?

Das Haustelefon auf dem Schreibtisch summte.

»Ms Duncan hat vor drei Minuten das Haus verlassen«, sagte Mark.

»Ist sie unterwegs zum Haupttor?«

»Nein, sie geht den Hügel rauf.«

»Ich bin gleich da.«

Wenige Minuten später betrat Logan das Kutscherhaus.

»Sie ist am Friedhof«, sagte Mark.

Logan ging zu den Bildschirmen hinüber. »Was macht sie denn da?«

»Es ist dunkel und sie steht im Schatten von diesem Baum da. Soweit ich es beurteilen kann, macht sie gar nichts. Steht einfach da.«

Sie stand mitten in der Nacht auf einem Friedhof.

»Gehen Sie näher ran.«

Mark stellte die Kamera entsprechend ein und plötzlich erschien Eves Gesicht auf dem Bildschirm.

Logan konnte nichts daraus ablesen. Sie schaute mit völlig ausdruckslosem Gesicht auf die mit Blumen geschmückten Gräber. Was hatte er denn erwartet? Trauer? Qual?

»Ziemlich seltsam, was?«, meinte Mark. »Die ist doch bescheuert.«

»Verdammt, sie ist nicht bescheuert –« Er unterbrach sich, denn er war ebenso wie Mark über seine heftige Reaktion überrascht. »Tut mir Leid, aber sie ist nicht verrückt. Sie trägt einfach ein ziemliches Päckchen mit sich herum.«

»Ist ja schon gut«, sagte Mark. »Ich fand es einfach merkwürdig. Mich würde es nicht mitten in der Nacht auf einen Friedhof ziehen. Wahrscheinlich ist sie –« Plötzlich musste er laut lachen. »Scheiße. Sie haben Recht, sie ist vollkommen normal.«

Eve schaute in den Baum hinauf und der Mittelfinger ihrer rechten Hand war zu einer obszönen Geste ausgestreckt.

»Sie zeigt uns den Stinkefinger.« Mark musste immer noch kichern. »Ich glaube, sie ist mir sympathisch, John.«

Logan musste grinsen. Ihm war sie auch sympathisch, verdammt. Er mochte ihre Stärke und ihre Intelligenz und ihre Zähigkeit. Selbst ihre Sturheit und ihre Unberechenbarkeit gefielen ihm. Unter anderen Umständen hätte er sie sich als Freundin gewünscht ... oder vielleicht sogar als Geliebte.

Geliebte. Bis zu diesem Augenblick war ihm gar nicht bewusst gewesen, dass sie ihn sexuell interessierte. Sie war attraktiv, aber er hatte sich mehr für ihre Intelligenz und ihren Charakter interessiert als für ihren großen, schlanken Körper.

Von wegen. Wem versuchte er eigentlich, etwas vorzumachen? Verdammt, Sex war immer wichtig, und wenn er sich selbst gegenüber ehrlich war, musste er sich eingestehen, dass es gerade Eves Zerbrechlichkeit war, die ihn erregte.

Was ihn zu einem ziemlichen Fiesling machte.

Also Finger weg. Er sollte sich lieber auf das konzentrieren, was wichtig war, auf den Grund, warum er sie hergeholt hatte.

Und darauf, warum zum Teufel sie immer noch auf dem verdammten Friedhof stand.

Der warme Wind wiegte die Nelken auf den Gräbern und wehte einen zarten Duft zu Eve hinüber.

Sie hatte Margaret erklärt, sie sei kein Monster, das sich auf Friedhöfen herumtrieb. Was wollte sie also hier? Warum war sie nicht wie geplant ins Bett gegangen, anstatt dem verrückten Impuls nachzugeben, der sie hierher geführt hatte?

Und es *war* ein spontaner Impuls gewesen.

Anzunehmen, etwas hätte sie hierher gelockt, war verrückt, und sie war nicht verrückt. Diesen Kampf hatte sie ausgefochten, nachdem Fraser hingerichtet worden war, und sie musste sich davor hüten, den Pfad zu betreten, der in den Wahnsinn führte. Es würde nicht so leicht sein. Nachts von Bonnie zu träumen war akzeptabel, aber sie durfte sich nicht einbilden, Bonnie sei da, wenn sie hellwach war.

Außerdem konnte Bonnie gar nicht hier sein. Sie war nie an diesem Ort gewesen.

Logan hatte von Tod und von Gräbern gesprochen und ihr Gefühl hatte den Rest getan. Niemand hatte sie hierher gerufen.

Es war nur ein spontaner Impuls gewesen.

Sie wunderte sich nicht, als Logan sie bei ihrer Rückkehr ins Haus eine Stunde später erwartete.

»Ich bin müde. Ich habe keine Lust zu reden, Logan.« Sie ging an ihm vorbei auf die Treppe zu.

Er lächelte. »Das habe ich aus Ihrer obszönen Geste geschlossen.«

»Sie hätten mich nicht beobachten dürfen. Ich mag es nicht, wenn man mich ausspioniert.«

»Ein Friedhof ist nicht gerade ein angenehmer Ort für einen Spaziergang. Warum sind Sie ausgerechnet dorthin gegangen?«

»Was kümmert Sie das?«

»Ich bin einfach neugierig.«

Ihre Hand umklammerte das Treppengeländer. »Hören Sie auf, in alles, was ich sage und tue, etwas Bedeutsames hineinzulesen. Ich bin dorthin gegangen, weil es dunkel war und ich den Weg kannte. Ich wollte mich nicht verlaufen.«

»Das ist alles?«

»Was hatten Sie denn erwartet? Dass ich an einer Séance teilgenommen habe?«

»Reißen Sie mir doch nicht gleich den Kopf ab. Ich bin nur neugierig. Eigentlich hatte ich gehofft, der Spaziergang hätte Ihnen einen klaren Kopf beschert und Sie wären zu einer Entscheidung gelangt über –«

»Hat er nicht.« Sie begann, die Treppe hinaufzusteigen. »Ich werde morgen früh mit Ihnen reden.«

»Ich werde bis weit in die Nacht hinein arbeiten. Falls Sie sich zu einer Entscheidung –«

»Es reicht, Logan.«

»Wie auch immer.« Dann fügte er hinzu: »Da Sie offenbar wissen, dass ich Sie im Auge behalte, fand ich es nur fair, Sie auch über meinen Aufenthaltsort auf dem Laufenden zu halten.«

»Klar.« Sie knallte ihre Zimmertür zu und ging ins Bad. Eine heiße Dusche würde die Anspannung von ihr nehmen. Vielleicht konnte sie dann wieder nach unten gehen und an Mandy arbeiten. Sie wusste, dass sie sowieso nicht gut schlafen würde, da konnte sie genauso gut etwas Produktives tun.

Nicht dass sie fürchtete, einzuschlafen und von Bonnie zu

träumen. Bonnie war keine Bedrohung. Wie sollte ein liebevoller Traum eine Gefahr darstellen?

Und es war bloß ein spontaner Impuls gewesen, der sie zu dem Friedhof geführt hatte, nicht Bonnie, die sie gerufen hatte.

Die beiden Leichen lagen zusammen in einem Schlafsack, die Arme in einer letzten Umarmung umeinander geschlungen. Sie waren nackt und in ihren weit aufgerissenen Augen lag das blanke Entsetzen.

Eine lange Zeltstange durchbohrte beide Körper.

»Dieser Hurensohn.« Dass er sie ermordet hatte, war schon schlimm genug, aber für Gil hatte die Art und Weise, wie die Leichen der beiden alten Leute zugerichtet waren, etwas Obszönes. Es nahm ihrem Tod jede Würde.

Er sah sich auf dem Zeltplatz um. Keine Fußabdrücke. Keine sichtbaren Spuren. Fiske hatte sich Zeit genommen, alles aufzuräumen.

Gil klappte sein Handy auf und rief Logan an. »Zu spät.«

»Für beide?«

»Ja. Ziemlich widerliche Angelegenheit.« Mehr als widerlich. »Was soll ich jetzt tun?«

»Komm zurück. Ich habe Maren noch nicht erreicht. Er ist irgendwo in der Wüste. Aber das könnte ein Glück sein. Wenn wir ihn nicht erreichen können, wird Fiske das wahrscheinlich auch nicht gelingen. Wir müssen es vielleicht aufschieben.«

»Darauf würde ich mich nicht verlassen.« Gil warf einen Blick auf die beiden Leichen. »Fiske wird nicht herumsitzen und Däumchen drehen.«

»Ich verlasse mich auf gar nichts, aber ich werde dich auf keinen Fall nach Jordanien schicken. Ich brauche dich möglicherweise.«

Gil dachte kurz nach. »Der Schädel?«

»Das kann nicht länger warten. Alles läuft viel zu schnell. Komm zurück.«

»Bin unterwegs.«

Sehr zufriedenstellend.

Alles hatte reibungslos geklappt und es war ihm sogar gelungen, dem Ganzen noch einen perversen Anstrich zu verleihen.

Fiske summte leise vor sich hin, als er seinen Wagen aufschloss und einstieg. Dann wählte er die Nummer von Timwick. »Cadro ist erledigt. Ich nehme das nächste Flugzeug nach Jordanien. Sonst noch was?«

»Lassen Sie Maren erst mal außen vor. Schließen Sie sich dem Observations-Team am Barrett House an.«

Fiske runzelte die Stirn. »Observation liegt mir nicht.«

»Aber ich will, dass Sie Logan und die Duncan observieren. Wenn einer von den beiden niest, will ich es wissen, und ich will, dass Sie zur Stelle sind.«

»Es gefällt mir nicht, durch die Gegend zu rennen, bevor mein Job erledigt ist. Dieser Maren –«

»Wir sind Gil Price gefolgt, als er gestern früh das Haus verließ. Er ist schnurstracks in die Wohnung von Dora Bentz gefahren.«

»Und? Ich habe keine Spuren hinterlassen.«

»Sie kapieren nicht, worauf ich hinauswill. Er wusste von Dora Bentz und das bedeutet, dass Logan Bescheid weiß. Wir können nicht –« Timwick holte tief Luft. »Logan, Price und diese Duncan müssen liquidiert werden.«

»Sie haben doch gesagt, das sei zu riskant.«

»Das war, bevor wir wussten, dass Logan auf der richtigen Fährte ist. Jetzt können wir uns nicht mehr leisten, sie am Leben zu lassen.«

Endlich bewies Timwick Mumm. »Wann?«

»Ich lasse es Sie rechtzeitig wissen.«

Fiske schaltete sein Handy ab. Allmählich lief es nach seinem Geschmack. Sowohl die Herausforderung als auch die finanziellen Aussichten stiegen beträchtlich. Er begann wieder, vor sich hin zu summen, als er das Handschuhfach öffnete und Timwicks Liste herausnahm. Er strich den zweiten Namen säuberlich durch und trug unter Marens Namen in Blockbuchstaben die Namen John Logan, Gil Price und Eve Duncan ein.

Schließlich musste alles seine Ordnung haben.

Er ließ den Motor an, dann musste er grinsen, als ihm auffiel, welches Lied er gerade summte.

Making a list, checking it twice.

Gonna find out who's naughty or nice ...

Kapitel 8

»Wachen Sie auf«, sagte Margaret. »Herrgott noch mal, müssen Sie sogar bei diesen Knochen schlafen, Eve?«

Verschlafen hob Eve den Kopf. »Was?« Sie schüttelte sich. »Wie spät ist es?«

Margaret stand vor dem Schreibtisch. »Fast neun Uhr früh. John hat mir gestern Abend gesagt, Sie würden nicht mehr arbeiten.«

»Ich hab's mir anders überlegt.« Sie betrachtete Mandy, die auf dem Schreibtisch vor ihr lag. »Ich habe ein paar weitere Puzzlestücke zusammengesetzt.«

»Und sind dabei eingeschlafen.«

»Ich wollte nur ein paar Minuten die Augen schließen.« Sie hatte einen üblen Geschmack im Mund. »Wahrscheinlich war ich einfach müde.« Sie schob ihren Stuhl zurück. »Ich muss mir die Zähne putzen und duschen.«

»Erst nachdem Sie mir gesagt haben, wie gut ich dieses Labor hingekriegt habe.«

Sie lächelte. »Es ist ganz wunderbar.«

»Ihre Begeisterung ist ja direkt umwerfend.« Margaret seufzte.

»Ich habe Ihnen doch gesagt, es spielt keine Rolle.« Eve stand auf und ging auf die Tür zu. »Aber ich weiß Ihre Mühe zu schätzen.«

132

»John will Sie sehen. Er hat mich geschickt, Sie zu holen.«

»Wenn ich mich geduscht und umgezogen habe.«

»Könnten Sie sich beeilen? Er ist ziemlich gereizt, seit Gil zurück ist.«

Eve drehte sich an der Tür um. »Er ist zurück?«

Margaret nickte. »Seit ungefähr anderthalb Stunden. Die beiden erwarten Sie im Büro.«

Sie warteten auf ihre Entscheidung. Sie wollten wissen, ob Eve sich auf Logans aussichtsloses Unterfangen einlassen würde.

Kennedy.

Himmel, bei Tageslicht erschien diese Idee noch grotesker als in der vergangenen Nacht.

»Außerdem hat John mir aufgetragen, diese zweite Anweisung an den Adam Fund freizugeben, auf die Sie sich geeinigt haben«, sagte Margaret. »Ich habe bei der Bank angerufen. In etwa einer Stunde können Sie sich den Transfer bestätigen lassen.«

Sie hatte der zweiten Anweisung nicht zugestimmt. Logan versuchte, Druck auszuüben, sie zu bestechen, ohne eine Gegenleistung zu erwarten. Immerhin, sollte er das Geld ruhig spenden. Es würde ihre Entscheidung nicht beeinflussen und die Kinder würden davon profitieren. »Ich vertraue Ihnen.«

»Lassen Sie es sich bestätigen«, sagte Margaret. »John besteht darauf.«

Logan konnte darauf bestehen, bis er schwarz wurde. Sie würde genau das tun, was sie wollte. In der Nacht an Mandy zu arbeiten, hatte ihr gut getan. Heute Morgen hatte sie das Gefühl, die Situation wieder im Griff zu haben. »Bis später, Margaret.«

»Sie haben sich ziemlich viel Zeit gelassen.« Logan bedachte sie mit einem verärgerten Blick, als sie das Büro betrat. »Wir haben auf Sie gewartet.«

»Ich musste mir die Haare waschen und trocknen.«

»Und es sieht sehr hübsch aus«, bemerkte Gil aus der Zimmerecke. »Der Anblick ist jede Minute der Verspätung wert.«

Sie lächelte ihn an. »Ich fürchte, Logan ist da anderer Meinung.«

»Da haben Sie Recht«, sagte Logan. »Es ist unhöflich, Leute warten zu lassen.«

»Das kommt darauf an, ob man eine Verabredung hat oder zu einem Treffen zitiert wurde.«

Gil grinste. »Du hättest Margaret nicht schicken sollen, Logan.«

»Verdammt, ich wollte nicht drängeln.«

Eve hob eine Braue. »Ach ja?«

»Na ja, nicht offensichtlich jedenfalls.« Logan wies auf einen Stuhl. »Nehmen Sie Platz, Eve.«

Sie schüttelte den Kopf. »Es wird nicht lange dauern.«

Logan spannte sich an. »Hören Sie, ich möchte nicht, dass Sie –«

»Reden Sie nicht weiter, Logan. Ich mache es. Ich werde mit Ihnen zu diesem verdammten Maisfeld fahren und den Schädel holen. Wir bringen ihn hierher und ich werde die Arbeit erledigen, die Sie von mir erwarten.« Sie sah ihm direkt in die Augen. »Aber wir machen es sofort. Ich will es hinter mich bringen.«

»Heute Nacht.«

»In Ordnung.« Sie wandte sich zum Gehen.

»Warum?«, fragte Logan unvermittelt. »Warum tun Sie es?«

»Weil Sie sich irren, und das kann ich Ihnen nur beweisen,

wenn ich die Arbeit erledige. Ich möchte diese Sache möglichst schnell hinter mich bringen, damit ich mich wieder den Dingen widmen kann, die mir wichtig sind.« Dann fügte sie kühl hinzu: »Ach ja, ich möchte Sie wie einen Trottel dastehen sehen. Das wünsche ich mir so sehr, dass ich möglicherweise sogar für Chadbourne Wahlkampf machen würde.«

»Das ist alles?«

Sie bemühte sich, einen neutralen Gesichtsausdruck zu wahren. Er sollte keine Schlüsse ziehen können. Er sollte nicht sehen, welche Panik sie in der vergangenen Nacht hatte überwinden müssen. Er durfte nichts in der Hand haben, was er gegen sie benutzen konnte. »Das ist alles. Wann brechen wir auf?«

»Nach Mitternacht.« Er verzog den Mund zu einem schiefen Grinsen. »Wie es sich für solch ein fragwürdiges Unterfangen gehört. Wir werden die Limousine nehmen. Es ist nur eine Stunde Fahrt von hier aus.«

Sie schaute zu Gil hinüber. »Kommen Sie auch mit?«

»Das würde ich mir nicht entgehen lassen. Ich kann mich nicht erinnern, wann ich das letzte Mal einen Schädel ausgebuddelt habe. Noch dazu einen, der so interessant zu sein verspricht.« Er zwinkerte ihr zu. »›Ach, armer Yorick! Ich kannte ihn, Horatio.‹«

Eve ging zur Tür. »Dieses Zitat trifft die Sache jedenfalls besser als alles, was Logan mir bisher gesagt hat. Die Wahrscheinlichkeit, dass dieser Schädel Shakespeares Yorick gehört, ist viel größer als die, dass er Kennedy gehört.«

»Sie sind unterwegs, Timwick«, sagte Fiske ins Telefon. »Price, Logan und die Duncan. Sie sind gerade durch das Tor gefahren.«

»Seien Sie vorsichtig. Sie werden alles ruinieren, wenn die merken, dass sie verfolgt werden.«

»Kein Problem. Wir brauchen erst nahe an sie ranzukommen, wenn es so weit ist. Kenner hat einen Sender an der Limousine angebracht, als Price in der Wohnung der Bentz war. Wir werden warten, bis sie auf einer einsamen Straße sind, dann überholen wir sie und –«

»Nein, Sie werden warten, bis sie ihr Ziel erreicht haben, bevor Sie zuschlagen.«

»Das ist möglicherweise nicht der ideale Ort. Ich sollte –«

»Scheiß auf den idealen Ort. Sie warten, bis sie ihr Ziel erreicht haben. Kapiert, Fiske? Lassen Sie Kenner das machen. Ich habe ihm genaue Anweisungen gegeben und Sie werden tun, was er sagt.«

Fiske legte auf. Dieser Arsch. Es war schon schlimm genug, dass er Timwick nachgeben musste, ohne dass er sich auch noch von Kenner herumkommandieren lassen musste. Dieser Armleuchter war ihm während der letzten vierundzwanzig Stunden schon reichlich auf die Nerven gegangen.

»Haben Sie jetzt begriffen, dass ich das Sagen habe?«, raunzte Kenner auf dem Fahrersitz. »Sie begleiten mich und tun, was ich sage.« Mit einer Kopfbewegung wies er auf die beiden Männer auf dem Rücksitz. »Genau wie die beiden da hinten.«

Fiske starrte auf die Rücklichter der Limousine in der Ferne. Er holte tief Luft und versuchte, sich zu entspannen. Das würden sie ja noch sehen. Er würde seinen Job erledigen, ohne sich von Kenner beirren zu lassen. Er würde die drei Figuren in der Limousine töten und ihre Namen von der Liste streichen.

Und dann würde er seine eigene Liste anlegen, mit Kenners Namen obenauf.

Das Maisfeld hätte eigentlich an etwas typisch Bäuerliches erinnern müssen, aber sie konnte an nichts anderes denken als an einen Horrorfilm über eine Bande von gruseligen Kindern, die in einem Maisfeld lebten.

Hier waren keine Kinder.

Nur Tod.

Und ein Schädel, der in der fruchtbaren braunen Erde vergraben lag.

Und wartete.

Langsam stieg sie aus dem Wagen. »Ist er hier?«

Logan nickte.

»Das Feld wirkt gut gepflegt. Wo ist das Farmhaus?«

»Etwa fünf Meilen weiter nördlich.«

»Ein riesiges Feld. Ich hoffe, Donnelli hat Ihnen genaue Hinweise gegeben.«

»Hat er. Ich habe sie im Kopf.« Er stieg aus dem Wagen. »Ich weiß genau, wo er sich befindet.«

»Ich kann nur hoffen, dass diese Angaben stimmen.« Gil hatte den Kofferraum geöffnet und holte zwei Schaufeln und eine große Taschenlampe heraus. »Graben ist nicht gerade meine Lieblingsbeschäftigung. Während meiner Studentenzeit hab ich mal einen Sommer lang als Straßenarbeiter gejobbt und damals hatte ich mir geschworen, nie wieder eine Schaufel in die Hand zu nehmen.«

»Geschieht dir recht.« Logan nahm die Taschenlampe und eine der Schaufeln. »Man soll niemals nie sagen.« Er stapfte in das Maisfeld hinein.

»Kommen Sie mit?«, fragte Gil Eve, als er sich daranmachte, Logan zu folgen.

Sie rührte sich nicht.

Sie roch die Erde, in der der Tod wartete.

Sie hörte den Mais im Wind rascheln.

Sie spürte, wie es ihr bei dem Gedanken, in diesem wogenden Meer aus Maispflanzen zu versinken, die Brust einschnürte.

»Eve?« Gil stand am Rand des Felds und wartete. »John will Sie dabeihaben.«

Sie befeuchtete sich die Lippen. »Warum?«

Gil zuckte die Achseln. »Fragen Sie ihn.«

»Es ist idiotisch, dass ich überhaupt mit hierher gekommen bin. Ich kann sowieso nichts zu dem Schädel sagen, bevor wir im Labor sind.«

»Tut mir Leid. Er will, dass Sie dabei sind, wenn wir ihn ausgraben.«

Hör auf zu argumentieren. Tu's einfach. Bring es hinter dich. Sieh zu, dass du von hier fortkommst.

Sie folgte Gil in das Maisfeld.

Dunkelheit.

Sie hörte das Rascheln, das Gil vor ihr verursachte, aber sie konnte ihn nicht sehen. Sie konnte nichts sehen außer den hoch aufgeschossenen Maispflanzen um sie herum. Es war wie lebendig begraben zu sein. Wie wollte Logan hier etwas finden, selbst wenn er einen Lageplan besaß?

»Ich sehe Licht da vorne«, hörte sie Gils Stimme sagen.

Sie sah überhaupt nichts, aber sie beschleunigte ihre Schritte.

Bring es hinter dich. Mach, dass du hier wegkommst.

Jetzt sah sie das Licht. Logan hatte die Taschenlampe auf dem Boden abgesetzt und bereits angefangen zu graben. Seine Schaufel drang in den Boden und riss die Wurzeln der Maispflanzen aus.

»Hier?«, fragte Gil.

Logan blickte auf und nickte. »Schnell. Er ist ziemlich tief vergraben, um zu verhindern, dass der Farmer ihn beim Pflügen herausholt. Du brauchst nicht vorsichtig zu sein. Er soll in einer bleiverkleideten Kiste liegen.«

Gil begann zu graben.

Eve wünschte, sie hätten ihr auch eine Schaufel gegeben.

Etwas zu tun zu haben, wäre ihr leichter gefallen, als einfach tatenlos abzuwarten. Sie wurde von Sekunde zu Sekunde nervöser.

Das war idiotisch. Wahrscheinlich lag hier überhaupt nichts begraben und sie benahmen sich alle wie die Figuren in einem Roman von Stephen King.

»Ich bin auf etwas gestoßen«, sagte Gil.

Logan warf ihm einen Blick zu. »Halleluja.« Er grub schneller.

Eve trat näher an das Loch und sah verrostetes Metall unter der losen Erde. »Mein Gott ...«

Warum wühlte das alles sie so auf? Bloß weil Donnelli die richtige Stelle angegeben hatte, hieß das noch lange nicht, dass die Geschichte wahr war. Womöglich befand sich noch nicht einmal ein Schädel in der Kiste, und dass er Kennedy gehörte, war völlig ausgeschlossen.

Logan begann, das Schloss der Kiste aufzubrechen.

Aber das war keine Kiste, stellte Eve plötzlich fest. Es war ein Sarg.

Ein Kindersarg.

»Hören Sie auf.«

Logan sah sie an. »Warum, verdammt?«

»Das ist ein Sarg. Ein Baby ...«

»Das weiß ich. Donnelli war Bestattungsunternehmer. Woher sollte er sonst eine bleiverkleidete Kiste nehmen?«

»Was ist, wenn es kein Schädel ist?«

Logans Gesichtsausdruck verhärtete sich. »Es ist ein Schädel. Wir verschwenden unsere Zeit.« Er brach den Sarg auf.

Sie hoffte inständig, dass er Recht hatte. Die Vorstellung, dass ein kleines Baby ganz allein hier draußen begraben liegen sollte, brach ihr das Herz.

Logan öffnete den Sargdeckel.

Kein Baby.

Selbst durch die dicke Plastikverpackung konnte sie den Schädel erkennen.

»Volltreffer«, murmelte Logan. Er hielt die Taschenlampe dichter heran. »Ich wusste doch, dass –«

»Ich höre ein Geräusch.« Gil hob den Kopf.

Eve hörte es auch.

Der Wind?

Nein, nicht der Wind.

Es war eindeutiger. Das gleiche Geräusch, das sie auf dem Weg hierher gemacht hatten.

Und das Rascheln bewegte sich auf sie zu.

»Scheiße«, knurrte Logan. Er schlug den Sarg zu, schnappte ihn sich und sprang auf. »Nichts wie weg hier.«

Eve schaute sich um. Nichts. Nur das bedrohliche Rascheln. »Es könnte doch der Farmer sein, oder?«

»Das ist nicht der Farmer. Das sind mehrere.« Logan rannte los. »Verlier sie nicht, Gil. Wir laufen in einem Bogen durch das Feld und treffen uns am Wagen.«

Gil packte sie am Arm. »Schnell.«

Sie durften nicht reden. Man würde sie hören. Aber das war verrückt. Was machte es für einen Unterschied? Sie machten genauso viel Lärm im Mais wie ihre Verfolger, wer immer sie sein mochten.

Logan lief im Zickzack durch das Feld und sie folgten ihm.

Sie rannten.

Erstickende Dunkelheit.

Rascheln.

Eves Lunge schmerzte.

Kamen sie näher?

Sie konnte es nicht sagen. Sie machten zu viel Lärm, als dass sie etwas hätte hören können.

»Links!«, schrie jemand hinter ihnen.

Logan rannte nach rechts.

»Ich glaube, ich sehe was«, rief eine andere Stimme.

O Gott, es klang, als wäre der Mann gleich neben ihnen.

Logan änderte erneut seine Richtung, rannte zurück auf dem Weg, den sie gekommen waren.

Gil und Eve blieben ihm auf den Fersen.

Schneller.

Eve hatte völlig die Orientierung verloren. Woher wusste Logan, in welche Richtung er laufen musste?

Vielleicht wusste er es gar nicht. Sie konnten ihren Verfolgern jeden Augenblick in die Arme laufen. Vielleicht sollten sie lieber –

Logan änderte erneut seine Richtung. Nach links.

Und dann waren sie aus dem Feld heraus und rannten die Straße entlang.

Die Limousine.

Aber sie war noch vierzig Meter entfernt.

Und gleich daneben stand ein Mercedes. Sie konnte nicht erkennen, ob jemand darin saß.

Sie warf einen Blick zurück in das Maisfeld.

Niemand.

Sie hatten die Limousine fast erreicht.

Und die Tür des Mercedes schwang auf.

Gil ließ ihren Arm los. »Pack den Sarg in den Wagen, John.« Er drehte sich um, riss seine Pistole heraus und stürzte auf den Mann zu, der aus dem Mercedes stieg.

Zu spät.

Ein Schuss.

Mit Entsetzen sah Eve, wie Gil vornüberfiel. Er rappelte sich auf und versuchte, die Pistole zu heben.

O Gott, der Mann zielte erneut auf Gil.

Sie merkte nicht einmal, dass sie sich bewegte, bis ihre Hand die Pistole packte und zur Seite riss. Der Mann fuhr zu ihr herum und ihre Handkante traf seine Halsschlagader. Der Mann grunzte. Seine Augen trübten sich. Er ging zu Boden.

»Ich fahre. Setzen Sie sich nach hinten zu Gil.« Logan schleppte Gil in die Limousine. »Versuchen Sie, die Blutung zu stoppen. Wir müssen hier weg. Sie müssen den Schuss gehört haben.«

Eve hielt die Tür auf, damit Logan Gil auf den Rücksitz legen konnte.

Er sah so bleich aus. Sie riss sein Hemd auf. Etwas Blut, oben an der Schulter. Was war, wenn er –

»Sie kommen!«, schrie Logan, als die Limousine sich mit einem Ruck in Bewegung setzte.

Als sie aus dem Fenster schaute, sah sie drei Männer, die aus dem Maisfeld stürzten.

Kieselsteine flogen hoch, als die Limousine die Straße entlangraste.

Logan warf einen Blick in den Rückspiegel. »Wie schlimm hat's ihn erwischt?«

»Eine Wunde in der Schulter. Sie blutet nicht sehr stark. Er ist wieder bei Bewusstsein.« Sie schaute noch einmal aus dem Fenster. »Sie haben die Straße erreicht. Können Sie schneller fahren?«

»Ich versuch's ja«, sagte er mit zusammengebissenen Zähnen. »Es ist, als würde man eine verdammte Yacht fahren.«

Er hatte die asphaltierte Straße erreicht, die zum Highway führte, aber der Mercedes war zu schnell. Seine Scheinwerfer waren nur noch wenige Meter entfernt.

Dann rammte der Mercedes die Limousine von der Seite.

Sie versuchten, sie in den Seitengraben zu drängen.

Die Limousine wurde erneut gerammt.

Diesmal schaffte Logan es gerade noch, den Wagen auf der Straße zu halten.

»Fahren Sie schneller«, rief Eve. »Wenn wir im Graben landen, sind wir tot.«

»Was glauben Sie, was ich die ganze Zeit versuche?«

Gott sei Dank, da vorne war die Autobahn.

Der Mercedes rammte die Limousine noch einmal und sie schlitterte auf den Graben zu.

Logan riss verzweifelt das Steuer herum und konnte im letzten Augenblick verhindern, dass der Wagen die Böschung hinunterrutschte.

»Beim letzten Versuch sind sie auf die andere Straßenseite geschlittert. Das ist unsere Chance«, sagte Eve. »Geben Sie Gas!«

Logan trat das Gaspedal durch.

»Sie sind zu dicht an uns dran.« Logan schaute in den Rückspiegel. »Sie werden uns einholen, bevor wir die Autobahn erreichen.«

»Der ... Sarg«, murmelte Gil. »Gib ihnen –«

»Nein!«, erwiderte Logan.

Eve betrachtete den Sarg zu ihren Füßen.

»Gib ihnen den –«

Eve langte nach dem Türgriff.

»Was machen Sie da?«, fragte Logan.

»Seien Sie still«, sagte Eve wütend. »Gil hat Recht. Die wollen diesen verdammten Sarg. Und sie werden ihn bekommen. Er ist unser Leben nicht wert.«

»Was ist, wenn sie uns weiter verfolgen? Dann haben Sie den Sarg für nichts geopfert.«

»Das interessiert mich einen Scheißdreck. Gil hat wegen dieses Schädels schon eine Kugel abbekommen. Ich will nicht, dass noch jemand verletzt wird. Fahren Sie langsamer und halten Sie den Wagen in der Spur. Egal, was passiert.«

Logan nahm das Tempo zurück, aber der Fahrtwind machte es immer noch schwierig, die Tür zu öffnen.

»Sie kommen näher.«

»Halten Sie den Wagen einfach auf dieser Spur.« Sie schob und zog den Sarg auf die Tür zu. »Und versuchen Sie, möglichst großen Abstand zu halten.«

»Ich glaube nicht, dass ich –«

»Versuchen Sie's.« Der Wind hatte die Tür aufgerissen und Eve schob den Sarg hinaus. Er schlug zweimal auf und rutschte dann auf die andere Fahrspur.

»Jetzt werden wir ja sehen.« Eves Blick war auf den sich nähernden Mercedes gerichtet. »Wir müssen einfach hoffen, dass sie – *ja!*«

Der Mercedes war an dem Sarg vorbeigefahren. Zunächst schien es, als würden sie ihn nicht beachten und die Limousine weiter verfolgen. Doch dann verlangsamte der Mercedes sein Tempo, drehte und fuhr zurück.

»Die Autobahn liegt direkt vor uns«, sagte Logan. Die Limousine raste die Straße entlang und auf die Autobahnauffahrt.

Autos. Lastwagen. Menschen.

Erleichterung überkam Eve, als Logan sich in den Verkehr einfädelte. »Sind wir jetzt in Sicherheit?«

»Nein.« Logan fuhr an den Randstreifen der Autobahn. »Machen Sie die Tür zu.« Er wandte sich zu Gil um. »Wie geht's?«

»Nur ein Kratzer. Es blutet nicht mal mehr.«

»Ich weiß nicht, ob wir riskieren können, irgendwo anzuhalten. Ich rufe Margaret an und sage ihr, sie soll einen Arzt besorgen. Bist du sicher, dass die Blutung aufgehört hat? Hältst du es bis zu Hause durch?«

»Klar.« Gils Stimme klang schwach. »Wenn ich deinen Fahrstil überlebt habe, überlebe ich auch alles andere.«

Gott sei Dank, es ging ihm schon wieder so gut, dass er scherzen konnte, dachte Eve.

»Du hättest es auch nicht besser gemacht«, erwiderte Logan. »Und für diese blöde Bemerkung sollte ich dich rauswerfen und zu Fuß gehen lassen.«

»Ich werd die Klappe halten.« Gil schloss die Augen. »Und da mir das so schwer fällt, werde ich wohl ein Nickerchen halten.«

»Schlechte Idee«, sagte Logan, als er wieder losfuhr. »Bleib wach. Ich muss mitkriegen, ob du bei Bewusstsein bleibst.«

»Klar. Alles, was du willst. Ich werde nur meine Augen ein bisschen ausruhen.«

Logan schaute in den Rückspiegel zu Eve. Ihre Blicke trafen sich.

Sie nickte und Logan trat auf das Gaspedal.

»Was zum Teufel soll das?«, schrie Fiske. »Wir werden sie verlieren!«

»Schnauze«, sagte Kenner. »Ich weiß, was ich tue. Die Kiste ist wichtiger.«

»Sie Idiot. Nichts ist wichtiger. Erst reißen wir uns den Arsch auf und jetzt lassen Sie sie –«

»Timwick hat gesagt, falls wir vor der Wahl stehen, in die Finger zu bekommen, was die drei gesucht haben, oder sie zu liquidieren, sollen wir uns für Ersteres entscheiden.«

»Die Kiste können wir später holen. Sie versuchen nur, uns abzulenken.«

»Glauben Sie vielleicht, darauf wäre ich nicht schon gekommen? Die Kiste liegt mitten auf der Straße. Ich kann nicht riskieren, dass sie beschädigt wird oder dass sie jemand findet und mitnimmt.«

»Mitten in der Nacht?«

»Timwick will unbedingt haben, was in der Kiste ist.«

Fiske bekam die Wut. Jetzt würden sie Logan nicht mehr

einholen. Und das bloß, weil Timwick so versessen auf diese verdammte Kiste war.

Und Kenner war genau wie Timwick. So sehr mit blödsinnigem Kleinkram beschäftigt, dass er die wichtigen Dinge aus den Augen verlor. Man sollte sich immer nur ein Ziel setzen und sich durch nichts davon ablenken lassen.

Schon gar nicht von einer verdammten Kiste.

Zwei Männer in Weiß kamen aus dem Haus gelaufen, als Logan vor der Tür hielt. Gil wurde auf eine Trage gelegt und ins Haus geschafft.

Eve stieg aus der Limousine. Ihre Knie zitterten so sehr, dass sie sich gegen den Kotflügel lehnen musste.

»Alles in Ordnung?«, fragte Logan.

Sie nickte.

»Ich bitte Margaret, Ihnen einen Kaffee zu machen«, sagte er über die Schulter hinweg und ging auf das Haus zu. »Ich muss mich vergewissern, dass es Gil gut geht.«

Benommen sah sie ihm nach. Es war in so kurzer Zeit so viel geschehen, dass sie noch gar nicht richtig begriff, dass es vorbei war. Oder dass es überhaupt passiert war.

Aber die eingedrückte Seite der Limousine gab stumm Zeugnis von der schrecklichen Verfolgungsjagd.

Und Gil Price' Wunde war auch keine Einbildung. Er hätte tot sein können. Sie hätten alle ums Leben kommen können, wenn sie den Sarg nicht aus dem Wagen geworfen hätte.

»Kaffee.« Margaret drückte Eve eine Henkeltasse in die Hand. »Kommen Sie rein und setzen Sie sich.«

»Gleich. Wenn meine Beine mir wieder gehorchen.« Sie nippte an dem Kaffee. »Wie geht es Gil?«

»Er ist bei Bewusstsein und schnoddrig wie immer. Der Arzt würde ihm am liebsten einen Maulkorb verpassen.«

Der Kaffee war stark und das Koffein begann, seine Wirkung zu tun. »Wie haben Sie es geschafft, mitten in der Nacht einen Arzt hierher zu bestellen?«

»Geld kann Berge versetzen.« Margaret lehnte sich gegen den Wagen. »Haben Sie Angst?«

»Verdammt, ja. Ist das ein Wunder? Vielleicht sind Sie es ja gewöhnt, dass Leute aufeinander schießen. Ich nicht.«

»Ich habe auch Angst. Ich hätte nie gedacht –« Sie holte zitternd Luft. »Damit hatte ich nicht gerechnet. Ich dachte – ach, ich weiß eigentlich gar nicht, was ich gedacht habe.«

»Aber Sie vertrauen Logan immer noch genug, um für ihn zu arbeiten?«

»Klar.« Sie straffte die Schultern. »Aber ich werde eine Gehaltserhöhung und Gefahrenzulage verlangen, darauf können Sie sich verlassen. Können wir jetzt reingehen?«

Eve nickte.

Gefahrenzulage. Allmählich begriff Eve Logans Großzügigkeit. Hier ging es nicht um tote Katzen oder Vandalismus. Hier ging es um Mord. Sie hatten versucht, Gil zu ermorden. Sie hätten sie wahrscheinlich alle umgebracht, wenn die Limousine im Graben gelandet wäre.

»Besser?« Logan kam die Treppe herunter. »Sie haben schon wieder ein bisschen Farbe im Gesicht.«

»Wirklich?« Eve trank noch einen Schluck Kaffee. »Wie geht es Gil?«

»Nur eine Fleischwunde. Braden sagt, das wird wieder heilen.« Er wandte sich an Margaret. »Wir wollen vorerst noch keinen Polizeibericht. Überreden Sie Braden dazu, noch zu warten.«

»Na wunderbar, sollen sie mich doch ruhig wegen Unterdrückung von Beweismitteln –« Sie seufzte und machte sich auf den Weg die Treppe hinauf. »Ich kümmere mich darum.«

Als Margaret oben war, wandte Logan sich an Eve. »Wir müssen uns unterhalten.«

»Ich würde sagen, das ist reichlich untertrieben.« Sie ging auf die Küche zu. »Aber zuerst werde ich mir Kaffee nachfüllen.«

Er folgte ihr in die Küche und ließ sich auf einen Stuhl fallen. »Tut mir Leid, dass Sie so einen Schrecken abbekommen haben.«

»Soll das vielleicht bewirken, dass ich mich sicher und geborgen fühle?« Ihre Hände zitterten, als sie sich Kaffee einschenkte. »Tut es nicht. Im Moment habe ich schreckliche Angst, und wenn ich die überwunden habe, werde ich furchtbar wütend sein.«

»Ich weiß. Ich würde nichts anderes erwarten.« Er schwieg einen Augenblick lang. »Sie haben mich ziemlich beeindruckt heute Nacht. Wahrscheinlich haben Sie Gil das Leben gerettet. Wo haben Sie Karate gelernt?«

»Joe. Nachdem Bonnie – ich habe Ihnen schon einmal gesagt, dass ich nie wieder ein Opfer sein will. Joe hat mir beigebracht, mich selbst zu verteidigen.«

Logan lächelte. »Und offenbar auch alle anderen.«

»Irgendjemand musste ihm helfen. Ihnen war offenbar der verdammte Sarg wichtiger als Ihr Freund. Mein Gott, Sie sind ja regelrecht besessen. Mich wundert, dass Sie langsamer gefahren sind, damit ich das Ding rauswerfen konnte.«

Sein Lächeln verschwand. »Gil hat auch gelernt, sich selbst zu verteidigen. Er hatte seine Aufgabe. Ich hatte meine.«

»Und ich habe meine.« Sie sah ihm in die Augen. »Aber dass jemand auf mich schießen würde, gehörte nicht zu unserer Abmachung.«

»Ich habe Ihnen gesagt, man würde versuchen, uns in die Quere zu kommen.«

»Sie haben mir aber nicht gesagt, dass man uns nach dem Leben trachten würde.«

»Nein, das habe ich wohl nicht.«

»Sie wissen verdammt genau, dass Sie nichts davon erwähnt haben«, erwiderte sie wütend. »Die ganze Sache war ein einziges Desaster. Sie haben für eine irrwitzige Idee Ihr Leben aufs Spiel gesetzt und mich mit in die Sache hineingezogen. Ich hätte dabei draufgehen können, Sie Mistkerl.«

»Ja.«

»Und dazu bestand kein Grund. Ich hätte nicht dabei sein müssen.«

»Doch, das mussten Sie.«

»Was sollte ich denn tun? Mich in dem verdammten Maisfeld an die Arbeit an dem Schädel machen?«

»Nein.«

»Also warum –«

»Dr. Braden geht jetzt.« Margaret stand in der Küchentür. »Ich denke, alles wird glatter laufen, wenn Sie ihm auf die Schulter klopfen und ihn zur Tür begleiten, John.«

»Okay.« Logan stand auf. »Kommen Sie mit, Eve? Wir sind noch nicht fertig.«

»Das sind wir allerdings nicht.« Sie folgte ihm ins Foyer und beobachtete ihn, als er den Arzt verabschiedete. Aalglatt. Charmant wie Luzifer. Es dauerte nur ein paar Minuten, bis Dr. Braden zufrieden das Haus verließ.

Eve stand in der Tür, als Logan den Arzt zu seinem Wagen begleitete.

»Er ist gut, was?«, murmelte Margaret.

»Zu gut.« Plötzlich war die Wut wie weggeblasen und Eve fühlte sich nur noch erschöpft. Was zum Teufel kümmerte es sie? Sollte Logan doch seine Pläne schmieden. Das alles betraf sie nicht länger.

Logan winkte dem Arzt zum Abschied zu, dann wandte er sich zu Eve um. Seine Augen verengten sich misstrauisch.

»Sie sind nicht mehr wütend. Das könnte gut oder schlecht sein.«

»Oder keins von beidem. Warum soll ich mich aufregen? Es ist alles vorbei. Ich gehe packen. Es ist vorbei und ich mache, dass ich von hier fortkomme.«

»Es ist nicht vorbei.«

Sie zuckte zusammen. »Was zum Teufel soll das heißen?«

»Ich werde mal nach Gil sehen«, sagte Margaret hastig und ging.

Logan ließ Eve nicht aus den Augen. Dann wiederholte er: »Es ist nicht vorbei, Eve.«

»Ich habe mich darauf eingelassen, einen Job für Sie zu erledigen, und zwar nur einen. Selbst wenn ich nicht so wütend wäre, dass ich Ihnen für die ganze Situation am liebsten den Hals umdrehen würde, wäre meine Aufgabe in dem Augenblick erledigt gewesen, als ich den Sarg aus dem Wagen geworfen habe. Wenn Sie glauben, ich würde hier herumsitzen und warten, bis Sie ihn wieder in Ihren Besitz gebracht haben, müssen Sie verrückt sein.«

»Ich brauche ihn nicht wieder in meinen Besitz zu bringen.«

Ihre Augen weiteten sich. »Was soll das heißen?«

»Kommen Sie mit.«

»Was?«

»Sie haben mich verstanden.«

Er drehte sich um und ging.

Kapitel 9

Der Friedhof.

Er hatte das schmiedeeiserne Tor bereits passiert, als sie ihn einholte. Zielgerichtet ging er zwischen den Gräbern hindurch.

Sie folgte ihm nicht. »Was haben Sie vor?«

»Ich hole den Schädel.« Er blieb vor dem Grab von Randolph Barrett stehen und entfernte die Vase mit den Nelken. Er nahm die Schaufel, die hinter dem Grabstein versteckt war, und begann zu graben. Der Boden war weich, er war erst kürzlich umgegraben worden, und die Arbeit ging ihm leicht von der Hand. »Da Sie meine Karten sehen wollten, muss ich Ihnen einen Schädel präsentieren.«

Sie starrte ihn ungläubig an. »Sind Sie von allen guten Geistern verlassen? Eine alte Leiche auszugraben, bloß um –« Sie holte tief Luft, als ihr plötzlich ein Gedanke kam. »Großer Gott.«

Er schaute auf und beantwortete ihre unausgesprochene Frage. »Ja, ich habe den Schädel schon vor Monaten aus dem Maisfeld geholt.«

»Und haben ihn hier wieder begraben. Deswegen haben Sie Blumen auf all die Gräber gestellt. Man sollte nicht sehen, dass das Grab geöffnet worden war.«

Er nickte und grub weiter. »Ein Sprichwort besagt, dass

das beste Versteck eine gut sichtbare Stelle ist. Ich muss allerdings zugeben, dass ich zu zwanghaft veranlagt bin, um es dabei zu belassen. Ich habe Mark eine Alarmanlage einbauen lassen, die losgeht, sobald jemand die Kiste anrührt, und ich habe ihn eben angewiesen, sie abzuschalten.«

»Dann haben Sie also einen anderen Schädel in den Sarg im Maisfeld gelegt.« Sie warf einen Blick auf den Namen auf dem Grabstein. »War es der von Randolph Barrett?«

»Nein, Barrett muss sein Quartier nur vorübergehend teilen. Er ist mit vierundsechzig Jahren gestorben. Ich wollte einen jüngeren Schädel, deswegen habe ich einen von einer Universitätsklinik in Deutschland gekauft.«

Ihre Gedanken rasten. »Moment mal. Warum? Warum haben Sie sich all die Mühe gemacht?«

»Ich wusste, dass sie mir irgendwann auf die Schliche kommen würden, und ich brauchte etwas, um sie abzulenken. Ich hoffte, dass es nicht so weit kommen würde. Ich gab mir die größte Mühe, keine Aufmerksamkeit zu erregen, aber irgendetwas muss schief gelaufen sein. Sie hatten noch nicht einmal angefangen, an dem Schädel zu arbeiten. Plötzlich ging alles viel zu schnell und ich musste sie von meiner Fährte abbringen.«

»Was meinen Sie damit, es ging alles zu schnell? Ich weiß überhaupt nicht, wovon zum Teufel Sie reden.«

»Das brauchen Sie auch nicht. Es ist sicherer für Sie, wenn Sie es nicht wissen.« Er warf die Schaufel hin, bückte sich und hob eine viereckige, bleiverkleidete Kiste aus dem Grab. »Sie brauchen nur das zu tun, wofür ich Sie bezahlt habe.«

»Und ich brauche nicht Bescheid zu wissen?« Sie war zutiefst schockiert, als ihr die ganze Tragweite seines Täuschungsmanövers klar wurde. »Warum, Sie Scheißkerl?«

»Vielleicht bin ich das.« Er stellte die Kiste ab und begann, das Grab wieder zuzuschaufeln. »Aber das ändert auch nichts.«

»Es ändert alles.« Ihre Stimme zitterte vor Wut. »Sie haben mich mit in dieses verdammte Maisfeld geschleppt, obwohl Sie die ganze Zeit wussten, dass es völlig sinnlos war.«

»Es war nicht sinnlos. Diese Leute wussten, dass ich Sie angeheuert habe, und ich brauchte Sie, um die Sache überzeugender zu gestalten.«

»Was mich beinahe das Leben gekostet hätte.«

»Tut mir Leid. Es war ein bisschen knapp.«

»Es tut Ihnen Leid? Mehr haben Sie nicht dazu zu sagen? Was ist mit Gil Price? Er wurde angeschossen. Er hat versucht, diesen Schädel für Sie zu retten, und es war noch nicht mal der richtige.«

»Ich möchte Sie nicht enttäuschen. Ich weiß, Sie möchten möglichst alle Schuld auf meine Schultern abladen, aber Gil wusste genau, was er tat. Er hat mir den Schädel aus Deutschland besorgt.«

»Er wusste es? Ich war die Einzige, die im Dunkeln gelassen wurde?«

»Ja.« Er legte die Schaufel weg und stellte die Vase mit den Nelken zurück auf das Grab. »Ich hätte ihn nicht ohne Warnung in so eine Sache hineinrennen lassen.«

»Aber mich haben Sie hineinrennen lassen.«

»Sie sollten nur eine Zuschauerin sein. Gil war beteiligt. Ich wusste nicht, dass Sie gezwungen werden würden –«

»Zuschauerin.« Ihre Wut wuchs von Sekunde zu Sekunde. »Sie haben mich reingelegt. Ich habe mich die ganze Zeit gefragt, warum Sie mich dabeihaben wollten, aber ich bin nicht auf die Idee gekommen, dass ich als Köder dienen sollte.«

»Der Schädel war der Köder. Wie ich schon sagte, Sie waren dabei, um es glaubwürdig zu machen. Ich musste dafür sorgen, dass sie unseren kleinen Ausflug für wichtig genug hielten, um uns zu verfolgen.«

»Sie wollten, dass sie uns verfolgten. Sie wollten sie nahe genug herankommen lassen, damit wir einen glaubwürdigen Vorwand hatten, den Sarg aus dem Wagen zu werfen.«

Er nickte. »Sie sollten es für eine Verzweiflungstat halten. Ursprünglich wollte ich den Sarg aus dem Auto werfen, aber dann wurde Gil verletzt und ich musste fahren.«

»Und Gil hat mir gesagt, ich soll es tun. Sie haben sogar noch versucht, es mir auszureden.«

»Ich dachte, so würde ich Sie am schnellsten dazu bringen, es zu tun. Sie waren so wütend auf mich, dass ich annahm, Sie würden alles tun, was mir gegen den Strich ging.«

»Und Sie haben Gils und mein Leben aufs Spiel gesetzt, bloß um diese Leute hinters Licht zu führen.«

»Ich war immerhin mit in dem Wagen.«

»Wenn Sie Selbstmord begehen wollen, ist das Ihre Sache. Sie hatten kein Recht, irgendjemand anderen in Gefahr zu bringen.«

»Ich hielt es für die einzige Lösung.«

»Lösung? Mein Gott, Sie sind so besessen von Ihrer verdammten Politik, dass Sie bereit waren, eine Farce aufzuführen, bei der wir alle hätten draufgehen können.«

»Ich musste Zeit für Sie gewinnen.«

»Tja, das haben Sie umsonst getan.« Sie durchbohrte ihn mit ihrem Blick. »Wenn Sie glauben, dass ich immer noch bereit bin, diesen Auftrag zu erledigen, sind Sie verrückt. Am liebsten würde ich Sie erwürgen und Sie gleich hier neben Randolph Barrett beerdigen.« Sie fuhr wütend herum. »Nein, ich würde Sie irgendwo verbuddeln, wo Sie niemand mehr findet. Sie hätten es verdient, Sie gefühlloser Bastard.«

»Eve.«

Sie ging wortlos den Hügel hinunter.

»Sie haben vollkommen Recht, wütend auf mich zu sein, aber Sie sollten einige Dinge in Betracht ziehen. Würden Sie mich die Situation erklären lassen, damit Sie –«

Sie reagierte immer noch nicht und ging noch schneller. Dieser Hurensohn. Dieser verrückte, heimtückische Mistkerl.

Sie begegnete Margaret auf der Treppe, als sie zu ihrem Zimmer ging. »Gil schläft. Ich glaube –«

»Buchen Sie einen Flug für mich«, sagte sie knapp. »Ich packe.«

»Huch. Anscheinend war John nicht sehr überzeugend.« Margaret verzog das Gesicht. »Ich kann's Ihnen nicht verübeln, aber Sie können sich darauf verlassen, dass John –«

»Vergessen Sie's. Besorgen Sie mir den allernächsten Flug.«

»Ich muss erst mit John reden.«

»Besorgen Sie mir einen Flug oder ich gehe zu Fuß nach Atlanta.« Sie schaltete das Licht in ihrem Zimmer an und trat an den Wandschrank. Sie zerrte ihren Koffer heraus, warf ihn aufs Bett und ging an den Schreibtisch.

»Sie müssen mir zuhören«, sagte Logan ruhig von der Tür aus. »Ich weiß, dass es schwer ist, die Dinge klar zu sehen, wenn man so wütend ist, aber ich kann Sie nicht von hier fortlassen, ohne Ihnen zu sagen, was Sie erwartet.«

»Ich bin an nichts interessiert, was Sie mir zu sagen haben.« Sie warf einen Arm voll Unterwäsche in den Koffer. »Warum sollte ich auch? Aus Ihrem Mund kommen sowieso nur Lügen. Sie haben Ihre Glaubwürdigkeit restlos verspielt. Sie haben mich getäuscht und Sie haben mich in Lebensgefahr gebracht.«

»Aber Sie sind am Leben. Sie tot zu sehen ist das Letzte, was ich will.«

Sie ging wieder an den Schreibtisch und öffnete eine Schublade.

»Okay, gehen wir die Sache noch einmal durch. Sie hatten nicht angenommen, dass das, worum ich Sie gebeten habe, ernsthafte Probleme verursachen könnte. Offenbar haben Sie das falsch gesehen. Diese Leute wollen den Schädel so dringend haben, dass sie bereit sind, dafür zu töten. Sie halten ihn also für ebenso wichtig wie ich.«

Sie warf den Inhalt der Schublade in den Koffer. »Es ist nicht Kennedy.«

»Dann beweisen Sie es ihnen. Beweisen Sie es denen und mir.«

»Sie können mich mal. Ich brauche niemandem etwas zu beweisen.«

»Ich fürchte doch.«

Sie fuhr herum und sah ihn an. »Den Teufel werde ich.«

»Sie müssen es beweisen, wenn Sie am Leben bleiben wollen.« Er ließ einen Augenblick verstreichen. »Und wenn Ihnen das Leben Ihrer Mutter lieb ist.«

Sie zuckte zusammen. »Wollen Sie mir etwa drohen?«

»Ich? Keineswegs. Ich sage Ihnen nur, wie die Dinge liegen. Die Situation ist so eskaliert, dass nur noch zwei Möglichkeiten bleiben. Beweisen Sie, dass ich Recht habe, dann kann ich diesen Schurken das Handwerk legen. Beweisen Sie, dass ich Unrecht habe, dann können Sie sich an die Medien wenden und sind den Ärger los.« Er sah ihr direkt in die Augen. »Denn die Alternative wäre, dass Sie sich von diesen Leuten umbringen lassen. Die interessiert es nicht, ob Donnellis Geschichte wahr ist oder nicht. Die gehen kein Risiko ein.«

»Ich kann Polizeischutz anfordern.«

»Das könnte eine Zeit lang nützlich sein. Aber das ist keine Dauerlösung.«

»Ich kann Joe bitten, Sie zu einem Verhör vorzuladen. Ich kann denen alles erzählen.«

»Und ich werde eine Möglichkeit finden, aus der Sache herauszuspazieren. Für so was hat man Anwälte.« Dann fügte er ernst hinzu: »Ich möchte mich nicht mit Ihnen streiten, Eve. Ich möchte, dass Sie am Leben bleiben.«

»Von wegen. Sie wollen genau das, was Sie von Anfang an gewollt haben, sonst nichts.«

»Stimmt, aber das eine schließt das andere nicht aus. Was mit Ihrem Labor passiert ist, war eine Warnung, aber die Ereignisse der Nacht zeigen, dass sie jetzt aufs Ganze gehen.«

»Möglich.«

»Denken Sie drüber nach.« Er musterte ihr Gesicht, dann schüttelte er den Kopf. »Ich komme einfach nicht an Sie heran, stimmt's? Okay, eigentlich wollte ich es Ihnen nicht sagen, aber andere Zeugen werden bereits liquidiert. Während der vergangenen Tage sind drei Menschen ermordet worden.«

»Zeugen?«

»Mein Gott, dieses Attentat hat reihenweise ungeklärte Todesfälle nach sich gezogen. Sie müssen doch davon gelesen haben.« Er schwieg. »Und jetzt hat es wieder angefangen. Deswegen wollte ich gestern dieses Täuschungsmanöver durchziehen. In der Hoffnung, dass das Morden aufhört.«

»Warum sollte ich Ihnen das glauben?«

»Ich kann Ihnen die Namen und Adressen der Opfer geben. Dann können Sie sich bei der Polizei erkundigen. Gott ist mein Zeuge, ich sage Ihnen die Wahrheit.«

Sie glaubte ihm und seine Worte erschütterten sie. »Niemand hat einen Grund, meiner Mutter etwas zuleide zu tun.«

»Nicht, wenn sie Sie kriegen können. Wenn nicht, kommen sie vielleicht auf die Idee, sie als Geisel zu nehmen oder an ihr ein Exempel zu statuieren wie an der Katze in Ihrem Labor.«

Blut. Das ganze Entsetzen, das sie beim Anblick ihres verwüsteten Labors gepackt hatte, kam zurück. Wahrscheinlich hatte er das bezweckt, aber es wäre nicht nötig gewesen. Die Erinnerung war lebhaft und deutlich und sie ließ sich nicht verdrängen. »Sie reden immer von ›ihnen‹, von ›diesen Leuten‹. Ich habe es satt, im Dunkeln zu tappen. Wer waren die Männer, die uns heute Nacht verfolgt haben? Wer steckt dahinter?«

Er antwortete nicht gleich. »Der Mann, der im Moment die Fäden zieht, heißt James Timwick. Kennen Sie den Namen?«

Sie schüttelte den Kopf.

»Er ist ein hohes Tier im Finanzministerium.«

»Und er war heute Nacht dort?«

»Ich bin nicht sicher, wer diese Männer waren. Wahrscheinlich keine offiziellen Mitarbeiter. Timwick würde nicht wollen, dass die Verbindung zu ihm bekannt wird. Bei einer solchen Verschwörung gilt die Devise: Je weniger Leute eingeweiht sind, umso besser. Es wäre wesentlich leichter für ihn, wenn er die ganze Macht der Regierung ausnutzen könnte. Aber ich wette, das waren bezahlte Killer.«

Killer. Das klang wie etwas aus einem billigen Western. »Und wer hat mein Labor verwüstet?«

»Gil meint, es könnte Albert Fiske gewesen sein. Er hat schon öfter für Timwick gearbeitet.«

Fiske. Der blutige Horror hatte einen Namen. »Ich will, dass Joe informiert wird. Er kann den Schweinehund ausfindig machen.«

»Wollen Sie Quinn wirklich in die Sache hineinziehen, bevor Sie Beweise haben? Timwick ist ein großes Kaliber. Ein Anruf von ihm würde genügen, um Ihrem Freund das Leben schwer zu machen.« Er senkte die Stimme und sagte eindringlich: »Holen Sie sich den Beweis, Eve. Tun Sie Ihren

Job. Damit machen Sie es Quinn leichter und Ihr eigenes Leben sicherer.«

»Und ich würde tun, was Sie wollen.«

»Alles hat eine gute und eine schlechte Seite. Und nur um mir eins auszuwischen, werden Sie doch nicht den Ast absägen, auf dem Sie selber sitzen. Sie glauben, ich irre mich? Wenn Sie das beweisen könnten, würde mich das nicht für all die Probleme bestrafen, die ich Ihnen bereitet habe?«

»›Problem‹ ist wohl kaum das treffende Wort für versuchten Mord.«

»Ich habe meine Karten auf den Tisch gelegt. Und ich habe Sie gewarnt. Jetzt liegt die Entscheidung bei Ihnen.«

»Das hat sie immer getan.«

»Dann treffen Sie die richtige Entscheidung.« Er wandte sich zum Gehen. »Es wird eine Weile dauern, um die Sicherheitsvorkehrungen für Ihre Heimreise zu treffen. Ich werde Margaret bitten, für heute Nachmittag einen Flug für Sie zu buchen.«

»Und was ist, wenn ich sofort abreisen will?«

Er schüttelte den Kopf. »Ich habe Sie zur Zielscheibe gemacht und ich werde Sie beschützen, so gut ich kann. Ich werde außerdem die Sicherheitsmaßnahmen für Ihre Mutter und Ihr Haus in Atlanta verdoppeln.« Er wandte sich nach ihr um. »Geben Sie sich einen Ruck, Eve. Vergessen Sie, wie wütend Sie auf mich sind, und tun Sie, was das Beste für Sie und für Ihre Mutter ist.«

Bevor sie ihm antworten konnte, schloss die Tür sich hinter ihm. Zuschlagen und abhauen. Dieser raffinierte Scheißkerl.

Wenn Ihnen das Leben Ihrer Mutter lieb ist.

Sie versuchte, gegen die Panik anzugehen, die sie überkam. Er hatte geschickt die Worte benutzt, die sie am tiefsten treffen würden. Sie sollte sich um nichts von dem scheren, was er gesagt hatte, und machen, dass sie von hier fortkam. Sie wäre nie hergekommen, wenn sie geahnt hätte, was sie erwartete. Er hatte sie mit Absicht getäuscht und in eine Situation gebracht, die –

Reg dich ab. Was spielte es für eine Rolle, dass sie Logan am liebsten den Hals umgedreht hätte? Was konnte sie jetzt tun?

Beweisen Sie, dass ich Unrecht habe.

Ein verlockender Köder. Wenn sie intensiv arbeitete, konnte sie diesen Beweis in ein paar Tagen haben.

Und ihn Logan überlassen, dafür, dass er sie durch die Hölle hatte gehen lassen?

Auf keinen Fall. Nicht, wenn es irgendeine andere Möglichkeit gab.

Tun Sie, was das Beste für Sie und Ihre Mutter ist.

Langsam trat sie ans Fenster. Es wurde allmählich hell. Am Nachmittag konnte sie schon auf dem Heimweg sein. Wie sehr wünschte sie sich, wieder dort zu sein, wo sie sich sicher und wohl fühlte.

Aber selbst zu Hause war sie womöglich nicht mehr in Sicherheit. Allein die Entscheidung, Logans Angebot anzunehmen, könnte den Frieden und die Sicherheit zerstört haben, die sie sich in den Jahren seit Frasers Hinrichtung aufgebaut hatte. Sie wurde zurück in diesen alptraumhaften Sumpf gezogen, in dem sie nach Bonnies Tod beinahe ertrunken wäre.

Sie würde nicht ertrinken. Wenn sie Bonnies Tod überlebt hatte, konnte sie auch alles andere überstehen.

Barrett House
Dienstagnachmittag

Logan stand im Foyer, als sie kurz nach eins die Treppe herunterkam.

Ein Lächeln huschte über sein Gesicht. »Sie haben Ihren Koffer nicht dabei.«

»Er ist immer noch gepackt. Sobald ich mit meiner Arbeit fertig bin, sehe ich zu, dass ich von hier wegkomme. Aber ich bin zu dem Schluss gekommen, dass den Auftrag zu erledigen die einzige Möglichkeit ist, aus diesem Schlamassel herauszukommen.« Sie durchquerte das Foyer und ging auf das Labor zu. »Wo ist der Schädel?«

»Sie sind auf dem richtigen Weg. Die Kiste steht auf Ihrem Arbeitstisch.« Er folgte ihr. »Aber meinen Sie nicht, Sie brauchen erst ein bisschen Schlaf?«

»Ich habe schon geschlafen. Nachdem ich meine Entscheidung getroffen habe, habe ich geduscht und mich kurz ins Bett gelegt.«

»Sie hätten es mich wissen lassen und mir meine Sorge nehmen können.«

»Ich habe kein Interesse daran, Ihnen Ihre Sorgen zu nehmen.«

»Verstehe. Aber Sie tun das Richtige.«

»Wenn ich nicht davon überzeugt wäre, würde ich jetzt aus der Haustür anstatt ins Labor gehen.« Sie warf ihm einen kühlen Blick zu. »Und eins möchte ich gleich klarstellen. Sobald der Beweis erbracht ist, dass der Schädel nicht Kennedy gehört, rufe ich die Zeitungen an und sage ihnen, was Sie für ein Arsch sind.«

»Einverstanden.«

»Und ich lasse mich nicht von der Außenwelt abschneiden. Ich werde täglich meine Mutter und Joe anrufen.«

»Habe ich je versucht, Sie davon abzuhalten? Sie sind keine Gefangene. Ich hoffe, wir können zusammenarbeiten.«

»Unwahrscheinlich.« Sie öffnete die Tür zum Labor. Die Kiste stand mitten auf dem Arbeitstisch und sie ging mit forschen Schritten darauf zu. »Ich arbeite allein.«

»Darf ich fragen, wie lange Sie brauchen werden?«

»Das hängt davon ab, in welchem Zustand sich der Schädel befindet. Wenn er nicht aus lauter kleinen Stücken besteht, vielleicht zwei, drei Tage.«

»Mir kam er ziemlich intakt vor.« Er überlegte. »Versuchen Sie, es in zwei Tagen zu schaffen, Eve.«

»Drängen Sie mich nicht, Logan.«

»Ich muss Sie drängen. Ich weiß nicht, wie viel Zeit ich herausgeschunden habe. Timwick wird nicht einfach davon ausgehen, dass er im Besitz des richtigen Schädels ist. Er wird ihn von einem Ihrer Kollegen untersuchen lassen. Früher oder später wird er wissen, dass er den falschen hat.«

»Wenn ich Sie richtig verstanden habe, wird er nicht riskieren, den Schädel identifizieren zu lassen.«

»Doch, denn es bleibt ihm nichts anderes übrig. Er würde nicht wagen, auf DNA-Analysen oder Zahnbefunde zurückzugreifen, aber er muss den Schädel identifizieren lassen. Und es gibt immer Möglichkeiten, Leute, die zu viel wissen, aus dem Weg zu schaffen. Also, wenn der Rekonstrukteur gut ist ... wie lange? Zwei Tage?«

»Das hängt davon ab, ob er an einem Abdruck des Schädels oder an dem Schädel selbst arbeitet. Und ob er bereit ist, sich unter Druck zu setzen.«

»Er braucht sich nicht unter Druck zu setzen, das wird Timwick schon für ihn übernehmen. Wer ist gut genug?«

»Es gibt nur vier oder fünf gute forensische Rekonstrukteure in Amerika.«

»Das habe ich in Erfahrung gebracht, als ich einen brauchte. Meinem Anwalt bereitete es nicht viel Arbeit, die Liste zusammenzustellen.«

Sie öffnete die Kiste. »Ich wünschte, Sie hätten sich für jemand anders entschieden.«

»Aber Sie sind die Beste. Ich musste die Beste haben. Wer ist der Zweitbeste?«

»Simon Doprel. Er hat das richtige Gespür.«

»Gespür?«

Sie zuckte die Achseln. »Man macht die Messungen und die Berechnungen, aber wenn es ans Modellieren geht, muss man sich auf seinen Instinkt verlassen. Es ist, als würde man *spüren*, was richtig und falsch ist. Manche haben es, manche nicht.«

»Interessant.« Er verzog das Gesicht. »Und vielleicht ein bisschen unheimlich.«

»Seien Sie nicht blöd«, sagte sie kühl. »Es ist ein Talent, nicht irgendein überirdischer Schwachsinn.«

»Und Doprel besitzt dieses Talent auch?«

»Ja.« Vorsichtig nahm sie den angesengten Schädel aus der Kiste. Kaukasisch. Männlich. Die Gesichtsknochen fast intakt. Ein Gutteil der hinteren Schädeldecke fehlte.

»Nicht sehr hübsch, was?«, sagte Logan.

»Sie wären auch nicht hübsch, wenn Sie das durchgemacht hätten, was er durchgemacht hat. Donnelli hatte Glück. Das Gehirn hätte nach vorne statt nach hinten explodieren können und dann hätte es keine Erpressung gegeben ... und keine Rekonstruktion.«

»Das Gehirn ist durch das Feuer explodiert?«

Sie nickte. »Das passiert fast immer bei Leuten, die verbrennen.«

Er kam noch einmal auf das andere Gesprächsthema zurück. »Doprel wäre also ein Experte erster Wahl?«

»Falls Timwick ihn für sich gewinnen kann. Er arbeitet hauptsächlich für die Kripo New York.«

»Timwick wird ihn bekommen.« Er betrachtete den Schädel. »Zwei Tage, Eve. Bitte.«

»Ich bin fertig, wenn ich fertig bin. Keine Sorge, ich werde schon keine Zeit verschwenden. Ich will das hinter mich bringen.« Sie trat an den Sockel und platzierte den Schädel in die Mitte. »Und jetzt verschwinden Sie. Ich muss Messungen vornehmen und mich konzentrieren.«

»Zu Befehl, Ma'am.« Dann wurde die Tür geschlossen.

Sie hatte die ganze Zeit den Blick nicht von dem Schädel abgewendet. Hatte Logan ausgeblendet. Jede Messung musste exakt sein.

Aber noch nicht. Zuerst musste sie wie immer einen Bezug herstellen. Wahrscheinlich würde es in diesem Fall schwieriger sein, weil es sich nicht um ein Kind, sondern um einen Erwachsenen handelte. Sie musste daran denken, dass er auch ein Verschollener war. Sie vermaß die verschiedenen Teile der Schädeldecke und notierte die Zahlen auf ihrem Block. »Du bist nicht der, für den er dich hält, aber das macht nichts. Du bist auch so wichtig genug, Jimmy.«

Jimmy? Wie war sie auf Jimmy gekommen?

Es könnte auch Jimmy Hoffa sein oder irgendein Mafioso.

Sie musste grinsen, als sie sich daran erinnerte, wie sie Logan erklärt hatte, warum sie den Auftrag nicht übernehmen konnte.

Und jetzt führte sie ihn doch aus.

Und Jimmy war genauso gut wie jeder andere Name.

»Ich werde alle möglichen unwürdigen Dinge mit dir veranstalten, Jimmy, aber es dient einer guten Sache«, murmelte sie. »Vertrau mir einfach, okay?«

Chevy Chase, Maryland
Dienstagabend

»Ich habe keine Zeit für so was, Timwick«, sagte Simon Doprel. »Sie haben mich von einem wichtigen Fall weggeholt, der nächsten Monat vor Gericht verhandelt wird. Suchen Sie sich einen anderen.«

»Es dauert nur ein paar Tage. Sie haben doch zugesagt.«

»Ich habe nicht zugesagt, dass ich aus New York weggehen und hier aufs Land kommen würde. Ihre Männer haben mich regelrecht entführt. Warum konnten Sie den Schädel nicht zu mir bringen?«

»Diese Sache muss vertraulich behandelt werden. Machen Sie jetzt keinen Rückzieher. Herauszufinden, ob es sich hier um den Terroristen handelt, nach dem wir suchen, ist wichtiger als ein Mordfall.«

»Was hat das Finanzministerium mit der Jagd nach Terroristen zu tun?«, fragte Simon verärgert.

»Wir haben immer damit zu tun, sobald das Weiße Haus bedroht wird. Wenn Sie irgendetwas brauchen, wenden Sie sich an Fiske. Er wird Ihr Schatten sein, bis Sie den Auftrag erledigt haben.« Timwick lächelte. »Wir möchten es Ihnen so angenehm wie möglich machen, solange Sie bei uns sind.« Er verließ den Raum und schloss die Tür.

Es konnte gar nichts schaden, dass Doprel so widerstrebend war, dachte Timwick grimmig. Dann würde er noch schneller arbeiten und das war im Moment das Einzige, was zählte.

Als Timwick erfahren hatte, wie der Schädel aus der Limousine gestoßen worden war, war er sofort misstrauisch geworden. Sie hatten es ihnen ein bisschen zu leicht gemacht. Die Angst um sein Leben könnte Logan dazu gebracht haben, den Schädel zu opfern, aber es konnte auch ein Ablenkungsmanöver gewesen sein. Wieso hatte er den Schädel nicht an sich genommen, bevor er den Sarg auf die Straße geworfen hatte? War es Panik gewesen?

Logan war nicht der Typ, der in Panik geriet, aber er hatte am Steuer gesessen. Kenner behauptete, die Frau hätte den Sarg aus dem Wagen gestoßen. Jedenfalls würde er schon bald Bescheid wissen.

Und bis dahin würde Barrett House weiterhin überwacht werden.

»Du bist ja wach.« Logan betrat das Zimmer und setzte sich auf den Stuhl neben Gils Bett. »Wie fühlst du dich?«

»Ich würde mich verdammt viel besser fühlen, wenn dieser Arzt mich nicht mit Schlafmitteln voll gedröhnt hätte«, knurrte Gil. »Meine Schulter ist in Ordnung, aber ich habe tierische Kopfschmerzen.«

»Du brauchtest Ruhe.«

»Aber nicht zwölf Stunden lang.« Er richtete sich mühsam auf. »Wie sieht's aus?«

Logan beugte sich vor und richtete die Kissen für Gil. »Eve arbeitet an dem Schädel.«

»Das wundert mich. Ich dachte schon, es wäre ein Fehler gewesen, sie mitzunehmen. Es hätte sie abschrecken können.«

»Oder sie so wütend machen, dass sie in die Hände spuckt, um es hinter sich zu bringen. Es hätte so oder so ausgehen können. Aber ich hatte keine Wahl. Ich musste diese Bastarde davon überzeugen, dass wir etwas Wichtiges vorhatten. Ich hatte nicht damit gerechnet, dass sie so dicht an uns rankommen würden.«

»Du meinst, du hast gehofft, sie würden es nicht riskieren.« Gil lächelte sarkastisch. »Erzähl mir doch keinen Quatsch. Du hättest es so oder so getan.«

»Wahrscheinlich.« Dann fügte er ernst hinzu: »Trotzdem tut es mir Leid, dass du ins Schussfeld geraten bist.«

»Das war schließlich mein Job. Es war abgemacht, dass ich mich um eventuelle Angreifer kümmern würde, während du die falsche Spur legst.« Gil verzog das Gesicht. »Aber ich hab mich blöd angestellt. Sie hätten mich erwischt, wenn unsere Knochenlady nicht gewesen wäre. Sie war verdammt gut.«

»Ja, sehr gut. Anscheinend hat Quinn dafür gesorgt, dass sie sich gegen die Frasers dieser Welt zur Wehr setzen kann.«

»Quinn schon wieder?«

Logan nickte. »Er scheint stets im Hintergrund zu sein, nicht wahr?« Er stand auf. »Ich gehe runter und bringe Eve ein Sandwich. Sie hat das Labor noch nicht einmal verlassen.«

»Sie wird dir bestimmt dankbar sein, dass du ihr zu essen gestattest.«

»Spar dir den Sarkasmus.«

»Das war nicht sarkastisch gemeint. Ich meine es ernst. Jetzt wo du sie so weit hast, wirst du wahrscheinlich die Peitsche schwingen, bis du kriegst, was du willst.«

»Das lässt sie nicht zu. Brauchst du irgendwas?«

»Meinen CD-Spieler und meine CDs.« Gil grinste. »Wie dick sind diese Wände? Ich dachte, ich könnte dich vielleicht mit ›Coal Miner's Daughter‹ von Loretta Lynn quälen.«

»Falls du das tust, werde ich die gute Margaret damit beauftragen, bei dir Florence Nightingale zu spielen.«

»Das würdest du nicht wagen. Ich bin ein kranker Mann.« Sein Lächeln verschwand. »Was glaubst du, wie viel Zeit uns noch bleibt?«

»Höchstens drei Tage. Wenn sie erst mal dahinterkommen, dass sie den falschen Schädel haben, erklären sie uns den Krieg. Bis dahin müssen wir hier raus sein.« Er ging auf die Tür zu. »Also erhol dich und sieh zu, dass du wieder auf die Beine kommst.«

»Morgen. Dann bin ich wieder fit und im Kutscherhaus im Einsatz. Ich hätte schon Lust, mich noch ein bisschen mit Loretta und Garth Brooks im Bett herumzulümmeln, aber bei der Aussicht, dass Margaret mich pflegt, lass ich das lieber.«

Logan schloss die Tür und ging hinunter in die Küche. Eine Viertelstunde später klopfte er, ein Tablett mit einem Schinkensandwich und einer Tasse Gemüsesuppe in der Hand, an die Tür das Labors.

Keine Reaktion.

»Darf ich eintreten?«

»Ich habe zu tun.«

»Ich bringe Ihnen etwas zu essen. Sie müssen ab und zu Pause machen und sich ein wenig stärken.«

»Stellen Sie es ab, ich werde mich später darüber hermachen.«

Logan zögerte, doch dann stellte er das Tablett neben der Tür ab. »Warten Sie nicht zu lange. Sonst wird die Suppe kalt.«

Himmel, er klang schon wie eine nörgelnde Ehefrau. Wie tief die Mächtigen fallen konnten. Gut, dass Margaret nicht in der Nähe war und diese schnippische Zurückweisung mitbekam. Sie hätte sich köstlich darüber amüsiert.

Kapitel 10

»*Du hast dein Abendessen nicht angerührt. Du kannst nicht arbeiten, wenn du nicht isst, Mama.*«

Langsam hob Eve den Kopf vom Arbeitstisch.

Bonnie hockte auf dem Boden neben der Tür, die Arme um die Knie geschlungen. »*Und es ist dumm, an deinem Arbeitstisch einzuschlafen, wenn du ein Bett zur Verfügung hast.*«

»*Ich wollte nur ein paar Minuten die Augen zumachen*«, *sagte Eve.* »*Ich habe viel Arbeit.*«

»*Ich weiß.*« *Bonnie betrachtete den Schädel auf dem Sockel.* »*Gute Arbeit.*«

»*Gut?*«

»*Ich glaube schon.*« *Bonnie legte nachdenklich die Stirn in Falten.* »*Ich bin mir nicht ganz sicher. Ich glaube, sie ist wichtig. Deswegen habe ich dich zum Friedhof gerufen.*«

»*Du hast mich nicht gerufen. Es war ein spontaner Impuls.*«

Bonnie lächelte. »*Wirklich?*«

»*Vielleicht haben auch all die Blumen auf den Gräbern eine unterschwellige Botschaft ausgesendet. Ich wusste, dass Logan hinterhältig ist, und vielleicht hatte ich den Verdacht, dass er – hör auf zu grinsen.*«

»*Tut mir Leid. Ich bin sehr stolz auf dich. Es ist schön, eine Mutter zu haben, die so klug ist. Sie irrt sich zwar, aber* sie ist trotzdem sehr klug.« Sie schaute wieder zu dem Schädel hinüber. »Du kommst ziemlich gut voran mit Jimmy, nicht wahr?«

»Es geht. Ich habe ein paar Probleme.«

»Du wirst sie schon lösen. Ich helfe dir.«

»Was?«

»Ich versuche immer, dir zu helfen, bei allem, was du tust.«

»Oh, du bist also mein Schutzengel? Wahrscheinlich hast du mich auch in der Limousine beschützt.«

»Nein, da konnte ich nichts tun. Es hat mir zu viel Angst gemacht. Ich möchte bei dir sein, aber noch nicht. Deine Zeit ist noch nicht gekommen und es würde das Gleichgewicht durcheinander bringen.«

»Blödsinn. Wenn es irgendeine Form des Gleichgewichts in diesem Universum gäbe, wärst du mir nie weggenommen worden.«

»Ich weiß nicht, wie es funktioniert. Manche Dinge gehen einfach schief. Aber ich will nicht, dass es für dich schief geht, Mama. Deswegen musst du jetzt sehr vorsichtig sein.«

»Ich bin vorsichtig und ich tue mein Bestes, um hier rauszukommen. Deswegen arbeite ich an Jimmy.«

»Ja, Jimmy ist wichtig.« Bonnie seufzte. »Ich wünschte, er wäre es nicht. Dann wäre alles viel einfacher.« Sie lehnte sich gegen die Wand. »Ich sehe schon, wie du dich in den nächsten Tagen bis an den Rand der Erschöpfung bringen wirst. Wenn du schon nicht ins Bett gehen willst, dann leg deinen Kopf auf den Arbeitstisch und schlaf noch ein bisschen.«

»Ich schlafe doch.«

»Natürlich. Manchmal vergesse ich, dass ich nur ein Traum bin. Also, tu mir den Gefallen und leg deinen Kopf wieder auf den Tisch. Es ist komisch, in aufrechter Haltung zu schlafen.«

»Du bist diejenige, die komisch ist.« Sie legte den Kopf auf ihre auf dem Arbeitstisch verschränkten Arme. Nach einer Weile fragte sie leise: »Gehst du jetzt?«

»Noch nicht. Ich bleibe noch ein bisschen. Ich sehe dir gern beim Schlafen zu. Alle Ängste und Sorgen fallen von dir ab. Es ist schön, dich so zu sehen.«

Eve spürte, wie Tränen unter ihren Lidern brannten. »Seltsames Kind ...«

Barrett House
Mittwochmorgen

»Sie haben gestern Abend nichts gegessen.« Logan öffnete die Tür und kam mit dem Frühstück auf einem Tablett ins Labor. »Ich kann es nicht leiden, wenn meine Mühe missachtet wird. Diesmal bleibe ich, bis Sie alles aufgegessen haben.«

Eve blickte von ihrer Arbeit auf. »Sie sind ja rührend um mich besorgt.« Sie trat ans Waschbecken und wusch sich die Hände. »Leider weiß ich, dass Sie sich nur Sorgen machen, ich könnte aus den Latschen kippen und Zeit verschwenden.«

»Genau.« Er machte es sich auf dem Besucherstuhl bequem. »Dann lassen Sie mir doch meinen Willen.«

»Den Teufel werde ich tun.« Sie setzte sich an ihren Arbeitstisch und nahm die Serviette vom Tablett. »Ich esse, weil ich Hunger habe und weil es vernünftig ist. Punkt.«

»Das ist mir schnuppe, Hauptsache, Sie essen.« Er musterte ihr Gesicht. »Sie wirken erstaunlich ausgeruht, aber Ihr Bett ist unangerührt.«

»Ich habe hier ein bisschen geschlafen.« Sie trank ein Glas Orangensaft. »Und bleiben Sie aus meinem Zimmer, Logan. Sie sind schon tief genug in mein Leben eingedrungen.«

»Ich fühle mich in gewisser Weise verantwortlich. Ich möchte Ihnen helfen.«

»Damit's schneller geht?«

»Nur teilweise. Ich bin nicht durch und durch ein Mistkerl.«

Sie aß einen Bissen von dem Omelett.

Er lachte in sich hinein. »Das war aber ein bedeutsames Schweigen. Nun, zumindest greifen Sie mich nicht offen an. Der Schlaf hat Ihnen gut getan. Ich spüre, dass Sie ein wenig sanfter geworden sind.«

»Dann täuscht Sie Ihr Gespür. Ich habe einfach keine Zeit, um Ihre Argumente zu analysieren. Ich habe zu tun.«

»Selbst das ist ein Entgegenkommen.« Sein Blick wanderte zu dem Schädel auf dem Sockel hinüber. »Sie haben also die Voodoopuppen-Bühne aufgebaut. Haben Sie ihm auch einen Namen gegeben?«

»Jimmy.«

»Wie kommen Sie ausgerechnet auf –« Er lachte wieder, als er begriff. »Das ist nicht Hoffa, Eve.«

»Das werden wir ja sehen.« Zu ihrer Überraschung musste sie lächeln. Nach der stundenlangen, konzentrierten Arbeit tat es gut, sich ein bisschen zu entspannen ... selbst in Gegenwart von Logan. »Andererseits kann ich mir nicht vorstellen, dass Sie sich wegen eines Arbeiterführers so engagieren würden.«

»Nun, sagen wir einfach, es wäre nicht mein vorrangiges Interesse, ihn wieder zum Leben zu erwecken.« Er schaute wieder zu dem Sockel hinüber. »Interessant. Unvorstellbar, dass man aus so wenig ein Gesicht rekonstruieren kann. Wie machen Sie das?«

»Was interessiert Sie das? Hauptsache, es klappt.«

»Ich bin mit schrecklicher Neugier geschlagen. Ist das nicht seltsam?«

Sie zuckte die Achseln. »Eigentlich nicht.«

»Wie nennt man diese kleinen Stäbchen?«

»Weichteildicken-Markierungen. Sie werden meistens aus Radiergummi gemacht, wie die, die man bei Bleistiften findet. Ich schneide jedes Stück auf das entsprechende Maß zurecht und klebe es auf einen bestimmten Punkt im Gesicht. Es gibt mehr als zwanzig Messpunkte am Schädel, an denen die Dicke der Weichteilschicht bekannt ist. Diese Weichteilschicht ist im Gesicht aller Menschen, bei denen das Alter, die Rasse, das Geschlecht und das Gewicht übereinstimmen, etwa gleich dick. Es gibt anthropologische Tabellen, die die Abmessungen für jeden Punkt angeben. Bei einem Caucasoiden mit durchschnittlichem Gewicht zum Beispiel beträgt die Stärke der Weichteilschicht am mittleren Philtrum –«

»Was?«

»Tut mir Leid. Ich meine, der Abstand zwischen Nase und Oberlippe beträgt zehn Millimeter. Die Struktur der Knochen unter der Weichteiloberfläche bestimmt, ob jemand ein vorstehendes Kinn oder hervortretende Augen hat und so weiter.«

»Und wie gehen Sie weiter vor?«

»Ich nehme Plastilinstreifen, klebe sie zwischen die Markierungen und arbeite mich zu den Messpunkten vor.«

»Klingt wie ein Spiel aus einem Kindermalbuch, bei dem man die einzelnen Punkte miteinander verbinden muss.«

»So ähnlich ist es auch, nur dreidimensional und verdammt viel schwieriger. Ich muss mich auf die wissenschaftlichen Elemente der Gesichtskonstrukion konzentrieren, mich an die Weichteildicken-Messungen halten, wenn ich das Plastilin anbringe, und berücksichtigen, wo die Gesichtsmuskeln sich befinden und wie sie die Gesichtskonturen bestimmen.«

»Aber was ist mit der Größe der Nase? Der gute alte Jimmy hat gar keine mehr.«

»Das ist knifflig. Die Breite und die Länge werden durch Messpunkte bestimmt. Bei einem Caucasoiden wie Jimmy vermesse ich die Nasenöffnung an der größten Stelle und addiere auf jeder Seite fünf Millimeter für die Nasenflügel. Das ergibt die Breite. Die Länge oder der Vorsprung ergibt sich aus den Abmessungen des kleinen Knochens an der Basis der Nasenöffnung, dem Nasenbein. Es ist sehr einfach. Ich multipliziere die Abmessungen des Nasenbeins mit drei und addiere die Weichteildicke des Philtrums.«

»Ah, schon wieder das schreckliche Philtrum.«

»Interessiert Sie das nun oder nicht?«

»Doch, doch. Ich mache immer Witze, wenn ich mit etwas konfrontiert werde, das über meinen Horizont geht.« Er verzog das Gesicht. »Ehrlich, ich hab's nicht böse gemeint. Fahren Sie fort.«

»Das Nasenbein bestimmt außerdem den Winkel der Nase. Es zeigt mir, ob die Nase nach oben gebogen ist, ob es sich um eine Hakennase handelt oder ob sie gerade ist. Wenn man erst mal die Nase hat, sind die Ohren leichter. Sie sind gewöhnlich genauso lang wie die Nase.«

»Klingt sehr präzise.«

Sie zuckte die Achseln. »Ich wünschte, es wäre so. Bei allen Formeln, Messpunkten und wissenschaftlichen Daten über die Beschaffenheit einer Nase kann ich nie sicher sein, ob ich wirklich die ursprüngliche Nase rekonstruiere. Ich muss einfach mein Bestes tun und hoffen, dass ich nah dran komme.«

»Und der Mund?«

»Da gibt es auch definierte Messpunkte. Die Lippenstärke ergibt sich aus dem Abstand zwischen dem oberen und dem unteren Gaumenbogen. Die Breite des Munds entspricht gewöhnlich dem Abstand zwischen den Eckzähnen, der wiederum in aller Regel mit dem Abstand zwischen den Pupillen übereinstimmt. Die Dicke der Lippen entnimmt man anthropologischen Tabellen über die Weichteildicke. Wie bei der Nase muss ich mich auch hier auf meinen Instinkt verlassen, um –« Sie schob das Tablett von sich und stand auf. »Ich habe keine Zeit mehr zum Reden. Ich muss mich wieder an die Arbeit machen.«

»Ich nehme also an, ich bin entlassen.« Er erhob sich und nahm das Tablett. »Darf ich hin und wieder herkommen und Ihnen bei der Arbeit zusehen oder würden Sie das als aufdringlich empfinden?«

»Warum? Glauben Sie im Ernst, ich werde ihn wie Jimmy Hoffa aussehen lassen?«

»Nein. Aber könnte es denn passieren?«

Sie schüttelte den Kopf. »Haben Sie nicht zugehört? Die Knochenstruktur gibt alles Weitere vor.«

»Wie steht es mit dem Glätten und dem Ausfüllen des Gesichts? Und mit dem Urteilsvermögen bei Nase und Mund und –«

»Okay, wenn man von vorneherein von einer bestimmten Identität ausgeht, kann das die Arbeit beeinflussen. Deswegen sehe ich mir nie Fotos an, bis ich meine Arbeit beendet habe. Ich gestehe mir keinerlei kreative Freiheit zu, sondern gehe ausschließlich wissenschaftlich vor. Wenn der technische Aufbau komplett ist, kann ich das Gesicht als Ganzes betrachten und mein künstlerisches Talent ins Spiel bringen. Wenn ich nicht so vorgehen würde, wäre das Ergebnis irgendeine Skulptur und nicht ein rekonstruiertes Gesicht.« Ihre Lippen wurden schmal. »Sie können sich darauf verlassen, dass ich es dazu nie kommen lassen würde. Jimmy wird nicht wie Jimmy Hoffa aussehen, es sei denn, er ist Jimmy Hoffa. Sie brauchen mich also nicht zu beobachten, Logan.«

»Das war nicht meine Absicht.« Er sah sie mit einem gequälten Ausdruck an. »Wenn ich eingestehe, dass ich nervös bin und vielleicht ein bisschen angespannt, lassen Sie mich dann zusehen? Bitte?«

»Haben Sie etwa Zweifel? Ich dachte, Sie wären sich so sicher, dass es sich um Kennedy handelt.«

»Ich möchte sehen, wie dieser Schädel lebendig wird, Eve«, sagte er einfach. »Ich weiß, ich habe Ihr Wohlwollen nicht verdient, aber würden Sie mir gestatten zuzusehen?«

Sie zögerte. Sie war immer noch wütend auf ihn. Nach allem, was er ihr angetan hatte, würde sie ihm am liebsten sagen, er solle in den nächsten See springen. Andererseits konnte ein Waffenstillstand nötig sein, wenn sie sicher aus dieser Sache herauskommen wollte. Sie hob eine Schulter. »Meinetwegen, wenn Sie den Mund halten. Wahrscheinlich werde ich Sie gar nicht wahrnehmen. Aber ein Wort und Sie fliegen raus.«

»Okay, kein Wort.« Er ging auf die Tür zu. »Sie werden mich nicht bemerken. Ich werde Ihnen zu essen und zu trinken bringen und mich dann wie eine brave Hauskatze in der Ecke zusammenrollen.«

»Ich kenne keine brave Katze.« Sie trat auf den Sockel zu und begann bereits, ihn auszublenden. »Seien Sie einfach still ...«

Chevy Chase
Mittwochnachmittag

»Sie scheinen nicht besonders schnell voranzukommen, Doprel«, sagte Fiske. »Und Sie haben noch nicht mal angefangen, an dem Schädel zu arbeiten.«

»Ich arbeite nie am Schädel«, erwiderte Doprel. »Ich mache einen Abdruck und an dem arbeite ich dann.«

»Macht das jeder? Kommt mir vor wie reine Zeitverschwendung.«

»Nein, das macht nicht jeder, aber ich bevorzuge diese Methode«, antwortete Doprel ärgerlich. »Sie ist sicherer. Man muss nicht so vorsichtig sein wie bei der Arbeit am Schädel selbst.«

»Timwick will das hier schnell erledigt haben. Dieser Abdruck ist –«

»Ich arbeite auf meine Weise«, sagte Doprel kühl. »Meiner Meinung nach geht es sogar schneller, wenn man nicht so vorsichtig sein muss.«

»Es ist Timwick egal, ob der Schädel beschädigt wird. Wir haben keine Zeit für einen Abdruck.« Er überlegte. »Ich dachte, Sie wollten das hier so schnell wie möglich hinter sich bringen, damit Sie nach Hause zurückkehren können.«

»Das ist nicht der Grund, warum ich –« Er zögerte. »Zum Teufel damit. Was kümmert's mich, ob der verdammte Schädel in die Brüche geht? Ich werde an dem Schädel arbeiten. Und jetzt lassen Sie mich allein, Fiske. Sie haben die Aufgabe, mir zu essen und zu trinken zu bringen, und nicht, meine Arbeitsmethoden zu kritisieren.«

Dieser arrogante Arsch, dachte Fiske. Er behandelte ihn wie einen kleinen Dienstboten. Aber er hatte schon öfter mit solchen Wissenschaftlertypen zu tun gehabt. Sie hielten sich für besser und intelligenter als alle anderen. Mit seiner ganzen Ausbildung und seinem ganzen Grips würde Doprel in tausend Jahren nicht fertig bringen, was Fiske leistete. Dazu war er weder gerissen noch mutig genug.

Aber vielleicht würde Doprel seinen Fehler erkennen, bevor das hier vorbei war. Timwick hatte gesagt, das hinge von den Ergebnissen ab. Fiske grinste. »Ich wollte Ihnen nicht zu nahe treten.« Er wandte sich zum Gehen. »Ich werde Ihnen eine Kanne Kaffee machen.«

Barrett House
Mittwoch
22.50 Uhr

Fertig.

Eve trat zurück, nahm ihre Brille ab und rieb sich die schmerzenden Augen mit dem Handrücken. Die Plastilinstreifen waren angebracht und ihre Augen waren übermüdet. Sie wagte nicht, mit dem nächsten Schritt zu beginnen; sie konnte nicht riskieren, einen Fehler zu machen. Sie würde sich hinsetzen, sich eine Stunde ausruhen und dann weitermachen.

Sie ging an ihren Schreibtisch, ließ sich auf den Stuhl sinken, lehnte sich zurück und schloss die Augen.

»Alles in Ordnung?«, fragte Logan.

Sie zuckte zusammen und fuhr herum. Gott, sie hatte ganz vergessen, dass er da war. Während der vergangenen vierundzwanzig Stunden war er wie ein Geist aus und ein gegangen und sie konnte sich nicht erinnern, dass er auch nur ein Wort gesagt hätte.

Vielleicht hatte er mit ihr gesprochen. Sie war so vertieft in die Arbeit an Jimmy gewesen, dass sie sich kaum an die vergangenen Stunden erinnern konnte. Sie hatte ihre Mutter einmal angerufen, aber sie wusste nicht mehr, was sie gesagt hatte.

»Alles in Ordnung?«, wiederholte Logan.

»Natürlich. Ich ruhe mich nur ein bisschen aus. Meine Sehkraft ist nicht mehr die beste und meine Augen sind überanstrengt.«

»Kein Wunder. Ich habe noch nie jemanden so intensiv arbeiten sehen. Michelangelo war wahrscheinlich weniger konzentriert, als er den *David* schuf.«

»Er hatte auch mehr Zeit.«

»Wie sieht's denn aus?«

»Ich weiß es nicht. Das weiß ich immer erst, wenn ich fertig bin. Die Vorarbeiten sind erledigt. Jetzt kommt der schwierige Teil.«

»Sie sollten sich ein wenig ausruhen.« Er saß scheinbar ganz locker da, aber sie spürte plötzlich seine Anspannung.

»Ich *wollte* mich ja gerade ausruhen«, sagte sie trocken.

»Tut mir Leid. Ich wollte Ihnen nur behilflich sein.« Er lächelte verlegen. »Ich hatte schon damit gerechnet, dass Sie jeden Moment zusammenbrechen würden.«

»Aber Sie haben mich nicht aufgehalten.«

»Das kann ich nicht. Die Uhr tickt.« Er schwieg einen Moment. »Wie lange noch?«

»Zwölf Stunden. Vielleicht ein bisschen länger.« Sie lehnte sich erschöpft in ihrem Stuhl zurück. »Ich weiß es nicht. So lange, wie es halt dauert. Machen Sie mich nicht verrückt, verdammt.«

»Okay.« Er stand ruckartig auf. »Ich lasse Sie allein. Legen Sie sich doch auf das Sofa. Wann soll ich Sie wecken?«

»Ich möchte nicht schlafen. Ich muss nur meine Augen eine Weile ausruhen.«

»Dann komme ich später wieder.« Als er an der Tür stand, fügte er hinzu: »Wenn es Ihnen nichts ausmacht.«

»Es macht mir nichts aus.« Sie schloss die Augen. »Sagen Sie, Logan, geht Ihnen diese ganze Unterwürfigkeit und Höflichkeit nicht auf die Nerven?«

»Ein wenig. Aber ich kann damit leben. Eins habe ich schon vor langer Zeit gelernt: wenn man nicht der wichtigste Chip im Computer ist, ölt man die Räder und sieht zu, dass man die Arbeit nicht behindert.«

»Ich glaube, das ist die verrückteste Mischung von Metaphern, die ich je gehört habe.«

»Woher wollen Sie das wissen? Ihr Verstand ist wahrscheinlich im Moment viel zu benebelt, als dass Sie klar denken könnten.«

»Ich brauche nicht zu denken. Von jetzt ab brauche ich mich nur noch auf meinen Instinkt zu verlassen. Ich muss nur klar sehen können.«

»Ich kann Ihnen zwar etwas zu essen bringen, aber dabei kann ich Ihnen nicht helfen.«

»An diesem Punkt kann mir niemand helfen.«

Die Tür schloss sich hinter ihm.

»Niemand«, murmelte sie. »Damit sind wir beide allein, stimmt's, Jimmy?«

Chevy Chase
Mittwochabend
23.45 Uhr

»Er ist fast fertig, Timwick«, sagte Fiske. »Er sagt, die Arbeit war leichter, als er erwartet hatte. Er braucht vielleicht noch zwölf Stunden.«

»Haben Sie den Schädel gesehen?«

»Ich kann nichts draus erkennen. Bisher hat er nicht mal Augen und Nase. Ich glaube, Sie verschwenden Ihre Zeit.«

»Lassen Sie mich das mal selbst beurteilen. Rufen Sie mich, wenn die Arbeit erledigt ist, dann komme ich sofort.«

Fiske legte den Hörer auf. Noch zwölf Stunden, dann würde er wissen, ob Doprel oder Logan und Duncan auf seine Abschussliste kamen. Er hoffte fast, dass es Doprel sein würde. Logan und Duncan waren zwar eine größere Herausforderung, aber Doprel ging ihm unglaublich auf die Nerven.

Barrett House
Donnerstag
6.45 Uhr

Das Wachs glätten.

Geschick.

Fingerspitzengefühl.

Vertrau deinen Fingern.

Nicht nachdenken.

Hilf mir, Jimmy.

Das Wachs fühlte sich kühl an, aber ihre Fingerspitzen waren warm, fast heiß, während sie modellierten und glätteten.

Gattungstypische Ohren. Sie hatte keine Ahnung, ob sie abstehend gewesen waren oder lange Ohrläppchen gehabt hatten.

Eine längere, dünnere Nase.

Der Mund?

Auch gattungstypisch. Sie kannte die Breite, aber nicht die Form. Sie modellierte die Lippen. Geschlossen, ohne Ausdruck.

Die Augen.

Ganz wichtig. Äußerst schwierig. Keine Messpunkte und kaum wissenschaftliche Indikatoren. Lass dich nicht hetzen. Untersuche die Form und die Winkel der Augenhöhlen. Die Größe der Augäpfel ist bei allen Menschen ziemlich gleich und sie wachsen kaum von der Geburt bis zum Erwachsenenalter. Sollte sie Jimmy hervorquellende, tief liegende oder normale Augen geben? Der Winkel der Augenhöhlen und die Wölbung des Siebbeins würden ihr bei der Entscheidung helfen.

Aber noch nicht. Die Augen waren immer eine Herausforderung. Die meisten forensischen Rekonstrukteure arbeiteten von oben nach unten und die Augen kamen ziemlich zu

Anfang dran. Das brachte sie nicht fertig. Sie fühlte sich noch mehr zur Eile gedrängt, wenn die Augen sie anstarrten.

Bring mich nach Hause.

Entlang der Wangenknochen noch ein bisschen glätten.

Betrachte das Gesicht nicht als Ganzes. Nimm dir jeden Teil einzeln vor.

Glätten.

Modellieren.

Langsamer. Du bist zu angespannt. Lass deine Hände nicht zu sehr von deinem Verstand leiten. Versuch nicht, dir das Endergebnis vorzustellen. Modelliere. Die Messpunkte stimmen immer noch nicht ganz. Überprüfe sie noch einmal.

Nasenbreite 32 mm. Okay.

Nasenvorsprung 19 mm. Okay.

Lippenstärke 14 mm. Nein, das müssten 12 sein. Nimm ein bisschen von der Oberlippe weg, sie ist gewöhnlich schmaler als die Unterlippe.

Bau etwas mehr Substanz um den Mund herum auf, da verlaufen wichtige Muskeln.

Die Nasenlöcher müssen noch deutlicher ausgeformt werden.

Eine kleine Falte auf beiden Seiten der Nase. Wie tief?

Egal. Es ist noch niemand anhand der Falten an den Nasenflügeln identifiziert worden.

Der Bereich unterhalb der Unterlippe muss noch ein wenig vertieft werden.

Warum? Egal. Mach's einfach.

Glätten.

Modellieren.

Ausfüllen.

Krähenfüße um die Augen. Fältchen um die Lippen.

Eve arbeitete jetzt fieberhaft. Ihre Hände huschten über Jimmys Gesicht.

Fast fertig.

Wer bist du, Jimmy? Hilf mir. Wir sind fast so weit. Wir werden ein Foto machen und es veröffentlichen, und jemand wird dich nach Hause bringen.

Glätten.

Modellieren.

Schluss. Nicht übertreiben.

Sie trat einen Schritt zurück und holte tief Luft. Sie hatte getan, was sie konnte.

Bis auf die Augen.

Welche Farbe? Logan würde wahrscheinlich für Blau plädieren. Kennedys blaue Augen waren ebenso berühmt wie sein Lächeln. Logan konnte ihr den Buckel runterrutschen. Das konnte nicht Kennedy sein und warum sollte sie Logan entgegenkommen? Sie trat noch einen Schritt zurück und betrachtete zum ersten Mal das ganze Gesicht. Sie würde ihm braune Augen –

»O mein Gott.«

Entsetzt betrachtete sie das Gesicht, das sie geschaffen hatte. Es war, als hätte sie einen Tritt in den Magen bekommen.

Nein.

Es konnte nicht stimmen.

Langsam, schwerfällig, ging sie hinüber an den Tisch, wo die offene Schachtel mit den Augen stand. Die Augäpfel glitzerten ihr entgegen – blau, braun, grau, grün.

Sie nahm die Schachtel und ging damit an den Sockel.

Sie war sehr erschöpft; ihr Verstand spielte ihr Streiche. Die Augen waren entscheidend. Braun. Gib ihm braune Augen.

Ihre Hand zitterte, als sie den ersten braunen Augapfel herausnahm und in die linke Augenhöhle einsetzte. Dann nahm sie den zweiten Augapfel und setzte ihn in die rechte Höhle ein.

»Sie haben die falschen Augen eingesetzt, Eve«, sagte Logan aus seiner Ecke. »Sie wissen es, Eve.«

Stocksteif starrte sie in die braunen Augen vor ihr. »Ich weiß es nicht.«

»Setzen Sie die richtigen Augen ein.«

»Es muss ein Fehler sein. Ich habe irgendwo einen Fehler gemacht.«

»Sie gestatten sich nicht, Fehler zu machen. Setzen Sie die Augen ein, die zu dem Gesicht gehören.«

Sie nahm die braunen Augen heraus und legte sie zurück in die Schachtel. Dann starrte sie blind auf die Augen in den verschiedenen Fächern.

»Sie wissen, welche Augen Sie nehmen müssen, Eve.«

»Also gut.« Sie nahm die Augäpfel aus der Schachtel und drückte sie in die Augenhöhlen.

»Und jetzt treten Sie zurück und sehen sich ihn an.«

Sie trat einen Schritt zurück. Unglaublich. Gott im Himmel, es konnte nicht wahr sein.

Aber es gab keinen Zweifel.

»Sie Mistkerl.« Ihre Stimme zitterte, während sie in die grauen Augen starrte. Sie zitterte. Es war, als würde der ganze Erdball zittern. »Es ist Ben Chadbourne. Es ist der Präsident.«

Chevy Chase

»Nun?«, fragte Doprel entnervt. »Ist das Ihr Terrorist?«

Timwick betrachtete den Schädel. »Sind Sie sicher, dass Sie ihn korrekt rekonstruiert haben?«

»Absolut sicher. Kann ich jetzt nach Hause fahren?«

»Ja, vielen Dank für Ihre Arbeit. Ich werde Sie sofort nach New York zurückbringen lassen. Diese Sache muss natürlich vertraulich behandelt werden. Wir können uns keine undichte Stelle leisten.«

»Ich habe kein Interesse daran, über diesen Job zu reden. Es war nicht gerade ein Glanzlicht in meiner Karriere. Ich gehe packen.« Doprel verließ den Raum.

»Soll ich ihn zurückfahren?«, fragte Fiske, der hinter Timwick stand.

»Nein.« Timwick wandte sich um. »Der Schädel ist ein Volltreffer. Doprel ist nicht mehr wichtig. Ich werde ihn von jemand anders begleiten lassen. Ich brauche Sie für eine andere Aufgabe und wir müssen schnell handeln.« Er ging auf das Telefon zu. »Lassen Sie mich allein. Ich muss ein paar Anrufe erledigen.«

Er wartete, bis Fiske gegangen war, dann wählte er eine abhörsichere Nummer ins Weiße Haus. »Er ist es nicht. Dasselbe Alter. Ähnliche Züge. Aber er ist es nicht.«

Barrett House

»Sie haben mich angelogen«, flüsterte Eve und fuhr zu Logan herum. »Sie haben *gelogen*.«

»Ja, und es war meine letzte Lüge, Eve.«

»Erwarten Sie etwa, dass ich Ihnen das glaube? Wo ich gehe und stehe, stelle ich fest, dass Sie mich schon wieder angelogen haben. Sie haben nie angenommen, dass das Kennedy ist. Mein Gott, Sie haben sogar all die Bücher und Berichte über das Attentat in Ihrem Arbeitszimmer verteilt, damit ich Ihnen die Geschichte abkaufe. Sie haben überall wie wild falsche Spuren gelegt.«

»Nicht wie wild. Ich habe sehr hart daran gearbeitet, um diese Lüge plausibel erscheinen zu lassen. Es durfte nicht herauskommen, dass ich Donnellis Behauptung überprüfen lassen wollte, und dazu brauchte ich eine glaubwürdige Geschichte. Darum habe ich die falsche Spur zu Kennedy gelegt. Diese Leute sollten nicht wissen, ob ich Verdacht geschöpft hatte oder einfach ein verrückter Irrer bin. Gleichzeitig habe ich diskret nach einem forensischen Rekonstrukteur suchen lassen, dem einzigen Menschen, der herausfinden konnte, ob Donnelli die Wahrheit gesagt hatte.«

»Ich.«

»Ja, Sie waren die Schlüsselfigur, die ich brauchte.«

Ihr Blick wanderte zu Jimmys Schädel zurück. Nein, das war nicht länger Jimmy. Das war Ben Chadbourne, der Präsident der Vereinigten Staaten. Sie schüttelte den Kopf. »Das ist alles völlig verrückt. Als Sie mir erzählten, was sich in Donnellis Beerdigungsinstitut abgespielt hat, nahm ich an, das sei schon vor Jahrzehnten passiert. Und Sie wollten, dass ich das annehme.«

»Ja. Es liegt aber nur zwei Jahre zurück.«

»Lüge.«

»Es war wichtig, dass Sie vollkommen unvoreingenommen waren. Nur so konnte garantiert sein, dass Sie genau das Gesicht rekonstruieren würden, das zu diesem Schädel gehört.« Er betrachtete Chadbournes Gesicht. »Es war wie ein Wunder, Ihnen bei der Arbeit zuzusehen, wie Sie diesen Schädel zum Leben erweckt haben. Ich war mir fast sicher, dass er es war, und mit jedem Arbeitsschritt –«

»Wie ist er ums Leben gekommen? Mord?«

»Wahrscheinlich. Es würde ins Bild passen.«

»Und dieser Mann im Weißen Haus ist ein Double?«

Er nickte.

Sie schüttelte den Kopf. »Es ist einfach grotesk. Das könnte man weder mit Chadbourne noch mit Kennedy durchziehen. Das Amt ist zu sehr im Blickfeld der Öffentlichkeit.«

»Aber es ist geschehen.«

»Timwick?«

»Er ist der Drahtzieher.«

»Für wen?«

»Chadbournes Frau. Sie muss hinter der ganzen Sache stehen. Sie ist die Einzige, die die Macht hat, ein Double zu schützen und zu betreuen.«

Lisa Chadbourne. Eve erinnerte sich, sie bei einer Pressekonferenz gesehen zu haben; sie hatte an der Seite gestanden, den Blick liebevoll auf ihren Mann gerichtet. »Und sie soll ihn ermordet haben?«

»Möglich. Das wissen wir erst, wenn wir herausfinden, was mit Chadbourne geschehen ist.«

»Welches Motiv könnte sie denn haben?«

»Ich weiß es nicht. Ehrgeiz vielleicht. Sie ist intelligent und gewieft, und sie weiß, wie man eine Situation manipuliert. Sie hat Jura studiert und als Anwältin in einer renommierten Kanzlei gearbeitet. Nachdem sie Chadbourne geheiratet hatte, trieb sie ihn an, bis er es ins Weiße Haus schaffte.« Er lächelte boshaft. »Sie ist die perfekte First Lady.«

»Ich kann nicht glauben, dass sie es war.«

»Das habe ich auch nicht erwartet. Mir ist es selbst schwer gefallen, es zu glauben. Ich bin ihr mehrere Male begegnet und sie war mir sympathisch. Diese Kombination aus Charme und Intelligenz kann sehr entwaffnend sein.«

Eve schüttelte den Kopf.

»Ich mute Ihnen zu viel auf einmal zu. Ich wünschte, ich könnte Ihnen mehr Zeit geben, das alles zu verarbeiten. Aber uns bleibt fast keine Zeit mehr.« Er stand auf. »Also gut, glauben Sie nicht, dass Lisa Chadbourne dahinter steckt. Glauben Sie, es ist jemand anders. Aber Sie müssen zugeben, dass sie in die Verschwörung eingeweiht sein muss, damit sie funktioniert?«

»Das … ist nahe liegend.« Sie warf einen Blick auf den Schädel. »Aber was ist, wenn das nicht Chadbourne ist? Was ist, wenn das da das Double ist?«

»Es ist Chadbourne.«

»Weil Sie das glauben wollen?«

»Weil er es ist. Es ist das Einzige, was einen Sinn ergibt.« Er schwieg einen Augenblick. »Weil es James Timwick war, der die Leiche bei Donnelli abgeliefert hat.«

»Wieso können Sie dessen sicher sein? Donnellis Vater könnte Sie belogen haben.«

»Natürlich könnte er das. Er scheint ein echter Schuft gewesen zu sein. Aber er war kein dämlicher Schuft. Er hatte es mit ziemlich gefährlichen Leuten zu tun und er musste sich schützen. Sein Krematorium war mit Überwachungskameras ausgerüstet. Er hat Timwick auf Video.« Er verzog den Mund zu einem schiefen Lächeln. »Das war Teil des Erbes, das er seinem Sohn hinterlassen hat, und damit wurde ich geködert. Wegen dieses Videobandes habe ich Gil gebeten, der Sache nachzugehen.«

»Wenn Sie ein Band mit einer solchen Beweiskraft besäßen, brauchten Sie keine weiteren Beweise. Sie hätten es den Behörden oder den Medien übergeben können und –«

Er schüttelte den Kopf. »Es war nicht beweiskräftig genug. Keine Details. Kein ›Hey, ich bin James Timwick und ich lasse gerade den Präsidenten der Vereinigten Staaten verbrennen‹. Sie sprachen nur über belangloses Zeug, während sie im Krematorium waren. Timwick befiehlt einem seiner Männer, bei der Leiche mit anzupacken. Einmal bittet er Donnelli um einen Stuhl, damit er sich setzen kann. Offenbar hatte der arme Mann einen harten Tag hinter sich und war müde. Solche Dinge halt.«

»Und woher wissen Sie dann, dass Timwick auf dem Video ist?«

»Ich habe ihn einmal kennen gelernt. Er ist Chef des Geheimdienstes und nimmt häufig an Empfängen von Chadbourne teil und er –«

»Geheimdienst. Sie haben doch behauptet, er sei ein hohes Tier im Finanzministerium.« Ihr Mund wurde hart. »Ach ja, der Secret Service ist Teil des Finanzministeriums. Noch so ein kleines Ablenkungsmanöver.«

»Sorry. Timwick durchlief eine beachtliche Karriere und spielte eine Schlüsselrolle bei der Wahl von Chadbourne. Er hat eine auffällige Stimme. Er stammt aus Massachusetts und sein Akzent ist ziemlich unverkennbar. Ich hatte so ein Gefühl, dass er es war, und nachdem Donnelli mir das Video geschickt hatte, sah ich mir ein paar Videos von Chadbournes Wahlkampf an, um einen Vergleich zu machen. Es war nicht besonders schwer. Timwick bleibt nicht gern im Hintergrund. Ich glaube, er war enttäuscht, dass Chadbourne ihm keinen Posten im Kabinett übertragen hatte.«

»Ich kann mir nicht vorstellen, dass sich diese Leute von Donnelli erpressen ließen. Warum haben sie ihn nicht einfach gezwungen, den Schädel herauszurücken?«

»Er erklärte ihnen, er hätte eine Kopie des Videos und eine schriftliche Aussage bei einem Rechtsanwalt hinterlegt, der beides sofort an die Medien übergeben würde, falls Donnelli verschwinden oder eines unnatürlichen Todes sterben sollte.«

»Und dann starb er an einem Herzinfarkt und sein Sohn verschwand.«

»Aber damit hatten sie nichts zu tun, also nahmen sie an, Donnelli junior hätte ein besseres Geschäft gemacht. Ich kann mir vorstellen, dass sie ausgiebig nach ihm gesucht haben. Ich bin äußerst vorsichtig vorgegangen, aber irgendetwas könnte sie zu der Annahme gebracht haben, dass ich mit Donnelli Kontakt aufgenommen habe.« Er zuckte die Achseln. »Vielleicht auch nicht. Vielleicht haben sie auch nur ganz allgemein nach irgendetwas Verdächtigem Ausschau gehalten und ich habe den Alarm ausgelöst.«

»Es ist einfach unglaublich. Warum sollten sie Chadbourne aus dem Weg geschafft haben?«

»Ich habe keine Ahnung, ich kann nur raten. Lisa Chadbourne ist eine außergewöhnliche Frau. Manche Leute behaupten, sie hätte einen besseren Präsidenten abgegeben als ihr Mann. Aber die vorherrschende Meinung besagt, dass die Öffentlichkeit noch nicht bereit ist, eine Präsidentin zu akzeptieren, also muss sie hinter den Kulissen agieren. Es wird ziemlich an ihr genagt haben, sich immer im Hintergrund halten zu müssen. Und Ben Chadbourne selbst war eine starke Persönlichkeit. Vielleicht wollte sie mehr Macht über ihn haben. Mehr Macht über das Land.«

»Das sind eine Menge ›Vielleichts‹.«

»Sie sind alles, was ich Ihnen zu bieten habe. Ich kann Ihnen nur sagen, dass ich glaube, dass es passiert ist. Würden Sie mir einen Gefallen tun? Gehen Sie in die Bibliothek und legen Sie die Videobänder ein, die sich in der obersten Schreibtischschublade befinden. Es sind drei darunter mit Reden und Pressekonferenzen, die Chadbourne kürzlich gehalten hat. Ich habe sie als Vergleichsmaterial zusammengestellt. Es würde mich freuen, wenn Sie sich die Bänder aufmerksam ansehen würden.«

»Und was werde ich Ihrer Meinung nach darauf entdecken?«

»Sehen Sie sie sich einfach an.«

»Das ist verrückt. Das ist ja wie –«

»Was kann es schon schaden?«

Sie schwieg einen Moment, dann nickte sie. »In Ordnung.« Sie ging auf die Tür zu. »Ich werde sie mir ansehen.«

Kaum war sie gegangen, trat Logan an den Arbeitstisch und rief Gil im Kutscherhaus an. »Sie ist fertig. Es ist Chadbourne.«

Gil stieß einen leisen Fluch aus. »Ich weiß nicht, warum mich das schockiert. Schließlich hatten wir damit gerechnet.«

»Verdammt, ich habe ihr bei der Arbeit zugesehen und mir ist es genauso ergangen.«

»Wie hat sie es denn aufgenommen?«

»Nimm deine Reaktion mal tausend, dann kannst du es dir ungefähr vorstellen. Sie weiß nicht, ob sie mir glauben soll. Ich kann's ihr nicht verübeln. Nach all den Täuschungsmanövern, die ich ihr zugemutet habe, ist es kein Wunder. Jedenfalls will sie sich die Videos ansehen. Wenn sie damit durch ist, werde ich sie mir noch mal vorknöpfen.«

»Haben wir noch Zeit?«

»Weiß der Teufel. Aber die Identifizierung des Schädels ist nur der erste Schritt. Wir brauchen sie noch und es kommt darauf an, dass sie glaubt, dass es sich um Chadbourne handelt. Danach ergibt sich alles von selbst. Bist du so weit?«

»Ja.«

»Sag Mark und Margaret, sie sollen alles zusammenpacken, und bring sie so schnell wie möglich von hier weg.«

»Alles klar.«

Logan legte den Hörer auf und trat vor Chadbournes Schädel. Der arme Hund. Er hatte dieses Schicksal nicht verdient. Logan war nie mit seiner Politik einverstanden gewesen, aber er hatte den Mann gemocht. Man musste Ben Chadbourne einfach mögen. Er hatte Träume gehabt und versucht, sie in die Realität umzusetzen. Es mangelte ihm an praktischem Verstand und wahrscheinlich hätte er die Staatsschulden in astronomische Höhen getrieben, aber heutzutage gab es nicht mehr viele Männer, die noch Träume hatten.

Und diejenigen, die noch welche hatten, endeten meistens wie dieser Mann, der Logan mit leuchtenden Glasaugen anstarrte.

Kapitel 11

Es konnte nicht wahr sein.

Chadbourne ...

Eves Blick klebte am Bildschirm. Das letzte Video war fast zu Ende. Das Gesicht war das gleiche, die Mimik und die Gesten die gleichen, selbst die Stimme und der Tonfall schienen identisch.

Lisa Chadbourne war seit dem November vor zwei Jahren bei fast jeder Veranstaltung zugegen und seit dem letzten Band konzentrierte Eve sich auf sie.

Stets charmant, immer mit einem freundlichen Lächeln, den Blick liebevoll Chadbourne zugewandt. Chadbourne sah sie immer wieder warmherzig und respektvoll an, selbst mitten in –

Eve richtete sich plötzlich in ihrem Sessel auf.

Sie schaute sich den Film noch ein paar Minuten lang an, dann sprang sie auf, durchquerte den Raum und ließ das Band zurücklaufen, um es sich noch einmal von vorne anzusehen.

»Sie gibt ihm Zeichen«, sagte Eve rundweg, als sie zehn Minuten später zurück ins Labor ging. »Und zwar am laufenden Band. Wenn sie ihren Rock glatt streicht, reißt er einen Witz. Wenn sie die Hände auf dem Schoß verschränkt, antwortet er verneinend. Wenn sie den Kragen an ihrem Jackett richtet, sagt er ja. Ich weiß nicht, was die anderen Signale bedeuten, aber diese sind eindeutig. Wann immer er unsicher ist, gibt sie ihm das Stichwort.«

»Stimmt.«

»Sie haben es gewusst. Warum haben Sie mir nicht gesagt, ich sollte darauf achten?«

»Ich hoffte, Sie würden es selbst bemerken.«

»Sie kontrolliert ihn wie eine Marionette«, sagte Eve langsam.

Logan blickte sie eindringlich an. »Und glauben Sie wirklich, der Ben Chadbourne, der zum Präsidenten gewählt wurde, würde jemand anderen die Fäden ziehen lassen?«

Sie schwieg einen Moment lang. »Nein.«

»Dann ist also vernünftigerweise anzunehmen, dass der Mann nicht Ben Chadbourne ist?«

»Es ist nicht vernünftig, es ist verrückt.« Sie holte tief Luft. »Aber es könnte die Wahrheit sein.«

»Gott sei Dank.« Sein Seufzer der Erleichterung kam aus dem tiefsten Innern seiner Brust. Er ging auf die Tür zu. »Packen Sie den Schädel ein. Im Wandschrank ist ein lederner Koffer. Wir müssen von hier verschwinden.«

»Erst wenn wir miteinander geredet haben. Sie haben mir immer noch nicht alles gesagt, stimmt's?«

»Nein, wir werden uns später unterhalten. Ich weiß nicht, wie viel Zeit uns noch bleibt. Ich bin nur deswegen das Risiko eingegangen, so lange hier zu bleiben, weil ich Ihre Mitarbeit brauchte.«

»Wir haben Zeit. Herrgott noch mal, glauben Sie etwa, irgendjemand könnte diese elektronisch gesicherten Tore überwinden?«

»Vielleicht. Es könnte passieren«, sagte er grimmig. »Nichts ist unmöglich. Vergessen Sie nicht, welche Machtmittel das Präsidentenamt besitzt. Wenn man über genügend Einfluss verfügt, kann man fast alles vertuschen. Solange sie sich im Besitz des richtigen Schädels wähnen, werden sie langsam vorgehen und uns nach Belieben einen nach dem anderen aus dem Weg räumen. Aber sobald sie herausfinden, dass sie den falschen haben, werden sie annehmen, dass wir den richtigen haben. Dann werden sie zuschlagen. Und sie werden alles daransetzen, um den Schädel in ihre Hände zu bekommen und jeden Zeugen zu liquidieren.«

Eve wurde von Panik erfasst. Wenn sie glaubte, dass der Schädel auf dem Sockel Chadbourne gehörte, dann musste sie auch glauben, dass die Bedrohung so tödlich war, wie Logan sie darstellte.

Nach all den Lügen, die er ihr aufgetischt hatte, konnte sie ihm auf keinen Fall trauen, aber sie hatte Chadbournes Gesicht mit ihren eigenen Händen rekonstruiert. Wenn sie auf ihr Können und ihre Integrität vertraute, dann musste sie glauben, dass der Schädel Ben Chadbourne gehörte.

Sie trat an den Sockel. »Machen Sie alles bereit. Ich werde den Schädel verpacken.«

Chevy Chase

»Kenner wird zusammen mit sechs seiner Männer in zehn Minuten mit einem Hubschrauber hier eintreffen«, sagte Timwick zu Fiske, als er das Labor verließ. »Sie fliegen zum Barrett House.«

Fiske ballte die Fäuste. »Ich werde mich diesem Arsch nicht noch einmal unterordnen.«

»Sie brauchen sich niemandem unterzuordnen. Das ist jetzt Ihr Spiel. Kenner hat Anweisung, Ihnen zu assistieren und hinter Ihnen aufzuräumen.«

Das wurde auch allerhöchste Zeit. »Logan und Duncan?«

»Und alle anderen in dem Haus. Margaret Wilson und dieser Elektroniker sind heute Morgen zum Flughafen gefahren. Um die werden wir uns später kümmern. Die beiden sind ziemlich unwichtig, sonst hätte Logan sie nicht fortgelassen. Aber Price, Duncan und Logan halten sich immer noch im Haus auf. Die liquidieren Sie. Gehen Sie vor, wie es Ihnen beliebt. Es darf keiner überleben, der weiß, was die da in dem Haus getrieben haben.«

Das gefiel Fiske. Klar und sauber. Wen auch immer Timwick angerufen hatte, er besaß offenbar mehr Verstand als dieser. »Keine Zeugen?«

»Keine Zeugen.«

»Was zum Teufel machen Sie da?«, fragte Logan, als er mit einer Reisetasche in der Hand zurück ins Labor geeilt kam. »Sie sollten den Schädel doch einpacken.«

Eve richtete die Kameras noch einmal aus. »Ich mache noch ein paar Fotos von dem Kopf. Ich werde sie möglicherweise brauchen.«

»Machen Sie sie später.«

»Können Sie mir garantieren, dass wir die nötige technische Ausrüstung zur Verfügung haben werden?«

Er zögerte. »Nein.«

»Dann halten Sie die Klappe.« Sie machte zwei weitere Aufnahmen. »Ich mache so schnell ich kann.«

»Wir müssen von hier verschwinden, Eve.«

Sie machte drei Aufnahmen des linken Profils. »Das dürfte reichen. Wo sind die Fotos von Ben Chadbourne, von denen Sie sprachen?«

Er langte in seine Tasche und brachte einen braunen Umschlag zum Vorschein.

»Sind sie aktuell?«

»Keins davon ist älter als vier Jahre. Können wir jetzt gehen?«

Sie steckte den Umschlag in ihre Handtasche, packte den Schädel in den Lederkoffer neben dem Sockel und ließ die Schlösser zuschnappen. Sie deutete auf den kleinen metallenen Kasten neben den Kameras. »Stecken Sie das in Ihre Tasche. Ich brauche es vielleicht noch.«

»Was ist das?«

»Ein Mischpult. Kameras, einen Videorecorder und einen Bildschirm kann man überall auftreiben, aber bei einem so speziellen Mischpult ist das etwas anderes. Vielleicht finde ich keins –«

»Egal. Vergessen Sie, dass ich nachgefragt habe.« Er nahm das Mischpult und verstaute es in seiner Tasche. »Sonst noch was?«

Sie schüttelte den Kopf. »Sie nehmen Ben, ich nehme Mandy.«

»Mandy?«

»Sie haben Ihre Prioritäten, ich habe meine. Mandy ist mir ebenso wichtig wie Ihnen Ben Chadbourne.«

»Nehmen Sie mit, was Sie wollen, aber lassen Sie uns von hier verschwinden.«

Gil erwartete sie an der Haustür. »Tut mir Leid, ich habe nur eine Tasche für Sie gepackt, Eve. Mit meiner Schulter kann ich nicht mehr tragen.«

»Macht nichts.« Sie ging auf die Haustür zu. »Gehen wir.«

»Moment. Wir müssen noch – Scheiße.«

Sie hatte es auch gehört. Ein dumpfes Dröhnen, das immer lauter wurde. Ein Hubschrauber.

Logan trat ans Fenster. »Sie werden in wenigen Minuten landen.« Er rannte in die Küche.

Eve folgte ihm. »Wo ist Margaret? Wir müssen –«

»Sie ist vor über einer Stunde zusammen mit Mark losgefahren«, sagte Gil. »Sie müssten inzwischen am Flughafen sein. In drei Stunden werden sie in einem sicheren Haus in Sanibel, Florida, eintreffen.«

»Wo gehen wir hin? Sollten wir nicht versuchen, die Limousine zu erreichen?«

»Keine Zeit. Außerdem werden wir garantiert schon am Tor erwartet.« Logan öffnete die Tür zur Speisekammer. »Los, kommen Sie.« Er langte unter eins der unteren Regalbretter, öffnete eine Falltür und warf seine Tasche in die Dunkelheit. »Stellen Sie keine Fragen. Klettern Sie einfach die Leiter runter.«

Sie stieg die Leiter hinunter und fand sich in einer Art Keller mit einem Lehmboden. Logan folgte ihr. »Mach die Speisekammertür zu, Gil.«

»Schon passiert. Sie sind im Haus, John. Ich hab sie an der Haustür gehört.«

»Dann mach, dass du hier runterkommst, und schließ die Falltür«, befahl John.

»Geh aus dem Weg, ich werfe den Koffer runter.« Einen Augenblick später, als Gil die Falltür zuklappte und verriegelte, herrschte totale Dunkelheit.

Schritte auf dem Boden über ihnen.

Stimmen.

»Wo sind wir?«, flüsterte Eve. »In einem Keller?«

»Ja, in einem Keller mit einem Tunnel.« Logans Stimme war fast unhörbar, als er sich auf den Weg durch den Gang machte. »Sie haben mich mal gefragt, warum ich ausgerechnet dieses Haus gekauft habe. Es wurde vor dem Bürgerkrieg von Sklavereigegnern benutzt, um Sklaven aus den Südstaaten herauszuschmuggeln. Ich habe die Balken erneuern lassen. Der Tunnel führt eine halbe Meile weit nach Norden und dann unter der Mauer hindurch in den Wald. Bleiben Sie mir dicht auf den Fersen. Ich kann vorerst nicht riskieren, eine Taschenlampe zu benutzen.«

Er ging so schnell, dass Eve und Gil fast laufen mussten, um mit ihm Schritt zu halten.

Wahrscheinlich befanden sie sich bereits außerhalb des Hauses. Sie konnte keine Schritte mehr über sich hören, stellte sie mit Erleichterung fest.

Plötzlich erleuchtete Logans kleine Taschenlampe die Dunkelheit vor ihnen. »Laufen Sie. Sie durchsuchen das Haus und es wird nicht lange dauern, bis sie die Falltür entdecken.«

Sie rannte ja schon, verdammt.

Sie keuchte vor Anstrengung.

Hinter sich hörte sie Gil leise fluchen.

Er war verletzt. Wie lange würde er das Tempo durchhalten können?

Vor ihnen öffnete Logan eine Tür. Gott sei Dank.

Die Leiter hinauf.

Tageslicht.

Dichtes Gebüsch verdeckte die Tür, aber das Licht drang durch das Laub.

Frische Luft.

Draußen.

»Schnell«, sagte Logan. »Es ist nicht mehr weit ...«

Sie folgten Logan an dem Gebüsch vorbei und tiefer in den Wald. Hinter ein paar Sträuchern stand ein Auto, ein alter blauer Ford, von dem schon die Farbe abblätterte.

»Steigen Sie hinten ein.«

Logan stellte den Koffer mit Chadbourne vor den Beifahrersitz und stieg auf der Fahrerseite ein.

Eve ließ sich neben Gil auf den Rücksitz sinken und stellte Mandy vor sich auf dem Boden ab. Sie hatte die Tür noch nicht richtig geschlossen, als Logan den Motor anließ und über das holprige Gelände losfuhr. Gott, was würde passieren, wenn ein Reifen platzte? »Wo fahren wir hin?«

»In drei Meilen Entfernung liegt eine kleine Landstraße. Wenn wir die erreichen, machen wir einen Bogen um den Wald und fahren auf die Autobahn.« Der Wagen fuhr wieder durch ein Schlagloch. »So müssten wir ein bisschen Zeit gewinnen. Wahrscheinlich versuchen sie, uns per Hubschrauber ausfindig zu machen, aber selbst wenn sie diesen Wagen entdecken, die Nummernschilder lassen keine Rückschlüsse auf mich zu.«

Falls sie die Straße je erreichten, dachte Eve, während sie über das unebene Gelände holperten.

»Keine Angst«, sagte Gil. »Ich habe die Kiste mit neuen Reifen und einem neuen Motor ausstatten lassen. Sie ist nicht so klapprig, wie sie aussieht.«

»Wie geht's Ihrer Schulter?«, fragte sie.

»Ganz gut.« Er lächelte verschmitzt. »Aber es würde mir noch viel besser gehen, wenn John nicht schon wieder am Steuer säße.«

»Niemand im Tunnel.« Kenner kletterte die Leiter hoch in die Speisekammer. »Er führt in den Wald. Ich habe zwei Männer losgeschickt, um die Lage zu erkunden.«

»Wenn Logan einen Fluchtweg vorbereitet hat, hat er auch einen Fluchtwagen bereitgestellt.« Fiske trat aus der Speisekammer. »Ich werde die Gegend mit dem Hubschrauber absuchen. Bleiben Sie hier und brennen Sie die Bude ab. Nichts verwischt Spuren besser als Feuer.«

Kenner zuckte die Achseln. »In Ordnung. Ich werde einen Sprengsatz legen.«

Dieser Idiot. Zum Glück hatte Fiske jetzt das Sagen. »Kein Sprengsatz. Das ist nicht sauber. Legen Sie Feuer. Kein Benzin. Lassen Sie es so aussehen, als wäre ein Kabel durchgebrannt.«

»Das wird Zeit kosten.«

»Saubere Arbeit ist die Zeit wert.« Er machte sich auf den Weg zum Hubschrauber. »Erledigen Sie das.«

Er war bereits zehn Minuten in der Luft, als er sein Handy einschaltete und Timwicks Nummer wählte. »Im Haus war niemand. Wir suchen die Gegend ab, bisher vergeblich.«

»Dieser Hurensohn.«

»Wir finden ihn vielleicht noch. Wenn nicht, werde ich eine Liste der Orte brauchen, die Logan aufsuchen könnte.«

»Kriegen Sie.«

»Ich habe Befehl gegeben, das Haus abbrennen zu lassen, um alle Spuren zu beseitigen.«

»Gut. Das hätte ich sowieso angeordnet. Es ist Teil des Ausweichplans, der mir gegeben wurde.« Timwick überlegte. »Noch etwas. Man muss eine Leiche in den Ruinen finden.«

»Was?«

»Eine männliche Leiche, die bis zur Unkenntlichkeit verbrannt ist.«

»Wer?«

»Irgendjemand. Hauptsache, die Größe entspricht ungefähr der von Logan. Melden Sie sich bei mir, wenn die Sache erledigt ist.«

Fiske schaltete sein Handy aus und legte es weg. Zum ersten Mal hatte Timwick durchblicken lassen, dass er Befehle entgegennahm und sich nicht nur mit seinen Leuten beriet. Interessant, dass sie es so aussehen lassen wollten, als sei Logan tot. Er fragte sich bloß, was –

Plötzlich grinste er und wandte sich an den Piloten. »Sofort zurück zum Haus.«

Der Gedanke an Timwicks Worte ließ Adrenalin und Lust durch seine Adern pulsieren.

Irgendjemand. Hauptsache, die Größe stimmt ungefähr mit Logans überein.

Kenner.

»Wir fahren Richtung Süden«, stellte Eve fest. »Heißt das, Sie bringen mich zurück nach Atlanta?«

»Nein. Wir fahren nach North Carolina, in ein Haus an der Küste.« Logan warf einen Blick über die Schulter. »Wenn Sie mal darüber nachdenken, werden Sie einsehen, dass Sie Ihre Mutter in Gefahr bringen würden, wenn Sie nach Hause zurückkehrten.«

Das wollte sie natürlich nicht. Sie war in einen Strudel aus Lügen und Tod geraten und sie musste ihre Mutter da heraushalten. »Und was genau machen wir in North Carolina?«

»Wir brauchen einen Stützpunkt«, sagte Gil. »Das Haus in North Carolina liegt direkt am Strand, mitten in einem Touristengebiet. Unsere Nachbarn werden lauter Urlauber sein, die sich nicht über neue Leute im Haus wundern.«

»Sie haben das ja alles bis ins Kleinste durchgeplant«, sagte Eve irritiert. »Waren Sie sich so sicher, dass es Chadbourne ist?«

»Ziemlich sicher. Aber Ihnen ist doch klar, dass ich meine Pläne auf dieser Annahme basierend machen musste.«

»Im Moment ist mir überhaupt nichts klar, außer dass Sie mich auf skrupellose Weise benutzt haben. Sie haben mich absichtlich in eine Falle gelockt, so dass mir keine andere Wahl blieb, als Chadbournes Tod festzustellen.«

»Ja.« Logan begegnete ihrem Blick im Rückspiegel. »Absichtlich.«

Sie schaute aus dem Fenster und beobachtete den fließenden Verkehr. »Bastard.«

»Genau.«

202

»Kannst du mir einen von meinen Country-Sendern einstellen, John?«, bat Gil. »Ich brauch ein bisschen Trost. Ich bin ein kranker Mann und dieser ganze Stress bekommt mir nicht.«

»Du spinnst wohl«, sagte Logan.

Eve wandte sich an Gil. »Sie sind doch nicht etwa ein guter alter Country-Musiker, der auf Chauffeur umgesattelt hat?«

»Klar bin ich das.« Er zuckte die Achseln. »Aber ich hatte auch ein Gastspiel beim Secret Service unter der letzten Regierung und dann noch ein halbes Jahr lang unter der Regierung Chadbourne. Aber Timwicks System ging mir reichlich gegen den Strich und ich wollte nur noch so weit weg von Washington wie möglich. Ich dachte, ein netter, friedlicher Job am Seventeen Mile Drive wäre genau das Richtige.« Er verzog das Gesicht. »Es lief nicht so, wie ich mir das vorgestellt hatte, aber man könnte sagen, dass meine Kontakte zu verschiedenen Stellen meinen Wert für John erhöht haben.«

»Und Margaret?«

»Sie ist genau das, was sie zu sein scheint. Ein erstklassiger Feldwebel der Geschäftswelt.«

»Sie weiß nichts von Chadbourne?«

Logan schüttelte den Kopf. »Ich habe ihr so wenig Informationen wie möglich gegeben. Sie weiß noch nicht einmal etwas von dem Strandhaus. Darum habe ich mich persönlich gekümmert.«

»Wie rücksichtsvoll.«

»Ich bin nicht durch und durch niederträchtig«, sagte er schroff. »Ich möchte niemanden unnötig in Gefahr bringen.«

»Aber bei mir war es offenbar nötig. Wer hat Sie zum Gott gemacht, Logan?«

»Ich habe getan, was ich tun musste.«

»Für Ihre verdammte Politik.«

»Nein, es geht um mehr. Der Mann im Weißen Haus mag sich vielleicht für Ben Chadbourne ausgeben, aber er besitzt weder Chadbournes ethische Grundsätze noch dessen Ausbildung. Ich will nicht, dass dieser Mann die Möglichkeit hat, auf einen Knopf zu drücken, der den dritten Weltkrieg auslösen könnte.«

»Sie sind also kein politischer Opportunist, sondern ein Patriot?«

»Patriot? Unsinn! Ich will einfach meine Haut retten.«

»Also, das kann ich verstehen.«

»Sie brauchen mich nicht zu verstehen. Sie brauchen nur zu glauben, dass wir auf derselben Seite stehen.«

»O ja, wir stehen auf derselben Seite. Dafür haben Sie gesorgt. Sie haben mich mitten in diesen Schlamassel reingezogen.« Sie lehnte sich zurück und schloss die Augen. »Und wissen Sie, wer dieser Mann im Weißen Haus ist?«

»Wir glauben, dass es Kevin Detwil ist. Er ist einer von den drei Doubles, die während des ersten Amtsjahres von Chadbourne eingesetzt wurden«, erklärte Gil. »Detwil wurde nur zweimal bei kurzen öffentlichen Auftritten eingesetzt, dann gab er den Job auf. Er sagte, er müsste wegen wichtiger persönlicher Angelegenheiten zurück nach Indiana gehen, aber in Wirklichkeit ist er nach Südamerika geflogen und hat sich weiteren chirurgischen Eingriffen an seinem Gesicht unterzogen.«

»Weiteren chirurgischen Eingriffen?«

»Er hatte sich schon in Washington einige Male operieren lassen, bevor er den Job bekam. Als er in das Komplott einbezogen wurde, musste er genauso aussehen wie Chadbourne. Alles musste übereinstimmen, bis hin zu den Narben am unteren Rücken. Er musste sich die Gesten, die Stimmlage und den Tonfall und so weiter noch genauer aneignen. Außerdem musste er in Politik und in Verfahrensfragen unterwiesen werden und über das alltägliche Leben im Weißen Haus. Lisa Chadbourne hätte ihm natürlich helfen können, aber sie konnten ihn nicht einfach ins kalte Wasser springen lassen.«

»Ich nehme an, das sind alles Vermutungen.«

Gil zuckte die Achseln. »Die anderen beiden Doubles sind gesund und munter und treten hin und wieder in der Öffentlichkeit auf. Detwil ist nie in Indiana angekommen. Es ist mir allerdings gelungen, seine Spur bis zu einer Privatklinik in Brasilia und zu einem gewissen Dr. Hernandez zu verfolgen, der dafür bekannt war, dass er Betrügern, Mördern und Terroristen zu neuen Gesichtern verhilft. Detwil wurde unter dem Namen Herbert Schwartz in die Klinik aufgenommen. Kurz nachdem Mr Schwartz entlassen wurde, stürzte der unglückliche Dr. Hernandez von der Terrasse seiner Penthauswohnung.«

»Kevin Detwil«, wiederholte Eve langsam. »Er muss ziemlich krank im Kopf sein, um so etwas zu tun. Aber die Regierung muss eine Akte über ihn angelegt haben. Hat es eine Sicherheitsüberprüfung gegeben?«

»Selbstverständlich. Aber es gibt nicht viele Männer auf der Welt, die man für den Präsidenten ausgeben kann, die Auswahl ist also sehr eingeschränkt. Die Sicherheitsüberprüfung bezieht sich in diesen Fällen hauptsächlich auf die Frage, ob der Betreffende die nötige Verschwiegenheit besitzt und keine Gefahr besteht, dass er die Behörden in Verlegenheit bringt, indem er irgendwas ausplaudert. Aus Detwils Akte geht hervor«, fügte Gil hinzu, »dass er ein ruhiges, normales, durchschnittlich intelligentes Kind war, das zu einem ziemlich langweiligen, durchschnittlichen Mann heranwuchs. Er ist unverheiratet, wurde von seiner Mutter allein großgezogen und lebte mit ihr zusammen, bis sie vor fünf Jahren starb.«

»Was ist mit seinem Vater?«

»Ist abgehauen, als Detwil noch klein war. Offenbar stand er ziemlich unter dem Pantoffel seiner Mutter.«

»Was Lisa Chadbourne gerade recht kam«, sagte Logan. »Ein Mann mit einer solchen Vergangenheit lässt sich von jeder dominanten Frau zurechtbiegen.«

»Aber passt es zu ihm, so eine Herausforderung anzunehmen? Sie sagten doch, er sei langweilig und durchschnittlich.«

»Sie haben doch die Bänder gesehen. Er genießt es. Er strahlt«, sagte Logan. »Stellen Sie sich vor, Sie wären Ihr Leben lang ein Mauerblümchen gewesen. Dann werden Sie plötzlich zur mächtigsten Frau der Welt. Jeder tanzt nach Ihrer Pfeife, jeder hört auf das, was Sie sagen. Er ist eine männliche Cinderella und Lisa Chadbourne hat ihm den gläsernen Schuh gereicht.«

»Mit einem Gängelband«, bemerkte Eve.

»Wahrscheinlich ist ihm das nur recht. Er ist es gewöhnt, gegängelt zu werden. Manche Männer fühlen sich dann erst richtig sicher.«

»Ich nehme also an, er ist kein Risiko für sie.«

»Möglich, dass er hin und wieder nervös wird, aber nicht, wenn sie in seiner Nähe ist und ihn nicht aus den Augen lässt. Sie hat sich wahrscheinlich zum wichtigsten Menschen in seinem Leben gemacht.«

»Wichtig genug, dass er Chadbourne für sie ermordet haben könnte?«

Logan zuckte die Achseln. »Ich nehme nicht an, dass sie riskieren würde, ihn an dem eigentlichen Verbrechen zu beteiligen. Dazu fehlt es ihm an Rückgrat.«

»Wenn sie ihn ermordet hat. Sie haben keinen Beweis, dass er ermordet wurde.«

»Ich hatte gehofft, dass Sie uns dazu verhelfen würden.«

Sie hatte geahnt, dass er das von ihr verlangen würde, aber vorerst würde sie sich auf nichts einlassen. Sie brauchte Zeit, um zu verdauen, was sie erfahren hatte, und zu entscheiden, ob es die Wahrheit sein konnte. »Das hätten Sie wohl gern.«

»Es bleibt Ihnen keine Wahl.«

»Blödsinn.«

»Tja, auf jeden Fall keine anständige Alternative.«

»Erzählen Sie mir nichts von Anstand.«

»Ich schätze, es wird Zeit, dass wir das Radio einschalten«, murmelte Logan. »Machen Sie doch ein Nickerchen. Ich wecke Sie, wenn wir in North Carolina sind.«

Er schaltete das Radio ein und die Klänge von Griegs *Peer Gynt Suite* erfüllten den Wagen.

»O mein Gott.« Gil drückte sich in die Ecke. »Eve, sagen Sie ihm, er soll das abschalten und mich verschonen. Ich glaube, ich habe einen Rückfall.«

»Sorgen Sie selbst für Ihr Wohlergehen.« Die Musik beruhigte ihre geschundenen Nerven. »Sie haben sich bisher auch nicht besonders um meine Bedürfnisse gekümmert. Jedenfalls nicht, wenn sie dem im Weg standen, was Logan von mir wollte.«

»Auweia.« Gil verzog das Gesicht. »Verzeihen Sie. Ich gewöhne mich schon an die klassische Musik. Bis wir am Strandhaus sind, wird mir der alte Grieg wahrscheinlich lieber sein als Reba McIntyre.«

Kapitel 12

»Sind Sie sicher, dass es erledigt ist, James?«, wollte Lisa Chadbourne von Timwick wissen. »Es hat lange genug gedauert, Herrgott noch mal. Ich kann mir keine weiteren Fehler mehr leisten.«

»Barrett House steht in Flammen. Es hat nur so lange gedauert, weil sichergestellt werden musste, dass es so aussieht, als wäre das Feuer durch einen Kabelbrand entstanden.«

»Und Sie haben Leute losgeschickt, um die Leiche zu bergen? Ich will nicht, dass die Notärzte der Feuerwehr zuerst da sind.«

»Ich bin kein Idiot, Lisa. Sie holen ihn da raus und bringen ihn nach Bethesda.«

Er klang entnervt. Offenbar war sie zu herrisch aufgetreten. Mit allen anderen lief es problemlos, aber mit Timwick klarzukommen wurde immer schwieriger. In der Öffentlichkeit benahm er sich angemessen respektvoll und unterwürfig, aber auf privater Ebene ließ er sie nie vergessen, dass sie Partner waren. »Tut mir Leid«, sagte sie etwas versöhnlicher. »Ich weiß, dass Sie tun, was Sie können. Ich bin einfach ein bisschen nervös. Ich fühle mich so hilflos.«

»Wie eine Königskobra.«

Sie war leicht schockiert. Zum ersten Mal wurde Timwick

ihr gegenüber sarkastisch. Kein gutes Zeichen. Ihr war nicht entgangen, wie angespannt er in letzter Zeit war und wie er es zunehmend an ihr ausließ. »Habe ich das verdient, James? Wir waren uns einig, dass es getan werden musste, und ich bin immer offen und ehrlich zu Ihnen gewesen.«

Stille. »Ich hatte nicht damit gerechnet, dass so etwas passieren würde. Sie hatten mir versichert, alles würde glatt laufen.«

Bloß nicht aufregen. Den Gesamtplan im Auge behalten. Sie brauchte Timwick. Er hatte seine Aufgabe und sie hatte ihre. Sie ließ sich ihren Ärger nicht anmerken. »Ich tue mein Bestes.« Dann sagte sie freundlich: »Darf ich Sie daran erinnern, dass Sie es waren, der in dem Beerdigungsinstitut nicht lange genug gewartet hat. Wir hätten nie ein Problem gehabt, wenn Sie sich vergewissert hätten, dass Donnelli seine Arbeit vollständig erledigt hatte.«

»Ich habe dagesessen und zugesehen, wie er verbrannte. Ich dachte, ich könnte beruhigt gehen. Woher sollte ich wissen, dass es so verdammt lange dauert, eine Leiche zu verbrennen?«

Sie hätte es gewusst. Sie hätte sich informiert und alles Nötige in Erfahrung gebracht. Dummerweise hatte sie sich darauf verlassen, dass Timwick genauso vorgehen würde. »Ich weiß. Es ist nicht Ihre Schuld. Aber jetzt müssen wir damit klarkommen ... und mit Logan. Sie haben keine Spur von dem Schädel gefunden?«

»Es gab Anzeichen dafür, dass diese Duncan dort gearbeitet hat, aber der Schädel war nicht da. Wenn sie so gut ist wie ihr Ruf, müssen wir davon ausgehen, dass sie ihre Arbeit zu Ende geführt hat.«

Lisa spürte, wie sich ihr Magen zusammenzog. »Das ist nicht so tragisch. Ihr Ergebnis beweist fast nichts. Wir müssen einfach dafür sorgen, dass wir sie in den Medien in Misskredit bringen, bevor sie weitere Beweise in die Hände bekommen. Heute haben wir den ersten Schritt gemacht. Sorgen Sie dafür, dass sie gefunden werden und kein weiterer Schaden entsteht.«

»Ich weiß, was ich zu tun habe. Sehen Sie zu, dass Sie Detwil bei der Stange halten. Er war mir bei der letzten Pressekonferenz ein bisschen zu ungestüm.«

Sie hatte Kevin perfekt in der Hand. Timwick hatte diese Bemerkung nur gemacht, um ihr die Kritik an seiner Vorgehensweise bei Donnelli heimzuzahlen. »Wirklich? Ich werde darauf achten. Sie wissen ja, dass ich mich auf Ihr Urteil verlasse.« Sie schwieg einen Moment. »Was ist mit dieser Duncan? Bisher haben wir uns hauptsächlich auf Logan konzentriert. Womöglich stellt sie ein ebenso großes Problem dar.«

»Ich behalte sie im Auge, aber Logan ist der Drahtzieher. Er bestimmt, wo es langgeht.«

»Wie Sie meinen. Aber könnten Sie mir einen ausführlichen Bericht über die Duncan beschaffen?«

»Mein Bericht ist umfassend. Was wollen Sie denn noch über sie wissen?«

»Mehr über ihren beruflichen Werdegang. Sie werden versuchen, einen DNA-Vergleich zu machen. Sie hat garantiert die nötigen Kontakte.«

»Übermorgen werden sie wissen, wie gefährlich es ist aufzutauchen. Mit ein bisschen Glück erwischen wir sie, bevor sie weitere Schritte unternehmen können.«

»Es wäre ziemlich dumm, wenn wir uns nur auf das Glück verließen, meinen Sie nicht?«

»Herrgott noch mal, wieviel DNA soll denn da noch übrig sein, nachdem die Leiche verbrannt worden ist?«

»Ich habe keine Ahnung, aber wir können das Risiko nicht eingehen.«

»Und, wie ich schon sagte, Logan ist der führende Kopf. Sie können nicht einfach mit diesem Schädel in irgendein DNA-Labor marschieren. Wir wissen, an wen sie sich wenden werden. Ich lasse Ralph Crawford an der Duke University bereits überwachen. Wenn wir sie nicht vorher erwischen, laufen sie uns direkt in unsere –«

»Bitte, James«, sagte sie sanft.

»Okay.« Seine Stimme klang gereizt. »Ich kümmere mich darum.«

»Gut. Und geben Sie mir Bescheid, sobald die Leiche in Bethesda eingetroffen ist.« Sie legte den Hörer auf, erhob sich und ging in Richtung Schlafzimmer.

Logan hat das Sagen.

Da war sie sich nicht so sicher. Ihre Akte über Eve Duncan beschrieb eine willensstarke, intelligente Frau, die sich keinem Mann unterordnen würde. Wer sollte besser als Lisa wissen, wie eine starke Frau Situationen nach ihren Vorstellungen zu gestalten wusste? Timwick unterschätzte wie üblich seine Gegner. Sie würde Eve Duncan selbst im Auge behalten müssen.

»Lisa?«

Kevin stand in der Badezimmertür. Er trug Bens roten Bademantel mit Paisleymuster, eins der wenigen Kleidungsstücke von Ben, die Kevin mochte. Lisa musste dauernd seine Vorliebe für leuchtende Farben bremsen. Ben hatte sich fast ausschließlich in Marineblau oder Schwarz gekleidet.

Kevin runzelte die Stirn. »Stimmt was nicht?«

Sie rang sich ein Lächeln ab. »Ein kleines Problem mit Timwick.«

»Kann ich irgendwas tun?«

»Diesmal nicht. Überlass das lieber mir.« Sie trat auf ihn zu und umschlang seinen Hals. Er duftete nach dem Zitronen-Parfüm, das speziell für Ben kreiert worden war. Duftnoten waren wichtig. Selbst wenn man sie nur unbewusst wahrnahm, erinnerten sie einen an eine bestimmte Person. Manchmal, wenn sie mitten in der Nacht aufwachte, kam es ihr vor, als würde Ben neben ihr liegen. »Du warst wunderbar heute bei der AARD-Versammlung«, flüsterte sie ihm ins Ohr. »Die Leute haben dir aus der Hand gefressen.«

»Wirklich?«, fragte er begierig. »Ich fand auch, dass ich das ziemlich gut gemacht habe.«

»Hervorragend. Besser als Ben es je hätte machen können.« Sie küsste ihn zärtlich. »Du machst deine Sache so gut. Wir könnten uns mitten in einem Krieg befinden, wenn du nicht an seine Stelle getreten wärest.«

»War er so unberechenbar?«

Sie hatte Kevin schon hundertmal eingehämmert, wie unberechenbar Ben gewesen war, aber er wollte es immer wieder bestätigt haben. Schuldgefühle? Nein, ihm gefiel einfach die Vorstellung, dass er die Welt rettete. Für einen intelligenten Mann konnte Kevin unglaublich eitel und naiv sein. »Glaubst du wirklich, ich hätte das alles getan, wenn ich mich nicht vor dem gefürchtet hätte, was er hätte anrichten können?«

Er schüttelte den Kopf.

»Und du bist einfach phantastisch. Ich glaube, dass wir die Gesundheitsreform in diesem Jahr durchbekommen. Habe ich dir schon mal gesagt, wie stolz ich auf dich bin?«

»Ohne dich würde ich das nie schaffen.«

»Ich habe dir vielleicht am Anfang geholfen, aber du übertriffst alles, was –« Sie warf den Kopf in den Nacken und grinste ihn spitzbübisch an. »Mein Gott, du hast ja einen Riesenständer. Ich muss mir merken, wie Lob sich auf dich auswirkt. So bleibe ich eine glückliche und zufriedene Frau.« Sie trat einen Schritt zurück und ließ ihren Morgenmantel fallen. »Komm mit ins Bett, dann zeige ich dir, wie gut du heute mit dem japanischen Botschafter umgegangen bist.«

Er lachte in sich hinein und ging auf sie zu, glücklich wie ein Teenager vor lauter Vorfreude auf das, was ihn erwartete. Mit einem herausfordernden Lächeln schlüpfte sie unter die Decke.

Ben und sie hatten in einem gemeinsamen Bett geschlafen, und Kevin von Anfang an mit ins Bett zu nehmen, war ein wichtiger Teil des Plans gewesen. Anfangs war er zurückhaltend gewesen, regelrecht schüchtern, und sie hatte ihre ganze Verführungskunst ins Spiel bringen müssen, ohne allzu aggressiv zu wirken. Sie hätte andere Möglichkeiten finden können, ihn in der Hand zu behalten, aber so war es am besten. Es war ihre Aufgabe, dafür zu sorgen, dass Kevin unter Kontrolle blieb.

Und Sex eignete sich dazu am besten.

Dieses arrogante Miststück.

Timwick lehnte sich auf seinem Stuhl zurück und rieb sich die Augen. Das konnte Lisa so passen, ihn herumzukommandieren und sich dann ins Bett zu legen und ihn die Drecksarbeit erledigen zu lassen. Sie residierte im Weißen Haus wie eine Königin, während er in diesem schäbigen Büro hockte und sich den Arsch aufriss. Sie wollte Resultate, aber sie wollte sich nicht die Hände schmutzig machen, und sie sah nur, was sie sehen wollte. Er war derjenige, der dafür sorgte, dass alles glatt lief und nicht in einer Katastrophe endete. Wo wäre sie denn heute, wenn er die Sache nicht in die Hand genommen hätte?

Eve Duncan. Sie war Logans Werkzeug, mehr nicht. Es war idiotisch, sie so wichtig zu nehmen. Wenn Lisa nicht so eine verbohrte Feministin wäre, würde sie einsehen, dass Logan die größte Bedrohung darstellte.

Gott, er schien von Bedrohungen nur so umgeben zu sein.

Seine Hände umklammerten die Stuhllehnen. Immer mit der Ruhe. Er tat alles, was er konnte, um die Situation zu retten. Er *würde* sie retten. Für ihn stand viel zu viel auf dem Spiel, als dass er jetzt aussteigen konnte. Wenn er durchhielt, würde er am Ende alles haben, was er wollte.

Er griff nach dem Telefon. Er würde tun, was sie von ihm verlangte – vorerst. Er brauchte sie, damit das Spiel nicht aufflog, und er brauchte sie, um Detwil für eine zweite Amtszeit ins Weiße Haus zu bringen. Danach würde er die Kontrolle übernehmen. Sollte Lisa ruhig annehmen, sie hätte die Karten in der Hand.

Er würde ihr so viele Informationen über Eve Duncan geben, dass sie daran erstickte.

»Aufwachen, wir sind da.«

Als Eve die Augen öffnete, sah sie, wie Logan ausstieg.

Sie gähnte. »Wie spät ist es?«

»Nach Mitternacht.« Gil griff nach der Tür. »Sie haben fast während der ganzen Fahrt geschlafen.«

Sie konnte kaum glauben, dass sie eingeschlafen war. Ihre Nerven waren zum Zerreißen gespannt gewesen.

»Sie haben ein paar anstrengende Tage hinter sich«, beantwortete Gil die unausgesprochene Frage. »Ich habe auch ein bisschen gedöst. Aber ich freue mich, wenn ich mich endlich ausstrecken kann.«

Sie war so steif, dass sie sich an der Tür festhalten musste, als sie aus dem Wagen stieg. Sie sah, wie Logan die Stufen zum Haus hinaufging und die Haustür aufschloss. Er trug den Lederkoffer mit Chadbournes Kopf. Bei Logan konnte man sich darauf verlassen, dass er seine Prioritäten kannte, dachte sie.

»Fertig?«, fragte Gil und nahm ihren Koffer.

»Den nehme ich.«

»Ich schaffe das schon. Nehmen Sie Mandy.« Er folgte Logan bereits die Stufen hinauf.

Sie wollte nicht hineingehen. Die Luft war kühl und feucht und das Rauschen des Meeres am Strand kam ihr wie ein Segen vor. Sie war schon lange nicht mehr an der Küste gewesen. Joe war mit ihr auf die Cumberland-Insel gefahren, nachdem sie das Schlimmste überstanden hatte, aber sie konnte sich nicht mehr erinnern, wie es auf der Insel ausgesehen hatte. Sie wusste nur noch, wie Joe sie in den Armen gehalten hatte, wie er mit ihr geredet hatte, wie er die Nacht von ihr ferngehalten hatte.

Joe. Sie musste Joe anrufen. Sie hatte nicht mehr mit ihm gesprochen seit der Nacht, bevor sie in das Maisfeld gefahren waren. Sie hatte absichtlich vermieden, ihn anzurufen und ihn noch tiefer in diesen Morast hineinzuziehen. Aber wenn sie sich nicht bald bei ihm meldete, würde er das Barrett House mit einem Einsatzkommando stürmen.

Der Wind frischte auf und peitschte die Wellen, bis sich kleine weiße Schaumkronen bildeten.

Bonnie hatte das Meer geliebt. Eve und Sandra waren ein paar Mal mit ihr nach Pensacola gefahren und sie war am Strand auf und ab gelaufen, hatte gelacht und unaufhörlich geplappert und nach Muscheln gesucht.

Eve warf die Wagentür heftig zu und ging auf den Pier hinaus.

»Eve.«

Sie reagierte nicht auf Logans Ruf. Sie wollte nicht in das Haus gehen. In diesem Augenblick wollte sie nichts und niemanden sehen. Sie brauchte Zeit für sich.

Sie zog ihre Sandalen aus, setzte sich auf den Rand des niedrigen Piers und ließ die Füße baumeln. Das Wasser fühlte sich kühl und seidig an.

Sie lehnte ihren Kopf gegen den Pfosten und lauschte dem Rauschen des Meeres.

Und dachte an Bonnie ...

»Willst du sie nicht holen?«, fragte Gil. »Sie ist schon seit fast einer Stunde da draußen, John.«

»Gleich.« Sie wirkte so einsam. »Ich glaube nicht, dass sie Gesellschaft wünscht.«

»Sie soll nicht zu viel nachdenken. Nachdenken ist gefährlich. Sie ist jetzt schon sauer.«

»Verdammt, ich hab es satt, sie zu drängen. Gönnen wir ihr ein bisschen Frieden.«

»Ich wage zu bezweifeln, dass sie sich in eine Richtung drängen lässt, in die sie nicht gehen will.«

»Aber man kann ihr jeden anderen Weg versperren, so dass sie gezwungen ist, dem einzigen zu folgen, der übrig bleibt.« Logan hatte diese Strategie von Anfang an bei ihr verfolgt. Und er verfolgte sie auch jetzt.

Sollte er aufgeben, bloß weil er ein paar kleine Gewissensbisse hatte?

Wohl kaum.

Also musste er ihr Vertrauen wiedergewinnen und sie erneut benutzen. »Ich werde zu ihr gehen.« Er stieg die Verandastufen hinunter und schritt über den Sand auf den Pier zu.

Sie wandte sich nicht um, als er sich ihr näherte. »Gehen Sie, Logan.«

»Es wird Zeit, dass Sie reinkommen. Es wird allmählich kühl.«

»Ich komme, wenn ich so weit bin.«

Er zögerte, dann setzte er sich neben sie. »Ich warte auf Sie.« Er zog seine Schuhe und Socken aus und ließ die Füße ins Wasser baumeln.

»Ich will Sie hier nicht haben.«

»Wissen Sie, so was habe ich nicht mehr gemacht, seit ich in Japan war.« Er ließ den Blick über das Meer schweifen. »Der Tag ist einfach nicht lang genug, um sich auszuruhen und zu entspannen.«

»Versuchen Sie etwa, sich bei mir einzuschmeicheln, Logan?«

»Vielleicht.«

»Nun, es funktioniert nicht.«

»Nicht? Schade. Dann sollte ich wohl lieber einfach hier sitzen und mich entspannen.«

Schweigen.

»Woran denken Sie?«, fragte er.

»Nicht an Chadbourne.«

»Ihre Tochter?«

Sie zuckte zusammen. »Versuchen Sie nicht, über Bonnie an mich ranzukommen, Logan. Es wird Ihnen nicht gelingen.«

»Ich bin nur neugierig. Wahrscheinlich begreife ich nicht, warum Sie so wild darauf sind, Schädel zu identifizieren. Oh, ich weiß, dass Ihre Tochter nie gefunden wurde, aber Sie können doch nicht erwarten –«

»Ich möchte nicht darüber reden.«

»Ich habe Sie bei der Arbeit an Mandy und an Chadbourne beobachtet. Dabei ist fast eine Art ... Zärtlichkeit zu spüren.«

»Dann bin ich halt ein bisschen verrückt. Jeder hat den einen oder anderen Tick«, sagte sie gereizt. »Ich versichere Ihnen, ich nehme nicht an, dass ihre Seelen in diesen Knochen stecken.«

»Glauben Sie an eine unsterbliche Seele?«

»Manchmal.«

»Nur manchmal?«

»Okay, meistens.«

Er schwieg.

»Als Bonnie geboren wurde, war sie nicht wie ich oder meine Mutter. Sie war einfach ... sie selbst. Vollständig ... und wunderbar. Wie kann so etwas sein, wenn man nicht mit einer Seele geboren wird?«

»Und diese Seele ist unsterblich?«

»Woher soll ich das wissen? Ich ... glaube schon. Ich hoffe es.«

»Warum bemühen Sie sich dann so leidenschaftlich darum, diese Knochen zu ihren Familien zurückzubringen? Es dürfte doch keine Rolle spielen.«

»Für mich spielt es eine Rolle.«

»Warum?«

»Das Leben ist wichtig. Das Leben sollte mit Respekt behandelt, nicht wie Abfall weggeworfen werden. Jeder sollte ein ... Zuhause haben. Ich hatte als Kind nie ein richtiges Zuhause. Wir sind von einer Wohnung in die nächste gezogen. Von Motel zu Motel. Meine Mutter war ... Es war nicht ihre Schuld. Aber jeder sollte einen Platz haben, einen Platz, wo er hingehört. Ich habe versucht, Bonnie ein Zuhause zu geben, das beste Zuhause, das ich ihr bieten konnte, wo ich sie lieben und umsorgen konnte. Nachdem Fraser sie ermordet hatte, wurde ich von Alpträumen geplagt, in denen sie irgendwo im Wald lag, wo die Tiere sie –« Sie schwieg einen Moment, und als sie weitersprach, zitterte ihre Stimme. »Ich wollte sie zu Hause haben, wo ich mich um sie kümmern konnte, wie ich es immer getan hatte. Er hatte ihr das Leben genommen und ich wollte nicht, dass er uns diesen letzten Rest von Fürsorge auch noch nahm.«

»Verstehe.« Gott, er erfuhr mehr, als er wissen wollte. »Haben Sie immer noch Alpträume?«

Sie schwieg wieder, dann sagte sie: »Nein, keine Alpträume.« Sie schwang ihre Beine aus dem Wasser und auf den

Pier. »Ich gehe jetzt hinein.« Sie nahm ihre Sandalen und stand auf. »Falls Ihre Neugier befriedigt ist, Logan.«

»Nicht ganz. Aber Sie werden mir offenbar nicht mehr anvertrauen.«

»Das sehen Sie ganz richtig.« Sie blickte auf ihn hinab. »Und bilden Sie sich nicht ein, Sie hätten mich mit diesem vertraulichen kleinen Plausch eingewickelt. Ich habe Ihnen nichts erzählt, was ich nicht jedem anderen auch erzählen würde. Joe und ich sind zu dem Schluss gekommen, dass es das Beste für mich ist, über Bonnie zu sprechen.«

»Wir müssen uns über Chadbourne unterhalten.«

»Nein, müssen wir nicht. Nicht heute Abend.«

Sie machte sich auf den Weg zum Haus.

Knallharte Frau. Außergewöhnliche Frau.

Er sah, wie sie die Verandastufen hinaufstieg. Das Licht, das aus dem Fenster fiel, schimmerte auf ihrem rotbraunen Haar und umspielte ihren schlanken, kräftigen Körper.

Kräftig, aber verletzlich. Dieser Körper konnte verletzt und gebrochen und vernichtet werden.

Und es konnte gut sein, dass er die Schuld trug, falls das passierte.

Vielleicht war sein Versuch, ihr näher zu kommen, keine so gute Idee gewesen. Sie war so stark und unabhängig wie immer und er war derjenige, der sich verunsichert fühlte.

Und, ja, vielleicht auch ein bisschen verletzlich.

»Ich habe nachgedacht, Lisa«, raunte Kevin ihr leise ins Ohr. »Vielleicht sollten wir ... Was hältst du von – einem Baby?«

Großer Gott. »Ein Kind?«

Er stützte sich auf einem Ellbogen auf und schaute sie an. »Ein Kind würde gut ankommen. Alle lieben Kinder. Wenn wir es jetzt machen, wird es gleich nach Beginn meiner zweiten Amtszeit zur Welt kommen.« Er zögerte. »Und ... ich würde mich freuen.«

Sie streichelte seine Wange. »Glaubst du nicht, ich würde mich auch freuen?«, sagte sie leise. »Nichts würde mich glücklicher machen. Ich habe mir immer ein Kind gewünscht. Aber es ist unmöglich.«

»Warum denn? Du hast gesagt, Chadbourne konnte keine Kinder bekommen, aber jetzt ist alles anders.«

»Kevin, ich bin fünfundvierzig Jahre alt.«

»Aber es gibt doch heutzutage diese Schwangerschaft fördernden Mittel.«

Einen Augenblick lang war sie tatsächlich in Versuchung. Sie hatte die Wahrheit gesagt; sie hatte sich immer ein Kind gewünscht. Ben und sie hatten es so lange versucht. Sie erinnerte sich daran, wie er scherzhaft gesagt hatte, welchen Popularitätswert ein Kind für einen Politiker hätte. Aber in diesem einen Punkt hatte der politische Vorteil sie nicht interessiert. Sie hatte sich jemanden für sich gewünscht, jemanden, der ganz zu ihr gehörte.

Aber es war einfach unmöglich. Die Tränen, die ihre Augen füllten, kamen nicht nur Kevin zuliebe. »Lass uns nicht darüber reden. Es tut mir weh, zu wissen, dass es nicht geht.«

»Warum geht es denn nicht?«

»Es wäre zu kompliziert. Für eine Frau in meinem Alter bestehen einfach zu viele Risiken. Was wäre zum Beispiel, wenn die Ärzte mir für die letzten Monate der Schwangerschaft totale Bettruhe verordneten? Das kommt gar nicht so selten vor und dann könnte ich mich nicht an deinem Wahlkampf beteiligen. Das wäre sehr gefährlich für uns.«

»Aber du bist so kräftig und gesund, Lisa.«

Er musste schon lange über das Thema nachgedacht haben, so beharrlich, wie er war. »Wir können das Risiko nicht eingehen.« Sie drückte den Knopf, von dem sie wusste, dass er ihn zum Schweigen bringen würde. »Wir könnten natürlich auf unsere Pläne für eine zweite Amtszeit verzichten. Aber du bist so ein wunderbarer Präsident. Alle lieben und bewundern dich. Willst du das alles aufgeben?«

Er schwieg. »Bist du sicher, dass es ein solches Risiko wäre?«

Wie erwartet, verabschiedete er sich bereits von dem Traum. Auf keinen Fall wollte er wieder in der Anonymität versinken, nachdem er sich einmal an die Macht und den Ruhm gewöhnt hatte. »Es ist einfach der falsche Zeitpunkt. Ich sage ja nicht, dass wir es uns später nicht noch einmal überlegen können.« Sie fuhr zärtlich mit dem Zeigefinger über seine Unterlippe. »Aber es rührt mich, wie sehr du an mich denkst. Nichts würde mich glücklicher machen als –«

Das Telefon auf dem Nachttisch klingelte und sie nahm den Hörer ab.

»Die Leiche ist in Bethesda eingetroffen«, sagte Timwick.

Die Leiche. Kalt. Unpersönlich. So konnte sie es auch sehen. So musste sie es sehen. »Hervorragend.«

»Haben Sie Kontakt zu Maren aufgenommen?«

»Er ist irgendwo draußen in der Wüste. Ich muss es noch einmal versuchen.«

»Wir haben nicht mehr viel Zeit.«

»Ich habe gesagt, ich kümmere mich darum«, erwiderte sie.

»Die Medien belagern das ganze Krankenhaus. Sollen wir das Startsignal geben?«

»Nein, lassen wir sie noch ein Weilchen spekulieren. Morgen früh werden wir ihnen dann die Geschichte auftischen. Sie sollen so gierig sein, dass sie sich auf jeden Fetzen Information stürzen.« Sie legte auf.

»Timwick?«, fragte Kevin.

Sie nickte abwesend. Sie musste an Bethesda denken.

»Ich kann den Mistkerl nicht ausstehen. Brauchen wir ihn immer noch?«

»Sei ein bisschen dankbar«, neckte sie ihn. »Er ist immerhin derjenige, der dich entdeckt hat.«

»Er behandelt mich immer wie einen Idioten.«

»Aber doch nicht in der Öffentlichkeit?«

Er schüttelte den Kopf.

»Na ja, vielleicht wirst du ihm demnächst kaum noch über den Weg laufen. Ich habe mir übelegt, du könntest ihm doch einen Botschafterposten geben. Vielleicht in Zaire. Du bist schließlich der Präsident.«

Er lachte erfreut auf. »Zaire.«

Sie stand auf und schlüpfte in ihren Morgenmantel. »Oder Moskau. In Moskau soll es ziemlich ungemütlich sein.«

»Aber du hast ihm für die nächste Amtszeit den Posten als Vizepräsident versprochen. Wir werden ihn auf dem Parteitag als meinen Kandidaten für die Vizepräsidentschaft vorstellen müssen.« Er verzog das Gesicht. »Das wird er sich nicht nehmen lassen.«

Nein. Die Vizepräsidentschaft war der einzige Köder, der Timwick in die Sache hineingelockt hatte. Er war zutiefst enttäuscht gewesen, dass Ben ihm keinen Sitz im Kabinett gegeben hatte, und Lisa hatte noch nie einen so ambitionierten Mann erlebt. Ein solcher Ehrgeiz konnte problematisch werden, aber sie hatte jetzt keine Zeit, sich über Timwick den Kopf zu zerbrechen. »Vielleicht fällt uns noch eine Lösung ein.«

»Es wäre wirklich viel besser, wenn wir Chet Mobry als Vizepräsident behalten könnten. Er hat uns noch nie Probleme bereitet.«

»Er hätte uns eine Menge Probleme machen können, wenn wir ihn nicht dauernd mit irgendwelchen Goodwill-

Aufgaben auf Trab gehalten hätten. Er war nie mit unserer Politik einverstanden. Genauso könnten wir es auch mit Timwick machen.«

»Wahrscheinlich. Aber er ist ... Wo gehst du hin?«

»Ich habe noch ein paar Dinge zu erledigen. Schlaf ruhig schon«, sagte sie.

»Hat das mit Timwicks Anruf zu tun?« Er runzelte die Stirn. »Du erzählst mir nie, was du tust.«

»Weil es nur kleine, unwichtige Dinge sind. Du bist für die großen Aufgaben zuständig, ich für die kleinen.«

Seine Stirn glättete sich wieder. »Kommst du zurück, wenn du fertig bist?«

Sie nickte. »Ich gehe nur nach nebenan, um mir ein Dossier anzusehen. Ich möchte für dein nächstes Treffen mit Tony Blair vorbereitet sein.«

Er ließ sich in die Kissen sinken. »Nach dem Treffen mit dem Japaner wird das ein Kinderspiel.«

Er wurde ganz schön großspurig. Aber das war besser als die Verlegenheit, die er an den Tag gelegt hatte, als er anfangs in Bens Schuhe geschlüpft war. »Das werden wir ja sehen.« Sie warf ihm einen Kuss zu. »Schlaf jetzt. Ich wecke dich, wenn ich zurückkomme.«

Sie schloss die Tür und ging an den Schreibtisch auf der anderen Seite des Zimmers. Sie brauchte zehn Minuten, um zu Maren durchzukommen, und weitere fünf, um ihm die Dringlichkeit der Situation auseinander zu setzen.

»Herrgott, Lisa, so einfach ist das nicht. Unter welchem Vorwand soll ich denn meinen Aufenthalt hier abbrechen?«

»Du bist doch intelligent. Es wird dir schon etwas einfallen.« Dann fügte sie hinzu: »Ich brauche dich hier, Scott.«

Stille. »Es wird schon klappen. Halt die Ohren steif, Lisa. Ich rufe das Krankenhaus an und sage ihnen, sie sollen die Autopsie verschieben, bis ich eintreffe.«

Sie legte auf. Was für ein Glück, dass sie Scott hatte. Sie brauchte ihn zur Schadensbegrenzung.

Sie schaltete den Computer an, gab ihr Passwort ein und öffnete die Datei über Eve Duncan. Alles sah so aus, als könnte die Sache gut gehen, und dennoch beschlich sie ein ungutes Gefühl.

Eve Duncans Konterfei erschien auf dem Bildschirm. Zerzauste Locken, kaum Make-up, große, braune Augen hinter runden Brillengläsern. Dieses Gesicht hatte Charakter, mehr als genug, um diese Frau nicht nur attraktiv, sondern faszinierend aussehen zu lassen. Aber sie missachtete die wichtigsten Regeln der Macht; sie benutzte die Möglichkeiten nicht, die sie besaß. Sie erinnerte Lisa an sich selbst als Studentin, als sie noch glaubte, Intelligenz und Entschlossenheit würden ausreichen. Das war so lange her. Sie hatte wahrscheinlich dasselbe Durchsetzungsvermögen besessen, das sie in Eves Augen entdeckte. Sie hatte nicht lange gebraucht, um zu lernen, dass Durchsetzungsvermögen die Leute abschreckte. Es war besser, seine Leidenschaften hinter einem süßen Lächeln zu verbergen.

Aber Eves Geschichte bewies, dass sie eine Überlebenskünstlerin war, und Lisa bewunderte Menschen mit Durchhaltevermögen. Sie selbst gehörte auch dazu, sonst hätte sie die letzten Jahre niemals durchgestanden. Mit einem traurigen Lächeln berührte sie Eves Bild.

Schwestern. Die entgegengesetzten Seiten derselben Münze. Beide zäh.

Schade.

Sie begann, Eves Dossier zu lesen, suchte nach einer Schwachstelle, einem Punkt, an dem sie zu Fall zu bringen war.

Sie hatte erst zwei Drittel des Berichts gelesen, als sie ihn fand.

Gil und Logan saßen vor dem Fernseher, als Eve am nächsten Morgen ins Wohnzimmer kam.

»Scheiße«, murmelte Gil. »Sie haben es dem Erdboden gleichgemacht. Ich mochte dieses alte Haus.«

»Was ist passiert?«, fragte sie. »Barrett House?«

Gil nickte. »Offenbar hat John billige Kabel verlegen lassen.«

Das Foto auf dem Bildschirm zeigte eine rauchende Ruine, aus der nur noch zwei Kamine aufragten.

»Aber es wird Sie freuen zu hören, dass er für seinen Geiz bestraft wurde«, fügte Gil hinzu. »John ist in dem Feuer umgekommen.«

»Was?«

»Bis zur Unkenntlichkeit verbrannt. Aber sie sind dabei, die Zahnbefunde und die DNA zu vergleichen. So ein anständiger Mann. Detwil hat gerade in einer Ansprache erklärt, wie sehr John in beiden Parteien geliebt und respektiert wurde. Er hat sogar behauptet, John hätte ihn fürs Wochenende ins Barrett House eingeladen, um über politische Ziele zu diskutieren.«

»Warum behauptet er denn so was?«

»Was weiß ich? Für mich ist das der reinste Overkill.« Er schaltete den Fernseher aus. »Ich ertrage es einfach nicht. John und ich standen uns so nahe. Wir waren wie Brüder.« Er trat an die Küchenanrichte. »Irgendjemand Lust auf Frühstück?«

Eve wandte sich an Logan. »Das ist doch verrückt. Sie sind schließlich kein Unbekannter. Ob die glauben, sie können damit durchkommen?«

»Zumindest eine Zeit lang. Sie werden dafür sorgen, dass die DNA und die Zahnbefunde übereinstimmen. Sie haben die Leiche nach Bethesda gebracht.«

»Und was bedeutet das?«

»Es bedeutet, sie haben Bethesda unter Kontrolle. Sie haben dort einen Komplizen. Er wird dafür sorgen, dass alles nach ihren Plänen verläuft. Auf diese Weise gewinnen sie Zeit.«

»Und was haben Sie vor?«

»Also, ich werde auf keinen Fall an die Öffentlichkeit treten und zu beweisen versuchen, dass sie die falsche Leiche haben. Ich würde nämlich nur wegen Hochstapelei in eine Sicherheitszelle gesperrt und über kurz oder lang einen mysteriösen tödlichen Unfall erleiden.« Er stand auf. »Außerdem habe ich alles Mögliche zu erledigen.«

»Was glauben Sie, wer der Mann war, der bei dem Brand ums Leben kam?«

Logan zuckte die Achseln.

Ein Schauer lief ihr über den Rücken. Ein Mann war gestorben, ein Leben war weggeworfen worden.

»Kaffee?«, fragte Gil. »Es gibt süße Brötchen.«

Sie schüttelte den Kopf.

»Können wir jetzt über Chadbourne reden?«, fragte Logan höflich. »Ich fürchte, dass die Situation allmählich eskaliert.«

»Darauf können Sie sich verlassen, dass wir reden werden«, erwiderte sie. »Ich will meine Mutter in Sicherheit wissen. Ich will nicht, dass mein Haus mit ihr darin in Flammen aufgeht.«

»Ich rufe Margaret an, sage ihr, dass ich immer noch unter den Lebenden weile, und bitte sie, ein sicheres Versteck für Ihre Mutter zu suchen.«

»Und zwar jetzt gleich.«

»Sie wird gut bewacht. Kann ich erst meinen Kaffee austrinken?« Er schaute sie über den Tassenrand hinweg an. »Werden Sie mir helfen, Eve?«

»Vielleicht. Wenn ich mich darauf verlassen kann, dass Sie

mich nicht im Dunkeln tappen lassen.« Sie wandte sich an Gil. »Ich will mehr über diesen Timwick wissen, den Sie für den Drahtzieher halten. Haben Sie mit ihm zusammen gearbeitet?«

Gil nickte. »Nicht eng. Als bescheidener Geheimdienstmann habe ich das Vertrauen des großen Mannes nicht genossen.«

»Was ist er für ein Mensch? Sie müssen doch einen Eindruck von ihm haben.«

»Er ist intelligent, ehrgeizig und weiß, wie er die Fäden ziehen muss, um zu bekommen, was er will. Ich persönlich würde mich in einer heiklen Situation nicht auf ihn verlassen. Ich habe ihn zu oft explodieren sehen. Ich glaube nicht, dass er besonnen reagiert, wenn er unter Druck gerät.« Er überlegte. »Ob er gefährlich ist? Verdammt gefährlich. Seine Impulsivität verleitet ihn zu oft zu sinnloser Gewalttätigkeit.«

»Und Fiske?«

»Er ist nur ein bezahlter Killer. Berechnend, effizient und er liebt seinen Job. Sonst noch jemand?«

»Sagen Sie's mir. Es könnten noch Dutzende von Leuten in den Kulissen lauern, von denen Sie mir nichts erzählt haben.«

»Man wird dafür sorgen müssen, dass möglichst wenige Leute eingeweiht sind«, sagte Logan. »Und es wäre dumm von uns, Sie im Dunkeln zu lassen. Sie wissen alles, was wir wissen. Die Karten sind auf dem Tisch. Werden Sie uns helfen?«

»Sobald meine Mutter in Sicherheit ist.« Sie sah ihm direkt in die Augen. »Und ich werde nicht Ihnen, sondern mir selbst helfen. Ich bin doch nicht blöd, ich weiß genau, dass Sie mich zu einer Zielscheibe gemacht haben. Und ich kann mir nur selbst helfen, indem ich beweise, dass Ben Chadbourne wirklich tot ist. DNA- und Zahnvergleiche sind die einzigen vor Gericht anerkannten Beweismittel. Also müssen wir uns darauf konzentrieren.«

»Und was schlagen Sie vor?«

»Ich bin weder eine DNA-Spezialistin noch eine forensische Anthropologin mit der entsprechenden Ausbildung, die für eine solche Untersuchung erforderlich ist. Wir werden den Schädel also zu einem der qualifiziertesten Anthropologen bringen und sehen, ob er genug DNA-Material auftreiben kann, um den Vergleich durchzuführen.«

»Der Schädel ist im Verbrennungsofen gewesen.«

»Die Möglichkeit besteht immer noch.« Dann fügte sie in scharfem Ton hinzu: »Wie Sie sicherlich wissen, war ich doch nur Ihr erster Schritt. Ich wette, Sie haben bereits den Experten ausgewählt, der die Tests durchführen soll.«

»Dr. Ralph Crawford. Duke University. Er ist der Experte, den wir brauchen.«

Sie schüttelte den Kopf. »Gary Kessler. Emory University, Atlanta.«

»Ist er besser?«

»Mindestens genauso gut und ich kenne ihn.«

»Ein zweiter Quincy?«, fragte Gil.

»Diese Fernsehserie bringt Gary um den Verstand. Abgesehen davon, dass nichts stimmt, führt sie auch noch dazu, dass die Leute dauernd Pathologen mit forensischen Anthropologen verwechseln.«

»Und was ist der Unterschied?«

»Pathologen sind Mediziner, die sich auf das Fachgebiet Pathologie spezialisiert haben. Anthropologen sind keine Ärzte, sie haben in Anthropologie promoviert und einige von ihnen haben sich auf das menschliche Skelett und seine Veränderung im Lauf des Lebens spezialisiert. Wie zum Beispiel Gary Kessler. Er hat mit verschiedenen Pathologen in

Atlanta zusammengearbeitet und genießt hohes Ansehen. Außerdem, da Sie über Crawford Erkundigungen eingezogen haben, werden Ihre Gegner nicht damit rechnen, dass wir einen anderen Experten zu Rate ziehen.«

»Aber Ihren Lebenslauf haben sie wahrscheinlich auch mit einer Lupe studiert.«

»Und dabei werden sie festgestellt haben, dass ich mit zehn oder zwölf Anthropologen in L.A., New York und New Orleans zusammengearbeitet habe und dass ich seit dieser 60 Minutes-Sendung mit Anfragen bombardiert werde. Es wird sie Zeit kosten herauszufinden, auf welches Gebiet sich diese Experten jeweils spezialisiert haben, und wahrscheinlich werden sie nicht gleich auf Gary kommen, denn ich hatte seit zwei Jahren nichts mehr mit ihm zu tun.«

Logan nickte langsam. »Klingt plausibel. Und unter den gegebenen Umständen wird es vielleicht leichter sein, jemanden zur Mitarbeit zu überreden, den Sie kennen.«

Da diese Umstände womöglich Konflikte mit dem Gesetz implizierten, verstand sie, was er meinte. »Was ist mit dem Zahnvergleich?«

»Das könnte schwieriger sein. Chadbournes Zahnärztin war eine Frau namens Dr. Dora Bentz.« Er schwieg einen Augenblick. »Sie gehörte zu den Leuten, die Fiske ermordet hat, nachdem Sie ins Barrett House gekommen waren. Sie können sich darauf verlassen, dass sämtliche zahnärztlichen Unterlagen über Ben Chadbourne ausgetauscht wurden.«

»Sie sagten doch, bei den Ermordeten hätte es sich um Zeugen gehandelt.« Sie hob die Hand, als er etwas erwidern wollte. »Schon gut. Warum sollte ich erwarten, dass Sie mir die Wahrheit sagen?«

»Ich versuche nicht, mich zu verteidigen. Es war eine andere Situation.«

Ihr fiel auf, dass er sich nicht entschuldigte oder ihr versi-

cherte, dass er sich in Zukunft anders verhalten würde.
»Dann bleibt uns nur die DNA-Analyse. Was ist, wenn wir
nicht genug Material für einen Test haben? Können wir
Detwil zwingen, sich einem Test zu unterziehen, um *seine*
Identität zu beweisen?«

»Unmöglich«, erwiderte Logan knapp. »Er ist der Präsident. Die Beweislast liegt bei uns. Außerdem können sie seine Patientendaten ebenso fälschen wie meine.«

»Könnten wir es nicht versuchen? Er muss doch Verwand-
te haben.«

»Außer seiner Mutter, die vor sieben Jahren gestorben ist,
hatte er einen Halbbruder.«

»Hatte?«

»James Cadro. Er und seine Frau wurden einen Tag nach
Dora Bentz ermordet.«

Großer Gott. »Es muss kein naher Verwandter sein. Man
hat bewiesen, dass die Frau, die sich als Anastasia ausgab,
eine Hochstaplerin war, indem man ihre DNA mit der von
Prinz Philip von England verglichen hat. Gibt es denn sonst
niemanden?«

»Keinen, von dem wir wissen. Sie haben Detwil sehr sorgfältig ausgewählt.«

»Was ist mit der Mutter? Man könnte sie exhumieren –«

»Ich möchte nicht makaber klingen, aber wir haben keine
Zeit, um noch tiefer zu graben. Wenn wir an die Öffentlichkeit gehen, müssen wir handfeste Beweise in der Hand
haben.«

»Warum haben wir keine Zeit?«

»Weil wir innerhalb von zwölf Stunden tot sein werden,
sobald wir uns zeigen«, sagte Gil trocken. »Laut offiziellem
Nachrichtenbericht ist John bereits tot. Bleiben nur noch Sie
und ich. Und die anderen haben die Macht des Präsidenten-
amtes hinter sich. Ich bin mir sicher, dass das Szenario

bereits feststeht. Schnell, logisch und gründlich. Timwick ist schon immer gründlich gewesen.«

Eve erschauerte. »Es muss noch eine andere Möglichkeit geben ... Irgendjemanden.«

»Ja, Scott Maren.«

»Ein Verwandter?« Sie verzog das Gesicht. »Ist er auch schon tot?«

»Nein. Er ist Chadbournes persönlicher Arzt. Er hält sich zurzeit im Ausland auf, was ihm wahrscheinlich das Leben gerettet hat.« Er schwieg einen Moment. »Aber ich weiß nicht, ob wir auf ihn zurückgreifen können. Ich nehme an, dass er mit dem Mord zu tun hat.«

»Inwiefern?«

»Gelegenheit. Vor zwei Jahren, am Morgen des zweiten November, ist Ben Chadbourne für seinen jährlichen Gesundheits-Check in die Bethesda-Klinik gegangen. Seine Leiche wurde am dritten November kurz nach Mitternacht in Donnellis Beerdigungsinstitut abgeliefert.«

»Und Sie glauben, bei dieser Gelegenheit wurden die Unterlagen ausgetauscht?«

Logan nickte. »Sie müssen einen perfekten Plan gehabt haben. Der eine Chadbourne ging in die Klinik hinein, der andere kam heraus. Maren hat dem echten Chadbourne wahrscheinlich eine tödliche Spritze verpasst unter dem Vorwand, es sei Vitamin B oder sonst was.«

»Maren ist also ihr Komplize in Bethesda«, sagte Eve langsam. Es war möglich und teuflisch raffiniert, dachte sie. Ein Arzt war ein Mann des Vertrauens, der zugleich tagtäglich die Möglichkeit hatte, Leben auszulöschen. »Das ist Ihre Vermutung. Maren muss alle möglichen Sicherheitsüberprüfungen durchlaufen haben, bevor er Chadbournes persönlicher Arzt wurde.«

»Ich bin mir sicher, dass er es getan hat«, sagte Gil. »Aber er genießt hohes Ansehen und ist ein enger Freund des Präsidenten. Maren, Chadbourne und Lisa Chadbourne sind alle zusammen aufs College gegangen. Entweder Chadbourne oder dessen Frau haben ihm zu der Chefarztstelle in der Bethesda-Klinik verholfen.«

»Warum sollte er so etwas tun? Warum sollte er sich auf so etwas einlassen?«

Logan hob die Schultern. »Ich weiß es nicht, aber ich wette, er hat's getan. Deswegen versuche ich schon die ganze Zeit, ihn zu erreichen. Womöglich können wir ihn dazu bringen, Timwick und Lisa Chadbourne zu belasten.«

»Ich kann mir nicht vorstellen, dass Maren in die Sache verwickelt ist. Jedenfalls wird er es auf keinen Fall zugeben, wenn es wirklich stimmt. Er müsste ein Narr sein.«

»Vielleicht.« Logan überlegte. »Es sei denn, wir können ihn davon überzeugen, dass er ein toter Mann ist, wenn die beiden nicht entlarvt werden. Als ich meine Liste der Leute zusammengestellt habe, die möglicherweise auf ihrer Abschussliste auftauchen, stand Maren mit an oberster Stelle.«

Eve dachte darüber nach. »Er ist der einzige Zeuge, der Lisa Chadbourne und Timwick mit dem Tod von Ben Chadbourne in Zusammenhang bringen kann.«

»Genau. Wenn es keinen Zeugen mehr gibt und der Mord entdeckt wird, können sie sich irgendeinen Sündenbock suchen. Sie könnten einfach behaupten, es wäre ein Terroristenanschlag gewesen, oder sich irgendeine blödsinnige Verschwörungstheorie ausdenken. Aber Maren ist real, und wenn er für den Mord verantwortlich gemacht wird, müssen sie damit rechnen, dass er redet und sie mit zu Fall bringt. Ich habe nicht den geringsten Zweifel daran, dass sie von dem Augenblick an, als sie den Plan aushecken, vorhatten, Maren zu töten.«

»Aber wird er das glauben?«

»Wir können es versuchen. Es bleibt uns kaum eine Wahl. Im Augenblick ist er unsere einzige Hoffnung.«

»Sie sagten, er hält sich im Ausland auf. Wo ist er denn?«

»Detwil hat ihn auf eine Goodwill-Mission nach Jordanien geschickt, um die dortigen Krankenhäuser zu inspizieren. Es war eine renommeeträchtige Mission und angeblich hat der König von Jordanien ihn speziell angefordert. Oberflächlich betrachtet ist es eine Ehre, die Marens Prestige erhöht.«

»Und unter der Oberfläche?«

»Wahrscheinlich eine Falle. Es wäre für Fiske ein Leichtes gewesen, ihn dort zu töten und irgendwelche Dissidenten für seinen Tod verantwortlich zu machen. Ich glaube, Bentz und Cadro mussten dran glauben, weil Timwick das Gefühl hatte, dass ich zu nah an der Wahrheit war. Aber Maren stand von Anfang an auf der Liste.«

»Er wird sich auf nichts einlassen. Himmel, wenn er den Präsidenten ermordet hat, ist er so oder so ein toter Mann.«

»Nicht, wenn wir ihm einen Handel anbieten.«

»Sie haben nicht die Befugnis, ihm –« Sie musterte sein Gesicht. »Was denken Sie gerade?«

»Dass ich Detwil und Lisa Chadbourne aus dem Weißen Haus rauskriegen will, und es ist mir vollkommen egal, wie ich das schaffe.« Er holte tief Luft. »Selbst wenn es bedeutet, Maren irgendwo mit einem dicken Bankkonto in Sicherheit zu bringen.«

»Mit einem Mörder verhandeln?«

»Was ist, wenn wir keinen DNA-Beweis bekommen? Haben Sie noch andere Vorschläge?«

Sie war im Augenblick zu verwirrt, um klar zu denken. »Was sollte Fiske davon abhalten, nach Jordanien zu fliegen und Maren umzulegen?«

»Die Situation hat sich geändert. Sie brauchen Maren und sie werden ihn nicht töten, solange er ihnen nützlich ist.« Er lächelte. »Sie wissen doch, sie haben meine Leiche nach Bethesda gebracht. Sie werden Maren dort brauchen, um das Täuschungsmanöver zu untermauern. Ursprünglich sollte er übermorgen zurückkehren, aber jetzt wird er mit Lichtgeschwindigkeit angedüst kommen. Während wir zur Emory University fahren, um Kessler zu treffen, wird Gil sich nach Bethesda begeben und versuchen, Maren zu erwischen.«

»Wie wird Gil verhindern, selbst erwischt zu werden? Sie werden garantiert nach uns Ausschau halten.«

»Mit Hilfe von Verkleidung«, sagte Gil. »Ich werde mich als Krankenschwester verkleiden.« Er legte den Kopf zur Seite. »Ich würde sagen, als Blondine. Mit Riesentitten.«

»Was?«

»War nur ein Scherz. Keine Sorge, ich kriege das schon geregelt.«

Sie machte sich bereits Sorgen. Sie wollte nicht, dass ihm etwas zustieß. Gil mochte in Logans Täuschungsmanöver eingeweiht gewesen sein, aber er war ein sympathischer Draufgänger.

Und, großer Gott, es hatte schon zu viele Tote gegeben. Menschen, denen sie nie begegnet war, starben um sie herum. Sie schien sich mitten im Zentrum sich immer weiter ausbreitender Wellen der Zerstörung zu befinden. Gott sei Dank hatten diese Wellen noch niemanden berührt, der ihr nahe stand.

Und das durfte auch nicht geschehen.

»Sie reden ja, als könnten Sie sich problemlos überall im Land bewegen«, sagte sie. »Wie steht es mit Geld? Wie steht es mit Ausweispapieren? Kreditkarten können zurückverfolgt werden und –«

»Logan hat für alles gesorgt. Er hat mich beauftragt, ein paar gefälschte Führerscheine auf dem Schwarzmarkt zu kaufen. Sie sind Bridget Reilly. Ich dachte, Ihr rotes Haar könnte auf irische Vorfahren hindeuten. Das Foto ist ausreichend unscharf und –«

»Ein Foto von *mir*?« Sie drehte sich zu Logan um. »Sie haben einen gefälschten Führerschein für mich besorgt?«

Er zuckte die Achseln. »Ich musste vorbereitet sein. Ich habe Gil Ausweispapiere für jeden besorgen lassen, der im Barrett House war. Ich hatte befürchtet, dass wir sie brauchen würden.«

Verdammt. Er hatte nicht nur gewusst, in welche Gefahr er sie brachte, er hatte die Gefahr bewusst in Kauf genommen. »Und wahrscheinlich haben Sie Gil auch gefälschte Kreditkarten für alle organisieren lassen.«

Er nickte. »Aber ich habe außerdem genug Bargeld mitgebracht, so dass wir vorerst ohne die Kreditkarten auskommen werden.«

»Sie sind einfach unglaublich.«

»Ich musste vorbereitet sein«, wiederholte er.

Sie musste das Zimmer verlassen, sonst würde sie einen Anfall bekommen.

»Rufen Sie Margaret an.« Sie ging in Richtung Schlafzimmer. »Ich werde meine Mutter anrufen und ihr sagen, sie soll sich reisefertig machen.«

»Ihr Telefon wird wahrscheinlich abgehört, vergessen Sie das nicht.«

»Ich bin nicht blöd. Ich kann mir denken, dass sie meine Mutter beobachten. Ich werde vorsichtig sein, aber ich muss sie warnen. Ich werde mein DECT-Telefon benutzen und sie auf ihrem anrufen.«

»Sie hat auch eins?«

»Selbstverständlich. Joe hat sie uns besorgt. Er sagt, es

235

gibt alle möglichen Perverse, die Telefone abhören. Die DECT-Telefone sind fast idiotensicher.«

»Ich hätte mir denken können, dass es der allgegenwärtige Mr Quinn war«, murmelte Logan. »Gibt es irgendetwas, an das er nicht denkt?«

»Nein. Er ist ein guter Freund und er ist sehr um unsere Sicherheit besorgt.« Sie warf ihm einen kühlen Blick zu. »Ich kann mir vorstellen, warum Sie diese Art Freundschaft nicht verstehen.«

Kapitel 13

Sandra hatte die Frühnachrichten gesehen und Eve musste zehn Minuten lang ihre erleichterten Ausrufe und neugierigen Fragen über sich ergehen lassen, bis sie ihr erklären konnte, dass Margaret kommen und sie abholen würde.

»Was soll das heißen, ich muss hier weg?«, fragte Sandra. »Was geht hier vor, Eve?«

»Nichts Gutes. Ich kann nicht darüber reden.«

»Ist John Logan wirklich tot?«

»Nein. Hör zu, Mom, ich bin da in eine ganz schlimme Sache geraten, und bis ich hier alles im Griff habe, möchte ich, dass du von der Bildfläche verschwindest und an einem sicheren Ort untergebracht bist.«

»Sicher? Ich bin hier in Sicherheit. Joe kommt jeden zweiten Tag vorbei und dieser Streifenwagen steht jede Nacht vor dem Haus.«

»Mom ...« Sie musste sie irgendwie überzeugen. »Tu, was ich dir sage. Bitte. Du schwebst in höchster Gefahr. Vertrau mir. Ich habe Angst vor dem, was passieren könnte.«

»Angst?« Sandra schwieg. »Ja, ich glaube dir, dass du Angst hast. So habe ich dich nicht mehr erlebt, seit Fraser –« Sie brach ab und sagte: »Ich möchte dich sehen.«

»Ich kann nicht kommen. Es würde dich nur in Gefahr bringen.«

»Worauf hast du dich bloß eingelassen, Eve?«

»Das kann ich dir auch nicht sagen. Wirst du es mir zuliebe tun?«

»Ich habe einen Job. Ich kann nicht einfach weglaufen –«

»Sie werden dich töten«, sagte Eve rundheraus. »Oder sie werden dich benutzen, um mich zu töten. Willst du das? Herrgott noch mal, sag den Leuten im Büro, es handelt sich um einen familiären Notfall. Glaub mir, es ist die Wahrheit.«

»Dich töten«, wiederholte Sandra und zum ersten Mal hörte Eve Angst in ihrer Stimme. »Ich werde Joe anrufen.«

»Ich rufe ihn selbst an. Aber er wird dir wahrscheinlich nicht helfen können. Verlass auf keinen Fall das Haus und öffne niemandem die Tür außer der Frau, die ich geschickt habe, um dich abzuholen.«

»Und wer ist das?«

Himmel, was war, wenn sie es schafften, dieses Gespräch mitzuhören? Sie konnte Margaret nicht in Gefahr bringen. »Sie wird sich ausweisen. Ich faxe dir ein Foto –« Nein, ihr Faxgerät war zusammen mit der restlichen Ausstattung ihres Labors zerstört worden und außerdem war ein Fax nicht sicher. »Ich werde dir irgendwie ein Foto zukommen lassen.« Sie überlegte. »Und geh mit niemand anderem mit, egal, wie er sich ausweist. Nicht mit der Polizei, nicht mit dem FBI, nicht mit dem Secret Service. Mit niemandem.«

»Wann wird diese Frau hier sein?«

»Ich weiß es nicht. Bald. Ich weiß nicht, wie sie Kontakt mit dir aufnehmen wird. Sie wird vielleicht nicht riskieren, ins Haus zu kommen. Tu einfach, was sie sagt, okay?«

»Ich bin erwachsen, Eve. Ich lasse mich nicht blind führen. Das habe ich weiß Gott oft genug zugelassen, als ich jung war.« Sie seufzte. »Okay, okay, ich tue, was du sagst. Aber ich wünschte, du hättest nie von John Logan gehört.«

»Ich auch, Mom. Ich auch.«

»Und pass auf dich auf.«

»Mach ich.« Dann sagte sie spontan: »Ich liebe dich.«

»Mein Gott, jetzt machst du mir wirklich Angst. Es passiert nicht oft, dass du sentimental wirst.« Verlegen fügte sie hinzu: »Ich liebe dich auch, Eve«, und legte hastig auf.

Eve legte den Hörer auf. Gefühle zum Ausdruck zu bringen, war ihnen beiden noch nie leicht gefallen. Zu viele Jahre lang während Eves Kindheit hatten sie keinen Draht zueinander gehabt.

Aber Sandra wusste, dass Eve sie liebte. Sie brauchte es nicht zu sagen.

Sie wappnete sich. Jetzt kam Joe dran.

Schnell wählte sie Joes private Nummer.

Er nahm sofort ab.

»Joe?«

Stille. Dann fragte er leise und gereizt: »Auf was zum Teufel hast du dich eingelassen?«

»Kannst du reden? Ist irgendjemand bei dir?«

»Ich gehe raus auf den Parkplatz. Warum hast du mich nicht angerufen? Warum zum Teufel bist du nicht zurück –«

»Ich hatte zu tun. Hör auf, mich anzuschreien.«

»Ich schreie nicht.« Es stimmte, aber jedes Wort war zornerfüllt. »Ich könnte dich erwürgen.«

»Da wirst du dich hinten in der Schlange anstellen müssen.«

»Soll das etwa witzig sein?«

»Nein. Ich stecke in der Klemme, Joe.«

»Das ist mir ziemlich klar. Hast du Logan umgebracht?«

Ihre Hand umklammerte das Handy. »Was?«

»Hast du ihn umgebracht?«

»Bist du verrückt?«

»Gib mir eine Antwort. Hör zu, wenn du es getan hast,

weiß ich, dass es Notwehr war, aber ich muss es wissen, wenn ich die Sache für dich regeln soll.«

»Wie kommst du auf die Idee – natürlich habe ich ihn nicht umgebracht. Er ist nicht tot. Das ist alles gelogen.«

Stille. »Dann würde ich sagen, du steckst bist zum Hals in der Scheiße. Hast du die Nachrichten auf CNN gesehen?«

»Über den Brand im Barrett House? Ja, ich weiß davon.«

»Nein, ich meine die jüngste Meldung. Die, in der du als Hauptverdächtige genannt wirst.«

»Ich?«

»Novak, Logans Superanwalt, wurde interviewt und er hat gesagt, du wärst mit Logan in dem Haus gewesen.« Er holte tief Luft. »Er behauptete, du seist Logans Geliebte und er sei wegen der Beziehung beunruhigt gewesen, weil du psychisch krank bist.«

»Dieser Hurensohn.«

»Sie wissen von Lakewood, Eve.«

Sie zuckte zusammen. »Wie ist das möglich? Wie kann irgendjemand davon wissen? Du hast doch die Akten verschwinden lassen. Du hast mir doch versprochen –«

»Ich weiß nicht, wie sie es rausgefunden haben. Ich dachte, ich hätte alle Spuren verwischt.«

»Du hättest –« Gott, sie machte Joe Vorwürfe wegen etwas, für das er überhaupt nicht verantwortlich war. »Haben sie Lakewood direkt erwähnt?«

»Ja.« Er schwieg einen Moment. »Ich habe dir gesagt, es gibt keinen Grund, es zu verschweigen. Es ist völlig in Ordnung, zu –«

»Offenbar gibt es doch einen Grund.«

Joe fluchte leise. »Sag mir, wo du bist. Ich komme zu dir.«

Sie versuchte, sich zu konzentrieren. »Wir dürfen uns nicht sehen. Solange du nicht in die Sache verwickelt bist, bist du –«

»Sag's mir. Ich bin schon verwickelt. Sag's mir, sonst spüre ich dich auf. Und ich bin verdammt gut im Aufspüren.«

Sie wusste besser als jeder andere, wie entschlossen Joe sein konnte. »Ich komme nach Atlanta. Ich muss mit Kessler reden. Ich erwarte dich morgen früh um zehn auf dem Parkplatz von Hardee's draußen in Dekalb. Das ist ungefähr sechs Blocks von Emory entfernt.«

»Okay.« Einige Sekunden lang schwieg er. »Wie schlimm ist es, Eve?«

»Könnte nicht schlimmer sein.«

»Doch, das könnte es. Du könntest mich nicht haben, dann würde dir niemand helfen.«

Sie lächelte schwach. »Stimmt. Das wäre noch schlimmer.« Dann fiel ihr etwas ein. »Kannst du ein Foto von Logans Assistentin, Margaret Wilson, auftreiben und es meiner Mutter zukommen lassen? Sag ihr, dass es ein Foto von der Frau ist, die ihr helfen wird.«

»Wobei helfen?«

»Sie wird Mom an einen sicheren Ort bringen.«

»*Ich* kümmere mich um deine Mutter.« Er klang gereizt. »Du brauchst keine Hilfe von anderen Leuten.«

»Tu mir das nicht an, Joe. Ich brauche jede Hilfe, die ich kriegen kann. Wirst du ihr das Foto bringen?«

»Ja, natürlich. Aber ich hoffe, dass du einen verdammt guten Grund dafür hast, dass du mir nicht vertraust.«

»Aber ich vertraue dir –« Vielleicht würde er sie verstehen, wenn sie ihm alles erklärte. Ihr fiel noch etwas anderes ein. »Könntest du mir ein Foto von James Timwick besorgen und von einem Mann namens Albert Fiske, der für ihn arbeitet? Es wäre gut, wenn du sie morgen mitbringen könntest.«

»Timwick dürfte kein Problem sein. Sein Konterfei erscheint ziemlich häufig in der Zeitung. Aber wer ist Albert Fiske?«

»Ein Name, zu dem ich ein Gesicht brauche. Bis morgen, Joe.« Sie schaltete das Handy aus.

Lakewook. O Gott, Lakewood.

Sie steckte das Handy in ihre Handtasche und stand auf. Sie konnte den Fernseher im Nebenzimmer hören. Logan und Gil erfuhren gerade von Lakewood.

Aber Logan musste bereits davon wissen. Der Anwalt war sein Schnüffler und mit Logans Geld waren alle Einzelheiten über ihre Vergangenheit ausgegraben worden.

Schon wieder Logan. Zur Hölle mit ihm.

Gil und Logan schauten auf, als sie das Zimmer betrat.

»Das Netz zieht sich zu«, sagte Logan, als er den Fernseher ausschaltete.

»Ja. Ich bin psychisch krank und Sie sind tot«, erwiderte Eve durch die Zähne. »Sie wollen es uns schwer machen, noch irgendeinen Schritt zu unternehmen.«

»Nicht schwer. Unmöglich«, korrigierte Gil. »Waren Sie wirklich in Lakewood?«

»Fragen Sie Logan.«

Logan schüttelte den Kopf. »Davon habe ich nichts gewusst. Ich schätze, Novak hat sich das aufbewahrt, um es Timwick zu verkaufen.«

»Sie wussten, dass er mit ihm zu tun hat?«

»Ich hatte den Verdacht. Novak ist ehrgeizig.« Er überlegte. »Aber die Frage ist, wie wertvoll diese Information für sie ist. Wie lange waren Sie in Lakewood?«

»Drei Wochen.«

»Wer hat Sie eingeliefert?«

»Joe.«

»Lieber Himmel. Die Behörden. Kein gutes Image.«

»Es waren nicht die Behörden«, sagte sie gereizt. »Es war Joe.«

»Quinn war damals beim FBI.«

»Aber die wussten nichts davon. Niemand wusste davon. Nicht einmal meine Mutter.«

»Sie ist Ihre nächste Angehörige. Sie muss davon gewusst haben.«

Eve schüttelte den Kopf. »Lakewood ist keine staatliche Einrichtung. Es ist ein kleines privates Krankenhaus in South Georgia. Joe hat mich unter einem anderen Namen eingeliefert. Anna Quinn. Er hat mich als seine Frau ausgegeben.«

»Und Sie sind freiwillig dorthin gegangen?«

Sie lächelte schief. »Nein, Joe kann sehr durchsetzungsfähig sein, wenn er will. Er hat mich dazu gedrängt.«

»Warum?«

Sie antwortete nicht.

»Warum, Eve?«

Egal. Er würde es sowieso herausfinden. »An dem Abend nach Frasers Hinrichtung habe ich eine Überdosis Beruhigungsmittel geschluckt. Ich wohnte in einem Motel in der Nähe des Gefängnisses. Joe kam, um nach mir zu sehen, und fand mich.« Sie zuckte die Achseln. »Er brachte mich dazu, dass ich mich mehrmals übergab, und dann marschierte er mit mir durch das verdammte Motelzimmer hin und her, bis ich außer Gefahr war. Anschließend brachte er mich nach Lakewood. Er blieb drei Wochen lang mit mir dort. Anfangs wollten sie mich ruhig stellen, aber er erklärte ihnen, dass er mich nicht deshalb zu ihnen gebracht hatte. Er bestand darauf, dass ich mit jedem einzelnen Seelenklempner in der Klinik redete. Über Bonnie. Über Fraser. Über meine Mutter. Ich sollte sogar über meinen Vater reden, den ich seit meiner frühesten Kindheit nicht mehr gesehen hatte.« Sie verzog das Gesicht. »Aber er hatte das Gefühl, dass ich mich den lieben Ärzten gegenüber nicht genug öffnete, deswegen meldete er mich nach drei Wochen wieder ab und fuhr für eine Woche mit mir auf die Cumberland-Insel.«

»Cumberland-Insel?«

»Eine ziemlich unberührte Insel vor der Küste. Es gibt dort nur ein einziges Hotel, aber da haben wir nicht gewohnt. Wir haben gezeltet und Joe hat mich seiner eigenen Therapie unterzogen.«

»Und haben Sie sich ihm gegenüber geöffnet?«

»Joe ließ mir keine Wahl.« Ihre Mundwinkel zuckten. »Wie gesagt, er kann sehr durchsetzungsfähig sein. Er wollte nicht zulassen, dass ich durchdrehe oder mich umbringe. Das wollte er auf keinen Fall. Also musste ich mitspielen.«

»Quinn muss ein eindrucksvoller Typ sein«, meinte Gil.

»O ja. Daran besteht kein Zweifel. Einen wie ihn gibt's nicht noch mal.« Sie trat ans Fenster und schaute auf das Meer hinaus. »Ich habe ihn bekämpft wie eine Tigerin. Aber er hat nicht lockergelassen.«

»Ich wünschte, er hätte die Lakewood-Akten tiefer vergraben.«

»Ich auch. In der Gegend, wo ich aufgewachsen bin, gab es eine Menge Verrückte, aber ehe man in eine Anstalt eingeliefert wurde, musste man wirklich vollkommen daneben sein. Joe denkt anders als wir. Er ist sehr direkt. Wenn etwas kaputtgeht, sucht man einen Spezialisten auf, der es wieder repariert. In seinen Augen ist man nicht stigmatisiert, wenn man in einer psychiatrischen Klinik behandelt wird. Das hat ihn nicht abgeschreckt.«

»Und Sie?«, fragte Logan.

Sie schwieg einen Augenblick. »Mich hat es abgeschreckt.«

»Warum?«

Zögernd erwiderte sie: »Ich fürchtete, ich könnte dorthin gehören.«

»Lächerlich. Nach dem, was Sie durchgemacht hatten, hätte jeder einen Nervenzusammenbruch erlitten.«

»Und wie weit ist es von einem Nervenzusammenbruch zum Wahnsinn? Man merkt nie, auf was für einem Hochseil man balanciert, bis man beinahe in den Abgrund stürzt.«

»Aber Sie haben sich gewehrt.«

»Joe hat mich zurückgerissen.« Sie verschränkte die Arme vor der Brust. »Und dann habe ich eine Riesenwut bekommen und mich selbst nur noch verachtet. Ich wollte nicht zulassen, dass Fraser mir noch irgendetwas raubte. Nicht mein Leben und nicht meinen Verstand. Ich wollte mich nicht von ihm besiegen lassen.« Sie wandte sich nach Logan um. »Und ich werde mich auch nicht von Timwick oder von Lisa Chadbourne besiegen lassen. Die Frage ist, wie wir verhindern, dass sie alle Welt davon überzeugen, ich sei verrückt.«

»Das können wir nicht. Jedenfalls vorerst nicht. Wir sind in der Defensive«, sagte Logan. »Wir dürfen nichts unternehmen, solange wir keine Waffe haben, mit der wir den Angriff wagen können.«

Das wusste sie, aber sie hatte gehofft, etwas anderes als die Realität zu hören zu bekommen. »Haben Sie Margaret angerufen?«

Er nickte. »Sie ist unterwegs.«

»Wo wird sie meine Mutter hinbringen?«

»Sie berät sich mit den Sicherheitsleuten, die Ihre Mutter zurzeit bewachen. Sie werden sie irgendwo verstecken und ich habe Margaret gebeten, sich mindestens einen Bewacher mitgeben zu lassen. Haben Sie Ihrer Mutter Bescheid gesagt?«

»Ja. Und ich habe mit Joe vereinbart, dass wir ihn morgen in Atlanta treffen.« Sie merkte, wie sein Gesichtsausdruck sich kurz veränderte, und fragte: »Was ist?«

»Nichts. Aber es ist vielleicht nicht klug, ihn in die Sache hineinzuziehen. Je weniger Leute –«

»Quatsch.« Sie kümmerte sich nicht darum, dass das auch ihr erster Gedanke gewesen war. »Ich vertraue ihm mehr als Ihnen oder Gil.«

»Das kann ich verstehen.« Gil stand auf. »Ich kann es kaum erwarten, den interessanten Mr Quinn kennen zu lernen. Ich werde einen Spaziergang machen. Hast du Lust mitzukommen, John?«

Logan nickte. »Ich kann ein bisschen frische Luft gebrauchen.« Er ging auf die Tür zu. »Wir sind bald zurück. Behalten Sie die Nachrichten im Auge, ja?«

Sie wollten ungestört über die Situation reden. Sie würden die neueren Entwicklungen auswerten und versuchen, eine Offensive zu planen. Sollten sie ruhig. Sie würden noch früh genug merken, dass Eve sich nicht länger von irgendwelchen Entscheidungen ausschließen lassen würde.

Andererseits würde sie die beiden vielleicht ausschließen. Morgen würde sie wieder mit Joe zusammen sein. Logan hatte sie benutzt und sie konnte sich nicht darauf verlassen, dass er es nicht wieder tun würde. Aber Joe konnte sie vertrauen. Sie waren schon lange ein Team und gemeinsam konnten sie es mit allen aufnehmen, auch mit Timwick und Lisa Chadbourne.

Lisa Chadbourne. War ihr der Name so schnell eingefallen, weil sie sie für den Kopf dieser Verschwörung hielt? Die Zeichen, die sie Detwil gegeben hatte, deuteten auf ihre Mittäterschaft, aber das machte sie noch lange nicht zur Hauptfigur.

Aber die Frau, die sie auf den Videos studiert hatte, war nicht der Typ, der sich auf den zweiten Platz verweisen ließ. Sie strahlte Selbstbewusstsein und Charisma aus.

Und so wie Gil Timwick beschrieben hatte, wirkte der

nicht wie ein Mann, der in der Lage war, so eine Riesensache durchzuziehen. Dazu brauchte man Nerven wie Drahtseile und die Fähigkeit, sehr schnell zu reagieren. Nach Gils Auffassung war Timwick ein Mann, der zusammenbrechen würde, wenn man ihn unter Druck setzte.

Falls Lisa Chadbourne die Hauptfigur war, dann täte Eve gut daran, sie genau unter die Lupe zu nehmen.

Sie holte ihre Tasche und nahm die Videos heraus, die sie aus dem Barrett House mitgenommen hatte. Sie schob eins in den Rekorder und setzte sich auf das Sofa vor dem Fernseher.

Lisa Chadbournes lächelndes Gesicht erschien auf dem Bildschirm. Schön, intelligent und ... ja, faszinierend. Eve spürte, wie ihr Puls sich beschleunigte. Sie lehnte sich vor und wandte den Blick nicht mehr von Lisa Chadbourne.

»Was machen Sie da?«, fragte Logan, als er zwei Stunden später wieder ins Haus kam. »Lisa Chadbourne?«

Eve schaltete den Videorekorder aus. »Nichts. Ich habe sie nur ein bisschen studiert.«

»Ihre Zeichen an Detwil?«

»Zum Beispiel. Vor allem ihre Körpersprache. Gesichtsausdruck. Das alles sagt eine Menge aus.«

»Wirklich?« Logans Augen verengten sich. »Ich glaube kaum, dass man daraus etwas ablesen kann. Ich bin sicher, dass sie ihre Gefühle gut verbergen kann.«

Eve zuckte die Achseln. »Ich bin Künstlerin und ich habe es mir zur Aufgabe gemacht, aus dem Gesichtsausdruck von Menschen Schlüsse zu ziehen. Als ich mit der Arbeit als forensische Präparatorin anfing, habe ich sogar einen Kurs besucht über Gesichtsausdruck und Körpersprache und die psychologischen Zusammenhänge. Bei der Identifizierung von Personen kommt es vor allem auf den Gesichtsausdruck an. Ein Gesicht ohne Ausdruck ist wie eine leere Seite.«

»Und was haben Sie über Lisa Chadbourne gelernt?«

»Sie ist arrogant, mutig, aber auch vorsichtig. Vielleicht ein bisschen eitel.« Sie runzelte die Stirn. »Nein, nicht eitel. Dazu ist sie zu selbstbewusst. Sie weiß, wer sie ist, und sie gefällt sich.«

»Selbstgefällig?«

Eve schüttelte den Kopf. »Nein.« Sie zögerte. »Sie ist ... äußerst zielstrebig ... und vielleicht ein bisschen einsam.«

»Sie scheinen ja eine richtige Kristallkugel zu besitzen«, sagte Gil.

»Manches ist natürlich Spekulation. Vielleicht sogar eine ganze Menge. Die meisten Menschen haben ihre Gesichtsmuskeln ganz gut unter Kontrolle. Bis auf die um die Augen. Die sind schwer zu beherrschen. Aber selbst das Fehlen eines Gesichtsausdrucks kann manchmal eine Geschichte erzählen.« Sie kam wieder auf Lisa Chadbourne zurück. »Ich wette, sie hat nur sehr wenige gute Freunde und sie hält alle anderen auf Distanz.«

Logan hob die Brauen. »Das war aber nicht mein Eindruck, als ich sie kennen gelernt habe. Ich versichere Ihnen, niemand könnte herzlicher und geselliger sein, und sie kann besser mit Menschen umgehen als jeder andere, den ich kenne.«

»Und sie ist gut genug, Sie zu täuschen. Sie hat ihren ganzen Charme spielen lassen. Die Welt wird immer noch von Männern regiert und sie ist entschlossen, mit ihnen zurechtzukommen. Das ist wahrscheinlich mittlerweile zu ihrer zweiten Natur geworden.«

»Aber sie ist nicht gut genug, dass Sie auf sie hereinfallen?«

»Es ist vielleicht nur deshalb, weil Sie mir die Bänder zur

Verfügung gestellt haben, auf denen ich ihre Gestik und ihre Mimik studieren konnte. Sie ist sehr beeindruckend und benimmt sich fast nie untypisch. Wenn es doch einmal passiert, dann nur für den Bruchteil einer Sekunde, dann hat sie sich wieder in der Gewalt.« Sie hob die Schultern. »Gut, dass man bei einem Video das Bild anhalten kann. Das kann sehr aufschlussreich sein.«

»Sie sind also zu dem Schluss gekommen, dass sie eine einsame, missverstandene Frau ist, die unschuldig in ein Verbrechen verwickelt wurde?«, sagte er spöttisch.

»Nein, ich glaube, sie könnte töten. Sie strahlt die Entschlossenheit und Intensität einer Atombombe aus. Ich glaube, sie könnte alles tun, was sie für nötig hält, und sie würde sich niemals mit einer Rolle als Randfigur abspeisen lassen. Sie würde immer ihren Willen durchsetzen.« Eve schaltete den Fernseher wieder ein. »Ich fürchte, ich war zu beschäftigt, um mir die Nachrichten anzusehen. Das können Sie jetzt auch selbst nachholen.«

»Sie ziehen aber eine ganze Menge Schlüsse aus diesen Videobändern.«

»Glauben Sie mir oder lassen Sie es bleiben. Das interessiert mich nicht im Geringsten.«

»Oh, ich glaube durchaus, dass Körpersprache und Gesichtsausdruck sehr verräterisch sein können. Das Studium dieser Dinge gehört zu den wichtigsten Kursen auf den Seminaren, zu denen ich alle meine wichtigen Mitarbeiter schicke. Wir müssen einfach sehr vorsichtig in unserer Einschätzung von Lisa Chadbourne sein.«

»Wir müssen bei allem, was mit ihr zu tun hat, vorsichtig sein.« Sie ging auf die Haustür zu. »Ich gehe raus auf den Pier.«

»Darf ich Sie begleiten?«, fragte Logan.

»Nein, ich kann mich nicht erinnern, dass ich eingeladen

wurde mitzukommen, als Sie mit Gil spazieren gegangen sind.«

»Ups«, sagte Gil.

Sie lief die Verandastufen hinunter. Der Strand war menschenleer bis auf ein paar Jugendliche, die in einigen hundert Metern Entfernung Volleyball spielten. Wahrscheinlich sollte sie sich vorsehen, dass niemand sie erkannte. CNN hatte garantiert ein Foto von der verrückten Psychopathin veröffentlicht, die Logan ermordet hatte.

Verrückt. Bei dem Wort zuckte sie zusammen. Zur Hölle mit Lisa Chadbourne. Sie hatte den einzigen wunden Punkt in Eves Leben getroffen. Eve konnte sich regelrecht vorstellen, wie sie die Möglichkeiten durchgegangen war, um dann wie eine schwarze Witwe zuzuschlagen –

Warum war sie sich so sicher, dass Lisa Chadbourne für den Angriff auf sie verantwortlich war? Womöglich irrte sie sich. Es konnte genauso gut Timwick sein.

Nein, sie irrte sich nicht. Lisa Chadbourne würde niemals eine Frau unterschätzen. Sie hatte viel zu viel Hochachtung vor sich selbst.

Eve setzte sich auf den Pier und schaute aufs Wasser.

»Sie ziehen aber eine ganze Menge Schlüsse aus diesen Videobändern.«

Sie zog tatsächlich eine Menge Schlüsse. Vielleicht bildete sie sich die subtilen Nuancen, die sie zu entdecken geglaubt hatte, nur ein.

Von wegen. Sie war darauf spezialisiert, die Mimik eines Menschen zu analysieren.

Und ihre Beobachtungen waren mehr als theoretisch. Sie hatte sich von demselben Instinkt leiten lassen, der ihr bei der Arbeit an dem Schädel geholfen hatte.

Sie *kannte* Lisa Chadbourne.

Fraser.

Ein Schauer lief ihr über den Rücken, als sie in das Wasser starrte. Lisa Chadbourne und Fraser hatten nichts gemeinsam. Warum dachte sie dann, dass zwischen den beiden eine enge Verbindung bestand?

Weil die Angst wieder da war. Sie war zurückgekehrt an dem Tag, als ihr Labor zerstört worden war. Da hatte sie an Fraser gedacht. Bei der Zerstörung des Labors war Lisa Chadbourne die Drahtzieherin gewesen und sie war es auch jetzt.

Fraser war mit einem Wahnsinn behaftet gewesen, den Eve an Lisa Chadbourne nicht entdeckt hatte, aber beide besaßen das Selbstbewusstsein, das Macht einem verleiht.

Die Befriedigung, die Macht mit sich brachte, war eine starke Antriebskraft. Fraser hatte das Töten Macht gegeben. Lisa Chadbournes Motivation war offenbar komplizierter... und möglicherweise sogar noch tödlicher. Der Hunger nach Macht konnte auf globaler Ebene weitaus größeren Schaden anrichten als auf einer persönlichen Ebene.

Zum Teufel mit der globalen Ebene. Nichts konnte schlimmer sein als das, was mit Bonnie geschehen war. Die Welt bestand aus persönlichen Schicksalen, persönlichen Tragödien, und die Morde, die Fraser verübt hatte, waren genauso grauenhaft wie die Morde, für die Lisa Chadbourne verantwortlich war.

Mord blieb Mord. Sie hatten Leben ausgelöscht und das Leben war heilig. Eve glaubte nicht, dass Detwil so gefährlich war, wie Logan annahm. Sie wusste nicht viel über Politik oder Intrigen oder diplomatische Verwicklungen, aber mit Mord kannte sie sich aus. Sie hatte mit Mord leben müssen und selbst beim Essen und im Schlaf war der Gedanke an Mord ihr ständiger Begleiter gewesen.

Wie sie das alles verabscheute.

»Sie müssen die Mutter im Auge behalten, James.« Lisas Stirn legte sich in Falten, während sie das Duncan-Dossier auf dem Bildschirm betrachtete. »Sie liegt Eve Duncan offenbar sehr am Herzen. Ich denke, wir können sie auf irgendeine Weise benutzen.«

»Ich habe sie im Auge«, erwiderte Timwick. »Die ganze Zeit. Wir nehmen an, Duncan hat heute Morgen mit ihrer Mutter telefoniert. Sie hat ein digitales Handy benutzt, aber einer unserer Leute hat sie von draußen abgehört. Wir haben nur Bruchstücke des Gesprächs aufgeschnappt, aber ich wette, sie versucht, ihre Mutter aus der Gefahrenzone zu manövrieren.«

Nicht dumm. Genau das, was Lisa getan hätte. Jeden Schwachpunkt beseitigen. »Das darf nicht passieren. Kümmern Sie sich darum.«

»Soll ich sie denn für immer aus dem Verkehr ziehen lassen?«

Gott, Gewalt war Timwicks Patentlösung für alles. »Nein. Wir brauchen sie vielleicht noch.«

»Sie wird von Madden Security, Logans Sicherheitsdienst, und von der Polizei von Atlanta bewacht. Es könnte schwierig werden, die Sache sauber zu erledigen.«

»Tun Sie Ihr Bestes. Schicken Sie Fiske. Er hat das Problem mit dem Barrett House auf hervorragende Weise gelöst. Was ist mit dem Anthropologen?«

»Wir observieren Crawford an der Duke University.«

»Was ist mit den Leuten, mit denen Eve Duncan zusammengearbeitet hat?«

»Wir sind dabei, die Liste durchzugehen. Das braucht Zeit.«

»Wir haben keine Zeit. So schwierig kann das doch nicht sein. Er muss die entsprechende Ausbildung und Erfahrung mit DNA-Analysen besitzen.«

»Es gibt mehr Leute mit Erfahrung in DNA-Analysen, als man annimmt. Das ist das Thema der Zukunft.«

»Wir müssen die Liste zusammenstreichen. Schicken Sie sie mir, ich werde das übernehmen.« Sie warf einen Blick auf ihre Armbanduhr. »Ich muss los. Ich habe einen Termin. Ich melde mich wieder.«

Sie legte auf und wollte gerade die Datei über Eve Duncan schließen, doch dann zögerte sie. Sie betrachtete Eves Gesicht.

Eve reagierte schnell, um weiteren Schaden zu vermeiden. Lisa hatte bereits geahnt, dass Eve versuchen würde, ihre Mutter in Sicherheit zu bringen, obwohl Sandra verdammt wenig für sie getan hatte. Sie hatte ihre Tochter als Straßenkind aufwachsen lassen und nichts dagegen unternommen, dass Eve schwanger wurde und ein uneheliches Kind zur Welt brachte.

Dennoch hatte Eve ihrer Mutter offenbar verziehen und verhielt sich ihr gegenüber loyal. Loyalität war eine seltene und wertvolle Tugend. Je mehr Lisa die Akte dieser Frau studierte, umso mehr begann sie, Eve zu bewundern ... und zu verstehen. Sie entdeckte immer mehr Ähnlichkeiten zwischen sich und ihr. Lisas Eltern waren liebevoll und fürsorglich gewesen, aber auch sie, Lisa, hatte sich aus kleinen Verhältnissen hochgearbeitet und sich gegen alle gesellschaftlichen Schwierigkeiten durchgesetzt.

Was ging ihr eigentlich durch den Kopf?, fragte sie sich gereizt. Sie durfte sich nicht beirren lassen, bloß weil sie eine gewisse Sympathie für Eve Duncan empfand. Sie hatte einen Weg gewählt und sie musste ihn bis ans Ende gehen.

Egal, wer ihr in die Quere kam.

Kapitel 14

»Sie haben es ja tatsächlich geschafft«, sagte Joe griesgrämig, als er auf den Wagen zukam. »Das wundert mich. Diese Kiste sieht aus, als hätte sie schon ein paar Meilen hinter sich.«

»Sie ist unauffällig.« Logan stieg aus und trat auf Joe zu. »Wäre es Ihnen lieber, wenn ich Eve in einem roten Lamborghini rumkutschierte?«

»Es wäre mir lieber, wenn Sie sie überhaupt nicht rumkutschierten.« Er sah Logan direkt ins Gesicht. »Es wäre mir lieber, wenn Sie ihr nie begegnet wären, Sie Mistkerl.«

Gott, war er sauer, dachte Eve. So aggressiv hatte sie Joe noch nie erlebt und Logan knurrte wie ein Wachhund. Hastig stieg sie aus dem Wagen. »Steig hinten mit mir ein, Joe. Logan, Sie fahren uns nach Emory.«

Keiner der beiden Männer rührte sich.

»Verdammt, ihr zieht zu viel Aufmerksamkeit auf euch. Los, mach schon, Joe.«

Schließlich stieg er ein.

Sie holte erleichtert Luft und nahm ebenfalls im Wagen Platz. »Fahren Sie los, Logan.«

Logan setzte sich hinter das Steuer und ließ den Motor an.

»Hast du meiner Mutter ein Foto von Margaret zukommen lassen?«, fragte sie Joe.

»Gestern Abend.« Er starrte auf Logans Hinterkopf. »Als ich die Gegend ausgekundschaftet habe, bin ich auf seine Sicherheitsleute gestoßen. Ich hätte sie beinahe verhaftet, ehe ich sie dazu brachte, sich auszuweisen.«

»Hat sich sonst noch irgendjemand beim Haus rumgetrieben?«, fragte Logan.

»Anscheinend nicht. Keine offenkundige Überwachung.«

»Sie würden sie auch nicht bemerken; wenn sie schon jemand schicken, dann sind es gute Leute. Sehr gute. Mit den besten Überwachungsgeräten ausgerüstet, die der Markt hergibt.«

»Warum?« Joe wandte sich an Eve. »Was zum Teufel geht hier vor? Sprich mit mir.«

»Hast du mir die Fotos von Timwick und Fiske besorgt?«

Er langte in seine Brusttasche und brachte einen Umschlag zum Vorschein. »Das kommt noch dazu. Ich habe diesen Mr Fiske überprüft. Der Typ ist gemeingefährlich. Du dürftest dich noch nicht mal in Hörweite von diesem Schwein begeben.«

»Ich werd mir Mühe geben.« Er sah gar nicht gefährlich aus, dachte sie abwesend, eher wie ein typischer Butler. Freundliche, haselnussbraune Augen. Seine Nase war lang und aristokratisch, und sein grau melierter, sauber gestutzter Schnurrbart war der Inbegriff von Korrektheit. Obwohl er nicht älter als Ende dreißig wirkte, war sein kurz geschnittenes, braunes Haar an den Schläfen schon ergraut und deutlich schütter.

An James Timwick war überhaupt nichts aristokratisch. Er hatte ein breites Gesicht, beinahe slawisch, und blassblaue Augen. Er war jünger, als sie erwartet hatte, vielleicht Anfang vierzig, und er hatte pechschwarze Haare.

»Und jetzt erzähl mir, wozu du diese beiden Fotos brauchst«, sagte Joe.

Weil ich das Gesicht des Feindes sehen wollte, das Gesicht der Männer, die versuchen, mich zu töten. Aber das war keine Erklärung, die sie Joe geben konnte, der kurz vor dem Explodieren stand. »Ich dachte, es könnte nützlich sein.« Sie steckte die Fotos in ihre Handtasche. »Vielen Dank, Joe.«

»Bedank dich nicht bei mir. Sag mir, was ich wissen muss.«

Sie musste einen letzten Versuch machen. »Du brauchst nichts zu wissen. Ich würde dich lieber nicht in diese Sache verwickeln.«

»Red schon.«

Es hatte keinen Zweck, er würde sich nicht abwimmeln lassen. »Okay. Aber ich erzähle es dir auf meine Weise. Versuch nicht, mich zu verhören, Joe.«

Sie waren an der Emory University angekommen und standen schon seit über zehn Minuten auf dem Parkplatz, als Eve mit ihrem Bericht fertig war.

Joe schwieg einen Moment lang und starrte auf den Lederkoffer zu Eves Füßen. »Ist er da drin?«

»Ja.«

»Das ist verdammt schwer zu glauben.«

»Da stimme ich dir zu«, sagte Eve. »Aber es ist Ben Chadbourne, Joe.«

»Bist du sicher?«

Sie nickte. »Und deswegen will ich nicht, dass du auch noch da reingerätst. Ich weiß nicht, was noch alles geschehen wird.«

»Aber ich«, sagte Joe grimmig. »Und Logan weiß es auch. Er hat von Anfang an gewusst, in was er dich da reinzieht.«

»Ja, ich habe es gewusst«, sagte Logan ruhig. »Aber das ändert nichts an der derzeitigen Situation. Wir müssen da selbst durch.«

Joe warf ihm einen eisigen Blick zu, dann wandte er sich

wieder an Eve. »Du kannst ihm nicht trauen. Es wäre besser, wenn ich ihn dir vom Hals schaffen würde.«

»Ihn mir vom Hals schaffen?«

»Es wäre ziemlich einfach. Man hält ihn doch sowieso schon für tot.«

Ihre Augen weiteten sich. »Joe.«

Er hob die Schultern. »Ich hatte auch nicht damit gerechnet, dass du das Angebot annehmen würdest.« Er öffnete die Wagentür. »Bleib hier. Ich werde die Gegend erkunden und Kessler auf den Zahn fühlen. Was bringt dich zu der Annahme, dass er bereit ist, sich darauf einzulassen?«

»Er ist integer und neugierig und ein obsessiver Charakter. Deswegen hat er diesen Beruf gewählt.«

»Tja, mit Obsessionen kennst du dich ja aus.« Er schlug die Tür zu und eilte über den Parkplatz.

»Ein ziemlich gewalttätiger Mann für einen Gesetzeshüter«, murmelte Logan.

»Er ist nicht gewalttätig. Er ist nur wütend. Er hätte Sie niemals –«

»Oh, da bin ich ganz anderer Meinung. Ein paar Minuten lang hat mein Kopf nicht besonders sicher auf meinem Hals gesessen. Ich schätze, ich sollte mich Quinn gegenüber sehr vorsehen.«

»Joe vertritt das Gesetz«, sagte sie gereizt. »Verdammt, er ist ein guter Bulle.«

»Da bin ich mir ganz sicher, aber ich bin mir ebenso sicher, dass seine militärische Spezialausbildung bei der Eliteeinheit SEAL hin und wieder durchkommt. Vor allem, wenn das Gesetz nicht mehr zu greifen scheint und seine Freunde in Gefahr sind.«

»Joe ist kein Killer.«

»Heute nicht mehr. Haben Sie ihn je gefragt, wie viele Männer er getötet hat, als er noch bei der SEAL war?«

»Natürlich nicht. Wir hatten Frieden, als er beim Militär war.«

»Aber die SEAL führt auch in Friedenszeiten gewisse Missionen aus.«

»Warum tun Sie das? Warum versuchen Sie, mein Vertrauen in Joe zu erschüttern?«

»Vielleicht aus Selbstschutz.« Er lächelte grimmig. »Und weil Sie zugeben sollen, dass es vor wenigen Minuten nur eines Kopfnickens von Ihnen bedurft hätte, und ich wäre ein toter Mann gewesen.«

»Ich werde überhaupt nichts zugeben –«

»Seien Sie ehrlich.«

Sie wollte nicht ehrlich sein, nicht wenn es bedeutete, dass sie Joe nicht so gut kannte, wie sie glaubte. Joe war für sie ein Fels in der Brandung. Er war der einzige Mensch in ihrem Leben, der beständig und vertrauenswürdig war. Wenn um sie herum alles auseinander brach, war Joe da. Sie konnte ihn sich nicht als Killer vorstellen, denn dann müsste sie ihn mit Fraser vergleichen. Nein. Niemals.

»Hat er Ihnen je von seiner Zeit beim Militär erzählt?«

»Nein.«

»Wussten Sie, dass er, seit er in Atlanta ist, in Erfüllung seiner Pflicht drei Männer getötet hat?«

Sie starrte ihn entgeistert an.

»Das hatte ich auch nicht erwartet. Quinn ist intelligent und er kennt Sie gut. Es ist nur konsequent, dass er Ihnen diesen Teil seines Lebens vorenthält.«

»Er ist kein Mörder.«

»Das habe ich auch nicht behauptet. Es steht außer Frage, dass er in jedem der drei Fälle in Notwehr gehandelt hat und dass der Abschaum, den er getötet hat, nichts anderes verdient hatte. Ich sage nur, dass Quinn viele Seiten hat und dass er gefährlich ist.«

»Sie versuchen, mein Vertrauen in ihn zu erschüttern.«

»Und er versucht, jedes Vertrauen, das Sie in mich haben könnten, zu erschüttern. Ich will mich nur verteidigen.«

»Ich habe kein Vertrauen zu Ihnen.«

»Ein bisschen schon. Zumindest wissen Sie, dass wir auf derselben Seite stehen. Ich werde nicht zulassen, dass Quinn Ihnen diese Gewissheit nimmt.« Sein Blick wanderte zu Joe hinüber, der gerade die Stufen zum Gebäude für Geowissenschaften hinaufstieg. »Und ich will mich nicht auch noch mit Quinn herumschlagen müssen.«

Eve folgte seinem Blick. Es war, als würde sie Joe plötzlich in einem anderen Licht sehen. Er war stets selbstbewusst, seine Bewegungen waren elastisch und elegant, aber jetzt sah sie die gnadenlose Effizienz in seiner ganzen Haltung. Durchsetzungsfähig hatte sie ihn genannt und als durchsetzungsfähig kannte sie ihn, aber nicht als tödlich.

Jetzt spürte sie diese tödliche Kraft.

»Zur Hölle mit Ihnen.«

»Wir alle sind Wilde«, sagte Logan ruhig. »Jeder ist in der Lage zu töten, wenn genug auf dem Spiel steht. Nahrung, Rache, Selbsterhaltungstrieb ... Aber Quinn wusste, dass Sie damit nicht würden umgehen können, deswegen hat er Ihnen diese Seite seines Lebens vorenthalten.«

»Und würden Sie auch töten, Logan?«, fragte sie erbittert.

»Wenn die Umstände mich dazu zwingen würden. Und Sie würden es auch tun, Eve.«

Sie schüttelte den Kopf. »Das Leben ist zu kostbar. Es gibt keine Entschuldigung für Mord.«

Er zuckte die Achseln. »Eine Entschuldigung nicht, aber Gründe –«

»Ich möchte nicht darüber reden.« Sie lehnte sich zurück, starrte aus dem Fenster und entzog sich ihm. »Ich möchte überhaupt nicht mit Ihnen reden, Logan. Lassen Sie mich einfach in Ruhe, okay?«

»Kein Problem.«

Er hatte ja auch keinen Grund, weiter auf sie einzureden. Er hatte eine Schlange in die Welt gesetzt und jetzt reichte es ihm zuzusehen, wie sie ihr Gift zur Wirkung brachte.

Aber das Vergnügen würde sie ihm nicht bereiten. Sie würde nicht zulassen, dass er ihr Vertrauen in Joe zerstörte. Logan war der Außenseiter, nicht Joe. Sie würde nicht grübeln und seine Worte an ihr nagen lassen.

Logan sagte leise: »Aber Sie wissen, dass es stimmt.«

»Alles in Ordnung.« Joe öffnete die Wagentür und half Eve beim Aussteigen. »Die Luft ist rein. Kessler ist allein. Sein Assistent Bob Spencer war bei ihm, aber ich habe Kessler gebeten, ihn fortzuschicken.«

Eve nahm den Koffer mit dem Schädel. »Was hast du Gary erzählt?«

»Nicht, was sich in dem Überraschungspaket befindet, aber über alles andere habe ich ihn ins Bild gesetzt. Du hattest Recht, er ist neugierig.« Er nahm ihr den Koffer ab und fasste ihren Ellbogen. »Packen wir's an.«

»Ich komme mir allmählich vor wie das fünfte Rad am Wagen.« Logan stieg aus. »Ich nehme an, Sie haben nichts dagegen, wenn ich mitkomme?«

»Ich habe etwas dagegen«, erwiderte Joe. »Aber ich werde Sie dulden, solange Sie nicht quer schießen.« Er beschleunigte seine Schritte, als er Eve über den Parkplatz geleitete. »Wie lange wird das dauern?«

»Kessler wird nicht lange brauchen, falls er genug Ausgangsmaterial für die DNA-Analyse findet. Es ist die Laborarbeit, die mich beunruhigt. DNA-Analysen können Monate in Anspruch nehmen.«

»Du kümmerst dich darum, dass Kessler ausreichend Material bekommt, und ich kümmere mich darum, dass die DNA-Analyse durchgeführt wird.« Joe hielt ihr die Eingangstür zu dem Gebäude auf. »Keine Sorge. Ich bin ziemlich durchsetzungsfähig. Das ist eine meiner –« Er starrte plötzlich auf ihr Gesicht. »Warum siehst du mich so an?«

Hastig wandte sie ihren Blick ab. »Ich weiß nicht, was du meinst.«

»Erzähl mir keinen Blödsinn.«

Sie schüttelte seine Hand ab und ging weiter. »Hör auf, in mich zu dringen, Joe. Es ist alles in Ordnung.«

»Vielleicht.« Er sah Logan von der Seite an. »Vielleicht auch nicht.«

Sie öffnete die Tür des Labors und sah Kessler an seinem Schreibtisch sitzen und ein Sandwich essen.

Er blickte auf und warf ihr einen finsteren Blick zu. »Ich höre, Sie versuchen, mich ins Kittchen zu bringen. Besten Dank auch, Duncan.«

»An Ihrem Schnurrbart klebt Senf.« Sie nahm Joe den Koffer ab und trat auf Kessler zu. Mit der Papierserviette, die auf dem Schreibtisch lag, wischte sie ihm den Schnurrbart ab. »Himmel, müssen Sie sich eigentlich beim Essen immer bekleckern, Gary?«

»Essen sollte ein Genuss sein, wenn ein Mann allein ist. Man sollte nicht damit rechnen müssen, dass eine Frau hereinplatzt und einen kritisiert. Erst recht keine, die um einen Gefallen bettelt.« Er biss in sein Sandwich. »In was sind Sie da bloß reingeraten, Duncan?«

»Ich brauche ein wenig Hilfe.«

»Wenn die Nachrichten stimmen, brauchen Sie Hilfe von einem Anwalt, nicht von mir.« Er schaute an ihr vorbei. »Sie sind Logan?«

Logan nickte.

Kessler lächelte durchtrieben. »Soviel ich weiß, haben Sie eine Menge Geld?«

»Genug.«

»Könnten Sie etwas davon erübrigen? Die Dinge sind nicht mehr so wie früher. Es ist leider eine traurige Tatsache, dass wir schlauen Wissenschaftler heutzutage auf Gönner angewiesen sind.«

»Wir werden uns schon einigen können«, sagte Logan.

»Hören Sie auf, Gary.« Eve begann, den Koffer zu öffnen. »Sie wissen ganz genau, dass Sie den Job umsonst erledigen, wenn er Sie genug interessiert.«

»Sie haben ein ziemlich loses Mundwerk, Duncan«, sagte Kessler. »Ein bisschen Geldgier kann nie schaden. Außerdem habe ich mich ja vielleicht zu einem Banausen entwickelt, seit wir das letzte Mal zusammengearbeitet haben.« Sein Ton klang abwesend, sein Blick war auf den Koffer fixiert. Trotz seiner schnodderigen Worte spürte sie seine Erregung. Er erinnerte Eve an ein Kind, das neugierig auf den Inhalt eines Weihnachtspäckchens war. »Und Quinn vorzuschicken, damit er meine Neugier weckt, ist ein ziemlich durchschaubarer Trick. Ich hätte Sie für subtiler gehalten.«

Sie grinste. »Wenn etwas funktioniert, soll man nicht daran herumpfuschen.«

»Es muss sich um etwas äußerst Interessantes handeln, dass Sie sich auf so einen Schlamassel eingelassen haben.« Er wandte seinen Blick nicht von dem Koffer. »Normalerweise sind Sie nicht dumm.«

»Danke.«

Sie wartete.

Schließlich fragte er ungeduldig: »Also, wer ist es?«

Sie öffnete den Koffer und hob den Schädel vorsichtig heraus. »Sagen Sie's mir.«

»O Scheiße«, flüsterte er.

Eve nickte. »Genau.«

Er nahm den Schädel entgegen und stellte ihn auf seinen Schreibtisch. »Und das ist kein übler Scherz?«

»Wäre ich auf der Flucht, wenn es sich um einen Scherz handelte?«

Er starrte das Gesicht an. »Mein Gott. Chadbourne.« Er wandte sich zu Eve um. »Wenn es Chadbourne ist. Wussten Sie es, als Sie an dem Schädel gearbeitet haben?«

Sie schüttelte den Kopf. »Ich habe mich blind an die Arbeit gemacht. Ich hatte keine Ahnung, bis ich fertig war.«

»Und was wollen Sie von mir?«

»Den Beweis.«

»DNA.« Er runzelte die Stirn. »Und mit welchem Material soll ich arbeiten? Ich nehme an, Sie haben schon wieder an dem echten Schädel gearbeitet. Warum können Sie keine Abdrücke nehmen? Wer weiß, was Sie alles zerstört haben.«

»Da war nicht mehr viel zu zerstören. Die Leiche ist verbrannt worden.«

Seine Augen verengten sich. »Und was glauben Sie, was ich jetzt noch tun kann?«

»Ich dachte ... die Zähne. Der Zahnschmelz müsste die DNA geschützt haben. Sie könnten einen Zahn spalten und die DNA isolieren. Ist das möglich?«

»Möglich, ja. Man hat das schon gemacht. Aber es ist keine sichere Diagnose«, fügte er hinzu.

»Werden Sie es versuchen?«

»Warum sollte ich? Das geht mich überhaupt nichts an und bringt mich nur in Schwierigkeiten.«

Joe schaltete sich ein. »Ich werde hier bleiben und Sie bewachen, während Sie arbeiten.« Er warf Logan einen Blick zu. »Und ich bin sicher, Mr Logan würde sich erkenntlich zeigen.«

»In begrenztem Umfang«, sagte Logan.

Sie gingen die Sache völlig falsch an, dachte Eve ungeduldig. Von dem Augenblick an, als sie Garys Gesicht gesehen hatte, hatte sie gewusst, dass er mitmachen würde. Er brauchte nur noch einen kleinen Schubs. »Wollen Sie nicht wissen, ob es sich tatsächlich um Chadbourne handelt, Gary? Möchten Sie nicht derjenige sein, der den Beweis erbringt?«

Kessler überlegte. »Vielleicht.«

Klar wollte er es. Sie konnte es an der Erregung sehen, die er zu verbergen suchte.

»Es wäre unglaublich schwierig«, sagte sie. »Vielleicht würde es Ihnen für ein Buch reichen.«

»So schwierig auch wieder nicht.« Er sah sie strafend an. »Es sei denn, Sie haben die Zähne auch ruiniert.«

»Ich habe sie möglichst überhaupt nicht angerührt.« Sie lächelte. »Und Sie wissen, dass meine Arbeit keine Auswirkungen auf Ihre Arbeit hat. Es ist alles noch da und wartet nur auf Sie.«

Er schaute auf. »Ich weiß genau, wie Sie arbeiten.«

»Natürlich wissen Sie das. Also, wollen Sie es nun tun oder müssen wir den Schädel zu Crawford an der Duke University bringen?«

»An meinen Ehrgeiz zu appellieren wird Ihnen auch nicht helfen. Ich weiß, dass ich der Beste auf dem Gebiet bin.« Er setzte sich auf seinen Stuhl. »Aber vielleicht tue ich Ihnen den Gefallen. Sie sind mir schon immer sympathisch gewesen, Duncan.«

»Sie würden es auch tun, wenn Sie mich nicht ausstehen könnten.« Ihr Lächeln verschwand. »Aber ich werde Sie nicht anlügen. Das Ganze ist wesentlich gefährlicher, als lediglich mit dem Gesetz in Konflikt zu geraten.«

»Das hab ich mir schon gedacht.« Er zuckte die Achseln.

»Ich bin ein alter Mann. Ich kann ein bisschen was für meinen Blutdruck gebrauchen. Kann ich mein eigenes Labor benutzen?«

»Lieber nicht. Wir glauben zwar, dass wir hier sicher sind, aber wir können kein Risiko eingehen. Gibt es einen anderen Ort, an dem Sie arbeiten können?«

»Sie machen mir das Leben aber wirklich schwer.« Er überlegte. »Mein privates Labor bei mir zu Hause?«

Eve schüttelte den Kopf.

»Ich habe einen Freund, der Professor an der Kennesaw State University ist, das liegt ungefähr vierzig Minuten von hier. Er wird mich sein Labor benutzen lassen.«

»In Ordnung.«

»Was ist mit meinem Assistenten?«

Sie schüttelte den Kopf. »Er kann Ihren Unterricht übernehmen. Ich werde Ihnen helfen.«

»Ich werde wahrscheinlich keine Hilfe brauchen.« Dann fügte er gereizt hinzu: »Aber Sie können all das verdammte Wachs entfernen. Ich will eine schöne, saubere Oberfläche.«

»Okay.« Sie wappnete sich. »Aber zuerst muss ich ein Mischbild machen.«

»Und ich soll inzwischen Däumchen drehen?«

»Ich werde mich beeilen. Es muss sein, Gary. Sie wissen, wie wichtig die Zähne für das Mischbild sind, und wir wissen nicht, wie viele Zähne Sie entfernen müssen. Uns liegen keine zahnärztlichen Befunde vor, also brauchen wir jeden Fetzen Beweismaterial, den wir kriegen können.«

»Vielleicht«, knurrte er. »Aber meine DNA-Analyse wird den endgültigen Beweis erbringen.«

»Ich weiß. Aber könnten Sie Ihre Beziehungen spielen lassen, um eine entsprechende Videoausrüstung von der Uni auszuleihen? Ein Mischpult habe ich mitgebracht.«

»Sie verlangen ja wirklich nicht viel«, sagte Gary gries-grämig. »Eine wertvolle Ausrüstung der Uni ausleihen? Die werden mir den Kopf abreißen.«

»Sie brauchen ihnen ja nicht zu sagen, dass Sie sie irgend-wohin mitnehmen.«

»Sie werden sich trotzdem quer stellen.«

»Reden Sie ihnen gut zu.«

»Klar. Dann werden sie endgültig davon überzeugt sein, dass ich durchgedreht bin. Ich werde ihnen stattdessen dro-hen und sie erpressen.«

»Sie haben Recht. Es wäre unklug, wenn Sie sich plötzlich völlig ungewohnt aufführten.«

»Aber Sie werden sich an die Arbeit mit dem Schädel ma-chen und die Sache so schnell wie möglich erledigen.«

»Abgemacht.«

»Erstaunlich«, murmelte Kessler. »Wie lange brauchen Sie, um den Schädel zu säubern?«

»Eine Stunde, vielleicht zwei. Ich möchte äußerst vorsich-tig vorgehen.«

»Dann werde ich jetzt die Ausrüstung besorgen und mei-nen Assistenten ausfindig machen, um ihm zu sagen, dass ich für ein paar Tage weg sein werde.« Kessler ging auf die Tür zu. »Packen Sie Ihren Präsidenten ein. Ich bin so schnell wie möglich zurück.«

»Danke, Gary«, sagte Eve leise. »Ich bin Ihnen was schul-dig.«

»Ja, das sind Sie, und ich werde dafür sorgen, dass Sie be-zahlen.«

»Das haben Sie sehr geschickt gemacht«, sagte Logan, als die Tür sich hinter Kessler schloss.

»Wir verstehen einander.« Sie warf Joe einen Blick zu. »Würdest du ihm folgen und sicherstellen, dass ihm nichts zustößt? Ich wollte nicht zu viel Aufhebens darum machen, aber ich möchte nicht, dass er ganz allein auf dem Uni-Gelände herumläuft.«

»Du hast doch selbst gesagt, dass sie wahrscheinlich nicht auf Kessler kommen würden.«

»Aber ich will kein Risiko eingehen. Ich habe ihn überredet, uns zu helfen. Ich fühle mich für ihn verantwortlich.«

»Und ich fühle mich für dich verantwortlich.«

»Bitte, Joe.«

»Ich möchte nicht –« Er brach ab, als er ihren Gesichtsausdruck wahrnahm. Er wandte sich abrupt um. »Bleiben Sie bei ihr, Logan. Wenn ihr etwas zustößt, breche ich Ihnen das Genick.« Dann fiel die Tür hinter ihm ins Schloss.

Schon wieder Gewalt. Eve starrte abwesend auf den Schädel.

»Sind Sie abmarschbereit?«, fragte Logan.

»Noch nicht. Ich werde Ben einpacken und dann versuchen, bei Garys Werkzeug etwas zu finden, womit ich das Wachs abkratzen kann.« Sie trat an den Arbeitstisch und öffnete den Hängeschrank. »Sie können inzwischen Margaret anrufen und in Erfahrung bringen, wann meine Mutter in Sicherheit sein wird.«

»Ich rufe sie gleich von hier aus an.«

»Ich will nicht, dass Sie mir im Weg rumstehen. Gehen Sie vor die Tür zum Telefonieren.«

»Ich würde Ihrer Bitte ja gern nachkommen, aber Quinn hat mir einen klaren Befehl erteilt. Mir liegt eine Menge an einem intakten Genick.«

»*Ich* gebe hier die Befehle. Sie stören hier nur. Gehen Sie mir aus dem Weg und sorgen Sie dafür, dass meine Mutter in Sicherheit ist, sonst fahre ich nach Hause und kümmere mich selbst darum. Das würde ich sowieso am liebsten tun.«

Er hob die Hand, um zu zeigen, dass er kapitulierte. »Bin schon unterwegs.«

Im nächsten Augenblick war er verschwunden.

Sie atmete erleichtert auf. Sie wollte jetzt niemanden um sich haben. Sie war zu verunsichert und musste ihre Gedanken und Gefühle ordnen. Nur bei der Arbeit würde ihr das gelingen. Je eher sie in das Labor der Kennesaw State University gelangten, umso besser würde sie sich fühlen.

Sie fand drei hölzerne Instrumente, die ihr scharf genug erschienen, um damit arbeiten zu können, aber nicht so scharf, dass sie Schaden anrichten würden, falls ihr die Hand ausrutschte. Sie steckte sie in ihre Handtasche und packte den Schädel vorsichtig in den Koffer zurück. »Okay, Ben. Tut mir Leid, dass ich dir das zumute, aber ich muss all das Zeug von dir entfernen. Auftragen, entfernen. Dieses ganze Gefummel ist irgendwie unfair, stimmt's?« Sie verriegelte die Kofferschlösser. »Aber es muss nun mal sein.«

»Mrs Duncan? Öffnen Sie die Tür. Hier ist Margaret Wilson.«

Sandra betrachtete die dicke Frau durch den Türspion und verglich sie mit dem Foto in ihrer Hand.

»Mrs Duncan?«

»Ich habe Sie gehört.« Sandra entriegelte die Tür. »Kommen Sie rein.«

Margaret schüttelte den Kopf. »Nein, mein Wagen steht an der Straße. Wir müssen los. Sind Sie fertig?«

»Ich muss nur eben meinen Koffer holen.« Sie ging ins Wohnzimmer und kehrte mit dem Koffer zurück. »Wo fahren wir hin?«

»Wir können hier nicht reden.« Margaret stieg die Verandastufen hinunter. »Keine Sorge, ich bringe Sie in Sicherheit.«

»Warum können wir hier nicht reden? Ich bin doch nicht –« Sandra begriff. »Wanzen? Glauben Sie, in meinem Haus sind Wanzen versteckt?«

»So wurde mir gesagt. Beeilen Sie sich.«

»Wanzen.« Sandra verschloss die Haustür. »Was zum Teufel geht hier eigentlich vor?«

»Ich hatte gehofft, Sie wüssten es.« Margaret eilte über den Gehweg. »Ich dachte, wir könnten unsere Aufzeichnungen vergleichen und ein paar Antworten finden. Gewöhnlich macht es mir nichts aus, für John irgendetwas blind zu erledigen, aber bei dieser Sache fühle ich mich nicht besonders wohl.« Sie öffnete die Beifahrertür. »Steigen Sie ein.« Sie deutete auf einen kleinen, kräftigen Mann, der hinter dem Steuer saß. »Das ist Brad Pilton. Er ist einer der Sicherheitsleute, die Ihr Haus während der vergangenen Tage bewacht haben. Er soll unser Leibwächter sein.«

»Ich *bin* Ihr Leibwächter«, sagte Pilton entnervt. Er nickte Sandra höflich zu. »Ma'am.«

»Also, Sie sind nicht gerade ein Hüne.« Margaret nahm auf dem Rücksitz Platz. »Nicht dass das normalerweise ein Nachteil wäre. Ich steh auf kleine Leute. Trotzdem hätte ich mich wohl für jemand anders entschieden, wenn ich Sie vorher gesehen hätte. Die Großen und Muskulösen sind manchmal tatsächlich zu gebrauchen. Nicht dass Sie keine hervorragenden Referenzen hätten.«

»Danke.« Er ließ den Motor an und fuhr los.

»Wo fahren wir hin?«, wiederholte Sandra. »Oder können wir nicht reden?«

»Im Wagen ist es kein Problem. Er gehört dem Sicherheitsdienst, aber ich habe trotzdem darauf bestanden, dass Pilton ihn nach Wanzen absucht. Wir fahren zur Mall.«

»Zur Mall?«

»Zur North Lake Mall.« Margaret lächelte Sandra an. »Wir müssen den Wagen wechseln für den Fall, dass wir verfolgt werden. Wir werden zu einer Tür rein- und zu einer anderen wieder rausfahren.«

»Und dann?«

»Zum Lanier-See. Ich habe eine kleine Hütte gemietet. Sie werden sicher und gemütlich untergebracht.«

Lanier-See. Ron und sie hatten überlegt, das Labor-Day-Wochenende dort zu verbringen, dachte Sandra wehmütig. Aber er hatte vorgeschlagen, in einem Hotel auf der Pine-Insel zu übernachten. Er war nicht so naturverbunden. Na ja, sie selbst eigentlich auch nicht. Trotz all ihrer Gegensätze hatten sie eine Menge Gemeinsamkeiten.

»Stimmt irgendwas nicht?«, wollte Margaret wissen.

»Nein, nein, alles in Ordnung. Mir kommt das nur alles wie ein böser Traum vor.«

»Mir auch.« Margaret beugte sich vor und legte Sandra eine Hand auf die Schulter. »Keine Sorge. Wir stehen das gemeinsam durch.«

»Ich glaube, wir werden verfolgt«, sagte Pilton.

Sandra zuckte zusammen und warf einen Blick über ihre Schulter. »Wo?«

»Der dunkelblaue Mercury.«

»Sind Sie sicher?«

Pilton nickte. »Keine Sorge. Damit haben wir gerechnet. Wir werden ihn in der Mall abhängen.«

Jemand folgte ihnen. Jemand, der ihnen etwas zuleide tun wollte, dachte Sandra.

Zum ersten Mal erschien ihr die Bedrohung real.

Fiske beobachtete, wie der Van in der North Lake Mall in eine Parklücke fuhr und die drei Insassen durch die Tür des Südausgangs hasteten. Er machte sich gar nicht erst die Mühe, einen Parkplatz zu suchen. Er würde einfach herumfahren und warten, bis die drei durch eine andere Tür herauskamen.

Aber es war ungewiss. Es gab zu viele Parkebenen und zu viele Türen.

Eigentlich war es auch egal. Sein Lieblingsabhörgerät hatte mal wieder wunderbar funktioniert. Er wusste, wo sie hin wollten, obwohl er wünschte, Margaret Wilson hätte sich ein bisschen deutlicher ausgedrückt. Lanier war ein riesiges Freizeitgebiet mit Tausenden von Hütten, die man mieten konnte.

Was bedeutete, dass er am besten möglichst schnell die richtige ausfindig machte.

Er legte sein Abhörgerät weg und rief Timwick mit seinem Handy an. »Duncans Mutter wird in eine Hütte am Lanier-See verfrachtet. Die Hütte wurde wahrscheinlich heute oder gestern von Margaret Wilson gemietet. Ich muss wissen, welche.«

»Ich kümmere mich darum.« Timwick legte auf.

Fiske beschloss, sich inzwischen ein Hotelzimmer zu nehmen und abzuwarten. Alles lief nach seinem Geschmack. Es hatte ihn geärgert, Atlanta verlassen zu müssen, bevor er alles endgültig erledigen konnte.

Aber jetzt war er wieder da.

»Alles in Ordnung«, sagte Margaret am Telefon zu Logan. »Wir haben das Fahrzeug gewechselt und sind auf dem Weg zum Lanier-See.«

»Rufen Sie mich an, wenn Sie dort angekommen sind.«

»Ich habe Ihnen doch gesagt, es ist alles in Ordnung. Pilton ist sich sicher, dass uns niemand mehr gefolgt ist.«

»Pilton?«

»Der Leibwächter. Obwohl sein Leib kaum größer ist als meiner.«

»Macht nichts. Ich würde selbst gegen Goliath auf Sie wetten.«

»Ich auch. Darum versuche ich, mich wegen Pilton zu beruhigen. Also gut, ich rufe Sie an, sobald wir in der Hütte sind. Sonst noch was?«

»Bleiben Sie in Deckung.« Er beendete das Gespräch.

Alles in Ordnung.

Vielleicht war es das, aber er machte sich dennoch Sorgen. Er hätte erwartet, dass es schwieriger sein würde, Sandra Duncan aus dem Haus zu bekommen.

Es sei denn, die anderen wollten sie ebenfalls von der Bildfläche verschwinden lassen. Es wäre viel leichter, sich jemanden vom Hals zu schaffen, der sich versteckte.

Aber nur, wenn sie sie fanden.

»Ich habe Ihnen doch gesagt, Sie sollen bei Eve bleiben.« Joe Quinn kam auf ihn zu.

»Und sie hat Ihnen gesagt, Sie sollen bei Kessler bleiben.«

»Er ist direkt hinter mir.«

»Und ich bin nur hundert Meter vom Labor entfernt.«

»Das sind hundert Meter zu viel.«

»Ich musste einen Anruf erledigen und ich glaube, sie wollte mich außer Reichweite haben.«

»Sie hat halt Geschmack.«

Zeit, einen Versöhnungsversuch zu wagen. »Sie haben absolut Recht. Sie hat genauso wie Sie absolut Recht damit, mich zu verabscheuen.« Er sah Quinn direkt in die Augen. »Aber geben Sie mir keine Befehle. Wir gehören zum selben Team und ich werde tun, was ich kann. Aber ich werde mit Ihnen arbeiten, nicht für Sie, Quinn.«

Joes Mundwinkel zuckten. »Und auch nicht gegen mich? Was haben Sie ihr über mich erzählt?«

»Was ich ihr erzählen musste, um meine Position zu verteidigen. Ich versichere Ihnen, es war die reine Wahrheit.«

»Laut Definition von John Logan.«

Logan nickte. »Ich glaube, Sie wissen, was ich ihr erzählt habe. Wahrscheinlich haben Sie es ihr all die Jahre vorenthalten.«

»Sie verdammter Hund.«

»Ich denke, ich hatte ein Recht, mich zu schützen. Sie wurden mir ein bisschen zu gefährlich. Ich nehme an, wir kommen zu einer Einigung. Sie erklären sich einverstanden, wenn schon nicht freundschaftlich, dann wenigstens bereitwillig mit mir zusammenzuarbeiten, und ich höre auf, Eve von Ihrem Alter Ego zu erzählen.«

Quinn starrte ihn einen Augenblick lang feindselig an. »Sie können mich mal.« Er ging an ihm vorbei und betrat das Gebäude.

Logan atmete tief aus. Er war in seinem Leben vielen gefährlichen Männern begegnet, aber Quinn war zweifellos eine Klasse für sich. Er wunderte sich, dass Eve das noch nicht bemerkt hatte.

Vielleicht war es auch gar nicht so verwunderlich. Für sie war Quinn der Beschützer, der Mann, der sie gerettet und gestützt hatte.

Es war schwer, einen Retter mit einem Terminator gleichzusetzen.

Kapitel 15

Kennesaw State University
1.05 Uhr

»Wie sieht's aus?« Logan hockte sich neben Eves Stuhl.
»Haben Sie einen Augenblick Zeit?«

»Nein, habe ich nicht. Ich hab ewig gebraucht, um diese Geräte aufzubauen und einzustellen.« Sie richtete den Bildschirm aus. »Und ich habe gerade erst angefangen.«

»Margaret hat vom Lanier-See angerufen. Ich habe die Telefonnummer. Ich dachte, Sie wollten vielleicht mit Ihrer Mutter reden.«

»Warum haben Sie das nicht gleich gesagt? Natürlich will ich mit meiner Mutter sprechen.«

Logan wählte die Nummer und reichte Eve das Handy.

»Wie geht's dir, Mom?«

»Ich bin müde. Und ich mach mir Sorgen um dich«, sagte Sandra. »Und um mich auch. Abgesehen davon geht's mir ganz gut. Wann wird das alles vorbei sein, Eve?«

»Ich wünschte, ich wüsste es.« Sie wechselte das Thema. »Wie gefällt dir die Hütte?«

»Nett. Direkt am Wasser. Tolle Aussicht.«

Aber Sandra klang nicht so, als würde sie die Hütte oder die Aussicht genießen. Wer sollte ihr das verübeln? Eve hatte ihr ganzes Leben durcheinander gebracht und sie aus der ruhigen, gemütlichen Nische gerissen, die sie sich eingerichtet hatte. »Versuch, die Umgebung zu genießen und dich zu entspannen. Hast du dir was zum Lesen mitgenommen?«

»Margaret hat ein paar Krimis gekauft, aber du weißt ja, dass ich nicht viel lese. Hier gibt es einen großen Fernseher.« Sie überlegte. »Meinst du, ich kann Ron anrufen? Ich brauche ihm ja nicht zu sagen, wo ich bin.«

»Nein, lass das lieber. Ehrlich, ich versuche, dich in ein paar Tagen da rauszuholen.«

»Okay.« Sandra klang niedergeschlagen. »Ich fühle mich einfach ein bisschen einsam. Aber ich komme schon klar. Pass auf dich auf.«

»Mach ich. Gute Nacht, Mom. Ich rufe jeden Tag an.« Sie reichte Logan das Telefon. »Danke. Jetzt fühle ich mich ein bisschen besser.«

»Das war der Zweck der Übung. Wie geht es ihr?«

»Sie ist deprimiert. Sie will ihr normales Leben wiederhaben.« Sie starrte leer auf den Bildschirm. »Sie verdient ein gutes Leben. Sie hat es immer so schwer gehabt und gerade jetzt scheint sich alles zum Guten zu wenden. Sie hat einen Mann kennen gelernt, den sie mag. Mom brauchte schon immer Menschen um sich herum.«

»Sie nicht?«

Sie zuckte die Achseln. »Ich glaube, ich habe noch nie darüber nachgedacht. Ich hatte immer viel zu viel Arbeit.«

»Immer?«

»Nicht immer. Aber als Bonnie –« Sie wandte sich zu ihm um. »Sie versuchen schon wieder, in mich zu dringen, Logan.«

»Tut mir Leid, ich frage mich einfach, was Sie bewegt.« Er betrachtete den Schädel auf dem Sockel. »Außer Ihrem zwanghaften Mitgefühl für unsere Freunde, die das Zeitliche gesegnet haben. Es ist interessant, dass Sie anscheinend keine engen Freundschaften mehr geschlossen haben seit dem Mord an Ihrer Tochter.«

»Ich habe zu viel zu tun.«

»Und vielleicht wollen Sie niemanden mehr nahe an sich heranlassen, aus Angst, noch einmal so tief verletzt zu werden.«

»Erwarten Sie, dass ich Ihre Einfühlsamkeit bewundere? Mir ist durchaus bewusst, dass und warum ich neue Beziehungen vermeide.«

»Zweifellos. Sie sind eine intelligente Frau. Aber warum unternehmen Sie nichts dagegen?«

»Vielleicht, weil ich es nicht möchte.«

»Noch nicht einmal, um ein erfüllteres, interessanteres Leben zu führen?«

»Sie ahnen gar nicht, wie erfüllt und interessant mein Leben im Vergleich zu früher ist. Ich war verloren und jetzt bin ich gerettet.« Zögernd fügte sie hinzu: »Ich war dabei, im Schmerz zu ertrinken, aber ich habe es geschafft, das rettende Ufer zu erreichen. Das reicht, Logan.«

»Nein, es reicht nicht. Es ist Zeit, den nächsten Schritt zu tun.«

Sie schüttelte den Kopf. »Das verstehen Sie nicht.«

»Ich versuch's.«

»Warum?«

»Ich mag Sie«, erwiderte er einfach.

Sie starrte ihn an. »Was haben Sie vor, Logan?«

»Ich habe kein Programm. Aber ich schließe neue Freundschaften ... selbst auf die Gefahr hin, sie wieder zu verlieren. Ich mag Sie und ich bewundere Sie. Das wollte ich Ihnen einfach mal sagen.«

»Bevor Sie wieder anfangen, mich zu benutzen.«

»Ja.«

»Sie sind einfach unglaublich.« Sie schaute wieder auf den Monitor. »Erwarten Sie von mir, dass ich sage, okay, alles vergeben und vergessen, wollen wir zusammen im Sandkasten spielen?«

»Nein, ich sagte ja schon, ich habe keinen festen Plan. Das haben wir alles hinter uns. Ich wollte einfach zur Abwechslung mal ehrlich sein. Tut mir Leid, dass ich Sie irritiert habe.« Er stand auf. »Dann lasse ich Sie wohl lieber arbeiten.«

»Ja, tun Sie das.«

»Ich hatte erwartet, Sie wären schon weiter vorangekommen.«

Sie war erleichtert, dass diese seltsame Offenheit und Vertrautheit beendet war und Logan wieder sein übliches forderndes Verhalten zeigte. Er hatte Recht. Er hatte sie irritiert. »Ich habe länger gebraucht, als ich dachte, um den Schädel zu säubern.« Sie schaute zu Kessler hinüber, der am anderen Ende des Labors an einem Tisch saß. »Gary ist ziemlich entnervt. Er steht in den Startlöchern und will endlich mit der Arbeit anfangen, aber ich brauche den Schädel immer noch zur Verifizierung.«

»Warum haben Sie diese Fotos im Barrett House gemacht?«

»Zur Sicherheit.«

»Wie lange werden Sie für die Bildmischung brauchen? Dieser Ort ist mir ein bisschen zu öffentlich. Ich möchte so schnell wie möglich weg von hier.«

»Ich arbeite so schnell ich kann.« Sie stellte die Kamera ein, die auf den Schädel gerichtet war, dann nahm sie noch eine Einstellung an der Kamera vor, die auf eins der Fotos von Ben Chadbourne gerichtet war, die Logan ihr im Barrett House gegeben hatte.

»Wie lange wird es dauern?«, wiederholte er.

»Kommt drauf an. Das Aufbauen der Geräte nimmt

manchmal die meiste Zeit in Anspruch und ich habe diese Geräte noch nie benutzt. Ich glaube, jetzt stimmt die Einstellung.«

»Wie funktioniert das?«

»Haben Sie nichts anderes zu tun?«

»Ich bin einfach neugierig. Gehe ich Ihnen auf die Nerven?«

»Eigentlich nicht.« Sie korrigierte noch einmal die Einstellung. »Wie Sie sehen, ist die eine Kamera auf den Schädel und die andere auf das Foto gerichtet. Der Winkel muss in beiden Fällen gleich sein. Dann werden beide Kameras mit einem Bildmischgerät verbunden, einem Trickmischgenerator, den ich an den Videorekorder angeschlossen habe. Der Rekorder bringt die Bilder auf den Monitor. Mit Hilfe des Bildmischgeräts sind vertikale und horizontale Bildaufteilungen möglich. Die Linien lassen sich so verschieben, dass man mehr von dem einen und weniger von dem anderen Bild sieht. Damit lässt sich der Schädel in das Vergleichsfoto einpassen. Aber danach müssen die Weichteilkonturen des Fotos mit dem Schädel zur Deckung gebracht werden.«

»Was heißt das?«

»Man kann sich das so ähnlich vorstellen wie eine Traumsequenz in einem Film. Wissen Sie, wenn ein Bild verschwimmt und sich dann plötzlich in ein anderes verwandelt. Hier wird ein Bild mit dem anderen gemischt, dann nehme ich die Feineinstellung des Mischbilds vor, so dass das Foto und der Schädel gleichzeitig zu sehen sind und es den Anschein hat, als wäre die Haut der Person durchsichtig.«

»Können Sie mir das jetzt vorführen?«

»Hier kommt es schon.« Sie brachte die beiden Bilder auf den Monitor und begann mit der Arbeit.

»Warum haben Sie –«

»Seien Sie ruhig. Ich muss mich konzentrieren.«

»Sorry.«

Sie nahm ihn kaum noch neben sich wahr, während sie die komplizierten Einstellungen vornahm.

Ein bisschen höher.

Zu hoch.

Wieder zurück.

Korrigieren.

Noch mal.

Noch mal.

Und noch mal.

»Mein Gott.« Logan beugte sich vor, den Blick auf das geisterhafte Bild geheftet. »Das ist ja beinahe unheimlich.«

»Da ist nichts Unheimliches dran. Es ist nur ein Werkzeug.«

»Darf ich jetzt wieder reden?«

»Sie tun's doch schon.« Sie nahm eine weitere Korrektur vor.

»Warum haben Sie das Foto ausgewählt, auf dem Chadbourne lächelt?«

»Wegen der Zähne. Zähne sind selten makellos und jedes Gebiss hat seine eigenen Unregelmäßigkeiten. Wenn die Zähne übereinstimmen, haben wir einen Volltreffer. Deswegen brauchte ich den Schädel, bevor Gary anfängt, die Zähne zu ziehen.«

»Und stimmen diese Zähne überein?«

»O ja«, sagte sie mit Genugtuung. »Absolut. Perfekt. Sehen Sie es denn nicht?«

»Mir kommt es ganz gut vor. Aber ich bin kein Experte. Und dieser unheimliche Effekt lenkt mich ab.«

»Es stimmt *alles* überein.« Sie deutete mit dem Finger auf die Stelle. »Sehen Sie, wie die Zahnstellung am Schädel mit der Mundspalte auf dem Foto übereinstimmt?« Sie zeigte auf die Nasenhöhle.»Und die hat dieselbe Form und Größe wie die Nase. Die Augäpfel liegen mitten in den Augenhöhlen des Schädels. Es gibt noch mehrere Markierungspunkte und sie stimmen alle überein.«

»Und was passiert jetzt?«

»Ich werde dieses Bild mehrmals ausdrucken und mir das nächste Foto vornehmen.«

»Aber Sie haben doch gerade gesagt, dass die Übereinstimmung perfekt ist.«

»Für einen normalen Menschen. Nicht für den Präsidenten der Vereinigten Staaten. Jede Einzelheit muss überprüft werden. Ich brauche eine bessere Seitenaufnahme des Gehörgangs und der Muskelansätze an der Seite von –«

»Ich habe verstanden.« Logan hob die Hand, um ihren Redeschwall zu unterbrechen. »Kann ich irgendetwas tun?«

»Sie können sich um Gary kümmern und ihn beruhigen, bis ich fertig bin. Er ist drauf und dran, auf mich loszugehen.«

»Zu Befehl.« Er stand auf. »Leute zu beruhigen scheint im Moment das Einzige zu sein, was ich tun kann. Es nervt mich, wenn ich selbst nicht aktiv werden kann.«

»Passiv gefallen Sie mir besser«, sagte sie trocken. »Jedes Mal, wenn Sie aktiv werden, versinke ich tiefer im Treibsand.«

»Kein Kommentar.« Er durchquerte das Labor und ging zu Kessler.

Sie wandte sich wieder dem Bildschirm zu. Sie hatte gewusst, dass die Bildmischung ihre Ergebnisse bestätigen würde, und dennoch war das Ganze aufregend. Ein weiteres Glied in der Beweiskette, die sie zusammenfügen musste. »Wir sind bald fertig, Ben«, flüsterte sie.

Sie betätigte den Drucker.

3.35 Uhr

Es regnete.

Während der Arbeit im Labor hatte sie es gar nicht bemerkt. Jetzt stand sie in der offenen Eingangstür und schaute hinaus auf die manikürten Rasenflächen des Campus. Die kühle, feuchte Luft tat ihrer Lunge gut und sie atmete tief durch.

Eigentlich müsste sie müde sein, aber sie war immer noch ganz aufgekratzt von der Arbeit.

»Du solltest lieber nicht hier draußen sein.« Joe stand ein paar Meter neben dem Eingang gegen die Wand gelehnt. »Geh wieder rein.«

»Ich brauche ein bisschen frische Luft.«

»Seid ihr fertig?«

»Ich bin fertig mit dem Mischbild. Gary hat gerade erst angefangen, die DNA zu isolieren.« Sie sah ihn an. »Du bist ganz nass.«

»Nur ein bisschen. Der Dachvorsprung hält den Regen ab. Es tut irgendwie gut.« Er verzog das Gesicht. »Ich bin ziemlich geladen.«

»Ist mir nicht entgangen. Aber du solltest deine Wut nicht an Logan auslassen. Es war meine Entscheidung, die Aufgabe zu übernehmen. Ich wusste, dass ich ein Risiko eingehe. Aber das Honorar war einfach zu verführerisch.«

»Ich wette, er hat dir vorher nicht gesagt, wie hoch das Risiko ist.«

»Es war trotzdem meine Entscheidung.« Warum verteidigte sie Logan? Joe hatte Recht, wenn er Logans Methoden verdammte, und sie war ebenso wütend gewesen wie Joe, als sie erkannt hatte, wie sie benutzt worden war. Sie wechselte das Thema. »Es ist spät. Du müsstest längst zu Hause sein. Diane wird sich Sorgen machen.«

281

»Ich hab sie angerufen.«

»Wenn du ihr gesagt hast, dass du bei mir bist, wird sie sich trotzdem Sorgen machen. Sie hat bestimmt die Nachrichten auf CNN gesehen.«

»Ich hab's ihr nicht gesagt.«

»Du hast sie *angelogen*?«

»Nein, ich hab ihr nur gesagt, dass ich länger arbeiten muss.«

»Das ist fast eine Lüge. Ich wäre wütend, wenn du mir gegenüber nicht ehrlich wärst.«

»Du bist nicht Diane. Sie möchte lieber im Dunkeln gelassen werden, wenn etwas Unangenehmes ansteht. Sie hat sich nie daran gewöhnt, dass sie mit einem Polizisten verheiratet ist. Sie wäre froh, wenn ich den Dienst quittieren und mir einen Job suchen würde, der ein bisschen prestigeträchtiger ist.«

»Tja, ich kann nicht bestreiten, dass die Situation mehr als unangenehm ist, aber ich würde dir trotzdem den Schädel einschlagen. Die Ehe sollte eine Partnerschaft sein.«

»Es gibt die unterschiedlichsten Ehen.«

»Eigentlich sollte ich mich nicht wundern. Mir erzählst du auch nicht alles.« Sie wandte sich von ihm ab und schaute in die Ferne. »Zum Beispiel hast du mir nie erzählt, dass du in Ausübung deiner Pflicht jemand getötet hast.«

»Es gab genug Gewalt in deinem Leben. Ich wollte dir nicht noch mehr zumuten.«

»Das war also deine Entscheidung? Genau wie die, die du getroffen hast, um Diane zu schützen? Bloß nichts Unangenehmes an die zarten Frauen rankommen lassen.«

»Ob ich dich schützen wollte?«, fragte er gereizt. »Ja, verdammt. Aber ich wollte mich auch selbst schützen. Ich wusste, dass du so reagieren würdest. Ich wollte nicht, dass du mich anschaust und Fraser siehst.«

»Das würde ich niemals tun. Ich kenne dich. Ich bin mir sicher, dass du nur getan hast, was du tun musstest.«

»Dann dreh dich um und lass mich dein Gesicht sehen.«

Sie holte tief Luft, drehte sich um und schaute ihn an.

»Scheiße«, sagte er mit zusammengebissenen Zähnen.

»Ich muss mich einfach an die Vorstellung gewöhnen. Es kommt mir so vor, als würde ich dich nicht wirklich kennen.«

»Du kennst mich besser als irgendjemand auf dieser Welt, genau wie ich dich besser kenne als jeder andere.«

»Und warum hast du mir dann nicht erzählt, dass …«

»In Ordnung, ich erzähl's dir.« Seine Hände ballten sich zu Fäusten. »Willst du genaue Zahlen? Drei. Zwei davon waren Drogendealer. Der dritte hatte einfach Spaß am Töten und er erinnerte mich an Fraser. Ich habe mich oft gefragt, ob ich bei ihm wirklich in Notwehr gehandelt habe. Vielleicht wollte ich nicht riskieren, dass er davonkam.« Er senkte seine Stimme. »Und ich habe niemals eine einzige schlaflose Minute wegen ihnen gehabt. Glaubst du, dass du mich jetzt besser kennst?«

»Joe, ich –«

»Willst du, dass ich dir von meiner Zeit bei der SEAL erzähle? Nein, ich sehe, du willst es nicht. Drei reichen dir. Du willst den Schatten des Sensenmanns nirgendwo in deiner Nähe haben. Ich habe das gewusst und akzeptiert.«

»Warum habe ich nie etwas von dir über diese Toten gehört?«

»Weil ich spürte, dass du nichts davon wissen wolltest. Das war leicht mitzukriegen. Nach Bonnies Tod hast du nie wieder Nachrichten gehört oder gelesen. Ich brauchte nur dafür zu sorgen, dass niemand in der Abteilung etwas ausplauderte.« Er blickte ihr direkt in die Augen. »Und ich würde es wieder tun. Du warst nicht bereit, dich damit abzufinden, dass ich nicht Andy Griffith bin, der in Mayberry rumspaziert. Womöglich wirst du das nie sein.« Sein Blick wanderte an ihr vorbei in den Korridor, der zum Labor führte. »Es gefällt mir überhaupt nicht, dass unser Mr Logan in dieses Wespennest gestochen hat.«

»Dann hättest du ihm nicht drohen sollen.«

»Glaubst du, ich wüsste das nicht? Das war idiotisch von mir. Ich war wütend und ich habe es dich spüren lassen.« Er lächelte. »Vielleicht belüge ich mich auch selbst. Vielleicht wollte ich es. Möglich, dass ich es einfach satt hatte zu … Aber was glaubst du, wie lange ich alles runterschlucken kann, ohne –« Er holte tief Luft. »Mach nicht kaputt, was uns verbindet. Wir sind schon so lange zusammen. Wie du schon sagtest, du kennst mich.«

»Tu ich das?«, flüsterte sie.

»Okay, fangen wir noch mal von vorne an. Ich werde ehrlich zu dir sein, auch wenn es dich umbringt. Zufrieden?« Er wandte sich ab. »Ich bin es nämlich nicht. Andererseits bin ich daran gewöhnt. Unzufrieden zu sein gehört mittlerweile zu meiner Lebensweise.«

»Was soll –«

»Das bringt uns nicht weiter. Ich muss los, die Gegend erkunden.« Er ging ein paar Stufen hinunter. »Aber keine Sorge, falls ich ein paar Verbrecher aufstöbere, werde ich sie mit Samthandschuhen anfassen. Wir wollen doch nicht, dass noch mehr Blut an meinen Händen klebt, oder?«

Er war sauer auf sie. Vielleicht hatte er Recht. Er war ihr Freund, er stand ihr näher als ein Bruder und sie hatte ihn von sich geschoben und ihn ausgeschlossen. Joe kannte sie zu gut, um nicht genau zu wissen, was sie fühlte.

Aber sie kannte ihn nicht so gut. Sie hatte geglaubt, ihn ebenso gut zu kennen, aber sie hatte keine Ahnung von all dem gehabt, was er vor ihr verborgen gehalten hatte.

Wenn sie ehrlich war, musste sie zugeben, dass sie es nicht hatte wissen wollen. Polizisten hatten täglich mit Gewalt zu tun, und wenn sie den Gedanken an sich herangelassen hätte, wäre ihr klar gewesen, dass Joe da keine Ausnahme bildete.

»Ich wollte nicht, dass du mich anschaust und Fraser siehst.«

Sie hatte es von sich gewiesen, aber war es nicht ihr erster Gedanke gewesen, als Logan ihr von den Toten in Joes Vergangenheit erzählt hatte? Es war irrational, es war unfair, aber der Gedanke war da gewesen.

Auch dies war eine Welle, die Logan ausgelöst hatte und die ihr Leben durcheinander brachte. Aber diesmal handelte es sich eher um eine Flutwelle.

Ausblenden. Sie hatte auch so schon genug Sorgen. Das sagte sich so leicht. Die Vorstellung, Joe verärgert zu haben, ließ sich nicht leicht ausblenden.

Und was war, wenn es nicht nur Ärger war? Was war, wenn sie ihn verletzt hatte? Joe war hart im Nehmen, aber auch er war verletzlich. Gott, sie wollte ihn nicht verletzen.

Sie konnte den Gedanken nicht ausblenden, aber sie musste ihn auf Sparflamme setzen und sich später damit befassen. Joe war ihr zu wichtig. Wenn sie anfing, sich über ihn den Kopf zu zerbrechen, würde sie sich auf nichts anderes konzentrieren können.

Also zurückgehen und sehen, ob Gary Hilfe brauchte. Diese Sache irgendwie durchstehen und dann in ein normales Leben mit normalen Problemen zurückkehren.

Sie drehte sich um und ging durch den Korridor zum Labor.

Kessler blickte auf, als sie eintrat. »Alles in Ordnung?«

»Klar. Ich brauchte nur ein bisschen Luft. Wie kommen Sie voran?«

»Nicht gut.« Er betrachtete den Backenzahn, den er gerade zerschnitt. »Der arme Teufel wird noch völlig zahnlos sein, bevor ich genug Material zusammenhabe. Das ist schon der dritte, den ich aufschneide.«

»Brauchen Sie meine Hilfe?«

»Damit Sie die Lorbeeren mit mir teilen können?«

Sie lächelte. »Ich verspreche, ich werd's keinem verraten.«

»Klar. Das hab ich schon oft genug gehört. Gehen Sie.«

»Wie Sie wünschen.« Aber sie rührte sich nicht von der Stelle und sah zu, wie er vorsichtig durch den Zahnschmelz schnitt. »Ich habe nachgedacht. Wenn wir die Probe erst einmal haben, sollten Sie vielleicht besser für eine Weile von der Bildfläche verschwinden. Sie könnten in Ihr Haus an der Küste fahren.«

»Ah, Sie versuchen wohl, meinen Hals zu retten, was? Haben Sie etwa Schuldgefühle?«

»Ja.«

»Richtig so. Ein bisschen Schuldgefühle zu haben, ist gut für die Seele.« Er konzentrierte sich auf den Zahn. »Bilden Sie sich bloß nicht ein, ich würde das für Sie tun. Dieser Job wird mich zum Star machen. Ich wollte schon immer mal im Zentrum der Aufmerksamkeit stehen.«

»Deswegen arbeiten Sie wie der Teufel und leben wie ein Einsiedler.«

»Gleichgesinnte erkennen einander. In fünfzig Jahren werden Sie wahrscheinlich in Ihrem Labor wohnen und kalte Pizza essen.«

»Und vorgeben, ich träumte davon, berühmt zu werden? Geben Sie's zu, Sie sind einfach neugierig.«

»Zum Teil.« Vorsichtig begann er, den Zahn zu öffnen.

»Und der Rest?«

»Wussten Sie, dass ich meine Kindheit in den dreißiger Jahren in München verbracht habe?«

Sie schüttelte den Kopf und sah ihn verblüfft an. »Sie haben nie darüber gesprochen.«

»Nein, wir sprechen nur über unsere Arbeit, nicht wahr? Die Knochen, die Toten ...« Er rückte seine Brille auf der Nase zurecht. »Meine Mutter war Jüdin, aber mein Vater war ein reinrassiger Arier mit guten Beziehungen zu hohen Tieren in der Regierung. Die Nazis setzten ihn unter Druck, sich scheiden zu lassen, aber er weigerte sich. Er besaß eine kleine Bäckerei und zwei Monate lang musste er jeden Tag neue Fensterscheiben einsetzen, weil sie ihm eingeschlagen wurden. Er hielt durch und weigerte sich weiterhin, sich scheiden zu lassen. Dann, eines Abends, kam er nicht aus dem Laden nach Hause und man sagte uns, er sei von einem Lastwagen überfahren worden. Er verlor ein Bein und verbrachte neun Monate im Krankenhaus. Bis er wieder entlassen wurde, war alles vorbei. Die Bäckerei war geschlossen worden und die Nazis hatten angefangen, die Juden zu deportieren. Es gelang uns, in die Schweiz und später nach Amerika zu entkommen.«

»O Gott, das ist ja schrecklich, Gary. Es tut mir Leid.«

»Mir tat es nicht Leid. Mich machte es wütend. Ich beobachtete diese Hurensöhne, wie sie durch die Straßen marschierten und alles überrannten, was sich ihnen in den Weg stellte. Bluthunde. Sie zerstörten alles, was mein Leben lebenswert gemacht hatte. Gott, ich hasse diese Typen.« Er machte eine Kopfbewegung in Richtung des Schädels. »Und die Leute, die das getan haben, sind genauso wie die verdammten Nazis, die die ganze Welt unterwerfen wollten. Sie kotzen mich an. Ich will verdammt sein, wenn sie diesmal damit durchkommen.«

Ihre Kehle war plötzlich wie zugeschnürt. Sie schluckte. »Gott, Gary, das klingt ja direkt nobel.«

»Allerdings. Außerdem, das mag vielleicht mein Schwanengesang sein, aber ich will, dass man ihn laut und deutlich hört.«

»Schwanengesang? Haben Sie vor, sich zur Ruhe zu setzen?«

»Vielleicht. Ich bin schon über das Rentenalter hinaus. Ich bin ein alter Mann, Eve.«

Eve schüttelte den Kopf. »Sie doch nicht, Gary.«

Er kicherte in sich hinein. »Sie haben Recht, ich bin nicht alt. Jedes Mal, wenn ich in den Spiegel schaue, sehe ich den jungen Draufgänger, der ich mit zwanzig war. Vielleicht ein paar Fältchen mehr, aber die fallen mir meistens nicht auf. Es ist wie die Überblendungen, die Sie machen. Egal, was in der oberen Schicht zu sehen ist, dieser junge Mann ist darunter und ich weiß, dass er da ist. Glauben Sie, jeder alte Knacker macht sich selbst was vor, so wie ich?«

»Sie machen sich nichts vor. Jeder sieht, was er sehen will. Jeder hat ein Bild von sich selbst.« Sie versuchte zu lächeln. »Und, verdammt, Sie sind nicht alt und Sie werden sich nicht zur Ruhe setzen. Ich brauche Sie.«

»Stimmt. Man muss schon ein außergewöhnlich gutmütiger Mensch sein, um mit Ihrer Dickköpfigkeit und Ihren vielen Fehlern klarzukommen. Ich werde wohl noch ein Weilchen durchhalten müssen, um Sie auf Trab zu halten – Mist.« Er schob den Zahn beiseite. »Schon wieder eine Niete. Gehen Sie. Sie bringen mir Unglück.«

»Na, das ist ja eine hochwissenschaftliche Feststellung.« Sie wandte sich ab. »Rufen Sie mich, wenn Sie mich brauchen.«

»Das ist unwahrscheinlich.« Er beugte sich wieder über den Schädel, als sie wegging.

»Irgendwelche Fortschritte?« Logan richtete sich auf seinem Stuhl am anderen Ende des Raums auf.

»Noch nicht.«

»Im Hinterzimmer steht eine Liege. Machen Sie doch ein Nickerchen.«

Sie schüttelte den Kopf. »Ich muss hier bleiben für den Fall, dass er es sich anders überlegt und doch Hilfe braucht.« Sie setzte sich neben ihn und lehnte den Kopf gegen die Wand. »Ich trage die Verantwortung. Ich habe ihn in diese Sache hineingezogen.«

»Es scheint ihm aber Spaß zu machen.« Logans Blick war auf Kessler fixiert. »Auf intellektuelle Weise.«

»Intellektuell? Gott, er hält sich für Schwarzkopf oder Eliot Ness oder Lancelot oder –« Sie holte tief Luft, dann sagte sie eindringlich: »Und Sie sorgen gefälligst dafür, dass ihm nichts geschieht. Ich hätte mich an Ihren Mann an der Duke University wenden sollen. Aber ich habe an nichts anderes gedacht als daran, wer der Beste für den Job ist. Ich habe mir gar nicht überlegt, in welche Gefahr wir Gary bringen.«

»Sobald wir die DNA-Probe und eine eidesstattliche Erklärung haben, werden wir ihn von der Bildfläche verschwinden lassen.«

»Wie meine Mutter?«

»Ich habe Ihnen gesagt, sie ist in Sicherheit. Sie haben doch mit ihr gesprochen, Eve.«

»Sie ist nicht in Sicherheit. Sie wird erst in Sicherheit sein, wenn das hier vorbei ist.« Keiner von ihnen war in Sicherheit. Joe und Gary und ihre Mutter waren in diese Sache hineingezogen worden und Eve war daran schuld.

»Okay, sie ist nicht so vollkommen in Sicherheit, wie es mir lieb wäre«, sagte Logan. »Aber es ist das Beste, was ich im Moment tun kann.« Er überlegte. »Kessler scheint Sie aufgebracht zu haben. Was hat er gesagt?«

Nazis und Schwanengesänge und ein junger Mann im Spiegel. »Nichts Besonderes. Nichts Wichtiges.«

Es war eine Lüge. Garys Leben war wichtig. Die Tatsache, dass sie nie etwas von Garys Vergangenheit geahnt hatte, war wichtig. Es war eine Nacht der Offenbarungen, dachte sie erschöpft. Logan, Joe und jetzt Gary. Sie schloss die Augen. »Passen Sie auf ihn auf, okay?«

Das Weiße Haus
7.20 Uhr

»Kessler«, sagte Lisa, als Timwick den Hörer abnahm. »Überprüfen Sie Kessler an der Emory University.«

»Ich weiß, was ich zu tun habe, Lisa. Ich überprüfe Kessler. Er steht auf meiner Liste.«

»Dann setzen Sie ihn weiter oben auf Ihre Liste. Duncan hat mehrmals mit Kessler zusammengearbeitet. Das geht aus dem Material auf der CD hervor, die Sie mir geschickt haben.«

»Sie arbeitete mit allen möglichen Leuten zusammen.« Sie hörte ihn mit Papieren rascheln. »Und sie hatte seit zwei Jahren nichts mehr mit ihm zu tun.«

»Aber er war der erste Anthropologe, mit dem sie je zusammengearbeitet hat. Sie haben gemeinsame Erfahrungen. Das muss ihr etwas bedeuten.«

»Und warum hat sie dann in letzter Zeit nicht mehr mit ihm gearbeitet? Logan hat sich nach Crawford erkundigt in –«

»Sind sie an der Duke University aufgetaucht?«

»Nein, aber es ist noch ziemlich früh.«

»Früh? Sie hätten sie längst erwischen müssen. Die Zeit läuft uns davon. Setzen Sie Kessler ganz oben auf Ihre Liste.« Sie legte auf.

Sie hätte nicht so ungehalten sein dürfen; das war unklug. Je mehr Timwick unter Druck geriet, umso wütender wurde er und umso mehr versuchte er, das Heft in die Hand zu bekommen. Aber, Herrgott noch mal, wie konnte ein intelligenter Mann so wenig Phantasie besitzen? Konnte er nicht begreifen, dass nicht Logan, sondern Duncan die Schlüsselfigur war?

Sie atmete tief durch und bemühte sich, sich zu fassen. Sie durfte nicht in Panik geraten. Sie durfte die Kontrolle nicht verlieren. Okay, sie hatten ein doppeltes Problem. Erstens, Bens Schädel musste wiederbeschafft werden; jeder Beweis war wertlos ohne den Schädel. Zweitens, Logan und Duncan mussten ausgeschaltet und jeder mögliche Beweis vernichtet werden. Verdammt, Timwick kümmerte sich weder um das eine noch um das andere. Sie wusste, dass er eine Schwachstelle war, seit er sich den Fehler mit Donnelli geleistet hatte, und sie hatte sich für den Notfall einen Ersatzplan zurechtgelegt.

Dies war ein Notfall. Je mehr Zeit verstrich, umso gefährlicher wurde die Situation. Sie musste die Zügel ganz in die eigenen Hände nehmen.

Wie war es dazu gekommen? Sie hatte das alles nie gewollt. Es war nicht gerecht.

Tja, die Welt war nun mal nicht gerecht. Man musste einfach tun, was zu tun war. Es gab keine Möglichkeit, ungeschehen zu machen, was sie getan hatte, also konnte sie nur versuchen, sich und alles, was sie erreicht hatte, zu schützen.

Sie schlug ihr Adressbuch auf und suchte den Namen und die Telefonnummer, die Timwick ihr drei Wochen zuvor gegeben hatte.

Hastig wählte sie die Nummer. Es klingelte dreimal, dann wurde abgenommen.

»Mr Fiske? Wir haben noch nie miteinander gesprochen, aber ich glaube, es wird Zeit, dass wir damit anfangen.«

Kapitel 16

Kennesaw State University
11.50 Uhr

»Geschafft.« Eves Hand umklammerte die Kühltasche, die das Röhrchen mit der DNA-Probe enthielt. »Und jetzt nichts wie weg hier. Wir dürfen nicht riskieren, dass sie verdirbt.«

»Haben wir genug?«, fragte Logan.

»Gerade eben.« Sie wandte sich an Kessler. »An wen wenden wir uns am besten, Gary?«

»Ich nehme an, Sie wollen sich lieber nicht an eins der bekannten Untersuchungslabors wenden?«

Sie schüttelte den Kopf.

»Aber Sie wollen ein Labor mit hervorragend qualifizierten Leuten.«

Sie nickte.

»Duncan, Sie sind eine unglaublich anspruchsvolle Frau. Und Sie haben das Glück, dass ich so unglaublich gut bin, um Ihre absurden Forderungen zu erfüllen.« Er senkte theatralisch die Stimme. »Ich kenne einen Mann.«

»Ich will keinen Mann. Ich will ein Labor.«

»Sie werden sich mit Chris Teller zufrieden geben müssen.«

»Und wer ist Chris Teller?«

»Einer meiner Studenten, der es zu einem MacArthur Fellow gebracht hat. Begnadeter Mann. Er erforscht schon lange die medizinische Bedeutung der DNA aber er muss eine Familie ernähren, also hat er im letzten Jahr in Bainbridge, Georgia, ein kleines Labor eröffnet. Es ist ein Drei-Mann-Betrieb und dabei wollen sie es auch belassen. Das Labor ist als medizinisches Forschungslabor eingetragen, nicht als forensisches Untersuchungszentrum.«

»Klingt gut.«

»Natürlich ist es gut. Es ist perfekt. Man sollte meinen, ich hätte mein Leben lang mit Verschwörungen zu tun gehabt. Chris übernimmt Aufträge zur DNA-Analyse nur, wenn er irgendwelche Rechnungen bezahlen muss, aber er ist absolut zuverlässig. Wir dürfen nicht riskieren, dass jemand diese Sache vermasselt. Ich weiß nicht, ob ich eine zweite Probe entnehmen kann.«

Sie nickte bedächtig. »Bainbridge, okay. Ich werde es selbst hinbringen und –«

Gary schüttelte den Kopf. »Ich mache das. Sie haben gesagt, es muss schnell gehen. Ich werde an ihn als Wissenschaftler-Kollegen appellieren.«

»Hören Sie, ich werde Joe mitnehmen. Teller wird sicherlich bereit sein, mit der Polizei zusammenzuarbeiten.«

»Nicht, wenn er gerade mit einer wichtigen Forschungssache beschäftigt ist und die nicht unterbrechen will. Er wird Quinn sagen, er soll sich an jemand anderen wenden. Es wird leichter sein, wenn ich das übernehme.«

»Ihre Arbeit ist beendet«, sagte Eve. »Es wird Zeit, dass Sie sich irgendwohin zurückziehen und sich irgendwo an den Strand legen. Ich kann nicht noch mehr von Ihnen verlangen, Gary.«

»Ich habe nicht gehört, dass Sie mich darum gebeten hätten«, erwiderte Gary. »Und ich entscheide, wann meine Arbeit beendet ist. Versuchen Sie, mich um meinen Anteil zu bringen?«

»Ich versuche, Sie am Leben zu halten.«

Gary nahm ihr die Kühltasche aus der Hand und ging in Richtung Tür. »Ich muss kurz zu mir nach Hause, um ein paar Sachen zu packen.«

»Gary, das ist verrückt. Lassen Sie mich –«

»Sie wollen sich nützlich machen? Besorgen Sie mir Proben, die ich Teller zum Vergleich mit dem hier geben kann.« Er öffnete die Tür. »Wenn Sie mir nach Bainbridge folgen wollen, bitte sehr. Aber diese Probe ist meine Sache, Eve.«

»Gary, hören Sie –« Er war bereits durch die Tür verschwunden und Eve folgte ihm durch den Korridor und zum Ausgang hinaus.

»Was ist los?« Joe kam auf sie zu. »Wo will er hin?«

»Zu einem Labor in Bainbridge. Er hat die Probe. Ich habe ihm erklärt, ich würde das machen, aber er will das selbst übernehmen.«

»Sturer Hund.« Joe ging die Treppe hinunter. »Ich kümmere mich darum, Eve.«

»Nein.« Logan kam aus dem Gebäude. »Eve und ich werden Kessler nach Bainbridge folgen. Sie suchen Millicent Babcock auf, Chadbournes Schwester.«

»Ich nehme an, Sie wollen eine DNA-Probe von ihr?«

»Ja, aber selbst wenn die DNA übereinstimmt, ist das nur ein Hinweis, kein Beweis, der vor Gericht Gültigkeit hat. Wir brauchen auch eine DNA-Probe von Ben Chadbourne. Er und seine Schwester standen sich sehr nahe. Er hat sie während des Wahlkampfs mehrmals besucht und er muss ihr Geburtstagskarten oder Briefe geschickt haben, an deren Umschlägen sich immer noch Speichelspuren befinden. Oder falls er irgendwelche Kleidungsstücke bei ihr gelassen hat, könnte sich womöglich ein Haar –«

»Und wie soll ich diese kleinen Erinnerungsstücke beschaffen?«

»Das überlasse ich Ihnen.«

»Und wo finde ich Chadbournes Schwester?«

»In Richmond, Virginia.«

»Und Sie versuchen nicht etwa, mich loszuwerden?«

»Diesmal nicht. Wir brauchen diese Proben zum Vergleich. Je eher wir sie bekommen, umso eher ist das alles vorbei.«

Joe zögerte, dann sagte er: »Okay. Chadbournes DNA und eine Probe von seiner Schwester. Was brauchen Sie von ihr? Blut?«

»Vorerst reicht Speichel«, sagte Eve. »Aber die Probe muss gekühlt und sofort verschickt werden.«

»Ich werde sie selbst bringen.« Er sah Logan an. »Sie wissen nicht zufällig, ob sie raucht?«

Logan schüttelte den Kopf. »Sorry.«

Joe zuckte die Achseln. »Speichel ist kein Problem. Wenn sie nicht raucht, trinkt sie wahrscheinlich Kaffee. Das ist neuerdings die Droge der Nation. Aber Chadbournes DNA wird mir Kopfschmerzen bereiten. Briefe sind wahrscheinlich die beste Quelle, aber wie zum Teufel soll ich ...« Er lief die Stufen hinunter. »Ich werde mir was einfallen lassen. Ich werde auf Ihren Fersen sein, ehe Sie sich versehen. Und passen Sie gefälligst auf Eve auf, bis ich zurück bin, Logan.«

»Würdest du mir einen Gefallen tun und Gary nach Hause begleiten und dort warten, bis wir kommen?«, fragte Eve. »Ich muss noch Bens Schädel und meine Unterlagen einpacken und ich möchte nicht, dass er allein ist.« Eve schaute zu Gary hinüber, der gerade in seinen Wagen stieg. »Pass auf ihn auf, Joe.«

»Und überreden Sie ihn dazu, bei einem Anwalt vorbeizufahren und sich eine eidesstattliche Erklärung zu besorgen«, fügte Logan hinzu.

Eve sah ihn an.

Er zuckte die Achseln. »Tut mir Leid, dass ich so gefühllos bin, aber es empfiehlt sich, sich abzusichern für den Fall, dass irgendwas schief geht.«

Er meinte, für den Fall, dass Gary getötet würde, dachte Eve, der plötzlich ganz übel wurde.

»Ich besorge die eidesstattliche Erklärung und die verdammten DNA-Proben.« Joe eilte hinter Gary her. »Und Sie bringen Eve von hier weg und schaffen sie von der Bildfläche, Logan.«

»In Ordnung.« Logan fasste sie am Ellbogen und schob sie ins Gebäude zurück. »Das ist ein Befehl von Quinn, den ich gern befolge.«

Im Labor packte er den Schädel ein, während Eve die Fotos und Ausdrucke einsammelte und in ihrer Tasche verstaute. »Es gibt keinen Flughafen in Bainbridge. Wir müssen mit dem Auto fahren.«

»Das ist sowieso sicherer als ein Flugzeug. Besonders, wenn wir von Ihrer Heimatstadt aus starten.« Er ging auf die Tür zu. »Fertig?«

Dann hätte sie halt Pech, wenn sie nicht fertig wäre, dachte sie erbittert. Logan war im Begriff aufzubrechen und sie konnte ihm entweder folgen oder riskieren zurückzubleiben.

Und das hatte sie nicht vor.

»Versuchen Sie doch, ein wenig zu schlafen«, sagte Logan. »Sie haben die ganze Nacht gearbeitet. Ich verspreche Ihnen, ich werde uns nicht in einen Graben fahren.«

»Ich will nicht schlafen. Wir sind doch schon lange unterwegs. Es ist fast dunkel. Sind wir nicht bald da?«

»Noch etwa eine Stunde.«

Eine Stunde war zu lang, wenn Eve so unruhig war. »Haben Sie etwas von Gil gehört?«

»Gestern Abend. Bisher nichts Neues. Es wird nicht leicht sein, Maren unauffällig zu kontaktieren. Er ist bestimmt voll mit der Untersuchung meiner Leiche beschäftigt.«

»Das ist nicht witzig.«

»Finde ich auch nicht, aber lachen würde Ihnen gut tun.«

»Ach ja?«

»Der Meinung war ich schon immer. Es bewahrt einen davor durchzudrehen.«

»Dann bin ich auch dafür.« Sie heftete ihren Blick auf Garys Rücklichter vor ihnen auf der Straße. »Sprechen Sie aus Erfahrung? Wie nahe sind Sie dem Abgrund gekommen, Logan?«

»Nah genug.«

»Nein.« Sie wandte sich zu ihm hin. »Weichen Sie mir nicht aus. Das ist nicht fair. Sagen Sie's mir. Sie wissen alles über mich.«

»Das bezweifle ich. Sie sind eine vielschichtige Frau. Es würde mich nicht wundern, wenn Sie ein paar Geheimnisse hätten.«

»Sagen Sie's mir.«

»Was wollen Sie wissen?«

»Der Abgrund.«

»Ah, Sie wollen meine Narben sehen.«

»Sie haben auch meine gesehen.«

Er schwieg einen Moment lang. »Ich war verheiratet, als ich noch ziemlich jung war. Das war während der Zeit, als ich in Japan lebte. Sie war Eurasierin und die schönste Frau, die ich je gesehen hatte. Sie hieß Chen Li.«

»Sie sind geschieden?«

»Sie ist an Leukämie gestorben.« Er setzte ein schiefes Lächeln auf. »Es war nicht wie bei Ihrem Verlust. Keine Gewalt. Außer von meiner Seite aus. Ich hätte am liebsten die ganze Welt in die Luft gejagt, als ich keine Möglichkeit fand, ihr zu helfen. Ich war damals ziemlich von mir eingenommen und davon überzeugt, ich könnte jeden Berg bezwingen. Tja, diesen konnte ich nicht bezwingen. Es dauerte ein Jahr, bis sie starb, und ich musste hilflos zusehen. Ist Ihnen die Narbe tief genug?«

Sie wandte sich ab und schaute in die Dunkelheit hinaus. »Ja, sie ist tief genug.«

»Und, kennen Sie mich jetzt besser?«

Sie antwortete nicht. »Haben Sie sie geliebt?«

»O ja, ich habe sie geliebt.« Er sah sie an. »Wissen Sie, Sie hätten mich das nicht fragen sollen. Sie haben ein weiches Herz und es wäre leichter für Sie, mich zu verabscheuen, wenn Sie nicht wüssten, dass ich genauso menschlich bin wie jeder andere.«

Es stimmte. Verständnis machte es immer schwierig, jemandem gegenüber feindselig zu sein. Gerade seine Zurückhaltung unterstrich den Schmerz, den er durchlitten hatte. »Ich habe nie bezweifelt, dass Sie menschlich sind.«

»Vielleicht. Vielleicht auch nicht.« Er wechselte das Thema. »Tellers Labor ist womöglich noch geschlossen, wenn wir in Bainbridge ankommen. Wahrscheinlich werden wir in ein Motel gehen und bis morgen früh warten müssen.«

»Können wir ihn nicht anrufen oder sonst was? Vielleicht könnte Gary –«

»Kessler wird schon genug Misstrauen wecken, wenn er anfängt, Teller unter Druck zu setzen. Es wäre ein bisschen übertrieben zu verlangen, dass er seinen Laden offen hält, bis wir ankommen.«

Er hatte zweifellos Recht, aber sie wollte um Himmels willen schnell handeln. »Sie verstehen das nicht. Es dauert manchmal Wochen, bis man ein zuverlässiges Ergebnis einer

DNA-Analyse hat. Gary wird Teller bitten, es in ein paar Tagen zu erledigen. Private Labors können manchmal schneller arbeiten, weil sie nicht so mit Aufträgen überlastet sind, aber für uns zählt jede Minute.«

»Könnte etwas von meinem schmutzigen Geld ihn dazu bewegen, ein paar Überstunden zu machen?«

Sie schüttelte den Kopf. »Ich glaube nicht. Nach Garys Beschreibung scheint er sich mit Herz und Seele seinem Beruf zu widmen.«

»Trotzdem muss er seine Hypothek abbezahlen. Kessler schien davon auszugehen, dass Teller Geld brauchen könnte.«

Er hatte Recht. Vielleicht irrte sie sich. Geld konnte vieles bewegen. Sie selbst hatte sich von dem Köder verlocken lassen, mit dem er vor ihrer Nase gewedelt hatte. »Lassen wir es Gary zuerst auf seine Weise versuchen.«

»Nehmen Sie's mir nicht übel. Ich wollte nur helfen.«

»Das weiß ich. Warum sollte ich Ihnen das übel nehmen? Geld stinkt doch nicht.«

Er sah sie überrascht an.

»Ich mag es einfach nicht, wenn es als Druckmittel eingesetzt wird.«

»Aber gegen ein bisschen Bestechung haben Sie nichts einzuwenden?«

»In gewissen Fällen.«

Er lächelte. »Wie der Adam-Stiftung?«

»Verdammt, ja.«

»Auch wenn ich es benutzt habe, um Sie zu täuschen?«

»Nein, das war nicht in Ordnung.« Sie sah ihm in die Augen. »Aber ich habe es zugelassen. Ich bin nicht blöd. Ich wusste, dass irgendetwas nicht stimmte, aber ich bin das Risiko eingegangen. Es war nicht wie bei Ihnen – ich hatte keine Angst, dass jemand einen Fehler machen könnte und dass wir alle dabei draufgehen könnten. Ich dachte, das Geld würde einem guten Zweck dienen, und ich war bereit, dafür ein Risiko einzugehen. Wenn ich nicht mit Ihnen gekommen wäre, wäre all das nicht passiert. Ich steckte nicht in Schwierigkeiten und meine Mutter lebte in Sicherheit.« Sie zuckte die Achseln. »Ich würde Ihnen gern die ganze Schuld in die Schuhe schieben, aber jeder muss die Verantwortung für seine eigenen Entscheidungen tragen.«

»Das war aber nicht mein Eindruck«, erwiderte er trocken. »Sie wollten mir die Kehle durchschneiden.«

»Es gibt Augenblicke, in denen ich das immer noch am liebsten tun würde. Sie haben sich falsch verhalten. Aber ich auch und damit muss ich leben.« Sie schaute aus dem Fenster. »Ich will einfach nicht, dass noch jemandem etwas zustößt, bloß weil ich einen Fehler gemacht habe.«

»Sie sind ja richtig nobel.«

»Ich bin nicht nobel«, sagte sie müde. »Aber ich versuche, die Dinge klar zu sehen. Ich habe schon vor langer Zeit gelernt, dass es leicht ist, allen anderen die Schuld zuzuschieben, wenn es zu wehtut, seine eigene Schuld einzugestehen. Aber am Ende muss man der Wahrheit ins Gesicht sehen.«

Er schwieg. »Bonnie.«

»Wir waren bei einem Schulpicknick in einem Park in unserem Viertel. Sie wollte zum Eisstand gehen und sich ein Eis kaufen. Ich unterhielt mich gerade mit ihrer Lehrerin und habe sie allein gehen lassen. Überall waren Kinder und Eltern, und der Eisstand war ganz in der Nähe des Picknicktischs. Ich dachte, es wäre ungefährlich, aber das war es nicht.«

»Um Gottes willen, wie kann das Ihre Schuld sein?«, fragte er unwirsch.

»Ich hätte mit ihr gehen sollen. Fraser hat sie ermordet, weil ich nicht gut genug auf sie aufgepasst habe.«

»Und mit diesem härenen Gewand laufen Sie die ganzen Jahre herum?«

»Es ist schwer, sich nicht in Frage zu stellen, wenn man einen so großen Fehler gemacht hat.«

Er dachte nach. »Warum haben Sie mir das erzählt?«

Warum hatte sie es ihm erzählt? Gewöhnlich vermied sie es, über jenen Tag zu sprechen; die Erinnerung war immer noch eine schrecklich schmerzhafte Wunde. »Ich weiß es nicht. Ich habe Sie dazu gebracht, mir von Ihrer Frau zu erzählen. Ich ... glaube, das hat Ihnen wehgetan. Wahrscheinlich habe ich gedacht, es wäre gerecht, das gutzumachen.«

»Und Sie sind besessen davon, gerecht zu sein.«

»Ich gebe mir Mühe. Manchmal funktioniert es nicht. Manchmal mache ich die Augen zu und verstecke mich im Dunkeln.«

»Wie bei Quinn vorhin?«

»Ich habe mich nicht versteckt –« Das war gelogen. Sie musste zugeben, dass sie nicht alles über Joes Leben hatte deutlich sehen wollen. Das Bild, das sie von ihm hatte, war ihr zu wichtig. »Vielleicht doch. Aber gewöhnlich tue ich das nicht. Nicht, wenn ich es vermeiden kann.«

»Ich glaube Ihnen.«

Sie schwieg einen Moment lang. »Was ist mit Millicent Babcock? Wird sie in Gefahr sein, wenn sie herausfinden, dass Joe eine Probe von ihr bekommen hat?«

»Ihr etwas zuleide zu tun würde ihnen nicht viel nützen. Chadbourne hat noch eine Tante und drei Kusinen. Es wäre zu auffällig, wenn sie alle plötzlich sterben würden. Außerdem ist es Chadbournes DNA, die den endgültigen Beweis erbringt. Sie ist wahrscheinlich nicht in Gefahr.«

Wahrscheinlich.

Wahrscheinlich war ihre Mutter in Sicherheit. Wahrscheinlich würde Gary nichts zustoßen. Wahrscheinlich würde Millicent Babcock nicht umgebracht.

»Wahrscheinlich« reichte nicht aus.

Sie lehnte sich zurück und schloss die Augen.

Hoffentlich reichte es aus. Nicht noch mehr Tote. Bitte, nicht noch mehr Tote.

Washington
23.05 Uhr

»Mr Fiske?« Lisa Chadbourne beugte sich näher an das Wagenfenster und lächelte. »Darf ich einsteigen? Ich fühle mich hier draußen ein bisschen exponiert.«

Fiske sah sich in der Straße um und zuckte die Achseln. »Mir kommt die Gegend ziemlich einsam vor.«

»Deswegen habe ich sie ausgewählt. Die Regierungsbüros in diesem Viertel schließen alle um fünf.« Sie stieg auf den Beifahrersitz und schloss die Tür. »Aber Sie werden sicherlich verstehen, dass ich kein Risiko eingehen kann. Mein Gesicht ist einfach zu bekannt.«

Das stimmte. Sie hatte die mit Samt eingefasste Kapuze ihres braunen Capes tief in die Stirn gezogen, aber als sie sie zurückschob, erkannte Fiske sie sofort. »Sie sind es wirklich. Ich war mir nicht sicher ...«

»Immerhin waren Sie sich sicher genug, um in ein Flugzeug zu steigen und mich in Washington zu treffen.«

»Ich war neugierig und Sie sagten, Sie hätten ein verlockendes Angebot für mich. Ich bin immer daran interessiert, vorwärts zu kommen.«

»Und Sie fühlten sich geschmeichelt, dass ich mich über Timwicks Kopf hinweg mit Ihnen in Verbindung gesetzt habe?«

»Nein.« Dieses arrogante Miststück glaubte wohl, er wür-

302

de vor Ehrfurcht in die Knie gehen, bloß weil sie die Frau des Präsidenten war. »Sie bedeuten mir nicht mehr als jeder andere. Ich brauche Sie nicht, Sie brauchen mich. Sonst wären Sie nicht hier.«

Sie lächelte. »Da haben Sie Recht. Sie sind außergewöhnlich talentiert und effizient, und das weiß ich zu schätzen. Ich habe Timwick gesagt, dass ich es bewundernswert finde, wie Sie das Problem mit dem Barrett House gelöst haben.« Sie ließ einen Moment verstreichen. »Aber leider ist Timwick nicht so effizient und er wird allmählich nervös und unvernünftig. Er verärgert mich in letzter Zeit immer häufiger. Ist Ihnen klar, dass er lediglich meine Befehle ausführt?«

»Nicht die des Präsidenten?«

»Absolut nicht. Der hat nichts mit der Sache zu tun.«

Er war enttäuscht. Es wäre ein Ruhmesblatt für ihn gewesen, einen Job für den mächtigsten Mann der freien Welt zu erledigen. »Dann müsste ich also mehr Geld verlangen, nicht wahr?«

»Ach ja?«

»Wenn er nicht eingeweiht ist, ist er eine potentielle Gefahr. Wenn er beteiligt wäre, könnte er mich beschützen. Sie dagegen können einen Scheiß.«

»Sie wollen Schutz, Fiske? Das kann ich mir nicht vorstellen. Ich habe das Dossier über Sie gelesen und ich glaube nicht, dass das zu Ihren Prioritäten gehört. Sie sind ein Mann, der sich einzig auf sich selbst verlässt.«

Er sah sie interessiert an. Gar nicht so dumm. »Geld ist Schutz.«

»Ihre Honorarforderungen sind exorbitant. Sie haben wahrscheinlich genug Geld auf einem Schweizer Bankkonto, um wie ein König leben zu können.«

»Ich bin mein Honorar wert.«

»Selbstverständlich. Ich wollte nur darauf hinweisen, dass Sie sich längst an einem sicheren Ort hätten zur Ruhe setzen können. Also warum riskieren Sie weiterhin Ihren Hals?«

»Man kann nie genug Geld haben.«

Sie schüttelte den Kopf. »Es macht Ihnen Spaß. Sie lieben das Risiko. Sie lieben das Spiel. Es verschafft Ihnen tiefe Befriedigung, und je gefährlicher das Spiel, je größer das Risiko, umso besser gefällt es Ihnen. Sie genießen die Vorstellung, etwas zu tun, was niemand anders tun kann.« Sie überlegte. »Nichts auf der Welt ist schwieriger, als mit einem Mord davonzukommen, nicht wahr? Das ist die höchste Herausforderung, das interessanteste Spiel.«

Himmel. Vielleicht war sie zu clever. »Möglich.«

»Seien Sie nicht so argwöhnisch. Wir haben alle unsere Ziele. Ich finde Ihre Philosophie absolut vernünftig und zufällig kommt sie meinen Bedürfnissen genau entgegen. Darum habe ich Sie ausgewählt.«

»*Sie* haben mich ausgewählt? Timwick hat sich für mich entschieden.«

»Timwick hat mir eine ganze Reihe von Dossiers vorgelegt und er glaubt, wir hätten Sie gemeinsam ausgesucht. Ich habe Sie gewählt, Fiske. Ich wusste, dass Sie der Mann sind, den ich brauche.« Sie lächelte. »Und ich wusste, dass Sie der Mann sind, der mich braucht.«

»Ich brauche niemanden.«

»Da irren Sie sich. Ich bin diejenige, die das Risiko des Spiels erhöhen kann. Ich kann Ihnen eine Herausforderung bieten, von der Sie bisher nur träumen konnten. Finden Sie diese Vorstellung nicht aufregend?«

Er antwortete nicht.

Sie lachte in sich hinein. »Natürlich finden Sie das. Damit habe ich gerechnet. Wahrscheinlich haben Sie es satt, für Timwick zu arbeiten. Sie lieben herausfordernde Aufgaben –

präzise, saubere Anweisungen. Sie werden sich nicht mit Geschwafel von mir abgeben müssen.«

Da war er sich sicher. »Sie wollen Timwick ausschalten?«

»Ich möchte, dass Sie nach Atlanta zurückkehren und Kessler unter die Lupe nehmen. Sie verhalten sich Timwick gegenüber, als wäre nichts geschehen, aber Sie befolgen meine Befehle und Sie sind nur mir gegenüber verantwortlich.«

»Es würde mir die Entscheidung erleichtern, wenn ich wüsste, um was es hier überhaupt geht.«

Sie musterte ihn. »Nein, das würde es nicht. Das interessiert Sie nicht. Sie halten alle unsere komplizierten Winkelzüge für idiotisch. Sie sind nur auf ein Stück Macht aus. Sie lieben Macht. Sie gehört zum Spiel.«

Seine Mundwinkel zuckten. »Sie glauben, mich so gut zu kennen?«

Sie schüttelte den Kopf. »Aber ich kenne Sie gut genug, um Sie zu überleben.«

»Wirklich?« Er legte ihr die Hände um den Hals. »Haben Sie sich jemals überlegt, wie schwierig es wäre, die First Lady zu töten und damit davonzukommen? Stellen Sie sich mal vor, was für ein Kick es für mich wäre, diesen Arschlöchern zu zeigen, wie blöd sie sind.«

»Darüber habe ich nachgedacht.« Sie starrte ihm direkt in die Augen. »Aber dann wären Sie auf der Flucht und das Spiel wäre vorbei. Was für eine Enttäuschung. Ich kann das Spiel noch ein bisschen weitergehen lassen.«

Er drückte fester zu, bis er spürte, dass er blaue Flecken hinterlassen würde. Tu ihr weh, schüchtere sie ein.

Sie zuckte mit keiner Wimper. »Ich habe eine Liste für Sie.« Ihre Stimme klang heiser. »Oder besser, einen Anhang zu der Liste, die Sie anfangs erhalten haben.«

Er lockerte seinen Griff nicht.

»Ich wusste, dass Sie Listen mögen würden. Das habe ich Timwick gesagt. Deswegen hat er Ihnen –« Sie holte tief Luft, als er sie losließ. »Danke.« Sie rieb sich den Hals. »Timwick hat Ihnen aufgetragen, Kessler zu überprüfen?«

»Ja, aber er schien es nicht für wichtig zu halten. Er ist mehr an Sandra Duncan interessiert.«

»Sie ist auch wichtig. Was sie angeht, werde ich wohl bald eine Entscheidung treffen müssen, aber ich will nicht, dass Kessler übersehen wird. Wenn Sie ihn nicht sofort aufhalten, wird Kessler DNA-Analysen durchführen, wahrscheinlich nicht an der Universität. Finden Sie ihn. Lassen Sie ihm keine Zeit, Resultate zu erzielen.«

»DNA?«

»Von dem Schädel. Sie wissen von dem Schädel.«

Er lächelte. »Nein, erzählen Sie mir davon. Was ist so wichtig an diesem Schädel?«

»Sie wissen genug und mehr werden Sie nicht erfahren. Außer dass ich den Schädel haben will und dass Sie ihn mir beschaffen werden.«

»Werde ich das?«

»Ich will es hoffen. Ich bin nicht Timwick, ich glaube nur, was ich sehe.«

Er legte seinen Kopf schief. »Also, ich wüsste doch gern, wen Sie um die Ecke gebracht haben. Einen Liebhaber? Einen Erpresser?«

»Ich brauche diesen Schädel.«

»Sie sind eine Amateurin, sonst würden Sie nicht so in der Klemme stecken. Das hätten Sie einen Experten machen lassen sollen.«

»Ich bin mir über meinen Fehler im Klaren. Deswegen wende ich mich jetzt an einen Experten.« Sie langte in ihre Tasche und holte ein zusammengefaltetes Blatt Papier heraus. »Hier. Meine private Handynummer steht auf der

Rückseite. Rufen Sie mich bitte nicht vor neunzehn Uhr an, es sei denn, es handelt sich um einen Notfall.«

Er betrachtete das zusammengefaltete Blatt Papier in seiner Hand. »Sie sind ganz schön leichtsinnig. Ihre Fingerabdrücke müssen –« Handschuhe. Sie trug lederne Handschuhe. »Ich nehme an, das ist auch nicht handgeschrieben?«

»Ein Computerausdruck. Und auf dem Papier werden Sie keine Fingerabdrücke finden außer Ihren eigenen. Meine Telefonnummer ist unter einem anderen Namen eingetragen und die Spuren sind so gut verwischt, dass es Jahre dauern würde, um sie zu mir zurückzuverfolgen.« Sie langte nach dem Türgriff. »Ich bin auch sehr effizient, Fiske. Deswegen werden Sie und ich gut zusammenarbeiten.«

»Ich habe noch nicht zugesagt.«

»Denken Sie darüber nach.« Sie stieg aus. »Lesen Sie die Liste und denken Sie darüber nach.«

»Moment.«

»Ich muss zurück. Sie werden verstehen, wie schwierig es für mich ist, unbemerkt zu verschwinden.«

»Aber es ist Ihnen gelungen. Wie?«, fragte er neugierig.

»Diese Möglichkeiten habe ich in der ersten Woche nach meinem Einzug ins Weiße Haus ausgekundschaftet. Ich hatte nicht vor, wie eine Gefangene zu leben. Es ist nicht allzu schwierig.«

»Und Sie werden es mir nicht verraten.« Er dachte darüber nach. »Es gab mal ein Gerücht über einen unterirdischen Tunnel, der das Weiße Haus mit dem Finanzministerium verbindet. Kennedy hat ihn angeblich benutzt, wenn er sich mit Marilyn Monroe treffen wollte. Sind Sie so –«

»Wieso sollte ich Ihnen das sagen? Ins Weiße Haus zu gelangen würden Sie als Glanzlicht Ihrer Karriere betrachten. Der Schwierigkeitsfaktor könnte es zu verführerisch machen, mich zu töten, und ich möchte, dass Sie Ihre Aufmerksamkeit anderen Dingen widmen.«

Verdammtes Miststück. Er beugte sich plötzlich vor. »Im Weißen Haus befinden sich jederzeit mindestens fünfunddreißig Geheimagenten und über hundert uniformierte Wachen. Es ist gut zu wissen, dass es Möglichkeiten gibt, von ihnen unbemerkt zu bleiben.«

Ihr Gesicht war ausdruckslos. »Sie sind ja genauestens informiert.«

»Wie Sie bereits sagten, es ist ein verlockendes Szenario. Die Möglichkeiten haben mich schon immer interessiert.«

»Aber vergessen Sie nicht, dass ich Timwick diese Geheimdienstleute zu bestimmten Zeiten und an bestimmten Orten einteilen lasse, und das macht es mir leicht, von ihnen unbemerkt zu bleiben. Timwick wird Ihnen nicht helfen.«

»Auch nicht, wenn ich ihm sage, dass Sie sich heute Abend mit mir getroffen haben?«

»Das werden Sie nicht tun. Das würde gegen Ihre Interessen verstoßen.«

Er schwieg. »Sie machen mir nichts vor. Sie haben Angst gehabt, wie alle anderen. Ich habe Ihr Herz unter meinen Daumen pochen gefühlt. Und Sie haben auch jetzt Angst.«

»Stimmt. Es gibt Dinge, die einem Angst machen. Rufen Sie mich an.« Sie ging die Straße hinunter.

Zähe Frau. Zäh und clever und knallhart. Die hatte verdammt mehr Mumm als Timwick.

Aber vielleicht war sie zu schlau. Mit ihrer Einschätzung seines Charakters war sie der Wahrheit ziemlich nahe gekommen und das behagte ihm nicht. Es gefiel ihm nicht, dass irgendjemand seine Reaktion in einer bestimmten Situation voraussagen konnte. Er war sich nicht sicher, ob er für eine Frau arbeiten wollte.

»Lesen Sie die Liste.«

Sie hatte geahnt, wie sehr ein Mann mit seinem Temperament Listen zu schätzen wusste. Aber warum hatte sie angenommen, es würde seine Entscheidung positiv beeinflussen, wenn er die Liste las?

Er faltete das Blatt Papier auseinander und hielt es näher an die Armaturenbrettbeleuchtung.

Er begann zu lachen.

Das Telefon klingelte, als Lisa in ihr Schlafzimmer ging.

»Okay«, sagte Fiske und legte auf.

Ein Mann der schnellen Entscheidungen und wenigen Worte, dachte sie, als sie ihr Handy zurück in ihre Handtasche stopfte. Ganz zu schweigen von einer tödlichen Impulsivität, mit der sie nicht gerechnet hatte. Sie würde die blauen Flecken heute Abend vor Kevin verbergen und morgen ein Halstuch tragen müssen.

»Lisa?«, rief Kevin aus dem Schlafzimmer. »Wo bist du gewesen?«

»Im Garten. Ich musste ein bisschen frische Luft schnappen.« Sie hängte ihr Cape in den Wandschrank und nahm den Morgenrock mit der Kapuze heraus. »Ich brauche eine heiße Dusche. Ich bin gleich da, Kevin.«

»Beeil dich. Ich muss mit dir reden.«

Reden. Gott, sie wünschte, Sex würde ihm reichen. Sich Kevins Geschwafel anzuhören und ihn immer wieder zu loben und zu ermuntern war ein Stress, den sie nicht brauchte. Einen Augenblick lang, als Fiske ihr die Hände um den Hals gelegt hatte, hatte sie gedacht, sie würde sterben. Mit Fiske umzugehen würde sehr schwierig werden.

Aber sie würde das schaffen. Sie musste es schaffen. Nicht daran denken, wie viel Angst er ihr eingejagt hatte. Sie hatte heute Abend gute Arbeit geleistet. Fiske war ihr Mann.

Sie trat unter den heißen Duschstrahl und ließ das Wasser

über ihren Körper laufen. Gott, fühlte sie sich schmutzig. Allein mit diesem verderbten Mörder in einem Auto zu sitzen hatte ihr das Gefühl gegeben, verseucht zu werden.

Aber sie war auch eine Mörderin.

Nicht wie er. Sie wollte sich nicht in demselben Licht sehen wie dieses Ungeheuer.

Nicht an ihn denken. Sie schloss die Augen und befahl ihren Muskeln, sich zu entspannen. Das war ihr großer Augenblick. Sie sollte ihn genießen. Sie hatte sehr wenig Zeit für sich selbst. Sie wünschte sich beinahe, sie wäre so frei wie Eve.

Was tust du gerade, Eve Duncan? Ist es für dich genauso schwer wie für mich? Sie lehnte sich gegen die Duschwand und flüsterte: »Wo bist du, Eve?«

Fiske würde sie finden. Fiske würde sie töten und Lisa würde gerettet. Warum barg dieser Gedanke keinen Trost?

»Lisa?« Kevin stand vor der Badezimmertür.

Verdammt, konnte er sie keinen Augenblick allein lassen? »Ich komme.« Sie trat aus der Dusche und trocknete ihre Tränen. Herrgott, was war bloß mit ihr los? Fiske musste sie mehr aufgerüttelt haben, als ihr bewusst war. Sie schlüpfte in ihren Morgenrock, zog den Reißverschluss bis zum Kinn hoch und bürstete sich das Haar.

Lächle. Sei nett und liebevoll. Er durfte nichts merken, niemand durfte etwas merken. Sie öffnete die Tür und küsste Kevin auf die Wange. »Also, was ist so wichtig, dass du es nicht erwarten kannst, es mir zu erzählen?«

»Das ist kein besonders schönes Motel. Ich fürchte, hier gibt es Ungeziefer«, sagte Bonnie.

Eve wälzte sich im Bett herum. »Wir mussten etwas Unauffälliges finden. Ungeziefer kann dir doch egal sein. Du bist Ektoplasma, hast du das vergessen?«

Bonnie lächelte. »Alles, was dich stört, stört mich auch. Du hattest schon immer was gegen Ungeziefer.« Sie setzte sich auf den Stuhl neben dem Bett. »Ich weiß noch, wie du den Kammerjäger angeschrien hast, als er es nicht geschafft hatte, die Küchenschaben in meinem Zimmer restlos auszurotten.«

Das war in dem Sommer gewesen, bevor Bonnie verschwunden war.

Bonnies Lächeln verschwand. »Oje, ich wollte dich nicht an etwas Trauriges erinnern.«

»Hast du dir jemals überlegt, dass es mich jedes Mal an etwas Trauriges erinnert, wenn du zu mir kommst?«

»Ja, aber ich hoffe immer noch, dass du eines Tages begreifst, dass ich immer bei dir bin.«

»Du bist nicht bei mir.«

»Warum versuchst du, dir selber wehzutun? Akzeptiere mich doch einfach, Mama.« Sie wechselte das Thema. »Das mit Ben hast du gut gemacht, aber ich wusste, dass du es gut machen würdest.«

»Du hast also die ganze Zeit gewusst, wer er war?«

»Nein, ich sage dir immer wieder, dass ich nicht alles weiß. Nur manchmal habe ich so eine Ahnung.«

»Wie zum Beispiel, was das Ungeziefer in diesem schäbigen Motel angeht? Dazu gehört ja wohl nicht viel.«

Bonnie kicherte. »Das stimmt.«

Eve musste lächeln. »Es war mein erster Gedanke, als ich dieses Zimmer betreten habe.«

»Und du glaubst, ich würde das ausnutzen?«, fragte Bonnie vorwurfsvoll. »Wie misstrauisch du bist, Mama.«

»Dann erzähl mir etwas, das ich nicht weiß. Sag mir, wo du bist.«

Bonnie schlug ein Bein unter. »Ich mag Mr Logan. Am Anfang war ich mir nicht sicher, aber ich glaube, er ist ein guter Mann.«

»Wer hat je behauptet, Geister hätten ein gutes Urteilsvermögen?«

Bonnie lächelte trocken. »Fortschritt. Zum ersten Mal gibst du zu, dass ich vielleicht nicht nur in deiner Einbildung existiere.«

»Das Urteilsvermögen von Hirngespinsten ist ebenfalls fragwürdig.«

»Tja, deine Einbildungskraft ist auch nicht gerade verlässlich. Sonst würdest du mit Joe nicht so hart ins Gericht gehen.«

»Ich verdamme Joe nicht.«

»Doch, das tust du. Und zwar meinetwegen. Aber er ist auch ein guter Mann und er liebt dich. Stoß ihn nicht von dir weg.«

»Ich bin sehr müde, Bonnie.«

»Und du willst, dass ich gehe.«

Niemals. Sie sollte niemals weggehen. »Hör auf, mir Vorträge zu halten.«

»Okay, ich will nur nicht, dass du allein dastehst.« Ihr Lächeln verschwand. »Es ist gefährlich für dich, allein zu sein. Ich fürchte mich vor all den schlimmen Dingen, die auf dich zukommen.«

»Welche schlimmen Dinge?«

Bonnie schüttelte den Kopf.

»Ich kann damit umgehen.«

»Du glaubst, du kannst mit allem umgehen wegen allem, was du meinetwegen durchgemacht hast. Vielleicht kannst du das. Aber vielleicht auch nicht.«

»Und vielleicht will ich es auch nicht«, sagte sie erschöpft. »Vielleicht will ich alles einfach nur geschehen lassen. Gott, ich bin das alles so satt.«

»Ich bin es satt, dass du nicht aufhörst, um mich zu trauern.«

»Dann geh und vergiss mich.«

»Das geht nicht, Mama. Die Erinnerung hört nie auf, genau wie die Liebe. Ich will nur, dass du wieder glücklich bist.«

»Ich bin ... zufrieden.«

Bonnie seufzte. »Schlaf jetzt. Wahrscheinlich kann ich erst vernünftig mit dir reden, wenn du so weit bist.«

Eve schloss die Augen. »Wo bist du, Baby?«, flüsterte sie. »Ich will dich nach Hause holen.«

»Ich bin zu Hause, Mama. Immer wenn ich bei dir bin, bin ich zu Hause.«

»Nein, ich möchte, dass du –«

»Schsch, schlaf jetzt. Das brauchst du im Moment am dringendsten.«

»Sag mir nicht, was ich brauche. Was ich brauche, ist herauszufinden, wo du bist, damit ich dich nach Hause holen kann. Vielleicht hätte ich dann nicht mehr diese verrückten Träume von dir.«

»Die sind nicht verrückt und du bist auch nicht verrückt. Du bist nur stur.«

»Und du nicht?«

»Klar, ich bin deine Tochter. Das steht mir zu. So und jetzt schlaf, und ich bleibe einfach hier und leiste dir noch ein bisschen Gesellschaft.«

»Damit ich nicht allein bin?«

»Ja, damit du nicht allein bist.«

Kapitel 17

Naval Medical Center
Bethesda, Maryland
7.45 Uhr

»Ich mache so schnell ich kann, Lisa.« Scott Marens Hand
umklammerte den Telefonhörer. »Herrgott noch mal, ich
muss vorsichtig sein. Hier wimmelt es von Medienleuten.
Ich habe die Röntgenbilder der Zähne ausgetauscht, aber
die DNA-Proben auszutauschen wird nicht so einfach sein.«

»Aber du kannst es doch machen?«, fragte Lisa. »Du
musst es tun, Scott.«

»Ich werde es tun.« Er klang erschöpft. »Ich habe dir doch
gesagt, ich würde mich um dich kümmern.«

»Glaubst du, ich mache mir nur um mich selbst Sorgen?
Es geht mir um dich. Ich habe solche Gewissensbisse, weil
ich deine Hilfe in Anspruch nehme. Niemand darf davon
wissen.«

»Es ist nicht deine Schuld, dass ich mich in die Geschichte
eingekauft habe.« Er hatte sich vor über zwanzig Jahren in
die Geschichte eingekauft, als Lisa in seine Wohnung kam
und seine Geliebte wurde. Damals war sie noch nicht mit
Ben verheiratet gewesen und ihre Beziehung hatte nur ein
Jahr gehalten, aber das spielte keine Rolle. Er liebte Lisa, seit

er sie an der Stanford University kennen gelernt hatte. Trotz des Alptraums, den sie ihm beschert hatte, liebte er sie immer noch. Das Muster war festgelegt und konnte nicht zerstört werden. »Es wird alles gut.«

»Ja, das weiß ich. Du hast mich noch nie enttäuscht.«

»Das werde ich niemals.«

»Lass mich wissen, wenn du fertig bist.« Sie überlegte. »Ich bin dir sehr dankbar, Scott. Ich weiß gar nicht, wie ich mich dafür revanchieren soll.«

»Ich habe dich nicht gebeten, dich zu revanchieren.« Aber Lisa hatte sichergestellt, dass er nach Bens Tod belohnt worden war. Ehre, Ruhm, Geld. Aber das reichte nicht. Wenn sie das Weiße Haus verließ, würde er dafür sorgen, dass sie zu ihm kam, dahin, wohin sie die ganzen Jahre gehört hätte. Ihr war nicht klar, dass sie jetzt fester aneinander gekettet waren als je zuvor.

»Ich weiß nicht, was ich ohne dich getan hätte, Scott.«

Lisa im Bett. Lisa, wie sie über seine Scherze lachte. Lisa, wie sie ihm mit Tränen in den Augen erklärt hatte, dass sie Ben heiraten würde. »Ich melde mich, sobald ich Neuigkeiten für dich habe.«

»Bis bald, Scott.« Sie legte auf.

»Dr. Maren?«

Er wandte sich um und sah einen rothaarigen jungen Mann in der Kluft eines Sanitäters in der Tür stehen. »Ja? Werde ich gebraucht?«

»Nicht dass ich wüsste.« Der junge Mann trat in das Büro und schloss die Tür. »Mein Name ist Gil Price. Ich würde mich gern mit Ihnen unterhalten.«

Bainbridge
8.40 Uhr

Chris Tellers Labor befand sich in einem kleinen Gebäude am Ortsrand von Bainbridge. Die mit Holz verkleideten Außenwände waren von Efeu bedeckt und es erinnerte eher an ein Burschenschaftsheim in Yale als an ein wissenschaftliches Labor. Selbst das Firmenschild war so klein, dass Eve es glatt übersehen hätte, wäre sie Gary nicht dicht auf den Fersen gewesen.

TELLER LABORATORIES

»Das ist also der Ort, wo die modernste Wissenschaft betrieben wird?«, murmelte Logan.

»Man kann nicht immer nach dem äußeren Schein gehen. Gary vertraut ihm, also vertraue ich ihm auch.« Sie hielt auf dem Parkplatz neben Garys Volvo und wartete. Als Gary ausstieg und auf sie zukam, fragte sie: »Sollen wir mit reingehen, Gary?«

»Wenn Sie mir jede Chance vermasseln wollen, ja«, erwiderte er trocken. »Das hier mag eine Kleinstadt in den Südstaaten sein, aber auch hier gibt es Fernseher und Zeitungen. Bleiben Sie hier. Es kann eine Weile dauern.«

Sie sah ihm nach, wie er in das Gebäude ging. Seine Schritte waren zielstrebig, energisch – jugendlich. Ivanhoe auf dem Weg in den Kampf mit dem Schwarzen Ritter, dachte sie bekümmert.

»Immer mit der Ruhe.« Vorsichtig löste Logan ihre verkrampften Finger vom Steuerrad. »Das Schlimmste, was ihm da drinnen passieren kann, ist, dass man ihm eine Abfuhr erteilt.«

»Vorerst. Wir hätten ihn nie herkommen lassen dürfen.«

»Ich bezweifle, dass wir ihn davon hätten abhalten können.« Er lehnte sich in seinem Sitz zurück. »Wie geht das vor

316

sich? Sie haben gesagt, es könnte Tage dauern, selbst wenn Kessler ihn zur Eile antreibt. Warum dauert eine DNA-Analyse so lange?«

»Das liegt an der radioaktiven Markersonde.«

»Markersonde?«

Sie hob die Brauen. »Versuchen Sie, mich abzulenken, Logan?«

»Ja, aber ich habe tatsächlich keine Ahnung, wie das vor sich geht.« Er zuckte die Achseln. »Bis auf das, was ich während des Prozesses gegen O. J. Simpson gelernt habe. Und dieser Prozess war wohl alles andere als eine definitive, unvoreingenommene Lektion über DNA-Analysen.«

»Der DNA-Strang, den wir Bens Probe entnommen haben, wird zunächst isoliert. Der DNA-Probe werden Enzyme zugesetzt, die das Erbgut an bestimmten Punkten des Strangs ansteuern und in seine Einzelteile zerlegen. Um die entstandenen Fragmente voneinander zu trennen, wird die DNA-Probe auf eine mit Gel beschichtete Platte aufgebracht. Da die DNA elektrisch polar aufgebaut ist und daher in einem elektrischen Feld wandert, wird das Gel einer Gleichspannung ausgesetzt. Die DNA-Fragmente wandern nun im elektrischen Feld je nach Größe und Gewicht verschieden schnell.«

»Und wo kommt die Sonde ins Spiel?«

»Die Fragmente werden durch eine so genannte Markersonde radioaktiv markiert. Sie werden durch Abklatsch der getrennten Fragmente vom Trägergel auf Filterpapier übertragen, dann wird ein Kontaktabzug mit einem Röntgenfilm erstellt, dessen Entwicklung einige Tage dauert. Wenn der Prozess beendet ist, erscheint die DNA auf dem Röntgenfilm als eine Anordnung schwarzer Streifen.«

»Und das ist der genetische Fingerabdruck?«

Sie nickte. »Das ist das DNA-Profil und es besteht nur eine

Chance von eins zu einer Million, dass irgendjemand anders das gleiche Profil aufweist.«

»Und es gibt keine Möglichkeit, die Untersuchung zu beschleunigen?«

»Es gibt eine Methode, von der ich kürzlich gehört habe, aber sie setzt sich in den Labors nur allmählich durch. Sie nennt sich Chemilumineszenz. Bei dieser Methode wird die radioaktive Markersonde durch eine chemisch aktivierte Sonde ersetzt, die eine Wechselwirkung mit chemischen Reagenzien eingeht, die ihrerseits Licht in Form von Photonen freisetzt.«

»Photonen?«

»Lichtpartikel. Jeder Bereich des Röntgenfilms, auf den sie stoßen, wird entwickelt und das Resultat sind die gleichen schwarzen Streifen, die man mit den radioaktiven Enzymen hervorruft. Die meisten größeren Labors haben angefangen, mit Chemilumineszenz zu arbeiten, aber ich weiß nicht, ob dieses kleine Labor schon so weit ist. Gary wird es uns sagen. Drücken Sie uns die Daumen.«

»Ich hatte gehofft –«

»Ich habe Ihnen gesagt, dass das nicht über Nacht klappt.«

»Mehrere Tage ...«

»Hören Sie auf, darauf herumzureiten«, sagte sie gereizt. »Ich weiß, dass wir nicht so viel Zeit haben. Vielleicht hat Gary ja gute Neuigkeiten.«

»Ich hoffe es.« Er schaute auf ihre Hände. »Sie verkrampfen sich schon wieder.«

Sie lockerte ihren Griff am Steuerrad. »Und Sie machen's mir nicht leichter.«

»Ich versuch's«, sagte er ruhig. »Ich tue alles, was ich kann. Wollen Sie, dass ich ins Labor gehe und Kessler wegschicke? Mach ich. Verdammt, ich kann es kaum erwarten, irgendetwas zu tun. Ich habe es satt, daneben zu stehen und alle anderen das Risiko auf sich nehmen zu lassen.«

O Gott, noch ein Ivanhoe. Das hätte sie bei Logan nie erwartet. Andererseits hätte es nahe liegend sein müssen, nach dem, was er ihr über das schreckliche Jahr erzählt hatte, das er neben seiner sterbenden Frau verbracht hatte. Er war kein Mann, der sich leicht mit einer Niederlage abfand.

»Nun?«

Er bemühte sich, seine Ungeduld zu verbergen, aber es gelang ihm nicht. Unter dieser kühlen, harten Oberfläche lag das Bedürfnis, etwas zu zerschlagen.

Gott, waren Männer Idioten.

»Wagen Sie es nicht. Ich habe nicht vor, in irgendeinem Knast oder einer Klapsmühle zu landen, bloß weil Sie sich langweilen und Ihre Neandertalerinstinkte ausleben wollen.«

Sie sah, dass er enttäuscht war, aber er zuckte nur einsichtig die Achseln. »Ich glaube nicht, dass die Neandertaler sich jemals gelangweilt haben. Ihr Gehirn war nicht weit genug entwickelt, ihre Lebensspanne war zu kurz und die meiste Zeit waren sie damit beschäftigt, am Leben zu bleiben.«

»Der Vergleich trifft trotzdem zu.«

Er verzog das Gesicht. »Autsch. Welcher Teil?«

Er war kein Neandertaler. Er war intelligent und charismatisch, und sie begriff allmählich, dass der Code, der sein Leben bestimmte, ebenso starr war wie ihr eigener. Sie wandte sich ab. »Sie haben mir die Wahrheit gesagt, stimmt's? Es geht Ihnen wirklich nicht um Politik. Sie tun das, weil Sie glauben, dass Sie damit die Welt retten.«

»Verdammt, nein. Ich tue es, weil ich nicht anders kann. Weil es passieren kann, dass der Himmel einstürzt, und ich möchte mir hinterher nicht sagen müssen, dass ich tatenlos zugesehen habe.« Er fasste sie am Kinn und drehte ihr Gesicht zu sich, bis er ihr in die Augen sehen konnte. »Ich würde mich verantwortlich fühlen. Wie Sie, Eve.«

»Härenes Gewand?«, flüsterte sie.

»Davon halte ich nichts. Man tut, was man kann, und sieht zu, dass das Leben weitergeht.«

Seine Berührung irritierte sie. Seine Worte, seine Denkweise ... *Er* irritierte sie. Sie wandte sich erneut ab und schaute aus dem Fenster. »Oder man lernt, mit seinem Büßergewand zu leben.«

»Diese Option ist nicht akzeptabel«, sagte er scharf. »Einen Beruf wie den Ihren zu wählen war wahrscheinlich das Schlimmste, was Sie tun konnten. Warum hat Sie niemand daran gehindert? Warum hat Quinn Sie nicht auf dieser Insel festgehalten, bis Sie wieder gesund waren, bis die Erinnerung verblasst war?«

Sie sah ihn verblüfft an. Er irrte sich. Warum konnte er das nicht verstehen? »Weil er wusste, dass ich nur so überleben würde.«

»Nennen Sie das Überleben? Sie sind ein Workaholic, Sie haben kein Privatleben, Sie sind die besessenste Frau, der ich je begegnet bin. Sie brauchen –«

»Es reicht, Logan.«

»Warum zum Teufel soll –« Er holte tief Luft. »Okay, ich geb's auf. Es geht mich ja auch nichts an, stimmt's?«

»Stimmt.«

»Und warum, verdammt noch mal, fühlt es sich dann so an, als ginge es mich was an?«

»Sie sind es gewohnt, die Dinge in der Hand zu haben.«

»Ja, das wird's sein.« Er nahm sein Handy aus der Tasche. »Mein Organisationsinstinkt. Wenn ich irgendwo Verschwendung wittere, stürze ich mich darauf und beseitige sie.« Er hackte wütend die Nummer ein. »Und, verdammt, bei Ihnen sehe ich ein Meer der Verschwendung.«

»Mein Leben ist keine Verschwendung. Im Gegenteil. Wen rufen Sie an?«

»Gil.«

»Jetzt? Warum?«

»Ich habe schon lange nichts mehr von ihm gehört.« Er schaltete das Handy ein. »Und im Moment brauche ich Ablenkung. Und zwar dringend.«

Die brauchte sie auch, dachte sie erleichtert. Die letzten Minuten waren zu intensiv und aufwühlend gewesen und zurzeit war ihr Leben schon chaotisch genug.

»Was gibt's Neues?«, sagte Logan ins Telefon. »Warum zum Teufel meldest du dich nicht, Gil? Ja, das bin ich allerdings, verdammt noch mal.«

Er hörte zu. »Sei nicht blöd. Das könnte eine Falle sein. Maren hat bereits einen Mann auf dem Gewissen.«

Eve zuckte zusammen.

»Tu's nicht.« Er lauschte wieder. »Ja, sie ist hier. Nein, ich lasse dich nicht mit ihr reden. Sprich mit mir.«

Eve streckte ihre Hand aus.

Er fluchte leise und reichte ihr das Telefon. »Er ist ein Idiot.«

»Das hab ich gehört«, sagte Gil. »John ist ein bisschen gereizt, was? Deswegen wollte ich mit Ihnen reden. In meiner derzeitigen Situation habe ich keine Lust, mich auch noch anraunzen zu lassen.«

»Und was ist das für eine Situation?«

»Eine ziemlich heikle. Maren lässt sich nicht aus der Ruhe bringen.«

»Sie haben mit ihm über das Angebot gesprochen?«

»Er hat alles bestritten und so getan, als wüsste er nicht, wovon ich rede.«

»Das ist eine völlig normale Reaktion. Ich hatte auch nicht damit gerechnet, dass das funktionieren würde.«

»Aber ich glaube, es hat funktioniert. Ich habe direkt gespürt, dass ich ins Schwarze getroffen habe. Maren hat nicht den Sicherheitsdienst des Krankenhauses alarmiert. Das ist ein gutes Zeichen. Ich habe ihm gesagt, er soll darüber nachdenken und mich an einer bestimmten Stelle am Potomac in der Nähe des C-and-O-Kanals treffen. Heute Abend um elf.«

»Er wird nicht kommen. Er wird sich mit Lisa Chadbourne in Verbindung setzen und die beiden werden Sie in eine Falle locken.«

»Vielleicht.«

»Kein ›vielleicht‹.« Ihre Hand umklammerte das Telefon. »Sie und Logan haben mir erklärt, dass sie Maren wahrscheinlich dazu überredet hat, für sie zu töten. Glauben Sie im Ernst, er wird Ihnen glauben, dass sie ihn verraten würde?«

»Er ist ein sehr intelligenter Mann. Es ist nicht leicht, ihn zu täuschen. Ich kann mir kaum vorstellen, dass er sich überhaupt von ihr hat überreden lassen, Chadbourne umzubringen. Ich glaube, ich kann ihn davon überzeugen, dass er den Schaden begrenzen und aus der Sache aussteigen muss, bevor es zu spät ist.«

»Treffen Sie sich nicht mit ihm, Gil.«

»Ich muss ihn treffen. Wenn ich Maren rumkriege, haben wir Lisa Chadbourne in der Hand. Ich werde Sie auf dem Laufenden halten.« Gil legte auf.

Sie reichte Logan das Telefon. »Er wird es tun.«

»Er ist ein Idiot«, sagte Logan durch die zusammengebissenen Zähne.

»Sie haben doch gesagt, er sei ein Profi und wisse, was er tut.«

»Ich habe nie behauptet, sein Urteilsvermögen sei unfehlbar. Das Treffen heute Abend ist ein Fehler.«

Der Meinung war sie auch. Maren würde Lisa Chadbourne niemals verraten, es sei denn, ihr Einfluss auf ihn hätte nachgelassen. Und Lisa Chadbourne würde niemals zulassen, dass dieser Einfluss gebrochen würde.

Bis sie selbst ihn aufgeben würde.

»Sie wird wütend sein.«

»Was?«

»Lisa Chadbourne. Ich nehme an, sie betrachtet Maren als ihr Eigentum. Es wird sie wütend machen, wenn wir versuchen, ihr Maren wegzunehmen.«

»Es wäre ziemlich unsinnig, einem Mann gegenüber Besitzansprüche geltend zu machen, den sie sowieso beseitigen will.«

»Wer sagt denn, dass sie immer rational handelt? Sie hat Gefühle wie jeder andere auch. Es wird sie nervös machen und womöglich sogar in Panik versetzen, wenn sie merkt, dass wir Maren auf den Fersen sind. Es wird sie bestimmt überraschen. Sie hat sicher noch nicht mitbekommen, dass wir Kontakt zu ihm aufgenommen haben.«

»Vielleicht hat Gil Recht. Vielleicht sagt Maren ihr nichts davon.«

»Das glaube ich nicht.«

Er schüttelte den Kopf.

»Was sollen wir also unternehmen?«

»Sie warten hier mit Kessler. Ich werde nach Washington fliegen und Gil zu dem Treffen begleiten.«

»Sie könnten erkannt werden.«

»Scheiß drauf.«

»Oder in dieselbe Falle laufen.«

»Dito.« Er stieg aus und ging auf die Fahrerseite. »Ich brauche den Wagen. Ich fahre nach Savannah und nehme von dort aus ein Flugzeug. Sie fahren mit Gary zum Motel zurück.«

Sie stieg langsam aus, dann nahm sie vom Rücksitz den Koffer mit Bens Schädel. »Und was ist mit den Testergebnissen?«

»Die besorgen Sie. Sie haben ja gesagt, es könnte Tage dauern.« Er setzte sich ans Steuer. »Ich kann hier sowieso nichts tun.«

Und Ivanhoe musste Aufgaben bewältigen und Schlösser erobern.

Am liebsten hätte sie ihn geohrfeigt.

»Rufen Sie mich an und halten Sie mich auf dem Laufenden.« Sie öffnete die Beifahrertür an Garys Volvo. »Falls Sie noch leben.«

»Keine Sorge.« Er ließ den Motor an. »Ich bin morgen wieder zurück. Sie dürften hier in Sicherheit sein.« Er runzelte die Stirn. »Dürften reicht nicht. Das Risiko kann ich nicht eingehen. Ich rufe Kessler vom Flughafen aus an und sage ihm, er soll einen von Tellers Sicherheitsleuten anheuern, zum Motel zu kommen und Sie zu beschützen, solange ich weg bin.«

»Und welchen Vorwand soll er Teller gegenüber anbringen?«

»Bisher hat Kessler ziemlich viel Phantasie bewiesen. Soll er sich den Kopf darüber zerbrechen.«

»Timwick hockt wahrscheinlich immer noch an der Duke University, und bis uns jemand hier aufspürt, wird es dauern. Wir sind hier ziemlich weit ab vom Schuss, was forensische Labors angeht.«

Aber sie war sich nicht mehr sicher, ob die falsche Spur nach Duke funktioniert hatte. Lisa Chadbourne würde sich nicht allein auf Logan konzentrieren; dazu hatte sie zu viel Respekt vor Frauen.

»Ein Wachposten vor dem Motel kann nicht schaden. Vergessen Sie nicht, die Tür abzuschließen«, sagte Logan. »Und rufen Sie mich an, falls Ihnen irgendetwas verdächtig erscheint. Egal, was.«

»Ich werde mich vorsehen.«

Er zögerte. »Ich muss los, Eve. Gil ist mein Freund und ich habe ihn in diese Sache hineingezogen.«

Sie stieg in den Volvo und stellte den Koffer mit Bens Schädel auf den Boden. »Dann fahren Sie schon los.« Sie warf ihm einen kühlen Blick zu. »Ich brauche Sie nicht, Logan. Ich habe Sie nie gebraucht. Ich regle das selbst.«

»Lassen Sie Ben nicht aus den Augen.«

»Haben Sie schon mal erlebt, dass ich ihn irgendwo aus den Augen gelassen hätte?« Sie lächelte bitter. »Ich weiß durchaus, wer bei diesem Projekt wichtig ist.«

»Das sehen Sie falsch. Es ist nur –«

»Fahren Sie.« Sie machte eine wegwerfende Handbewegung. »Gott stehe Gil bei. Fahren Sie und tun Sie, was Sie tun müssen.«

»Warum zum Teufel sind Sie – ich dachte, sie mögen Gil.«

»Das tue ich und ich will, dass er in Sicherheit ist.« Aber sie wollte auch nicht, dass Logan ums Leben kam, und je mehr sie über Lisa Chadbourne nachdachte, umso größer wurde ihre Angst. »Ich will mich nicht mit Ihnen streiten. Es hätte sowieso keinen Zweck. Machen Sie's gut, Logan.«

Er zögerte immer noch.

»Machen Sie's gut, Logan.«

Er fluchte leise vor sich hin und setzte aus dem Parkplatz zurück. Einen Augenblick später war er verschwunden.

Allein.

Es ist nicht gut für dich, allein zu sein, Mama.

Sie war es gewohnt, allein zu sein. Wenn die Tür zu und die Welt ausgeschlossen war, war dann nicht jeder allein?

Dennoch war es seltsam, dass sie sich jetzt einsamer fühlte als je zuvor.

»Wo ist Logan?«

Sie drehte sich um und sah, dass Gary an den Wagen getreten war. »Auf dem Weg nach Norden. Gil Price braucht seine Hilfe«, sagte Eve. »Was haben Sie herausgefunden?«

»Tja, ich habe gute und schlechte Nachrichten. Die gute Nachricht ist, dass Chris auf Chemilumineszenz umgestellt hat. Sie könnten heute noch ein DNA-Profil für mich erstellen.«

»Und die schlechte?«

»Er hat abgelehnt. Er hat zu viel zu tun.« Er hob die Hand. »Ich weiß. Ich weiß. Sie brauchen es nicht zu sagen. Er wird es tun. Ich muss nur ein bisschen mehr Druck machen. Heute wird es nicht mehr klappen, aber vielleicht bekomme ich morgen ein erstes Profil. Ich wollte nur mal rauskommen und Ihnen Bericht erstatten.« Er warf ihr seinen Schlüsselbund zu und ging wieder auf das Labor zu. »Fahren Sie ins Motel zurück. Ich werde wahrscheinlich bis nach Mitternacht hier sein. Ich nehme mir ein Taxi.«

Sie wollte nicht ins Motel zurück. Sie wollte mit ins Labor gehen und helfen. Sie wollte etwas tun.

Klar, und alles vermasseln, worum Gary sich bemühte.

Es hatte keinen Zweck. Der irrationale Impuls war nur dadurch ausgelöst, dass sie nichts zu tun hatte; hier zu sitzen und zu warten, zerrte an ihren Nerven. Sie konnte es Gary und Logan beinahe nachfühlen, dass sie die Gelegenheit ergriffen hatten, etwas zu tun, irgendetwas, selbst wenn es an Leichtsinn grenzte.

Was ging ihr überhaupt durch den Kopf? Leichtsinn hatte mit ihrem Leben nichts zu tun. Sie brauchte Beständigkeit und Gelassenheit. Sich in Gefahr zu begeben war nichts für sie.

Sie durfte sich Lisa Chadbourne nicht als eine Art Superweib vorstellen. Logan hatte wahrscheinlich Recht mit der

Annahme, dass Gary und sie vorerst in Sicherheit waren. Sie sollte es einfach akzeptieren. Durchatmen. Nach der Anspannung und der Hektik der vergangenen Tage sollte sie für ein paar langweilige Tage in Bainbridge dankbar sein.

»Ich habe die Zahl der Häuser in Lanier, die in Frage kommen, auf vier reduziert«, sagte Timwick, als Fiske den Hörer abnahm. »Sie wurden alle vorgestern angemietet.«

»Von Wilson?«

»Woher zum Teufel soll ich das wissen?«, fragte Timwick verärgert. »Glauben Sie etwa, sie hat ihren richtigen Namen benutzt?«

»Sie muss eine Kaution bezahlt haben. Dazu braucht sie eine Kreditkarte.«

»Und wer sagt uns, dass sie keine gefälschte Karte besitzt? Glauben Sie, Logan hätte daran nicht gedacht? Haben Sie einen Stift zur Hand?« Er nannte ihm die vier Adressen. »Machen Sie sich sofort auf den Weg.«

»Sobald ich kann.«

»Was zum Teufel soll das heißen?«

»Sie haben mir gesagt, ich soll Kessler überprüfen. Ich bin jetzt an der Emory University. Er ist gestern unerwartet abgereist.«

»Wohin?«

»Keine Ahnung. Ich bin unterwegs zu seinem Assistenten, vielleicht weiß der was.«

»Die Mutter ist wichtiger. Kessler ist nur eine vage Vermutung. Logan wird sich an die Duke University wenden, wenn er einen Experten braucht.«

»Wo ich schon mal hier bin, kann ich das auch gleich überprüfen.«

»Vergessen Sie's. Fahren Sie nach Lanier.«

»Was soll ich tun, wenn ich sie finde?«

»Observieren Sie sie. Ich werde Ihnen dann nähere Anweisungen geben.«

»Ich kann Observierungsjobs nicht ausstehen. Ich werde sie finden, aber die Drecksarbeit lassen Sie dann gefälligst jemand anders machen, Timwick.«

Das Schweigen am anderen Ende der Leitung war eisig. Der feige Hund mochte es nicht, wenn man ihm sagte, was er tun sollte. Tja, daran würde er sich gewöhnen müssen. Timwick wusste es noch nicht, aber die Spielregeln hatten sich geändert, und jetzt beherrschte die Königin das Spielbrett.

»Ihnen ist doch wohl klar, dass Sie jederzeit ersetzbar sind, Fiske.«

»Das wäre aber beim jetzigen Stand der Dinge äußerst schwierig. Warum lassen Sie mich nicht einfach tun, was ich am besten kann?«

Erneutes Schweigen, noch eisiger als zuvor. »Nun gut, geben Sie mir Bescheid, sobald Sie die Frau ausfindig gemacht haben.«

»Alles klar.« Fiske legte auf und eilte auf das Studentenheim zu, in dem Bob Spencer, Kesslers Assistent, wohnte. Er würde Spencer erzählen, er sei ein alter Freund von Kessler, ihn vielleicht zum Essen einladen und ihn ausquetschen. Selbst wenn er nicht wusste, wo Kessler sich aufhielt, würde Fiske vielleicht herausfinden, in welchem Labor Kessler gewöhnlich seine Tests durchführen ließ. Finden Sie heraus, wo die Tests durchgeführt werden, hatte Lisa Chadbourne gesagt.

Kein Problem.

»Er *wusste* es?«, murmelte Lisa. »Mein Gott, er wusste es, Scott?«

»Nicht mit Sicherheit. Ich schätze, Logan hatte einfach einen guten Riecher.«

»Und dann hat er Price geschickt, damit er die Karten auf den Tisch legt. Warum?«

Scott antwortete nicht gleich. »Er hat mir einen Handel angeboten. Er will vor allem dich, Lisa.«

»Was für einen Handel?«

»Ein neues Leben im Ausland, mit neuer Identität, wenn ich Beweismaterial gegen dich liefere.«

Panik überkam sie und sie hatte Mühe, sie zu unterdrücken. Sie hatte gewusst, dass Logan gerissen war und dass er sie verdächtigen könnte, aber sie hatte gehofft, er würde nicht auf Scott kommen. »Er lügt. Sie würden dich nie davonkommen lassen.«

»Vielleicht.«

Ihr drehte sich der Magen um. »Und, bist du in Versuchung geraten, Scott? Ein ganz kleines bisschen?«

»Herrgott noch mal, ich rufe dich schließlich an, oder nicht? Hört sich das so an, als würde ich in Erwägung ziehen, auf den Handel einzugehen?«

»Nein, tut mir Leid. Ich habe Angst. Ich hätte nie gedacht, dass die auf dich kommen würden.« Gott, es ging alles den Bach runter.

Nein, das tat es nicht. Sie musste einfach nachdenken, sich auf die neue Situation einstellen. »Wir kriegen das in den Griff. Vielleicht ist es unser Glück, dass sie angenommen haben, du würdest dich auf den Handel einlassen. Sie hätten sich auch an die Medien wenden können.«

»Die Möglichkeit haben wir ihnen genommen.«

»Hast du die Berichte restlos ausgetauscht?«

»Gleich nachdem Price weg war.«

Die Panik legte sich ein wenig. Alles würde gut werden. Jetzt lag alles wieder deutlich vor ihr. »Gott sei Dank. Dann werde ich sofort mit Kevin reden und den Ball ins Rollen bringen. Es wird alles gut, Scott.«

»Wirklich?«

»Natürlich. Ich verspreche es.«

»Du hast mir schon eine Menge versprochen, Lisa«, sagte er müde.

»Und habe ich nicht alles gehalten, was ich versprochen habe? Du hast die ganzen Jahre ein angenehmes Leben geführt.«

»Glaubst du, das hätte ich ohne dich nicht getan?«

»Das habe ich nicht gesagt, Scott.«

Er schwieg einen Augenblick. »Tut mir Leid.«

Er klang anders als sonst und sie konnte es sich nicht leisten, eine Veränderung bei ihm zu übersehen. Die Situation war zu heikel. »Was ist los?«

»Price hat mir von drei Leuten erzählt, die kürzlich ermordet wurden, und dass diese Morde dir zufällig einige Probleme vom Hals geschafft haben. Er hat mich gefragt, ob ich keine Angst hätte, ebenfalls ermordet zu werden.«

»Und, hast du Angst, Scott? Fürchtest du nach all den Jahren, ich könnte dir etwas zuleide tun?«

Schweigen. »Nein, eigentlich nicht.«

»Das reicht nicht. Eigentlich ist zu wenig.«

Er sagte nichts.

Sie schloss die Augen. Himmel, nicht jetzt. Er durfte nicht anfangen zu zweifeln. »Lass uns reden. Ich werde es dir beweisen. Aber vorerst müssen wir uns gründlich um Price kümmern, um deine Haut zu retten.«

»Von deiner ganz zu schweigen.«

»In Ordnung, um unsere Haut zu retten. Triff dich mit ihm. Ich werde dafür sorgen, dass Timwick vor dir dort ist.«

»Und dann?«

»Wir schnappen uns Price und versuchen, ihn gegen den Schädel auszutauschen. Wir müssen den Schädel wieder in unsere Hände bekommen.«

»Glaubst du, Logan lässt mit sich handeln?«

»Wir müssen es versuchen.« Sie überlegte. »Vertrau mir, Scott. Ich werde nicht zulassen, dass Logan dich fertig macht. Nicht nach allem, was du für mich getan hast.« Sie legte auf.

Ihr Herz schlug zu heftig. Tief einatmen, ganz ruhig. Es war bloß eine weitere Herausforderung.

Aber es war eine Herausforderung, die sie sich hätte ersparen können. Wenn Timwick bei Donnelli nicht diesen Bock geschossen hätte, hätte nie jemand Verdacht gegen Scott geschöpft, und dann hätte sie diese Entscheidung nicht treffen müssen. Die Panik verwandelte sich in Wut. Logan und Duncan waren ihr zu dicht auf den Fersen und sie war dabei, die Kontrolle zu verlieren.

Also musste sie die Kontrolle zurückgewinnen. Es gab einen Ausweg. Sie würde Timwick anrufen und ihm das Problem schildern.

Aber zuerst musste sie mit Kevin reden und ihn auf den Weg lenken, den er einzuschlagen hatte.

Joe rief Eve um acht Uhr abends an. »Ich habe einen Brief, den Chadbourne kurz vor seinem Amtsantritt an seine Schwester geschrieben hat, als seine Mutter gestorben war. Ich schätze, es besteht kein Zweifel, dass er diesen Umschlag höchstpersönlich angeleckt hat.«

»Großartig. Wie hast du das geschafft?«

»Das willst du bestimmt nicht wissen. Es würde dich zur Mitwisserin machen. Aber ich habe noch keine Speichelprobe von Millicent Babcock und dabei nahm ich an, das wäre die leichteste Übung. Ich folge ihr und ihrem Mann heute Abend zu einem Country Club und hoffe, dass ich dort ein Glas in die Finger bekommen kann.« Er atmete tief durch. »Wie geht es dir?«

»Gut. Gary kann die DNA sofort beschaffen.«

»Hervorragend.« Pause. »Passt Logan gut auf dich auf?«

Sie vermied es, ihm zu antworten. Er würde ausrasten, wenn er erführe, dass Logan nicht bei ihr war. »Ich passe auf mich selbst auf, Joe.«

»Ich müsste eigentlich bei dir sein. Ich hätte Logan sagen müssen, er soll sich dieser Babcock selbst an die Fersen heften. Ich hab ihm nicht zugetraut, dass er das geregelt kriegt, und ich hatte keine Lust, Däumchen zu drehen.«

»Das wird schon klappen, heute Abend.«

»Hoffentlich. Andernfalls dreh ich der Alten den Hals um und besorge mir eine Blutprobe von ihr. Du lachst ja gar nicht. Das sollte ein Witz sein, verdammt noch mal.«

»Tut mir Leid, im Moment kann ich überhaupt nichts komisch finden.«

»Ich auch nicht. Ich versuche, morgen zurück zu sein. Pass auf dich auf.«

»Joe.« Sie konnte ihn gerade noch daran hindern, dass er auflegte. »Hast du Diane angerufen?«

»Bevor ich von Atlanta weggefahren bin.«

»Sie wird sich Sorgen um dich machen. Ich habe schon genug Schuldgefühle, weil ich dich da reingezogen habe. Ich will nicht, dass sie auch noch durchdreht.«

»Ich werde sie anrufen.«

»Jetzt gleich?«

»Jetzt gleich, Herrgott noch mal.« Er beendete das Gespräch.

Sie legte das Telefon auf den Tisch. Zumindest war Joe in Sicherheit und fürsorglich wie immer. Morgen würde er zurückkommen und dann würde sie sich wieder so geborgen fühlen wie immer, wenn Joe da war.

Jetzt musste sie nur noch darauf warten, dass Logan sie anrief und ihr sagte, dass Gil und ihm nichts zugestoßen war.

332

Ruf sie an, dachte Joe. Du hast Eve versprochen, Diane anzurufen. Also tu's.

Er rief bei sich zu Hause an und Diane nahm sofort ab.

»Hallo, Schatz, ich wollte mich nur mal kurz melden. Wie geht es dir?«

»Wo bist du, Joe?«

»Ich hab dir doch gesagt, ich arbeite an einem Fall außerhalb der Stadt. Aber das dürfte bald erledigt sein.«

»Was für ein Fall?«

»Nichts, was dich interessieren würde.«

»Oh, ich glaube, das würde mich durchaus interessieren.« Sie klang gereizt. »Hältst du mich eigentlich für blöd, Joe? Ich habe es satt, so zu tun, als sei ich blind. All die Nachrichten im Fernsehen. Es ist Eve, stimmt's?«

Er schwieg. Er wusste, dass sie nicht dumm war, aber er hatte gehofft, sie würde so tun, als würde das Problem nicht existieren, wie immer, wenn es um Dinge ging, die ihr Unbehagen bereiteten.

»Stimmt's?«

»Ja.«

»Das geht zu weit, Joe.« Ihre Stimme zitterte. »Was glaubst du, wie lange ich das noch mitmache? Wir haben ein schönes Leben und du setzt ihretwegen alles aufs Spiel. Ist sie das wert?«

»Du weißt genau, dass ich sie nicht im Stich lassen kann.«

»Oh, das weiß ich. Niemand weiß das besser. Ich dachte, ich könnte es verkraften, aber sie beherrscht dein ganzes verdammtes Leben. Warum zum Teufel hast du mich überhaupt geheiratet, Joe?«

»Du bist ganz durcheinander. Wir werden darüber reden, wenn ich nach Hause komme.«

»Falls du nach Hause kommst. Falls sie nicht die Ursache dafür ist, dass du getötet wirst.« Diane knallte den Hörer auf.

Gott, was hatte er für einen Schlamassel angerichtet? Wie hatte er annehmen können, dass diese Ehe gut gehen würde? Er hatte ihr alles gegeben, was er konnte, alles, von dem er glaubte, dass sie es wollte. Er hatte versucht, seine mangelnde Aufrichtigkeit mit Zuneigung auszugleichen, aber Diane hatte ihren Stolz, und egal, wie sehr er sich bemühte, ihr keinen Kummer zu bereiten, es war unvermeidlich. Alles, was Diane gesagt hatte, stimmte. Sie hatte jedes Recht sich zu fragen, warum er sie geheiratet hatte.

Und er hoffte, sie würde es nie herausfinden.

Kapitel 18

Der Geruch des feuchten, moosigen Flussufers schlug Logan entgegen, sobald er aus dem Wagen stieg. Der Geruch nach Erde erinnerte ihn an das Maisfeld in Maryland.

Keine ausgesprochen glückliche Erinnerung, dachte Logan. Ein erfolgreiches Ablenkungsmanöver, aber er konnte Eves Gesicht nicht vergessen, als sie begriff, dass er sie als Köder benutzt hatte.

»Riecht gut, nicht wahr?« Gil atmete tief ein, als er auf den Fluss zuging. »Erinnert mich an zu Hause.«

Die Gegend wirkte menschenleer und immerhin hatte Gil keinen Treffpunkt gewählt, wo es Bäume gab, die als Deckung hätten dienen können. »Der Golf? Du stammst aus Mobile, stimmt's?«

»Aus einer Kleinstadt in der Nähe von Mobile.«

»*Tiefer* Süden.«

»Was glaubst du, woher ich sonst meine Vorliebe für Garth Brooks haben könnte?«

Logan ließ seinen Blick über das Ufer schweifen. Es müsste dort sein ... Er wünschte, es gäbe ein bisschen Mondlicht.

»Aber du sagst mir doch immer, Countrymusic sei universell.«

»Aber jedes Universum muss einen Heimatplaneten haben.« Er sah Logan an. »Entspann dich. Es wird schon schief gehen. Niemand kann sich uns nähern, ohne dass wir ihn sehen. Falls irgendjemand außer Maren auftaucht, können wir immer noch verschwinden.«

»Und wenn man uns den Weg zum Wagen abschneidet?«

»Dann müssen wir schwimmen.«

»Ich habe eine bessere Idee.« Er atmete erleichtert auf, als der Mond hinter ein paar Wolken hervorkam und er den Glanz von rostfreiem Stahl aufleuchten sah. »Ich habe ein Speedboat gemietet und dafür gesorgt, dass es da drüben bereitliegt.«

Gil musste lachen. »Genau das habe ich mir gedacht. Du bist doch wirklich zwanghaft, John.«

»Immer noch besser als Schwimmen.«

»Glaubst du, ich wäre nicht selbst auf die Idee gekommen, wenn ich nicht gewusst hätte, dass ich mich auf dich verlassen kann?«

»Woher zum Teufel soll ich denn wissen, was du tun würdest? Du hast dieses verdammte, idiotische Treffen arrangiert. Wieso hast du ihn nicht einfach gebeten, dich anzurufen?«

»Weil ich ihn vielleicht noch ein bisschen überreden muss. Es ist zu leicht, einen Telefonhörer einfach aufzulegen.«

»Und du leidest an Todessehnsucht.«

»*Ich* leide an Todessehnsucht? Das Risiko ist für mich nicht so groß wie für dich. Ich habe in diesem Monat bereits eine Kugel abbekommen. Das bedeutet, dass die Chancen für mich besser stehen. Du hättest in Georgia bleiben und mich das regeln lassen sollen.«

Logan antwortete nicht.

»Mir ist natürlich klar, dass du Angst hattest, es könnte mir etwas zustoßen.« Gil warf ihm einen verschmitzten Blick zu. »Und du würdest schließlich nicht wollen, dass einem Mann von solcher Intelligenz und mit so viel Charisma etwas zustößt, nicht wahr?«

»Ach ja?«

»Und außerdem hast du nicht so viele Freunde, die bereit sind, deinen Mangel an Achtung für die schönen Dinge des Lebens zu akzeptieren. Ja, ich hätte wissen müssen, dass du aus lauter Eigennutz hierher geflogen bist.«

»Purer Eigennutz.«

»Ah, du gibst es also zu.«

»Darauf kannst du dich verlassen. Ich hätte es in Bainbridge keinen Tag länger ausgehalten. Das Einzige, was im Radio lief, war Hank Williams und dieser bescheuerte Song ›Feed Jake‹.«

Gil lachte in sich hinein. »Ach Gott, wirklich? Das dürfte die richtige Stadt für mich sein.«

»Da gebe ich dir Recht. Ich habe ein Flugticket für dich in der Tasche.« Seine Lippen spannten sich grimmig. »Falls du diese Nacht überlebst.«

Gils Grinsen verschwand. »Es ist das Risiko wert, John. Ich habe Maren verunsichert. Ich habe es genau gesehen.«

»Und wo ist er dann?«

»Wir sind früh dran. Er wird schon kommen.«

Nur vierzig Minuten zu früh. Aber weder am Ufer des Kanals noch auf dem Fluss war irgendein Anzeichen von Bewegung zu entdecken. Falls das hier eine Falle war, wies nichts darauf hin.

Vielleicht war es Gil gelungen, Maren zu überzeugen. Es war möglich. Vielleicht würde das alles schon in einer Stunde vorüber und ihre Arbeit an Bens Schädel von zweitrangiger Bedeutung sein.

Gott, er konnte es nur hoffen.

Aber wo zum Teufel steckte Maren?

Der Wachmann, der sich mit dem Mann am Informations-
schalter unterhielt, blickte auf. »Gute Nacht, Mr Maren«,
sagte er lächelnd. »Spät geworden.«

»Papierkram. Der Fluch meines Lebens. Gute Nacht,
Paul.« Er ging durch die Glastüren und auf den reservierten
Parkplatz zu, wo sein Corvette von 1957 stand. Das Timing
war perfekt. In einer halben Stunde würde er am Kanal
sein.

Er fuhr aus dem Parkplatz und bog nach links ab. Mit ein
bisschen Glück würde alles vorbei sein, bevor er dort ankam. Eigentlich brauchte Timwick ihn nicht als Köder, um
Price zu erwischen.

Wo sollte er also hinfahren? War es wirklich Price, der in
die Falle laufen sollte?

Das Gift, mit dem Price ihn infiziert hatte, arbeitete in
ihm. Lisa. Tod.

Nicht weiterdenken. Das konnte nicht wahr sein. Price
hatte nur Vermutungen, keine Beweise. Lisa und er gehörten
zusammen. Das wusste sie ebenso gut wie er.

Eine rote Ampel leuchtete an der Kreuzung auf.

Symbolisch?

Es konnte nicht schaden, vorsichtig zu sein. Er würde
nicht zu dem Treffen mit Price gehen. Er würde nach Hause
fahren und warten, bis Lisa ihn anrief und ihm mitteilte, was
vorgefallen war. Mit der Entscheidung war die Anspannung
sofort verschwunden. Er würde an der nächsten Kreuzung
rechts abbiegen und in zehn Minuten würde er zu Hause
und in Sicherheit sein.

Kurz vor der roten Ampel trat er auf die Bremse.

Nichts.

Er trat verzweifelt auf das Bremspedal.

Der Corvette rollte auf die Kreuzung zu.

Es war spät. Vielleicht würde der Verkehr –

Ein Müllwagen kam von links auf die Kreuzung. Riesig. Schnell. O Gott, er war zu schnell, um noch bremsen zu können.

Der Müllwagen rammte die Fahrerseite des Corvette wie ein Panzer und schob den kleinen Wagen gegen eine Straßenlaterne an der Ecke. Er zermalmte das Fiberglas, Fleisch, Knochen und Muskeln.

Lisa.

Der Mann, der auf sie zukam, hatte Marens hochgewachsene Statur und er war allein.

»Ich hab dir ja gesagt, ich hab ihn verunsichert«, murmelte Gil.

Von Süden her war ein leises Dröhnen zu hören.

Logans Herz begann zu rasen. »Den Teufel hast du.«

Die Luft.

Warum hatte er nicht an den Luftraum gedacht?, jagte es Logan durch den Kopf, als das blaue Scheinwerferlicht des Hubschraubers sie aus der Dunkelheit heraus erfasste.

»Das Boot, schnell! Duck dich.«

Gil war schon unterwegs zum Schnellboot.

Der Mann, den sie für Maren gehalten hatten, kam auf sie zugelaufen.

Eine Kugel pfiff an Logans Ohr vorbei.

»*Scheiße!*«

Gil war im Boot und löste das Tau.

Der verdammte Hubschrauber war fast über ihnen und überflutete das Boot mit kaltem, blauem Licht.

Logan sprang ins Boot und gab Gas.

Das Wasser vor ihnen wurde von oben mit Kugeln übersät.

»Bleib unten.« Logan raste im Zickzack über das Wasser und versuchte, dem Lichtkegel auszuweichen. »Wenn wir es bis zu diesem Zufluss schaffen, sind wir in Sicherheit. Dort ist das Ufer dicht mit Bäumen bewachsen und bei den vielen Wohnhäusern, die da stehen, können sie nicht riskieren zu schießen. Wir lassen das Boot liegen und –«

Noch ein Kugelhagel, diesmal näher.

Zu nah.

Herrgott, unter dem Scheinwerfer waren sie wie im Rampenlicht. Wieso trafen die nicht?

Vielleicht wollten sie gar nicht treffen.

Vielleicht waren sie lebendig mehr wert als tot.

Der Schädel. Sie brauchten den Schädel.

Das Schnellboot bog in den Zufluss ein und verschwand im Schatten der Bäume.

Sie waren noch nicht in Sicherheit. Nicht, solange sie im Boot blieben. Er steuerte das Boot ans Ufer und schaltete den Motor ab. Er sprang hinaus und griff nach dem Tau.

Über sich hörte er den Hubschrauber. »Los, komm, wir gehen zu dem Haus da drüben und sehen zu, ob wir –«

Gil starrte ihn an, seine Augen flackerten.

»Gil?«

Warum hatte Logan nicht angerufen?

Eve drehte sich im Bett um und schaute auf die Leuchtziffern der Uhr auf dem Nachttisch. Es war fast drei Uhr früh. Warum hatte er nicht angerufen, um ihr zu sagen, dass er und Gil in Sicherheit waren?

Falls sie in Sicherheit waren. Wenn die Falle nicht zugeschnappt war.

Sie sollte besser schlafen. Die beiden waren Hunderte von Kilometern weit weg. Sie konnte ihnen nicht helfen, indem sie wach lag und in die Dunkelheit starrte.

Und sich zu wünschen, sie wäre Logan gegenüber nicht so schroff gewesen, bevor er abgefahren war.

Gott, sie hatte solche Schuldgefühle, als wäre er nicht auf dem Weg zurück zu ihr.

Zurück zu ihr? Zurück zu Ben und den forensischen Tests, zurück zu ihrem gemeinsamen Ziel.

Niemals zurück zu ihr.

Um halb acht am nächsten Morgen klopfte Kessler an ihre Tür. »Es gibt etwas, das Sie sich ansehen sollten.« Er kam in das Motelzimmer und schaltete den Fernseher ein. »Der Pressesprecher des Präsidenten hat gerade eine Erklärung abgegeben. CNN wiederholt sie gerade.« Als ein Bild von Kevin Detwil auf dem Bildschirm erschien, murmelte Kessler: »Sehen Sie ihn an. Obwohl ich weiß, dass es nicht Chadbourne ist, kann ich immer noch nicht –«

Die Kamera schwenkte zu einer Gruppe von Reportern hinüber, die Jim Douglas, Chadbournes Pressesprecher, mit Fragen bombardierten.

»Dann war es also nicht John Logan, der verbrannt ist?«

»So lautet meine Information. Der Mann, der im Barrett House verbrannt ist, war Abdul Jamal.«

»Und Sie halten ein Mordkomplott für möglich?«

»Ich wünschte, ich könnte die Frage verneinen. Die Vorstellung, eine wandelnde Zielscheibe zu sein, gefällt dem Präsidenten überhaupt nicht. Aber da das Feuer zu dem Zeitpunkt ausbrach, als der Präsident im Barrett House hätte zu Gast sein sollen, zieht Mr Timwick die Möglichkeit nach eigenen Angaben in Betracht und hat die Sicherheitsmaßnahmen erhöht.«

»Und Logan wird verdächtigt, Drahtzieher des Komplotts zu sein?«

»Wir hoffen sehr, dass dies nicht zutrifft. Auch wenn die beiden politische Gegner sind, hat der Präsident ihn stets geschätzt. Er wäre sehr erleichtert, wenn Logan an die Öffentlichkeit treten und all das erklären würde.« Er blickte in die Runde. »Solange das nicht geschieht, müssen wir Logan als Gefahr für den Präsidenten und für das ganze Land betrachten. Jamal war ein bekannter Terrorist und Attentäter, und der Secret Service geht davon aus, dass ein Besuch des Präsidenten im Barrett House ein katastrophaler Fehler gewesen wäre.«

»Man hat uns gesagt, die Leiche wurde fast restlos verbrannt. Wie wurde die Leiche mit Jamal in Verbindung gebracht?«

»Mr Timwick hat einen DNA-Vergleich veranlasst.«

»Dann hatten Sie also bereits den Verdacht, dass Jamal sich im Barrett House aufhielt?«

»Wenn der Präsident sich an einen Ort begibt, wird dieser routinemäßig überprüft. Sie wissen alle, wie leidenschaftlich Logan sich dafür einsetzt, dass der Präsident nicht für eine zweite Amtszeit gewählt wird. Als Mr Timwick erfuhr, dass Mr Logan bei seinem letzten Aufenthalt in Japan Kontakt zu Jamal hatte, ordnete er den DNA-Vergleich an.« Er hob eine Hand. »Keine weiteren Fragen. Der Präsident lässt Ihnen versichern, dass diese Bedrohung ihn auf keinen Fall daran hindern wird, an der Beerdigung seines guten Freundes teilzunehmen oder seine Pflichten als Präsident zu erfüllen.« Jim Douglas drehte sich um und verließ den Raum.

Zum Schluss wurde noch ein Bild des Präsidenten im Rosengarten eingeblendet, das zu einem anderen Zeitpunkt aufgenommen worden sein musste. Er lächelte Lisa Chadbourne an und sie lächelte angemessen liebevoll zurück.

»Mein Gott.« Eve schaltete den Fernseher aus und sah Kessler an. »Wie intensiv suchen sie nach Logan?«

»Höchste Fahndungsstufe. Er ist ihr Hauptverdächtiger.« Dann fügte Kessler hinzu: »Und Sie auch.«

Sie verschränkte die Arme vor der Brust, um ihr Zittern zu unterdrücken. »Ich bin also jetzt eine Terroristin und eine Mörderin?«

»Sie wurden herabgestuft. Sie werden nur noch der Beihilfe bezichtigt. Logan ist der Mörder. Sie glauben, er hat sich mit Jamal über die Durchführung des Attentats gestritten und ihn daraufhin umgebracht.«

»Und sein Haus in Brand gesteckt, um den Mord zu vertuschen.«

»Genau.«

»Das ist doch völlig absurd. So eine Geschichte glaubt doch kein Mensch. Logan ist ein angesehener Geschäftsmann. Warum sollte er sich mit Terroristen einlassen?«

»Ich bin mir nicht so sicher, ob ich das glauben würde oder nicht«, erwiderte Gary langsam. »Der durchschnittliche Fernsehzuschauer neigt dazu zu glauben, was die Behörden ihm sagen, und im Allgemeinen haben die Leute eine Abneigung gegen das Big Business. Wissen Sie nicht, dass die einzige Möglichkeit, den Leuten eine große Lüge zu verkaufen, darin besteht, dass man ein paar kleine Wahrheiten darunter mischt? Es wird Ihnen nicht entgangen sein, dass Douglas zwei Dinge besonders betont hat. Logans politischen ›Fanatismus‹ und seine Auslandsreisen. Sie haben mit ein paar nachweisbaren Tatsachen angefangen, ein bisschen DNA-Wissenschaft eingestreut und auf die Angst des Durchschnittsamerikaners vor ausländischen Terroristen angespielt. Das ist eine ziemlich idiotensichere Mischung.«

Idiotensicher genug, um es Logan unmöglich zu machen, sich in der Öffentlichkeit zu zeigen, wenn er nicht Gefahr laufen wollte, auf der Stelle erschossen zu werden. »Sie hat das alles ganz genau geplant«, sagte Eve, der es immer noch schwer fiel, das alles zu glauben. »Deswegen hielt Detwil, als

343

diese Leiche im Barrett House gefunden wurde, eine Lobrede auf Logan und gab bekannt, dass er vorgehabt hatte, ihm an dem Wochenende einen Besuch abzustatten. Wir hatten angenommen, sie hätte Maren beauftragt, die DNA-Ergebnisse dahingehend zu fälschen, dass man die Leiche für die von Logan halten musste. Stattdessen hat sie nun diesen Schachzug in Szene gesetzt.«

Er nickte. »Dass sie die Leiche als die von Jamal ausgeben, macht die Situation für Sie verdammt viel komplizierter.«

Kompliziert? Es war ein Alptraum. »Jeder Polizist im Land ist jetzt auf der Jagd nach Logan.«

Vielleicht war er schon tot. Warum hatte er nicht angerufen?

Nein, wenn Logan gefasst oder getötet worden wäre, hätten die Medien darüber berichtet. Plötzlich fielen ihr die letzten Worte des Pressesprechers ein. »Welches Begräbnis? Von welchem Begräbnis hat er gesprochen?«

»Scott Maren. Er ist letzte Nacht bei einem Autounfall ums Leben gekommen. Sie haben gerade bekannt gegeben, dass das Begräbnis in zwei Tagen stattfindet.«

Die Worte trafen sie wie ein Schlag. »Was?«

»Ein Lastwagen hat seinen Corvette zerquetscht.«

»Wo? In der Nähe der Stelle, wo Gil sich mit ihm treffen sollte?«

»Nein, nur ein paar Blocks vom Krankenhaus entfernt. Es heißt, seine Bremsen hätten versagt.«

»Das war Mord.«

Gary schüttelte den Kopf. »Laut offiziellem Bericht nicht. Es wird zwar ermittelt, aber sie gehen davon aus, dass es ein Unfall war. Ein angesehener Arzt, überall beliebt. Kein Motiv.«

»Es war Mord.« Sein Tod kam einfach allzu gelegen. Lisa hatte sich Maren vom Hals geschafft, weil sie fürchtete, er

344

könnte gegen sie aussagen. Was bedeutete, dass Maren ihr von Gils Besuch erzählt hatte.

»Sie haben Gil in eine Falle gelockt.« Und Logan war mit ihm zusammen in die Falle gegangen.

»Möglich. Aber das wissen wir nicht. Wir müssen abwarten. In der Zwischenzeit sollten Sie sich lieber von dem Labor fern halten«, sagte Kessler. »Logan möchte, dass Sie zusammen mit Tellers Sicherheitsmann hier bleiben.«

»Nein, ich komme mit Ihnen.«

»Um mich zu beschützen?« Er verzog das Gesicht. »Was können Sie schon tun, wenn Sie auf dem Parkplatz im Auto sitzen? Ich weiß Ihre Besorgnis zu schätzen, aber ich kann auf mich selbst aufpassen. Außerdem sind es nur zehn Minuten bis zum Labor. Ich verspreche Ihnen, ich werde Sie anrufen, falls ich Sie brauche.«

»Ich komme mit, verdammt.«

»Und was ist mit Logan? Haben Sie von ihm gehört?«

»Nein.«

Er berührte die dunklen Ränder unter ihren Augen. »Und Sie machen sich Sorgen. Sollten Sie nicht lieber hier bleiben und auf ihn warten? Er ist derjenige, der in Gefahr ist.«

»Ich kann ihm nicht helfen. Ich weiß nicht einmal, wo er ist.«

»Er ist ein intelligenter Mann. Er wird zurückkommen.« Er wandte sich zum Gehen. »Ich muss zurück ins Labor. Chris hat mir die Resultate für den späten Abend versprochen, aber er arbeitet besser, wenn man ein bisschen subtilen Druck auf ihn ausübt.«

Sie rang sich ein Lächeln ab. »An Ihnen ist nichts Subtiles, Gary.«

»Vielleicht nicht, aber ich bin effektiv.« Er blieb an der Tür stehen. »Sie bleiben schön hier. Sie haben kein Auto und ich lasse Sie nicht in meinen Volvo einsteigen.«

»Ich würde mich besser fühlen, wenn ich Sie begleiten könnte.«

»Da ich über die Transportmittel verfüge, treffe ich die Entscheidung. Wir sehen uns zum Abendessen. Kommen Sie um acht in mein Zimmer. Ich habe einen Reklamezettel von Bubba Blue's Barbecue gesehen.« Er schüttelte den Kopf. »Was für ein Name. Gott sei Dank liefern sie das Essen. Ich sehe schon einen Laden vor mir mit Sägemehl auf dem Boden, einer Klapperschlange in einem Terrarium und einem jaulenden Country-Sänger. Da läuft's mir kalt den Rücken runter.«

Die Tür schloss sich hinter ihm.

Auch ihr lief es kalt über den Rücken, aber aus anderen Gründen. Sie schloss die Augen, doch sie sah immer noch Lisa Chadbournes Gesicht vor sich, wie sie liebevoll zu Detwil aufblickte. Die treue Ehefrau, die ihrem Mann in der Stunde der Not beisteht.

Aber es war Logan, der in Not war. Logan und Gil auf der Flucht.

Wo zum Teufel steckten die beiden?

»Mein Gott«, murmelte Sandra, den Blick auf den Fernsehbildschirm geheftet. »Was passiert jetzt mit ihr, Margaret?«

»Nichts. Sie sind nicht geschnappt worden und sie werden es auch nicht. John ist zu schlau, um es so weit kommen zu lassen. Das alles macht Sie nur nervös.« Margaret schaltete den Fernseher aus. »Verdammt, mich macht es auch nervös.«

»Warum hat sie mich nicht angerufen?«

»Sie hat Sie gestern angerufen.«

»Aber sie muss doch gewusst haben, dass ich die Nachrichten ... Was sollen wir jetzt tun?«

»Das, was wir die ganze Zeit schon tun. Hier bleiben und stillhalten, bis John diesen Schlamassel bereinigt hat.«

»Ja, sicher.« Sie kaute auf ihrer Unterlippe. »Vielleicht sollten wir etwas unternehmen.«

»Was denn zum Beispiel?«

»Ich habe einen Freund im Büro des Bezirksstaatsanwalts.«

»Nein«, sagte Margaret scharf. Dann fügte sie in einem freundlicheren Ton hinzu: »Er könnte uns nicht helfen und er würde jeden, der sich für uns interessierte, auf unsere Fährte locken.«

»Vielleicht auch nicht. Ron würde sehr vorsichtig sein.«

»Sandra, nein.«

»Ich kann nicht einfach hier herumsitzen.« Sie sah Margaret in die Augen. »Ich weiß, Sie halten mich für ziemlich unbedarft, aber ich habe schon einiges vom Leben gesehen. Geben Sie mir die Möglichkeit, etwas zu tun.«

»Ich halte Sie für alles andere als unbedarft«, erwiderte Margaret sanft. »Ich denke, Sie sind intelligent und warmherzig, und unter normalen Umständen würden Sie sich um mich kümmern. Aber dies sind keine normalen Umstände. Also haben Sie einfach ein bisschen Geduld, okay?«

Sandra schüttelte den Kopf.

»Na gut, dann versuchen Sie, an etwas anderes zu denken. Wie wär's mit einer Runde Blackjack?«

»Schon wieder? Sie gewinnen doch immer. Sie müssen Ihr halbes Leben in Las Vegas verbracht haben.«

»Na ja ...« Margaret grinste. »Einer meiner Brüder ist dort Kartengeber.«

»Hab ich's doch gewusst.«

»Also schön, dann eben nicht Blackjack. Ich opfere mich und lasse Sie noch mal so ein wunderbares Essen für mich kochen. Aber Sie sind sich hoffentlich darüber im Klaren, dass ich aus allen Nähten platzen werde, bis wir hier rauskommen.«

»Ich bin eine miserable Köchin und das wissen Sie ganz genau. Hören Sie auf, mich vom Thema abzulenken.«

»Also, der Eintopf gestern Abend war besser als das Chili zu Mittag. Vielleicht werden Sie immer besser.«

»Und vielleicht können Kühe fliegen.« Am besten, sie ließ sich einfach darauf ein, dachte Sandra resigniert. Margaret konnte ganz schön hartnäckig sein, und wenn sie kochte, hatte sie wenigstens etwas zu tun. Sie stand auf. »Ich werde einen Braten machen. Aber Sie machen den Salat und spülen nachher ab.«

»Immer muss ich die Sklavenarbeit übernehmen«, stöhnte Margaret. »Okay, fangen wir an.«

Der dritte Versuch war von Erfolg gekrönt.

Fiske beobachtete die beiden Frauen, die geschäftig in der Küche hantierten. Der Duft nach Fleisch und Paprika erinnerte ihn daran, dass er noch nicht gefrühstückt hatte. Offenbar hatte der Duft auch Pilton angelockt, denn er war von der Veranda in die Küche gegangen und unterhielt sich mit Margaret Wilson.

Fiske zog sich vom Fenster in die Büsche zurück und ging durch den Wald zu seinem Wagen, den er in der Einfahrt zu einem leer stehenden Ferienhaus geparkt hatte. Nachdem er Sandra Duncan aufgespürt hatte, konnte er Timwick anrufen und ihn beruhigen. Dann würde er sich bei Lisa Chadbourne melden und ihr von seinen Fortschritten berichten. Nach dem, was er am Morgen im Fernsehen gesehen hatte, nahm er allerdings an, dass sie zu beschäftigt war, um sich über Sandra Duncan Gedanken zu machen.

Eine Schande, was mit Scott Maren passiert war. Der Arzt

hatte auf der Liste gestanden, die Timwick ihm gegeben hatte, und Fiske fühlte sich ein bisschen betrogen, weil die Aufgabe einem anderen übertragen worden war.

Er öffnete das Handschuhfach, nahm die Liste heraus und strich Marens Namen durch. Das ging zwar nicht auf sein Konto, aber er wollte die Liste auf dem neuesten Stand halten.

Er trug einen neuen Namen in die Liste ein. Sorgfältig schrieb er Joe Quinn an die unterste Stelle. Kesslers Assistent war am Abend zuvor sehr hilfreich gewesen.

Er nahm die Fotos von Quinn und Kessler heraus, die Timwick ihm zugefaxt hatte, und studierte sie eingehend. Kessler war alt und wahrscheinlich keine große Herausforderung, aber Quinn war jung und durchtrainiert, und er war ein Bulle. Das konnte interessant werden.

Er warf einen Blick auf den Straßenatlas, der aufgeschlagen auf dem Beifahrersitz lag. Kesslers Assistent hatte nichts darüber gewusst, womit dieser sich in letzter Zeit befasst hatte, aber er kannte seine Arbeitsweise, seine Methoden, seine Freunde, seinen Modus Operandi.

Er wusste, dass er mit Chris Tellers Labor in Bainbridge zusammenarbeitete.

Jetzt konnte Lisa Chadbourne sich also aussuchen, wen er als Nächsten aufs Korn nehmen sollte.

»Na, wie war ich?«, fragte Kevin. »War die Presseerklärung gut? Meinst du, ich hätte Douglas sagen sollen, ein bisschen härter zu sein?«

»Du warst großartig«, sagte Lisa geduldig. »Die Presseerklärung war genau richtig. Du hast dein Bedauern deutlich zum Ausdruck gebracht und Logan als gefährlich genug dargestellt, dass wir einen Grund haben, nach ihm fahnden zu lassen.«

»Selbstverteidigung.« Er nickte. »Es müsste funktionieren.«

»Es wird funktionieren.« Sie reichte ihm einen Text, den sie gerade ausgedruckt hatte. »Das musst du auswendig lernen. Aber ich will, dass es so klingt, als würde es dir spontan einfallen.«

»Was ist das?«

»Eine Lobrede auf Scott Maren.«

Er überflog den Text. »Rührend.«

»Ein bisschen auf die Tränendrüse zu drücken kann nicht schaden. Er war einer von Bens besten Freunden.«

»Und von deinen.« Kevin starrte immer noch auf den Text für seine Rede, dann sagte er zögernd: »Stimmt doch?«

Sie zuckte zusammen. Sein Ton gefiel ihr nicht. Sie hatte sich daran gewöhnt, dass Kevin vor allen Unannehmlichkeiten bereitwillig die Augen schloss. »Ja, er war ein guter Freund von mir. Er hat viel für mich getan ... und für dich.«

»Ja.« Er blickte nicht von dem Text auf. »Seltsam. Dieser Unfall, meine ich.«

»Er war ganz vernarrt in diesen kleinen Corvette. Alle rieten ihm, sich einen größeren Wagen zuzulegen.«

»Nein, ich meine, dass das ausgerechnet jetzt passiert ist.«

»Was willst du damit sagen, Kevin?« Sie nahm ihm den Text ab. »Sieh mich an.«

Er errötete. »Ich bin verwirrt. Es geschieht alles zu schnell. Zuerst diese Geschichte mit Logan und jetzt Marens Tod.«

»Glaubst du, ich hätte etwas mit Scotts Tod zu tun?« Sie ließ Tränen in ihre Augen treten. »Wie kannst du nur so etwas annehmen? Er war unser Freund. Er hat uns geholfen.«

»Das habe ich nicht gesagt«, erwiderte er hastig.

»Du hast es bloß nicht ausgesprochen.«

»Nein, ich wollte nicht –« Er sah sie hilflos an. »Nicht weinen. Du weinst doch nie.«

»Und du hast mir noch nie unterstellt ... Hältst du mich für eine Art Monster? Du weißt doch, warum Ben gestorben ist. Glaubst du, ich würde das jemals wieder tun?«

»Die Geschichte mit Logan.«

»Das war, um dich zu schützen. Logan hätte sich nie in diese Sache einmischen dürfen.«

Er streckte seine Hand aus und legte sie unbeholfen auf ihre Schulter. »Vergiss es. Ich wollte nicht –«

»Das kann ich nicht vergessen.« Sie wich einen Schritt zurück und hielt ihm die Rede hin. »Geh in dein Büro und lerne die Lobrede auswendig. Und während du das tust, kannst du dir ja mal überlegen, ob ich in der Lage gewesen wäre, diese Worte über Scott Maren zu schreiben, wenn ich ihm hätte etwas zuleide tun wollen.«

»Ich weiß, dass du das nicht wolltest – ich frage mich nur, warum es passiert ist.«

Sie wandte sich ab und trat ans Fenster.

Sie spürte, wie er sie noch einen Moment lang ansah, dann hörte sie, wie die Tür hinter ihr geschlossen wurde.

Gott sei Dank. Sie hätte das keine Minute länger durchgehalten. Die Nacht und der Vormittag waren ein einziger Alptraum gewesen.

Verdammt. Verdammt. Verdammt.

Tränen liefen ihr immer noch über die Wangen, als sie den Telefonhörer aufnahm und Timwicks Nummer wählte.

»Warum?«, fragte sie heiser. »Verdammt, warum?«

»Maren war eine Gefahr. Er ist immer eine Gefahr gewesen. Ich hatte Ihnen gesagt, dass er ausgeschaltet werden müsste, nachdem Logan mit den Nachforschungen begonnen hatte.«

»Und ich habe nein gesagt. Scott war nie eine Gefahr. Er hat uns geholfen.«

»Er war eine Schwachstelle, Lisa. Und Logan war zu dicht an ihm dran. Sie waren zu weich, um es zu tun, also habe ich es selbst getan.«

Sie schloss die Augen. »Er hätte mich niemals verraten.«

»Sie sind nicht die Einzige, die in dieser Sache drinsteckt.« Sie hörte die Panik in seiner Stimme. »Ich konnte es nicht darauf ankommen lassen.« Er wechselte das Thema. »Die Pressekonferenz ist gut gelaufen. Jetzt haben wir freie Hand. Wir haben das Schnellboot gefunden. Aber von Price und Logan fehlt bisher jede Spur. Ich halte Sie auf dem Laufenden.« Er legte auf.

Er hatte den Mord an Scott abgetan, als wenn es nichts wäre.

Einfach ein weiterer Toter ...

Wie viele noch?, fragte sie sich. Wie viel mehr Blut ...

Sie sank auf ihren Schreibtischsessel und schlug die Hände vor die Augen.

O Gott, Scott, vergib mir. Ich hätte nie gedacht ... aber jetzt kann ich nicht mehr zurück. Es geht weiter und ich bin mittendrin.

Nachdenken. Gab es einen Ausweg? Sie musste den Schädel in ihren Besitz bringen. Das Szenario, das sie geschaffen hatte, gab Timwick die Möglichkeit, dafür zu sorgen, dass Logan getötet wurde, sobald er sich zeigte.

Noch mehr Tote. Und dann würde Fiskes Liste ins Spiel kommen und das Morden würde nicht aufhören.

Sie konnte es nicht mehr ertragen.

Ein Handel?

Nein, Logan war zu stur und er würde nicht aufgeben, selbst wenn sein gesunder Menschenverstand ihm dazu riet. Männer waren immer viel zu –

Aber Eve Duncan wusste, wo der Schädel sich befand, und sie hatte kein männliches Ego, das sie am Denken hinderte.

Duncan war eine intelligente Frau, die erkennen musste, dass ihre Möglichkeiten allmählich versiegten.

Lisa richtete sich auf und wischte sich die Tränen aus den Augen. Sie drehte sich um und schaltete den Computer ein.

Eve Duncan.

Kapitel 19

Das Telefon läutete.

Logan?

Eve nahm das Telefon vom Nachttisch, wo sie es bereitgelegt hatte. »Hallo.«

»Hallo, Eve. Ich hoffe, es macht Ihnen nichts aus, wenn ich Sie mit Ihrem Vornamen anspreche. Bitte, fühlen Sie sich auch so frei. Ich glaube, die Entwicklung der Dinge hat eine gewisse Vertrautheit zwischen uns geschaffen.«

Eve richtete sich schockiert auf.

»Wissen Sie, wer ich bin?«

»Lisa Chadbourne.«

»Sie erkennen meine Stimme. Gut.«

»Woher haben Sie meine Nummer?«

»Aus dem ersten Dossier, das ich über Sie erhalten habe. Aber unter den gegebenen Umständen erschien es mir nicht ratsam, mit Ihnen Kontakt aufzunehmen.«

»Da Sie vorhatten, mich zu töten?«

»Bitte glauben Sie mir, dass ich, bis Sie anfingen, sich einzumischen, nie vorhatte, Ihnen etwas zuleide zu tun. Sie hätten Logans Angebot nie annehmen dürfen.« Sie ließ einen Augenblick verstreichen. »Und Sie hätten Logans Versuch nie zulassen dürfen, Scott zu überreden, mich zu verraten.«

354

»Logan lässt sich von mir keine Vorschriften machen. Von niemandem.«

»Sie hätten es versuchen müssen. Sie sind intelligent und willensstark. Sie hätten sich bloß ein bisschen Mühe geben müssen. Vielleicht hätte all das –« Sie unterbrach sich, um ihre Stimme zu beruhigen. »Ich wollte Ihnen nicht mit Gefühlsduselei kommen. Ich erwarte nicht, dass Sie das verstehen, aber das war ein harter Tag für mich.«

»Ich verstehe es nicht.« Der Schock hatte ein wenig nachgelassen und plötzlich wurde Eve die Absurdität dieses Gesprächs bewusst. »Es interessiert mich nicht.«

»Selbstverständlich interessiert Sie das nicht.« Sie überlegte. »Aber Sie müssen versuchen zu verstehen. Ich muss das bis zum Ende durchstehen. Ich komme mir vor wie auf einer Achterbahn. Man kann erst aussteigen, wenn man am Ziel angekommen ist. Ich habe zu hart gekämpft, ich habe zu viel aufgegeben. Ich will nicht alles verlieren, was ich mir erkämpft habe.«

»Durch Mord.«

Stille. »Ich will, dass das aufhört. Helfen Sie mir, eine Möglichkeit zu finden, den Wahnsinn zu beenden, Eve.«

»Warum haben Sie mich angerufen?«

»Ist Logan bei Ihnen?«

Erleichterung überkam sie. Wenn Lisa nicht wusste, wo Logan war, konnte es bedeuten, dass er und Gil sich in Sicherheit befanden. »Im Augenblick nicht.«

»Gut. Er würde uns nur in die Quere kommen. Für einen intelligenten Mann ist er sehr unvernünftig. Sie sind nicht wie er. Sie wissen, dass Kompromisse manchmal von Vorteil sind.« Sie schwieg einen Augenblick lang. »Wie damals, als Sie darum gekämpft haben, dass Fraser nicht hingerichtet wurde.«

Eves Hand verkrampfte sich um den Telefonhörer. Sie hatte nicht damit gerechnet, dass Lisa diese Wunde aufreißen würde.

»Eve?«

»Ich bin noch da.«

»Sie wollten Frasers Tod, aber etwas anderes war Ihnen noch wichtiger. Sie waren vernünftig genug, um für das, was Sie wollten, Kompromisse einzugehen.«

»Ich will nicht über Fraser reden.«

»Ich kann verstehen, dass Sie nicht an ihn erinnert werden wollen. Ich habe ihn nur erwähnt, weil Sie jetzt vernünftig sein müssen.«

»Was wollen Sie von mir?«

»Den Schädel und alles Beweismaterial, das Sie und Logan gesammelt haben.«

»Und was bekomme ich dafür?«

»Dasselbe, was Sie Scott angeboten haben. Sie verschwinden und richten sich irgendwo ein neues Leben ein, mit genug Geld, um bis ans Ende Ihres Lebens versorgt zu sein.«

»Und was ist mit Logan?«

»Tut mir Leid, für Logan ist es zu spät. Wir mussten an die Öffentlichkeit gehen, um sicherzustellen, dass Logan keine Gefahr mehr für uns ist. Sie können einfach von der Bildfläche verschwinden, aber ich kann die Jagd nach Logan nicht abblasen. Er ist auf sich selbst gestellt.«

»Und meine Mutter?«

»Die können Sie mitnehmen. Einverstanden?«

»Nein.«

»Warum nicht? Was wollen Sie denn noch?«

»Ich will mein Leben wiederhaben. Ich habe keine Lust, mich die nächsten fünfzig Jahre wegen etwas zu verstecken, was ich nicht getan habe. Das ist absolut indiskutabel.«

»Es ist alles, was ich Ihnen anbieten kann. Ich kann nicht zulassen, dass Sie hier bleiben. Das ist zu gefährlich für mich.« Zum ersten Mal hörte Eve Härte in Lisa Chadbournes Stimme und noch etwas anderes – Panik. »Geben Sie mir den Schädel, Eve.«

»Nein.«

»Ich werde ihn sowieso in die Hände bekommen. Sie würden sich nur das Leben leichter machen, wenn Sie ihn mir aushändigten.«

»Selbst wenn Sie ihn finden, fürchten Sie immer noch, dass die Wahrheit auf irgendeine Weise ans Licht kommt. Das ist der einzige Grund, warum Sie mir dieses Angebot machen.«

»Mein Gott, nein.« Jetzt war sowohl die Härte als auch die Angst aus ihrer Stimme gewichen. Nur noch Erschöpfung und Trauer klangen mit. »Sie lehnen ab?«

»Das habe ich Ihnen doch gesagt.«

»Wäre es denn so schlimm, wenn ich im Weißen Haus bliebe? Sehen Sie sich doch an, was ich durch Kevin erreicht habe. Das neue Gesetz, um Medicare zu retten. Härtere Gesetze im Tier- und Kinderschutz. Es bestehen gute Aussichten, dass ich die Gesundheitsreform noch vor der Wahl durchbringe. Wissen Sie, dass das fast an ein Wunder grenzt, angesichts der Tatsache, dass wir nicht die Mehrheit im Kongress besitzen?« Ihre Stimme war von eindringlicher Verzweiflung. »Dabei habe ich gerade erst angefangen. Es gibt noch viel zu viele Dinge, die ich für die nächste Amtszeit geplant habe. Lassen Sie mich meine Pläne verwirklichen, Eve.«

»Um sich damit unsterblich zu machen? Ich betrachte Mord nicht als zulässiges Mittel, um Gesetze durch den Kongress zu bringen.«

»Bitte. Überlegen Sie es sich noch einmal.«

»Auf keinen Fall.«

Schweigen. »Es tut mir Leid. Ich wollte es Ihnen leicht machen. Nein, das stimmt nicht. Ich wollte es mir leichter machen. Ich wollte das alles beenden.« Lisa räusperte sich. »Sie schätzen Ihre Position falsch ein, Eve. Sie ist nicht so stark, wie Sie glauben, und jede Münze hat zwei Seiten. Ich hoffe, ich kann Ihnen später noch einmal eine Chance geben, aber ich bezweifle es. Ich muss handeln. Vergessen Sie nicht, dass es Ihre Entscheidung war.« Sie legte auf.

Eve hatte geglaubt, sie hätte den Charakter und die Beweggründe dieser Frau durchschaut, aber sie war nicht bis in die Tiefe vorgedrungen. Sie fragte sich, ob irgendjemand in der Lage war, Lisa Chadbourne wirklich zu durchschauen. Sie hatte sie sich als gewissenloses Monster vorgestellt, als einen Menschen wie Fraser, aber die Frau, mit der sie gerade gesprochen hatte, war sehr menschlich.

Aber nicht verletzlich. Sie mochte vielleicht kein Monster sein, aber ihre Zielstrebigkeit war durch nichts zu erschüttern.

Eves Hand zitterte, als sie das Telefon auf den Tisch legte. Gott, sie hatte solche Angst. Sie hatte angenommen, einen winzigen Vorteil zu haben, weil sie sich mit Lisa Chadbourne beschäftigt hatte und sie zu kennen glaubte.

Der Vorteil war verflogen. Nicht nur hatte sie sich geirrt, als sie glaubte, Lisa Chadbourne zu kennen, sondern diese Frau hatte sich auch mit ihr beschäftigt. Lisa Chadbourne kannte Eve.

Zwei Seiten einer Münze.

Bestechung auf der einen Seite. Mord auf der anderen. Sie hatte Lisas Angebot abgelehnt und jetzt musste sie mit den Konsequenzen leben.

Warum zum Teufel konnte sie nicht aufhören zu zittern? Es war, als wäre Lisa bei ihr im Zimmer gewesen und –

Ein Klopfen an der Tür.

Erschrocken fuhr sie herum.

Machen Sie niemandem die Tür auf, hatte Logan gesagt.

Zwei Seiten einer Münze.

Herrgott noch mal, Lisa Chadbourne war kein übernatürliches Wesen, das sich in dieses Motel beamen konnte. Eve stand auf und ging an die Tür. Und Mörder klopften nicht höflich an.

Das zweite Klopfen klang allerdings nicht mehr höflich. Es war hart, ungeduldig und fordernd.

»Wer ist da?«

»Logan.«

Sie warf einen kurzen Blick durch den Spion. Gott sei Dank. Sie löste die Kette und schloss die Tür auf.

Logan stürmte ins Zimmer. »Packen Sie Ihre Sachen. Sie müssen hier raus.«

»Wo waren Sie so lange?«

»Auf dem Weg hierher.« Er öffnete den Wandschrank, nahm ihre Tasche, ihr Jackett und ihre Windjacke und warf alles auf das Bett. »Ich bin mit dem Taxi zum Baltimore-Washington-Flughafen gefahren, habe mir ein Auto gemietet und bin hierher gefahren.«

»Warum haben Sie mich nicht angerufen?«

Er antwortete nicht.

»Verdammt, warum haben Sie nicht angerufen? Konnten Sie sich nicht denken, dass ich mir Sorgen machen würde?«

»Ich wollte nicht mit Ihnen –« Er öffnete ihre Reisetasche. »Würden Sie bitte packen? Ich möchte Sie hier raus haben.«

»Das DNA-Profil ist noch nicht fertig. Gary hat rausgefunden, dass das Labor den Prozess beschleunigen kann, aber Joe ist noch nicht mit den Vergleichsproben zurück, und Gary sagt, es –«

»Das ist mir völlig egal«, sagte er schroff. »Sie sind aus der Sache raus.«

»Das wird nicht so einfach sein. Haben Sie von Abdul Jamal gehört?«

»Im Radio auf dem Weg hierher.«

Sie sah ihm zu, wie er einen Arm voll Unterwäsche aus der Kommodenschublade nahm und in ihre Tasche stopfte. Seine Kleider waren zerknittert und von Grasflecken übersät und am linken Unterarm hatte er eine Schramme. »Ich gehe nirgendwo hin, bevor Sie nicht mit mir geredet haben.«

»Dann werde ich für Sie packen und Sie zusammen mit Ihrem Gepäck ins Auto laden.«

»Hören Sie auf, sich an meinem Eigentum zu vergreifen, und sehen Sie mich an, verdammt noch mal.«

Er wandte sich langsam um und blickte sie an.

Sie zuckte zusammen, als sie sein Gesicht sah. »Mein Gott«, flüsterte sie. »Was ist passiert, Logan?«

»Gil ist tot.« Seine Bewegungen waren ruckartig, unkoordiniert, als er weiterhin Kleider aus der Schublade riss und auf das Bett warf. »Erschossen. Ich glaube noch nicht mal, dass sie die Absicht hatten, ihn zu töten. Sie haben nur Warnschüsse abgegeben. Aber jetzt ist er tot.« Er stopfte Sachen in die Reisetasche. »Ich habe ihn im Bootshaus am Fluss gelassen. Wie ich Sie kenne, wird Ihnen das garantiert nicht passen. Das ist keine Bleibe für Gil. Ich habe ihn einfach im Stich gelassen und bin abgehauen.«

»Gil«, flüsterte sie wie benommen.

»Er ist in der Nähe von Mobile geboren. Ich glaube, er hat einen Bruder. Vielleicht können wir später –«

»Halten Sie die Klappe.« Sie packte ihn an den Armen. »Halten Sie die Klappe, Logan.«

»Er machte noch Witze, bevor es passierte. Er sagte, ihm könne nichts passieren, weil er seine Kugel für diesen Monat schon abbekommen hatte. Er hat sich geirrt. Er hat gar nicht mitbekommen, was ihn erwischt hat. Er hat einfach –«

»Es tut mir so Leid. Mein Gott, es tut mir so Leid.« Ohne nachzudenken trat sie auf ihn zu und umarmte ihn. Sein Körper fühlte sich steif und unnachgiebig an, seine Muskeln angespannt. »Ich weiß, er war Ihr Freund.«

»Dann wissen Sie mehr als ich. Wenn er mein Freund war, hätte ich dann zugelassen, dass er sich so in Gefahr bringt?«

»Sie haben versucht, ihn von dem Treffen mit Maren abzubringen. Wir haben es beide versucht. Er wollte nicht hören.«

»Ich hätte ihn aufhalten können. Aber ich wusste, es bestand die Möglichkeit, dass er Recht hatte, was Maren anging. Ich hätte ihn k.o. schlagen oder allein gehen lassen können. Ich hätte ihn nicht gehen lassen müssen.«

Himmel, er quälte sich so und sie konnte ihm nicht helfen. »Es ist nicht Ihre Schuld. Es war Gils Entscheidung. Sie konnten nicht wissen, dass –«

»Blödsinn.« Er schob sie von sich. »Packen Sie. Ich hole Sie hier raus.«

»Und wo wollen Sie mich hinbringen?«

»Egal wohin, Hauptsache von hier weg. Ich setze Sie auf ein Schiff nach Timbuktu.«

»Nein.« Sie verschränkte die Arme vor der Brust. »Nicht jetzt. Sie sind zu aufgewühlt, um vernünftig zu handeln. Wir müssen reden.«

»Packen Sie. Es gibt nichts zu reden.«

»Wir werden reden. Gehen wir.« Sie ging auf die Tür zu. Die Luft im Raum war so mit Emotionen aufgeladen, dass sie das Gefühl hatte zu ersticken. Außerdem wollte sie ihn von der verdammten Packerei abbringen, auf die er so fixiert war. »Ich hocke schon den ganzen Tag in diesem Loch. Fahren Sie mich ein bisschen spazieren.«

»Ich werde Sie nicht –«

361

»Doch, das werden Sie.« Sie schnappte sich den Koffer mit Bens Schädel, riss die Tür auf und warf einen Blick über ihre Schulter. »Welches Auto?«

Er sagte nichts.

»Welches Auto, Logan?«

»Der beigefarbene Taurus.«

Sie ging auf den Wagen zu, der am anderen Ende des Parkplatzes stand. Logan war vor ihr da. Sie wartete, bis er die Türen entriegelt hatte.

Seine Lippen verzogen sich zu einem hämischen Lächeln, als er nach dem Koffer mit dem Schädel griff. »Und überall, wo Eve hingeht, geht auch der Koffer hin«, murmelte er und stellte den Koffer auf den Rücksitz. »Aber ich habe Ihnen ja auch eingeschärft, ihn nie aus den Augen zu lassen, stimmt's? Obwohl es Sie automatisch zu einer Zielscheibe macht.«

»Glauben Sie etwa, ich würde auf das hören, was Sie sagen, wenn ich es nicht für richtig hielte? Vergessen Sie's, Logan.«

Als sie eingestiegen war, sagte sie: »Fahren Sie los.«

»Wohin?«

»Das ist mir egal.« Sie lehnte sich zurück. »Hauptsache, Sie fahren mich nirgendwo hin, wo Sie mich auf ein Schiff nach Timbuktu setzen können.«

»Ich werde es mir nicht anders überlegen.«

»Und ich werde mich nicht mit Ihnen darüber streiten, nachdem Sie das wahrscheinlich auf dem ganzen Weg von Washington hierher geplant haben. Fahren Sie los.«

Das tat er. Die nächste halbe Stunde sagte er kein Wort. »Darf ich jetzt zurück?«

»Nein.« Sein Körper war immer noch steif vor Anspannung. Wie zum Teufel sollte sie zu ihm durchdringen? Schock? Sie konnte ihm von Lisa Chadbournes Anruf erzählen. Auf keinen Fall. Das würde ihn nur bestärken. Am besten, sie ließ ihm noch etwas Zeit.

Lisa starrte auf das Telefon.
Nimm ab. Ruf an. Du hast schon zu lange gewartet.
Eve Duncan hatte sich auf nichts eingelassen.
Also gut, akzeptiere es.
Es musste weitergehen.
Tu, was du tun musst.
Lisa nahm den Hörer ab.

Eine Stunde war vergangen und die Sonnenstrahlen warfen lange Schatten, als Logan von der Landstraße auf einen Feldweg einbog. »Weiter fahre ich nicht. Bringen Sie's hinter sich.«

»Werden Sie mir zuhören?«, fragte Eve.

»Ich höre.«

Und er war stur entschlossen, nicht zuzuhören. Oder vielleicht auch nicht stur, dachte Eve erschöpft. Vielleicht hatte er Angst, ihr zuzuhören.

Eine seltsame Vorstellung, dass der selbstbewusste und entschlossene Logan Angst haben sollte. »Erinnern Sie sich noch an Ihre Worte? Man tut das Beste, was man kann, und macht dann mit seinem Leben weiter. Nichts als heiße Luft, Logan.«

»Ich handle also nicht nach dem, was ich predige.«

»Sie sind nicht für Gils Tod verantwortlich. Er war ein erwachsener Mann und er traf seine eigenen Entscheidungen. Sie versuchten sogar, ihn davon abzuhalten.«

»Darüber haben wir schon diskutiert.«

»Und Sie sind nicht für mich verantwortlich. Diese Verantwortung müsste ich Ihnen geben und das werde ich nicht tun. Ich bin die Einzige, die mein Leben bestimmt. Also sparen Sie sich diesen Blödsinn von wegen Sie setzen mich auf ein Schiff oder schicken mich in die Hintere Mongolei.«

»Timbuktu.«

»Wohin auch immer. Ich gehe nirgendwo hin. Ich habe zu viel durchgemacht. Ich habe zu viel in mein Leben investiert, um es einfach wegzuwerfen. Haben Sie das verstanden?«

Er sah sie nicht an. »Ich habe es verstanden.«

»Dann können wir ja wohl jetzt zurück ins Motel fahren.«

Er ließ den Motor an. »Aber das ändert nichts an meiner Entscheidung. Glauben Sie mir, ich werde eine Möglichkeit finden, Sie auf dieses Schiff zu setzen.«

Sie schüttelte den Kopf. »Ich werde seekrank. Ich weiß noch, wie wir mit der Fähre von der Cumberland-Insel zurückgefahren sind, da war ich so krank wie ein Hund.«

»Es wundert mich, dass Sie es überhaupt bemerkt haben.«

»Ich konnte es auch nicht verstehen. Ich hatte das Gefühl, dass mein Leben zu Ende war, und ich fand es nicht fair, dass mein Körper mich auch noch bestrafte.«

»Aber Quinn hat sich um Sie gekümmert.«

»Ja, Joe kümmert sich immer um mich.«

»Haben Sie von ihm gehört?«

»Gestern Abend. Er hat einen Brief aufgetrieben, der wahrscheinlich Speichelreste von Chadbourne aufweist, aber er weiß noch nicht, wie er eine Speichelprobe von Millicent Babcock bekommen soll. Er wollte ihr und ihrem Mann in einen Country Club folgen und versuchen, ein Trinkglas zu erwischen.«

»Ihr aufrechter Polizist hat vor, ein Glas zu stehlen?«

Das Reden schien ihm gut zu tun. Die Muskeln in Logans Unterarmen begannen sich zu entspannen.

364

»Das ist kein Diebstahl.« Sie beschloss, ihm nicht anzuvertrauen, dass Joe den Brief mit dubiosen Methoden in seinen Besitz gebracht hatte.

»Haben Sie *Die Elenden* gelesen?«

»Ja, und ich kann mir vorstellen, wie Joe Brot stiehlt, um ein hungerndes Kind satt zu machen.«

Er grinste schief. »Ihr Held.«

»Mein Freund«, korrigierte sie ihn.

Sein Lächeln verschwand. »Tut mir Leid, ich habe kein Recht, Quinn zu kritisieren. Was Freundschaft angeht, habe ich kläglich versagt.«

»Hören Sie auf, sich selbst zu geißeln. Ihr Verstand ist benebelt. Wann haben Sie zuletzt geschlafen?«

Er zuckte die Achseln.

»Sie werden sich besser fühlen, wenn Sie erst mal eine Nacht lang geschlafen haben.«

»Werde ich das?«

Sie zögerte, dann sagte sie trocken: »Wahrscheinlich nicht. Aber Sie werden wieder klarer denken können.«

Er lächelte schwach. »Habe ich Ihnen schon mal gesagt, wie sehr ich Ihre brutale Ehrlichkeit schätze?«

»Es würde nichts nützen, Ihnen eine mit Zucker überzogene Pille zu verabreichen. Sie würden mich nur auslachen. Sie haben schon einmal schrecklichen Schmerz erlebt. Sie wissen, dass es dafür keine schnelle Heilung gibt. Man muss einfach damit leben.«

»Ja, das ist die einzige Möglichkeit, damit umzugehen.« Er überlegte. »Aber ich würde Sie nicht auslachen, Eve. Niemals.« Er nahm eine Hand vom Steuer und legte sie auf ihre. »Ich ... danke Ihnen.«

»Wofür?« Sie bemühte sich zu lächeln. »Dass ich mir eine Reise nach Timbuktu erspart habe?«

»Nein, das steht immer noch auf dem Plan, wenn ich es irgendwo einbauen kann.« Er drückte ihre Hand, dann ließ er sie langsam los. »Ich glaube, ich beneide Quinn.«

»Um was?«

»Um vieles.« Er presste grimmig die Lippen zusammen. »Aber für einen Mann ist es wesentlich erstrebenswerter, selbst zu beschützen, als beschützt und getröstet zu werden. Mich so an Ihrer Schulter auszuweinen beweist einen gewissen Mangel an Stärke.«

»Sie haben sich nicht an meiner Schulter ausgeweint.« Und niemand konnte behaupten, dass es Logan an Stärke mangelte. »Sie haben mich angeschrien und meine Kleider durch die Gegend geworfen.«

»Das kommt auf dasselbe heraus. Tut mir Leid, ich habe die Beherrschung verloren. Es wird nicht wieder vorkommen.«

Sie hoffte, es würde nicht wieder vorkommen. Ihre Reaktion auf seinen Schmerz hatte sie verblüfft. Sie hatte beinahe mütterliche Gefühle entwickelt. Sie hatte ihn in die Arme genommen und hätte ihn am liebsten gewiegt, bis der Schmerz nachließ. Sie wollte ihn trösten, ihn halten und streicheln. Seine Verletzlichkeit hatte Schranken durchdrungen, die seine Stärke niemals überwunden hätte. »Kein Problem. Hängen Sie einfach meine Kleider wieder ordentlich auf und wir sind quitt.«

Sie schaute aus dem Fenster. Die Qualen waren vorbei. Blende ihn aus. Er kam ihr zu nahe.

Sie spürte seinen Blick, aber sie schaute ihn nicht an. Sie betrachtete die Sonne, die hinter den Bäumen unterging.

Er sagte nichts mehr, bis er in den Parkplatz vor dem Motel einbog. »Ich muss mit Kessler reden. Wann erwarten Sie ihn vom Labor zurück?«

Sie warf einen Blick auf ihre Armbanduhr. Viertel vor acht. »Er könnte schon in seinem Zimmer sein. Er hat mich für acht Uhr auf sein Zimmer bestellt und wir wollten uns etwas zu essen liefern lassen.« Sie verzog das Gesicht. »Bubba Blue's Barbecue. Gary meinte, in dem Laden gibt es bestimmt eine Klapperschlange in einem Glaskasten, Sägemehl auf dem Boden und einen jodelnden Country-Sänger – oh, Mist.« Ihre Augen füllten sich mit Tränen. Sie war so sehr damit beschäftigt gewesen, Logan zu trösten, dass Gils Tod ihr erst in diesem Augenblick richtig bewusst wurde. Würde sie sich je wieder einen Country-Song anhören können, ohne an Gil Price zu denken?

»Ja.« Logans Augen glänzten feucht. »Ich habe ihm gesagt, dieser Ort wäre der richtige für ihn. Dass den ganzen Tag lang im Radio nur Countrymusic läuft, wie er sie –« Er öffnete abrupt die Wagentür und stieg aus. »Ich muss auf mein Zimmer gehen und duschen und mich umziehen.« Er langte auf den Rücksitz und nahm den Koffer mit dem Schädel. »Ich werde für eine Weile die Verantwortung für Ben übernehmen. Wir treffen uns in zwanzig Minuten in Kesslers Zimmer.«

Sie nickte dumpf und ging auf ihr Zimmer zu. Gil Price, Humor und Liebenswürdigkeit und Lebensfreude. All das war nicht mehr. Tod. Er lauerte überall und jetzt hatte er Gil erwischt. Wer würde der Nächste sein? Logan hätte zusammen mit Gil sterben können.

Die andere Seite der Münze.

Sie ging in ihr Zimmer und schüttelte den Kopf, als sie die auf dem Bett verstreuten Kleider betrachtete. Sie würde alles aufräumen und dann versuchen zu –

Vergiss es.

Sie war verängstigt und besorgt und sich auf schreckliche Weise der Schatten bewusst, die immer näher kamen. Sie hatte seit dem vergangenen Abend nicht mehr mit ihrer Mutter gesprochen und sie brauchte Nähe. Sie nahm das Telefon aus ihrer Tasche.

Niemand meldete sich.

Was zum Teufel?

Sie wählte die Nummer noch einmal.

Keine Antwort.

Die andere Seite der Münze.

Ihre Position ist nicht so stark, wie Sie glauben.

Mom.

Ihre Hand zitterte, als sie Logans Zimmernummer wählte.
»Ich kann meine Mutter nicht erreichen. Sie geht nicht ans Telefon.«

»Geraten Sie nicht in Panik. Vielleicht –«

»Erzählen Sie mir nichts von Panik. Ich kann sie nicht erreichen.«

»Vielleicht hat es nichts zu bedeuten. Ich werde Pilton anrufen.«

»Wie ist es möglich –«

»Ich rufe Pilton an«, unterbrach er sie. »Ich melde mich wieder bei Ihnen.« Er legte auf.

Alles war in Ordnung.

Fiske hatte sie nicht gefunden.

Alles war in Ordnung.

Das Telefon läutete.

Hastig griff sie nach dem Hörer.

»Es geht ihr gut«, sagte Logan. »Ich habe mit ihr gesprochen. Sie und Margaret sind gerade beim Abendessen. Die Batterie ihres Telefons war leer.«

In Sicherheit. Die Erleichterung war so groß, dass ihr beinahe übel wurde. »Ist alles in Ordnung?«

»Sie macht sich Sorgen um Sie. Sie würde mir am liebsten den Hals umdrehen. Aber es geht ihr gut.«

Einen Augenblick lang brachte Eve keinen Ton heraus. »Dieses Schiff nach Timbuktu, Logan.«

»Was ist damit?«

»Ich will meine Mutter auf dem Schiff.«

»Ich werde es sofort in die Wege leiten. Werden Sie mit ihr fahren?«

Verdammt, ja. Hol mich hier raus. »Nein. Wir sehen uns in einer Viertelstunde in Kesslers Zimmer.«

»Ich habe eine Kopie der DNA-Analyse«, sagte Gary, als er die Tür öffnete. »Wo bleibt Quinn mit den Vergleichsproben?«

»Er müsste bald hier sein.« Sie sah an ihm vorbei zu Logan hinüber, der auf der anderen Seite des Zimmers in einem Sessel saß. »Hat Logan Ihnen von Gil Price erzählt?«

Gary nickte. »Nicht gut.«

»Sehr schlecht. Sie haben alles getan, was Sie konnten, Gary. Sie haben den Bericht für uns beschafft. Werden Sie um Gottes willen jetzt gehen?«

»Wenn ich fertig bin. Wenn ich Quinns Proben habe.«

»Das gefällt mir nicht. Wir brauchen Sie hier nicht mehr. Joe kann ins Labor fahren und –«

»Nein, Duncan.« Garys Stimme klang freundlich, aber bestimmt. »Was ich anfange, bringe ich auch zu Ende.«

»Das ist dumm. Sie werden noch wie Gil Price enden.« Sie fuhr zu Logan herum. »Sagen Sie's ihm.«

»Ich hab's versucht«, erwiderte Logan. »Er will nicht auf mich hören.«

»Wie Gil. Gil wollte auch nicht hören.« Sie holte tief Luft. »Aber Sie müssen auf uns hören. Sie wird ... Zwei Seiten einer Münze.«

»Was?«

»Lisa Chadbourne. Sie hat mich heute Nachmittag angerufen.«

Logan richtete sich in seinem Sessel auf. »Was zum Teufel?«

»Sie wollte mir im Austausch für den Schädel einen Handel anbieten.«

»Warum haben Sie mir nicht gesagt, dass sie angerufen hat?«, fragte Logan grimmig.

»Denken Sie mal nach. Waren Sie in der Stimmung, mir zuzuhören? Sie hätten nicht vernünftig reagiert.«

»Ich komme mir jetzt nicht vernünftiger vor. Hat sie Sie bedroht?«

»Auf gewisse Weise.«

»Auf welche Weise?«

»Sie war... traurig. Was macht das schon für einen Unterschied?«, fragte sie ungehalten. »Ich will nur, dass Gary und meine Mutter aus dieser Sache herauskommen. Okay?«

»Hat sie irgendwas gesagt, aus dem sich schließen ließe, dass sie etwas über Bainbridge oder Ihre Mutter weiß?«

»Natürlich nicht. Dazu ist sie zu intelligent. Sie würde sich niemals in die Karten gucken lassen.« Sie wandte sich an Gary. »Aber Sie müssen –«

»Das Einzige, was ich muss, ist bei Bubba Blue's Barbecue anrufen«, unterbrach Gary sie. »Möchten Sie Rippchen oder Steak?«

»Ich will hier weg.«

»Oder vielleicht ein Sandwich?«

»Gary ...«

Er nahm den Telefonhörer auf und begann zu wählen. »Sagen Sie mir, was Sie wollen, sonst bestelle ich Rippchen für Sie.«

Sie sah ihn hilflos an. Verdammt. »Steak.«

»Gute Wahl.«

Joe Quinn kam eine halbe Stunde, nachdem der Lieferant von Bubba's das Essen gebracht hatte.

»Ich hab's.« Joe hielt zwei schwarze Kühltaschen hoch. »Wie schnell können Sie die Vergleichstests machen?«

Eve schaute Gary erwartungsvoll an. »Heute Abend?«

Er zuckte die Achseln. »Vielleicht. Ich werde Chris anrufen und sehen, ob ich ihn dazu überreden kann, heute Abend noch mal ins Labor zu gehen.« Er wischte sich die Soße von den Fingern und langte nach dem Telefon. »Gehen Sie. Das wird eine Weile dauern. Er hat schon fast die ganze Nacht für mich gearbeitet und das wird ihm nicht gefallen.«

Joe öffnete die Tür. »Wenn Sie so weit sind, bringe ich Sie ins Labor, Gary.«

Gary gab ihm mit einer Handbewegung zu verstehen, dass er einverstanden war.

»Alles in Ordnung?«, fragte Joe Eve, als sie hinausgingen.

»Soweit man erwarten konnte. Gil Price ist tot.«

Joe schaute Logan an. »Ihr Freund?«

Logan nickte.

»Ich habe von der Pressekonferenz gehört. Es geht alles zum Teufel, stimmt's?«

»Das trifft es ziemlich genau.«

»Was haben Sie mit den DNA-Ergebnissen vor, wenn sie Ihnen erst mal vorliegen?«

»Ich habe ein paar Freunde in Washington, die sich für mich einsetzen würden, vorausgesetzt, ich liefere handfeste Beweise.«

Joe schüttelte den Kopf. »Zu riskant.«

»Nicht, wenn ich Andrew Bennett auf meiner Seite habe. Er ist Vorsitzender Richter des Supreme Court.«

»Besser als ein Politiker, aber immer noch riskant.«

»Haben Sie eine bessere Idee?«

»Die Medien.«

»Lisa Chadbourne ist Expertin im Manipulieren der Medien.«

371

»Vielleicht, aber nennen Sie mir einen Reporter, der nicht bereit ist, eine ganze Regierung hochgehen zu lassen, wenn damit die Auflage steigt.«

»Die Geschichte ist zu absurd«, sagte Eve. »Und sie haben uns zu viele Hindernisse in den Weg gelegt, als dass wir auch nur den Versuch unternehmen könnten, uns an die Presse zu wenden.«

»Ich könnte es tun.«

Eve schüttelte den Kopf.

»Ich kenne einen Mann beim *Atlanta Journal and Constitution*. Peter Brown. Hat vor fünf Jahren den Pulitzer-Preis gewonnen.«

»Herrgott noch mal, Joe, man würde dich verhaften, weil du Verbrechern Unterschlupf gewährst.«

»Peter wird den Mund halten.«

»Vielleicht«, sagte Logan.

»Hundert Prozent.« Er sah Logan in die Augen. »Ich habe ihn bereits angerufen und er ist interessiert. Verdammt, er kann's kaum erwarten. Er wartet nur noch auf die DNA-Tests.«

»Sie verdammter Mistkerl. Ohne mit uns Rücksprache zu halten?«

»Ich musste irgendwas tun, während ich in Richmond Däumchen drehte. Immer noch besser, als sich einem Politiker anzuvertrauen.«

Eve hob eine Hand. »Vielleicht sollten wir lieber warten, bis wir die Resultate in der Hand haben, bevor wir uns darüber streiten, was wir damit anfangen werden.«

»Ich will, dass das endlich vorbei ist«, sagte Joe. »Ich will, dass du da rauskommst.«

»Das will ich genauso wie du«, sagte sie müde. »Es wird alles –«

»Er macht's«, verkündete Kessler, als er aus seinem Zimmer kam. »Er erwartet mich in zwanzig Minuten im Labor.«

»Gehen wir.« Joe eilte auf den schwarzen Chevrolet zu, der ein paar Meter weit weg geparkt stand. »Wie lange wird das dauern, Gary?«

»Sechs, acht Stunden.«

»Pack deine Sachen, Eve.« Joe stieg in den Wagen und ließ den Motor an. »Ich komme zurück, sobald wir die Ergebnisse haben. Dann holen wir deine Mutter und suchen einen sicheren Ort für euch, bis wir diese Sache erledigt haben.«

Bevor sie etwas erwidern konnte, war er schon losgefahren.

»Nun, in einem Punkt sind wir uns zumindest einig«, murmelte Logan. »Wir wollen Sie beide hier raus haben und an einen sicheren Ort bringen.«

»Das mit den Medien war keine schlechte Idee.«

»Stimmt, das war ein guter Vorschlag. Vielleicht werden wir es so machen. Aber Washington werden wir auch brauchen.«

»Warum haben Sie sich dann mit ihm gestritten?«

Er zuckte die Achseln. »Ich fürchte, das wird allmählich zur Angewohnheit.« Er wandte sich ab. »Ich werde packen und ein paar Freunde in Washington anrufen. Ich will mich von Quinn nicht ausstechen lassen.«

In Tellers Forschungslabor war es dunkel bis auf ein paar erleuchtete Fenster im Erdgeschoss.

Hier wird bis in die Nacht gearbeitet, dachte Fiske. Der Laden schloss offiziell um sechs; warum sollte irgendjemand sich um ein Uhr nachts dort aufhalten? Zwei Wagen auf dem Parkplatz. Ein Chevrolet mit dem Logo einer Autovermietung.

Sein Gefühl sagte ihm, dass er einen Volltreffer gelandet hatte.

Er öffnete die Kühlerhaube und stieg aus seinem Wagen. Er klappte den Deckel seines Koffers mit elektronischer Ausrüstung auf und nahm sein Abhörgerät heraus.

Wenige Minuten später saß er wieder in seinem Wagen. Er machte es sich auf dem Fahrersitz bequem und wartete darauf, dass sie das Gebäude verlassen würden.

Kapitel 20

4.05 Uhr

Eve wartete am Fenster, als Joe und Gary in den Parkplatz vor dem Motel einbogen. »Da sind sie«, rief sie Logan über ihre Schulter hinweg zu. Sie riss die Tür auf. »Fertig?«

»Fertig.« Gary reichte ihr die Aktentasche. »Die Speichelprobe Millicent Babcocks wies deutlich auf eine Verwandtschaft hin.« Ein breites Lächeln erhellte sein Gesicht. »Und Chadbournes Speichel passte natürlich hundert Prozent.«

»Natürlich, ich weiß.« Eve lächelte schwach. »Wenn nicht, würden Sie jetzt herumtoben und mich beschimpfen.«

»Und zu Recht. Dafür, dass ich meine wertvolle Zeit verschwendet hätte.«

»Ich habe telefonisch für Sie ein Apartment in Fort Lauderdale gemietet.« Logan reichte ihm eine Karte. »Es ist unter dem Namen Ray Wallins gebucht. Bleiben Sie dort, bis wir Sie anrufen und Ihnen Bescheid geben, dass die Luft rein ist.«

Kessler lächelte verschmitzt. »Ein Luxusapartment? Mit Dienstmädchen?«

Logan grinste. »Vielleicht. Fordern Sie Ihr Glück nicht heraus.«

»Ein Mann mit meinen Fähigkeiten und meinem Intellekt

hat Luxus verdient. Man sollte ihn nicht an Banausen wie Sie verschwenden, Logan.«

Logan reichte ihm einen Umschlag. »Bargeld. Das sollte Sie für ein paar Monate zufrieden stellen.«

»Ah, das ist schon besser.« Kessler steckte den Umschlag in seine Brusttasche. »Das wird reichen, bis die ersten Vorauszahlungen für meinen Bestseller eingehen.« Er sah Eve an. »Ich werde womöglich eine Assistentin brauchen, meine Rechtschreibung ist grauenhaft. Ich könnte mich überreden lassen, Ihnen ein Zimmer in meinem Apartment zur Verfügung zu stellen, falls Sie mich lieb darum bitten, Duncan.«

»Ich bin auch schwach im Rechtschreiben.«

»Ich schätze, das heißt nein. Na ja, Sie hätten sowieso versucht, die Lorbeeren für sich zu beanspruchen.«

Joe kam mit Eves Reisetasche aus dem Motelzimmer. »Wir machen, dass wir von hier fortkommen, Eve. Wenn wir jetzt losfahren, können wir um neun in Lanier sein.«

Sie nickte, den Blick immer noch auf Gary gerichtet. »Ich danke Ihnen. Sie waren wunderbar.«

Er nickte. »Hervorragend.«

»Brechen Sie auch jetzt auf?«

»Ich packe meine Sachen in den Koffer, werfe den Koffer in meinen Volvo und mache mich auf den Weg nach Fort Lauderdale. Fünf Minuten.«

»Wir warten.«

»Duncan, das ist nicht –« Er zuckte die Achseln. »Dickköpfiges Weib.« Er verschwand in seinem Zimmer und kam wenige Minuten später wieder heraus. Er legte den Koffer in seinen Wagen und wandte sich zu ihr um. »Zufrieden?«

»Ja.« Sie trat auf ihn zu und umarmte ihn. »Danke«, flüsterte sie ihm ins Ohr.

»Sie werden wirklich langweilig, Duncan.« Gary stieg in seinen Wagen und ließ den Motor an.

»Sind Sie reisefertig?«, fragte Logan Eve. »Ich nehme an, Sie fahren mit Quinn, da er drauf und dran ist, Sie in seinen Wagen zu bugsieren. Ich folge Ihnen nach Lanier.«

»Wir fahren jetzt los.« Joe stieg ein. »Hast du alles gepackt?«

»Alles ist in meinem Wagen.« Logan ging auf den braunen Taurus zu.

»Eve?«, sagte Joe.

Sie nickte kurz und öffnete die Beifahrertür. Das erste Hindernis, der Beweis, war überwunden. Sie hatte die DNA-Analysen in ihrer Aktentasche. Gary würde bald in Sicherheit sein und auch ihre Mutter, sobald sie bei ihr eintrafen.

Gott sei Dank.

4.10 Uhr

Fiske legte das Abhörgerät weg und rief Lisa Chadbourne an.

»Sie haben im Roadway Stop in Bainbridge logiert«, sagte Fiske. »Ich bin Kessler und Joe Quinn vom Labor hierher gefolgt. Logan und Duncan sind auch hier. Aber sie reisen anscheinend alle ab. Quinn hat gerade Duncans Koffer in seinen Wagen geladen. Duncan hat sich von Kessler verabschiedet. Er fährt nicht mit ihnen. Kessler verlässt gerade den Parkplatz.«

»Was ist mit Logan?«, fragte Lisa Chadbourne.

»Er steigt in einen anderen Wagen. Einen braunen Taurus.«

»Hat sie den Schädel bei sich?«

»Woher soll ich das wissen? Sie wird so einen Schädel nicht wie ein Abendtäschchen unter dem Arm tragen. Sie könnte ihn in ihrer Reisetasche verstaut haben. Vielleicht hat Logan ihn auch.«

»Oder sie haben ihn irgendwo versteckt. Ich bitte Sie nicht um Vermutungen. Sie haben ihn also nicht gesehen?«

Das Miststück fing an, ihm auf die Nerven zu gehen. »Natürlich nicht.«

»Dann lassen Sie sie nicht aus den Augen. Ich *brauche* diesen Schädel.«

»Das sagten Sie bereits. Logan fährt hinter Quinn her aus dem Parkplatz.«

»Dann folgen Sie ihnen, verdammt.«

»Kein Problem. Ich weiß, wohin sie fahren. Sie fahren nach Norden, um Duncans Mutter in Lanier zu holen.«

»Sind Sie sicher?«

»Quinn hat es gerade gesagt.«

Schweigen. »Sind Sie sicher, dass sie Sie nicht abhängen werden?«

»Ganz sicher.«

»Dann habe ich eine andere Aufgabe für Sie.«

Als sie vierzig Meilen von Bainbridge entfernt waren, klingelte Eves Handy.

»Duncan. Tun Sie nichts –«

Sie konnte die Worte kaum verstehen.

»Was?«

»Dun-can ...«

Ihr blieb fast das Herz stehen. »Gary?«

Eine andere Stimme. »Er wollte sich nur von Ihnen verabschieden.«

»Wer spricht da?«, flüsterte sie.

»Fiske. Sie will den Schädel, Eve.«

»Wo sind Sie?«

»Im Motel. Ich habe unseren guten alten Kessler von der

Straße abgedrängt und ihn dann überredet, mit mir zurück in dieses Zimmer zu kommen, um sich ein bisschen mit mir zu unterhalten.«

»Ich will mit Gary reden.«

»Er kann nichts mehr sagen. Sie lässt Ihnen ausrichten, er wird nicht der Letzte sein. Geben Sie ihr den Schädel, Eve.« Er legte auf.

»O Gott.«

»Was ist los?« Joe sah sie eindringlich an.

Ihr drehte sich der Magen um. Sie bekam keine Luft. »Kehr um. Wir müssen zum Motel zurück.«

»Was?«

»Fiske ... und Gary. Ich weiß, es war Gary.«

»Du kannst dir nicht sicher sein. Vielleicht war er es nicht. Vielleicht ist es ein Trick.«

»Verdammt, ich weiß, dass es Gary war. Er hat mich Duncan genannt.«

»Es ist eine Falle, Eve.«

»Das ist mir *egal*. Wir müssen zurück.« Großer Gott im Himmel, dieses Flüstern. »Kehr um, Joe.«

»An der nächstmöglichen Stelle. Ich schalte die Warnblinkanlage ein, um Logan Bescheid zu geben.«

»Beeil dich.« Sie versuchte zu denken. Sie hatte die Aktentasche mit den DNA-Analysen, aber Logan hatte den Schädel. Falls es eine Falle war, musste sie sich vergewissern ... »Nein, halt an. Ich muss ihm die Aktentasche geben.«

Sie fuhren an den Straßenrand und Logan hielt neben ihnen.

Joe stieg aus und drückte ihm die Aktentasche in die Hand. »Wir fahren zum Motel zurück. Kessler hat Eve angerufen. Fiske hat ihn erwischt.«

»Steigen Sie zu mir in den Wagen, Quinn«, sagte Logan. »Eve, Sie warten hier.«

379

»Sie können mich mal. Fahren wir, Joe.«

Joe ließ den Motor an.

»Ich folge Ihnen«, sagte Logan.

»Wagen Sie es nicht«, zischte Eve. »Sie will den Schädel. Wenn ich Garys Leben damit retten kann, werde ich es tun. Aber ich werde nichts in der Hand haben, wenn Fiske Ihnen den Schädel abnimmt.«

»Fiske wird nicht –«

Joe war bereits in Richtung Motel losgefahren.

Sie will den Schädel, Eve.

Geben Sie ihr den Schädel.

Gary.

Die Tür zu Kesslers Zimmer stand leicht offen und Licht fiel durch den Spalt.

»Bleib hier.« Joe stieg aus dem Wagen.

»Ich werde –«

»Leg dich nicht mit mir an. Das hier ist mein Job.« Er zog seine Waffe aus dem Schulterhalfter. »Es wird schon gutgehen.« Er drückte sich neben der Tür an die Wand und trat die Tür mit dem Fuß auf.

Kein Kugelhagel.

Niemand stürzte aus dem Zimmer.

Nichts.

Joe wartete einen Augenblick, dann duckte er sich und rannte in das Zimmer.

Sie hielt es nicht mehr aus. Sie sprang aus dem Wagen und lief auf die Tür zu.

Plötzlich stand Joe vor ihr und versperrte ihr den Weg. »Nein, Eve.«

»Was – *nein.*« Sie schob ihn zur Seite und stürzte in das Zimmer.

Gary lag in einer Blutlache auf dem Boden, aus seinem Hals ragte ein Messer.

Sie sank neben ihm auf die Knie. »Gary.«

»Los, komm.« Joe versuchte, sie auf die Beine zu heben, aber sie schüttelte ihn ab. »Wir müssen machen, dass wir hier wegkommen.«

»Wir können ihn nicht hier lassen.« Zum ersten Mal fielen ihr die beiden anderen Messer auf, mit denen Garys Hände an den Boden genagelt waren. »O Gott, Joe, sieh dir bloß an, was er mit ihm gemacht hat.«

»Es ist vorbei, Eve. Ich muss dich von hier fortbringen.«

Tränen liefen ihr über die Wangen. »Er hat ihn gequält. Das hat er mit Absicht getan. Er wollte mich wissen lassen, dass er ihn gequält hat. *Sie* wollte es mich wissen lassen.«

»Jetzt quält ihn nichts mehr.«

Sie wiegte sich vor und zurück, während Kummer und Schmerz sie übermannten. »Das ist nicht fair. Er wollte sie bekämpfen. Er wollte –«

»Eve, sieh mich an.«

Sie schaute tränenblind zu Joe auf.

Seine Augen ...

Er streckte einen Arm aus und berührte zärtlich ihr Haar. »Es tut mir Leid«, sagte er sanft.

Dann schoss seine Faust vor und traf ihr Kinn.

Dunkelheit.

»Ist sie verletzt?« Logan stieg aus seinem Wagen, als Joe Eve aus dem Motel trug.

»Nein, machen Sie die Tür auf.«

Logan öffnete die Beifahrertür an Joes Wagen. »Was ist mit ihr passiert? Fiske?«

»Ich.« Er setzte sie auf den Sitz und schloss die Tür. »Sie wollte nicht von Kessler weg.«

Logan schaute erschrocken zu der offenen Tür hinüber. »Was –«

»Tot.«

»Fiske?«

»Nicht da.« Joe ging um das Auto herum und setzte sich hinter das Steuer. »Steigen Sie in Ihren Wagen und machen Sie, dass Sie von hier wegkommen. Sie hat Ihnen gesagt, Sie sollen nicht zurückkommen.«

»Aber anscheinend wollte Fiske gar nicht verhandeln.«

»Er wollte ihr Angst einjagen. Es war kein schöner Anblick.« Er öffnete das Handschuhfach und nahm ein Papierhandtuch heraus. »Blut.« Er begann, Eves Hände abzuwischen. »Jede Menge Blut.«

»Scheiße.« Logan starrte Eves blasses Gesicht an. »Was haben Sie mit ihr gemacht?«

»Ich habe sie k.o. geschlagen.« Joe ließ den Motor an. »Dort in Kesslers Blut zu knien war nicht gut für sie. Fiske hätte genauso gut mit einem Metzgermesser über ihr stehen können.«

»Ein Messer?«

»Ich hab Ihnen ja gesagt, es war kein sehr schöner Anblick.«

»Sie wird nicht begeistert sein, dass Sie sie so unsanft behandelt haben.«

»Ich habe getan, was ich tun musste. Haben Sie eine Pistole?«

»Ja.«

»Aber Eve haben Sie nichts gesagt.« Joe lächelte sardonisch. »Sie wussten, wie sie reagiert hätte. Mich haben Sie in die Pfanne gehauen, aber Ihren eigenen Arsch haben Sie gerettet. Tja, halten Sie diese Pistole griffbereit und bleiben Sie dicht hinter mir. Falls Sie von der Straße abgedrängt werden, könnte es sein, dass ich anhalte und Ihnen zu Hilfe komme.« Er setzte zurück. »Wenn Sie Glück haben.«

Blut.

Messer.

Angenagelt.

O Gott, er hatte Gary gekreuzigt.

Sie öffnete den Mund, um zu schreien.

»Wach auf.« Jemand schüttelte sie. »Wach auf, Eve.«

Ihre Lider öffneten sich.

Joe. Joe auf dem Fahrersitz neben ihr. Dunkelheit um sie herum.

Ein Traum. Es war alles ein Traum gewesen.

»Ein Traum ...«

Er schüttelte den Kopf.

»Gary ...« Tränen liefen ihr über die Wangen. »Tot?«

Joe nickte.

Sie kauerte sich auf dem Sitz zusammen und versuchte, dem Alptraum zu entkommen. Aber es gelang ihr nicht. Blut. Gary. Joes Hand auf ihrem Haar. Dunkelheit.

»Du hast mich geschlagen«, sagte sie tonlos.

»Ich musste es tun«, erwiderte er ruhig.

»Du dachtest, ich würde es nicht aushalten.«

»Vielleicht. Aber ich wusste, dass ich es nicht aushalten konnte.«

»Sie will den Schädel. Die andere Seite der Münze ... Sie hat noch nicht mal versucht zu verhandeln. Sie hat gesagt, sie muss weitermachen. Sie wollte mir zeigen, dass sie die Macht hat, jemanden zu töten, der mir nahe steht.«

»So sieht's aus.«

»Gary hatte noch nicht mal etwas damit zu tun«, sagte sie benommen. »Er war schon draußen. Fort Lauderdale – wir hätten ihn nicht allein losfahren lassen dürfen.«

»Wir dachten, er wäre in Sicherheit. Wir hatten keine Ahnung, dass Fiske wusste, wo wir waren.«

Sie will den Schädel, Eve.

»Wo ist Logan?«, fragte sie.

»Ein paar Meilen hinter uns.«

»Hat er den Schädel noch?«

Joe nickte.

Geben Sie ihr den Schädel.

Sie lässt Ihnen ausrichten, er wird nicht der Letzte sein.

Panik erfasste sie. »Meine Mutter.«

»Wir sind auf dem Weg zu ihr.«

»Sie hat mir ausrichten lassen, Gary würde nicht der Letzte sein. Wie weit ist es noch?«

»Noch drei Stunden.«

»Fahr schneller.«

»Immer mit der Ruhe.«

»Spar dir das. Sie weiß, dass ich an meiner Mutter hänge. Es ist nur logisch, dass sie sich meine Mutter als Nächste vornimmt.«

»Oder dass sie dich zu dieser Annahme verleitet und dazu, dass du zu ihr fährst. Wir haben keine Ahnung, ob sie wissen, wo deine Mutter ist.«

»Wir hatten auch keine Ahnung, dass Fiske uns in Bainbridge aufgespürt hat.« Ihre Nägel gruben sich in ihre Handflächen, als sie die Hände zu Fäusten ballte. »Aber er wusste es. Er wusste es.«

»Ja.«

»Und er könnte jetzt auf dem Weg nach Lanier sein. Er könnte vor uns dort ankommen.«

»Aber nicht notwendigerweise, um deine Mutter zu töten. Es ist wahrscheinlicher, dass er versucht, vor uns dort zu sein, um uns eine Falle zu stellen. Schließlich geht es um den Schädel.«

Sie nahm ihr Telefon aus der Tasche. »Ich werde sie warnen.«

»Okay. Gute Idee. Aber versetz sie nicht so in Panik, dass

384

sie die Flucht ergreifen. Womöglich ist es sicherer, wenn sie bleiben, wo sie sind, bis wir dort eintreffen. Sag Pilton einfach, er soll wachsam sein.«

Es konnte sicherer sein?

Wer zum Teufel konnte sagen, ob irgendetwas, was sie tat, sicherer war, solange Fiske sich da draußen herumtrieb?

Ihre Hand zitterte, als sie die Nummer wählte.

Fiske stieg wieder in den Wagen, den er neben dem leeren Ferienhaus geparkt hatte. Die Dämmerung zog im Osten auf und Tageslicht schimmerte durch die nebelverhüllten Wipfel der Kiefern.

Er schätzte, dass er mindestens eine Stunde Vorsprung hatte. Er hatte das Ferienhaus ausgekundschaftet, in dem Duncan untergebracht war, und offenbar hatte Duncan telefoniert. Überall brannte Licht und er hatte gesehen, wie Pilton, nachdem er die Umgebung überprüft hatte, zurück ins Haus gegangen war. Sie erwarteten ihn.

Tja, war das nicht genau das, was er sich wünschte? Eine Herausforderung.

Er rief Lisa Chadbourne an. »Sie hat sie gewarnt.«

»Aber sie sind noch drinnen?«

»Ich glaube, sie warten auf sie. Pilton ist vor einer Viertelstunde herausgekommen und hat ein paar Taschen in den Wagen gepackt, aber seitdem ließ sich niemand mehr blicken.«

»Lassen Sie sie nicht fort.« Sie überlegte. »Und rühren Sie sie nicht an. Nicht, bevor Sie den Schädel haben.«

»Die Mutter wird ein überzeugendes Druckmittel sein, besser als Kessler.« Er dachte kurz nach und dann brachte er für sich selbst ein Druckmittel ins Spiel. »Aber die Sache mit Kessler habe ich außergewöhnlich gut inszeniert. Interessieren Sie sich für die Details?«

Schweigen. »Ich habe Ihnen gesagt, welche Resultate ich will. Die Details interessieren mich nicht.«

Auch noch zimperlich. »Ich habe Kessler lange genug am Leben gelassen, damit er sie anrufen konnte. Das war gar nicht so leicht, mit den Messern in –«

»Ich will es nicht wissen. Und vergessen Sie nicht, dass Eve Duncan nur noch damit unter Druck gesetzt werden kann. Vermasseln Sie das nicht, Fiske.«

»Sie klingen allmählich wie Timwick.«

Schon wieder Schweigen. »Tut mir Leid. Ich überlasse die Sache Ihnen. Ich weiß, Sie werden mich nicht enttäuschen.« Sie legte auf.

Dieser verdammte Schädel schon wieder, der ihm die Hände band und ihn davon abhielt, seinen Job zu erledigen.

Er beugte sich vor und öffnete das Handschuhfach. Er hatte reichlich Zeit, um seine Liste auf den neuesten Stand zu bringen. Voller Genugtuung strich er Gary Kesslers Namen durch.

8.35 Uhr

Als sie vor dem Ferienhaus, in dem ihre Mutter wohnte, hielten, sprang Eve aus dem Wagen.

»Warte.« Joe stand neben ihr und schob sie beiseite. »Ich gehe zuerst rein.«

Er war auch zuerst in das Motelzimmer gegangen und hatte Gary gefunden. »Nein. Mom!«

Keine Antwort.

Dann rief Sandra: »Alles in Ordnung, Eve. Pilton lässt mich nicht raus, aber es ist alles in Ordnung.«

Vor Erleichterung wurde Eve beinahe übel. »Wir kommen rein.«

Logan hatte hinter Joe geparkt. »Alles okay?«

»Anscheinend.« Joe suchte die Umgebung mit den Augen ab. »Vielleicht. Gehen Sie rein und vergewissern Sie sich, dass sie reisefertig sind. Ich bleibe hier draußen.«

Logan folgte Eve auf die Veranda.

»Moment. Wo ist der Schädel, Logan?«, fragte Joe.

»Auf dem Beifahrersitz. Halten Sie ihn im Auge.«

»Mach ich.« Joes Blick blieb auf die Bäume geheftet. »Beeilen Sie sich und sehen Sie zu, dass alle in die Wagen steigen.«

Er war hier.

Gott, er konnte ihn beinahe riechen, dachte Joe.

Das Blut riechen, die Gier.

Seine Nerven witterten Fiskes Gegenwart. Es war, als wäre er in seine Vergangenheit zurückkatapultiert worden, in die Zeit, als er legal getötet hatte. Fiske kannte diese Welt. Er war jetzt da draußen, gut ausgerüstet, bereit. Um was zu tun?

Einen Dynamitstab auf das Haus zu werfen?

Sie alle der Reihe nach mit einem Scharfschützengewehr abzuknallen, wenn sie aus dem Haus kamen?

Wenn er Letzteres plante, würde Joe das erste Ziel sein. Der Wächter war immer der Erste, der dran glauben musste.

Aber Fiske würde nicht frei agieren können. Seine Befehle konnten nicht einfach lauten, alle zu töten.

Der Schädel.

Joe lächelte grimmig. Dann wollen wir doch mal sehen. Machen wir den Jäger zum Gejagten.

Siehst du zu, Fiske?

Er zog seine Jacke aus, langte in Logans Wagen und nahm den ledernen Koffer heraus, der den Schädel enthielt.

Köder, Fiske.

Er hielt den Koffer über den Kopf.

Siehst du das?

Er lief los und rannte im Zickzack durch die Büsche auf den Wald zu.

Komm und hol ihn dir, du Bastard.

Fiskes Augen weiteten sich vor Entsetzen.

Der Hurensohn provozierte ihn. Und zwar mit diesem ledernen Koffer, in dem sich der Schädel befinden musste.

Er sah Quinn durch das Gelände laufen. Er wusste, was er tat, und er war gut. Er würde kein leichtes Opfer sein.

Erregung und Gier packten ihn. Das Miststück Chadbourne hatte ihm aufgetragen, ihr den Schädel zu beschaffen. Erste Priorität. Er hatte ja nicht geahnt, dass die Priorität ihm so eine interessante Herausforderung bescheren würde.

Er lief los, um Quinn den Weg abzuschneiden.

»Margaret, Sie fahren mit Pilton im Van«, sagte Logan, als er die Stufen hinunterging. »Wir nehmen Sandra mit.«

»Soll ich zurück nach Sanibel fahren?«, fragte Margaret. »Wann werden Sie sich wieder bei mir melden?«

»Sobald wir alle in Sicherheit sind«, antwortete Logan. »Ich werde Quinn ein Treffen mit diesem Journalisten vom –«

»Wo ist Joe?« Eve blieb auf der obersten Stufe stehen.

»Er muss hier irgendwo sein.« Logan schaute sich um.

Eve blickte zum Wagen hinüber.

Kein Joe.

Ihr Herz klopfte so heftig, dass es schmerzte. »Fiske.«

»Ich glaube kaum, dass es Fiske gelungen ist, ihn zu überraschen«, sagte Logan. »Quinn ist clever.«

»Er hat Gary überrascht.«

»Quinn ist nicht Gary. Er ist kein Opfertyp. Wahrscheinlich hat er eher –« Logan ging auf seinen Wagen zu. »Dieser Mistkerl.«

»Was ist?«

»Der Koffer. Quinn hat den Koffer genommen.«

»Warum?« Gott, was für eine dumme Frage. Sie wusste, warum. Joe wollte dem Ganzen ein Ende setzen und hatte die Sache wie üblich selbst in die Hand genommen. »Er nimmt an, dass Fiske hier ist.«

»Und ich würde mich auf seinen Instinkt verlassen«, erklärte Logan. Er wandte sich an Pilton. »Sie bleiben hier. Ich suche Joe. Wenn ich nicht zurück bin in ... Wo zum Teufel wollen Sie hin, Eve?«

Sie rannte auf den Wald zu. »Ich werde nicht zulassen, dass Fiske Joe etwas zuleide tut. Das lasse ich nicht zu.«

Sie hörte Logan fluchen. Er rannte hinter ihr her, war ihr direkt auf den Fersen. »Was zum Teufel haben Sie vor? Sie sind nicht irgendein Killerkommando.«

»Joe ist meinetwegen da draußen«, sagte sie wütend. »Glauben Sie, ich würde ihn allein lassen?«

»Und wie wollen Sie –«

Sie achtete nicht länger auf ihn. Sie war jetzt im Wald und blieb keuchend stehen. Sie durfte nicht nach ihm rufen, das würde Fiske nur auf sie aufmerksam machen. Aber wie sollte sie Joe dann finden, bevor Fiske ihn fand?

Nicht darüber nachdenken. Langsam gehen. Auf Schatten achten.

Logan war neben ihr. »Um Himmels willen, gehen Sie zurück. Ich werde ihn finden.«

»Still. Ich horche. Er muss –«

Logan hielt eine Pistole in der Hand.

Er folgte ihrem Blick. »Sie werden noch verdammt froh sein, dass ich das Ding habe.«

Sie war froh, stellte sie entsetzt fest. Wenn diese Pistole

Joes Leben retten konnte, würde sie sie sogar selbst benutzen. Gary war gestorben, weil er wehrlos gewesen war.

Joe durfte nicht sterben.

Die Blätter der Büsche bewegten sich leicht hinter ihm und Joe sprang mit einem Satz nach links hinter einen knorrigen Baumstamm.

»Bist du da?«, fragte er leise. »Komm mich holen, Fiske.«

Die Sträucher raschelten wie ein leises Flüstern.

»Du willst den Schädel? Er ist hier.« Er schlüpfte tiefer in den Wald hinein. Gott, es kam alles zurück. Jagen, aufstöbern, töten. Der einzige Unterschied war das Licht. Die meisten Operationen fanden nachts statt. »Jag ihn mir ab.«

Fiske war in der Nähe. Joe roch Knoblauch und Zahnpasta.

Aus welcher Richtung kam der Geruch? Von rechts hinten. Er war zu nah. Schneller bewegen.

Entfernung.

Stille.

Schneller.

Jetzt war der Geruch schwächer. Er hatte ein wenig Zeit gewonnen.

Komm schon, Fiske. Ich habe jetzt Sprechstunde.

Wo zum Teufel steckte der Bastard?, fragte Fiske sich irritiert. Es war, als würde er einen Geist verfolgen.

Er blieb hinter einem Gebüsch stehen, horchte, ließ seinen Blick über die umstehenden Bäume schweifen.

Kein Laut.

Verdammt, Quinn hatte seit zehn Minuten kein Geräusch mehr gemacht.

»Hier drüben.«

Fiske fuhr nach links herum.

Der lederne Koffer stand keine fünfzig Meter weit entfernt unter einer Eiche.

Eine Falle.

Hielt Quinn ihn für einen Idioten? In dem Augenblick, wo er sich zeigte, würde Quinn ihm eine Kugel verpassen.

Aber wo war Quinn? Fiske suchte mit den Augen die Gegend um den Koffer ab. Es hatte sich angehört, als wäre Quinns Stimme von dort gekommen, aber Fiske war sich nicht sicher.

Eine leichte Bewegung.

Links in den Büschen.

Warten. Sichergehen. Näher herangehen.

Die Blätter bewegten sich tatsächlich.

Er sah blassblaues Denim aufleuchten.

Dann war es wieder verschwunden.

Aber die Büsche bewegten sich.

Quinn kam näher.

Er ging noch einen Schritt weiter. Er hob seine Pistole und wartete auf die nächste Bewegung zu seiner Rechten.

Aber das nächste Rascheln kam von links, ziemlich weit links.

Er fuhr herum und zielte.

Logan. Und Duncan.

Sein Finger krümmte sich um den Abzugshahn.

»*Nein!*« Der Schrei kam von oben. Er blickte auf und sah, wie Quinn sich vom Ast eines Baumes abstieß.

Fiske fuhr herum und feuerte genau in dem Moment einen Schuss ab, als Quinn auf ihm landete und ihn zu Boden riss.

Noch ein Schuss.

Dieser Bastard. Quinn hatte dort oben gewartet und ihn in die Falle gelockt. Verdammt, Quinn hätte ihn erwischt, wenn Logan und Duncan nicht aufgetaucht wären.

Aber er hatte ihn nicht erwischt. Fiske hatte gewonnen,

wie immer. Er spürte Quinns warmes Blut auf seiner Brust und der Körper, der auf ihm lag, war schlaff.

Ein weiterer Name, den er von der Liste streichen konnte.

Aber zuerst musste er sich von der Leiche befreien. Logan kam auf ihn zugerannt und Fiske musste die Hand freibekommen, die die Pistole hielt.

Wieso konnte er sich nicht bewegen?

Schmerz. Verdammt.

Das war nicht nur Quinns Blut, sondern auch sein eigenes. Der zweite Schuss.

Er hatte versagt, er hatte versagt, er hatte versagt, er hatte versagt.

Dunkelheit. Horror.

Er schrie.

Fiske war tot, als Logan ihn von Joe wegzog.

Großer Gott.

Eve sank neben Joe auf die Knie. Seine Brust ... Blut.

»Lebt er?«, fragte Logan.

Sie entdeckte ein leichtes Pulsieren an seiner Schläfe. »Ja. Rufen Sie 911. Schnell.«

Sie bekam kaum mit, wie Logan sein Handy aus der Tasche nahm und sich ein paar Schritte entfernte. Ihr Blick war auf Joes Gesicht fixiert.

»Wag es nicht zu sterben. Hörst du mich, Joe? Joe, das lasse ich nicht zu.« Sie schob sein T-Shirt hoch. Wo war das verdammte Jeanshemd, das er angehabt hatte, fragte sie sich benommen. Druck. Man sollte auf die Wunde drücken.

Seine Augen öffneten sich. »Fiske?«

»Tot.« Sie legte eine Hand über die Wunde in seiner Brust und drückte fest zu. »Das hättest du nicht tun dürfen.«

»Ich – musste ihn töten.«

»Es ist mir egal, dass du ihn getötet hast. Du hättest dich

nicht in Gefahr ... Wer hat dich darum gebeten? Ihr seid alle gleich. Gary und Logan und du. Ihr glaubt, ihr könntet ... Mach die Augen nicht zu. Du gehst nirgendwo hin.«

Er versuchte zu lächeln. »Das ... hoffe ich.«

»Wie geht's ihm?« Logan kniete sich neben sie. Er reichte ihr ein blaues Hemd, Joes Hemd. »Können Sie das gebrauchen? Ich habe es da drüben in den Sträuchern gefunden. Quinn muss es dorthin geworfen haben.«

Sie riss das Hemd in Streifen und machte daraus einen Druckverband. »Haben Sie 911 angerufen?«

»Ja, sie müssten gleich hier sein. Wir sollten weg sein, wenn sie kommen. Ich habe ihnen nicht gesagt, dass es eine Schießerei gegeben hat, aber die Notärzte werden die Polizei benachrichtigen, sobald sie Joe und Fiske sehen.«

»Verschwinde von hier –«, brachte Joe mühsam heraus. »Du kannst nicht helfen, Eve.«

»Ich werde dich nicht allein lassen.« Sie sah ihn wütend an. »Und diesmal hast du nicht genug Kraft, um mich k.o. zu schlagen.«

»Halt dich ... im Hintergrund. Lass Pilton ...« Sein Kopf fiel zur Seite, er war bewusstlos.

»Großer Gott.« Sie schloss die Augen. »Es steht schlecht um ihn, Logan.«

»Noch ist er nicht tot.« Er stand auf, drehte sich um und beugte sich über Fiske. »Ich gehe ins Haus und sage Pilton, er soll mit den Notärzten reden. Sobald wir die Sirene hören, schicke ich Margaret raus, dann kann sie bei Quinn bleiben, und Sie machen, dass Sie wegkommen. Das wird das Beste sein.« Logan durchsuchte Fiskes Taschen.

»Warum machen Sie das?«

»Ich sorge dafür, dass sie ihn nicht gleich identifizieren können. Je schwerer wir es den Behörden machen, Fiske zu identifizieren, umso mehr Zeit haben wir, bis Lisa Chadbourne herausfindet, dass sie einen Ersatzmann für ihn auftreiben muss.« Er zog ein Schlüsselbund mit einem Anhänger der National-Autovermietung und eine Brieftasche heraus. Er betrachtete den Führerschein und die Kreditkarten. »Allerdings hat er gut gefälschte Papiere. Roy Smythe ...« Er steckte die Papiere in seine Gesäßtasche. »Wenn wir weg sind, sollen Margaret und Pilton den Mietwagen leer räumen, bevor sie sich auf den Weg machen.«

Im Augenblick konnte sie sich keine Gedanken über Schadensbegrenzung machen. »Ich fahre mit Joe ins Krankenhaus.«

»Nein, wir werden ihm folgen.« Er hob die Hand, um sie zum Schweigen zu bringen. »Widersprechen Sie mir nicht. Wenn Sie sich blicken lassen, werden Sie verhaftet und ins Gefängnis gesteckt – falls man Sie nicht auf der Stelle erschießt.« Er erhob sich und fügte sarkastisch hinzu: »So oder so werden Sie nicht in der Lage sein, an Quinns Bett zu sitzen und Händchen zu halten.«

»Er hat Ihnen das Leben gerettet, Sie Mistkerl«, sagte sie.

»Wer hat ihn darum gebeten? Ich habe es satt, dass der große Quinn dauernd –« Er nahm den Koffer mit dem Schädel und ging auf das Haus zu.

Was war los mit ihm? Er hatte kein Recht, wütend auf Joe zu sein. Er redete, als ob –

Die Wunde blutete stärker.

Sie drückte fester.

Wag es nicht zu sterben, Joe.

Joe wurde in die Notaufnahme des Gwinnett General Hospital eingeliefert, das zwanzig Kilometer vom See entfernt lag. Logan, Sandra und Eve folgten dem Notarztwagen in Logans Auto.

»Ich gehe rein und erkundige mich nach ihm.« Sandra

stieg aus. »Fahrt auf den Parkplatz und haltet euch außer Sichtweite. Ich komme, sobald ich etwas in Erfahrung gebracht habe.«

»Ich kann –«

»Halt die Klappe, Eve«, sagte Sandra bestimmt. »Ich lasse mich seit Tagen bevormunden. Joe ist auch mein Freund und ich mache mir Sorgen um ihn. Außerdem wird er es mir nicht danken, wenn ich zulasse, dass du da reingehst und erkannt wirst.« Sie ging durch die Glastüren, die in die Notaufnahme führten.

»Das war ja wohl deutlich genug.« Logan fuhr los und parkte zwischen zwei Lastwagen, so dass niemand ins Innere des Taurus sehen konnte. »Dann warten wir mal.«

Eve nickte erschöpft. »Aber eins muss ich noch erledigen.« Sie nahm ihr Telefon heraus und wählte Joes Privatnummer. »Diane, hier spricht Eve. Ich muss dir etwas sagen. Joe ist –« Die Worte blieben ihr im Hals stecken. Bring es hinter dich. »Joe ist verletzt.«

»Mein Gott.«

»Es sieht ... schlimm aus. Er ist im Gwinnett General Hospital. Am besten, du kommst her.«

»Wie schlimm ist es?«

»Ich weiß es nicht. Er wurde angeschossen. Er ist in der Notaufnahme.«

»Zur Hölle mit dir.« Diane knallte den Hörer auf.

Eve zuckte zusammen.

»Schlechte Nachrichten zu überbringen ist nie angenehm«, sagte Logan ruhig.

»Sie hörte sich an, als würde sie mich hassen.« Sie befeuchtete sich die Lippen. »Und wer sollte es ihr verdenken? Es ist meine Schuld. Ich hätte ihm nie erlauben dürfen –«

»Mir ist nie aufgefallen, dass er um Erlaubnis gebeten hätte. Ich glaube kaum, dass Sie ihn hätten aufhalten können.«

»Ich *kenne* ihn. Ich habe sein Gesicht gesehen, bevor wir in dieses Haus gegangen sind. Ich hätte merken müssen, dass er glaubte, irgendetwas stimmte nicht.«

»Darf ich Sie daran erinnern, dass Sie ziemlich aus dem Häuschen waren?«

»Nein.« Sie lehnte den Kopf gegen das Fenster. »Er stirbt, Logan.«

»Das wissen wir nicht.«

»Ich weiß es«, flüsterte sie. »Ich ... liebe ihn, wissen Sie.«

Er wandte sich ab. »Wirklich?«

»Ja. Er ist der Vater und der Bruder, die ich nie hatte. Ich weiß nicht, wie mein Leben ohne Joe aussehen würde. Komisch, ich habe noch nie darüber nachgedacht. Er war einfach immer da und ich dachte, dass er es immer sein würde.«

»Noch ist er nicht tot.«

Wenn Joe starb, würde er dann bei Bonnie sein?

»Hören Sie auf zu weinen«, sagte Logan heiser. Er zog sie in seine Arme. »Schsch, es wird alles gut.« Er wiegte sie sanft. »Lassen Sie mich Ihnen helfen.«

Er half ihr. Trost und Wärme strömten von ihm aus und hüllten sie ein. Er konnte die Wunde nicht heilen, aber er berührte sie, bewahrte sie vor der Einsamkeit. Für den Augenblick war das genug.

Kapitel 21

Sandra machte ein ernstes Gesicht, als sie zwei Stunden später auf den Parkplatz kam.

Eve spannte sich an. »Joe?«

»Nicht gut. Sie wissen nicht, ob er durchkommt.« Sandra setzte sich auf den Rücksitz. »Sie haben ihn operiert und bringen ihn auf die Intensivstation.«

»Ich will ihn sehen.«

»Unmöglich. Nur enge Familienangehörige werden zu ihm gelassen.«

»Das ist nicht fair. Er würde mich sehen wollen. Ich muss –« Sie holte tief Luft. Nicht was sie brauchte, sondern was Joe brauchte, war wichtig. »Ist Diane bei ihm?«

»Sie kam, als sie ihn gerade aus dem OP schoben.« Sandra verzog das Gesicht. »Sie war kalt wie ein Eisklotz mir gegenüber. Man sollte meinen, ich hätte auf ihn geschossen.«

»Das gilt nicht dir. Sie ist wütend auf mich. Du bist meine Mutter. Wahrscheinlich wirft sie dir vor, dass du mich in die Welt gesetzt hast.«

»Wahrscheinlich. Aber ich dachte, sie mochte mich. Ich habe erst vor ein paar Wochen zusammen mit ihr Kaffee getrunken. Ich dachte, sie mochte uns beide.«

»Sie ist einfach verzweifelt. Das wird sich ändern, wenn es Joe wieder besser geht.« Falls es ihm je wieder besser gehen würde. Wenn er nicht starb. »Wann werden sie es wissen?«

»Vielleicht morgen.« Sandra zögerte. »Aber ich kann da nicht wieder reingehen, Eve. Ein Polizist kam in die Notaufnahme, als ich gerade ging. Er wollte nach Joe sehen.«

Natürlich. Joe war Polizist und die Polizei kümmerte sich um ihre Leute. Über kurz oder lang würde es im ganzen Krankenhaus von Polizisten wimmeln.

Logan ließ den Motor an. »Dann müssen wir uns von hier verziehen. Und zwar pronto.«

»Und wo fahren wir hin?«, wollte Sandra wissen.

»Ich habe mich mit Margaret und Pilton bei Hardee's in der Nähe von Emory verabredet, da, wo wir Quinn getroffen haben.« Logan bog aus dem Parkplatz. »Margaret wird Sie nach Sanibel bringen und Sie dann außer Landes schaffen.«

»Nein«, sagte Sandra.

Eve zuckte zusammen. »Es ist die einzige sichere Möglichkeit, Mom. Du musst es tun.«

»Ich muss überhaupt nichts tun.« Ihre Lippen wurden schmal. »Und wer behauptet, dass es die sicherste Möglichkeit ist? Du? Logan? Ihr wart beide nicht in der Lage, für eure eigene Sicherheit zu sorgen, und Joe liegt im Krankenhaus. Warum sollte ich annehmen, dass ihr es schafft, dafür zu sorgen, dass mir nichts passiert?«

Panik erfasste Eve. »Mom, bitte. Du musst tun, was ich sage.«

»Blödsinn.« Sandra sah ihr in die Augen. »Ich habe alles getan, was du und Margaret mir gesagt habt. Ihr behandelt mich alle, als wäre ich ein schwachsinniges Kind. Das ist vorbei, Eve.«

»Ich will nur, dass du in Sicherheit bist.«

»Dafür werde ich selber sorgen.« Sie wandte sich an Logan. »Fahren Sie mich zu den Peachtree Arms Apartments. Das liegt ganz in der Nähe von Piedmont.«

Eve kannte die Adresse. »Du willst zu Ron?«

»Allerdings. Da wollte ich von Anfang an hin.«

»Glaubst du wirklich, er wird dich bei sich aufnehmen und verstecken?«

»Das werde ich schon feststellen, oder? Vielleicht diskutieren wir auch darüber und kommen zu dem Schluss, dass ich mich als Zeugin der Schießerei melde, deren Opfer Joe ist. Ich könnte sie bitten, mich in Schutzhaft zu nehmen. Was auch immer ich tue, es ist meine Entscheidung.« Sie blickte Logan an. »Fahren Sie los oder lassen Sie mich aussteigen.«

Logan zögerte, dann trat er aufs Gas. »Das könnte ein Fehler sein, Sandra.«

»Wenn es einer ist, dann wird es nicht mein erster sein. Verdammt, ich habe schon jeden Fehler gemacht, den ich machen konnte.« Dann sagte sie zu Eve: »Ich werde nicht ins Krankenhaus gehen können, aber ich werde mehrmals täglich dort anrufen und dich über Joes Zustand auf dem Laufenden halten.«

»Mom, riskier das lieber nicht. Ich könnte es mir nie verzeihen, wenn dir etwas zustieße.«

»Wag es nicht, so mit mir zu reden. Du bist meine Tochter, nicht meine Mutter. Du passt auf dich auf, ich passe auf mich auf. Keine Schuldgefühle, verdammt. Ich werde keine zweite Bonnie sein.«

Eves Augen weiteten sich.

»Herrgott noch mal, sieh mich nicht so an.« Sandra beugte sich vor und fasste Eve bei den Schultern. »Lass mich einfach los. Lass *sie* los.«

»Hier geht es nicht um Bonnie.«

»O doch, sie ist immer da, jeden Tag, jede Minute. Sie ist in all deinen Worten und Gesten.«

»Das stimmt nicht.«

Sandra schüttelte den Kopf. »Du musst sie nicht vergessen, um sie loszulassen, Liebes. Lass einfach ein bisschen Licht in dein Leben. Es ist so dunkel, wo du bist.«

»Es – geht mir gut. Alles wird gut, wenn das hier vorüber ist.«

»Wirklich?«

»Mom, das ist mir im Moment zu viel.«

»Ich sage nichts mehr. Ich weiß, dass du leidest. Aber versuch nicht, mein Leben in die Hand zu nehmen, Eve. Ich habe zu lange gebraucht zu lernen, es selbst zu tun.«

»Wir sind gleich in Piedmont«, sagte Logan.

»Das Arms ist gleich um die Ecke.«

»Was ist, wenn Ron nicht zu Hause ist?«, fragte Eve.

»Ich habe einen Schlüssel.« Sandra lächelte. »Ich habe ihn seit unserer dritten Verabredung. Dass ich dir nie davon erzählt habe, sagt etwas darüber aus, wie sehr du mich eingeschüchtert hast, stimmt's?«

»Ich habe nie versucht –«

»Ich weiß.« Logan hatte vor dem Apartmenthaus gehalten und Sandra stieg aus und nahm ihren Koffer. »Ich rufe alle drei Stunden im Krankenhaus an. Wenn du nichts von mir hörst, heißt das, dass sein Zustand unverändert ist.«

»Sei vorsichtig. Es bringt mich um, wenn du dich so in Gefahr begibst.«

»Und ich bin froh, dass ich selbst etwas in die Hand nehmen kann. Ich bin mir die ganze Zeit vorgekommen wie ein Bauer auf einem Schachbrett, der von dir und Logan und selbst von diesem Fiske hin und her geschoben wird. Es wird Zeit, dass ich mein Leben wieder selbst in die Hand nehme.«

Verblüfft sah Eve ihrer Mutter nach, wie sie das Apartmenthaus betrat.

»Phoenix steigt aus der Asche auf?«, murmelte Logan.

»Sie tut das Falsche. Ich fürchte mich zu Tode.«

»Vielleicht auch nicht. Womöglich ist Ron ein anständiger Kerl, der alles in seiner Macht Stehende tut, um sie zu schützen.«

»Vor Lisa Chadbourne? Vor Timwick?«

»Immerhin ist Fiske aus dem Spiel. Unsere First Lady wird einen neuen Killer anheuern müssen und das könnte eine Weile dauern. Vor allem, wenn sie nicht gleich erfährt, dass Quinn Fiske erledigt hat.«

»Nicht genug –«

»Sie können überhaupt nichts tun«, sagte Logan. »Ihre Mutter hat ihre Entscheidung getroffen, Eve. Sie können sie nicht schützen, wenn sie Ihren Schutz nicht akzeptiert.«

»Sie begreift es nicht. Gary und Joe – sie begreift nicht, was ihr zustoßen kann.«

»Ich glaube, sie begreift das sehr gut. Sie hat gesehen, wie Joe mit dem Notarztwagen ins Krankenhaus gebracht wurde. Sie ist nicht blöd.«

»Das habe ich auch nicht gesagt.«

»Und warum behandeln Sie sie dann so?«

»Ich will sie doch nur beschützen. Ich will sie nicht verlieren.«

»So wie Sie Bonnie verloren haben?«

»Halten Sie die Klappe, Logan.«

»Mach ich. Sandra hat bereits alles gesagt.« Er bog in die Auffahrt auf die I-85 ein. »Aber ich würde an Ihrer Stelle über das nachdenken, was sie gesagt hat. Sie ist eine kluge Frau. Ich wusste gar nicht, wie klug sie ist.«

»Wo fahren wir hin?«

»Wir treffen uns mit Margaret. Sie muss aus der Stadt verschwinden. Ich nehme nicht an, dass ich Sie überreden kann, mit ihr zu fahren?«

Ihre Angst verwandelte sich plötzlich in Wut. »Und werden Sie mitfahren? Wie wär's mit dem Schiff nach Timbuktu, Logan? Vergessen Sie Gil doch einfach.« Die Worte sprudelten mit einer Wut heraus, die sich von Minute zu Minute steigerte. »Vergessen Sie doch Ben Chadbourne. Laufen Sie doch einfach weg und lassen Sie die Welt zum Teufel gehen.«

Er spitzte die Lippen zu einem tonlosen Pfeifen. »Sie brauchen mir doch nicht gleich den Kopf abzureißen. Es war ja nur ein Vorschlag. Ich hatte ja nicht damit gerechnet, dass Sie –«

»Es war ein bescheuerter Vorschlag. Ich werde Joe und meine Mutter nicht allein lassen. Ich habe es satt, davonzulaufen und mich zu verstecken und Angst zu haben. Ich habe es satt, dass Menschen, die mir nahe stehen, verletzt werden, und ich habe es satt, mich hilflos zu fühlen. Ich habe mir vor langer Zeit geschworen, nie wieder ein Opfer zu sein, und jetzt passiert es doch. *Sie* sorgt dafür, dass es passiert.« Ihre Stimme zitterte vor Erregung. »Ich werde das nicht länger *hinnehmen*. Haben Sie verstanden? Ich werde niemals zulassen, dass sie –«

»Ich habe verstanden«, sagte Logan. »Ich höre Sie laut und deutlich, aber mir ist nicht klar, wie zum Teufel wir ihr das Handwerk legen sollen.«

Das wusste Eve auch nicht. Dann erinnerte sie sich an die letzten Worte ihrer Mutter, die Worte, die sie tief berührt und ihre Wut ausgelöst hatten.

Es wird Zeit, dass ich mein Leben wieder selbst in die Hand nehme.

Lisa Chadbourne war diejenige, die alles unter Kontrolle hatte, sie war die Angreiferin. Sie hatte Gary getötet. Womöglich hatte sie Joe getötet.

Aber ihre Mutter lebte. Eve lebte und Logan lebte. Und sie würden am Leben bleiben.

Keine Toten mehr, hatte sie gebetet.

Aber jetzt betete sie nicht.

Jetzt nahm sie die Sache in die Hand.

Margaret stieg aus dem Van, während Pilton auf dem Beifahrersitz blieb. »Wie geht es Quinn?«

»Wir wissen es nicht«, sagte Logan. »Intensivstation.«

»Tut mir Leid«, sagte Margaret zu Eve. »Mit Ihnen alles in Ordnung?«

Eve nickte.

»Wie geht es Sandra? Sie hat ihn sehr gemocht, nicht wahr?«

»Ja.« Ihre Augen brannten. Das Thema wechseln. Nicht an Joe denken. »Sie wird nicht mit Ihnen fahren. Sie bleibt hier.«

Margaret runzelte die Stirn. »Halten Sie das für eine gute Idee?«

»Nein, aber sie. Sie will nicht auf mich hören.«

»Vielleicht könnte ich –«

»Sie hört auf niemanden mehr«, wandte Logan ein. »Und ich möchte, dass Sie und Pilton sich auf den Weg machen.«

»Pilton hat einen Bonus verdient, wissen Sie«, sagte Margaret. »Er hat nicht damit gerechnet, dass er als Flüchtling enden würde, als er den Job annahm. Die Polizei wird nach ihm fahnden.«

»Dann geben Sie ihm einen Bonus.«

»Einen großen Bonus. Er war ein guter –«

»Wo ist Fiskes Wagen?«, fragte Eve plötzlich. »Haben Sie ihn gefunden?«

»Pilton hat ihn gefunden. Er stand in der Einfahrt zu einem leeren Ferienhaus, etwa zwei Kilometer von unserem entfernt.«

»Haben Sie ihn ausgeräumt?«

»Restlos. Wir haben alles aus dem Handschuhfach und dem Kofferraum in Mülltüten gepackt. Dann habe ich den Wagen zum Flughafen gefahren und auf einem Dauerparkplatz abgestellt.«

»Wo sind die Mülltüten?«

»Hinten im Van.«

Eve ging auf den Van zu. »Helfen Sie mir, Logan.«

Margaret sah zu, wie sie die Mülltüten auf den Rücksitz ihres Wagens packten. »Glauben Sie, er hatte was Wichtiges bei sich?«

»Das weiß ich nicht«, antwortete Eve. »Wahrscheinlich nicht, denn er war ein Profi. Aber andere Spuren haben wir nicht.«

»Seien Sie vorsichtig mit der großen Tüte. Fiske hatte genug Munition in seinem Kofferraum, um einen kleinen Krieg vom Zaun zu brechen«, sagte Margaret, als sie wieder in den Van stieg. »Ein Gewehr, zwei Handfeuerwaffen, Minen, ein paar Kisten mit elektronischen Abhörgeräten. Er war keiner von der Sorte, die mit leichtem Gepäck reist.« Sie lächelte grimmig. »Viel Glück. Sehen Sie zu, dass Sie am Leben bleiben, John. Der Bonus, den ich Ihnen für diesen Schlamassel in Rechnung stellen werde, wird den für Pilton erbärmlich aussehen lassen.«

Eve kletterte bereits auf den Rücksitz, als Piltons Van den Parkplatz verließ. »Ich durchsuche die Säcke, Sie fahren.« Als Erstes öffnete sie die größere Tüte. Was wusste sie über Waffen? Dass sie sie nicht mochte, dass sie ihr Angst machten, dass sie in ihren Augen nur Gewalt und Horror repräsentierten.

Aber Fiske hatten sie keine Angst eingejagt. Er hatte diese Waffen benutzt. Sie würden auch Lisa Chadbourne keine Angst einjagen. Sie hatte ihren Gebrauch befohlen.

Eve legte ihren Zeigefinger auf den Lauf des Gewehrs. Das

Metall war warm, glatt, fühlte sich beinahe angenehm an. Irgendwie hatte sie erwartet, dass es kalt sein würde.

»Irgendwas Interessantes gefunden?«, fragte Logan.

Nichts, was sie hatte finden wollen. »Noch nicht.«

»Ich wette, es wird unmöglich sein, diese Waffen zu Lisa Chadbourne zurückzuverfolgen.«

»Ich weiß.« Lisa würde keine Spuren hinterlassen, die zu ihr führten. Es war wahrscheinlich zwecklos, diese Säcke zu durchsuchen.

Aber die Hoffnung aufzugeben bedeutete, sich geschlagen geben. Sie würde den Teufel tun, die Hoffnung zu verlieren.

Sie schob die erste Tüte beiseite und begann mit der zweiten. Mietwagenunterlagen in einer grünen Mappe, ein Erste-Klasse-Flugticket nach Washington mit Delta-Airlines, ein Flugplan, ein paar Restaurantrechnungen, zwei aus Atlanta, eine aus Bainbridge.

Bainbridge.

Nicht an Bainbridge denken. Nicht an das Motelzimmer denken, wo Gary gestorben war.

Ein zusammengefaltetes Blatt Papier. Noch eine Rechnung?

Sie entfaltete den Zettel.

Sie erstarrte.

Eine Liste mit Namen. Einige auf der Maschine getippt, einige handschriftlich hinzugefügt.

Ihr Name, Logans, Joes, der Name ihrer Mutter –

Und zwei weitere Namen, die sie die Augen vor Entsetzen aufreißen ließen.

Mein Gott.

Sie zwang sich, die Liste weiter durchzugehen.

Gary Kessler. Sauber durchgestrichen.

Mit tränenblinden Augen starrte sie auf Kesslers Namen.

Nur ein Name auf einer Liste.

Gil hatte gesagt, Fiske sei ein Ordnungsfanatiker. Töte einen Menschen und streich ihn von der Liste.

»Was ist?«, Logan schaute sie im Rückspiegel an.

»Eine Liste. Garys Name.« Sie faltete den Zettel zusammen und steckte ihn in ihre Handtasche. Sie würde ihn sich später noch einmal vornehmen und genauer darüber nachdenken. Im Moment tat es zu weh. Sie sah die restlichen Papiere durch. Nichts von Interesse. »Suchen Sie einen Ort, wo wir Halt machen können.«

»Ein Motel?«

»Nein, sie werden hier in der Gegend nach uns fahnden. Sie wird sich fragen, warum sie nichts von Fiske hört, und es wird diskrete Nachforschungen geben. Sie werden das mit Joe rausfinden.«

Joe.

Schnell verscheuchte sie den Gedanken an ihn. Wenn sie an Joe im Krankenhaus dachte, konnte sie sich auf nichts anderes konzentrieren.

»Sie wissen, dass wir diese Gegend besser verlassen sollten.«

»Nein, Joe könnte mich brauchen.«

»Sie sind unvernünftig. Sie können noch nicht mal –«

»Das ist mir egal.« Sie konnte Joe nicht allein lassen, nicht, solange sie nicht wusste, ob er überleben würde oder nicht. »Finden Sie einfach einen Ort, wo wir für eine Weile Halt machen können. Ich muss nachdenken.«

»Ich denke schon die ganze Zeit nach. Ich denke, wir sollten mit Peter Brown Kontakt aufnehmen, dem Journalisten, der bei dieser Zeitung in Atlanta arbeitet.«

»Vielleicht.« Sie rieb sich die schmerzenden Schläfen. »Aber er ist Joes Freund. Wir brauchen Joe, um –«

Joe schon wieder. Sie brauchten Joe. *Sie* brauchte Joe.

Die Erinnerungen kamen zurück. Joe, wie er sie in ihrem

Labor aufsuchte und sie dafür schalt, dass sie zu viel arbeitete. Joe, wie er mit ihr scherzte, wie er ruhig mit ihr sprach und –

»Bleiben Sie ganz ruhig«, sagte Logan. »Wir müssen nichts auf der Stelle entscheiden. Ich fahre noch ein bisschen weiter und sehe zu, dass ich ein unauffälliges Plätzchen finde, wo ich parken kann.«

Logan hielt vor einem McDonald's zehn Kilometer südlich von Gainsville und kaufte Hamburger und Cola zum Mitnehmen. Er fuhr von der Landstraße ab und bog in einen holprigen Feldweg ein, fuhr noch etwa fünf Kilometer weiter und hielt in der Nähe eines Teichs.

»Das dürfte abgeschieden genug sein.« Logan schaltete den Motor ab. »Obwohl garantiert hinter dem Hügel ein Farmhaus steht. Heutzutage ist es gar nicht so leicht, ein Stück unberührte Natur zu finden.«

»Wie weit sind wir vom Krankenhaus entfernt?«

»Wenn wir schnell fahren, können wir in vierzig Minuten dort sein.« Er stieg aus, nahm den Koffer mit dem Schädel, ging um den Wagen herum und öffnete die Tür für sie. »Kommen Sie, machen wir einen Spaziergang an den Teich. Ich glaube, wir brauchen beide ein bisschen Bewegung.«

Ihr war alles recht, was ihre Spannung ein wenig löste. Sie nahm ihre Handtasche und folgte ihm.

Der Teich war schlammig und das Ufer schlüpfrig. Es musste vor kurzem geregnet haben. Die Sonne ging allmählich unter und warf glitzernde Lichtstreifen auf das Wasser.

Nach einer halben Stunde fragte Logan: »Geht es Ihnen besser?«

»Nein. Ja.« Sie blieb neben einem Baum stehen und lehnte ihre Wange an den Stamm. »Ich weiß es nicht, Logan.«

»Ich möchte Ihnen helfen. Verdammt, sagen Sie mir, wie ich Ihnen helfen kann.«

Lass Gary von den Toten auferstehen. Sag mir, dass Joe wieder gesund wird.

Sie schüttelte den Kopf.

»Quinn ist nicht der Einzige, der Ihnen helfen kann. Lassen Sie es mich versuchen.«

Sie ließ sich auf den Boden sinken. »Es geht schon wieder, Logan. Ich muss einfach nachdenken. Ich weiß, dass es eine Möglichkeit gibt, diesem Horror ein Ende zu bereiten, aber ich kann im Augenblick nicht klar denken.«

»Haben Sie Hunger?«

»Nein.«

»Sie haben aber seit fast vierundzwanzig Stunden nichts mehr gegessen.«

Bubba Blue's Barbecue. Gary hatte Essen kommen lassen ...

»Bleiben Sie hier.« Er stellte den Koffer mit dem Schädel neben sie. »Ich hole Ihnen etwas zu essen.«

Sie sah ihm nach, wie er die Böschung hinaufging. Reiß dich zusammen, dachte sie angewidert. Sie benahm sich wie ein Schwächling und er sorgte sich um sie. Die kalt berechnende Art, mit der Garys Name auf die Liste eingetragen und durchgestrichen war, hatte sie aus dem Gleichgewicht gebracht und es dauerte eine Weile, bis sie wieder –

Ihr Telefon klingelte.

Mom?

Hastig nahm sie das Handy aus ihrer Handtasche.

»Eve?«

Lisa Chadbourne.

Eve begann zu zittern. »Zur Hölle mit Ihnen.«

»Sie haben mir keine andere Wahl gelassen. Ich habe versucht, Ihnen einen Ausweg anzubieten.«

»Und dann haben Sie Gary getötet.«

»Fiske hat ... Nein, ich will es nicht leugnen. Ich habe ihm den Befehl gegeben.«

»Und haben Sie ihm auch befohlen, Joe zu töten?«

»Nein, das war nicht direkt geplant.«

Aber sie leugnete nicht, dass es zu ihrem Plan gehörte. »Er liegt im Sterben.«

»Und ich nehme an, der Tote, der bei ihm gefunden wurde, war Fiske?«

»Er hat versucht, Joe zu töten.«

»Offenbar ist es ihm nicht gelungen. Soviel ich weiß, hat Quinn gute Aussichten zu überleben.«

»Das hoffe ich allerdings.«

»Wollen Sie mir drohen? Ich kann Ihre Verbitterung verstehen, aber ist Ihnen immer noch nicht klar, dass Sie nicht gewinnen können? Wie viele Menschen müssen noch sterben, Eve?«

»Sie haben Fiske nicht mehr.«

»Timwick wird einen Ersatz finden. Quinn ist im Augenblick sehr schutzlos. Er liegt auf der Intensivstation, nicht wahr?«

Blanke Wut überkam Eve. »Wagen Sie es nicht, es auch nur in Erwägung zu ziehen.«

»Ich möchte es nicht in Erwägung ziehen«, sagte Lisa erschöpft. »Die Vorstellung ist mir zuwider, aber ich *werde* es veranlassen, Eve. Genauso wie ich veranlasst habe, Kessler zu töten. Ebenso wie ich jeden töten lassen werde, der Ihnen nahe steht. Sie müssen mir den Schädel und den DNA-Bericht geben.«

»Fahren Sie zur Hölle.«

»Hören Sie mir zu, Eve. Denken Sie darüber nach. Ist es das wert?«

»Sie sagen, wenn ich Ihnen den Schädel gebe, wird Joe überleben?«

»Ja.«

»Lügnerin. Sie würden Joe niemals verschonen. Mein Gott, Sie haben sogar Scott Maren getötet und er war angeblich Ihr Freund.«

Schweigen. »Das war nicht meine Entscheidung. Ich habe nichts davon gewusst, bis es geschehen war. Timwick gerät immer mehr in Panik und schlägt jetzt wie wild um sich. Ich werde dafür sorgen, dass Quinn nichts geschieht. Glauben Sie mir.«

»Ich glaube Ihnen nicht.«

»Was wollen Sie dann, Eve? Was kann ich Ihnen anbieten?«

»Ich will, dass Ihnen das Handwerk gelegt wird.« Sie schloss die Augen und sprach Worte aus, von denen sie nie geglaubt hatte, dass sie jemals über ihre Lippen kommen würden. »Ich will, dass Sie sterben.«

»Ich fürchte, das gehört nicht zu Ihren Alternativen.«

»Es ist das Einzige, was ich will.«

»Das stimmt nicht.« Lisa ließ einen Moment verstreichen. »Ich fürchtete, Fiske könnte versagen, deswegen habe ich hier gesessen und mir Gedanken gemacht, was ich Ihnen anbieten könnte. Und dann ist es mir eingefallen. So einfach. Ich weiß, was Sie noch mehr wollen als meinen Tod.«

»Es gibt nichts.«

»O doch, es gibt etwas.«

Eve starrte immer noch auf das Telefon, als Logan zurückkam.

Er blieb stehen und betrachtete ihr Gesicht. »War das Ihre Mutter? Wie geht es Quinn?«

Sie schüttelte den Kopf. »Es war Lisa Chadbourne.«

Er zuckte zusammen. »Und?«

»Sie will den Schädel.«

410

»Das ist doch nichts Neues, oder? Das kann Sie doch nicht so schockiert haben.«

»Doch.« Sie stopfte das Handy wieder in ihre Handtasche. »Es reicht.«

»Hat sie Sie bedroht?«

»Sie hat Joe und meine Mutter bedroht.«

»Wie nett.«

»Aber ich bin mir nicht sicher, ob ich mich darauf verlassen kann, dass ihnen nichts zustößt, selbst wenn ich mich auf einen Handel mit ihr einlasse. Sie behauptet, Timwick sei in Panik geraten und sie habe keine Kontrolle mehr über ihn. Er hat Maren ermorden lassen. Wahrscheinlich wird sie auch weiterhin keine Kontrolle über ihn haben.«

»Oder sie hat nie die Kontrolle über ihn verloren und den Befehl selbst gegeben.«

»Vielleicht. Ich weiß es nicht. Ich kann im Moment überhaupt nicht denken.«

Wenn ich mich auf einen Handel mit ihr einlasse ...

Plötzlich begriff er ihre Worte. »Mein Gott, Sie denken tatsächlich darüber nach. Was zum Teufel hat sie zu Ihnen gesagt?«

Sie antwortete nicht.

Er fiel neben ihr auf die Knie. »Sagen Sie's mir.«

Sie schüttelte den Kopf. »Ich bin ganz durcheinander. Vielleicht später.«

»*Vielleicht?*«

Sie wechselte das Thema. »Rufen Sie im Krankenhaus an.«

»Um mich nach Quinn zu erkundigen? Ihre Mutter will doch –«

»Nein, ich möchte, dass Sie im Schwesternzimmer anrufen. Ich möchte, dass Sie ihnen sagen, Sie hätten vor, Joe zu töten.«

»Was?«

»Ich möchte, dass Sie sich obszön und eindeutig ausdrücken. Ich möchte, dass Sie ihnen sagen, Sie würden sich als Krankenpfleger ausgeben und sich Zugang zu seinem Zimmer verschaffen und die Geräte abschalten. Oder ihm eine tödliche Spritze verpassen. Ich möchte, dass Sie wie ein mordlüsterner Psychopath klingen.«

Er nickte langsam. »Dann werden sie den anonymen Anruf bei der Polizei melden und sie werden ihn streng bewachen.«

»Ich würde es selbst tun, aber ein Mann wird gewöhnlich ernster genommen.«

»Der Anschein kann verdammt trügerisch sein. Ich rufe sofort an.« Er zog die Brauen zusammen. »Was machen Sie da?«

Sie hatte sich niedergekniet und griff nach dem Koffer mit dem Schädel. »Ich möchte den Koffer mit Bens Schädel einfach festhalten.«

»Warum?«

»Ich werde schon nicht damit weglaufen. Ich will ihn nur in den Händen haben.«

Das gefiel ihm ebenso wenig wie die Art, wie Eve sich benahm. »Vielleicht sollten wir aufbrechen. Wir müssen einen Ort finden, wo wir schlafen können.«

»Okay, wir fahren heute Abend zurück nach Gainsville.«

Sie betrachtete den Koffer in ihrem Schoß. »Rufen Sie an.«

Sandra rief um elf Uhr abends an. »Joes Zustand hat sich stabilisiert. Es ist immer noch kritisch, aber es sieht jetzt besser aus.«

Hoffnung ließ ihr Herz höher schlagen. »Wann werden sie es genauer wissen?«

»Ich weiß es nicht. Vielleicht morgen früh. Wie geht es dir?«

»Ganz gut.«

»Du klingst aber gar nicht so.«

»Es geht mir gut, Mom. Bist du bei Ron?«

»Ja, er ist hier. Er sagt, er wird mir nicht von der Seite weichen, bis das vorbei ist. Er meint, du solltest herkommen und mit der Polizei reden. Und ich denke das auch. Du musst diesen Schlamassel beenden.«

Es klang so leicht, dachte sie erschöpft. Einfach alles der Polizei übergeben, dann konnten die sich damit herumplagen. »Ruf mich an, wenn du mehr über Joes Zustand erfährst. Pass auf dich auf, Mom.«

»Geht es Quinn besser?«, fragte Logan.

Sie nickte. »Aber er ist noch nicht über den Berg.« Sie öffnete die Wagentür. »Ich mache einen Spaziergang an den Teich. Sie brauchen nicht mitzukommen.«

»Mit anderen Worten, meine Gesellschaft ist nicht erwünscht.« Er warf einen Blick auf den Koffer mit dem Schädel, den sie in der Hand hielt. »Aber offenbar ist unser knöcherner Freund Ihnen durchaus genehm. Sie haben ihn den ganzen Abend nicht mehr aus den Händen gelassen. Wollen Sie mir nicht sagen, warum Sie diesen Koffer dauernd mit sich herumschleppen?«

Sie wusste es selbst nicht so genau. Vielleicht glaubte sie, er würde ihr eine Antwort geben. Gott, sie brauchte eine Antwort. »Ich will ihn einfach bei mir haben.«

»Seltsam.«

»Ja, haben Sie's noch nicht gehört? Ich habe nicht alle Tassen im Schrank.«

»Blödsinn. Sie sind eine der vernünftigsten Personen, die ich kenne.«

»Aber sehen Sie sich bloß an, mit welchen Leuten Sie verkehren.« Sie ging die mondbeschienene Böschung hinunter. Der lederne Koffer fühlte sich weich an.

Hilf mir, Ben. Ich bin verloren und ich brauche jemanden, der mich findet.

Eve hatte seit mehr als zwei Stunden unter dem Baum gesessen.

Und sie hielt den ledernen Koffer in den Armen, als wäre er ein Baby.

Logan konnte es nicht länger ertragen. Er stieg aus dem Wagen und ging zu ihr.

»Ich habe es satt, geduldig und verständnisvoll zu sein. Sie erzählen mir jetzt, was los ist. Haben Sie mich verstanden? Ich will wissen, was zum Teufel Lisa Chadbourne zu Ihnen gesagt hat.«

Eine Weile sagte sie nichts, dann flüsterte sie: »Bonnie.«

»Was?«

»Sie hat mir Bonnie angeboten. Sie hat mir angeboten, Bonnie für mich zu finden.«

»Und wie will sie das anstellen?«

»Sie sagt, sie würde die Fälle wieder aufrollen lassen, dass sie eine ganze Armee von Polizisten und Militärs losschicken würde, um zu ermitteln. Sie sagt, sie hätte darüber nachgedacht. Sie könnte nicht offen nach Bonnie suchen lassen. Damit würde sie sich verdächtig machen. Der Öffentlichkeit gegenüber würden sie behaupten, dass sie nach einem der anderen Kinder suchen, aber die Beteiligten würden ihre Befehle haben. Sie würden in Wirklichkeit nach Bonnie suchen.«

»Mein Gott.«

»Wenn nötig, würden sie Jahre mit der Suche verbringen. Sie hat mir versprochen, sie würde Bonnie zu mir nach Hause bringen.«

»Und Sie brauchen nichts weiter zu tun, als ihr den Schädel und den DNA-Bericht zu übergeben? Das ist ein Trick. Sie wird ihr Wort niemals halten.«

»Nur den Schädel. Sie sagt, ich könnte den DNA-Bericht behalten, bis sie Bonnie gefunden hat.«

»Ein ziemlich schwaches Pfand.«

Sie schloss die Augen. »Bonnie.«

»Sie würde ihr Wort nicht halten.«

»Vielleicht doch.«

»Ich werde nicht zulassen, dass Sie es tun.«

Sie riss die Augen auf und sagte wütend: »Hören Sie mir zu, Logan. Wenn ich mich entschließe, mich darauf einzulassen, werde ich mich weder von Ihnen noch von sonst irgendjemandem davon abhalten lassen. Ich werde Sie einfach übergehen. Wenn jemand Bonnie finden kann, dann ist es Lisa Chadbourne. Haben Sie eine Ahnung, was das für mich bedeutet?«

»Ja«, sagte er heiser. »Und sie weiß es auch. Lassen Sie sich nicht so von ihr benutzen.«

Sie schüttelte den Kopf. »Sie begreifen nicht.«

Er begriff sehr wohl und er empfand großes Mitleid mit ihr. Lisa Chadbourne hatte den einzigen Köder benutzt, der für Eve unwiderstehlich war. »Wann will sie Ihre Antwort?«

»Sie ruft mich morgen früh um sieben an.«

»Es wäre ein schrecklicher Fehler.«

»Sie hat gesagt, Joe und Mom würde nichts geschehen und das Morden würde aufhören. Sie will sogar versuchen, Timwick dazu zu überreden, dass er die Fahndung nach Ihnen abbläst.«

»Das soll wohl ein Witz sein. Sie müssten verrückt sein, wenn Sie ihr glaubten.«

»Ich glaube, dass sie das Morden beenden will. Ich weiß nicht, ob sie es beenden kann, aber ich glaube, sie würde es gern.«

»Wenn sie anruft, lassen Sie mich mit ihr reden.«

Sie schüttelte den Kopf.

»Ich dachte, wir steckten zusammen in dieser Sache.«

»Zusammen? Sie haben doch bereits gesagt, Sie würden nicht zulassen, dass ich es tue.«

»Weil ich weiß, dass es ein Fehler ist.«

»Es ist ein Fehler, Bonnie allein dort draußen zu lassen.«

»Eve, es steht zu viel auf dem Spiel, um –«

»Schweigen Sie, Logan.« Ihre Stimme klang gepresst. »Lassen Sie mich allein, damit ich nachdenken kann. Sie werden mich nicht überzeugen. Ich kenne bereits jedes Gegenargument.«

Aber jede Zelle ihres Körpers befahl ihr, es zu tun, dachte Logan. Er würde Lisa Chadbourne am liebsten eigenhändig den Hals umdrehen.

»Okay, ich werde vorerst nicht versuchen, Sie zu überzeugen. Denken Sie einfach darüber nach.« Er stand auf. »Und denken Sie an Kessler und Joe Quinn.«

»Ich denke an nichts anderes.«

»Das stimmt nicht. Ich glaube, Sie können sowieso an niemand anderen als an Bonnie denken. Überlegen Sie doch bloß mal –«

Sie hörte ihm schon gar nicht mehr zu. Sie starrte auf den Koffer mit dem Schädel, aber er hatte den Eindruck, dass sie den auch nicht sah.

Sie hörte nur den Sirenengesang, den Lisa Chadbourne angestimmt hatte.

Und sie sah nur Bonnie.

Kapitel 22

Lisa Chadbourne rief am nächsten Morgen um Punkt sieben Uhr an. »Nun?«

Eve holte tief Luft. »Ich werde es tun.«

»Das freut mich. Glauben Sie mir, es ist für alle das Beste.«

»Es interessiert mich nicht, was für alle das Beste ist. Wenn es das täte, würde ich mich nicht auf einen Handel mit Ihnen einlassen. Hören Sie mir zu. Ich möchte, dass Sie mich und meine Mutter irgendwo im Ausland unterbringen, wie Sie es versprochen haben. Ich will, dass Sie die Jagd auf Logan abblasen, und ich will, dass Sie die Finger von Joe Quinn lassen.«

»Und Sie wollen Bonnie.«

»Allerdings.« Ihre Stimme zitterte. »Sie müssen sie finden und mir bringen. Das ist unabdingbar.«

»Ich werde sie finden. Ich verspreche es Ihnen, Eve. Ich werde veranlassen, dass Timwick den Schädel abholt, und dann –«

»Nein. Ich weiß nicht, ob ich mich auf Ihr Versprechen verlassen kann. Ich gehe ein hohes Risiko ein. Wer sagt mir, dass Sie sich noch an Ihr Wort gebunden fühlen, wenn der Schädel erst einmal in Ihren Händen ist?«

»Sie werden immer noch den DNA-Bericht haben. Sie wissen, dass der mir großen Ärger bereiten könnte.«

»Vielleicht nicht genug ohne den Schädel.«

»Was wollen Sie dann?«

»Ich will Sie sehen. Ich will, dass Sie den Schädel persönlich bei mir abholen.«

»Das ist nicht möglich.«

»Das ist Ihre einzige Möglichkeit, ihn zu bekommen.«

»Hören Sie, eine Frau in meiner Position kann sich nicht frei bewegen. Was Sie verlangen, ist unmöglich.«

»Lügen Sie mich nicht an. Eine Frau, die ihren Mann töten und damit davonkommen kann, kann eine Möglichkeit finden, mich zu treffen. Ich setze mein Leben aufs Spiel und ich werde alles einsetzen, um zu überleben. Ich habe nicht viele Waffen, aber ich bin Künstlerin. Ich habe Gesichtsausdrücke studiert und ich habe Sie studiert. Ich glaube, ich werde Ihnen ansehen können, ob Sie ihr Wort halten werden.«

Schweigen. »Sie werden den Schädel mitbringen?«

»Er wird in der Nähe versteckt sein. Aber ich garantiere Ihnen, dass Sie ihn nicht finden werden, falls Sie mich in eine Falle locken.«

»Und was ist, wenn Sie mich in eine Falle locken?«

»Treffen Sie so viele Vorsichtsmaßnahmen, wie Sie wollen, solange das keine Bedrohung für mich bedeutet.«

»Und wo wollen Sie mich treffen?«

»Irgendwo in der Nähe von Camp David. Es wäre leicht für Sie, dort ein Wochenende zu verbringen. Vor allem, da Sie gerade angeblich um Ihren Freund Scott Maren trauern. Geben Sie einfach Camp David als Ihren Zielort an und lassen Sie den Piloten landen, kurz bevor Sie dort ankommen.«

»Das klingt wie ein vernünftiger Plan. Was ist mit Logan?«

»Er ist aus der Sache raus. Ich habe den Schädel und die Papiere an mich genommen und ihn während der Nacht verlassen. Er hat mich für verrückt erklärt. Er glaubt, Sie werden mich verraten.«

»Aber Sie hören nicht auf ihn?«

»Ich höre auf ihn. Vielleicht hat er Recht.« Ihre Hand umklammerte den Telefonhörer. »Aber ich muss es dennoch tun. Sie wussten, dass ich es tun würde, nicht wahr?«

Schweigen am anderen Ende der Leitung. »Dieses Treffen ist keine gute Idee. Es wäre sicherer, wenn Sie den Schädel irgendwo deponieren würden, wo Timwick ihn holen kann.«

»Sicherer für Sie.«

»Sicherer für uns beide.«

»Nein, ich muss Ihr Gesicht sehen, wenn Sie mir sagen, Sie werden Bonnie finden. Sie haben zu oft gelogen. Ich muss alles tun, um mich zu vergewissern, dass Sie mich nicht betrügen.«

»Glauben Sie mir, es ist keine gute Idee.«

»Tun Sie, was Sie wollen.«

»Geben Sie mir ein wenig Zeit, um darüber nachzudenken.« Wieder Schweigen. »Also gut. Ich werde mich mit Ihnen treffen. Aber Sie werden verstehen, dass ich Timwick mitbringe.«

»Nein.«

»Timwick kann einen Hubschrauber fliegen und er gehört dem Geheimdienst an. Das bedeutet, er kann sowohl meinen Leibwächter als auch meinen Piloten ersetzen, ohne Verdacht zu erregen.« Lisa überlegte. »Und er verfügt über eine Ausrüstung, mit der ich feststellen kann, ob Sie oder die Umgebung verdrahtet sind. Ich muss mich schließlich auch schützen.«

»Und wer wird mich vor ihm schützen?«

»Ich werde Timwick fortschicken, sobald ich mich davon überzeugt habe, dass Sie mich nicht in eine Falle gelockt haben. Ich werde nicht ohne ihn kommen, Eve.«

Sie gab nach. »Also gut. Nur er. Falls ich irgendein Anzeichen für die Anwesenheit von jemand anderem entdecke, werde ich Sie nicht treffen.«

»Einverstanden. Und jetzt sagen Sie mir, wo Sie mich treffen wollen.«

»Ich werde Sie anrufen, wenn Sie in der Luft sind und sich Camp David nähern.«

»Vorsicht. Wann soll ich mich auf den Weg machen?«

»Morgen früh um acht.«

»In Ordnung. Denken Sie daran, man braucht dreißig Minuten vom Weißen Haus nach Camp David.« Sie hielt inne. »Falls ich Sie nicht doch noch dazu überreden kann, den Schädel irgendwo zu deponieren. Es wäre wirklich für uns beide sicherer.«

»Ich habe gesagt nein.«

»Dann also morgen.« Lisa legte auf.

Eve schaltete ihr Handy aus. Es war getan. Logan hatte es einen schrecklichen Fehler genannt, aber sie hatte das Spiel dennoch ins Rollen gebracht.

Sie brauchte eine Transportmöglichkeit nach Washington und es gab eine Sache, die sie noch erledigen musste. Sie rief ihre Mutter an. »Wie geht es Joe?«

»Ich habe gerade mit dem Krankenhaus telefoniert. Er ist nicht mehr auf der Intensivstation.«

Eve schloss die Augen vor Erleichterung. »Es geht ihm besser? Er wird überleben?«

»Er ist während der Nacht aus dem Koma erwacht. Die Ärzte sind zurückhaltend mit ihren Aussagen, aber es sieht vielversprechend aus.«

»Ich möchte ihn sehen.«

»Sei nicht verrückt. Du weißt, dass das nicht möglich ist.«

Aber das konnte ihre Verzweiflung nicht besänftigen. Wer

konnte sagen, was in Camp David geschehen würde? Sie musste Joe unbedingt sehen. »Okay. Ich brauche Hilfe. Kannst du für mich ein Auto mieten und mich abholen?«

»Was ist mit Logans Wagen?«

»Wir haben uns getrennt. Sie fahnden intensiver nach ihm als nach mir und wahrscheinlich wurde Befehl gegeben, ihn auf der Stelle zu erschießen.«

»Ich bin froh, dass du nicht mehr mit ihm zusammen bist. Die Vorstellung, dass ihr beiden –«

»Mom, ich habe nicht viel Zeit. Ich bin auf einer Damentoilette im Freizeitpark von Gainesville. Um diese Tageszeit ist es hier menschenleer, aber ich kann nicht lange hierbleiben. Es widerstrebt mir, dich darum zu bitten, aber kannst du mich abholen?«

»Bin schon unterwegs.«

Sie war unterwegs. Eve würde Sandra zurück zu Rons Wohnung bringen und dann würde sie auch unterwegs sein. Sie setzte sich auf den Boden, stellte ihre Handtasche neben den Koffer mit dem Schädel und lehnte sich gegen die Betonwand. Tief einatmen. Entspannen. Sie tat, was sie tun musste.

Morgen früh um acht.

Morgen früh um acht.

Lisa stand auf und trat ans Fenster.

Morgen würde sie Bens Schädel haben und dann war die schlimmste Gefahr vorüber.

Es konnte eine Falle sein, aber Lisas Instinkt sagte ihr, dass sie die eine Karte ausgespielt hatte, der Eve Duncan nicht widerstehen konnte. Die Frau war besessen von der Idee, ihre Tochter zu finden, und Lisa hatte ihre Qualen ausgenutzt und die Frau in die Knie gezwungen. Eigentlich müsste sie triumphieren.

Aber sie empfand keine Triumphgefühle.

Sie wünschte, sie hätte Eve davon überzeugen können, dass das Treffen unnötig war. Sie hatte ehrlich vorgehabt, ihren Teil der Abmachung einzuhalten.

Oder nicht?, fragte sie sich müde. Sie hatte geglaubt, sich selbst zu kennen, aber in letzter Zeit waren ihr Zweifel daran gekommen.

Sie wünschte, Eve hätte dieses Treffen nicht arrangiert.

In der Nähe des Catoctin Mountain Park
Am nächsten Tag
8.20 Uhr

Der Hubschrauber näherte sich von Norden her.

Eve rief an.

»Ich bin auf einer Lichtung einen Kilometer von der Route 77, am Huntington Creek. Landen Sie auf der Lichtung. Ich erwarte Sie dort.«

»Sobald wir die Gegend überflogen und uns vergewissert haben, ob alles in Ordnung ist«, sagte Lisa Chadbourne. »Timwick ist gern vorsichtig.«

Es war Lisa, die gern vorsichtig war, dachte Eve. Aber Eve war auch vorsichtig gewesen. Sie hatte sich vergewissert, dass die Umgebung menschenleer war, bevor sie angerufen hatte.

Während sie nervös immer wieder die Fäuste ballte, beobachtete sie, wie der Hubschrauber über der Lichtung kreiste.

»Eine Person.« Timwick deutete auf den undeutlichen Infrarot-Punkt auf der LCD-Anzeige. »Die nächste andere Wärmequelle befindet sich in einem Imbiss auf der Route 77, drei Kilometer weit entfernt.«

»Elektronische Geräte?«

Timwick überprüfte einen anderen Bildschirm. »Nichts in der näheren Umgebung von Duncan.«

»Sind Sie sicher?«

»Natürlich bin ich sicher. Es geht schließlich auch um meinen Hals.«

Es versetzte Lisa einen Stich, als sie auf den roten Punkt auf dem Bildschirm starrte und ihr bewusst wurde, dass Eve Duncan dort unten allein und ungeschützt wartete. »Dann lassen Sie uns runtergehen und zusehen, dass wir Ihren Hals retten, James.«

Lisa Chadbourne stieg aus dem Hubschrauber.

Eve hatte die Bedingungen gestellt. Sie hatte Zeit und Ort des Treffpunkts festgelegt und dennoch kam es ihr seltsam vor, dass Lisa tatsächlich da war.

Eve beobachtete, wie sie aus dem Hubschrauber auf den Boden sprang. Sie sah genauso aus wie auf den Videos – schön, selbstbewusst, strahlend. Na ja, was hatte sie erwartet? Irgendwelche Anzeichen von Ausschweifung oder Grausamkeit? Lisa hatte ihren Mann ermordet und doch sah sie genauso aus wie auf den Videos. Warum sollte ein weiterer Mord ihr etwas ausmachen?

Gary. Blut. Messer. Die grauenhafte Szene in dem Motelzimmer stand Eve wieder deutlich vor Augen.

Es musste ihr etwas ausmachen. Es musste.

Nicht daran denken. Ruhe bewahren.

Sie ging auf den Hubschrauber zu.

Lisa Chadbourne sagte steif: »Hallo, Eve. James hat gerade den Sicherheitsdienst in Camp David informiert, dass wir landen mussten, um ein Lichtzeichen auf unserem Kontroll-Monitor zu überprüfen. Wir haben höchstens zehn Minuten. Entweder sind wir bis dahin wieder in der Luft oder sie werden Alarm auslösen und jemanden schicken.«

»Zehn Minuten dürften reichen.«

»Sagen Sie nichts, Lisa.« Timwick stieg aus dem Hubschrauber und kam auf Eve zu.

Instinktiv trat sie einen Schritt zurück. Er hielt ein Gerät in der Hand, das aussah wie die Metalldetektoren, die sie am Flughafen bei der Sicherheitskontrolle benutzten. »Heben Sie die Arme.«

»Sie haben doch gesagt, die Gegend sei sauber, James«, wandte Lisa ein.

»Es kann nie schaden, sich zu vergewissern.« Er fuhr mit dem Gerät über Eves Körper. »Umdrehen.«

»Rühren Sie mich nicht an.«

Er trat hinter sie und überprüfte sie von den Schultern bis zu den Füßen. »Alles in Ordnung. Keine Waffen. Keine Drähte.«

»Nehmen Sie es James nicht übel«, sagte Lisa. »Er ist in letzter Zeit extrem nervös. Ich fürchte, das ist Ihre Schuld und die von Logan. Gehen Sie und lassen Sie uns reden, James.«

Timwick ging auf die Bäume zu.

»Nein«, sagte Eve in scharfem Ton. »Niemand hat mir die Möglichkeit angeboten, ihn mit dem verdammten Gerät zu überprüfen. Ich will ihn nicht außer Sichtweite haben.« Sie deutete auf eine Stelle neben dem Hubschrauber. »Setzen Sie sich.«

»Was?«

»Sie haben mich verstanden. Ich möchte, dass Sie sich mit verschränkten Beinen hinsetzen. Dann brauchen Sie länger, um auf mich loszugehen.«

Timwicks Lippen wurden schmal. »Das ist demütigend, Lisa.«

»Tun Sie's.« Lisa lächelte schwach. »Sie sind nicht ganz so hilflos, wie ich angenommen hatte, Eve.«

Timwick setzte sich und überkreuzte die Beine. »Zufrieden?«

»Nein, nehmen Sie Ihre Waffe heraus. Sichern Sie sie und werfen Sie sie weg, so dass Sie nicht dran kommen.«

»Ich habe keine Waffe.«

»Werfen Sie Ihre Waffe weg«, wiederholte Eve.

Lisa nickte. »Lassen Sie uns das hinter uns bringen, James.«

Timwick fluchte leise vor sich hin, nahm seine Pistole heraus, sicherte sie und warf sie quer über die Lichtung.

Eve wandte sich an Lisa. »Jetzt bin ich zufrieden.«

»Sie haben wertvolle Zeit vergeudet.« Lisa warf einen Blick auf ihre Uhr. »Zwei Minuten, um genau zu sein.«

»Es war die Mühe wert. Ich traue ihm nicht.«

»Ich schätze, Sie haben ein Recht darauf, misstrauisch zu sein.« Sie überlegte. »Und jetzt geben Sie mir Bens Schädel, Eve.«

»Noch nicht.«

»Sie wollen, dass ich Ihnen verspreche, dass Sie Bonnie wiederbekommen?« Sie sah ihr direkt in die Augen. »Es gibt keine Garantie, aber ich werde alles in meiner Macht Stehende tun, um sie zu finden.« Ihre Stimme vibrierte vor Ernsthaftigkeit. »Ich verspreche es Ihnen, Eve.«

O Gott, sie sagte die Wahrheit. Bonnie konnte nach Hause kommen.

»Der Schädel, Eve. Ich habe nicht viel Zeit. Ich habe die Papiere und das Geld für Sie im Hubschrauber und James hat ein Flugzeug bestellt, das Sie und Ihre Mutter außer Landes bringen wird. Geben Sie mir den Schädel, und James und ich werden wieder in den Hubschrauber steigen und aus Ihrem Leben verschwinden.«

Würde es je wieder einen Augenblick geben, in dem Lisa Chadbourne nicht Teil ihres Lebens wäre?

»Der Schädel.«

»Er ist da drüben unter den Bäumen.« Eve behielt Timwick im Auge, während sie sich dem Rand der Lichtung näherte. »Ich beobachte Sie, Timwick.«

»James wird sich nicht einmischen.« Lisa folgte ihr. »Er will den Schädel ebenso sehr wie ich.«

»Aber was ist, wenn Sie den Schädel erst in Ihren Händen haben?«

Lisa antwortete nicht. Sie hatte die Stirn in Falten gelegt. »Wo ist er? Haben Sie ihn vergraben?«

»Nein.« Eve blieb stehen und deutete auf den ledernen Koffer, der unter einem Strauch lag. »Dort ist er.«

»Da? Sie haben doch gesagt, wir würden ihn niemals finden.«

»Ich habe geblufft. Hätte es mir etwas genützt, wenn ich ihn vergraben oder versteckt hätte? Sie hätten alle möglichen Detektoren zum Einsatz gebracht.«

»Dann habe ich Sie anscheinend überschätzt.« Sie lachte. »Mein Gott, ich dachte, Sie hätten sich irgendwas besonders Schlaues ausgedacht.« Ihr Lächeln verschwand. »Falls es Ben ist. Sie haben uns schon einmal einen falschen Schädel untergejubelt.«

Eve schüttelte den Kopf. »Es ist Ben Chadbourne. Sehen Sie selbst nach.«

Lisa hob den Koffer auf. »Ich habe gehört, Sie sind eine hervorragende Künstlerin. Werde ich wirklich in der Lage sein, die Ähnlichkeit zu erkennen?«

»Öffnen Sie den Koffer.«

Lisa starrte auf den Koffer. »Ich glaube, das möchte ich lieber nicht.«

Eve zuckte die Achseln. »Wie Sie wünschen. Aber es wundert mich, dass Sie das Risiko eingehen, es nicht zu tun.«

»Ich kann kein Risiko eingehen.« Lisa wappnete sich und

öffnete langsam die Schnallen. »Dann wollen wir mal sehen, ob Sie so gut sind wie Ihr Ruf ... Mein Gott.« Sie taumelte zurück und starrte auf den verbrannten Schädel. »Was ist –«

»Tut mir Leid, dass er nicht so schön ist, wie Sie erwartet hatten. Gary Kessler arbeitete gern an einem sauberen Schädel, deshalb bat er mich zu entfernen, was ich geschaffen hatte. Sie erinnern sich doch an Gary. Sie haben Fiske befohlen, ihn zu töten, nicht wahr?«

Lisa konnte ihren Blick nicht von dem Schädel abwenden. »Ben?«, flüsterte sie.

»So sieht ein Mensch aus, nachdem man ihn verbrannt hat. Die gesamte Haut wird zerstört und –«

»Hören Sie auf.« Tränen liefen über Lisa Chadbournes Wangen.

»Und sehen Sie das gezackte Loch in der hinteren Schädeldecke? Das ist entstanden, als das Gehirn explodierte. Wenn man verbrennt, kocht das Gehirn, und irgendwann –«

»Halten Sie den Mund, Sie Miststück.«

»Aber Garys Tod war anders. Fiske sollte mir klar machen, dass Sie den Schädel wiederhaben wollen. Sie haben ihm gesagt, er solle Gary kreuzigen.«

»Das habe ich ihm nicht gesagt. Er sollte sie lediglich so sehr schockieren, dass Sie aufgeben. Ich musste es Ihnen zeigen. Es war Ihre eigene Schuld. Ich wollte das alles beenden. Ich habe Ihnen versprochen, es würde aufhören, wenn Sie mir Bens Schädel aushändigten, aber Sie haben sich geweigert.« Sie betrachtete den Schädel. »Ben ...«

»Wie haben Sie ihn getötet?«

»Scott Maren hat ihm eine Spritze gegeben. Es ging sehr schnell, ein sehr humaner Tod. Er hat nicht gelitten.« Sie holte tief Luft und versuchte, ihre Beherrschung wiederzuerlangen. »Mir diesen Schädel zu zeigen war sehr grausam, Eve.«

»Erzählen Sie mir nichts von Grausamkeit. Sie haben Gary und Gil töten lassen. Joe wäre beinahe gestorben.«

»Sind Sie jetzt zufrieden?«, fragte Lisa. »Gott, Sie sind wirklich hart. Und ich hatte tatsächlich Mitleid mit Ihnen.«

»Sie meinen, weil Sie nie vorhatten, mich lebend von hier entkommen zu lassen?«

»Ich habe Ihnen geraten, den Schädel irgendwo zu deponieren. Ich kann Sie nicht lebend entkommen lassen, wenn Sie mir die Möglichkeit dazu geben ... Das ist mein *Job*.« Sie fuhr zu Timwick herum. »Wir brechen auf, James. Kümmern Sie sich um sie.«

Timwick erhob sich langsam. »Sie wollen, dass ich sie töte?«

»Nein, ich will es nicht, aber es muss getan werden. Also tun Sie es.«

Timwick starrte Eve an. Dann drehte er sich um und ging auf den Hubschrauber zu.

»James!«

»Gehen Sie zum Teufel.«

Lisa erstarrte. »Wir waren uns einig, dass es getan werden muss.«

Er öffnete die Hubschraubertür. »Und waren wir uns auch einig, dass Fiske mich aus dem Weg räumen sollte? Wann sollte es passieren, Lisa?«

»Ich weiß nicht, wovon Sie reden.«

»Die Liste. Sie haben Fiske noch eine Liste gegeben. Ich habe sie gesehen. Und er hat aus Ihrer und meiner Liste eine neue gemacht. Ich kenne seine Handschrift.«

»Wie können Sie etwas gesehen haben, das nicht existiert?« Sie befeuchtete ihre Lippen. »Falls es eine Liste gegeben hat, stammt sie mit Sicherheit nicht von mir. Sie wissen doch, dass er immer wieder eigene Pläne hatte.«

»Er würde nicht die Hand töten, die ihn füttert. Nicht,

wenn es nicht noch eine andere Hand gäbe, die ihn besser fütterte. Sie haben geglaubt, Sie bräuchten mich nicht mehr.«

»Sie können nichts beweisen. Fiske ist tot.«

»Sie würden jemand anders finden, der mich aus dem Weg räumt.«

»Sie machen einen Fehler.« Sie ging auf den Hubschrauber zu. »Hören Sie mir zu, James.«

»Ich habe lange genug zugehört. Ich mache, dass ich von hier verschwinde.«

»Man wird Sie schnappen.«

»Nicht, wenn ich einen Vorsprung habe. Das war Teil des Deals. Ich benachrichtige Camp David und sage ihnen, wir sind unterwegs. Das müsste mir genug Zeit geben.« Er stieg in den Hubschrauber. »Fahren Sie zur Hölle, Sie Hexe.«

»Timwick!« Sie langte nach der Tür. »Das ist ein Trick. Es ist eine Lüge. Geben Sie nicht alles auf, wofür wir gearbeitet haben. Kevin wird Sie –«

Der Hubschrauber hob ab und Lisa stürzte zu Boden.

Eve sah, wie sie sich wieder aufrappelte.

Lisa Chadbourne starrte Eve über die Lichtung hinweg an. »Das habe ich *Ihnen* zu verdanken.«

»Eigentlich haben Sie es sich selbst zu verdanken. Sie haben mir gesagt, dass Timwick immer mehr in Panik geriet. Ein Mann, der in Panik ist, greift nach jedem Strohhalm.«

»Sie haben mich reingelegt.« In ihrer Stimme klang immer noch Ungläubigkeit mit.

»Es war mein Plan. Aber Logan hat Timwick die Liste vorgelegt.«

»Aber als ich vorschlug, Timwick mitzubringen, haben sie es zuerst abgelehnt.«

»Ich wusste, dass Sie Timwick mitbringen würden. Es war ein intelligenter Schachzug und Sie sind eine intelligente

Frau. Wenn Sie es nicht selbst vorgeschlagen hätten, hätte Timwick Sie davon überzeugt, dass es das Richtige wäre.« Sie lächelte freudlos. »Aber er brauchte Sie nicht zu überzeugen, stimmt's?«

»Das wird Ihnen alles nichts nützen. Ich kann veranlassen, dass Timwick –« Sie erstarrte. »O mein Gott, Sie tragen ein Mikro?«

»Ja.«

»Und Sie haben mir Bens Schädel gezeigt, um mich aus der Fassung zu bringen.«

»Ich hoffte, es würde funktionieren. Die meisten Menschen fürchten sich vor Skeletten. Vor allem vor den Skeletten ihrer Opfer.«

Lisa schwieg. Offenbar ging sie ihr Gepräch noch einmal durch. »Sehr schlimm, aber nicht aussichtslos. Vor Gericht kann jede Tonbandaufzeichnung ausgelegt werden –«

»Logan hat außerdem drei Zeugen bestellt, die über Funk mitgehört haben. Peter Brown, ein Journalist des *Atlanta Journal and Constitution*, Andrew Bennett vom Supreme Court und Senator Dennis Lathrop. Alle drei hoch geachtete Männer. Nachdem wir die Entscheidung getroffen hatten, machte sich Logan an die Arbeit. Er hatte fast einen ganzen Tag zur Verfügung, um Timwick davon zu überzeugen, dass er Ihr nächstes Opfer sein sollte.«

Lisa erbleichte und sah plötzlich doppelt so alt aus, wie sie war. Sie sank zu Boden. »Wie ... raffiniert. Ich habe Timwick von Anfang an gewarnt wir müssten uns vor Ihnen in Acht nehmen. Die elektronische Überwachung war offenbar eine Täuschung, aber ich habe den Infrarot-Scanner gesehen, also nehme ich an, wir haben noch ein bisschen Zeit, bis Logan hier auftaucht.«

Eve nickte.

»In ein paar Minuten werde ich meine Fassung wiedergewonnen haben. Ich kann nicht glauben, dass alles vorbei ist –« Sie schluckte. »Ich dachte, ich hätte Sie in der Hand. Ich dachte, Ihre Bonnie sei der Schlüssel.«

»Sie war der Schlüssel.«

»Aber Sie haben auf die Chance verzichtet, sie zu –«

»Es stand zu viel auf dem Spiel. Sie haben Menschen, die ich liebe, Schmerzen zugefügt.«

»Ich wollte es tun, wissen Sie. Ich wollte mein Versprechen halten und versuchen, Bonnie zu finden. Mein Wort zu halten, hätte mir ein gutes Gefühl verschafft.«

»Ich glaube Ihnen.«

Eve spannte sich an, als Lisa aufstand.

Lisa schüttelte den Kopf. »Ich werde nicht versuchen, Ihnen etwas zuleide zu tun. Ich bin diejenige, die verwundet ist. Sie haben – mich zerstört.«

»Sie haben sich selbst zerstört. Wo wollen Sie hin?«

»Ich habe Bens Schädel fallen lassen, als ich zum Hubschrauber gelaufen bin.« Sie fiel neben dem Schädel auf die Knie. »Er ist so ... klein. Das überrascht mich. Er war so ein großer Mann. Auf jede erdenkliche Weise war Ben ein großer Mann ...«

»Bis Sie ihn ermordet haben.«

Lisa benahm sich, als hätte sie sie nicht gehört. »Er war so intelligent. Er hatte so große Träume. Und er hätte sie alle wahr werden lassen.« Sie streichelte den linken Wangenknochen. Sie flüsterte: »Was für ein unglaublicher Mann du warst, Ben Chadbourne.«

Lisas Berührung war beinahe liebevoll, stellte Eve schockiert fest. Der ganze Horror, der ganze Terror war verschwunden.

Lisas Augen glänzten vor Tränen, als sie zu Eve aufschaute. »Die Regenbogenpresse wird sich um Fotos von ihm reißen. Sie wollen immer die hässlichsten und grässlichsten Fotos. Lassen Sie nicht zu, dass sie Ben so fotografieren. Ich möchte, dass die Leute sich so an ihn erinnern, wie er war. Beschützen Sie ihn. Versprechen Sie es mir.«

»Ich verspreche es. Keine Fotos außer denen, die als Beweismaterial vor Gericht verwendet werden. Danach werde ich dafür sorgen, dass er heimkehrt.«

»Heim.« Sie schwieg eine Weile, und als sie wieder sprach, lag Verwunderung in ihrer Stimme. »Es ist mir wirklich wichtig. Aber Ben wäre es nicht wichtig gewesen. Er hat immer gesagt, was wir hinterlassen, ist wichtig, nicht, was nach unserem Tod mit uns geschieht.« Sie starrte auf den verbrannten Schädel und Tränen quollen wieder aus ihren Augen. »Gott, das tut mir so *weh*, Ben. Ich hatte nicht damit gerechnet, dass ich dich würde ansehen müssen. Du hast mir doch gesagt, ich würde dich nicht ansehen müssen.«

Eve erstarrte. »Was haben Sie gesagt?«

Lisa sah sie an. »Ich habe ihn geliebt«, sagte sie. »Ich habe ihn immer geliebt. Und ich werde ihn immer lieben. Er war liebevoll und fürsorglich und außergewöhnlich. Haben Sie wirklich geglaubt, ich hätte einen solchen Mann umbringen können?«

»Sie haben ihn umgebracht. Oder vielmehr, Sie haben es Maren für Sie tun lassen.«

»Ich habe Scott überredet, die Spritze vorzubereiten.« Sie schaute den Schädel an. »Aber Ben nahm Scott die Spritze ab und setzte sie sich selbst. Er wollte nicht, dass Scott die Verantwortung übernahm. So ein Mann war er.«

»Warum?«

»Er war tödlich an Krebs erkrankt. Er hatte es einen Monat nach seinem Amtsantritt erfahren.«

Es dauerte einen Augenblick, bis Eve sich genug gefasst hatte, um zu fragen: »Selbstmord?«

»Nein, Selbstmörder sind Feiglinge. Ben war kein Feigling. Er wollte nur –« Sie atmete tief durch, um ihre Stimme zu beruhigen. »Er hat alles genau geplant. Er wusste, dass alle seine Träume zerplatzen würden. Wir hatten fünfzehn Jahre lang daran gearbeitet, ihn ins Weiße Haus zu bekommen. Was waren wir für ein Team ... Er musste Mobry zum Vizepräsidenten ernennen, denn wir brauchten den Süden, aber er hat mir immer versichert, dass ich den Posten hätte bekommen sollen. Es machte mir nichts aus. Ich wusste, dass ich immer da sein würde, um ihn zu unterstützen. Und als wir dann erfuhren, dass er sterben würde, bevor er dazu kam, seine Träume zu verwirklichen ... Es war nicht fair. Er konnte es nicht ertragen.«

»*Er* hat das alles geplant.«

»Er hat Kevin Detwil ausgewählt. Er hat mir erklärt, wie ich mit ihm umgehen sollte, was ich ihm sagen sollte, damit er alles richtig macht. Er wusste, dass ich Timwick brauchen würde, und er hat mir gesagt, womit ich ihn zur Mitarbeit ködern konnte.«

»Timwick wusste von seiner Erkrankung?«

»Nein, Timwick glaubte, es sei Mord gewesen. Ben glaubte, er wäre besser unter Kontrolle zu halten, wenn er sich für einen Komplizen an dem Mord am Präsidenten hielt. Er hatte Recht.« Sie lächelte bitter. »Er behielt in allem Recht. Alles lief gut. Jeder hatte seine Aufgabe. Meine war es, Kevin unter Kontrolle zu halten, hinter den Kulissen zu agieren und dafür zu sorgen, dass Bens Gesetze durchgingen. Allein in dieser Amtsperiode habe ich sieben durch den Kongress gebracht. Ist Ihnen klar, wie hart ich gearbeitet habe?«

»Und was war Timwicks Aufgabe?«, fragte Eve grimmig.

»Es war nicht geplant, dass Menschen getötet wurden. Er sollte uns nur schützen und es uns erleichtern, die Öffentlichkeit zu täuschen. Aber er bekam es mit der Angst zu tun.

Er geriet in Panik und ich habe die Kontrolle über ihn verloren.«

»Dann hat Ihr Ben offenbar nicht Recht behalten, was Timwick anbelangt.«

»Er hätte Recht behalten, wenn alles wie geplant verlaufen wäre. Wenn Donnelli getan hätte, was man ihm aufgetragen hatte. Wenn Logan nicht aufgetaucht wäre.« Sie sah Eve an. »Wenn Sie sich um Ihre eigenen Angelegenheiten gekümmert hätten.«

»Wenn niemand Verdacht geschöpft hätte.«

»Wie hoch standen die Chancen, dass das passieren würde? Bens Plan war fast narrensicher. Ist Ihnen klar, was Sie zerstört haben? Wir wollten Mitgefühl und Ordnung in die Regierung bringen. Wir wollten den Menschen nur Gutes tun. Es war nicht fair, dass uns die Chance vermasselt wurde.«

»Sie haben Morde begangen. Selbst wenn Sie Ihren Mann nicht getötet haben, haben Sie Fiske Mordbefehle erteilt.«

»Ich wollte nicht ... Ich hatte nicht vor ... Es ist alles außer Kontrolle geraten, ich weiß auch nicht wie. Aber ich habe Ben versprochen, die Sache durchzustehen. Das war meine Aufgabe. Ich musste es tun. Begreifen Sie denn nicht? Es kam einfach eins zum anderen und plötzlich war ich mitten –« Sie unterbrach sich. »Ich benehme mich sehr schlecht. Ich sollte ein bisschen Würde zeigen. Vor allem, da das alles wahrscheinlich aufgezeichnet wird.« Sie richtete sich auf, straffte die Schultern und plötzlich erhellte ein strahlendes Lächeln ihr Gesicht. »Sie sehen, das stehe ich durch. Ich stehe alles durch. Ich werde lächeln und mich aufrichtig geben und niemand wird diesen Bändern Glauben schenken.«

»Oh, da irren Sie sich. Es ist vorbei, Lisa.«

Lisa reckte ihr Kinn vor. »Nicht, bis ich den letzten Kampf ausgefochten habe.«

»Würde Ben wollen, dass Sie kämpfen? Ein Skandal dieses Ausmaßes wird die Regierung für Monate erschüttern und alles, was Sie für ihn getan haben, in den Schmutz ziehen.«

»Ich werde schon wissen, wann ich aufgeben und beiseite treten muss ... genau wie Ben.« Sie schwieg einen Moment, dann schüttelte sie den Kopf. »Es hat etwas Ironisches, dass Sie unser Treffen in Camp David arrangiert haben. Wussten Sie, dass FDR Camp David Shangri-La genannt hat?«

»Nein.«

»Shangri-La. Ein verlorener Traum ...« Ihr Blick wanderte zu den Bäumen hinüber. »Sie kommen. Ich denke, ich werde ihnen entgegengehen. Mut zahlt sich am ehesten aus.«

Eve sah ihr nach, wie sie graziös über die Lichtung schritt und auf die Stelle zuging, wo drei Wagen vorgefahren waren.

Die Pistole.

Lisa war neben der Pistole stehen geblieben, die Timwick weggeworfen hatte, und schaute darauf hinunter.

»Nein!«

»Sie haben alles zerstört, wofür Ben und ich gekämpft haben. Sie halten mich für eine Mörderin. Ich könnte diese Pistole aufheben und beweisen, dass Sie Recht haben. Ich glaube kaum, dass ich mich in Schussweite Ihrer Freunde da drüben befinde. Haben Sie Angst vor dem Sterben, Eve?«

»Nein, ich glaube nicht.«

»Das glaube ich auch nicht. Ich glaube, Sie haben Angst vor dem Leben.« Sie warf einen Blick über die Schulter. »Ich hätte Ihre Bonnie aufgespürt. Mit diesem Wissen werden Sie leben müssen. Jetzt werden Sie sie vielleicht niemals finden. Ich hoffe, Sie finden sie nicht.« Sie trat die Pistole zur Seite. »Sehen Sie, wie wenig gewalttätig ich bin? Ich verzichte auf

Rache und stelle mich der Gerechtigkeit.« Sie lächelte. »Auf Wiedersehen, Eve. Vielleicht sehen wir uns vor Gericht.« Sie ging weiter. »Oder vielleicht auch nicht.«

»Sie glaubt, sie kommt aus der Sache heraus«, sagte Eve zu Logan, als Lisa auf den Rücksitz des Wagens mit den FBI-Agenten stieg. »Womöglich schafft sie es sogar.«

»Nicht, wenn wir sie von Kevin Detwil fern halten. Sie werden versuchen, sie für die nächsten vierundzwanzig Stunden zu isolieren. Das wird verdammt schwierig werden, wenn man bedenkt, wer sie ist. Der oberste Richter Bennett wird direkt zu Detwil fahren und ihm das Band vorspielen.«

»Glauben Sie, er wird zusammenbrechen?«

»Wahrscheinlich. Er hat immer ihre Unterstützung gebraucht. Wenn er nicht sofort zusammenbricht, haben wir immer noch die Liste. Das dürfte reichen.«

»Aber warum stand Detwils Name auch auf der Liste? Das mit Timwick kann ich verstehen. Er ist aus der Bahn geraten und zu einer Gefahr für ihre Pläne geworden. Aber sie brauchte Detwil für eine weitere Amtsperiode.«

»Ich nehme nicht an, dass er bald hätte dran glauben müssen. Wahrscheinlich hat sie seinen Namen auf die Liste gesetzt, um Fiskes Interesse zu reizen. Was könnte eine größere Herausforderung sein, als den Präsidenten zu töten?«

»Aber irgendwann hätte sie es getan.«

»O ja, Detwil ist der lebende Beweis. Ich schätze, sie hätte Fiske irgendeinen Unfall arrangieren lassen, bei dem jede DNA zerstört wird. Vielleicht eine Explosion der *Airforce One*.«

»Eine Menge Leute begleiten den Präsidenten in der *Airforce One*.«

»Glauben Sie, davon hätte sie sich abhalten lassen?«

»Ja. Nein.« Sie schüttelte den Kopf. »Gott, ich weiß es nicht. Vielleicht.«

Er nahm ihren Arm. »Kommen Sie, machen wir, dass wir wegkommen.«

»Wohin?«

»Sie überlassen mir die Entscheidung? Wie erfrischend. Nachdem Sie mich damit überrumpelt haben, Lisa Chadbourne in eine Falle zu locken, dachte ich, Sie hätten einen Plan.«

Ihr waren die Pläne ausgegangen. Und die Energie auch. Sie fühlte sich völlig ausgelaugt. »Ich will nach Hause.«

»Ich fürchte, das geht noch nicht. Wir fahren zu Senator Lathrop nach Hause und bleiben dort, bis der erste Sturm sich gelegt hat und wir offiziell außer Verdacht sind. Sie wollen verhindern, dass irgendein schießwütiger Patriot uns aus Versehen erwischt.«

»Wie fürsorglich«, sagte sie sarkastisch.

»Nicht fürsorglich. Wir sind sehr wertvolle Zeugen. Wir werden unter strenger Bewachung stehen, bis das vorbei ist.«

»Wann kann ich nach Hause?«

»In einer Woche.«

Sie schüttelte den Kopf. »Ich bleibe höchstens drei Tage.«

»Wir werden es versuchen.« Er hob die Brauen. »Aber vergessen Sie nicht, wir haben es hier mit dem Sturz des Präsidenten zu tun.«

»Kümmern Sie sich darum, Logan.« Sie stieg in den Wagen. »Drei Tage. Dann fahre ich nach Hause und sehe nach Joe und meiner Mutter.«

Kapitel 23

Washington, D.C.

»Das ist ein Irrenhaus.« Eve wandte sich vom Fenster ab, das mit Spitzengardinen verhängt war. »Das müssen Hunderte von Reportern sein, da draußen. Warum zum Teufel gehen die nicht anderen Leuten auf die Nerven?«

»Wir sind eine Riesenstory«, sagte Logan. »Noch größer als O. J. Simpson oder Whitewater. Größer als Clintons kleine Sünden. Am besten, Sie gewöhnen sich daran.«

»Ich will mich nicht daran gewöhnen.« Sie ging in der Bibliothek des Senators auf und ab wie eine rastlose Tigerin. »Das geht jetzt schon fünf Tage so. Ich will nach Hause. Ich will Joe sehen.«

»Ihre Mutter hat doch gesagt, dass es ihm von Tag zu Tag besser geht.«

»Aber sie wollen mich nicht mit ihm reden lassen.«

»Warum nicht?«

»Woher zum Teufel soll ich das wissen? Ich bin doch nicht *da*.« Sie blieb vor seinem Stuhl stehen, die Fäuste geballt. »Ich sitze hier fest in diesem ... Haus. Ich kann nicht vor die Tür gehen, ohne belästigt zu werden. Wir konnten noch nicht mal an den Beerdigungen von Gil und Gary teilnehmen. Und das wird nicht aufhören, stimmt's?«

Logan schüttelte den Kopf. »Ich habe versucht, Ihnen das klar zu machen. Von dem Augenblick an, als Detwil zusammenbrach und alles gestand, brach die Hölle los.«

Und sie steckten mittendrin, dachte Eve. Sie waren regelrecht Gefangene im Haus des Senators und sahen auf dem Fernseher zu, wie die Ereignisse eskalierten. Kevin Detwil gesteht, Chet Mobry wird als Präsident vereidigt, Lisa Chadbourne wird verhaftet.

»Es wird immer weitergehen«, sagte sie. »Ich komme mir vor wie in einem Aquarium. Wie soll ich arbeiten? Wie soll ich leben? Ich kann das nicht *ertragen*.«

»Irgendwann werden die Medien das Interesse verlieren. Wenn der Gerichtsprozess erst einmal vorbei ist, werden wir nur Nachrichten von gestern sein.«

»Das kann Jahre dauern. Ich werde Ihnen noch den Hals umdrehen, Logan.«

»Nein, das werden Sie nicht.« Er lächelte. »Dann hätten Sie niemanden mehr, der Ihr Elend teilt. In solchen Zeiten ist es wichtig, Gesellschaft zu haben.«

»Ich will Ihre Gesellschaft nicht. Ich will meine Mutter und Joe.«

»Sobald Sie zu ihnen gehen, werden sie auch im Mittelpunkt der Aufmerksamkeit stehen. Dann werden sie keinen Schritt mehr machen können, ohne von einer Kamera verfolgt zu werden. Dann haben sie auch kein Privatleben mehr. Glauben Sie, die Beziehung Ihrer Mutter mit ihrem neuen Freund wird einem solchen Druck standhalten? Was ist mit Joe Quinn? Wie wird die Polizei von Atlanta auf einen Detective reagieren, der keine zwei Schritte machen kann, ohne im Fernsehen zu erscheinen? Was ist mit seiner Ehe? Wie wird seine Frau –«

»Es reicht, Logan.«

»Ich versuche nur, offen und ehrlich mit Ihnen zu reden.

Sie sind diejenige, die immer von mir verlangt hat, ehrlich zu sein.«

»Sie haben gewusst, dass es so kommen würde.«

»Über die Reaktion der Medien habe ich nicht nachgedacht. Das hätte ich wahrscheinlich tun sollen, aber ich war nur darauf fixiert, ihr das Handwerk zu legen. Das schien mir das einzig Wichtige zu sein.«

Er sagte die Wahrheit. Sie wünschte, es wäre nicht so. Sie war so frustriert, sie brauchte jemanden, dem sie die Schuld geben konnte.

Ruhig fügte er hinzu: »Und ich glaube, am Ende war es auch für Sie das einzig Wichtige.«

»Ja.« Sie trat wieder ans Fenster. »Aber das ist zu viel. Wir haben ihr das Handwerk gelegt und jetzt stecken wir mit im Schlamassel.«

»Ich werde Sie nicht im Stich lassen.« Plötzlich stand er neben ihr, seine Hände lagen auf ihren Schultern. »Nicht, wenn Sie mich Ihnen helfen lassen, Eve.«

»Können Sie mir mein Leben zurückgeben?«

»Das habe ich vor. Es könnte allerdings ein bisschen Zeit brauchen.« Er massierte ihre angespannten Schultermuskeln. Dann beugte er sich vor und flüsterte ihr ins Ohr: »Sie sind zu angespannt. Ich glaube, Sie sind urlaubsreif.«

»Ich brauche Arbeit.«

»Vielleicht können wir beides miteinander verbinden. Wussten Sie, dass ich ein Haus auf einer Insel südlich von Tahiti besitze? Es liegt ganz einsam und ist hervorragend gesichert. Ich fahre dorthin, wenn ich mich aus irgendeinem Grund verstecken muss.«

»Was sagen Sie da?«

»Ich sage, dass Sie sich verstecken müssen, genauso wie ich. Ein Journalist, der uns dort aufspüren wollte, müsste schon äußerst unternehmungslustig sein.« Dann fügte er barsch hinzu: »Und sehen Sie sich bloß an. Sie sind durch die Hölle gegangen und in erster Linie bin ich schuld daran. Lassen Sie mich versuchen, das wieder gutzumachen. Sie müssen sich ausruhen und erholen. Es ist todlangweilig auf der Insel. Nichts zu tun außer am Strand spazieren gehen, lesen, Musik hören.«

Das klang überhaupt nicht langweilig. Es klang wie die Erlösung. Langsam drehte sie sich um. »Könnte ich dort arbeiten?«

Er verzog das Gesicht. »Mit dieser Frage hätte ich rechnen müssen. Ich werde Ihnen ein Labor einrichten lassen. Diesmal wird Margaret es richtig machen.«

»Werden sie uns gehen lassen?«

»Die Justizbehörden? Da sehe ich keine Schwierigkeiten, solange sie wissen, wo wir uns aufhalten und dass wir nicht vorhaben, auf Nimmerwiedersehen zu verschwinden. Das Letzte, was sie wollen, sind Lecks oder Aussagen, die von den Medien ausgeschlachtet werden.«

»Wann könnten wir abreisen?«

»Ich werde mich erkundigen, aber wahrscheinlich Anfang der Woche.«

»Und ich könnte dort bleiben, bis ich als Zeugin gebraucht werde?«

»Solange Sie wollen.«

Sie schaute durch das Fenster auf die Reportermeute auf der anderen Straßenseite. Sie wirkten gierig und sie wusste, dass sie nie genug bekommen würden. Einige von ihnen waren wahrscheinlich ganz nett, aber nach Bonnies Verschwinden war es hin und wieder vorgekommen, dass ein Reporter absichtlich etwas Verletzendes gesagt hatte, damit sie den Schmerz in ihrem Gesicht auf Fotos bannen konnten. Das würde sie nicht noch einmal durchstehen.

»Werden Sie es tun?«, fragte Logan.

Sie nickte langsam.

»Gut. Und es macht Ihnen nichts aus, wenn ich auch mitkomme? Sie sind nicht die Einzige, die Erholung braucht. Es ist eine große Plantage und ich verspreche, ich werde Ihnen nicht auf die Nerven gehen.«

»Es macht mir nichts aus.« Frieden. Sonne. Arbeit. Nichts würde ihr etwas ausmachen, wenn sie nur dieser Hölle entkommen konnte. »Wenn ich erst mal anfange zu arbeiten, werde ich Sie wahrscheinlich gar nicht mehr bemerken.«

»Oh, das denke ich doch. Hin und wieder werden Sie auftauchen müssen und wir werden ziemlich isoliert sein.« Er ging auf die Tür zu. »Es wird Ihnen schwer fallen, mich nicht zu bemerken.«

»Zehn Minuten.« Die Oberschwester zog die Brauen zusammen, als sie über Eves Kopf hinweg zu der Horde von Reportern hinüberschaute, die von den Sicherheitsleuten des Krankenhauses zurückgehalten wurden. »Wir können so viel Aufregung nicht dulden. Wir hatten schon genug Schwierigkeiten, die Medien von Mr Quinn fern zu halten. Er ist ein kranker Mann.«

»Ich werde ihn nicht stören. Ich möchte ihn nur sehen.«

»Ich halte Ihnen die Reporter vom Hals«, sagte Logan. »Nehmen Sie sich so viel Zeit, wie Sie wollen.«

»Danke, Logan.«

»Und da wir nun schon zusammen auf eine Wüsteninsel fahren, glauben Sie, Sie könnten sich dazu überreden lassen, mich John zu nennen?«

»Das ist keine Wüsteninsel, sondern eine Tropeninsel, und ich glaube, im Moment kann ich mich nicht an einen anderen Namen gewöhnen.«

»Zehn Minuten«, wiederholte die Schwester. »Zimmer 402.«

Joe saß aufrecht im Bett und sie blieb in der Tür stehen, um ihn anzusehen.

»Ich hatte nicht erwartet ... Du siehst ... wunderbar aus. Seit wann kannst du wieder sitzen?«

Er machte ein verärgertes Gesicht. »Das wüsstest du, wenn du dir die Mühe gemacht hättest, anzurufen.«

»Ich habe angerufen. Jeden Tag. Da muss etwas schief gelaufen sein. Sie wollten mich nicht mit dir sprechen lassen.«

Ein undefinierbarer Ausdruck huschte über sein Gesicht. »Du hast angerufen?«

»Natürlich. Glaubst du etwa, ich würde dich belügen?«

»Nein.« Er lächelte. »Dann werde ich dir wohl gestatten müssen, herzukommen und mich in den Arm zu nehmen. Aber sei vorsichtig. Sie haben mir gestern zum ersten Mal erlaubt, mich aufzusetzen, und ich will keine Unannehmlichkeiten. Die Schwestern sind sehr streng.«

»Das habe ich bereits bemerkt. Sie geben mir nur zehn Minuten.« Sie trat ans Bett und umarmte ihn. »Aber das sollte reichen, da du so verdrießlich bist.« Sie schnüffelte. »Und du stinkst nach Desinfektionsmitteln.«

»An allem hast du was auszusetzen. Ich setze mein Leben für dich aufs Spiel und weißt du es zu würdigen?«

»Nein.« Sie setzte sich auf die Bettkante. »Du warst dumm und ich hätte dir nie vergeben, wenn du gestorben wärst, Joe.«

»Ich weiß. Darum bin ich ja auch nicht gestorben.«

Sie nahm seine Hand. Sie fühlte sich warm und stark an und ... nach Joe. Ich danke dir, lieber Gott. »Ich habe Mom eine Kopie des Bands von Lisa Chadbourne geschickt und sie gebeten, es dir vorzuspielen. Ich hoffe, sie hat es an der Schwesternarmee vorbeischmuggeln können. Logan musste den Justizbehörden sonst was versprechen, um die Kopie zu bekommen.«

»Sie hat's geschafft. Du scheinst die Einzige zu sein, die Schwierigkeiten hatte, zu mir vorzudringen.« Er schob seine Finger zwischen ihre. »Und dieses Band hat mir fast einen Herzschlag verursacht. Warum zum Teufel hat Logan dich das machen lassen?«

»Er konnte mich nicht daran hindern.«

Seine Lippen wurden schmal. »Ich hätte dich daran gehindert.«

»Blödsinn.«

»Musstest du das im Alleingang unternehmen? Hättest du nicht auf mich warten können?«

»Sie hat Gary getötet.« Dann flüsterte sie: »Und ich hatte Angst, sie würde dich auch töten.«

»Ich bin also schuld.«

»Darauf kannst du dich verlassen. Also hör auf, mir Vorwürfe zu machen. Ich konnte nicht darauf warten, dass du von den Toten auferstehst und mir hilfst. Ich musste es selbst tun.«

»Mit Logans Hilfe.« Er zog die Brauen zusammen. »Aber er hat dir nicht genug geholfen, der Hund.«

»Lisa hat einen Köder ausgeworfen, aber der war für mich bestimmt, nicht für ihn. Logan hat mir sehr geholfen. Er hat die Geschichte in Szene gesetzt, um Timwick einzuwickeln. Er hat deinen Freund von der Zeitung gebeten, zu Timwick Kontakt aufzunehmen, ihm die Liste zu zeigen und ein Treffen mit Logan zu vereinbaren. Weißt du, wie gefährlich das hätte sein können? Was wäre passiert, wenn Timwick nicht so verzweifelt und verängstigt gewesen wäre, wie wir hofften?«

»Haben sie Timwick schon geschnappt?«

»Nein, er scheint vom Erdboden verschluckt worden zu sein.«

»Niemand kann spurlos verschwinden.« Er legte die Stirn

in Falten. »Er muss gefasst werden. Er muss dingfest gemacht werden, sonst wird er –«

»Aber nicht von dir, Joe.«

»Hab ich gesagt, ich hätte vor, ihn zu stellen? Ich bin nur
noch der verwundete Schatten eines Mannes. Warum machst
du dir Sorgen? Timwick ist zusammengebrochen, er stellt
keine Gefahr dar.«

»Wenn man eine Ratte in die Ecke drängt, wird man ge-
bissen.«

»Und warum hast du dann dieses Treffen mit Lisa Chadbourne und Timwick arrangiert? Du hast sie in die Enge getrieben. Man konnte nicht voraussagen, wie sie reagieren
würde. Irgendjemand hätte dort sein müssen, um dir den
Rücken zu decken.«

»Es wäre nicht logisch gewesen, wenn Logan an diesem
Treffen teilgenommen hätte.«

»Scheiß auf Logik.«

»Du weißt, dass ich Recht habe. Lisa Chadbourne hätte
gewusst, dass Logan niemals damit einverstanden gewesen
wäre, wenn ich den Schädel gegen Bonnie eingetauscht hätte. Um glaubhaft zu wirken, musste ich so tun, als hätte ich
den Schädel gestohlen.«

Er schwieg einen Augenblick lang. »Und warst du glaubhaft? Wie nah warst du dran, auf ihr Angebot einzustei-
gen?«

»Du kennst die Antwort auf diese Frage.«

»Sag's mir. Wie nah?«

»Ziemlich nah.«

»Warum nicht ganz?«

Sie zuckte die Achseln. »Vielleicht habe ich ihr einfach
nicht getraut. Vielleicht hatte ich Zweifel, dass sie es schaffen würde. Vielleicht war ich zu wütend über das, was sie dir
und Gary angetan hat.«

»Und vielleicht ist es der erste Schritt.«

»Was?«

»Nichts.« Er drückte ihre Hand. »Aber dass du mir keine solchen Dummheiten mehr machst, bis ich wieder auf den Beinen bin und auf dich aufpassen kann. Logan treibt ein übles Spiel.«

»Er ist klug genug, es nicht zu versuchen.« Sie überlegte. »Und außerdem ist er sehr nett. Er nimmt mich mit auf eine Insel im Südpazifik, die ihm gehört, und dort werden wir bleiben, bis der Medientrubel sich gelegt hat.«

»Ach ja?«

Ihr gefiel sein Ton nicht. »Es ist eine gute Idee. Ich kann dort arbeiten. Du weißt, dass es hier für mich unmöglich wäre. Es ist fast schlimmer als ... Es ist wirklich eine gute Idee, Joe.«

Er schwieg.

»Joe?«

»Ich glaube, du hast Recht. Du brauchst Ruhe und Erholung. Ich glaube, du solltest mit ihm fahren.«

»Wirklich?«

Er grinste. »Sieh mich nicht so verblüfft an. Du hast mir doch selbst gesagt, was für eine gute Idee es ist. Ich stimme dir nur zu.«

»Gut«, sagte sie unsicher.

»Ist Logan auch hier?«

Sie nickte. »Wir fliegen nach Tahiti, sobald ich mich von Mom verabschiedet habe.«

»Wenn du gehst, würdest du ihn bitten herzukommen, damit ich kurz mit ihm reden kann?«

»Warum?«

»Was glaubst du wohl, warum? Ich werde ihm sagen, dass er gut auf dich aufpassen soll, sonst werfe ich ihn in einen Vulkan. Gibt es auf Tahiti Vulkane?«

Sie lachte erleichtert. »Seine Insel liegt ein bisschen südlich von Tahiti.«

»Wo auch immer.« Er drückte ihre Hand. »Und jetzt sei still. Ich schätze, wir haben noch fünf Minuten, und ich möchte dich lieber fünf Minuten lang ansehen, anstatt mir dein Geplapper über Tahiti anzuhören.«

»Ich plappere nicht.«

Aber sie wollte auch nicht reden. Sie wollte einfach nur dasitzen und den Frieden und die Ruhe genießen, die sie immer empfand, wenn sie mit Joe zusammen war. In einer Welt, in der alles auf den Kopf gestellt worden war, hatte er sich nicht verändert. Er war am Leben und bei Kräften und würde von Tag zu Tag kräftiger werden.

Es war gut zu wissen, dass alles wieder so sein würde wie immer, wenn sie zurückkehrte.

»Sie wollten mich sprechen?«, fragte Logan misstrauisch.

Joe deutete auf den Stuhl neben seinem Bett. »Nehmen Sie Platz.«

»Wieso komme ich mir so vor, als sei ich ins Büro des Direktors zitiert worden?«

»Schuldgefühle?«

Logan schüttelte den Kopf. »Spielen Sie das Spiel nicht mit mir, Quinn. Da mache ich nicht mit.«

»Sie haben mir vorgeworfen, ich würde Eve täuschen, und jetzt tun Sie dasselbe. Sie glaubt, Sie wären nett zu ihr.«

»Ich werde ganz nett sein.«

»Dazu kann ich Ihnen nur raten. Sie braucht das jetzt.« Dann fügte er nachdrücklich hinzu: »Und wenn sie mich auch nur anruft, um mir zu sagen, dass sie sich auf dieser Insel einen Fingernagel abgebrochen hat, werde ich da sein.«

»Sie sind nicht eingeladen.« Er lächelte dünn. »Und zu Ihrer Information: Es gibt keine Vulkane auf der Insel.«

»Sie hat es Ihnen erzählt?«

»Es hat sie amüsiert. Sie war erleichtert, dass Sie sich nicht mit ihr angelegt haben. Ich selbst war auch ein bisschen erleichtert, aber wenn ich's mir recht überlege, wäre das ein falscher Zug von Ihnen gewesen. Sie machen nicht viele falsche Züge, Quinn.«

»Sie auch nicht. Sie haben Eve nach allen Regeln der Kunst eingewickelt. Sie glaubt im Ernst, Sie hätten nur die Absicht, es wieder gutzumachen und ihr dabei zu helfen, ihr Leben wieder in den Griff zu bekommen.«

»Ich will ihr wirklich helfen.«

»Und Sie wollen sie in Ihrem Bett haben.«

»Absolut.« Er überlegte. »Und ich will sie in meinem Leben haben, und zwar so lange, wie ich sie dort halten kann.« Er lächelte. »Das schockiert Sie wohl. Eine kleine sexuelle Eskapade würde Sie nicht kratzen, aber Sie wollen nicht, dass sie mir etwas bedeutet. Zu spät. Ich habe mich auf sie eingelassen und ich werde nichts unversucht lassen, um zu erreichen, dass sie dasselbe für mich empfindet.«

Joe wandte sich ab. »Das wird nicht leicht sein.«

»Ich habe die Zeit und die Einsamkeit auf meiner Seite. Sie ist eine bemerkenswerte Frau. Ich habe nicht vor, sie entwischen zu lassen. Egal, was Sie tun.«

»Ich habe nicht vor, irgendetwas zu tun.« Joe wandte sich ihm wieder zu. »Vorerst jedenfalls. Ich möchte, dass sie mit Ihnen fährt. Ich möchte, dass sie mit Ihnen ins Bett geht. Wenn Sie können, möchte ich, dass Sie sie dazu bringen, dass sie Sie liebt.«

Logan hob eine Braue. »Wie großzügig. Darf ich fragen, warum?«

»Es wäre das Beste für sie. Sie braucht es, um wieder zurück ins Leben zu finden. Sie hat den ersten Schritt gemacht, als sie die Chance, Bonnie zurückzubekommen, nicht ergriffen hat. Sie können ihr dabei helfen, den nächsten Schritt zu tun.«

»Sie verschreiben mich als Therapie?«

»Nennen Sie es, wie Sie wollen.«

Logan sah Joe mit zusammengekniffenen Augen an. »Aber es bringt Sie um, stimmt's?«

Joe beantwortete die Frage nicht. »Es ist die beste Lösung. Sie können ihr jetzt helfen. Ich nicht.« Dann fügte er hinzu: »Aber wenn sich herausstellt, dass das alles ihr nicht so gut tut, wie ich hoffe, kann ich jederzeit einen Vulkan finden, verlassen Sie sich drauf.«

Logan glaubte ihm. Quinn lag verwundet in diesem Bett und hätte eigentlich hilflos wirken müssen. Doch ganz im Gegenteil: er wirkte stark und beherrscht und ausdauernd. Logan erinnerte sich daran, dass er Quinn anfangs als einen der einschüchterndsten Männer empfunden hatte, denen er je begegnet war. Jetzt wurde ihm klar, dass Quinn als Beschützer noch gefährlicher war. »Es wird ihr gut tun.« Er konnte nicht widerstehen, eine kleine Spitze loszulassen, als er zur Tür ging. »Natürlich ist es möglich, dass Sie nicht in der Lage sein werden, das zu beurteilen. Wir werden womöglich zu beschäftigt sein, um Sie in Zukunft häufig zu treffen.«

»Versuchen Sie nicht, sich zwischen uns zu stellen. Es wird nicht funktionieren. Wir kennen uns schon zu lange.« Er sah Logan direkt in die Augen. »Und ich müsste ihr nur sagen, ich hätte einen neuen Schädel und brauchte sie, dann würde sie sofort kommen.«

»Den Teufel würde sie tun. Was für ein Mistkerl sind Sie eigentlich? Sie wollen, dass sie wieder zu sich kommt, aber Sie sind bereit, sie zurück in diese Welt zu zerren.«

»Sie haben es nie begriffen«, sagte Quinn müde. »Sie braucht es. Und solange sie es braucht, werde ich es ihr geben. Ich werde ihr alles auf der ganzen verdammten Welt geben, was sie braucht. Einschließlich Ihnen, Logan.« Er wandte sich ab. »Und jetzt machen Sie, dass Sie rauskommen. Sie wartet.«

Logan hätte ihm am liebsten gesagt, er solle sich zum Teufel scheren. Er verstand Eve sehr gut und er würde ihr gut tun. Er brauchte nur die Chance dazu und Quinn gab ihm diese Chance.

Quinn? Was zum Teufel? Er benahm sich, als wäre Quinn irgendeine mächtige Figur, die hinter den Kulissen stand und die Fäden zog.

Blödsinn.

»Eve wartet.« Er öffnete die Tür. »Sie wartet auf *mich*, Quinn. In drei Stunden werden wir an Bord des Flugzeugs sein, das uns von Ihnen wegbringt. Guten Tag.«

Grinsend schlenderte er den Korridor entlang auf Eve zu.

Verdammt, dieser letzte Hieb hatte gesessen.

»Sie war hier.« Diane stand in der Tür. »Die Schwestern zerreißen sich das Maul darüber. Warum ist Eve hergekommen?«

»Warum nicht? Sie wollte mich sehen.« Joe sah sie eindringlich an. »Sie hat sich Sorgen gemacht, weil sie mich nicht per Telefon erreichen konnte. Die Krankenhausvermittlung hat sich geweigert, sie zu mir durchzustellen.«

Eine fast unmerkliche Gefühlsaufwallung flackerte in ihrem Gesicht auf. »Wirklich?«

Schlechtes Gewissen, stellte er erschöpft fest. Er hatte gehofft, dass es nicht stimmte. Oder vielleicht hatte er auch gehofft, dass sie es veranlasst hatte. Es würde ihm einen Vorwand liefern, zu tun, was er eigentlich tun müsste.

»Du weißt es, nicht wahr?«, sagte Diane bitter. »Ich habe die Regeln gebrochen. Ich habe mich eingemischt.« Ihre Hände ballten sich zu Fäusten. »Verdammt, ich hatte ein

Recht dazu. Ich bin deine Frau. Ich dachte, ich könnte es ertragen, euch beide zusammen zu erleben, aber sie stört unser Leben und das werde ich nicht zulassen. Weißt du, was die Leute sich darüber erzählen, wie sie dich in diesen Schlamassel hineingezogen hat? Du hast der ganzen Welt gezeigt, dass du dich einen Scheißdreck um –«

»Es stimmt«, sagte er sanft. »Alles, was du sagst, ist absolut richtig, Diane. Ich habe dir gegenüber nicht fair gehandelt und du bist immer geduldig gewesen. Es tut mir Leid, dass ich dir das zugemutet habe. Ich hatte gehofft, es würde funktionieren.«

Eine Weile sagte sie nichts. »Es kann immer noch funktionieren.« Sie befeuchtete sich die Lippen. »Du brauchst nur zu ... Vielleicht habe ich die Beherrschung verloren und Dinge gesagt, die ich nicht so gemeint habe. Wir müssen einfach über alles reden und zu einem Kompromiss finden.«

Aber sie bat ihn um den einen Kompromiss, den er nicht machen konnte. Er hatte sie genug enttäuscht und verletzt. Er würde nicht so weitermachen. »Mach die Tür zu und setz dich zu mir«, sagte er ruhig. »Du hast Recht, wir müssen reden.«

»Alles in Ordnung?« Logan stand neben Eve, die von ihrem Platz aus dem Fenster des Flugzeugs schaute. »Sie klammern sich an die Lehnen, als könnte das Flugzeug ohne Sie abheben.«

Sie lockerte ihren Griff. »Es geht mir gut. Es ist einfach komisch, so weit weg zu fliegen. Ich bin noch nie im Ausland gewesen.«

»Wirklich nicht?« Er setzte sich neben sie. »Das wusste ich nicht. Andererseits gibt es eine Menge Dinge über Sie, die ich nicht weiß. Es ist ein langer Flug. Vielleicht können wir uns ein wenig unterhalten?«

»Wollen Sie, dass ich Ihnen alle meine Mädchenträume anvertraue, Logan?«

»Warum nicht?«

»Weil ich mich nicht erinnern kann, irgendwelche Mädchenträume gehabt zu haben. Ich habe sie immer für kitschige Märchen gehalten, die in der Madison Avenue produziert werden.«

»Erwachsenenträume?«

»Nein.«

»Gott, Sie sind eine schwierige Frau.« Sein Blick wanderte zu dem Metallkoffer zu ihren Füßen. »Ist es das, wofür ich es halte?«

»Mandy.«

»Gut, dass wir ein Privatflugzeug gechartert haben. Sie hätten die Leute von der Flugsicherung ganz schön erschreckt, wenn das auf dem Bildschirm aufgetaucht wäre.« Er starrte noch immer auf den Koffer. »Ich fürchte, ich hatte sie ganz vergessen. Aber Sie würden sie natürlich nie vergessen.«

»Nein, ich vergesse nie.«

»Das ist zugleich vielversprechend und furchteinflößend. Ich hoffe, Sie haben nicht vor, während des Flugs an ihr zu arbeiten.«

Sie schüttelte den Kopf. »Das wäre zu riskant. Turbulenzen.«

»Welch eine Erleichterung. Ich sah schon Knochen wie Schrapnelle durch die Gegend fliegen. Ich bin froh, dass Sie warten wollen, bis wir auf der Insel sind. Also, da Sie nicht arbeiten und auch nicht bereit sind, mir Ihre tiefsten Geheimnisse zu verraten, wie wär's mit einem Kartenspiel?«

Er lächelte sie an und versuchte, sie aufzuheitern. Ein wenig von ihrer Einsamkeit und ihrer Anspannung fiel von ihr ab und ihr wurde warm ums Herz. Er hatte Recht. Es würde ein langer Flug werden. Die Zeit, die sie miteinander verbringen würden, bis sie wieder in die Wirklichkeit zurückkehrte, würde noch länger dauern. Also sollte sie ihm bei dem Versuch entgegenkommen, es ihr leicht zu machen. »Keine schlechte Idee.«

»Ein erster Riss in der Rüstung«, murmelte er. »Wenn ich Glück habe, werden Sie mich sogar anlächeln, wenn wir in Tahiti ankommen.«

»Da müssten Sie aber schon verdammt viel Glück haben, Logan.«

Sie lächelte ihn an.

Epilog

»Dieser Strand ist ganz anders als der in Pensacola«, sagte Bonnie. »Er ist schön, aber ich glaube, dort gefällt mir das Wasser besser. Die Brandung ist zu sanft.«

Eve drehte sich um und sah, wie Bonnie ein paar Meter von ihr entfernt eine Sandburg baute. »Du bist schon lange nicht mehr da gewesen. Ich dachte schon, ich würde vielleicht gar nicht mehr von dir träumen.«

»Ich bin eine Zeit lang weggeblieben, um dir die Möglichkeit zu geben, mich verblassen zu lassen.« Bonnie bohrte einen Finger seitlich in ihre Sandburg und begann, ein Fenster zu machen. »Es war das Mindeste, was ich tun konnte, wo Joe sich doch solche Mühe gegeben hat.«

»Joe?«

»Und Logan auch. Sie wollen beide das Beste für dich.« Sie machte noch ein Fenster. »Dir geht es sehr gut hier, nicht wahr? Du bist viel entspannter als anfangs, als du herkamst.«

Eve schaute auf den blauen Ozean hinaus, der im Sonnenlicht glänzte. »Ich mag die Sonne.«

»Und Logan ist wirklich nett zu dir.«

»Ja, das stimmt.« Was für eine Untertreibung. Während der vergangenen Monate hatte sie versucht, Logan auf Distanz zu halten, aber er hatte sich nicht beirren lassen. Er war ihr immer näher gekommen, sowohl geistig als auch körperlich, bis er sich einen Platz in ihrem Leben erobert hatte. Die Entwicklung erfüllte sie mit einer Mischung aus Wohlgefühl und Unbehagen.

»Du machst dir seinetwegen Sorgen. Das brauchst du nicht. Alles verändert sich mit der Zeit. Manchmal fangen Dinge auf eine Weise an und nehmen schließlich eine ganz andere Richtung.«

»Sei nicht albern. Ich mache mir seinetwegen keine Sorgen. Logan kann gut auf sich selbst aufpassen.«

»Und warum bist du dann so unruhig?«

»Ich glaube, ich habe das Gefühl, auf der Stelle zu treten.« Sie verzog das Gesicht. »Und ich muss nächste Woche zurück und vor Gericht gegen Lisa Chadbourne aussagen. Mir graut davor. Detwil hat sich auf einen Handel eingelassen und wird gegen sie aussagen, aber sie kämpft immer noch.«

»Ich glaube nicht, dass du aussagen musst.«

»Natürlich muss ich das.«

Bonnie schüttelte den Kopf. »Ich glaube, sie ist zu dem Schluss gekommen, dass es an der Zeit ist aufzugeben. Sie hat für Ben alles getan, was sie konnte. Sie wird nicht wollen, dass alles vor Gericht rauskommt.«

»Wird sie ein Geständnis ablegen?«

Bonnie schüttelte den Kopf. »Aber es ist vorbei.«

Ich werde wissen, wann es Zeit ist aufzugeben und zur Seite zu treten ... genau wie Ben es getan hat, hatte Lisa gesagt.

»Denk nicht darüber nach«, sagte Bonnie. »Es macht dich nur traurig.«

»Das sollte es aber nicht. Sie hat schreckliche Dinge getan.«

»Das macht dir alles so zu schaffen, weil sie nicht so ist wie Fraser. Es macht dir Angst zu wissen, dass die besten

Absichten Übel verursachen können. Und was sie getan hat, war übel, Mama.«

»Ich glaube, sie hätte dich gefunden, Kleines. Ich glaube, sie hätte ihr Versprechen gehalten.«

»Und dich getötet.«

»Vielleicht auch nicht. Vielleicht hätte ich eine Möglichkeit gefunden ... Tut mir Leid, Bonnie. Wenn es mir nicht so wichtig gewesen wäre, sie in eine Falle zu locken, hätte ich etwas tun können, um –«

»Wirst du endlich damit aufhören? Ich sage dir immer wieder, dass das nur dir wichtig ist. Es spielt keine Rolle.«

»Doch, es spielt eine Rolle.« Sie schluckte. »Als du nicht gekommen bist, dachte ich ... Ich meine, als ich nicht mehr von dir geträumt habe, dachte ich, du wärst mir böse. Weil ich nicht versucht habe, dich heimzuholen, als ich die Gelegenheit dazu hatte.«

»Um Himmels willen, ich war froh, dass du dich von ihr nicht hast unterkriegen lassen. Aber der ganze Kummer, den du dir danach gemacht hast, war eine große Enttäuschung für mich. Joe hat Recht, du hast den ersten Schritt gemacht. Du hast dich für das Leben entschieden anstatt für einen Haufen Knochen, aber es liegt immer noch ein langer Weg vor dir.«

Eve runzelte die Stirn. »Ich habe in letzter Zeit nichts mehr von Joe gehört.«

»Du wirst bald von ihm hören. Ich glaube, er hat Timwick aufgespürt.«

»Schon wieder ein Gerichtsprozess.«

Bonnie schüttelte den Kopf.

»Was willst du damit sagen?«

»Er will dir keinen Kummer bereiten, Mama. Timwick wird wahrscheinlich einfach verschwinden.« Sie legte den Kopf schief und betrachtete sie. »Du scheinst es mit Fassung zu tragen. Anscheinend hast du diese Seite von Joe akzeptiert.«

»Sie gefällt mir nicht, aber es ist besser, als die Augen davor zu verschließen.«

»Ich glaube, du würdest fast alles akzeptieren, wenn es bedeutete, dass Joe in deinem Leben bleibt. Jeder andere könnte verloren gehen, aber Joe muss dableiben. Hast du dich jemals gefragt, warum?«

»Er ist mein Freund.«

Bonnie lachte. »Liebe Güte, bist du stur. Tja, also ich glaube, dein ›Freund‹ wird bald hier sein.«

Eve unterdrückte die freudige Erregung, die sie überkam. »Und woher weißt du das? Wahrscheinlich hat der Wind es dir zugeflüstert. Oder es war der Donner in dem Gewitter von letzter Nacht.«

»Weißt du, Joe ist ein bisschen wie ein Gewitter. Voller Blitze ... Manchmal braust er auf und dann ist er wieder ganz ruhig. Interessant. Freust du dich nicht, dass er kommt?«

Ob sie sich freute? O Gott, Joe wiederzusehen ... »Wie soll ich mich über etwas freuen, von dem ich gar nicht weiß, ob es stimmt? Wahrscheinlich frage ich mich bloß, warum ich so lange nichts von Joe gehört habe.«

»Stimmt.« Bonnie betrachtete ihre Sandburg mit zusammengezogenen Brauen. »Ich wünschte, ich hätte eine Fahne für die Zinnen. Erinnerst du dich noch an die winzige Fahne, die du mir für meine Sandburg in Pensacola gemacht hast? Du hast ein Stückchen von dem roten Handtuch abgerissen.«

»Ja, ich erinnere mich daran.«

»Na ja, so ist es schön genug.«

»Das ist eine wunderschöne Sandburg«, sagte Eve mit zitternder Stimme.

»Jetzt werd bloß nicht sentimental.«

»Ich werde nicht sentimental. Eigentlich könnte deine Burg noch mindestens einen Turm gebrauchen. Und wo ist deine Zugbrücke?«

Bonnie warf den Kopf in den Nacken und lachte. »Nächstes Mal werde ich mir mehr Mühe geben. Ich verspreche es, Mama.«

»Du hast also vor, hier zu bleiben?«

»Solange du bleibst. Aber du fängst ja schon an, dich zu langweilen.«

»Das stimmt nicht. Ich fühle mich ausgesprochen wohl.«

»Wie du willst.« Bonnie sprang auf. »Komm, ich begleite dich zum Haus zurück. Logan plant einen wunderschönen Abend für euch beide.« Sie strahlte. »Es wird dir bestimmt sehr gut gefallen.«

»Wenn ich hier unter dieser Palme schlafe, wie soll ich dann mit dir zum Haus zurückspazieren?«

»Im Traum kann man alles. Bestimmt wirst du es als Schlafwandeln oder irgend so was Albernes abtun. Komm schon, steh auf, Mama.«

Eve stand auf, klopfte sich den Sand von den Shorts und machte sich auf den Weg den Strand entlang. »Du bist ein Traum, Kleines, das weiß ich ganz genau.«

»Wirklich? Morgen, wenn du wieder hierher kommst, wird die Flut meine Sandburg fortgespült haben.« Sie lächelte Eve an. »Aber du wirst es nicht riskieren, zurückzukommen, bevor das passiert, oder?«

»Vielleicht doch.«

Bonnie schüttelte den Kopf. »Du bist noch nicht so weit. Aber ich fange allmählich an zu hoffen.«

»Soll ich darüber etwa begeistert sein? Es würde ziemlich schlimm um mich stehen, wenn –«

»Sieh dir diese Möwe an.« Bonnie schaute zum Himmel

458

auf; ein strahlendes Lächeln erhellte ihr Gesicht und ihr rotes Haar glänzte im Sonnenlicht. »Ist dir schon mal aufgefallen, dass sie ihre Flügel bewegen, als würden sie Musik hören? Was glaubst du, welche Art von Musik sie hören?«

»Ich weiß nicht. Rachmaninow? Count Basie?«

»Ist sie nicht wunderschön, Mama?«

»Wunderschön.«

Bonnie hob eine Muschel auf und warf sie weit ins Wasser hinaus. »Okay, frag mich, damit wir es hinter uns bringen und uns amüsieren können.«

»Ich weiß nicht, was du meinst.«

»Mama.«

»Es ist nicht recht. Ich muss dich heimholen.«

»Du weißt, wie meine Antwort lauten wird. Eines Tages wirst du mich nicht mehr fragen und dann werde ich wissen, dass du es überwunden hast.« Sie warf noch eine Muschel ins Meer, bevor sie sich umwandte und Eve liebevoll anlächelte. »Aber ich weiß, du musst mich jetzt noch fragen, Mama.«

Ja, stell die Frage.

Frag einen Geist. Frag einen Traum.

Stell eine liebevolle Frage.

»Wo bist du, Bonnie?«

Lieber Leser,

als die Arbeit an *Das verlorene Gesicht* sich dem Ende näherte, wurde mir klar, dass es noch ein weiteres Eve-Duncan-Buch geben muss.

Als ich Eve anfangs erschuf, war sie einfach eine forensische Präparatorin ohne persönliche Geschichte. Aber schon bald entwickelte sie ein Eigenleben, ein Leben voller Traurigkeit und Triumphe, und entpuppte sich als eine starke Frau. Sie lernte, den schlimmsten Alptraum aller Eltern durchzustehen: den Verlust eines Kindes. Da ich selbst Mutter bin, kann ich Eves Qualen gut nachvollziehen. Es würde mir das Herz brechen, sie jetzt aufzugeben, jetzt, wo ihre Suche nach Bonnie gerade erst angefangen hat.

Also schreibe ich noch eine Geschichte. Auf ihrer Suche nach Bonnie wird Eve mit einer Herausforderung konfrontiert, die zugleich persönlich und erschreckend ist. Ein Killer wird ihre Leidensfähigkeit auf die Probe stellen und sie an den Rand der Verzweiflung treiben. Und Eve wird sich fragen, wie viel sie bereit ist zu ertragen, um zu überleben.

Ich hoffe, Sie freuen sich schon darauf, die Antwort auf diese Frage zu erfahren.

Herzlichst,
Iris Johansen.

Von der Autorin des Bestsellers
Das verlorene Gesicht

Eine Präsidententochter in Lebensgefahr, die magischen Augen einer jahrhundertealten Statue und die kriminellen Machenschaften eines höchst intelligenten Gegenspielers: Nach dem brutalen Überfall auf das Landhaus ihres Vaters versinkt die kleine Cassie immer tiefer in der Welt ihrer Alpträume. Doch hatten es die Täter wirklich auf sie abgesehen? Und wird es der Ärztin Jessica Riley gelingen, Cassie zu retten?

»Ein unglaublicher Plot, schnelle Dialoge und filmreife Szenenwechsel – ein Thriller der Extraklasse.«
Publishers Weekly

Iris Johansen
Das Auge des Tänzers
Roman

ULLSTEIN TASCHENBUCH

Der neue Thriller
der New-York-Times-Bestsellerautorin

Weil ihre Berichterstattung über die landesweite Fahndung nach dem so genannten »Clown-Vergewaltiger« den Selbstmord eines der Opfer provoziert, wird die aufstrebende Gerichtsreporterin Cassie Sheridan von KEY News strafversetzt – als Wetterfee nach Miami. Dort macht sie Bekanntschaft mit dem elfjährigen Vincent und seinem »Schatz«: einem Rubinring, den der Junge an der Hand einer toten Frau am Strand gefunden hat. Ein Glücksfall für Cassie, führt das Juwel sie doch auf die Fährte des gesuchten Gewaltverbrechers. Aber je näher sie der Wahrheit kommt, desto entschlossener ist der Mörder, sein Geheimnis zu bewahren ...

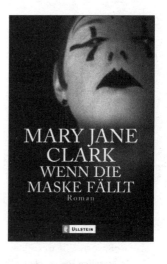

Mary Jane Clark
Wenn die Maske fällt
Roman
Deutsche Erstausgabe

ULLSTEIN TASCHENBUCH

**»Mit Witz und Ironie hält Gretelise Holm
nordische Schwermut gekonnt in Schach.«
HÖRZU**

Gewaltverbrechen in Dänemark: Als die Journalistin Karin Sommer den Auftrag erhält, einen Hintergrundartikel zu diesem Thema zu verfassen, kommt ihr ein Mord im Kleinstädtchen Kappelhøje gerade recht. Doch bei ihren Recherchen stößt sie auf merkwürdige Ungereimtheiten – und gerät selbst in die Schusslinie eines hochintelligenten Psychopathen.

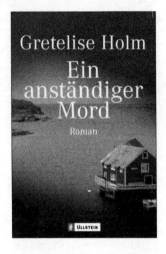

»Gretelise Holm steht an Originalität, Spannung und souveräner Gesellschaftskritik Vorgängern wie Maj Sjöwall/ Per Wahlöö, Anne Holt oder Henning Mankell in nichts nach.«
Pirmasenser Zeitung

Gretelise Holm
Ein anständiger Mord
Roman

ULLSTEIN TASCHENBUCH